G. Hartenstein

Immanuel Kant's Kritik der Reinen Vernunft

G. Hartenstein

Immanuel Kant's Kritik der Reinen Vernunft

Unveränderter Nachdruck der Originalausgabe von 1868.

1. Auflage 2022 | ISBN: 978-3-37504-921-8

Verlag: Salzwasser Verlag GmbH, Zeilweg 44, 60439 Frankfurt, Deutschland
Vertretungsberechtigt: E. Roepke, Zeilweg 44, 60439 Frankfurt, Deutschland
Druck: Books on Demand GmbH, In de Tarpen 42, 22848 Norderstedt, Deutschland

IMMANUEL KANT'S

KRITIK
DER
REINEN VERNUNFT.

BESONDERE AUSGABE

AUS IMMANUEL KANT'S SÄMMTLICHEN WERKEN

IN CHRONOLOGISCHER REIHENFOLGE.

IMMANUEL KANT'S

KRITIK

DER

REINEN VERNUNFT

HERAUSGEGEBEN

VON

G. HARTENSTEIN.

LEIPZIG,
LEOPOLD VOSS.
1868.

VORREDE.

Die Kritik der reinen Vernunft erschien zuerst im Jahr 1781 (Riga, J. F. HARTKNOCH, XXII [unpaginirte] S. Dedication, Vorrede und Inhaltsverzeichniss, 856 S. Text). Im Jahr 1787 folgte die zweite „hin und wieder verbesserte Auflage" in demselben Verlage (XLIV S. Dedication und Vorrede, 884 S. Text). Rücksichtlich des Verhältnisses zwischen beiden Ausgaben mag es erlaubt sein, zuvörderst an das zu erinnern, was KANT selbst in der Vorrede zur zweiten Auflage über die Veränderungen sagt, die er „bei Gelegenheit" derselben vorgenommen habe. Auf das Unzweideutigste und im vollen Vertrauen auf die durchgängige innere Uebereinstimmung und Unveränderlichkeit seiner Lehre erklärt er, dass er in den Sätzen selbst und ihren Beweisgründen, ingleichen der Form sowohl als der Vollständigkeit des Plans nichts zu ändern gefunden, dass er aber in der Darstellung Verbesserungen versucht habe, welche theils dem Missverstande der Aesthetik vornehmlich im Begriffe der Zeit, theils der Deutlichkeit der Deduction der Verstandesbegriffe, theils dem vermeintlichen Mangel einer genugsamen Evidenz in den Beweisen der Grundsätze des reinen Verstandes, theils endlich der Missdeutung der der rationalen Psychologie vorgerückten Paralogismen abhelfen sollen. Eigentliche Vermehrung, aber doch nur in der Beweisart, könnte er nur die nennen, welche er durch die neue Widerlegung des psychologischen Idealismus gemacht habe. Er fügt hinzu, dass mit diesen sich nur bis zu Ende des ersten Hauptstücks der transscendentalen Dialektik erstreckenden Abänderungen und Verbesserungen ein kleiner Verlust für den Leser verbunden sei, der „nicht zu verhüten war, ohne das Buch gar zu voluminös zu machen", nämlich, dass „Verschiedenes, was zwar nicht wesentlich zur Vollständigkeit des Ganzen gehört, mancher Leser aber doch ungern missen möchte, hat weggelassen oder abgekürzt vorgetragen werden müssen." (Vgl. unten S. 28—31.) Dass er „mit seinem Vortrage in einigen Abschnitten der Elementarlehre, z. B. der Deduction der Verstandesbegriffe oder den von den Paralogismen d. r. V. nicht völlig zufrieden sei, weil eine gewisse Weitläufigkeit in denselben die Deutlichkeit hindere", hatte er schon im Anhange zu den Prolegomenen jeder künftigen Metaphysik (vgl. Werke, Bd. IV, S. 127), also, da dieses im J. 1783 zuerst erschienene Buch wohl schon 1782 geschrieben worden sein wird, wenig mehr als ein Jahr nach dem ersten Erscheinen der Kritik der reinen Vernunft ausgesprochen.

Diese eigenen Erklärungen KANT's bezeichnen das Verhältniss beider Ausgaben in einer mit dem Sachverhalte übereinstimmenden Weise. Der überwiegende Theil der Veränderungen der zweiten Ausgabe besteht einfach in Zusätzen und Erweiterungen. Hierher gehört, abgesehen von einigen hin und wieder hinzugekommenen Anmerkungen, vor allem die neue Vorrede zur zweiten Ausgabe, so wie die Einleitung, deren Inhalt durch die Erweiterung der Abschnitte I und II und durch Hinzufügung der Abschnitte V und VI eine dem Plane und Zwecke des ganzen Werks viel angemessenere Ausführung bekommen hat. Es gehören ferner hierher die Erweiterung der „metaphysischen und der transscendentalen Erörterung" der Begriffe von Raum und Zeit (§ 2—5), die Zusätze zu den allgemeinen Anmerkungen zur transscendentalen Aesthetik (§ 8, II. III), die „artigen" Betrachtungen über die Tafel der Kategorien (§ 11. 12), die den Axiomen der Anschauung, den Anticipationen der Wahrnehmung und den Analogien der Erfahrung hinzugefügten „Beweise" (S. 156, 159, 165), die nach dem Abschnitte über die Postulate des empirischen Denkens eingeschaltete „Widerlegung des Idealismus"; endlich die „allgemeine Anmerkung zum System der Grundsätze" (S. 205). Abkürzungen finden sich dagegen in dem Abschnitte über den Grund der Unterscheidung aller Gegenstände in Phaenomena und Noumena (S. 212, 214, 216); ebenso gehört hierher der Abschnitt von den Paralogismen der reinen Vernunft, der in der ersten Ausgabe die Fehlschlüsse der rationalen Psychologie nach der Reihenfolge der vier Titel der Kategorien in schulgerechter Ausführlichkeit durchgeht, während die zweite Ausgabe „um der Kürze willen ihre Prüfung in einem ununterbrochenen Zusammenhange fortgehen lässt" (S. 278) und dadurch dieselbe auf weniger als die Hälfte des früheren Umfangs reducirt. Eine eigentliche Umarbeitung, die weder Erweiterung noch Abkürzung ist, hat nur die „transscendentale Deduction der reinen Verstandesbegriffe" erfahren; auch die „Widerlegung des Idealismus" hatte KANT ein Recht eine Vermehrung „nur in der Beweisart" zu nennen; denn die beiden Sätze: „alles Erkenntniss von Dingen aus blosem reinem Verstande oder reiner Vernunft ist nichts als lauter Schein und nur in der Erfahrung ist Wahrheit," (so formulirt KANT seine Lehre im Gegensatze zu der „aller ächten Idealisten" schon im J. 1783, vgl. Werke, Bd. IV, S. 122) und: innerhalb der für den Menschen möglichen Erfahrung bezieht sich alle wahre Erkenntniss nicht auf die Dinge an sich, sondern lediglich auf Erscheinungen, sind so sehr die beiden Angelpunkte, um welche sich die Kritik der reinen Vernunft bewegt, dass zur Erhärtung der Behauptung, KANT sei in der zweiten Ausgabe dieses Werks von seiner eigenen Lehre abgefallen, nachgewiesen werden müsste, dass er in ihr den einen oder den andern dieser beiden Sätze aufgegeben oder eingeschoben oder auch nur modificirt habe.

Wie es sich aber auch mit der Verstümmelung und Verunstaltung verhalten möge, welche KANT in der zweiten Ausgabe dieser reifsten Frucht seines vieljährigen Nachdenkens zugefügt haben soll, jedenfalls ist er selbst der Ansicht gewesen, dass die Veränderungen der zweiten Ausgabe wirkliche Verbesserungen, wenn auch nur der Darstellung gewesen sind, „die im Grunde in Ansehung der Sätze und selbst ihrer Beweisgründe schlechterdings nichts verändert" (S. 31). Will man diese seine Ansicht nicht gelten lassen, so hat man die Wahl, entweder den oben aus der Vorrede der zweiten Ausgabe angeführten Erklärungen eine Unredlichkeit unterzulegen oder ihm eine Selbsttäuschung aus geistiger Schwäche zuzuschreiben, vermöge deren er unfähig gewesen sei zu beurtheilen, was er eigentlich habe sagen wollen. Ich halte es für überflüssig, auf die verschiedenen Motive, welche KANT zu den Veränderungen der zweiten Ausgabe bestimmt haben sollen, zurückzukommen; man findet die Literatur der Verhandlungen darüber in F. UEBERWEG's

Dissertation de priore et posteriore forma Kantianae critices rationis purae (Berol. 1862.). Als Herausgeber würde ich mich, auch wenn meine Ansicht von dem doctrinellen Unterschiede der beiden Recensionen eine andere wäre, als sie ist, jetzt so wenig wie früher berechtigt gehalten haben, dem vorliegenden Abdrucke einen andern Text zu Grunde zu legen, als den, welchen der Urheber selbst in seiner letzten Bearbeitung festgestellt hat und welchen er der Zukunft überliefert wissen wollte, so wenig er übrigens etwas dawider hat, wenn Jeder „nach Belieben" den durch die Abkürzungen der zweiten Ausgabe herbeigeführten Verlust durch Vergleichung mit der ersten ersetzen wolle (S. 31). Der Text des vorliegenden Abdrucks ist demgemäss der der zweiten Ausgabe. Die Abweichungen der ersten Ausgabe sind, mit alleiniger Ausnahme der beiden Abschnitte über die transscendentale Deduction der reinen Verstandesbegriffe und über die Paralogismen der reinen Vernunft, deren ursprüngliche Fassung als Nachtrag an das Ende des Bandes gestellt worden ist, auch hier vollständig in Anmerkungen unter dem Text beigefügt, die sich von denen des Verfassers durch Zahlzeichen unterscheiden. Diese Einrichtung gestattet dem Leser, den Text beider Ausgaben mit einander ohne Mühe zu vergleichen; für die vergleichende Auffassung des in der doppelten Recension der genannten beiden grösseren Abschnitte gänzlich verschiedenen Gedankenganges würde die räumliche Neben- oder Uebereinanderstellung der beiden Texte meiner Ansicht nach ohnedies kaum ein Hülfsmittel genannt werden können. Die folgenden drei noch bei KANT's Leben erschienenen Ausgaben (1790, 1794, 1799) sind einfach Wiederholungen der zweiten, um welche sich KANT aller Wahrscheinlichkeit nach nicht bekümmert hat; spricht er doch schon in der Vorrede zur zweiten Ausgabe aus, warum die Aenderungen sich nur bis zum ersten Hauptstück der transscendentalen Dialektik erstrecken und dass er bei seinem vorgerückten Alter die Aushellung der in diesem Werke Anfangs unvermeidlichen Dunkelheiten Andern überlassen müsse.

Für die kritische Feststellung des Textes haben diese späteren Auflagen keinen Werth. Auch habe ich bei der wiederholten Vergleichung des Originaltextes ausser der Berichtigung einiger Druckfehler, die sich in meine Separatausgabe vom J. 1853 eingeschlichen haben, jetzt nur noch an einigen wenigen Stellen, bei denen ich damals Bedenken trug, es zu thun, Veranlassung gefunden, eine Veränderung des Textes vorzunehmen. Die Veränderungen, die der vorliegende Abdruck gegenüber dem Originaldrucke der zweiten Ausgabe, fast durchaus übereinstimmend mit der erwähnten Separatausgabe enthält, sind folgende. Es ist gesetzt worden: 11, 11 o. helfen st. fehlen, 3 u. macht st. machen; 15, 3 u. (Text) sie hervorbringen st. hervorbringen; 38, 10 o. Erkenntnisse, die mathematische (aus d. 1. Ausg.) st. Erkenntnisse, als die mathematische; 48, 3 u. (Text) Denn Vernunft ist st. Denn ist Vernunft; 66, 2 u. (Text) Dieses Letztere st. Diese Letztere; 93, 13 o. theilbar st. veränderlich; 105, 5 u. desselben st. derselben; 108, 3 u. reden st. redet, 2 u. und, da sie nicht st. und die, da sie nicht; 111, 18 u. von deren st. von dessen; 117, 17 o. unter die Einheit st. unter Einheit; 139, 9 u. (Text) derselben st. desselben; 140, 1 u. dem letzteren st. der letzteren; 148, 8 o. mit denen der st. mit der, 1 u. sofern er (aus der 1. Ausg.) st. sofern es; 156, 2 u. (Text) von uns st. uns; 164, 1 o. seinen Grad st. ihren Grad, 18 o. für einen der transscendentalen Betrachtung gewohnten st. für einen etwas der transscendentalen gewohnten, 15 u. abstrahirt, anticipirt; und st. abstrahirt, und; 165, 5 o. *a posteriori* st. *a priori*; 172, 18 u. das man st. die man; 181, 11 u. in der Reihenfolge st. in Reihenfolge; 191, 1 u. sie st. es; 203, 2 o. der Materie nach st. der Materie noch; 212, 10 u. (Anm.) nimmt st. nehmen; 218, 26 u. (Anm.) positiv ist und st. positiv, und; 226, 2 o. Die Verhältnisse, in welchen st. Das Verhältniss, in welchem; 238, 6 o. in Einstimmung st. Einstimmung; 249, 9 u. Sie (aus der 1. Ausg.) st. So; 268, 9 o. ohne Grenzen sei st. ohne Grenzen; 278, 8, 9 o. mir meiner st. mich meiner, und: mir der Anschauung st. mir die Anschauung, 15 o. das des st. die des; 279, 6 o. mir st. ich; 286, 4 u. (Text) sein eigen st. ihr eigen; 294, 14 u. denen der Verstand st. unter denen der Verstand; 333, 17 u. kein Wohlgefallen st. keinen Wohlgefallen; 342, 5 u. keine Wahrnehmung st. eine Wahrnehmung; 344, 7, 8 o. sie doch ... würde st. so würde sie doch ... sein; 368, 4 u. wurde st. würde; 370, 8 o. der mathematischen Antinomie st. der Antinomie; 378, 15 o. *noumenon* st. *phaenomenon*; 384, 15 o. sich verändern st. verändern; 396, 17 o. auf welche st. auf welcher; 398, 12 o. nicht als st. nichts als; 436, 7 u. ausgeschossen st. ausgeschlossen (vergl. 515, 18 o.), 1 u. den Theil st. dem Theile; 444, 4 o. noch st. nach;

445, 6 u. es st. sie; 449, 10 u. keiner st. keine; 463, 14 u. allgemeinen st. allgemeinern; 468, 14 o. die Erscheinungen st. der Erscheinungen; 480, 12 o. Subtraction, Ausziehung der Wurzel u. s. w.) st. Subtraction u. s. w.) Ausziehung der Wurzel; 485, 16 u. über die Grenzen st. über Grenzen; 499, 12 o. dass in st. dass es in; 506, 14 o. für sie st. für ihr; 513, 14 u. und der Abnahme st. und Abnahme; 517, 6 u. reine Privatmeinungen st. keine Privatmeinungen; 518, 21 u. an (aus der 1. Ausg.) st. von; 526, 14 u. können st. könne, 1 u. vor ihr st. vor sie (wenn nicht: für sie zu lesen ist); 540, 7 o. nun st. um; 548, 9 u. kein st. ein jeder; 551, 17 o. ihm st. ihr; 555, 21 u. verwandt macht st. verwandt, 6 u. Alles st. Alle; 582, 15 u. überhaupt st. und überhaupt; 583, 12 o. alle andere st. andere alle; 593, 13 u. ihm st. ihn; 601, 11 u. (Text) die äusseren st. der äusseren; 604, 8 u. specifisch st. skeptisch; 613, 11 u. das st. der; 617, 9 u. *appcrceptionis* st. *apperceptiones*. — In den Zahlen der Paragraphen überspringt das Original die Zahl 14; um jene nicht zu verwirren, habe ich dem „Uebergang zur transscendentalen Deduction der Kategorien" (S. 111) die fehlende Zahl gegeben. Der in der ersten Ausgabe nach der Vorrede stehende „Inhalt", der sich für die Elementarlehre auf die Angabe der zwei Abschnitte der transscendentalen Aesthetik und der zwei Abschnitte der transscendentalen Logik, für die Methodenlehre auf die Angabe der vier Hauptstücke beschränkt, war in der zweiten Ausgabe weggeblieben.

G. Hartenstein.

INHALT.

Kritik der reinen Vernunft.

	Seite
Zueignung	3
Vorrede zur ersten Ausgabe	5
Vorrede zur zweiten Ausgabe	13

Einleitung.

I. Von dem Unterschiede der reinen und empirischen Erkenntniss . . 33
II. Wir sind im Besitze' gewisser Erkenntnisse *a priori* und selbst der gemeine Verstand ist niemals ohne solche 34
III. Die Philosophie bedarf einer Wissenschaft, welche die Möglichkeit, die Principien und den Umfang aller Erkenntnisse *a priori* bestimme 37
IV. Von dem Unterschiede analytischer und synthetischer Urtheile . . 39
V. In allen theoretischen Wissenschaften der Vernunft sind synthetische Urtheile *a priori* als Principien enthalten 42
VI. Allgemeine Aufgabe der reinen Vernunft 45
VII. Idee und Eintheilung einer besonderen Wissenschaft unter dem Namen einer Kritik der reinen Vernunft 48

Transscendentale Elementarlehre.

Erster Theil. Die transscendentale Aesthetik. §. 1. 55
   1. Abschn. Von dem Raume §. 2, 3. 58
   2. Abschn. Von der Zeit. §. 4—7. 64
       Allgemeine Anmerkung zur transscendentalen Aesthetik. §. 8. 72
Zweiter Theil. Die transscendentale Logik 81
   Einleitung. Idee einer transscendentalen Logik.
      I. Von der Logik überhaupt 81

		Seite
II. Von der transscendentalen Logik		84
III. Von der Eintheilung der allgemeinen Logik in Analytik und Dialektik		86
IV. Von der Eintheilung der transscendentalen Logik in transscendentale Analytik und Dialektik		88

Erste Abtheilung. Die transscendentale Analytik 90
Erstes Buch. Die Analytik der Begriffe 91
  1 Hauptst. Von dem Leitfaden der Entdeckung aller reinen Verstandesbegriffe 91
    1 Abschn. Von dem logischen Verstandesgebrauche überhaupt 92
    2. Abschn. Von der logischen Function des Verstandes im Urtheilen. § 9. 94
    3. Abschn. Von den reinen Verstandesbegriffen oder Kategorien. §. 10—12 98
  2. Hauptst. Von der Deduction der reinen Verstandesbegriffe 106
    1. Abschn. Von den Principien einer transscendentalen Deduction überhaupt. §. 13 106
    Uebergang zur transscendentalen Deduction der Kategorien 111
    2. Abschn. Transscendentale Deduction der reinen Verstandesbegriffe. §. 15—27. 114

Zweites Buch. Die Analytik der Grundsätze 136
  Einleitung. Von der transscendentalen Urtheilskraft überhaupt 137
  1. Hauptst. Von dem Schematismus der reinen Verstandesbegriffe 140
  2 Hauptst. System aller Grundsätze des reinen Verstandes 147
    1. Abschn. Von dem obersten Grundsatze aller analytischen Urtheile 148
    2. Abschn. Von dem obersten Grundsatze aller synthetischen Urtheile 150
    3. Abschn. Systematische Vorstellung aller synthetischen Grundsätze des reinen Verstandes 153
      1. Axiomen der Anschauung 155
      2. Anticipationen der Wahrnehmung 158
      3. Analogien der Erfahrung 165
        A. Grundsatz der Beharrlichkeit der Substanz . . 169
        B. Grundsatz der Zeitfolge nach dem Gesetze der Causalität 173
        C. Grundsatz des Zugleichseins nach dem Gesetze der Wechselwirkung 187
      4. Postulate des empirischen Denkens überhaupt . . 192
        Widerlegung des Idealismus 197

Inhalt. XIII

	Seite
Allgemeine Anmerkung zum Systeme der Grundsätze	205
3. Hauptst. Von dem Grunde der Unterscheidung aller Gegenstände überhaupt in *Phaenomena* und *Noumena*	209
Anhang. Von der Amphibolie der Reflexionsbegriffe	225
Zweite Abtheilung. Die transscendentale Dialektik	244
Einleitung. I. Vom transscendentalen Scheine	244
II. Von der reinen Vernunft, als dem Sitze des transscendentalen Scheines	247
A. Von der Vernunft überhaupt	247
B. Vom logischen Gebrauche der Vernunft	250
C. Von dem reinen Gebrauche der Vernunft	251
Erstes Buch. Von den Begriffen der reinen Vernunft	255
1. Abschn. Von den Ideen überhaupt	256
2. Abschn. Von den transscendentalen Ideen	261
3. Abschn. System der transscendentalen Ideen	268
Zweites Buch. Von den dialektischen Schlüssen der reinen Vernunft	272
1. Hauptst. Von den Paralogismen der reinen Vernunft	273
Widerlegung des Mendelssohnschen Beweises der Beharrlichkeit der Seele	281
Allgemeine Anmerkung, den Uebergang von der rationalen Psychologie zur Kosmologie betreffend	290
2. Hauptst. Die Antinomie der reinen Vernunft	292
1. Abschn. System der kosmologischen Ideen	294
2. Abschn. Antithetik der reinen Vernunft	301
1. Antinomie	304
2. Antinomie	310
3. Antinomie	316
4. Antinomie	322
3. Abschn. Von dem Interesse der Vernunft bei diesem Widerstreit	330
4 Abschn. Von den transscendentalen Aufgaben der reinen Vernunft, in so fern sie schlechterdings müssen aufgelöset werden können	338
5. Abschn. Skeptische Vorstellung der kosmologischen Fragen durch alle vier transscendentalen Ideen	343
6. Abschn. Der transscendentale Idealismus, als der Schlüssel zur Auflösung der kosmologischen Dialektik	346
7. Abschn. Kritische Entscheidung des kosmologischen Streites	350
8. Abschn. Regulatives Princip der reinen Vernunft in Ansehung der kosmologischen Ideen	356
9. Abschn. Von dem empirischen Gebrauche des regulativen Princips	361

Inhalt.

I. Auflösung der kosmologischen Idee von der Totalität der Erscheinungen in einem Weltganzen .. 362
II. Auflösung der kosmologischen Idee von der Totalität der Theilung eines gegebenen Ganzen in der Anschauung 365
    Schlussanmerkung 368
III. Auflösung der kosmologischen Idee von der Totalität der Ableitung der Weltbegebenheiten aus ihren Ursachen 370
    Möglichkeit der Causaliät durch Freiheit ... 374
    Erläuterung der kosmologischen Idee der Freiheit 376
IV. Auflösung der kosmologischen Idee von der Totalität der Abhängigkeit der Erscheinungen ihrem Dasein nach 386
    Schlussanmerkung zur ganzen Antinomie der Vernunft 389
3. Hauptst. Das Ideal der reinen Vernunft 391
  1. Abschn. Von dem Ideal überhaupt 391
  2. Abschn. Von dem transscendentalen Ideal *(Prototypon transscendentale)* 393
  3. Abschn. Von den Beweisgründen der speculativen Vernunft, auf das Dasein eines höchsten Wesens zu schliessen 400
  4. Abschn. Von der Unmöglichkeit eines ontologischen Beweises 405
  5. Abschn. Von der Unmöglichkeit eines kosmologischen Beweises 411
    Entdeckung des dialektischen Scheines in allen transscendentalen Beweisen 418
  6. Abschn. Von der Unmöglichkeit des physikotheologischen Beweises 422
  7. Abschn. Kritik aller speculativen Theologie 428
Anhang zur transscendentalen Dialektik 435
  Von dem regulativen Gebrauche der Ideen der reinen Vernunft 435
  Von der Endabsicht der natürlichen Dialektik der menschlichen Vernunft 450

II. Transscendentale Methodenlehre.

Erstes Hauptst. Die Disciplin der reinen Vernunft 471
  1. Abschn. Die Disciplin der reinen Vernunft im dogmatischen Gebrauche 475
  2. Abschn. Die Disciplin der reinen Vernunft in Ansehung ihres polemischen Gebrauchs 492

Inhalt. XV

Von der Unmöglichkeit einer skeptischen Befriedigung der
mit sich selbst veruneinigten Vernunft 503
3. Abschn. Die Disciplin der reinen Vernunft in Ansehung der
Hypothesen 510
4. Abschn. Die Disciplin der reinen Vernunft in Ansehung ihrer
Beweise 518
Zweites Hauptst. Der Kanon der reinen Vernunft 526
1. Abschn. Von dem letzten Zwecke des reinen Gebrauchs unserer Vernunft 527
2. Abschn. Von dem Ideal des höchsten Gutes 531
3. Abschn. Vom Meinen, Wissen und Glauben 541
Drittes Hauptst. Die Architektonik der reinen Vernunft 548
Viertes Hauptst. Die Geschichte der reinen Vernunft 560

Nachträge aus der ersten Ausgabe vom Jahre 1781.

I. Zu dem Abschnitt von der transscendentalen Deduction der
reinen Verstandesbegriffe 565
2. Abschn. Von den Gründen *a priori* zur Möglichkeit
der Erfahrung 565
3. Abschn. Von dem Verhältnisse des Verstandes zu Gegenständen überhaupt und der Möglichkeit, diese *a priori*
zu erkennen 576
II. Zu dem Hauptstück von den Paralogismen der reinen Vernunft 585
Erster Paralogismus der Substantialität 585
Zweiter Paralogismus der Simplicität 588
Dritter Paralogismus der Personalität 594
Vierter Paralogismus der Idealität 597
Betrachtungen über die Summe der reinen Seelenlehre . . . 605

Kritik

der

reinen Vernunft.

1781.

BACO DE VERULAMIO.
INSTAURATIO MAGNA. PRAEFATIO.

De nobis ipsis silemus. De re autem, quae agitur, petimus: ut homines eam non opinionem, sed opus esse cogitent; ac pro certo habeant, non sectae nos alicujus, aut placiti, sed utilitatis et amplitudinis humanae fundamenta moliri Deinde ut suis commodis aequi — in commune consulant et ipsi in partem veniant. Praeterea ut bene sperent, neque instaurationem nostram ut quiddam infinitum et ultra mortale fingant et animo concipiant: quum revera sit infiniti erroris finis et terminus legitimus.[1]

---

[1] Dieses Motto aus Baco ist erst in der 2. Ausg. hinzugekommen, wo es auf der Rückseite des Titelblattes steht.

Sr. Excellenz

dem Königlichen Staatsminister

FREIHERRN VON ZEDLITZ.

Gnädiger Herr,

Den Wachsthum der Wissenschaften an seinem Theile befördern, heisst an Ew. Excellenz eigenem Interesse arbeiten; denn dieses ist mit jenen nicht blos durch den erhabenen Posten eines Beschützers, sondern durch das viel vertrautere eines Liebhabers und erleuchteten Kenners innigst verbunden. Deswegen bediene ich mich auch des einigen Mittels, das gewissermassen in meinem Vermögen ist, meine Dankbarkeit für das gnädige Zutrauen zu bezeigen, womit Ew. Excellenz mich beehren, als könne ich zu dieser Absicht etwas beitragen.[1]

---

[1] In der vom 29. März 1781 datirten Dedication der ersten Ausgabe folgen hier die Sätze:

„Wen das speculative Leben vergnügt, dem ist, unter mässigen Wünschen, der Beifall eines aufgeklärten, gültigen Richters eine kräftige Aufmunterung zu Bemühungen, deren Nutzen gewiss, obzwar entfernt ist und daher von gemeinen Augen gänzlich verkannt wird.

Einem Solchen und dessen gnädigem Augenmerke widme ich nun diese Schrift und seinem Schutze alle übrige Angelegenheit" u. s. w.

Demselben gnädigen Augenmerke, dessen Ew. Excellenz die erste Auflage dieses Werkes gewürdigt haben, widme ich nun auch diese zweite und hiermit zugleich alle übrige Angelegenheit meiner literärischen Bestimmung und bin mit der tiefsten Verehrung

Ew. Excellenz

Königsberg,
den 23. April 1787.

unterthänig gehorsamster Diener

IMMANUEL KANT.

VORREDE
zur ersten Ausgabe vom Jahre 1781.[1]

Die menschliche Vernunft hat das besondere Schicksal in einer Gattung ihrer Erkenntnisse, dass sie durch Fragen belästigt wird, die sie nicht abweisen kann, denn sie sind ihr durch die Natur der Vernunft selbst aufgegeben, die sie aber auch nicht beantworten kann, denn sie übersteigen alles Vermögen der menschlichen Vernunft.

In diese Verlegenheit geräth sie ohne ihre Schuld. Sie fängt von Grundsätzen an, deren Gebrauch im Laufe der Erfahrung unvermeidlich und zugleich durch diese hinreichend bewährt ist. Mit diesen steigt sie (wie es auch ihre Natur mit sich bringt) immer höher, zu entfernteren Bedingungen. Da sie aber gewahr wird, dass auf diese Art ihr Geschäft jederzeit unvollendet bleiben müsse, weil die Fragen niemals aufhören, so sieht sie sich genöthigt zu Grundsätzen ihre Zuflucht zu nehmen, die allen möglichen Erfahrungsgebrauch überschreiten und gleichwohl so unverdächtig scheinen, dass auch die gemeine Menschenvernunft damit im Einverständnisse stehet. Dadurch aber stürzt sie sich in Dunkelheit und Widersprüche, aus welchen sie zwar abnehmen kann, dass irgendwo verborgene Irrthümer zum Grunde liegen müssen, die sie aber nicht entdecken kann, weil die Grundsätze, deren sie sich bedient, da sie über die Grenze aller Erfahrung hinausgehen, keinen Probierstein der Erfahrung mehr anerkennen. Der Kampfplatz dieser endlosen Streitigkeiten heisst nun Metaphysik.

Es war eine Zeit, in welcher sie die Königin aller Wissenschaften genannt wurde, und wenn man den Willen für die That nimmt, so ver-

---

[1] Diese Vorrede zur ersten Ausgabe hat KANT bei der zweiten Ausgabe weggelassen.

diente sie wegen der vorzüglichen Wichtigkeit ihres Gegenstandes allerdings diesen Ehrennamen. Jetzt bringt es der Modeton der Zeit so mit sich, ihr alle Verachtung zu beweisen und die Matrone klagt, verstossen und verlassen, wie Hekuba: *modo maxima rerum, tot generis natisque potens — nunc trahor exul, inops* — Ovid. Metam.

Anfänglich war ihre Herrschaft, unter der Verwaltung der **Dogmatiker**, **despotisch**. Allein weil die Gesetzgebung noch die Spur der alten Barbarei an sich hatte, so artete sie durch innere Kriege nach und nach in völlige Anarchie aus, und die **Skeptiker**, eine Art Nomaden, die allen beständigen Anbau des Bodens verabscheuen, zertrenneten von Zeit zu Zeit die bürgerliche Vereinigung. Da ihrer aber zum Glück nur wenige waren, so konnten sie nicht hindern, dass jene sie nicht immer wieder aufs Neue, obgleich nach keinem unter sich einstimmigen Plane, wieder anzubauen versuchten. In neueren Zeiten schien es zwar einmal, als sollte allen diesen Streitigkeiten durch eine gewisse **Physiologie des Verstandes** (von dem berühmten Locke) ein Ende gemacht und die Rechtmässigkeit jener Ansprüche völlig entschieden werden; es fand sich aber, dass, obgleich die Geburt jener vorgegebenen Königin aus dem Pöbel der gemeinen Erfahrung abgeleitet wurde und dadurch ihre Anmassung mit Recht hätte verdächtig werden müssen, dennoch, weil diese **Genealogie** ihr in der That fälschlich angedichtet war, sie ihre Ansprüche noch immer behauptete, wodurch alles wiederum in den veralteten wurmstichigen **Dogmatismus** und daraus in die Geringschätzung verfiel, daraus man die Wissenschaft hatte ziehen wollen. Jetzt, nachdem alle Wege (wie man sich überredet) vergeblich versucht sind, herrscht Ueberdruss und gänzlicher **Indifferentismus**, die Mutter des Chaos und der Nacht in Wissenschaften, aber doch zugleich der Ursprung, wenigstens das Vorspiel einer nahen Umschaffung und Aufklärung derselben, wenn sie durch übel angebrachten Fleiss dunkel, verwirrt und unbrauchbar geworden.

Es ist nämlich umsonst, Gleichgültigkeit in Ansehung solcher Nachforschungen erkünsteln zu wollen, deren Gegenstand der menschlichen Natur **nicht gleichgültig** sein kann. Auch fallen jene vorgeblichen **Indifferentisten**, so sehr sie sich auch durch die Veränderung der Schulsprache in einem populären Tone unkenntlich zu machen gedenken, wofern sie nur überall etwas denken, in metaphysische Behauptungen unvermeidlich zurück, gegen die sie doch so viel Verachtung vorgaben. Indessen ist diese Gleichgültigkeit, die sich mitten in dem

Flor aller Wissenschaften ereignet und gerade diejenige trifft, auf deren Kenntnisse, wenn dergleichen zu haben wären, man unter allen am wenigsten Verzicht thun würde, doch ein Phänomen, das Aufmerksamkeit und Nachsinnen verdient. Sie ist offenbar die Wirkung nicht des Leichtsinnes, sondern der gereiften **Urtheilskraft*** des Zeitalters, welches sich nicht länger durch Scheinwissen hinhalten lässt, und eine Aufforderung an die Vernunft, das beschwerlichste aller ihrer Geschäfte, nämlich das der Selbsterkenntniss, aufs Neue zu übernehmen und einen Gerichtshof einzusetzen, der sie bei ihren gerechten Ansprüchen sichere, dagegen aber alle grundlose Anmassungen, nicht durch Machtsprüche, sondern nach ihren ewigen und unwandelbaren Gesetzen abfertigen könne, und dieser ist kein anderer als die **Kritik der reinen Vernunft** selbst.

Ich verstehe aber hierunter nicht eine Kritik der Bücher und Systeme, sondern die des Vernunftvermögens überhaupt, in Ansehung aller Erkenntnisse, zu denen sie, **unabhängig von aller Erfahrung**, streben mag, mithin die Entscheidung der Möglichkeit oder Unmöglichkeit einer Metaphysik überhaupt und die Bestimmung sowohl der Quellen, als des Umfanges und der Grenzen derselben, alles aber aus Principien.

Diesen Weg, den einzigen, der übrig gelassen war, bin ich nun eingeschlagen und schmeichle mir, auf demselben die Abstellung aller Irrungen angetroffen zu haben, die bisher die Vernunft im erfahrungsfreien Gebrauche mit sich selbst entzweiet hatten. Ich bin ihren Fragen nicht dadurch etwa ausgewichen, dass ich mich mit dem Unvermögen der menschlichen Vernunft entschuldigte, sondern ich habe sie nach Prin-

---

* Man hört hin und wieder Klagen über Seichtigkeit der Denkungsart unserer Zeit und den Verfall gründlicher Wissenschaft. Allein ich sehe nicht, dass die, deren Grund gut gelegt ist, als Mathematik, Naturlehre u. s. w. diesen Vorwurf im mindesten verdienen, sondern vielmehr den alten Ruhm der Gründlichkeit behaupten, in der letzteren aber sogar übertreffen. Eben derselbe Geist würde sich nun auch in anderen Arten von Erkenntniss wirksam beweisen, wäre nur allererst für die Berichtigung ihrer Principien gesorgt worden. In Ermangelung derselben sind Gleichgültigkeit und Zweifel und endlich strenge Kritik vielmehr Beweise einer gründlichen Denkungsart. Unser Zeitalter ist das eigentliche Zeitalter der Kritik, der sich alles unterwerfen muss. **Religion**, durch ihre **Heiligkeit**, und **Gesetzgebung**, durch ihre **Majestät**, wollen sich gemeiniglich derselben entziehen. Aber alsdann erregen sie gerechten Verdacht wider sich und können auf unverstellte Achtung nicht Anspruch machen, die die Vernunft nur demjenigen bewilligt, was ihre freie und öffentliche Prüfung hat aushalten können.

cipien vollständig specificirt und, nachdem ich den Punkt des Missverstandes der Vernunft mit ihr selbst entdeckt hatte, sie zu ihrer völligen Befriedigung aufgelöst. Zwar ist die Beantwortung jener Fragen gar nicht so ausgefallen, als dogmatisch schwärmende Wissbegierde erwarten mochte; denn die könnte nicht anders als durch Zauberkünste, darauf ich mich nicht verstehe, befriedigt werden. Allein das war auch wohl nicht die Absicht der Naturbestimmung unserer Vernunft; und die Pflicht der Philosophie war: das Blendwerk, das aus Missdeutung entsprang, aufzuheben, sollte auch noch so viel gepriesener und beliebter Wahn dabei zu Nichte gehen. In dieser Beschäftigung habe ich Ausführlichkeit mein grosses Augenmerk sein lassen und ich erkühne mich zu sagen, dass nicht eine einzige metaphysische Aufgabe sein müsse, die hier nicht aufgelöst oder zu deren Auflösung nicht wenigstens der Schlüssel dargereicht worden. In der That ist auch reine Vernunft eine so vollkommene Einheit, dass, wenn das Princip derselben auch nur zu einer einzigen aller der Fragen, die ihr durch ihre eigene Natur aufgegeben sind, unzureichend wäre, man dieses immerhin nur wegwerfen könnte, weil es alsdann auch keiner der übrigen mit völliger Zuverlässigkeit gewachsen sein würde.

Ich glaube, indem ich dieses sage, in dem Gesichte des Lesers einen mit Verachtung vermischten Unwillen über, dem Anscheine nach, so ruhmredige und unbescheidene Ansprüche wahrzunehmen, und gleichwohl sind sie ohne Vergleichung gemässigter, als die eines jeden Verfassers des gemeinsten Programms, der darin etwa die einfache Natur der Seele oder die Nothwendigkeit eines ersten Weltanfanges zu beweisen vorgibt. Denn dieser macht sich anheischig, die menschliche Erkenntniss über alle Grenzen möglicher Erfahrung hinaus zu erweitern, wovon ich demüthig gestehe, dass dieses mein Vermögen gänzlich übersteige, an dessen Statt ich es lediglich mit der Vernunft selbst und ihrem reinen Denken zu thun habe, nach deren ausführlicher Kenntniss ich nicht weit um mich suchen darf, weil ich sie in mir selbst antreffe und wovon mir auch schon die gemeine Logik ein Beispiel gibt, dass sich alle ihre einfachen Handlungen völlig und systematisch aufzählen lassen; nur dass hier die Frage aufgeworfen wird, wie viel ich mit derselben, wenn mir aller Stoff und Beistand der Erfahrung genommen wird, etwa auszurichten hoffen dürfe.

So viel von der Vollständigkeit in Erreichung eines jeden, und der Ausführlichkeit in Erreichung aller Zwecke zusammen, die nicht ein beliebiger Vorsatz, sondern die Natur der Erkenntniss selbst uns aufgibt, als der Materie unserer kritischen Untersuchung.

Noch sind Gewissheit und Deutlichkeit, zwei Stücke, die die Form derselben betreffen, als wesentliche Forderungen anzusehen, die man an den Verfasser, der sich an eine so schlüpfrige Unternehmung wagt, mit Recht thun kann.

Was nun die Gewissheit betrifft, so habe ich mir selbst das Urtheil gesprochen, dass es in dieser Art von Betrachtungen auf keine Weise erlaubt sei, zu meinen, und dass alles, was darin einer Hypothese nur ähnlich sieht, verbotene Waare sei, die auch nicht für den geringsten Preis feil stehen darf, sondern, sobald sie entdeckt wird, beschlagen werden muss. Denn das kündigt eine jede Erkenntniss, die *a priori* feststehen soll, selbst an, dass sie für schlechthin nothwendig gehalten werden will, und eine Bestimmung aller reinen Erkenntnisse *a priori* noch viel mehr, die das Richtmaass, mithin selbst das Beispiel aller apodiktischen (philosophischen) Gewissheit sein soll. Ob ich nun das, wozu ich mich anheischig mache, in diesem Stücke geleistet habe, das bleibt gänzlich dem Urtheile des Lesers anheim gestellt, weil es dem Verfasser nur geziemt, Gründe vorzulegen, nicht aber über die Wirkung derselben bei seinen Richtern zu urtheilen. Damit aber nicht etwas unschuldigerweise an der Schwächung derselben Ursache sei, so mag es ihm wohl erlaubt sein, diejenigen Stellen, die zu einigem Misstrauen Anlass geben könnten, ob sie gleich nur den Nebenzweck angehen, selbst anzumerken, um den Einfluss, den auch nur die mindeste Bedenklichkeit des Lesers in diesem Punkte auf sein Urtheil, in Ansehung des Hauptzwecks, haben möchte, bei Zeiten abzuhalten.

Ich kenne keine Untersuchungen, die zu Ergründung des Vermögens, welches wir Verstand nennen, und zugleich zu Bestimmung der Regeln und Grenzen seines Gebrauchs wichtiger wären, als die, welche ich in dem zweiten Hauptstücke der transscendentalen Analytik, unter dem Titel der Deduction der reinen Verstandesbegriffe, angestellt habe; auch haben sie mir die meiste, aber, wie ich hoffe, nicht unvergoltene Mühe gekostet. Diese Betrachtung, die etwas tief angelegt ist, hat aber zwei Seiten. Die eine bezieht sich auf die Gegenstände des reinen Verstandes und soll die objective Gültigkeit seiner Begriffe *a priori* darthun und begreiflich machen; eben darum ist sie auch wesentlich zu meinen Zwecken gehörig. Die andere geht darauf aus, den reinen Verstand selbst, nach seiner Möglichkeit und den Erkenntnisskräften, auf denen er selbst beruht, mithin ihn in subjectiver Beziehung zu betrachten, und obgleich diese Erörterung in Ansehung meines Hauptzweckes von grosser Wichtigkeit ist, so gehört sie doch nicht wesentlich zu demselben; weil die Hauptfrage immer bleibt, was und wie viel kann Verstand und Vernunft, frei von aller Erfahrung, erkennen und nicht? wie ist das Vermögen zu denken selbst möglich? Da das Letztere gleichsam eine Aufsuchung der Ursache zu einer gegebenen Wirkung ist, und insofern etwas einer Hypothese Aehnliches an sich hat, (ob es gleich, wie ich bei anderer Gelegenheit zeigen werde, sich in der That nicht so verhält,) so scheint es, als sei hier der Fall, da ich mir die Erlaubniss nehme, zu meinen, und dem Leser also auch freistehen müsse, anders zu meinen. In Betracht dessen muss ich dem Leser mit der Erinnerung zuvorkommen, dass, im Fall meine subjective Deduction nicht die ganze Ueberzeugung, die ich erwarte, bei ihm gewirkt hätte, doch die objective, um die es mir hier vornehmlich zu thun ist, ihre ganze Stärke bekomme, wozu allenfalls dasjenige, was S. 92 bis 93 [1] gesagt wird, allein hinreichend sein kann.

Was endlich die Deutlichkeit betrifft, so hat der Leser das Recht, zuerst die discursive (logische) Deutlichkeit, durch Begriffe, dann aber auch eine intuitive (ästhetische) Deutlichkeit, durch Anschauungen, d. i. Beispiele oder andere Erläuterungen *in concreto* zu fordern. Für die erste habe ich hinreichend gesorgt. Das betraf das Wesen meines Vorhabens, war aber auch die zufällige Ursache, dass ich der zweiten, obzwar nicht so strengen, aber doch billigen Forderung nicht habe Gnüge leisten können. Ich bin fast beständig im Fortgange meiner Arbeit unschlüssig gewesen, wie ich es hiemit halten sollte. Beispiele und Erläuterungen schienen mir immer nöthig und flossen daher auch wirklich im ersten Entwurfe an ihren Stellen gehörig ein. Ich sahe aber die Grösse meiner Aufgabe und die Menge der Gegenstände, womit ich es zu thun haben würde, gar bald ein, und da ich gewahr ward, dass diese ganz allein, im trockenen, blos scholastischen Vortrage, das Werk schon genug ausdehnen würden, so fand ich es unrathsam, es durch Beispiele und Erläuterungen, die nur in populärer Absicht nothwendig sind, noch mehr anzuschwellen, zumal diese Arbeit keineswegs dem populären Gebrauche angemessen werden könnte und die eigentlichen Kenner der Wissenschaft diese Erleichterung nicht so nöthig

---

[1] Der 1. Ausg.; die bezeichnete Stelle ist der „Uebergang zur transscendentalen Deduction der Kategorien."

haben, ob sie zwar jederzeit angenehm ist, hier aber sogar etwas Zweckwidriges nach sich ziehen konnte. Abt TERRASSON sagt zwar: wenn man die Grösse eines Buches nicht nach der Zahl der Blätter, sondern nach der Zeit misst, die man nöthig hat, es zu verstehen, so könne man von manchem Buche sagen, dass es **viel kürzer sein würde, wenn es nicht so kurz wäre.** Andererseits aber, wenn man auf die Fasslichkeit eines weitläuftigen, dennoch aber in einem Princip zusammenhängenden Ganzen speculativer Erkenntniss seine Absicht richtet, könnte man mit eben so gutem Rechte sagen: **manches Buch wäre viel deutlicher geworden, wenn es nicht so gar deutlich hätte werden sollen.** Denn die Hülfsmittel der Deutlichkeit helfen zwar in Theilen, zerstreuen aber öfters im Ganzen, indem sie den Leser nicht schnell genug zu Ueberschauung des Ganzen gelangen lassen und durch alle ihre hellen Farben gleichwohl die Articulation oder den Gliederbau des Systems verkleben und unkenntlich machen, auf den es doch, um über die Einheit und Tüchtigkeit desselben urtheilen zu können, am meisten ankommt.

Es kann, wie mich dünkt, dem Leser zu nicht geringer Anlockung dienen, seine Bemühung mit der des Verfassers zu vereinigen, wenn er die Aussicht hat, ein grosses und wichtiges Werk, nach dem vorgelegten Entwurfe, ganz und doch dauerhaft zu vollführen. Nun ist Metaphysik nach den Begriffen, die wir hier davon geben werden, die einzige aller Wissenschaften, die sich eine solche Vollendung und zwar in kurzer Zeit, und mit nur weniger, aber vereinigter Bemühung versprechen darf, so dass nichts für die Nachkommenschaft übrig bleibt, als in der didaktischen Manier alles nach ihren Absichten einzurichten, ohne darum den Inhalt im mindesten vermehren zu können. Denn es ist nichts als das Inventarium aller unserer Besitze durch reine Vernunft, systematisch geordnet. Es kann uns hier nichts entgehen, weil, was Vernunft gänzlich aus sich selbst hervorbringt, sich nicht verstecken kann, sondern selbst durch die Vernunft ans Licht gebracht wird, sobald man nur das gemeinschaftliche Princip desselben entdeckt hat. Die vollkommene Einheit dieser Art Erkenntnisse, und zwar aus lauter reinen Begriffen, ohne dass irgend etwas von Erfahrung, oder auch nur besondere Anschauung, die zur bestimmten Erfahrung leiten sollte, auf sie einigen Einfluss haben kann, sie zu erweitern und zu vermehren, macht diese unbedingte Vollständigkeit nicht allein thunlich, sondern auch nothwendig. *Tecum habita et noris, quam sit tibi curta supellex.* PERSIUS.

Ein solches System der reinen (speculativen) Vernunft hoffe ich unter dem Titel: **Metaphysik der Natur**, selbst zu liefern, welches bei noch nicht der Hälfte der Weitläuftigkeit, dennoch ungleich reicheren Inhalt haben soll, als hier die Kritik, die zuvörderst die Quellen und Bedingungen ihrer Möglichkeit darlegen musste und einen ganz verwachsenen Boden zu reinigen und zu ebenen hatte. Hier erwarte ich an meinem Leser die Geduld und Unparteilichkeit eines **Richters**, dort aber die Willfährigkeit und den Beistand eines **Mithelfers**; denn, so vollständig auch alle **Principien** zu dem System in der Kritik vorgetragen sind, so gehört zur Ausführlichkeit des Systems selbst doch noch, dass es auch an keinen **abgeleiteten** Begriffen mangele, die man *a priori* nicht in Ueberschlag bringen kann, sondern die nach und nach aufgesucht werden müssen; imgleichen, da dort die ganze Synthesis der Begriffe erschöpft wurde, so wird überdem hier gefordert, dass eben dasselbe auch in Ansehung der **Analysis** geschehe, welches alles leicht und mehr Unterhaltung als Arbeit ist.

Ich habe nur noch einiges in Ansehung des Drucks anzumerken. Da der Anfang desselben etwas verspätet war, so konnte ich etwa nur die Hälfte der Aushängebogen zu sehen bekommen, in denen ich zwar einige, den Sinn aber nicht verwirrende Druckfehler antreffe, ausser demjenigen, der S. 379 Zeile 4 von unten vorkommt, da **specifisch** anstatt **skeptisch** gelesen werden muss. Die Antinomie der reinen Vernunft, von Seite 425 bis 461, ist so, nach Art einer Tafel angestellt, dass alles, was zur **Thesis** gehört, auf der linken, was aber zur **Antithesis** gehört, auf der rechten Seite immer fortläuft, welches ich darum so anordnete, damit Satz und Gegensatz desto leichter mit einander verglichen werden könnte.

VORREDE
zur zweiten Ausgabe vom Jahre 1787.

Ob die Bearbeitung der Erkenntnisse, die zum Vernunftgeschäfte gehören, den sicheren Gang einer Wissenschaft gehe oder nicht, das lässt sich bald aus dem Erfolg beurtheilen. Wenn sie nach viel gemachten Anstalten und Zurüstungen, so bald es zum Zwecke kommt, in Stecken geräth, oder, um diesen zu erreichen, öfters wieder zurückgehen und einen andern Weg einschlagen muss; imgleichen wenn es nicht möglich ist, die verschiedenen Mitarbeiter in der Art, wie die gemeinschaftliche Absicht verfolgt werden soll, einhellig zu machen: so kann man immer überzeugt sein, dass ein solches Studium bei weitem noch nicht den sicheren Gang einer Wissenschaft eingeschlagen, sondern ein bloses Herumtappen sei, und es ist schon ein Verdienst um die Vernunft diesen Weg wo möglich ausfindig zu machen, sollte auch manches als vergeblich aufgegeben werden müssen, was in dem ohne Ueberlegung vorher genommenen Zwecke enthalten war.

Dass die Logik diesen sicheren Gang schon von den ältesten Zeiten her gegangen sei, lässt sich daraus ersehen, dass sie seit dem ARISTOTELES keinen Schritt rückwärts hat thun dürfen, wenn man ihr nicht etwa die Wegschaffung einiger entbehrlichen Subtilitäten, oder deutlichere Bestimmung des Vorgetragenen als Verbesserungen anrechnen will, welches aber mehr zur Eleganz, als zur Sicherheit der Wissenschaft gehört. Merkwürdig ist noch an ihr, dass sie auch bis jetzt keinen Schritt vorwärts hat thun können, und also allem Ansehen nach geschlossen und vollendet zu sein scheint. Denn, wenn einige Neuere sie dadurch zu erweitern dachten, dass sie theils psychologische Kapitel von den verschiedenen Erkenntnisskräften, (der Einbildungskraft, dem

Witze,) theils metaphysische über den Ursprung der Erkenntniss oder der verschiedenen Art der Gewissheit nach Verschiedenheit der Objecte, (dem Idealismus, Skepticismus u. s. w., theils (anthropologische von Vorurtheilen, (den Ursachen derselben und Gegenmitteln) hineinschoben, so rührt dieses von ihrer Unkunde der eigenthümlichen Natur dieser Wissenschaft her. Es ist nicht Vermehrung, sondern Verunstaltung der Wissenschaften, wenn man ihre Grenzen in einander laufen lässt; die Grenze der Logik aber ist dadurch ganz genau bestimmt, dass sie eine Wissenschaft ist, welche nichts als die formalen Regeln alles Denkens, (es mag *a priori* oder empirisch sein, einen Ursprung oder Object haben; welches es wolle, in unserem Gemüthe zufällige oder natürliche Hindernisse antreffen,) ausführlich darlegt und strenge beweiset.

Dass es der Logik so gut gelungen ist, diesen Vortheil hat sie blos ihrer Eingeschränktheit zu verdanken, dadurch sie berechtigt, ja verbunden ist, von allen Objecten der Erkenntniss und ihrem Unterschiede zu abstrahiren, und in ihr also der Verstand es mit nichts weiter, als mit sich selbst und seiner Form zu thun hat. Weit schwerer musste es natürlicherweise für die Vernunft sein, den sicheren Weg der Wissenschaft einzuschlagen, wenn sie nicht blos mit sich selbst, sondern auch mit Objecten zu schaffen hat; daher jene auch als Propädeutik gleichsam nur den Vorhof der Wissenschaften ausmacht, und wenn von Kenntnissen die Rede ist, man zwar eine Logik zu Beurtheilung derselben voraussetzt, aber die Erwerbung derselben in eigentlich und objectiv so genannten Wissenschaften suchen muss.

So fern in diesen nun Vernunft sein soll, so muss darin etwas *a priori* erkannt werden, und ihre Erkenntniss kann auf zweierlei Art auf ihren Gegenstand bezogen werden, entweder diesen und seinen Begriff, (der anderweitig gegeben werden muss,) blos zu bestimmen, oder ihn auch wirklich zu machen. Die erste ist theoretische, die andere praktische Erkenntniss der Vernunft. Von beiden muss der reine Theil, so viel oder so wenig er auch enthalten mag, nämlich derjenige, darin Vernunft gänzlich *a priori* ihr Object bestimmt, vorher allein vorgetragen werden, und dasjenige, was aus andern Quellen kommt, damit nicht vermengt werden; denn es gibt üble Wirthschaft, wenn man blindlings ausgibt, was einkommt, ohne nachher, wenn jene in Stecken geräth, unterscheiden zu können, welcher Theil der Einnahme den Aufwand tragen könne, und von welcher man denselben beschneiden muss.

Mathematik und Physik sind die beiden theoretischen Erkenntnisse der Vernunft, welche ihre **Objecte** *a priori* bestimmen sollen, die erstere ganz rein, die zweite wenigstens zum Theil rein, dann aber auch nach Maassgabe anderer Erkenntnissquellen als der der Vernunft.

Die **Mathematik** ist von den frühesten Zeiten her, wohin die Geschichte der menschlichen Vernunft reicht, in dem bewundernswürdigen Volke der Griechen den sichern Weg einer Wissenschaft gegangen. Allein man darf nicht denken, dass es ihr so leicht geworden, wie der Logik, wo die Vernunft es nur mit sich selbst zu thun hat, jenen königlichen Weg zu treffen oder vielmehr sich selbst zu bahnen; vielmehr glaube ich, dass es lange mit ihr (vornehmlich noch unter den Aegyptern) beim Herumtappen geblieben ist, und diese Umänderung einer **Revolution** zuzuschreiben sei, die der glückliche Einfall eines einzigen Mannes in einem Versuche zu Stande brachte, von welchem an die Bahn, die man nehmen musste, nicht mehr zu verfehlen war und der sichere Gang einer Wissenschaft für alle Zeiten und in unendliche Weiten eingeschlagen und vorgezeichnet war. Die Geschichte dieser Revolution der Denkart, welche viel wichtiger war, als die Entdeckung des Weges um das berühmte Vorgebirge, und des Glücklichen, der sie zu Stande brachte, ist uns nicht aufbehalten. Doch beweiset die Sage, welche DIOGENES der Laertier uns überliefert, der von den kleinsten und, nach dem gemeinen Urtheil, gar nicht einmal eines Beweises benöthigten Elementen der geometrischen Demonstrationen den angeblichen Erfinder nennt, dass das Andenken der Veränderung, die durch die erste Spur der Entdeckung dieses neuen Weges bewirkt wurde, den Mathematikern äusserst wichtig geschienen haben müsse und dadurch unvergesslich geworden sei. Dem Ersten, der den **gleichschenklichten**[1] Triangel demonstrirte, (er mag nun THALES oder wie man will geheissen haben,) dem ging ein Licht auf; denn er fand, dass er nicht dem, was er in der Figur sahe, oder auch dem blosen Begriffe derselben nachspüren und gleichsam davon ihre Eigenschaften ablernen, sondern durch das, was er nach Begriffen selbst *a priori* hineindachte und darstellte (durch Construction), sie hervorbringen müsse, und dass er, um sicher etwas *a priori* zu wissen, der Sache nichts beilegen müsse, als was aus dem nothwendig folgte, was er seinem Begriffe gemäss, selbst in sie gelegt hat.

---

[1] Auf den in allen Originalausgaben sich wiederholenden Druckfehler: **gleichseitigen** für **gleichschenklichten** hat KANT selbst in einem Briefe an CHRIST. GOTTFR. SCHÜTZ vom 25 Januar (Juni?) 1787 aufmerksam gemacht.

Mit der Naturwissenschaft ging es weit langsamer zu, bis sie den Heeresweg der Wissenschaft traf; denn es sind nur etwa anderthalb Jahrhunderte, dass der Vorschlag des sinnreichen BACO VON VERULAM die Entdeckung theils veranlasste, theils, da man bereits auf der Spur derselben war, mehr belebte, welche eben sowohl durch eine schnell vorgegangene Revolution der Denkart erklärt werden kann. Ich will hier nur die Naturwissenschaft, so fern sie auf empirische Principien gegründet ist, in Erwägung ziehen.

Als GALILEI seine Kugeln die schiefe Fläche mit einer von ihm selbst gewählten Schwere herabrollen, oder TORRICELLI die Luft ein Gewicht, was er sich zum voraus dem einer ihm bekannten Wassersäule gleich gedacht hatte, tragen liess, oder in noch späterer Zeit STAHL Metalle in Kalk und diesen wiederum in Metall verwandelte, indem er ihnen etwas entzog und wiedergab,* so ging allen Naturforschern ein Licht auf. Sie begriffen, dass die Vernunft nur das einsieht, was sie selbst nach ihrem Entwurfe hervorbringt, dass sie mit Principien ihrer Urtheile nach beständigen Gesetzen vorangehen und die Natur nöthigen müsse auf ihre Fragen zu antworten, nicht aber sich allein gleichsam am Leitbande gängeln lassen müsse; denn sonst hängen zufällige, nach keinem vorher entworfenen Plane gemachte Beobachtungen gar nicht in einem nothwendigen Gesetze zusammen, welches doch die Vernunft sucht und bedarf. Die Vernunft muss mit ihren Principien, nach denen allein übereinkommende Erscheinungen für Gesetze gelten können, in einer Hand, und mit dem Experiment, das sie nach jenen ausdachte, in der anderen an die Natur gehen, zwar um von ihr belehrt zu werden, aber nicht in der Qualität eines Schülers, der sich alles vorsagen lässt, was der Lehrer will, sondern eines bestallten Richters, der die Zeugen nöthigt auf die Fragen zu antworten, die er ihnen vorlegt. Und so hat sogar Physik die so vortheilhafte Revolution ihrer Denkart lediglich dem Einfalle zu verdanken, demjenigen, was die Vernunft selbst in die Natur hineinlegt, gemäss dasjenige in ihr zu suchen (nicht ihr anzudichten), was sie von dieser lernen muss und wovon sie für sich selbst nichts wissen würde. Hiedurch ist die Naturwissenschaft allererst in den sicheren Gang einer Wissenschaft gebracht worden, da sie so viel Jahrhunderte durch nichts weiter als ein bloses Herumtappen gewesen war.

---

* Ich folge hier nicht genau dem Faden der Geschichte der Experimentalmethode, deren erste Anfänge auch nicht wohl bekannt sind.

Der Metaphysik, einer ganz isolirten speculativen Vernunfterkenntniss, die sich gänzlich über Erfahrungsbelehrung erhebt, und zwar durch blose Begriffe, (nicht wie Mathematik durch Anwendung derselben auf Anschauung,) wo also Vernunft selbst ihr eigener Schüler sein soll, ist das Schicksal bisher noch so günstig nicht gewesen, dass sie den sichern Gang einer Wissenschaft einzuschlagen vermocht hätte; ob sie gleich älter ist, als alles Uebrige, und bleiben würde, wenn gleich die übrigen insgesammt in dem Schlunde einer alles vertilgenden Barbarei gänzlich verschlungen werden sollten. Denn in ihr geräth die Vernunft continuirlich in Stecken, selbst wenn sie diejenigen Gesetze, welche die gemeinste Erfahrung bestätigt, (wie sie sich anmasst,) *a priori* einsehen will. In ihr muss man unzähligemal den Weg zurück thun, weil man findet, dass er dahin nicht führt, wo man hin will; und was die Einhelligkeit ihrer Anhänger in Behauptungen betrifft, so ist sie noch so weit davon entfernt, dass sie vielmehr ein Kampfplatz ist, der ganz eigentlich dazu bestimmt zu sein scheint, seine Kräfte im Spielgefechte zu üben, auf dem noch niemals irgend ein Fechter sich auch den kleinsten Platz hat erkämpfen und auf seinen Sieg einen dauerhaften Besitz gründen können. Es ist also kein Zweifel, dass ihr Verfahren bisher ein bloses Herumtappen, und, was das Schlimmste ist, unter blosen Begriffen gewesen sei.

Woran liegt es nun, dass hier noch kein sicherer Weg der Wissenschaft hat gefunden werden können? Ist er etwa unmöglich? Woher hat denn die Natur unsere Vernunft mit der rastlosen Bestrebung heimgesucht, ihm als einer ihrer wichtigsten Angelegenheiten nachzuspüren? Noch mehr, wie wenig haben wir Ursache, Vertrauen in unsere Vernunft zu setzen, wenn sie uns in einem der wichtigsten Stücke unserer Wissbegierde nicht blos verlässt, sondern durch Vorspiegelungen hinhält und am Ende betrügt! Oder ist er bisher nur verfehlt; welche Anzeige können wir benutzen, um bei erneuertem Nachsuchen zu hoffen, dass wir glücklicher sein werden, als Andere vor uns gewesen sind?

Ich sollte meinen, die Beispiele der Mathematik und Naturwissenschaft, die durch eine auf einmal zu Stande gebrachte Revolution das geworden sind, was sie jetzt sind, wären merkwürdig genug, um dem wesentlichen Stücke der Umänderung der Denkart, die ihnen so vortheilhaft geworden ist, nachzusinnen, und ihnen, so viel ihre Analogie, als Vernunfterkenntnisse, mit der Metaphysik verstattet, hierin wenigstens zum Versuche nachzuahmen. Bisher nahm man an, alle unsere Erkenntniss müsse sich nach den Gegenständen richten; aber alle Versuche über sie *a priori* etwas durch Begriffe auszumachen, wodurch unsere Erkenntnisse erweitert würden, gingen unter dieser Voraussetzung zu Nichte. Man versuche es daher einmal, ob wir nicht in den Aufgaben der Metaphysik damit besser fortkommen, dass wir annehmen, die Gegenstände müssen sich nach unserem Erkenntniss richten, welches so schon besser mit der verlangten Möglichkeit einer Erkenntniss derselben *a priori* zusammenstimmt, die über Gegenstände, ehe sie uns gegeben werden, etwas festsetzen soll. Es ist hiemit eben so, als mit den ersten Gedanken des COPERNICUS bewandt, der, nachdem es mit der Erklärung der Himmelsbewegungen nicht gut fort wollte, wenn er annahm, das ganze Sternheer drehe sich um den Zuschauer, versuchte, ob es nicht besser gelingen möchte, wenn er den Zuschauer sich drehen und dagegen die Sterne in Ruhe liess. In der Metaphysik kann man nun, was die Anschauung der Gegenstände betrifft, es auf ähnliche Weise versuchen. Wenn die Anschauung sich nach der Beschaffenheit der Gegenstände richten müsste, so sehe ich nicht ein, wie man *a priori* von ihr etwas wissen könne; richtet sich aber der Gegenstaud (als Object der Sinne) nach der Beschaffenheit unseres Anschauungsvermögens, so kann ich mir diese Möglichkeit ganz wohl vorstellen. Weil ich aber bei diesen Anschauungen, wenn sie Erkenntnisse werden sollen, nicht stehen bleiben kann, sondern sie als Vorstellungen auf irgend etwas als Gegenstand beziehen und diesen durch jene bestimmen muss, so kann ich entweder annehmen, die Begriffe, wodurch ich diese Bestimmung zu Stande bringe, richten sich auch nach dem Gegenstande, und dann bin ich wiederum in derselben Verlegenheit, wegen der Art, wie ich *a priori* hievon etwas wissen könne; oder ich nehme an, die Gegenstände oder, welches einerlei ist, die Erfahrung, in welcher sie allein (als gegebene Gegenstände) erkannt werden, richte sich nach diesen Begriffen, so sehe ich sofort eine leichtere Auskunft, weil Erfahrung selbst ein Erkenntnissart ist, die Verstand erfordert, dessen Regel ich in mir, noch ehe mir Gegenstände gegeben werden, mithin *a priori* voraussetzen muss, welche in Begriffen *a priori* ausgedrückt wird, nach denen sich also alle Gegenstände der Erfahrung nothwendig richten und mit ihnen übereinstimmen müssen. Was Gegenstände betrifft, so fern sie blos durch Vernunft und zwar nothwendig gedacht, die aber (so wenigstens, wie die Vernunft sie denkt,) gar nicht in der Erfahruug gegeben werden können, so werden die Versuche sie zu denken (denn denken müssen sie sich doch lassen) hernach einen herrlichen Probirstein desjenigen abgeben, was wir als die veränderte Methode der Denkungsart annehmen, dass wir nämlich von den Dingen nur das *a priori* erkennen, was wir selbst in sie legen.*

Dieser Versuch gelingt nach Wunsch, und verspricht der Metaphysik in ihrem ersten Theile, da sie sich nämlich mit Begriffen *a priori* beschäftigt, davon die correspondirenden Gegenstände in der Erfahrung jenen angemessen gegeben werden können, den sicheren Gang einer Wissenschaft. Denn man kann nach dieser Veränderung der Denkart die Möglichkeit einer Erkenntniss *a priori* ganz wohl erklären, und, was noch mehr ist, die Gesetze, welche *a priori* der Natur, als dem Inbegriffe der Gegenstände der Erfahrung, zum Grunde liegen, mit ihren genugthuenden Beweisen versehen, welches Beides nach der bisherigen Verfahrungsart unmöglich war. Aber es ergibt sich aus dieser Deduction unseres Vermögens, *a priori* zu erkennen, im ersten Theile der Metaphysik ein befremdliches und dem ganzen Zwecke derselben, der den zweiten Theil beschäftigt, dem Anscheine nach sehr nachtheiliges Resultat, nämlich dass wir mit ihm nie über die Grenze möglicher Erfahrung hinauskommen können, welches doch gerade die wesentlichste Angelegenheit dieser Wissenschaft ist. Aber hierin liegt eben das Experiment einer Gegenprobe der Wahrheit des Resultats jener ersten Würdigung unserer Vernunfterkenntniss *a priori*, dass sie nämlich nur auf Erscheinungen gehe, die Sache an sich selbst dagegen zwar als für sich wirklich, aber von uns unerkannt liegen lasse. Denn das, was uns nothwendig über die Grenze der Erfahrung und aller Erscheinungen hinaus zu gehen treibt,

---

* Diese dem Naturforscher nachgeahmte Methode besteht also darin: die Elemente der reinen Vernunft in dem zu suchen, was sich durch ein Experiment bestätigen oder widerlegen lässt. Nun lässt sich zur Prüfung der Sätze der reinen Vernunft, vornehmlich wenn sie über alle Grenze möglicher Erfahrung hinaus gewagt werden, kein Experiment mit ihren Objecten machen (wie in der Naturwissenschaft); also wird es nur mit Begriffen und Grundsätzen, die wir *a priori* annehmen, thunlich sein, indem man sie nämlich so einrichtet, dass dieselben Gegenstände einerseits als Gegenstände der Sinne und des Verstandes für die Erfahrung, andererseits aber doch als Gegenstände, die man blos denkt, allenfalls für die isolirte und über Erfahrungsgrenze hinausstrebende Vernunft, mithin von zwei verschiedenen Seiten betrachtet werden können. Findet es sich nun, dass, wenn man die Dinge aus jenem doppelten Gesichtspunkte betrachtet, Einstimmung mit dem Princip der reinen Vernunft stattfinde, bei einerlei Gesichtspunkte aber ein unvermeidlicher Widerstreit der Vernunft mit sich selbst entspringe, so entscheidet das Experiment für die Richtigkeit jener Unterscheidung.

ist das **Unbedingte**, welches die Vernunft in den Dingen an sich selbst nothwendig und mit allem Recht zu allem Bedingten, und dadurch die Reihe der Bedingungen als vollendet verlangt. Findet sich nun, wenn man annimmt, unsere Erfahrungserkenntniss richte sich nach den Gegenständen als Dingen an sich selbst, dass das **Unbedingte ohne Widerspruch gar nicht gedacht** werden könne; dagegen, wenn man annimmt, unsere Vorstellung der Dinge, wie sie uns gegeben werden, richte sich nicht nach diesen, als Dingen an sich selbst, sondern diese Gegenstände vielmehr, als Erscheinungen, richten sich nach unserer Vorstellungsart, **der Widerspruch wegfalle**; und dass folglich das Unbedingte nicht an Dingen, so fern wir sie kennen (sie uns gegeben werden), wohl aber an ihnen, so fern wir sie nicht kennen, als Sachen an sich selbst, angetroffen werden müsse: so zeigt sich, dass, was wir Anfangs nur zum Versuche annahmen, gegründet sei.* Nun bleibt uns immer noch übrig, nachdem der speculativen Vernunft alles Fortkommen in diesem Felde des Uebersinnlichen abgesprochen worden, zu versuchen, ob sie nicht in ihrer praktischen Erkenntniss Data finde, jenen transscendenten Vernunftbegriff des Unbedingten zu bestimmen, und auf solche Weise, dem Wunsche der Metaphysik gemäss, über die Grenze aller möglichen Erfahrung hinaus mit unserem, aber nur in praktischer Absicht möglichen Erkenntnisse *a priori* zu gelangen. Und bei einem solchen Verfahren hat uns die speculative Vernunft zu solcher Erweiterung immer doch wenigstens Platz verschafft, wenn sie ihn gleich leer lassen musste, und es bleibt uns also noch unbenommen, ja wir sind gar dazu durch sie aufgefordert, ihn durch praktische Data derselben, wenn wir können, auszufüllen.**

---

* Dieses Experiment der reinen Vernunft hat mit dem der **Chymiker**, welches sie mannichmal den Versuch der **Reduction**, im Allgemeinen aber das **synthetische Verfahren** nennen, viel Aehnliches. Die **Analysis des Metaphysikers** schied die reine Erkenntnis *a priori* in zwei sehr ungleichartige Elemente, nämlich die der Dinge als Erscheinungen, und dann der Dinge an sich selbst. Die **Dialektik** verbindet beide wiederum zur **Einhelligkeit** mit der nothwendigen Vernunftidee des **Unbedingten** und findet, dass diese Einhelligkeit niemals anders, als durch jene Unterscheidung herauskomme, welche also die wahre ist.

** So verschafften die Centralgesetze der Bewegung der Himmelskörper dem, was Copernicus anfänglich nur als Hypothese annahm, ausgemachte Gewissheit und bewiesen zugleich die unsichtbare, den Weltbau verbindende Kraft (der Newton'schen Anziehung), welche auf immer unentdeckt geblieben wäre, wenn der Erstere es nicht gewagt hätte, auf eine widersinnische, aber doch wahre Art die beobachteten Be-

In jenem Versuche, das bisherige Verfahren der Metaphysik umzuändern und dadurch, dass wir nach dem Beispiele der Geometer und Naturforscher eine gänzliche Revolution mit derselben vornehmen, besteht nun das Geschäft der Kritik der reinen speculativen Vernunft. Sie ist ein Tractat von der Methode, nicht ein System der Wissenschaft selbst; aber sie verzeichnet gleichwohl den ganzen Umriss derselben, sowohl in Ansehung ihrer Grenzen, als auch den ganzen inneren Gliederbau derselben. Denn das hat die reine speculative Vernunft Eigenthümliches an sich, dass sie ihr eigen Vermögen, nach Verschiedenheit der Art, wie sie sich Objecte zum Denken wählt, ausmessen und auch selbst die mancherlei Arten, sich Aufgaben vorzulegen, vollständig vorzählen und so den ganzen Vorriss zu einem System der Metaphysik verzeichnen kann und soll; weil, was das Erste betrifft, in der Erkenntniss *a priori* den Objecten nichts beigelegt werden kann, als was das denkende Subject aus sich selbst hernimmt, und, was das Zweite anlangt, sie in Ansehung der Erkenntnissprincipien eine ganz abgesonderte für sich bestehende Einheit ist, in welcher ein jedes Glied, wie in einem organisirten Körper, um aller andern und alle um eines willen da sind, und kein Princip mit Sicherheit in einer Beziehung genommen werden kann, ohne es zugleich in der durchgängigen Beziehung zum ganzen reinen Vernunftgebrauch untersucht zu haben. Dafür aber hat auch die Metaphysik das seltene Glück, welches keiner andern Vernunftwissenschaft, die es mit Objecten zu thun hat, (denn die Logik beschäftigt sich nur mit der Form des Denkens überhaupt,) zu Theil werden kann, dass, wenn sie durch diese Kritik in den sicheren Gang einer Wissenschaft gebracht worden, sie das ganze Feld der für sie gehörigen Erkenntnisse völlig befassen und also ihr Werk vollenden und für die Nachwelt, als einen nie zu vermehrenden Hauptstuhl zum Gebrauche niederlegen kann, weil sie es blos mit Principien und den Einschränkungen ihres Gebrauchs zu thun hat, welche durch jene selbst bestimmt werden. Zu dieser Vollständigkeit ist sie daher, als Grundwissenschaft, auch ver-

---

wegungen nicht in den Gegenständen des Himmels, sondern in ihrem Zuschauer zu suchen. Ich stelle in dieser Vorrede die in der Kritik vorgetragene, jener Hypothese analogische Umänderung der Denkart auch nur als Hypothese auf, ob sie gleich in der Abhandlung selbst aus der Beschaffenheit unserer Vorstellungen vom Raum und Zeit und den Elementarbegriffen des Verstandes nicht hypothetisch, sondern apodiktisch bewiesen wird, um nur die ersten Versuche einer solchen Umänderung, welche allemal hypothetisch sind, bemerklich zu machen.

bunden, und von ihr muss gesagt werden können: *nil actum reputans, si quid superesset agendum.*

Aber was ist denn das, wird man fragen, für ein Schatz, den wir der Nachkommenschaft mit einer solchen durch Kritik geläuterten, dadurch aber auch in einen beharrlichen Zustand gebrachten Metaphysik zu hinterlassen gedenken? Man wird bei einer flüchtigen Uebersicht dieses Werkes wahrzunehmen glauben, dass der Nutzen davon doch nur n e g a t i v sei, uns nämlich mit der speculativen Vernunft niemals über die Erfahrungsgrenze hinaus zu wagen, und das ist auch in der That ihr erster Nutzen. Dieser aber wird alsbald p o s i t i v, wenn man inne wird, dass die Grundsätze, mit denen sich speculative Vernunft über ihre Grenze hinauswagt, in der That nicht E r w e i t e r u n g, sondern, wenn man sie näher betrachtet, V e r e n g u n g unseres Vernunftgebrauchs zum unausbleiblichen Erfolg haben, indem sie wirklich die Grenzen der Sinnlichkeit, zu der sie eigentlich gehören, über alles zu erweitern und so den reinen (praktischen) Vernunftgebrauch gar zu verdrängen drohen. Daher ist eine Kritik, welche die erstere einschränkt, so fern zwar n e g a t i v, aber, indem sie dadurch zugleich ein Hinderniss, welches den letzteren Gebrauch einschränkt oder gar zu vernichten droht, aufhebt, in der That von p o s i t i v e m und sehr wichtigem Nutzen, so bald man überzeugt wird, dass es einen schlechterdings nothwendigen praktischen Gebrauch der reinen Vernunft (den moralischen) gebe, in welchem sie sich unvermeidlich über die Grenzen der Sinnlichkeit erweitert, dazu sie aber von der speculativen keiner Beihülfe bedarf, dennoch aber wider ihre Gegenwirkung gesichert sein muss, um nicht in Widerspruch mit sich selbst zu gerathen. Diesem Dienste der Kritik den p o s i t i v e n Nutzen abzusprechen, wäre eben so viel, als sagen, dass Polizei keinen positiven Nutzen schaffe, weil ihr Hauptgeschäft doch nur ist, der Gewaltthätigkeit, welche Bürger von Bürgern zu besorgen haben, einen Riegel vorzuschieben, damit ein Jeder seine Angelegenheit ruhig und sicher treiben könne. Dass Raum und Zeit nur Formen der sinnlichen Anschauung, also nur Bedingungen der Existenz der Dinge als Erscheinungen sind, dass wir ferner keine Verstandesbegriffe, mithin auch gar keine Elemente zur Erkenntniss der Dinge haben, als so fern diesen Begriffen correspondirende Anschauung gegeben werden kann, folglich wir von keinem Gegenstande als Dinge an sich selbst, sondern nur so fern es Object der sinnlichen Anschauung ist, d. i. als Erscheinung, Erkenntniss haben können, wird im analytischen Theile der Kritik bewiesen;

woraus denn freilich die Einschränkung aller nur möglichen speculativen Erkenntniss der Vernunft auf blose Gegenstände der Erfahrung folgt. Gleichwohl wird, welches wohl gemerkt werden muss, doch dabei immer vorbehalten, dass wir eben dieselben Gegenstände auch als Dinge an sich selbst, wenn gleich nicht erkennen, doch wenigstens müssen denken können.* Denn sonst würde der ungereimte Satz daraus folgen, dass Erscheinung ohne etwas wäre, was da erscheint. Nun wollen wir annehmen, die durch unsere Kritik nothwendig gemachte Unterscheidung der Dinge, als Gegenstände der Erfahrung, von eben denselben, als Dingen an sich selbst, wäre gar nicht gemacht, so müsste der Grundsatz der Causalität und mithin der Naturmechanismus in Bestimmung derselben durchaus von allen Dingen überhaupt als wirkenden Ursachen gelten. Von eben demselben Wesen also, z. B. der menschlichen Seele, würde ich nicht sagen können, ihr Wille sei frei, und er sei doch zugleich der Naturnothwendigkeit unterworfen, d. i. nicht frei, ohne in einen offenbaren Widerspruch zu gerathen; weil ich die Seele in beiden Sätzen in eben derselben Bedeutung, nämlich als Ding überhaupt (als Sache an sich selbst) genommen habe und, ohne vorhergehende Kritik, auch nicht anders nehmen konnte. Wenn aber die Kritik nicht geirrt hat, da sie das Object in zweierlei Bedeutung nehmen lehrt, nämlich als Erscheinung, oder als Ding an sich selbst; wenn die Deduction ihrer Verstandesbegriffe richtig ist, mithin auch der Grundsatz der Causalität nur auf Dinge im ersten Sinne genommen, nämlich so fern sie Gegenstände der Erfahrung sind, geht, eben dieselben aber nach der zweiten Bedeutung ihm nicht unterworfen sind, so wird eben derselbe Wille in der Erscheinung (den sichtbaren Handlungen) als dem Naturgesetze nothwendig gemäss und so fern **nicht frei**, und doch andererseits, als einem Dinge an sich selbst angehörig, jenem nicht unterworfen, mithin als **frei gedacht**, ohne dass hiebei ein Widerspruch

---

* Einen Gegenstand **erkennen**, dazu wird erfordert, dass ich seine Möglichkeit, (es sei nach dem Zeugniss der Erfahrung aus seiner Wirklichkeit, oder *a priori* durch Vernunft) beweisen könne. Aber **denken** kann ich, was ich will, wenn ich mir nur nicht selbst widerspreche, d. i. wenn mein Begriff nur ein möglicher Gedanke ist, ob ich zwar dafür nicht stehen kann, ob im Inbegriffe aller Möglichkeiten diesem auch ein Object correspondire oder nicht. Um einem solchen Begriffe aber objective Gültigkeit, (reale Möglichkeit, denn die erstere war blos die logische,) beizulegen, dazu wird etwas mehr erfordert. Dieses Mehrere aber braucht eben nicht in theoretischen Erkenntnissquellen gesucht zu werden, es kann auch in praktischen liegen.

vorgeht. Ob ich nun gleich meine Seele, von der letzteren Seite betrachtet, durch keine speculative Vernunft, (noch weniger durch empirische Beobachtung,) mithin auch nicht die Freiheit als Eigenschaft eines Wesens, dem ich Wirkungen in der Sinnenwelt zuschreibe, erkennen kann, darum weil ich ein solches seiner Existenz nach, und doch nicht in der Zeit, bestimmt erkennen müsste, (welches, weil ich meinem Begriffe keine Anschauung unterlegen kann, unmöglich ist,) so kann ich mir doch die Freiheit denken, d. i. die Vorstellung davon enthält wenigstens keinen Widerspruch in sich, wenn unsere kritische Unterscheidung beider (der sinnlichen und intellectuellen) Vorstellungsarten und die davon herrührende Einschränkung der reinen Verstandesbegriffe, mithin auch der aus ihnen fliessenden Grundsätze, statthat. Gesetzt nun, die Moral setze nothwendig Freiheit (im strengsten Sinne) als Eigenschaft unseres Willens voraus, indem sie praktische in unserer Vernunft liegende ursprüngliche Grundsätze als Data derselben *a priori* anführt, die ohne Voraussetzung der Freiheit schlechterdings unmöglich wären, die speculative Vernunft aber hätte bewiesen, dass diese sich gar nicht denken lasse, so muss nothwendig jene Voraussetzung, nämlich die moralische, derjenigen weichen, deren Gegentheil einen offenbaren Widerspruch enthält, folglich Freiheit und mit ihr Sittlichkeit, (denn deren Gegentheil enthält keinen Widerspruch, wenn nicht schon Freiheit vorausgesetzt wird,) dem Naturmechanismus den Platz einräumen. So aber, da ich zur Moral nichts weiter brauche, als dass Freiheit sich nur nicht selbst widerspreche und sich also doch wenigstens denken lasse, ohne nöthig zu haben sie weiter einzusehen, dass sie also dem Naturmechanismus eben derselben Handlung (in anderer Beziehung genommen) gar kein Hinderniss in den Weg lege: so behauptet die Lehre der Sittlichkeit ihren Platz, und die Naturlehre auch den ihrigen, welches aber nicht stattgefunden hätte, wenn nicht Kritik uns zuvor von unserer unvermeidlichen Unwissenheit in Ansehung der Dinge an sich selbst belehrt, und alles, was wir theoretisch erkennen können, auf blose Erscheinungen eingeschränkt hätte. Eben diese Erörterung des positiven Nutzens kritischer Grundsätze der reinen Vernunft lässt sich in Ansehung des Begriffs von Gott und der einfachen Natur unserer Seele zeigen, die ich aber der Kürze halber vorbeigehe. Ich kann also Gott, Freiheit und Unsterblichkeit zum Behuf des nothwendigen praktischen Gebrauchs meiner Vernunft nicht einmal annehmen, wenn ich nicht der speculativen Vernunft zugleich ihre Anmassung überschwenglicher Einsichten benehme, weil sie sich, um zu diesem zu gelangen, solcher Grundsätze bedienen muss, die, indem sie in der That blos auf Gegenstände möglicher Erfahrung reichen, wenn sie gleichwohl auf das angewandt werden, was nicht ein Gegenstand der Erfahrung sein kann, wirklich dieses jederzeit in Erscheinung verwandeln und so alle praktische Erweiterung der reinen Vernunft für unmöglich erklären. Ich musste also das Wissen aufheben, um zum Glauben Platz zu bekommen, und der Dogmatismus der Metaphysik, d. i. das Vorurtheil, in ihr ohne Kritik der reinen Vernunft fortzukommen, ist die wahre Quelle alles der Moralität widerstreitenden Unglaubens, der jederzeit gar sehr dogmatisch ist. — Wenn es also mit einer nach Maassgabe der Kritik der reinen Vernunft abgefassten systematischen Metaphysik eben nicht schwer sein kann, der Nachkommenschaft ein Vermächtniss zu hinterlassen, so ist dies kein für gering zu achtendes Geschenk; man mag nun blos auf die Cultur der Vernunft durch den sicheren Gang einer Wissenschaft überhaupt, in Vergleichung mit dem grundlosen Tappen und leichtsinnigen Herumstreifen derselben ohne Kritik sehen, oder auch auf bessere Zeitanwendung einer wissbegierigen Jugend, die beim gewöhnlichen Dogmatismus so frühe und so viel Aufmunterung bekommt, über Dinge, davon sie nichts versteht, und darin sie, so wie Niemand in der Welt, auch nie etwas einsehen wird, bequem zu vernünfteln, oder gar auf Erfindung neuer Gedanken und Meinungen auszugehen und so die Erlernung gründlicher Wissenschaften zu verabsäumen; am meisten aber, wenn man den unschätzbaren Vortheil in Anschlag bringt, allen Einwürfen wider Sittlichkeit und Religion auf Sokratische Art, nämlich durch den klärsten Beweis der Unwissenheit der Gegner, auf alle künftige Zeit ein Ende zu machen. Denn irgend eine Metaphysik ist immer in der Welt gewesen und wird auch wohl ferner, mit ihr aber auch eine Dialektik der reinen Vernunft, weil sie ihr natürlich ist, darin anzutreffen sein. Es ist also die erste und wichtigste Angelegenheit der Philosophie, einmal für allemal ihr dadurch, dass man die Quelle der Irrthümer verstopft, allen nachtheiligen Einfluss zu benehmen.

Bei dieser wichtigen Veränderung im Felde der Wissenschaften und dem Verluste, den speculative Vernunft an ihrem bisher eingebildeten Besitze erleiden muss, bleibt dennoch alles mit der allgemeinen menschlichen Angelegenheit und dem Nutzen, den die Welt bisher aus den Lehren der reinen Vernunft zog, in demselben vortheilhaften Zustande, als es jemalen war, und der Verlust trifft nur das Monopol der Schulen, keineswegs aber das **Interesse der Menschen**. Ich frage den unbiegsamsten Dogmatiker, ob der Beweis von der Fortdauer unserer Seele nach dem Tode aus der Einfachheit der Substanz, ob der von der Freiheit des Willens gegen den allgemeinen Mechanismus durch die subtilen, obzwar ohnmächtigen, Unterscheidungen subjectiver und objectiver praktischer Nothwendigkeit, oder ob der vom Dasein Gottes aus dem Begriffe eines allerrealesten Wesens, (der Zufälligkeit des Veränderlichen, und der Nothwendigkeit eines ersten Bewegers,) nachdem sie von den Schulen ausgingen, jemals haben bis zum Publicum gelangen und auf dessen Ueberzeugung den mindesten Einfluss haben können. Ist dieses nun nicht geschehen und kann es auch, wegen der Untauglichkeit des gemeinen Menschenverstandes zu so subtiler Speculation, niemals erwartet werden; hat vielmehr, was das Erstere betrifft, die jedem Menschen bemerkliche Anlage seiner Natur, durch das Zeitliche (als zu den Anlagen seiner ganzen Bestimmung unzulänglich) nie zufrieden gestellt werden zu können, die Hoffnung eines **künftigen Lebens**, in Ansehung des Zweiten die blose klare Darstellung der Pflichten im Gegensatze aller Ansprüche der Neigungen das Bewusstsein der **Freiheit**, und endlich, was das Dritte anlangt, die herrliche Ordnung, Schönheit und Vorsorge, die allerwärts in der Natur hervorblickt, allein den Glauben an einen weisen und grossen Welturheber, die sich aufs Publicum verbreitende Ueberzeugung, so fern sie auf Vernunftgründen beruht, ganz allein bewirken müssen: so bleibt ja nicht allein dieser Besitz ungestört, sondern er gewinnt vielmehr dadurch noch an Ansehn, dass die Schulen nunmehr belehrt werden, sich keine höhere und ausgebreitetere Einsicht in einem Punkte anzumassen, der die allgemeine menschliche Angelegenheit betrifft, als diejenige ist, zu der die grosse (für uns achtungswürdigste) Menge auch eben so leicht gelangen kann, und sich also auf die Cultur dieser allgemein fasslichen und in moralischer Absicht hinreichenden Beweisgründe allein einzuschränken. Die Veränderung betrifft also blos die arroganten Ansprüche der Schulen, die sich gerne hierin (wie sonst mit Recht in vielen anderen Stücken) für die alleinigen Kenner und Aufbewahrer solcher Wahrheiten möchten halten lassen von denen sie dem Publicum nur den Gebrauch mittheilen, den Schlüssel derselben aber für sich behalten (*quod mecum nescit, solus vult scire videri*). Gleichwohl ist doch auch für einen billigeren Anspruch des speculativen Philosophen gesorgt. Er bleibt immer ausschliesslich Depositär einer dem Publicum, ohne dessen Wissen, nützlichen Wissenschaft, nämlich der Kritik der Vernunft; denn die kann niemals populär werden, hat aber auch nicht nöthig es zu sein; weil, so wenig dem Volke die fein gesponnenen Argumente für nützliche Wahrheiten in den Kopf wollen, eben so wenig kommen ihm auch die eben so subtilen Einwürfe dagegen jemals in den Sinn; dagegen, weil die Schule, so wie jeder sich zur Speculation erhebende Mensch, unvermeidlich in beide geräth, jene dazu verbunden ist, durch gründliche Untersuchung der Rechte der speculativen Vernunft einmal für allemal dem Skandal vorzubeugen, das über kurz oder lang selbst dem Volke aus den Streitigkeiten aufstossen muss, in welche sich Metaphysiker (und als solche endlich auch wohl Geistliche) ohne Kritik unausbleiblich verwickeln und die selbst nachher ihre Lehren verfälschen. Durch diese kann allein dem **Materialismus, Fatalismus, Atheismus**, dem freigeisterischen **Unglauben**, der **Schwärmerei und Aberglauben**, die allgemein schädlich werden können, zuletzt auch dem **Idealismus und Skepticismus**, die mehr den Schulen gefährlich sind und schwerlich ins Publicum übergehen können, selbst die Wurzel abgeschnitten werden. Wenn Regierungen sich ja mit Angelegenheiten der Gelehrten zu befassen gut finden, so würde es ihrer weisen Vorsorge für Wissenschaften sowohl als Menschen weit gemässer sein, die Freiheit einer solchen Kritik zu begünstigen, wodurch die Vernunftbearbeitungen allein auf einen festen Fuss gebracht werden können, als den lächerlichen Despotismus der Schulen zu unterstützen, welche über öffentliche Gefahr ein lautes Geschrei erheben, wenn man ihre Spinneweben zerreisst, von denen doch das Publicum niemals Notiz genommen hat und deren Verlust es also auch nie fühlen kann.

Die Kritik ist nicht dem **dogmatischen Verfahren** der Vernunft in ihrem reinen Erkenntniss, als Wissenschaft, entgegengesetzt, (denn diese muss jederzeit dogmatisch, d. i. aus sicheren Principien *a priori* strenge beweisend sein,) sondern dem **Dogmatismus**, d. i. der Anmassung, mit einer reinen Erkenntniss aus Begriffen (der philosophischen), nach Principien, so wie sie die Vernunft längst im Gebrauche hat, ohne Erkundigung der Art und des Rechts, wodurch sie dazu gelangt ist, allein fortzukommen. Dogmatismus ist also das dogmatische Verfahren der reinen Vernunft, **ohne vorangehende Kritik ihres eigenen Vermögens**. Diese Entgegensetzung soll daher nicht der geschwätzigen Seichtigkeit, unter dem angemassten Namen der Popularität, oder wohl gar dem Skepticismus, der mit der ganzen Metaphysik kurzen Process macht, das Wort reden; vielmehr ist die Kritik die nothwendige vorläufige Veranstaltung zur Beförderung einer gründlichen Metaphysik als Wissenschaft, die nothwendig dogmatisch und nach der strengsten Forderung systematisch, mithin schulgerecht (nicht populär) ausgeführt werden muss; denn diese Forderung an sie, da sie sich anheischig macht, gänzlich *a priori*, mithin zu völliger Befriedigung der speculativen Vernunft ihr Geschäft auszuführen, ist unnachlässlich. In der Ausführung also des Plans, den die Kritik vorschreibt, d. i. im künftigen System der Metaphysik, müssen wir dereinst der strengen Methode des berühmten Wolf, des grössten unter allen dogmatischen Philosophen, folgen, der zuerst das Beispiel gab, (und durch dies Beispiel der Urheber des bisher noch nicht erloschenen Geistes der Gründlichkeit in Deutschland wurde,) wie durch gesetzmässige Feststellung der Principien, deutliche Bestimmung der Begriffe, versuchte Strenge der Beweise, Verhütung kühner Sprünge in Folgerungen der sichere Gang einer Wissenschaft zu nehmen sei, der auch eben darum eine solche, als Metaphysik ist, in diesen Stand zu versetzen vorzüglich geschickt war, wenn es ihm beigefallen wäre, durch Kritik des Organs, nämlich der reinen Vernunft selbst, sich das Feld vorher zu bereiten: ein Mangel, der nicht sowohl ihm, als vielmehr der dogmatischen Denkungsart seines Zeitalters beizumessen ist, und darüber die Philosophen seiner sowohl, als aller vorigen Zeiten, einander nichts vorzuwerfen haben. Diejenigen, welche seine Lehrart und doch zugleich auch das Verfahren der Kritik der reinen Vernunft verwerfen, können nichts anderes im Sinne haben, als die Fesseln der Wissenschaft gar abzuwerfen, Arbeit in Spiel, Gewissheit in Meinung und Philosophie in Philodoxie zu verwandeln.

Was diese zweite Auflage betrifft, so habe ich, wie billig, die Gelegenheit derselben nicht vorbei lassen wollen, um den Schwierigkeiten und der Dunkelheit so viel möglich abzuhelfen, woraus manche Missdeutungen entsprungen sein mögen, welche scharfsinnigen Männern, vielleicht nicht ohne meine Schuld, in der Beurtheilung dieses Buchs aufgestossen sind. In den Sätzen selbst und ihren Beweisgründen, imgleichen der Form sowohl als der Vollständigkeit des Plans, habe ich nichts zu ändern gefunden; welches theils der langen Prüfung, der ich sie unterworfen hatte, ehe ich es dem Publicum vorlegte, theils der Beschaffenheit der Sache selbst, nämlich der Natur einer reinen speculativen Vernunft, beizumessen ist, die einen wahren Gliederbau enthält, worin alles Organ ist, nämlich alles um Eines willen und ein jedes Einzelne um Aller willen, mithin jede noch so kleine Gebrechlichkeit, sie sei ein Fehler (Irrthum) oder Mangel, sich im Gebrauche unausbleiblich verrathen muss. In dieser Unveränderlichkeit wird sich dieses System, wie ich hoffe, auch fernerhin behaupten. Nicht Eigendünkel, sondern blos die Evidenz, welche das Experiment der Gleichheit des Resultats im Ausgange von den mindesten Elementen bis zum Ganzen der reinen Vernunft und im Rückgange vom Ganzen, (denn auch dieses ist für sich durch die Endabsicht derselben im Praktischen gegeben,) zu jedem Theile bewirkt, indem der Versuch, auch nur den kleinsten Theil abzuändern, sofort Widersprüche, nicht blos des Systems, sondern der allgemeinen Menschenvernunft herbeiführt, berechtigt mich zu diesem Vertrauen. Allein in der Darstellung ist noch viel zu thun, und hierin habe ich in dieser Auflage Verbesserungen versucht, welche theils dem Missverstande der Aesthetik, vornehmlich dem im Begriffe der Zeit, theils der Dunkelheit der Deduction der Verstandesbegriffe, theils dem vermeintlichen Mangel einer genugsamen Evidenz in den Beweisen der Grundsätze des reinen Verstandes, theils endlich der Missdeutung der der rationalen Psychologie vorgerückten Paralogismen abhelfen sollen. Bis hieher (nämlich nur bis zu Ende des ersten Hauptstücks der transscendentalen Dialektik) und weiter nicht erstrecken sich meine Abänderungen in der Darstellungsart,* weil die Zeit zu kurz und mir in Ansehung des Uebrigen auch kein

---

* Eigentliche Vermehrung, aber doch nur in der Beweisart, könnte ich nur die nennen, die ich durch eine neue Widerlegung des psychologischen Idealismus, und einen strengen (wie ich glaube auch einzig möglichen) Beweis von der objectiven Realität der äusseren Anschauung gemacht habe. Der Idealismus mag in Ansehung der wesentlichen Zwecke der Metaphysik für noch so unschuldig gehalten werden, (das er in der That nicht ist,) so bleibt es immer ein Skandal der Philosophie und allgemeinen Menschenvernunft, das Dasein der Dinge ausser uns, (von denen wir doch den ganzen Stoff zu Erkenntnissen selbst für unseren inneren Sinn her haben,) blos auf Glauben annehmen zu müssen, und, wenn es Jemand einfällt es zu bezweifeln, ihm keinen genugthuenden Beweis entgegen stellen zu können. Weil sich in den Ausdrücken des Beweises einige Dunkelheit findet, so bitte ich diese Perioden so umzuändern: „Dieses Beharrliche aber kann nicht eine Anschauung in mir sein. Denn alle Bestimmungsgründe meines Daseins, die in mir angetroffen werden können, sind Vorstellungen, und bedürfen, als solche, selbst ein von ihnen unterschiedenes Beharrliches, worauf in Beziehung der Wechsel derselben, mithin mein Dasein in der Zeit, darin sie wechseln, bestimmt werden könne." Man wird gegen diesen Beweis vermuthlich sagen: ich bin mir doch nur dessen, was in mir ist, d. i. meiner Vorstellung äusserer Dinge, unmittelbar bewusst; folglich bleibe es immer noch

Missverstand sachkundiger und unparteiischer Prüfer vorgekommen war, welche, auch ohne dass ich sie mit dem ihnen gebührenden Lobe nennen

unausgemacht, ob etwas Correspondirendes ausser mir sei, oder nicht. Allein ich bin mir meines Daseins in der Zeit (folglich auch der Bestimmbarkeit desselben in dieser) durch innere Erfahrung bewusst, und dieses ist mehr, als blos mir meiner Vorstellung bewusst zu sein, doch aber einerlei mit dem empirischen Bewusstsein meines Daseins, welches nur durch Beziehung auf etwas, was mit meiner Existenz verbunden ausser mir ist, bestimmbar ist. Dieses Bewusstsein meines Daseins in der Zeit ist also mit dem Bewusstsein eines Verhältnisses zu etwas ausser mir identisch verbunden, und es ist also Erfahrung und nicht Erdichtung, Sinn und nicht Einbildungskraft, welches das Aeussere mit meinem inneren Sinn unzertrennlich verknüpft; denn der äussere Sinn ist schon an sich Beziehung der Anschauung auf etwas Wirkliches ausser mir, und die Realität desselben, zum Unterschiede von der Einbildung, beruhet nur darauf, dass er mit der inneren Erfahrung selbst, als die Bedingung der Möglichkeit derselben unzertrennlich verbunden werde, welches hier geschieht. Wenn ich mit dem intellectuellen Bewusstsein meines Daseins, in der Vorstellung: ich bin, welche alle meine Urtheile und Verstandeshandlungen begleitet, zugleich eine Bestimmung meines Daseins durch intellectuelle Anschauung verbinden könnte, so wäre zu derselben das Bewusstsein eines Verhältnisses zu etwas ausser mir nicht nothwendig gehörig. Nun aber jenes intellectuelle Bewusstsein zwar vorangeht, aber die innere Anschauung, in der mein Dasein allein bestimmt werden kann, sinnlich und an Zeitbedingung gebunden ist, diese Bestimmung aber, mithin die innere Erfahrung selbst, von etwas Beharrlichem, welches in mir nicht ist, folglich nur in etwas ausser mir, wogegen ich mich in Relation betrachten muss, abhängt; so ist die Realität des äusseren Sinnes mit der des inneren, zur Möglichkeit einer Erfahrung überhaupt, nothwendig verbunden: d. i. ich bin mir eben so sicher bewusst, dass es Dinge ausser mir gebe, die sich auf meinen Sinn beziehen, als ich mir bewusst bin, dass ich selbst in der Zeit bestimmt existire. Welchen gegebenen Anschauungen nun aber wirklich Objecte ausser mir correspondiren, und die also zum äusseren Sinne gehören, welchem sie und nicht der Einbildungskraft zuzuschreiben sind, muss nach den Regeln, nach welchen Erfahrung überhaupt (selbst innere) von Einbildung unterschieden wird, in jedem besondern Falle ausgemacht werden, wobei der Satz: dass es wirklich äussere Erfahrung gebe, immer zum Grunde liegt. Man kann hiezu noch die Anmerkung fügen: die Vorstellung von etwas Beharrlichem im Dasein ist nicht einerlei mit der beharrlichen Vorstellung; denn diese kann sehr wandelbar und wechselnd sein, wie alle unsere und selbst die Vorstellungen der Materie, und bezieht sich doch auf etwas Beharrliches, welches also ein von allen meinen Vorstellungen unterschiedenes und äusseres Ding sein muss, dessen Existenz in der Bestimmung meines eigenen Daseins nothwendig mit eingeschlossen wird und mit derselben nur eine einzige Erfahrung ausmacht, die nicht einmal innerlich stattfinden würde, wenn sie nicht (zum Theil) zugleich äusserlich wäre. Das Wie? lässt sich hier eben so wenig weiter erklären, als wie wir überhaupt das Stehende in der Zeit denken, dessen Zugleichsein mit dem Wechselnden den Begriff der Veränderung hervorbringt.

darf, die Rücksicht, die ich auf ihre Erinnerungen genommen habe, schon von selbst an ihren Stellen antreffen werden. Mit dieser Verbesserung aber ist ein kleiner Verlust für den Leser verbunden, der nicht zu verhüten war, ohne das Buch gar zu voluminös zu machen, nämlich dass Verschiedenes, was zwar nicht wesentlich zur Vollständigkeit des Ganzen gehört, mancher Leser aber doch ungern missen möchte, indem es sonst in anderer Absicht brauchbar sein kann, hat weggelassen oder abgekürzt vorgetragen werden müssen, um meiner, wie ich hoffe, jetzt fasslicheren Darstellung Platz zu machen, die im Grunde in Ansehung der Sätze und selbst ihrer Beweisgründe schlechterdings nichts verändert, aber doch in der Methode des Vortrags hin und wieder so von der vorigen abgeht, dass sie durch Einschaltungen sich nicht bewerkstelligen liess. Dieser kleine Verlust, der ohnedem, nach Jedes Belieben, durch Vergleichung mit der ersten Auflage ersetzt werden kann, wird durch die grössere Fasslichkeit, wie ich hoffe, überwiegend ersetzt. Ich habe in verschiedenen öffentlichen Schriften, (theils bei Gelegenheit der Recension mancher Bücher, theils in besondern Abhandlungen) mit dankbarem Vergnügen wahrgenommen, dass der Geist der Gründlichkeit in Deutschland nicht erstorben, sondern nur durch den Modeton einer geniemässigen Freiheit im Denken auf kurze Zeit überschrieen worden, und dass die dornigen Pfade der Kritik, die zu einer schulgerechten, aber als solche allein dauerhaften und daher höchst nothwendigen Wissenschaft der reinen Vernunft führen, muthige und helle Köpfe nicht gehindert haben, sich derselben zu bemeistern. Diesen verdienten Männern, die mit der Gründlichkeit der Einsicht noch das Talent einer lichtvollen Darstellung, (dessen ich mir eben nicht bewusst bin,) so glücklich verbinden, überlasse ich meine in Ansehung der letzteren hin und wieder etwa noch mangelhafte Bearbeitung zu vollenden; denn widerlegt zu werden ist in diesem Falle keine Gefahr, wohl aber nicht verstanden zu werden. Meinerseits kann ich mich auf Streitigkeiten von nun an nicht einlassen, ob ich zwar auf alle Winke, es sei von Freunden oder Gegnern, sorgfältig achten werde, um sie in der künftigen Ausführung des Systems dieser Propädeutik gemäss zu benutzen. Da ich während dieser Arbeiten schon ziemlich tief ins Alter fortgerückt bin, (in diesem Monate ins vier und sechzigste Jahr,) so muss ich, wenn ich meinen Plan, die Metaphysik der Natur sowohl als der Sitten, als Bestätigung der Richtigkeit der Kritik der speculativen sowohl als praktischen Vernunft, zu liefern, ausführen will, mit der Zeit sparsam verfahren, und die Aushellung sowohl der in diesem

Werke Anfangs kaum vermeidlichen Dunkelheiten, als die Vertheidigung des Ganzen von den verdienten Männern, die es sich zu eigen gemacht haben, erwarten. An einzelnen Stellen lässt sich jeder philosophische Vortrag zwacken, (denn er kann nicht so gepanzert auftreten, als der mathematische,) indessen dass doch der Gliederbau des Systems, als Einheit betrachtet, dabei nicht die mindeste Gefahr läuft, zu dessen Uebersicht, wenn es neu ist, nur Wenige die Gewandtheit des Geistes, noch Wenigere aber, weil ihnen alle Neuerung ungelegen kommt, Lust besitzen. Auch scheinbare Widersprüche lassen sich, wenn man einzelne Stellen, aus ihrem Zusammenhange gerissen, gegen einander vergleicht, in jeder, vornehmlich als freie Rede fortgehenden, Schrift ausklauben, die in den Augen dessen, der sich auf fremde Beurtheilung verlässt, ein nachtheiliges Licht auf diese werfen, demjenigen aber, der sich der Idee im Ganzen bemächtigt hat, sehr leicht aufzulösen sind. Indessen, wenn eine Theorie in sich Bestand hat, so dienen Wirkung und Gegenwirkung, die ihr anfänglich grosse Gefahr drohten, mit der Zeit nur dazu, um ihre Unebenheiten auszuschleifen und, wenn sich Männer von Unparteilichkeit, Einsicht und wahrer Popularität damit beschäftigen, ihr in kurzer Zeit auch die erforderliche Eleganz zu verschaffen.

Königsberg im Aprilmonat 1787.

Einleitung.

I.

Von dem Unterschiede der reinen und empirischen Erkenntniss.

Dass alle unsere Erkenntniss mit der Erfahrung anfange, daran ist gar kein Zweifel; denn wodurch sollte das Erkenntnissvermögen sonst zur Ausübung erweckt werden, geschähe es nicht durch Gegenstände, die unsere Sinne rühren und theils von selbst Vorstellungen bewirken, theils unsere Verstandesfähigkeit in Bewegung bringen, diese zu vergleichen, sie zu verknüpfen oder zu trennen und so den rohen Stoff sinnlicher Eindrücke zu einer Erkenntniss der Gegenstände zu verarbeiten, die Erfahrung heisst? Der Zeit nach geht also keine Erkenntniss in uns vor der Erfahrung vorher und mit dieser fängt alle an.

Wenn aber gleich alle unsere Erkenntniss mit der Erfahrung anhebt, so entspringt sie darum doch nicht eben alle aus der Erfahrung. Denn es könnte wohl sein, dass selbst unsere Erfahrungserkenntniss ein Zusammengesetztes aus dem sei, was wir durch Eindrücke empfangen, und dem, was unser eigenes Erkenntnissvermögen (durch sinnliche Eindrücke blos veranlasst) aus sich selbst hergibt, welchen Zusatz wir von jenem Grundstoffe nicht eher unterscheiden, als bis lange Uebung uns darauf aufmerksam und zur Absonderung desselben geschickt gemacht hat.

Es ist also wenigstens eine der näheren Untersuchung noch benöthigte und nicht auf den ersten Anschein sogleich abzufertigende Frage: ob es ein dergleichen von der Erfahrung und selbst von allen Eindrücken der Sinne unabhängiges Erkenntniss gebe? Man nennt solche **Erkenntnisse** *a priori* und unterscheidet sie von den **empirischen**, die ihre Quellen *a posteriori*, nämlich in der Erfahrung, haben.

Jener Ausdruck ist indessen noch nicht bestimmt genug, um den ganzen Sinn, der vorgelegten Frage angemessen, zu bezeichnen. Denn man pflegt wohl von mancher aus Erfahrungsquellen abgeleiteten Erkenntniss zu sagen, dass wir ihrer *a priori* fähig oder theilhaftig sind, weil wir sie nicht unmittelbar aus der Erfahrung, sondern aus einer allgemeinen Regel, die wir gleichwohl selbst doch aus der Erfahrung entlehnt haben, ableiten. So sagt man von Jemand, der das Fundament seines Hauses untergrub: er konnte es *a priori* wissen, dass es einfallen würde, d. i. er durfte nicht auf die Erfahrung, dass es wirklich einfiel, warten. Allein gänzlich *a priori* konnte er dieses doch auch nicht wissen. Denn dass die Körper schwer sind und daher, wenn ihnen die Stütze entzogen wird, fallen, musste ihm doch zuvor durch Erfahrung bekannt werden.

Wir werden also im Verfolg unter Erkenntnissen *a priori* nicht solche verstehen, die von dieser oder jener, sondern die **schlechterdings** von aller Erfahrung unabhängig stattfinden. Ihnen sind empirische Erkenntnisse, oder solche, die nur *a posteriori*, d. i. durch Erfahrung möglich sind, entgegengesetzt. Von den Erkenntnissen *a priori* heissen aber diejenigen **rein**, denen gar nichts Empirisches beigemischt ist. So ist z. B. der Satz: eine jede Veränderung hat ihre Ursache, ein Satz *a priori*, aber nicht rein, weil Veränderung ein Begriff ist, der nur aus der Erfahrung gezogen werden kann.

II.

Wir sind im Besitze gewisser Erkenntnisse *a priori*, und selbst der gemeine Verstand ist niemals ohne solche.

Es kommt hier auf ein Merkmal an, woran wir sicher ein reines Erkenntniss von empirischen unterscheiden können. Erfahrung lehrt uns zwar, dass etwas so oder so beschaffen sei, aber nicht, dass es nicht anders sein könne. Findet sich also **erstlich** ein Satz, der zugleich mit seiner Nothwendigkeit gedacht wird, so ist er ein Urtheil *a priori;* ist er überdem auch von keinem abgeleitet, als der selbst wiederum als ein nothwendiger Satz gültig ist, so ist er schlechterdings *a priori*. **Zweitens:** Erfahrung gibt niemals ihren Urtheilen wahre oder strenge, sondern nur angenommene und comparative Allgemeinheit (durch Induction), so dass es eigentlich heissen muss: so viel wir bisher wahrgenommen haben, findet sich von dieser oder jener Regel keine Ausnahme. Wird also ein Urtheil in strenger Allgemeinheit gedacht, d. i. so, dass gar keine Ausnahme als möglich verstattet wird, so ist es nicht von der Erfahrung abgeleitet, sondern schlechterdings *a priori* gültig. Die empirische Allgemeinheit ist also nur eine willkührliche Steigerung der Gültigkeit, von der, welche in den meisten Fällen, bis zu der, die in allen gilt, wie z. B. in dem Satze: alle Körper sind schwer; wo dagegen strenge Allgemeinheit zu einem Urtheile wesentlich gehört, da zeigt diese auf einen besonderen Erkenntnissquell desselben, nämlich ein Vermögen des Erkenntnisses *a priori*. Nothwendigkeit und strenge Allgemeinheit sind also sichere Kennzeichen einer Erkenntniss *a priori* und gehören auch unzertrennlich zu einander. Weil es aber im Gebrauche derselben bisweilen leichter ist, die empirische Beschränktheit derselben, als die Zufälligkeit in den Urtheilen, oder es auch mannichmal einleuchtender ist, die unbeschränkte Allgemeinheit, die wir einem Urtheile beilegen, als die Nothwendigkeit desselben zu zeigen, so ist es rathsam, sich gedachter beider Kriterien, deren jedes für sich unfehlbar ist, abgesondert zu bedienen.

Dass es nun dergleichen nothwendige und im strengsten Sinne allgemeine, mithin reine Urtheile *a priori* im menschlichen Erkenntniss wirklich gebe, ist leicht zu zeigen. Will man ein Beispiel aus Wissenschaften, so darf man nur auf alle Sätze der Mathematik hinaussehen; will man ein solches aus dem gemeinsten Verstandesgebrauche, so kann der Satz, dass alle Veränderung eine Ursache haben müsse, dazu dienen; ja in dem letzteren enthält selbst der Begriff einer Ursache so offenbar den Begriff einer Nothwendigkeit der Verknüpfung mit einer Wirkung und einer strengen Allgemeinheit der Regel, dass er gänzlich verloren gehen würde, wenn man ihn, wie HUME that, von einer öfteren Beigesellung dessen, was geschieht, mit dem, was vorhergeht, und einer daraus entspringenden Gewohnheit, (mithin blos subjectiven Nothwendigkeit,) Vorstellungen zu verknüpfen, ableiten wollte. Auch könnte man, ohne dergleichen Beispiele zum Beweise der Wirklichkeit reiner Grundsätze *a priori* in unserem Erkenntnisse zu bedürfen, dieser ihre Unentbehrlichkeit zur Möglichkeit der Erfahrung selbst, mithin *a priori* darthun. Denn wo wollte selbst Erfahrung ihre Gewissheit hernehmen, wenn alle Regeln, nach denen sie fortgeht, immer wieder empirisch, mithin zufällig wären; daher man diese schwerlich für erste Grundsätze gelten lassen kann. Allein wir können uns damit begnügen, den reinen Gebrauch unseres Erkenntnissvermögens als Thatsache sammt den Kennzeichen desselben dargelegt zu haben. Aber nicht blos in Urtheilen, sondern selbst in Begriffen zeigt sich ein Ursprung einiger derselben *a priori*. Lasset von eurem Erfahrungsbegriffe eines Körpers alles, was daran empirisch ist, nach und nach weg: die Farbe, die Härte oder Weiche, die Schwere, die Undurchdringlichkeit, so bleibt doch der Raum übrig, den er, (welcher nun ganz verschwunden ist,) einnahm, und den könnt ihr nicht weglassen. Eben so, wenn ihr von eurem empirischen Begriffe eines jeden körperlichen oder nicht körperlichen Objects alle Eigenschaften weglasst, die euch die Erfahrung lehrt, so könnt ihr ihm doch nicht diejenige nehmen, dadurch ihr es als Substanz oder einer Substanz anhängend denkt, (obgleich dieser Begriff mehr Bestimmung enthält, als der eines Objects überhaupt.) Ihr müsst also, überführt durch die Nothwendigkeit, womit sich dieser Begriff euch aufdringt, gestehen, dass er in eurem Erkenntnissvermögen *a priori* seinen Sitz habe.[1]

---

[1] Statt dieser beiden ersten Abschnitte der Einleitung findet sich in der 1. Ausgabe, wo die Einleitung nur in zwei Abschnitte (I, Idee der Transscendental-Philosophie und II, Eintheilung der Transscendental-Philosophie) zerfällt, folgende kürzere Darstellung:

„Erfahrung ist ohne Zweifel das erste Product, welches unser Verstand hervorbringt, indem er den rohen Stoff sinnlicher Empfindungen bearbeitet. Sie ist eben dadurch die erste Belehrung, und im Fortgange so unerschöpflich an neuem Unterricht, dass das zusammengekettete Leben aller künftigen Zeugungen an neuen Kenntnissen, die auf diesem Boden gesammelt werden können, niemals Mangel haben wird. Gleichwohl ist sie bei weitem nicht das einzige Feld, darin sich unser Verstand einschränken lässt. Sie sagt uns zwar, was da sei, aber nicht, dass es nothwendigerweise so und nicht anders sein müsse. Eben darum gibt sie uns auch keine wahre Allgemeinheit, und die Vernunft, welche nach dieser Art von Erkenntnissen so begierig ist, wird durch sie mehr gereizt als befriedigt. Solche allgemeine Erkenntnisse nun, die zugleich den Charakter der inneren Nothwendigkeit haben, müssen von der Erfahrung unabhängig, für sich selbst klar und gewiss sein; man nennt sie daher Erkenntnisse *a priori*; da im Gegentheil das, was lediglich von der Erfahrung erborgt ist, wie man sich ausdrückt, nur *a posteriori* oder empirisch erkannt wird.

„Nun zeigt es sich, welches überaus merkwürdig, dass selbst unter unsere Erfahrungen sich Erkenntnisse mengen, die ihren Ursprung *a priori* haben müssen und die vielleicht nur dazu dienen, um unseren Vorstellungen der Sinne Zusammenhang zu verschaffen. Denn, wenn man aus den ersteren auch alles wegschafft, was den Sinnen angehört, so bleiben dennoch gewisse ursprüngliche Begriffe und aus ihnen erzeugte Urtheile übrig, die gänzlich *a priori*, unabhängig von der Erfahrung entstanden sein

III.

Die Philosophie bedarf einer Wissenschaft, welche die Möglichkeit, die Principien und den Umfang aller Erkenntnisse *a priori* bestimme.

Was noch weit mehr sagen will, als alles Vorige, ist dieses, dass gewisse Erkenntnisse sogar das Feld aller möglichen Erfahrungen verlassen, und durch Begriffe, denen überall kein entsprechender Gegenstand in der Erfahrung gegeben werden kann, den Umfang unserer Urtheile über alle Grenzen derselben zu erweitern den Anschein haben.

Und gerade in diesen letzteren Erkenntnissen, welche über die Sinnenwelt hinausgehen, wo Erfahrung gar keinen Leitfaden noch Berichtigung geben kann, liegen die Nachforschungen unserer Vernunft, die wir, der Wichtigkeit nach, für weit vorzüglicher und ihre Endabsicht für viel erhabener halten, als alles, was der Verstand im Felde der Erscheinungen lernen kann, wobei wir, sogar auf die Gefahr zu irren, eher alles wagen, als dass wir so angelegentliche Untersuchungen aus irgend einem Grunde der Bedenklichkeit, oder aus Geringschätzung und Gleichgültigkeit aufgeben sollten. Diese unvermeidlichen Aufgaben der reinen Vernunft selbst sind **Gott, Freiheit** und **Unsterblichkeit.** Die Wissenschaft aber, deren Endabsicht mit allen ihren Zurüstungen eigentlich nur auf die Auflösung derselben gerichtet ist, heisst **Metaphysik,** deren Verfahren im Anfange dogmatisch ist, d. i. ohne vorhergehende Prüfung des Vermögens oder Unvermögens der Vernunft zu einer so grossen Unternehmung zuversichtlich die Ausführung übernimmt.[1]

Nun scheint es zwar natürlich, dass, so bald man den Boden der Erfahrung verlassen hat, man doch nicht mit Erkenntnissen, die man besitzt, ohne zu wissen woher, und auf den Credit der Grundsätze, deren Ursprung man nicht kennt, sofort ein Gebäude errichten werde, ohne

---

müssen, weil sie machen, dass man von den Gegenständen, die den Sinnen erscheinen, mehr sagen kann, wenigstens es sagen zu können glaubt, als blose Erfahrung lehren würde, und dass Behauptungen wahre Allgemeinheit und strenge Nothwendigkeit enthalten, dergleichen die blos empirische Erkenntniss nicht liefern kann.

„Was aber noch weit mehr sagen will, ist dieses," u. s. w. Der Satz, der die Ueberschrift von III bildet, ist in der zweiten Ausgabe hinzugekommen.

[1] Die Worte: „Diese unvermeidlichen Aufgaben — die Ausführung übernimmt," sind Zusatz der 2. Ausg.

der Grundlegung desselben durch sorgfältige Untersuchungen vorher versichert zu sein, dass man also vielmehr die Frage vorlängst werde aufgeworfen haben, wie denn der Verstand zu allen diesen Erkenntnissen *a priori* kommen könne, und welchen Umfang, Gültigkeit und Werth sie haben mögen. In der That ist auch nichts natürlicher, wenn man unter dem Worte natürlich das versteht, was billiger und vernünftiger Weise geschehen sollte; versteht man aber darunter das, was gewöhnlichermassen geschieht, so ist hinwiederum nichts natürlicher und begreiflicher, als dass diese Untersuchung lange unterbleiben musste. Denn ein Theil dieser Erkenntnisse, die mathematische, ist im alten Besitze der Zuverlässigkeit, und gibt dadurch eine günstige Erwartung auch für andere, ob diese gleich von ganz verschiedener Natur sein mögen. Ueberdem, wenn man über den Kreis der Erfahrung hinaus ist, so ist man sicher, durch Erfahrung nicht widerlegt zu werden. Der Reiz, seine Erkenntnisse zu erweitern, ist so gross, dass man nur durch einen klaren Widerspruch, auf den man stösst, in seinem Fortschritte aufgehalten werden kann. Dieser aber kann vermieden werden, wenn man seine Erdichtungen nur behutsam macht, ohne dass sie deswegen weniger Erdichtungen bleiben. Die Mathematik gibt uns ein glänzendes Beispiel, wie weit wir es, unabhängig von der Erfahrung, in der Erkenntniss *a priori* bringen können. Nun beschäftigt sie sich zwar mit Gegenständen und Erkenntnissen blos so weit, als sich solche in der Anschauung darstellen lassen. Aber dieser Umstand wird leicht übersehen, weil gedachte Anschauung selbst *a priori* gegeben werden kann, mithin von einem blosen reinen Begriff kaum unterschieden wird. Durch einen solchen Beweis von der Macht der Vernunft eingenommen, sieht der Trieb zur Erweiterung keine Grenzen. Die leichte Taube, indem sie im freien Fluge die Luft theilt, deren Widerstand sie fühlt, könnte die Vorstellung fassen, dass es ihr im luftleeren Raume noch viel besser gelingen werde. Eben so verliess PLATO die Sinnenwelt, weil sie dem Verstande so enge Schranken setzt, und wagte sich jenseit derselben, auf den Flügeln der Ideen, in den leeren Raum des reinen Verstandes. Er bemerkte nicht, dass er durch seine Bemühungen keinen Weg gewönne; denn er hatte keinen Widerhalt, gleichsam zur Unterlage, worauf er sich steifen und woran er seine Kräfte anwenden konnte, um den Verstand von der Stelle zu bringen. Es ist aber ein gewöhnliches Schicksal der menschlichen Vernunft in der Speculation, ihr Gebäude so früh wie möglich fertig zu machen und hintennach allererst zu untersuchen, ob auch der Grund dazu gut gelegt sei. Alsdenn aber werden allerlei Beschönigungen herbeigesucht, um uns wegen dessen Tüchtigkeit zu trösten, oder auch eine solche späte und gefährliche Prüfung lieber gar abzuweisen. Was uns aber während des Bauens von aller Besorgniss und Verdacht frei hält und mit scheinbarer Gründlichkeit schmeichelt, ist dieses. Ein grosser Theil, und vielleicht der grösste, von dem Geschäfte unserer Vernunft besteht in Zergliederung der Begriffe, die wir schon von Gegenständen haben. Dieses liefert uns eine Menge von Erkenntnissen, die, ob sie gleich nichts weiter als Aufklärungen oder Erläuterungen desjenigen sind, was in unsern Begriffen (wiewohl noch auf verworrene Art) schon gedacht worden, doch wenigstens der Form nach neuen Einsichten gleich geschätzt werden, wiewohl sie der Materie oder dem Inhalte nach die Begriffe, die wir haben, nicht erweitern, sondern nur auseinander setzen. Da dieses Verfahren nun eine wirkliche Erkenntniss *a priori* gibt, die einen sichern und nützlichen Fortgang hat, so erschleicht die Vernunft, ohne es selbst zu merken, unter dieser Vorspiegelung Behauptungen von ganz anderer Art, wo sie zu gegebenen Begriffen ganz fremde, und zwar *a priori* hinzu thut, ohne dass man weiss, wie sie dazu gelange, und ohne sich eine solche Frage auch nur in die Gedanken kommen zu lassen. Ich will daher gleich Anfangs von dem Unterschiede dieser zwiefachen Erkenntnissart handeln.

IV.

Von dem Unterschiede analytischer und synthetischer Urtheile.[1]

In allen Urtheilen, worinnen das Verhältniss eines Subjects zum Prädicat gedacht wird, (wenn ich nur die bejahenden erwäge, denn auf die verneinenden ist nachher die Anwendung leicht,) ist dieses Verhältniss auf zweierlei Art möglich. Entweder das Prädicat B gehört zum Subject A als etwas, was in diesem Begriffe A (versteckterweise) enthalten ist; oder B liegt ganz ausser dem Begriff A, ob es zwar mit demselben in Verknüpfung steht. Im ersten Fall nenne ich das Urtheil **analytisch**, in dem andern **synthetisch**. Analytische Urtheile (die bejahenden) sind also diejenigen, in welchen die Verknüpfung des Prä-

---

[1] Diese Ueberschrift hat auch die 1. Ausgabe, aber ohne die Bezeichnung durch eine Zahl.

dicats mit dem Subject durch Identität, diejenigen aber, in denen diese Verknüpfung ohne Identität gedacht wird, sollen synthetische Urtheile heissen. Die ersteren könnte man auch Erläuterungs-, die anderen Erweiterungsurtheile heissen, weil jene durch das Prädicat nichts zum Begriff des Subjects hinzuthun, sondern diesen nur durch Zergliederung in seine Theilbegriffe zerfällen, die in selbigem schon (obgleich verworren) gedacht waren: da hingegen die letzteren zu dem Begriffe des Subjects ein Prädicat hinzuthun, welches in jenem gar nicht gedacht war und durch keine Zergliederung desselben hätte können herausgezogen werden. Z. B. wenn ich sage: alle Körper sind ausgedehnt, so ist dieses ein analytisch Urtheil. Denn ich darf nicht über den Begriff, den ich mit dem Körper verbinde, hinausgehen, um die Ausdehnung, als mit demselben verknüpft, zu finden, sondern jenen Begriff nur zergliedern, d. i. des Mannigfaltigen, welches ich jederzeit in ihm denke, mir nur bewusst werden, um dieses Prädicat darin anzutreffen; es ist also ein analytisches Urtheil. Dagegen, wenn ich sage: alle Körper sind schwer, so ist das Prädicat etwas ganz Anderes, als das, was ich in dem blosen Begriff eines Körpers überhaupt denke. Die Hinzufügung eines solchen Prädicats gibt also ein synthetisch Urtheil.

Erfahrungsurtheile, als solche sind insgesammt synthetisch. Denn es wäre ungereimt, ein analytisches Urtheil auf Erfahrung zu gründen, weil ich aus meinem Begriffe gar nicht hinausgehen darf, um das Urtheil abzufassen, und also kein Zeugniss der Erfahrung dazu nöthig habe. Dass ein Körper ausgedehnt sei, ist ein Satz, der *a priori* feststeht, und kein Erfahrungsurtheil. Denn, ehe ich zur Erfahrung gehe, habe ich alle Bedingungen zu meinem Urtheile schon in dem Begriffe, aus welchem ich das Prädicat nach dem Satze des Widerspruchs nur herausziehen und dadurch zugleich der Nothwendigkeit des Urtheils bewusst werden kann, welche mich Erfahrung nicht einmal lehren würde. Dagegen ob ich schon in dem Begriff eines Körpers überhaupt das Prädicat der Schwere gar nicht einschliesse, so bezeichnet jener doch einen Gegenstand der Erfahrung durch einen Theil derselben, zu welchem ich also noch andere Theile eben derselben Erfahrung, als zu dem ersteren gehörten, hinzufügen kann. Ich kann den Begriff des Körpers vorher analytisch durch die Merkmale der Ausdehnung, der Undurchdringlichkeit, der Gestalt u. s. w., die alle in diesem Begriffe gedacht werden, erkennen. Nun erweitere ich aber meine Erkenntniss, und, indem ich auf die Erfahrung zurücksehe, von welcher ich diesen Begriff des Körpers abgezogen hatte, so finde ich mit obigen Merkmalen auch die Schwere jederzeit verknüpft, und füge also diese als Prädicat zu jenem Begriffe synthetisch hinzu. Es ist also die Erfahrung, worauf sich die Möglichkeit der Synthesis des Prädicats der Schwere mit dem Begriffe des Körpers gründet, weil beide Begriffe, ob zwar einer nicht in dem andern enthalten ist, dennoch als Theile eines Ganzen, nämlich der Erfahrung, die selbst eine synthetische Verbindung der Anschauungen ist, zu einander, wiewohl nur zufälligerweise, gehören.[1]

Aber bei synthetischen Urtheilen *a priori* fehlt dieses Hülfsmittel ganz und gar. Wenn ich über den Begriff A[2] hinausgehen soll, um einen andern B als damit verbunden zu erkennen, was ist das, worauf ich mich stütze, und wodurch die Synthesis möglich wird? da ich hier den Vortheil nicht habe, mich im Felde der Erfahrung darnach umzusehen. Man nehme den Satz: alles, was geschieht, hat seine Ursache. In dem Begriffe von etwas, das geschieht, denke ich zwar ein Dasein, vor welchem eine Zeit vorhergeht u. s. w., und daraus lassen sich analytische Urtheile ziehen. Aber der Begriff einer Ursache liegt ganz ausser jenem Begriffe und[3] zeigt etwas von dem, was geschieht, Verschiedenes

---

[1] Statt des Absatzes: „Erfahrungsurtheile als solche — zufälligerweise, gehören" hat die 1. Ausgabe Folgendes: „Nun ist hieraus klar: 1) dass durch analytische Urtheile unsere Erkenntniss gar nicht erweitert werde, sondern der Begriff, den ich schon habe, auseinander gesetzt und mir selbst verständlich gemacht werde; 2) dass bei synthetischen Urtheilen ich ausser dem Begriffe des Subjects noch etwas Anderes (x) haben müsse, worauf sich der Verstand stützt, um ein Prädicat, das in jenem Begriffe nicht liegt, doch als dazu gehörig zu erkennen.

„Bei empirischen oder Erfahrungsurtheilen hat es hiemit gar keine Schwierigkeit. Denn dieses x ist die vollständige Erfahrung von dem Gegenstande, den ich durch einen Begriff A denke, welcher nur einen Theil dieser Erfahrung ausmacht. Denn ob ich schon in dem Begriff eines Körpers überhaupt das Prädicat der Schwere gar nicht einschliesse, so bezeichnet er doch die vollständige Erfahrung durch einen Theil derselben, zu welchem also ich noch andere Theile eben derselben Erfahrung, als zu dem ersteren gehörig, hinzufügen kann. Ich kann den Begriff des Körpers vorher analytisch durch die Merkmale der Ausdehnung, der Undurchdringlichkeit, der Gestalt u. s. w., die alle in diesem Begriffe gedacht werden, erkennen. Nun erweitere ich aber meine Erkenntniss, und, indem ich auf die Erfahrung zurücksehe, von welcher ich diesen Begriff des Körpers abgezogen hatte, so finde ich mit obigen Merkmalen auch die Schwere jederzeit verknüpft. Es ist also die Erfahrung jenes x, was ausser dem Begriffe A liegt, und worauf sich die Möglichkeit der Synthesis des Prädicats der Schwere B mit dem Begriffe A gründet."

[2] 1. Ausg.: „ausser dem Begriff A."

[3] Die Worte: „liegt ganz — und" fehlen in der 1. Ausg.

an, ist also in dieser letzteren Vorstellung gar nicht mit enthalten. Wie komme ich denn dazu, von dem, was überhaupt geschieht, etwas davon ganz Verschiedenes zu sagen, und den Begriff der Ursache, ob zwar in jenem nicht enthalten, dennoch, als dazu und sogar nothwendig gehörig, zu erkennen? Was ist hier das Unbekannte $= x$, worauf sich der Verstand stützt, wenn er ausser dem Begriffe A ein demselben fremdes Prädicat B aufzufinden glaubt, welches er gleichwohl damit verknüpft zu sein erachtet? Erfahrung kann es nicht sein, weil der angeführte Grundsatz nicht allein mit grösserer Allgemeinheit, als die Erfahrung verschaffen kann, sondern auch mit dem Ausdruck der Nothwendigkeit, mithin gänzlich *a priori* und aus blosen Begriffen die zweite Vorstellung zu der ersteren hinzugefügt. Nun beruht auf solchen synthetischen d. i. Erweiterungsgrundsätzen die ganze Endabsicht unserer speculativen Erkenntniss *a priori;* denn die analytischen sind zwar höchst wichtig und nöthig, aber nur um zu derjenigen Deutlichkeit der Begriffe zu gelangen, die zu einer sicheren und ausgebreiteten Synthesis, als zu einem wirklich neuen Erwerb, erforderlich ist.[1]

V.

In allen theoretischen Wissenschaften der Vernunft sind synthetische Urtheile *a priori* als Principien enthalten.

1. **Mathematische Urtheile sind insgesammt synthetisch.** Dieser Satz scheint den Bemerkungen der Zergliederer der menschlichen

---

[1] Der V. und VI. Abschn. sind erst in der 2. Ausg. hinzugekommen. Statt ihrer finden sich in der 1. Ausg. nur folgende Worte, die den Uebergang zu dem VII. Abschn. der 2. Ausg. machen: „Es liegt also hier ein gewisses Geheimniss verborgen,[*] dessen Aufschluss allein den Fortschritt in dem grenzenlosen Felde der reinen Verstandeserkenntniss sicher und zuverlässig machen kann: nämlich mit gehöriger Allgemeinheit den Grund der Möglichkeit synthetischer Urtheile *a priori* aufzudecken, die Bedingungen, die eine jede Art derselben möglich machen, einzusehen und diese ganze Erkenntniss, (die ihre eigene Gattung ausmacht,) in einem System nach ihren ursprünglichen Quellen, Abtheilungen, Umfang und Grenzen, nicht durch einen flüchtigen Umkreis zu bezeichnen, sondern vollständig und zu jedem Gebrauche hinreichend zu bestimmen. So viel vorläufig von dem Eigenthümlichen, was die synthetischen Urtheile an sich haben."

[*] „Wäre es einem von den Alten eingefallen, auch nur diese Frage aufzuwerfen, so würde diese allein allen Systemen der reinen Vernunft bis auf unsere Zeit mächtig widerstanden haben und hätte so viele eitele Versuche erspart, die, ohne zu wissen, womit man eigentlich zu thun hat, blindlings unternommen worden."

Vernunft bisher entgangen, ja allen ihren Vermuthungen gerade entgegengesetzt zu sein, ob er gleich unwidersprechlich gewiss und in der Folge sehr wichtig ist. Denn weil man fand, dass die Schlüsse der Mathematiker alle nach dem Satze des Widerspruchs fortgehen, (welches die Natur einer jeden apodiktischen Gewissheit erfordert,) so überredete man sich, dass auch die Grundsätze aus dem Satze des Widerspruchs anerkannt würden; worin sie sich irreten; denn ein synthetischer Satz kann allerdings nach dem Satze des Widerspruchs eingesehen werden, aber nur so, dass ein anderer synthetischer Satz vorausgesetzt wird, aus dem er gefolgert werden kann, niemals aber an sich selbst.

Zuvörderst muss bemerkt werden: dass eigentliche mathematische Sätze jederzeit Urtheile *a priori* und nicht empirisch sind, weil sie Nothwendigkeit bei sich führen, welche aus Erfahrung nicht abgenommen werden kann. Will man aber dieses nicht einräumen, wohlan, so schränke ich meinen Satz auf die reine Mathematik ein, deren Begriff es schon mit sich bringt, dass sie nicht empirische, sondern blos reine Erkenntniss *a priori* enthalte.

Man sollte anfänglich zwar denken: dass der Satz $7 + 5 = 12$ ein blos analytischer Satz sei, der aus dem Begriffe einer Summe von Sieben und Fünf nach dem Satze des Widerspruchs erfolge. Allein wenn man es näher betrachtet, so findet man, dass der Begriff der Summe von 7 und 5 nichts weiter enthalte, als die Vereinigung beider Zahlen in eine einzige, wodurch ganz und gar nicht gedacht wird, welches diese einzige Zahl sei, die beide zusammenfasst. Der Begriff von Zwölf ist keineswegs dadurch schon gedacht, dass ich mir jene Vereinigung von Sieben und Fünf denke, und ich mag meinen Begriff von einer solchen möglichen Summe noch so lange zergliedern, so werde ich doch darin die Zwölf nicht antreffen. Man muss über diese Begriffe hinausgehen, indem man die Anschauung zu Hülfe nimmt, die einem von beiden correspondirt, etwa seine fünf Finger, oder (wie SEGNER in seiner Arithmetik) fünf Punkte, und so nach und nach die Einheiten der in der Anschauung gegebenen Fünf zu dem Begriffe der Sieben hinzuthun. Denn ich nehme zuerst die Zahl 7, und indem ich für den Begriff der 5 die Finger meiner Hand als Anschauung zu Hülfe nehme, so thue ich die Einheiten, die ich vorher zusammennahm, um die Zahl 5 auszumachen, nun an jenem meinem Bilde nach und nach zur Zahl 7, und sehe so die Zahl 12 entspringen. Dass 7 zu 5 hinzugethan werden sollten, habe ich zwar in dem Begriff einer Summe $= 7 + 5$ gedacht, aber nicht, dass diese Summe der Zahl 12 gleich sei. Der arithmetische Satz ist also jederzeit synthetisch; welches man desto deutlicher inne wird, wenn man etwas grössere Zahlen nimmt, da es denn klar einleuchtet, dass, wir möchten unsere Begriffe drehen und wenden wie wir wollen, wir, ohne die Anschauung zu Hülfe zu nehmen, vermittelst der blosen Zergliederung unserer Begriffe die Summe niemals finden könnten.

Eben so wenig ist irgend ein Grundsatz der reinen Geometrie analytisch. Dass die gerade Linie zwischen zwei Punkten die kürzeste sei, ist ein synthetischer Satz. Denn mein Begriff vom Geraden enthält nichts von Grösse, sondern nur eine Qualität. Der Begriff des Kürzesten kommt also gänzlich hinzu und kann durch keine Zergliederung aus dem Begriffe der geraden Linie gezogen werden. Anschauung muss also hier zu Hülfe genommen werden, vermittelst deren allein die Synthesis möglich ist.

Einige wenige Grundsätze, welche die Geometer voraussetzen, sind zwar wirklich analytisch und beruhen auf dem Satze des Widerspruchs; sie dienen aber auch nur, wie identische Sätze, zur Kette der Methode und nicht als Principien, z. B. $a = a$, das Ganze ist sich selber gleich, oder $(a + b) > a$, d. i. das Ganze ist grösser als sein Theil. Und doch auch diese selbst, ob sie gleich nach blosen Begriffen gelten, werden in der Mathematik nur darum zugelassen, weil sie in der Anschauung können dargestellt werden. Was uns hier gemeiniglich glauben macht, als läge das Prädicat solcher apodiktischen Urtheile schon in unserem Begriffe und das Urtheil sei also analytisch, ist blos die Zweideutigkeit des Ausdrucks. Wir sollen nämlich zu einem gegebenen Begriffe ein gewisses Prädicat hinzudenken, und diese Nothwendigkeit haftet schon an den Begriffen. Aber die Frage ist nicht, was wir zu dem gegebenen Begriffe hinzu denken sollen, sondern was wir wirklich in ihm, obzwar nur dunkel, denken, und da zeigt sich, dass das Prädicat jenen Begriffen zwar nothwendig, aber nicht als im Begriffe selbst gedacht, sondern vermittelst einer Anschauung, die zu dem Begriffe hinzukommen muss, anhänge.

2. Naturwissenschaft *(Physica)* enthält synthetische Urtheile *a priori* als Principien in sich. Ich will nur ein Paar Sätze zum Beispiel anführen, als den Satz: dass in allen Veränderungen der körperlichen Welt die Quantität der Materie unverändert bleibe, oder dass in aller Mittheilung der Bewegung Wirkung und Gegenwirkung jederzeit einander gleich sein müssen. An beiden ist nicht allein die

Nothwendigkeit, mithin ihr Ursprung *a priori,* sondern auch, dass sie synthetische Sätze sind, klar. Denn in dem Begriffe der Materie denke ich mir nicht die Beharrlichkeit, sondern blos ihre Gegenwart im Raume durch die Erfüllung desselben. Also gehe ich wirklich über den Begriff von der Materie hinaus, um etwas *a priori* zu ihm hinzuzudenken, was ich in ihm nicht dachte. Der Satz ist also nicht analytisch, sondern synthetisch und dennoch *a priori* gedacht, und so in den übrigen Sätzen des reinen Theils der Naturwissenschaft.

3. In der Metaphysik, wenn man sie auch nur für eine bisher blos versuchte, dennoch aber durch die Natur der menschlichen Vernunft unentbehrliche Wissenschaft ansieht, sollen **synthetische Erkenntnisse** *a priori* **enthalten sein**, und es ist ihr gar nicht darum zu thun, Begriffe, die wir uns *a priori* von Dingen machen, blos zu zergliedern und dadurch analytisch zu erläutern, sondern wir wollen unsere Erkenntniss *a priori* erweitern, wozu wir uns solcher Grundsätze bedienen müssen, die über den gegebenen Begriff etwas hinzu thun, was in ihm nicht enthalten war, und durch synthetische Urtheile *a priori* wohl gar so weit hinausgehen, dass uns die Erfahrung selbst nicht so weit folgen kann, z. B. in dem Satze: die Welt muss einen ersten Anfang haben u. a. m., und so besteht Metaphysik wenigstens **ihrem Zwecke nach** aus lauter synthetischen Sätzen *a priori.*

VI.
Allgemeine Aufgabe der reinen Vernunft.

Man gewinnt dadurch schon sehr viel, wenn man eine Menge von Untersuchungen unter die Formel einer einzigen Aufgabe bringen kann. Denn dadurch erleichtert man sich nicht allein selbst sein eigenes Geschäft, indem man es sich genau bestimmt, sondern auch jedem Anderen, der es prüfen will, das Urtheil, ob wir unserem Vorhaben ein Genüge gethan haben oder nicht. Die eigentliche Aufgabe der reinen Vernunft ist nun in der Frage enthalten: **wie sind synthetische Urtheile** *a priori* **möglich?**

Dass die Metaphysik bisher in einem so schwankenden Zustande der Ungewissheit und Widersprüche geblieben ist, ist lediglich der Ursache zuzuschreiben, dass man sich diese Aufgabe und vielleicht sogar den Unterschied der **analytischen** und **synthetischen** Urtheile nicht früher in die Gedanken kommen liess. Auf der Auflösung dieser Aufgabe oder einem genugthuenden Beweise, dass die Möglichkeit, die sie erklärt zu wissen verlangt, in der That gar nicht stattfinde, beruht nun das Stehen und Fallen der Metaphysik. DAVID HUME, der dieser Aufgabe unter allen Philosophen noch am nächsten trat, sie aber sich bei weitem nicht bestimmt genug und in ihrer Allgemeinheit dachte, sondern blos bei dem synthetischen Satze der Verknüpfung der Wirkung mit ihren Ursachen (*principium causalitatis*) stehen blieb, glaubte heraus zu bringen, dass ein solcher Satz *a priori* gänzlich unmöglich sei, und nach seinen Schlüssen würde alles, was wir Metaphysik nennen, auf einen blosen Wahn von vermeinter Vernunfteinsicht dessen hinauslaufen, was in der That blos aus der Erfahrung erborgt und durch Gewohnheit den Schein der Nothwendigkeit überkommen hat; auf welche, alle reine Philosophie zerstörende Behauptung er niemals gefallen wäre, wenn er unsere Aufgabe in ihrer Allgemeinheit vor Augen gehabt hätte, da er denn eingesehen haben würde, dass, nach seinem Argumente, es auch keine reine Mathematik geben könnte, weil diese gewiss synthetische Sätze *a priori* enthält, vor welcher Behauptung ihn alsdenn sein guter Verstand wohl würde bewahrt haben.

In der Auflösung obiger Aufgabe ist zugleich die Möglichkeit des reinen Vernunftgebrauchs in Gründung und Ausführung aller Wissenschaften, die eine theoretische Erkenntniss *a priori* von Gegenständen enthalten, mit begriffen, d. i. die Beantwortung der Fragen:

Wie ist reine Mathematik möglich?

Wie ist reine Naturwissenschaft möglich?

Von diesen Wissenschaften, da sie wirklich gegeben sind, lässt sich nun wohl geziemend fragen: wie sie möglich sind? denn dass sie möglich sein müssen, wird durch ihre Wirklichkeit bewiesen.* Was aber Metaphysik betrifft, so muss ihr bisheriger schlechter Fortgang, und weil man von keiner einzigen bisher vorgetragenen, was ihren wesentlichen Zweck angeht, sagen kann, sie sei wirklich vorhanden, einen Jeden mit Grunde an ihrer Möglichkeit zweifeln lassen.

Nun ist aber diese Art von Erkenntniss in gewissem Sinne

---

* Von der reinen Naturwissenschaft könnte man dieses Letztere noch bezweifeln. Allein man darf nur die verschiedenen Sätze, die im Anfange der eigentlichen (empirischen) Physik vorkommen, nachsehen, als den von der Beharrlichkeit derselben Quantität Materie, von der Trägheit, der Gleichheit der Wirkung und Gegenwirkung u. s. w., so wird man bald überzeugt werden, dass sie eine *physicam puram* (oder *rationalem*) ausmachen, die es wohl verdient, als eigene Wissenschaft, in ihrem engen oder weiten, aber doch ganzen Umfange, abgesondert aufgestellt zu werden.

doch auch als gegeben anzusehen, und Metaphysik ist, wenn gleich nicht als Wissenschaft, doch als Naturanlage *(metaphysica naturalis)* wirklich. Denn die menschliche Vernunft geht unaufhaltsam, ohne dass blose Eitelkeit des Vielwissens sie dazu bewegt, durch eigenes Bedürfniss getrieben bis zu solchen Fragen fort, die durch keinen Erfahrungsgebrauch der Vernunft und daher entlehnte Principien beantwortet werden können, und so ist wirklich in allen Menschen, so bald Vernunft sich in ihnen bis zur Speculation erweitert, irgend eine Metaphysik zu aller Zeit gewesen und wird auch immer darin bleiben. Und nun ist auch von dieser die Frage: **wie ist Metaphysik als Naturanlage möglich?** d. i. wie entspringen die Fragen, welche reine Vernunft sich aufwirft, und die sie, so gut als sie kann, zu beantworten durch eigenes Bedürfniss getrieben wird, aus der Natur der allgemeinen Menschenvernunft?

Da sich aber bei allen bisherigen Versuchen, diese natürlichen Fragen, z. B. ob die Welt einen Anfang habe oder von Ewigkeit her sei? u. s. w. zu beantworten, jederzeit unvermeidliche Widersprüche gefunden haben, so kann man es nicht bei der blosen Naturanlage zur Metaphysik, d. i. dem reinen Vernunftvermögen selbst, woraus zwar immer irgend eine Metaphysik (es sei welche es wolle) erwächst, bewenden lassen, sondern es muss möglich sein, mit ihr es zur Gewissheit zu bringen, entweder im Wissen oder Nicht-Wissen der Gegenstände, d. i. entweder der Entscheidung über die Gegenstände ihrer Fragen, oder über das Vermögen und Unvermögen der Vernunft, in Ansehung ihrer etwas zu urtheilen, also entweder unsere reine Vernunft mit Zuverlässigkeit zu erweitern, oder ihr bestimmte und sichere Schranken zu setzen. Diese letzte Frage, die aus der obigen allgemeinen Aufgabe fliesst, würde mit Recht diese sein: **wie ist Metaphysik als Wissenschaft möglich?**

Die Kritik der Vernunft führt also zuletzt nothwendig zur Wissenschaft; der dogmatische Gebrauch derselben ohne Kritik dagegen auf grundlose Behauptungen, denen man eben so scheinbare entgegensetzen kann, mithin zum **Skepticismus**.

Auch kann diese Wissenschaft nicht von grosser abschreckender Weitläufigkeit sein, weil sie es nicht mit Objecten der Vernunft, deren Mannigfaltigkeit unendlich ist, sondern blos mit sich selbst, mit Aufgaben, die ganz aus ihrem Schoosse entspringen und ihr nicht durch die Natur der Dinge, die von ihr unterschieden sind, sondern durch ihre eigene vorgelegt sind, zu thun hat; da es denn, wenn sie zuvor ihr eigen Vermögen in Ansehung der Gegenstände, die ihr in der Erfahrung vorkommen mögen, vollständig hat kennen lernen, leicht werden muss, den Umfang und die Grenzen ihres über alle Erfahrungsgrenzen versuchten Gebrauchs vollständig und sicher zu bestimmen.

Man kann also und muss alle bisher gemachte Versuche, eine Metaphysik dogmatisch zu Stande zu bringen, als ungeschehen ansehen; denn was in der einen oder der anderen Analytisches, nämlich blose Zergliederung der Begriffe ist, die unserer Vernunft *a priori* beiwohnen, ist noch gar nicht der Zweck, sondern nur eine Veranstaltung zu der eigentlichen Metaphysik, nämlich seine Erkenntniss *a priori* synthetisch zu erweitern, und ist zu diesem untauglich, weil sie blos zeigt, was in diesen Begriffen enthalten ist, nicht aber, wie wir *a priori* zu solchen Begriffen gelangen, um darnach auch ihren gültigen Gebrauch in Ansehung der Gegenstände aller Erkenntniss überhaupt bestimmen zu können. Es gehört auch nur wenig Selbstverleugnung dazu, alle diese Ansprüche aufzugeben, da die nicht abzuleugnenden und im dogmatischen Verfahren auch unvermeidlichen Widersprüche der Vernunft mit sich selbst jede bisherige Metaphysik schon längst um ihr Ansehen gebracht haben. Mehr Standhaftigkeit wird dazu nöthig sein, sich durch die Schwierigkeit innerlich und den Widerstand äusserlich nicht abhalten zu lassen, eine der menschlichen Vernunft unentbehrliche Wissenschaft, von der man wohl jeden hervorgeschossenen Stamm abhauen, die Wurzel aber nicht ausrotten kann, durch eine andere, der bisherigen ganz entgegengesetzte Behandlung endlich einmal zu einem gedeihlichen und fruchtbaren Wuchse zu befördern.

VII.
Idee und Eintheilung einer besonderen Wissenschaft, unter dem Namen einer Kritik der reinen Vernunft.[1]

Aus diesem Allen ergibt sich nun die Idee einer besondern Wissenschaft, die **Kritik der reinen Vernunft** heissen kann.[2] Denn Vernunft ist das Vermögen, welches die **Principien** der Erkenntniss *a priori* an die Hand gibt. Daher ist reine Vernunft diejenige, welche

---

[1] Diese Ueberschrift ist erst in der 2. Ausg. hinzugekommen.
[2] 1. Ausg.: „die zur Kritik der reinen Vernunft dienen könne. Es heisst aber jede Erkenntniss **rein**, die mit nichts Fremdartigem vermischt ist. Besonders aber wird eine Erkenntniss schlechthin rein genannt, in die sich überhaupt keine Erfahrung oder Empfindung einmischt, welche mithin völlig *a priori* möglich ist. Nun ist Vernunft das Vermögen" u. s. w.

die Principien. etwas schlechthin *a priori* zu erkennen, enthält. Ein **Organon** der reinen Vernunft würde ein Inbegriff derjenigen Principien sein, nach denen alle reine Erkenntnisse *a priori* können erworben und wirklich zu Stande gebracht werden. Die ausführliche Anwendung eines solchen Organon würde ein System der reinen Vernunft verschaffen. Da dieses aber sehr viel verlangt ist und es noch dahin steht, ob auch hier überhaupt eine Erweiterung unserer Erkenntniss und in welchen Fällen sie möglich sei, so können wir eine Wissenschaft der blosen Beurtheilung der reinen Vernunft, ihrer Quellen und Grenzen, als die **Propädeutik** zum System der reinen Vernunft ansehen. Eine solche würde nicht eine **Doctrin**, sondern nur **Kritik** der reinen Vernunft heissen müssen, und ihr Nutzen würde in Ansehung der Speculation wirklich nur negativ sein, nicht zur Erweiterung, sondern nur zur Läuterung unserer Vernunft dienen, und sie von Irrthümern frei halten, welches schon sehr viel gewonnen ist. Ich nenne alle Erkenntniss **transscendental**, die sich nicht sowohl mit Gegenständen, sondern mit unserer Erkenntnissart von Gegenständen, so fern diese *a priori* möglich sein soll,[1] überhaupt beschäftigt. Ein **System** solcher Begriffe würde **Transscendental-Philosophie** heissen. Diese ist aber wiederum für den Anfang noch zu viel. Denn weil eine solche Wissenschaft sowohl die analytische Erkenntniss, als die synthetische *a priori* vollständig enthalten müsste, so ist sie, so weit es unsere Absicht betrifft, von zu weitem Umfange, indem wir die Analysis nur so weit treiben dürfen, als sie unentbehrlich nothwendig ist, um die Principien der Synthesis *a priori*, als worum es uns nur zu thun ist, in ihrem ganzen Umfange einzusehen. Diese Untersuchung, die wir eigentlich nicht Doctrin, sondern nur transscendentale Kritik nennen können, weil sie nicht die Erweiterung der Erkenntnisse selbst, sondern nur die Berichtigung derselben zur Absicht hat und den Probierstein des Werths oder Unwerths aller Erkenntnisse *a priori* abgeben soll, ist das, womit wir uns jetzt beschäftigen. Eine solche Kritik ist demnach eine Vorbereitung, wo möglich, zu einem Organon, und wenn dieses nicht gelingen sollte, wenigstens zu einem Kanon derselben, nach welchem allenfalls dereinst das vollständige System der Philosophie der reinen Vernunft, es mag nun in Erweiterung oder bloser Begrenzung ihrer Erkenntniss bestehen, sowohl analytisch als synthetisch dargestellt werden könnte. Denn dass dieses möglich sei, ja dass ein solches System

---

[1] 1. Ausg.: „sondern mit unsern Begriffen *a priori* von Gegenständen überhaupt"

von nicht gar grossem Umfange sein könne, um zu hoffen, es ganz zu vollenden, lässt sich schon zum voraus daraus ermessen, dass hier nicht die Natur der Dinge, welche unerschöpflich ist, sondern der Verstand, der über die Natur der Dinge urtheilt, und auch dieser wiederum nur in Ansehung seiner Erkenntniss *a priori* den Gegenstand ausmacht, dessen Vorrath, weil wir ihn doch nicht auswärtig suchen dürfen, uns nicht verborgen bleiben kann und allen Vermuthen nach klein genug ist, um vollständig aufgenommen, nach seinem Werthe oder Unwerthe beurtheilt und unter richtige Schätzung gebracht zu werden. Noch weniger darf man hier eine Kritik der Bücher und Systeme der reinen Vernunft erwarten, sondern die des reinen Vernunftvermögens selbst. Nur allein, wenn diese zum Grunde liegt, hat man einen sicheren Probierstein, den philosophischen Gehalt alter und neuer Werke in diesem Fache zu schätzen; widrigenfalls beurtheilt der unbefugte Geschichtschreiber und Richter grundlose Behauptungen Anderer durch seine eigenen, die eben so grundlos sind.[1]

[2] Die Transscendental-Philosophie ist die Idee einer Wissenschaft, zu der die Kritik der reinen Vernunft den ganzen Plan architektonisch d. i. aus Principien entwerfen soll, mit völliger Gewährleistung der Vollständigkeit und Sicherheit aller Stücke, die dieses Gebäude ausmachen. Sie ist das System aller Principien der reinen Vernunft.[3] Dass die Kritik nicht schon selbst Transscendental-Philosophie heisst, beruhet lediglich darauf, dass sie, um ein vollständiges System zu sein, auch eine ausführliche Analysis der ganzen menschlichen Erkenntniss *a priori* enthalten müsste. Nun muss zwar unsere Kritik allerdings auch eine vollständige Herzählung aller Stammbegriffe, welche die gedachte reine Erkenntniss ausmachen, vor Augen legen. Allein der ausführlichen Analysis dieser Begriffe selbst, wie auch der vollständigen Recension der daraus abgeleiteten enthält sie sich billig, theils weil diese Zergliederung nicht zweckmässig wäre, indem sie die Bedenklichkeit nicht hat, welche bei der Synthesis angetroffen wird, um deren willen eigentlich die ganze

---

[1] „Noch weniger — grundlos sind." Zusatz der 2. Ausg.

[2] Hier beginnt der 2. Abschnitt der Einleitung in der 1. Ausg. mit den Worten: „Die Transscendental-Philosophie ist hier nur die Idee einer Wissenschaft, wozu die Kritik" u. s. w.

[3] „Sie ist — Vernunft" Zusatz der 2. Ausg. Die 1. Ausg. hat gleich darauf: „Dass diese Kritik" u s w.

Kritik da ist, theils weil es der Einheit des Plans zuwider wäre, sich mit der Verantwortung der Vollständigkeit einer solchen Analysis und Ableitung zu befassen, deren man in Ansehung seiner Absicht doch überhoben sein konnte. Diese Vollständigkeit der Zergliederung sowohl, als der Ableitung aus den künftig zu liefernden Begriffen *a priori* ist indessen leicht zu ergänzen, wenn sie nur allererst als ausführliche Principien der Synthesis da sind und in Ansehung dieser wesentlichen Absicht nichts ermangelt.

Zur Kritik der reinen Vernunft gehört demnach alles, was die Transscendental-Philosophie ausmacht, und sie ist die vollständige Idee der Transscendental-Philosophie, aber diese Wissenschaft noch nicht selbst; weil sie in der Analysis nur so weit geht, als es zur vollständigen Beurtheilung der synthetischen Erkenntniss *a priori* erforderlich ist.

Das vornehmste Augenmerk bei der Eintheilung einer solchen Wissenschaft ist: dass gar keine Begriffe hineinkommen müssen, die irgend etwas Empirisches in sich enthalten, oder dass die Erkenntniss *a priori* völlig rein sei. Daher, obzwar die obersten Grundsätze der Moralität und die Grundbegriffe derselben Erkenntnisse *a priori* sind, so gehören sie doch nicht in die Transscendental-Philosophie, weil sie die Begriffe der Lust und Unlust, der Begierden und Neigungen u. s. w., die insgesammt empirischen Ursprungs sind, zwar selbst nicht zum Grunde ihrer Vorschriften legen, aber doch im Begriffe der Pflicht, als Hinderniss, das überwunden, oder als Anreiz, der nicht zum Bewegungsgrunde gemacht werden soll, nothwendig in die Abfassung des Systems der reinen Sittlichkeit mit hineinziehen müssen.[1] Daher ist die Transscendental-Philosophie eine Weltweisheit der reinen blos speculativen Vernunft. Denn alles Praktische, so fern es Triebfedern enthält, bezieht sich auf Gefühle, welche zu empirischen Erkenntnissquellen gehören.

Wenn man nun die Eintheilung dieser Wissenschaft aus dem allgemeinen Gesichtspunkte eines Systems überhaupt anstellen will, so muss die, welche wir jetzt vortragen, **erstlich** eine **Elementarlehre**, **zweitens** eine **Methodenlehre** der reinen Vernunft enthalten. Jeder dieser Haupttheile würde seine Unterabtheilung haben, deren Gründe sich gleichwohl hier noch nicht vortragen lassen. Nur so viel scheint zur

---

[1] 1. Ausg.: „weil die Begriffe der Lust und Unlust, der Begierde und Neigungen, der Willkühr u. s. w., die insgesammt empirischen Ursprungs sind, dabei vorausgesetzt werden müssten."

Einleitung oder Vorerinnerung nöthig zu sein, dass es zwei Stämme der menschlichen Erkenntniss gebe, die vielleicht aus einer gemeinschaftlichen, aber uns unbekannten Wurzel entspringen, nämlich Sinnlichkeit und Verstand, durch deren ersteren uns Gegenstände **gegeben**, durch den zweiten aber **gedacht** werden. So fern nun die Sinnlichkeit Vorstellungen *a priori* enthalten sollte, welche die Bedingung ausmachen, unter der uns Gegenstände gegeben werden, so würde sie zur Transscendental-Philosophie gehören. Die transscendentale Sinnenlehre würde zum ersten Theile der Elementar-Wissenschaft gehören müssen, weil die Bedingungen, worunter allein die Gegenstände der menschlichen Erkenntniss gegeben werden, denjenigen vorgehen, unter welchen selbige gedacht werden.

I.
Transscendentale Elementarlehre.

Der

transscendentalen Elementarlehre

erster Theil.

Die transscendentale Aesthetik.

§. 1.[1]

Auf welche Art und durch welche Mittel sich auch immer eine Erkenntniss auf Gegenstände beziehen mag, so ist doch diejenige, wodurch sie sich auf dieselbe unmittelbar bezieht und worauf alles Denken als Mittel abzweckt, die **Anschauung**. Diese aber findet nur statt, so fern uns der Gegenstand gegeben wird; dieses aber ist wiederum, uns Menschen wenigstens, nur dadurch möglich, dass er das Gemüth auf gewisse Weise afficire. Die Fähigkeit (Receptivität), Vorstellungen durch die Art, wie wir von Gegenständen afficirt werden, zu bekommen, heisst Sinnlichkeit. Vermittelst der Sinnlichkeit also werden uns Gegenstände gegeben, und sie allein liefert uns **Anschauungen**; durch den Verstand aber werden sie gedacht, und von ihm entspringen **Begriffe**. Alles Denken aber muss sich, es sei geradezu *(directe)* oder im Umschweife *(indirecte),* vermittelst gewisser Merkmale, zuletzt auf Anschauungen, mithin, bei uns, auf Sinnlichkeit beziehen, weil uns auf andere Weise kein Gegenstand gegeben werden kann.

Die Wirkung eines Gegenstandes auf die Vorstellungsfähigkeit, so

---

[1] Die Paragraphenzahlen sind erst in der 2. Ausg. hinzugekommen.

fern wir von demselben afficirt werden, ist **Empfindung**. Diejenige Anschauung, welche sich auf den Gegenstand durch Empfindung bezieht, heisst **empirisch**. Der unbestimmte Gegenstand einer empirischen Anschauung heisst **Erscheinung**.

In der Erscheinung nenne ich das, was der Empfindung correspondirt, die **Materie** derselben, dasjenige aber, welches macht, dass das Mannigfaltige der Erscheinung in gewissen Verhältnissen geordnet werden kann, nenne ich die **Form** der Erscheinung. Da das, worinnen sich die Empfindungen allein ordnen und in gewisse Form gestellt werden können, nicht selbst wiederum Empfindung sein kann, so ist uns zwar die Materie aller Erscheinungen nur *a posteriori* gegeben, die Form derselben aber muss zu ihnen insgesammt im Gemüthe *a priori* bereit liegen, und dahero abgesondert von aller Empfindung können betrachtet werden.

Ich nenne alle Vorstellungen rein (im transscendentalen Verstande), in denen nichts, was zur Empfindung gehört, angetroffen wird. Demnach wird die reine Form sinnlicher Anschauungen überhaupt im Gemüthe *a priori* angetroffen werden, worinnen alles Mannigfaltige der Erscheinungen in gewissen Verhältnissen angeschaut wird. Diese reine Form der Sinnlichkeit wird auch selber reine **Anschauung** heissen. So, wenn ich von der Vorstellung eines Körpers das, was der Verstand davon denkt, als Substanz, Kraft, Theilbarkeit u. s. w., imgleichen, was davon zur Empfindung gehört, als Undurchdringlichkeit, Härte, Farbe u. s. w. absondere, so bleibt mir aus dieser empirischen Anschauung noch etwas übrig, nämlich Ausdehnung und Gestalt. Diese gehören zur reinen Anschauung, die *a priori,* auch ohne einen wirklichen Gegenstand der Sinne oder Empfindung, als eine blose Form der Sinnlichkeit im Gemüthe stattfindet.

Eine Wissenschaft von allen Principien der Sinnlichkeit *a priori* nenne ich die **transscendentale Aesthetik**.* Es muss also eine

---

* Die Deutschen sind die einzigen, welche sich jetzt des Worts Aesthetik bedienen, um dadurch das zu bezeichnen, was Andere Kritik des Geschmacks heissen. Es liegt hier eine verfehlte Hoffnung zum Grunde, die der vortreffliche Analyst BAUMGARTEN fasste, die kritische Beurtheilung des Schönen unter Vernunftprincipien zu bringen und die Regeln derselben zur Wissenschaft zu erheben. Allein diese Bemühung ist vergeblich, denn gedachte Regeln oder Kriterien sind ihren vornehmsten Quellen nach blos empirisch und können also niemals zu bestimmten Gesetzen *a priori* dienen, wonach sich unser Geschmacksurtheil richten müsste, vielmehr macht das

solche Wissenschaft geben, die den ersten Theil der transscendentalen Elementarlehre ausmacht, im Gegensatz derjenigen, welche die Principien des reinen Denkens enthält und transscendentale Logik genannt wird.

In der transscendentalen Aesthetik also werden wir zuerst die Sinnlichkeit isoliren, dadurch, dass wir alles absondern, was der Verstand durch seine Begriffe dabei denkt, damit nichts als empirische Anschauung übrig bleibe. Zweitens werden wir von dieser noch alles, was zur Empfindung gehört, abtrennen, damit nichts als reine Anschauung und die blose Form der Erscheinungen übrig bleibe, welches das Einzige ist, das die Sinnlichkeit *a priori* liefern kann. Bei dieser Untersuchung wird sich finden, dass es zwei reine Formen sinnlicher Anschauung, als Principien der Erkenntniss *a priori* gebe, nämlich Raum und Zeit, mit deren Erwägung wir uns jetzt beschäftigen werden.

---

letztere den eigentlichen Probierstein der Richtigkeit der ersteren aus. Um deswillen ist es rathsam, diese Benennung entweder wiederum eingehen zu lassen und sie derjenigen Lehre aufzubehalten, die wahre Wissenschaft ist, (wodurch man auch der Sprache und dem Sinne der Alten näher treten würde, bei denen die Eintheilung der Erkenntniss in αἰσθητά καί νοητά sehr berühmt war,) oder sich in die Benennung mit der speculativen Philosophie zu theilen und die Aesthetik theils im transscendentalen Sinne, theils in psychologischer Bedeutung zu nehmen.[1]

[1] Die Worte: „oder sich in die Benennung — Bedeutung zu nehmen" nebst dem dem „oder" entsprechenden „entweder" sind erst in der 2. Ausg. hinzugekommen.

Der
transscendentalen Aesthetik
erster Abschnitt.

Von dem Raume.

§. 2.
Metaphysische Erörterung dieses Begriffs.[1]

Vermittelst des äusseren Sinnes (einer Eigenschaft unsres Gemüths) stellen wir uns Gegenstände als ausser uns, und diese insgesammt im Raume vor. Darinnen ist ihre Gestalt, Grösse und Verhältniss gegen einander bestimmt oder bestimmbar. Der innere Sinn, vermittelst dessen das Gemüth sich selbst oder seinen inneren Zustand anschauet, gibt zwar keine Anschauung von der Seele selbst, als einem Object; allein es ist doch eine bestimmte Form, unter der die Anschauung ihres innern Zustandes allein möglich ist, so dass alles, was zu den innern Bestimmungen gehört, in Verhältnissen der Zeit vorgestellt wird. Aeusserlich kann die Zeit nicht angeschaut werden, so wenig wie der Raum, als etwas in uns. Was sind nun Raum und Zeit? Sind es wirkliche Wesen? Sind es zwar nur Bestimmungen oder auch Verhältnisse der Dinge, aber doch solche, welche ihnen auch an sich zukommen würden, wenn sie auch nicht angeschaut würden, oder sind sie solche, die nur an der Form der Anschauung allein haften und mithin an der subjectiven Beschaffenheit unseres Gemüths, ohne welche diese Prädicate gar keinem Dinge beigelegt werden können? Um uns hierüber zu belehren, wollen wir zuerst den Begriff des Raumes erörtern.[2] Ich verstehe aber unter Erörterung (*expositio*) die deutliche (wenn gleich nicht ausführliche) Vorstellung dessen, was zu einem Begriffe gehört; metaphysisch aber ist die Erörterung, wenn sie dasjenige enthält, was den Begriff, als *a priori* gegeben, darstellt.

---

[1] Die Ueberschrift ist Zusatz der 2. Ausgabe.
[2] 1. Ausg. „wollen wir zuerst den Raum betrachten"; das Folgende: „Ich verstehe aber — darstellt." ist Zusatz der 2. Ausg.

1. Abschn. Von dem Raume.

1) Der Raum ist kein empirischer Begriff, der von äusseren Erfahrungen abgezogen worden. Denn damit gewisse Empfindungen auf etwas ausser mir bezogen werden, (d. i. auf etwas in einem andern Orte des Raumes, als darinnen ich mich befinde,) imgleichen damit ich sie als ausser und neben einander, mithin nicht blos verschieden, sondern als in verschiedenen Orten vorstellen könne, dazu muss die Vorstellung des Raumes schon zum Grunde liegen. Demnach kann die Vorstellung des Raumes nicht aus den Verhältnissen der äussern Erscheinung durch Erfahrung geborgt sein, sondern diese äussere Erfahrung ist selbst nur durch gedachte Vorstellung allererst möglich.

2) Der Raum ist eine nothwendige Vorstellung *a priori*, die allen äusseren Anschauungen zum Grunde liegt. Man kann sich niemals eine Vorstellung davon machen, dass kein Raum sei, ob man sich gleich ganz wohl denken kann, dass keine Gegenstände darin angetroffen werden. Er wird also als die Bedingung der Möglichkeit der Erscheinungen, und nicht als eine von ihnen abhängende Bestimmung angesehen und ist eine Vorstellung *a priori*, die nothwendigerweise äusseren Erscheinungen zum Grunde liegt.[1]

3) Der Raum ist kein discursiver oder, wie man sagt, allgemeiner Begriff von Verhältnissen der Dinge überhaupt, sondern eine reine Anschauung. Denn erstlich kann man sich nur einen einigen Raum vorstellen, und wenn man von vielen Räumen redet, so versteht man darunter nur Theile eines und desselben alleinigen Raumes. Diese Theile können auch nicht vor dem einigen allbefassenden Raume gleichsam als dessen Bestandtheile, (daraus seine Zusammensetzung möglich

---

[1] Hier folgen in der 1. Ausg. noch einige Bestimmungen, die in der 2. Ausg. zu Anfang des § 3 etwas anders gefasst und weiter ausgeführt wurden. Sie lauteten ursprünglich so: „3) Auf diese Nothwendigkeit *a priori* gründet sich 'die apodiktische Gewissheit aller geometrischen Grundsätze und die Möglichkeit ihrer Constructionen *a priori*. Wäre nämlich diese Vorstellung des Raumes ein *a posteriori* erworbener Begriff, der aus der allgemeinen äusseren Erfahrung geschöpft wäre, so würden die ersten Grundsätze der mathematischen Bestimmung nichts als Wahrnehmung sein. Sie hätten also alle Zufälligkeit der Wahrnehmung und es wäre eben nicht nothwendig, dass zwischen zween Punkten nur e i n e gerade Linie sei, sondern die Erfahrung würde es so jederzeit lehren. Was von der Erfahrung entlehnt ist, hat auch nur comparative Allgemeinheit, nämlich durch Induction. Man würde also nur sagen können: so viel zur Zeit noch bemerkt worden, ist kein Raum gefunden worden, der mehr als drei Abmessungen hätte." — Was dann oben unter 3 und 4 folgt, hat in der 1. Ausgabe die Zahlen 4 und 5.

sei,) vorhergehen, sondern nur in ihm gedacht werden. Er ist wesentlich einig, das Mannigfaltige in ihm, mithin auch der allgemeine Begriff von Räumen überhaupt, beruht lediglich auf Einschränkungen. Hieraus folgt, dass in Ansehung seiner eine Anschauung *a priori* (die nicht empirisch ist) allen Begriffen von demselben zum Grunde liegt.[1] So werden auch alle geometrische Grundsätze, z. E. dass in einem Triangel zwei Seiten zusammen grösser seien als die dritte, niemals aus allgemeinen Begriffen von Linie und Triangel, sondern aus der Anschauung und zwar *a priori* mit apodiktischer Gewissheit abgeleitet.

4) Der Raum wird als eine unendliche gegebene Grösse vorgestellt Nun muss man zwar einen jeden Begriff als eine Vorstellung denken, die in einer unendlichen Menge von verschiedenen möglichen Vorstellungen (als ihr gemeinschaftliches Merkmal) enthalten ist, mithin diese unter sich enthält; aber kein Begriff, als ein solcher, kann so gedacht werden, als ob er eine unendliche Menge von Vorstellungen in sich enthielte. Gleichwohl wird der Raum so gedacht, (denn alle Theile des Raumes ins Unendliche sind zugleich.) Also ist die ursprüngliche Vorstellung vom Raume Anschauung *a priori* und nicht Begriff.[2]

§. 3.
Transscendentale Erörterung des Begriffs vom Raume.

Ich verstehe unter einer transscendentalen Erörterung die Erklärung eines Begriffs, als eines Princips, woraus die Möglichkeit anderer synthetischer Erkenntnisse *a priori* eingesehen werden kann. Zu dieser Absicht wird erfordert, 1) dass wirklich dergleichen Erkenntnisse aus dem gegebenen Begriffe herfliessen, 2) dass diese Erkenntnisse nur unter der Voraussetzung einer gegebenen Erklärungsart dieses Begriffs möglich sind.

Geometrie ist eine Wissenschaft, welche die Eigenschaften des Raumes synthetisch und doch *a priori* bestimmt. Was muss die Vorstellung des Raumes denn sein, damit eine solche Erkenntniss von ihm

---

[1] 1. Ausg. „liege."
[2] 1. Ausg. „Der Raum wird als eine unendliche gegebene Grösse vorgestellt. Ein allgemeiner Begriff vom Raum, (der sowohl in dem Fusse, als einer Elle gemein ist,) kann in Ansehung der Grösse nichts bestimmen. Wäre es nicht die Grenzenlosigkeit im Fortgange der Anschauung, so würde kein Begriff von Verhältnissen ein Principium der Unendlichkeit derselben bei sich führen."

möglich sei? Er muss ursprünglich Anschauung sein, denn aus einem blosen Begriffe lassen sich keine Sätze, die über den Begriff hinausgehen, ziehen, welches doch in der Geometrie geschieht (Einleitung V). Aber diese Anschauung muss *a priori*, d. i. vor aller Wahrnehmung eines Gegenstandes in uns angetroffen werden, mithin reine, nicht empirische Anschauung sein. Denn die geometrischen Sätze sind insgesammt apodiktisch, d. i. mit dem Bewusstsein ihrer Nothwendigkeit verbunden, z. B. der Raum hat nur drei Abmessungen; dergleichen Sätze aber können nicht empirische oder Erfahrungsurtheile sein, noch aus ihnen geschlossen werden (Einleitung II).

Wie kann nun eine äussere Anschauung dem Gemüthe beiwohnen, die vor den Objecten selbst vorhergeht, und in welcher der Begriff der letzteren *a priori* bestimmt werden kann? Offenbar nicht anders, als sofern sie blos im Subjecte, als die formale Beschaffenheit desselben, von Objecten afficirt zu werden und dadurch unmittelbare Vorstellung derselben, d. i. Anschauung zu bekommen, ihren Sitz hat, also nur als Form des äusseren Sinnes überhaupt.

Also macht allein unsere Erklärung die Möglichkeit der Geometrie als einer synthetischen Erkenntniss *a priori* begreiflich. Eine jede Erklärungsart, die dieses nicht liefert, wenn sie gleich dem Anscheine nach mit ihr einige Aehnlichkeit hätte, kann an diesen Kennzeichen am sichersten von ihr unterschieden werden.[1]

Schlüsse aus den obigen Begriffen.

a) Der Raum stellet gar keine Eigenschaft irgend einiger Dinge an sich, oder sie in ihrem Verhältniss auf einander vor, d. i. keine Bestimmung derselben, die an Gegenständen selbst haftete und welche bliebe, wenn man auch von allen subjectiven Bedingungen der Anschauung abstrahirte. Denn weder absolute, noch relative Bestimmungen können vor dem Dasein der Dinge, welchen sie zukommen, mithin nicht *a priori* angeschaut werden.

b) Der Raum ist nichts Anderes, als nur die Form aller Erscheinungen äusserer Sinne, d. i. die subjective Bedingung der Sinnlichkeit, unter der allein uns äussere Anschauung möglich ist. Weil nun die

---

[1] Der Anfang des §. 3 von der Ueberschrift an bis zu den Worten: „unterschieden werden" ist erst in der 2. Ausg. hinzugekommen.

Receptivität des Subjects, von Gegenständen afficirt zu werden, nothwendigerweise vor allen Anschauungen dieser Objecte vorhergeht, so lässt sich verstehen, wie die Form aller Erscheinungen vor allen wirklichen Wahrnehmungen, mithin *a priori*, im Gemüthe gegeben sein könne, und wie sie als eine reine Anschauung, in der alle Gegenstände bestimmt werden müssen, Principien der Verhältnisse derselben vor aller Erfahrung enthalten können.

Wir können demnach nur aus dem Standpunkte eines Menschen vom Raum, von ausgedehnten Wesen u. s. w. reden. Gehen wir von der subjectiven Bedingung ab, unter welcher wir allein äussere Anschauung bekommen können, so wie wir nämlich von den Gegenständen afficirt werden mögen, so bedeutet die Vorstellung vom Raume gar nichts. Dieses Prädicat wird den Dingen nur in so fern beigelegt, als sie uns erscheinen, d. i. Gegenstände der Sinnlichkeit sind. Die beständige Form dieser Receptivität, welche wir Sinnlichkeit nennen, ist eine nothwendige Bedingung aller Verhältnisse, darinnen Gegenstände als ausser uns angeschaut werden, und, wenn man von diesen Gegenständen abstrahirt, eine reine Anschauung, welche den Namen Raum führet. Weil wir die besonderen Bedingungen der Sinnlichkeit nicht zu Bedingungen der Möglichkeit der Sachen, sondern nur ihrer Erscheinungen machen können, so können wir wohl sagen, dass der Raum alle Dinge befasse, die uns äusserlich erscheinen mögen, aber nicht alle Dinge an sich selbst, sie mögen nun angeschaut werden oder nicht, oder auch von welchem Subject man wolle. Denn wir können von den Anschauungen anderer denkenden Wesen gar nicht urtheilen, ob sie an die nämlichen Bedingungen gebunden seien, welche unsere Anschauungen einschränken und für uns allgemein gültig sind. Wenn wir die Einschränkung eines Urtheils zum Begriff des Subjects hinzufügen, so gilt das Urtheil alsdenn unbedingt. Der Satz: alle Dinge sind neben einander im Raum, gilt unter der Einschränkung, wenn diese Dinge als Gegenstände unserer sinnlichen Anschauung genommen werden. Füge ich hier die Bedingung zum Begriffe und sage: alle Dinge, als äussere Erscheinungen, sind neben einander im Raum, so gilt diese Regel allgemein und ohne Einschränkung. Unsere Erörterung lehret[1] demnach die Realität (d. i. die objective Gültigkeit) des Raumes in Ansehung alles dessen, was äusserlich als Gegenstand uns vorkommen kann, aber zugleich die

---

[1] 1. Ausg. „Unsere Erörterungen lehren"

Idealität des Raumes in Ansehung der Dinge, wenn sie durch die Vernunft an sich selbst erwogen werden, d. i. ohne Rücksicht auf die Beschaffenheit unserer Sinnlichkeit zu nehmen. Wir behaupten also die empirische Realität des Raumes (in Ansehung aller möglichen äusseren Erfahrung), ob wir zwar die transscendentale Idealität desselben, d. i. dass er nichts sei, so bald wir die Bedingung der Möglichkeit aller Erfahrung weglassen und ihn als etwas, was den Dingen an sich selbst zum Grunde liegt, annehmen.

Es gibt aber auch ausser dem Raum keine andere subjective und auf etwas Aeusseres bezogene Vorstellung, die *a priori* objectiv heissen könnte. Denn man kann von keiner derselben synthetische Sätze *a priori*, wie von der Anschauung im Raume, herleiten (§ 3); daher ihnen, genau zu reden, gar keine Idealität zukommt, ob sie gleich darin mit der Vorstellung des Raumes übereinkommen, dass sie blos zur subjectiven Beschaffenheit der Sinnesart gehören, z. B. des Gesichts, Gehörs, Gefühls, durch die Empfindungen der Farben, Töne und Wärme, die aber, weil sie blos im Empfindungen und nicht Anschauungen sind, an sich kein Object, am wenigsten *a priori*, erkennen lassen.[1]

Die Absicht dieser Anmerkung geht nur dahin: zu verhüten, dass

---

[1] Statt des Absatzes: „Es gibt aber auch — erkennen lassen" hat die 1. Ausg. Folgendes: „Es gibt aber auch — heissen könnte. Daher diese subjective Bedingung aller äusseren Erscheinungen mit keiner anderen kann verglichen werden. Der Wohlgeschmack des Weines gehört nicht zu den objectiven Bestimmungen des Weines, mithin eines Objectes sogar als Erscheinung betrachtet, sondern zu der besonderen Beschaffenheit des Sinnes an dem Subjecte, was ihn geniesst. Die Farben sind nicht Beschaffenheiten der Körper, deren Anschauung sie anhängen, sondern nur Modificationen des Sinnes des Gesichts, welches vom Lichte auf gewisse Weise afficirt wird. Dagegen gehört der Raum als Bedingung äusserer Objecte nothwendigerweise zur Erscheinung oder Anschauung derselben. Geschmack und Farben sind gar nicht nothwendige Bedingungen, unter welchen die Gegenstände allein für uns Objecte der Sinne werden können. Sie sind nur als zufällig beigefügte Wirkungen der besonderen Organisation mit der Erscheinung verbunden. Daher sind sie auch keine Vorstellungen *a priori*, sondern auf Empfindung, der Wohlgeschmack aber sogar auf Gefühl (der Lust und Unlust) als eine Wirkung der Empfindung gegründet. Auch kann Niemand *a priori* weder eine Vorstellung einer Farbe, noch irgend eines Geschmacks haben; der Raum aber betrifft nur die reine Form der Anschauung, schliesst also gar keine Empfindung (nichts Empirisches) in sich und alle Arten und Bestimmungen des Raumes können und müssen sogar *a priori* vorgestellt werden können, wenn Begriffe der Gestalten sowohl als Verhältnisse entstehen sollen. Durch denselben ist es allein möglich, dass Dinge für uns äussere Gegenstände sind."

man die behauptete Idealität des Raumes nicht durch bei weitem unzulängliche Beispiele zu erläutern sich einfallen lasse, da nämlich etwa Farben, Geschmack u. s. w. mit Recht nicht als Beschaffenheit der Dinge, sondern blos als Veränderung unseres Subjects, die sogar bei verschiedenen Menschen verschieden sein können, betrachtet werden. Denn in diesem Falle gilt das, was ursprünglich selbst nur Erscheinung ist, z. B. eine Rose, im empirischen Verstande für ein Ding an sich selbst, welches doch jedem Auge in Ansehung der Farbe anders erscheinen kann. Dagegen ist der transscendentale Begriff der Erscheinungen im Raume eine kritische Erinnerung, dass überhaupt nichts, was im Raume angeschaut wird, eine Sache an sich, noch dass der Raum eine Form der Dinge sei, die ihnen etwa an sich selbst eigen wäre, sondern dass uns die Gegenstände an sich gar nicht bekannt sind, und was wir äussere Gegenstände nennen, nichts Anderes als blose Vorstellungen unserer Sinnlichkeit sind, deren Form der Raum ist, deren wahres Correlatum aber, d. i. das Ding an sich selbst dadurch gar nicht erkannt wird, noch erkannt werden kann, nach welchem aber auch in der Erfahrung niemals gefragt wird.

Der
transscendentalen Aesthetik
zweiter Abschnitt.

Von der Zeit.

§. 4.

Metaphysische Erörterung des Begriffs der Zeit.[1]

Die Zeit ist 1) kein empirischer Begriff, der irgend von einer Erfahrung abgezogen worden. Denn das Zugleichsein oder Aufeinander-

---

[1] Diese Ueberschrift ist Zusatz der 2. Ausg.

folgen würde selbst nicht in die Wahrnehmung kommen, wenn die Vorstellung der Zeit nicht *a priori* zum Grunde läge. Nur unter deren Voraussetzung kann man sich vorstellen, dass Einiges zu einer und derselben Zeit (zugleich) oder in verschiedenen Zeiten (nach einander) sei.

2) Die Zeit ist eine nothwendige Vorstellung, die allen Anschauungen zum Grunde liegt. Man kann in Ansehung der Erscheinungen überhaupt die Zeit selbst nicht aufheben, ob man zwar ganz wohl die Erscheinungen aus der Zeit wegnehmen kann. Die Zeit ist also *a priori* gegeben. In ihr allein ist alle Wirklichkeit der Erscheinungen möglich. Diese können insgesammt wegfallen, aber sie selbst (als die allgemeine Bedingung ihrer Möglichkeit) kann nicht aufgehoben werden.

3) Auf diese Nothwendigkeit *a priori* gründet sich auch die Möglichkeit apodiktischer Grundsätze von den Verhältnissen der Zeit oder Axiomen von der Zeit überhaupt. Sie hat nur eine Dimension; verschiedene Zeiten sind nicht zugleich, sondern nach einander (so wie verschiedene Räume nicht nach einander, sondern zugleich sind). Diese Grundsätze können aus der Erfahrung nicht gezogen werden, denn diese würde weder strenge Allgemeinheit, noch apodiktische Gewissheit geben. Wir würden nur sagen können: so lehrt es die gemeine Wahrnehmung; nicht aber: so muss es sich verhalten. Diese Grundsätze gelten als Regeln, unter denen überhaupt Erfahrungen möglich sind, und belehren uns vor derselben und nicht durch dieselbe.

4) Die Zeit ist kein discursiver, oder, wie man ihn nennt, allgemeiner Begriff, sondern eine reine Form der sinnlichen Anschauung. Verschiedene Zeiten sind nur Theile eben derselben Zeit. Die Vorstellung, die nur durch einen einzigen Gegenstand gegeben werden kann, ist aber Anschauung. Auch würde sich der Satz, dass verschiedene Zeiten nicht zugleich sein können, aus einem allgemeinen Begriff nicht herleiten lassen. Der Satz ist synthetisch, und kann aus Begriffen allein nicht entspringen. Er ist also in der Anschauung und Vorstellung der Zeit unmittelbar enthalten.

5) Die Unendlichkeit der Zeit bedeutet nichts weiter, als dass alle bestimmte Grösse der Zeit nur durch Einschränkungen einer einigen zum Grunde liegenden Zeit möglich sei. Daher muss die ursprüngliche Vorstellung Zeit als uneingeschränkt gegeben sein. Wovon aber die Theile selbst und jede Grösse eines Gegenstandes nur durch Einschränkung bestimmt vorgestellt werden können, da muss die ganze Vorstellung nicht durch Begriffe gegeben sein, denn diese enthalten nur Theil-

vorstellungen,)[1] sondern es muss ihnen unmittelbare Anschauung[2] zum Grunde liegen.

§. 5.
Transscendentale Erörterung des Begriffs der Zeit.[3]

Ich kann mich deshalb auf Nr. 3 berufen, wo ich, um kurz zu sein, das, was eigentlich transscendental ist, unter die Artikel der metaphysischen Erörterung gesetzt habe. Hier füge ich noch hinzu, dass der Begriff der Veränderung und mit ihm der Begriff der Bewegung (als Veränderung des Orts) nur durch und in der Zeitvorstellung möglich ist; dass, wenn diese Vorstellung nicht Anschauung (innere) *a priori* wäre, kein Begriff, welcher es auch sei, die Möglichkeit einer Veränderung, d. i. einer Verbindung contradictorisch-entgegengesetzter Prädicate (z. B. das Sein an einem Orte und das Nichtsein eben desselben Dinges an demselben Orte) in einem und demselben Objecte begreiflich machen könnte. Nur in der Zeit können beide contradictorisch-entgegengesetzte Bestimmungen in einem Dinge, nämlich nach einander anzutreffen sein. Also erklärt unser Zeitbegriff die Möglichkeit so vieler synthetischer Erkenntniss *a priori*, als die allgemeine Bewegungslehre, die nicht wenig fruchtbar ist, darlegt.

§. 6.
Schlüsse aus diesen Begriffen.

a) Die Zeit ist nicht etwas, was für sich bestünde oder den Dingen als objective Bestimmung anhinge, mithin übrig bliebe, wenn man von allen subjectiven Bedingungen der Anschauung derselben abstrahirt; denn im ersten Fall würde sie etwas sein, was ohne wirklichen Gegenstand dennoch wirklich wäre. Was aber das Zweite betrifft, so könnte sie als eine den Dingen selbst anhangende Bestimmung oder Ordnung nicht vor den Gegenständen als ihre Bedingung vorhergehen und *a priori* durch synthetische Sätze erkannt und angeschaut werden. Dieses Letztere findet dagegen sehr wohl statt, wenn die Zeit nichts als die subjec-

---

[1] 1. Ausg. „(denn da gehen die Theilvorstellungen vorher,)".
[2] 1. Ausg. „ihre unmittelbare Anschauung"
[3] Dieser ganze Paragraph ist erst in der 2. Ausg. hinzugekommen

tive Bedingung ist, unter der alle Anschauungen in uns stattfinden können. Denn da kann diese Form der innern Anschauung vor den Gegenständen, mithin *a priori*, vorgestellt werden.

b) Die Zeit ist nichts Anderes, als die Form des innern Sinnes, d. i. des Anschauens unserer selbst und unseres innern Zustandes. Denn die Zeit kann keine Bestimmung äusserer Erscheinungen sein; sie gehört weder zu einer Gestalt noch Lage u. s. w., dagegen bestimmt sie das Verhältniss der Vorstellungen in unserem innern Zustande. Und eben weil diese innere Anschauung keine Gestalt gibt, suchen wir auch diesen Mangel durch Analogien zu ersetzen, und stellen die Zeitfolge durch eine ins Unendliche fortgehende Linie vor, in welcher das Mannigfaltige eine Reihe ausmacht, die nur von einer Dimension ist, und schliessen aus den Eigenschaften dieser Linie auf alle Eigenschaften der Zeit, ausser dem Einigen, dass die Theile der ersteren zugleich, die der letzteren aber jederzeit nach einander sind. Hieraus erhellet auch, dass die Vorstellung der Zeit selbst Anschauung sei, weil alle ihre Verhältnisse sich an einer äussern Anschauung ausdrücken lassen.

c) Die Zeit ist die formale Bedingung *a priori* aller Erscheinungen überhaupt. Der Raum als die reine Form aller äusseren Anschauung ist als Bedingung *a priori* blos auf äussere Erscheinungen eingeschränkt. Dagegen weil alle Vorstellungen, sie mögen nun äussere Dinge zum Gegenstande haben oder nicht, doch an sich selbst, als Bestimmungen des Gemüths, zum innern Zustande gehören, dieser innere Zustand aber unter der formalen Bedingung der innern Anschauung, mithin der Zeit gehört, so ist die Zeit eine Bedingung *a priori* von aller Erscheinung überhaupt, und zwar die unmittelbare Bedingung der inneren (unserer Seelen) und eben dadurch mittelbar auch der äusseren Erscheinungen. Wenn ich *a priori* sagen kann: alle äussere Erscheinungen sind im Raume und nach den Verhältnissen des Raumes *a priori* bestimmt, so kann ich aus dem Princip des innern Sinnes ganz allgemein sagen: alle Erscheinungen überhaupt, d. i. alle Gegenstände der Sinne, sind in der Zeit und stehen nothwendigerweise in Verhältnissen der Zeit.

Wenn wir von unserer Art, uns selbst innerlich anzuschauen, und vermittelst dieser Anschauung auch alle äussere Anschauungen in der Vorstellungskraft zu befassen, abstrahiren und mithin die Gegenstände nehmen, so wie sie an sich selbst sein mögen, so ist die Zeit nichts. Sie ist nur von objectiver Gültigkeit in Ansehung der Erscheinungen, weil dieses schon Dinge sind, die wir als Gegenstände unserer Sinne annehmen; aber sie ist nicht mehr objectiv, wenn man von der Sinnlichkeit unserer Anschauung, mithin derjenigen Vorstellungsart, welche uns eigenthümlich ist, abstrahirt und von Dingen überhaupt redet. Die Zeit ist also lediglich eine subjective Bedingung unserer (menschlichen) Anschauung, (welche jederzeit sinnlich ist, d. i. sofern wir von Gegenständen afficirt werden,) und an sich, ausser dem Subjecte, nichts. Nichts desto weniger ist sie in Ansehung aller Erscheinungen, mithin auch aller Dinge, die uns in der Erfahrung vorkommen können, nothwendigerweise objectiv. Wir können nicht sagen: alle Dinge sind in der Zeit, weil bei dem Begriff der Dinge überhaupt von aller Art der Anschauung derselben abstrahirt wird, diese aber die eigentliche Bedingung ist, unter der die Zeit in die Vorstellung der Gegenstände gehört. Wird nun die Bedingung zum Begriffe hinzugefügt, und es heisst: alle Dinge, als Erscheinungen (Gegenstände der sinnlichen Anschauung) sind in der Zeit, so hat der Grundsatz seine gute objective Richtigkeit und Allgemeinheit *a priori*.

Unsere Behauptungen lehren demnach empirische Realität der Zeit, d. i. objective Gültigkeit in Ansehung aller Gegenstände, die jemals unsern Sinnen gegeben werden mögen. Und da unsere Anschauung jederzeit sinnlich ist, so kann uns in der Erfahrung niemals ein Gegenstand gegeben werden, der nicht unter die Bedingung der Zeit gehörete. Dagegen bestreiten wir der Zeit allen Anspruch auf absolute Realität, da sie nämlich, auch ohne auf die Form unserer sinnlichen Anschauung Rücksicht zu nehmen, schlechthin den Dingen als Bedingung oder Eigenschaft anhinge. Solche Eigenschaften, die den Dingen an sich zukommen, können uns durch die Sinne auch niemals gegeben werden. Hierin besteht also die transscendentale Idealität der Zeit, nach welcher sie, wenn man von den subjectiven Bedingungen der sinnlichen Anschauung abstrahirt, gar nichts ist und den Gegenständen an sich selbst (ohne ihr Verhältniss auf unsere Anschauung) weder subsistirend noch inhärirend beigezählt werden kann. Doch ist diese Idealität eben so wenig, wie die des Raumes, mit den Subreptionen der Empfindung in Vergleichung zu stellen, weil man doch dabei von der Erscheinung selbst, der diese Prädicate inhäriren, voraussetzt, dass sie objective Realität habe, die hier gänzlich wegfällt, ausser, so fern sie blos empirisch ist, d. i. den Gegenstand selbst blos als Erscheinung ansieht: wovon die obige Anmerkung des ersteren Abschnitts nachzusehen ist.

§. 7.
Erläuterung.

Wider diese Theorie, welche der Zeit empirische Realität zugesteht, aber die absolute und transscendentale bestreitet, habe ich von einsehenden Männern einen Einwurf so einstimmig vernommen, dass ich daraus abnehme, er müsse sich natürlicherweise bei jedem Leser, dem diese Betrachtungen ungewohnt sind, vorfinden. Er lautet also: Veränderungen sind wirklich, (dies beweiset der Wechsel unserer eigenen Vorstellungen, wenn man gleich alle äussere Erscheinungen, sammt deren Veränderungen, leugnen wollte.) Nun sind Veränderungen nur in der Zeit möglich, folglich ist die Zeit etwas Wirkliches. Die Beantwortung hat keine Schwierigkeit. Ich gebe das ganze Argument zu. Die Zeit ist allerdings etwas Wirkliches, nämlich die wirkliche Form der innern Anschauung. Sie hat also subjective Realität in Ansehung der innern Erfahrung, d. i. ich habe wirklich die Vorstellung von der Zeit und meinen Bestimmungen in ihr. Sie ist also wirklich nicht als Object, sondern als die Vorstellungsart meiner selbst als Objects anzusehen. Wenn aber ich selbst oder ein ander Wesen mich ohne diese Bedingung der Sinnlichkeit anschauen könnte, so würden eben dieselben Bestimmungen, die wir uns jetzt als Veränderungen vorstellen, eine Erkenntniss geben, in welcher die Vorstellung der Zeit, mithin auch der Veränderung, gar nicht vorkäme. Es bleibt also ihre empirische Realität als Bedingung aller unserer Erfahrungen. Nur die absolute Realität kann ihr nach dem oben Angeführten nicht zugestanden werden. Sie ist nichts, als die Form unserer inneren Anschauung.* Wenn man von ihr die besondere Bedingung unserer Sinnlichkeit wegnimmt, so verschwindet auch der Begriff der Zeit und sie hängt nicht an den Gegenständen selbst, sondern blos am Subjecte, welches sie anschaut.

Die Ursache aber, weswegen dieser Einwurf so einstimmig gemacht wird, und zwar von denen, die gleichwohl gegen die Lehre von der Idealität des Raumes nichts Einleuchtendes einzuwenden wissen, ist diese. Die absolute Realität des Raumes hofften sie nicht apodiktisch darthun

---

* Ich kann zwar sagen: meine Vorstellungen folgen einander; aber das heisst nur, wir sind uns ihrer als in einer Zeitfolge, d. i. nach der Form des innern Sinnes bewusst. Die Zeit ist darum nicht etwas an sich selbst, auch keine den Dingen objectiv anhängende Bestimmung

zu können, weil ihnen der Idealismus entgegensteht, nach welchem die Wirklichkeit äusserer Gegenstände keines strengen Beweises fähig ist; dagegen die des Gegenstandes unserer innern Sinnen (meiner selbst und meines Zustandes) unmittelbar durchs Bewusstsein klar ist. Jene konnten ein bloser Schein sein, dieser aber ist, ihrer Meinung nach, unleugbar etwas Wirkliches. Sie bedachten aber nicht, dass beide, ohne dass man ihre Wirklichkeit als Vorstellungen bestreiten darf, gleichwohl nur zur Erscheinung gehören, welche jederzeit zwei Seiten hat, die eine, da das Object an sich selbst betrachtet wird, (unangesehen der Art, dasselbe anzuschauen, dessen Beschaffenheit aber eben darum jederzeit problematisch bleibt,) die andere, da auf die Form der Anschauung dieses Gegenstandes gesehen wird, welche nicht in dem Gegenstande an sich selbst, sondern im Subjecte, dem derselbe erscheint, gesucht werden muss, gleichwohl aber der Erscheinung dieses Gegenstandes wirklich und nothwendig zukommt.

Zeit und Raum sind demnach zwei Erkenntnissquellen, aus denen *a priori* verschiedene synthetische Erkenntnisse geschöpft werden können, wie vornehmlich die reine Mathematik in Ansehung der Erkenntnisse vom Raume und dessen Verhältnissen ein glänzendes Beispiel gibt. Sie sind nämlich beide zusammengenommen reine Formen aller sinnlichen Anschauung und machen dadurch synthetische Sätze *a priori* möglich. Aber diese Erkenntnissquellen *a priori* bestimmen sich eben dadurch (dass sie blos Bedingungen der Sinnlichkeit sind) ihre Grenzen, nämlich dass sie blos auf Gegenstände gehen, so fern sie als Erscheinungen betrachtet werden, nicht aber Dinge an sich selbst darstellen. Jene allein sind das Feld ihrer Gültigkeit, woraus wenn man hinausgeht, weiter kein objectiver Gebrauch derselben stattfindet. Diese Realität des Raumes und der Zeit lässt übrigens die Sicherheit der Erfahrungserkenntniss unangetastet; denn wir sind derselben eben so gewiss, ob diese Formen an sich selbst oder nur unserer Anschauung dieser Dinge nothwendigerweise anhangen. Dagegen die, so die absolute Realität des Raumes und der Zeit behaupten, sie mögen sie nun als subsistirend oder nur inhärirend annehmen, mit den Principien der Erfahrung selbst uneinig sein müssen. Denn entschliessen sie sich zum Ersteren, (welches gemeiniglich die Partei der mathematischen Naturforscher ist,) so müssen sie zwei ewige und unendliche, für sich bestehende Undinge (Raum und Zeit) annehmen, welche da sind, (ohne dass doch etwas Wirkliches ist,) nur um alles Wirkliche in sich zu befassen. Nehmen sie die zweite

Partei, (von der einige metaphysische Naturlehrer sind,) und Raum und Zeit gelten ihnen als von der Erfahrung abstrahirte, obzwar in der Absonderung verworren vorgestellte Verhältnisse der Erscheinungen (neben oder nach einander), so müssen sie den mathematischen Lehren *a priori* in Ansehung wirklicher Dinge (z. E. im Raume) ihre Gültigkeit, wenigstens die apodiktische Gewissheit bestreiten, indem diese *a posteriori* gar nicht stattfindet, und die Begriffe *a priori* von Raum und Zeit dieser Meinung nach nur Geschöpfe der Einbildungskraft sind, deren Quell wirklich in der Erfahrung gesucht werden muss, aus deren abstrahirten Verhältnissen die Einbildung etwas gemacht hat, was zwar das Allgemeine derselben enthält, aber ohne die Restrictionen, welche die Natur mit denselben verknüpft hat, nicht stattfinden kann. Die Ersteren gewinnen so viel, dass sie für die mathematischen Behauptungen sich das Feld der Erscheinungen frei machen. Dagegen verwirren sie sich sehr durch eben diese Bedingungen, wenn der Verstand über dieses Feld hinausgehen will. Die Zweiten gewinnen zwar in Ansehung des Letzteren, nämlich dass die Vorstellungen von Raum und Zeit ihnen nicht in den Weg kommen, wenn sie von Gegenständen nicht als Erscheinungen, sondern blos im Verhältniss auf den Verstand urtheilen wollen; können aber weder von der Möglichkeit mathematischer Erkenntnisse *a priori*, (indem ihnen eine wahre und objectiv gültige Anschauung *a priori* fehlt,) Grund angeben, noch die Erfahrungsgesetze mit jenen Behauptungen in nothwendige Einstimmung bringen. In unserer Theorie von der wahren Beschaffenheit dieser zwei ursprünglichen Formen der Sinnlichkeit ist beiden Schwierigkeiten abgeholfen.

Dass schliesslich die transscendentale Aesthetik nicht mehr, als diese zwei Elemente, nämlich Raum und Zeit, enthalten könne, ist daraus klar, weil alle andere zur Sinnlichkeit gehörige Begriffe, selbst der der Bewegung, welcher beide Stücke vereinigt, etwas Empirisches voraussetzen. Denn diese setzt Wahrnehmung von etwas Beweglichem voraus. Im Raum, an sich selbst betrachtet, ist aber nichts Bewegliches; daher das Bewegliche etwas sein muss, was im Raume nur durch Erfahrung gefunden wird, mithin ein empirisches Datum. Eben so kann die transscendentale Aesthetik nicht den Begriff der Veränderung unter ihre Data *a priori* zählen; denn die Zeit selbst verändert sich nicht, sondern etwas, das in der Zeit ist. Also wird dazu die Wahrnehmung von irgend einem Dasein und der Succession seiner Bestimmungen, mithin Erfahrung erfordert.

§. 8.
Allgemeine Anmerkungen zur transscendentalen Aesthetik.

I.[1] Zuerst wird es nöthig sein, uns so deutlich, als möglich, zu erklären, was in Ansehung der Grundbeschaffenheit der sinnlichen Erkenntniss überhaupt unsere Meinung sei, um aller Missdeutung derselben vorzubeugen.

Wir haben also sagen wollen, dass alle unsere Anschauung nichts als die Vorstellung von Erscheinung sei; dass die Dinge, die wir anschauen, nicht das an sich selbst sind, wofür wir sie anschauen, noch ihre Verhältnisse so an sich selbst beschaffen sind, als sie uns erscheinen; und dass, wenn wir unser Subject oder auch nur die subjective Beschaffenheit der Sinne überhaupt aufheben, alle die Beschaffenheit, alle Verhältnisse der Objecte im Raum und Zeit, ja selbst Raum und Zeit verschwinden würden, und als Erscheinungen nicht an sich selbst, sondern nur in uns existiren können. Was es für eine Bewandniss mit den Gegenständen an sich und abgesondert von aller dieser Receptivität unserer Sinnlichkeit haben möge, bleibt uns gänzlich unbekannt. Wir kennen nichts, als unsere Art sie wahrzunehmen, die uns eigenthümlich ist, die auch nicht nothwendig jedem Wesen, obzwar jedem Menschen zukommen muss. Mit dieser haben wir es lediglich zu thun. Raum und Zeit sind die reinen Formen derselben, Empfindung überhaupt die Materie. Jene können wir allein *a priori*, d. i. vor aller wirklichen Wahrnehmung erkennen und sie heisst darum reine Anschauung; diese aber ist das in unserem Erkenntniss, was da macht, dass sie Erkenntniss *a posteriori*, d. i. empirische Anschauung heisst. Jene hängen unserer Sinnlichkeit schlechthin nothwendig an, welcher Art auch unsere Empfindungen sein mögen; diese können sehr verschieden sein. Wenn wir diese unsere Anschauung auch zum höchsten Grade der Deutlichkeit bringen könnten, so würden wir dadurch der Beschaffenheit der Gegenstände an sich selbst nicht näher kommen. Denn wir würden auf allen Fall doch nur unsere Art der Anschauung, d. i. unsere Sinnlichkeit vollständig erkennen und diese immer nur unter den dem Subject ursprünglich anhängenden Bedingungen von Raum und Zeit; was die Gegenstände an sich selbst sein mögen, würde uns durch die aufgeklärteste Erkenntniss der

---
[1] Die Zahl I. fehlt in der 1. Ausg., weil das unten unter II—IV. Folgende erst in der 2. Ausgabe hinzugekommen ist.

Erscheinung derselben, die uns allein gegeben ist, doch niemals bekannt werden.

Dass daher unsere ganze Sinnlichkeit nichts als die verworrene Vorstellung der Dinge sei, welche lediglich das enthält, was ihnen an sich selbst zukommt, aber nur unter einer Zusammenhäufung von Merkmalen und Theilvorstellungen, die wir nicht mit Bewusstsein auseinander setzen, ist eine Verfälschung des Begriffs von Sinnlichkeit und von Erscheinung, welche die ganze Lehre derselben unnütz und leer macht. Der Unterschied einer undeutlichen von der deutlichen Vorstellung ist blos logisch und betrifft nicht den Inhalt. Ohne Zweifel enthält der Begriff von Recht, dessen sich der gesunde Verstand bedient, eben dasselbe, was die subtilste Speculation aus ihm entwickeln kann, nur dass im gemeinen und praktischen Gebrauche man sich dieser mannigfaltigen Vorstellungen in diesem Gedanken nicht bewusst ist. Darum kann man nicht sagen, dass der gemeine Begriff sinnlich sei, eine blose Erscheinung enthalte, denn das Recht kann gar nicht erscheinen, sondern sein Begriff liegt im Verstande und stellt eine Beschaffenheit (die moralische) der Handlungen vor, die ihnen an sich selbst zukommt. Dagegen enthält die Vorstellung eines Körpers in der Anschauung gar nichts, was einem Gegenstande an sich selbst zukommen könnte, sondern blos die Erscheinungen von etwas und die Art, wie wir dadurch afficirt werden; und diese Receptivität unserer Erkenntnissfähigkeit heisst Sinnlichkeit und bleibt von der Erkenntniss des Gegenstandes an sich selbst, ob man jene (die Erscheinung) gleich bis auf den Grund durchschauen möchte, dennoch himmelweit unterschieden.

Die Leibnitz-Wolf'sche Philosophie hat daher allen Untersuchungen über die Natur und den Ursprung unserer Erkenntnisse einen ganz unrechten Gesichtspunkt angewiesen, indem sie den Unterschied der Sinnlichkeit vom Intellectuellen blos als logisch betrachtete, da er offenbar transscendental ist und nicht blos die Form der Deutlichkeit oder Undeutlichkeit, sondern den Ursprung und den Inhalt derselben betrifft, so dass wir durch die erstere die Beschaffenheit der Dinge an sich selbst nicht blos undeutlich, sondern gar nicht erkennen, und so bald wir unsere subjective Beschaffenheit wegnehmen, das vorgestellte Object mit den Eigenschaften, die ihm die sinnliche Anschauung beilegte, überall nirgend anzutreffen ist, noch angetroffen werden kann, indem eben diese subjective Beschaffenheit die Form desselben, als Erscheinung, bestimmt.

Wir unterscheiden sonst wohl unter Erscheinungen das, was der

Anschauung derselben wesentlich anhängt und für jeden menschlichen Sinn überhaupt gilt, von demjenigen, was derselben nur zufälligerweise zukommt, indem es nicht auf die Beziehung der Sinnlichkeit überhaupt, sondern nur auf eine besondere Stellung oder Organisation dieses oder jenes Sinnes gültig ist. Und da nennt man die erstere Erkenntniss eine solche, die den Gegenstand an sich selbst vorstellt, die zweite aber nur die Erscheinung desselben. Dieser Unterschied ist aber nur empirisch. Bleibt man dabei stehen, (wie es gemeiniglich geschieht,) und sieht jene empirische Anschauung nicht wiederum, (wie es geschehen sollte,) als blose Erscheinung an, so dass darin gar nichts, was irgend eine Sache an sich selbst anginge, anzutreffen ist, so ist unser transscendentaler Unterschied verloren und wir glauben alsdann doch, Dinge an sich zu erkennen, ob wir es gleich überall (in der Sinnenwelt) selbst bis zu der tiefsten Erforschung ihrer Gegenstände mit nichts, als Erscheinungen, zu thun haben. So werden wir zwar den Regenbogen eine blose Erscheinung bei einem Sonnenregen nennen, diesen Regen aber die Sache an sich selbst, welches auch richtig ist, sofern wir den letzteren Begriff nur physisch verstehen, als das, was in der allgemeinen Erfahrung, unter allen verschiedenen Lagen zu den Sinnen, doch in der Anschauung so und nicht anders bestimmt ist. Nehmen wir aber dieses Empirische überhaupt und fragen, ohne uns an die Einstimmung desselben mit jedem Menschensinne zu kehren, ob auch dieses einen Gegenstand an sich selbst (nicht die Regentropfen, denn sie sind denn schon, als Erscheinungen, empirische Objecte,) vorstelle, so ist die Frage von der Beziehung der Vorstellung auf den Gegenstand transscendental und nicht allein diese Tropfen sind blose Erscheinungen, sondern selbst ihre runde Gestalt, ja sogar der Raum, in welchem sie fallen, sind nichts an sich selbst, sondern blose Modificationen oder Grundlagen unserer sinnlichen Anschauung; das transscendentale Object aber bleibt uns unbekannt.

Die zweite wichtige Angelegenheit unserer transscendentalen Aesthetik ist, dass sie nicht blos als scheinbare Hypothese einige Gunst erwerbe, sondern so gewiss und unzweifelhaft sei, als jemals von einer Theorie gefordert werden kann, die zum Organon dienen soll. Um diese Gewissheit völlig einleuchtend zu machen, wollen wir irgend einen Fall wählen, woran dessen Gültigkeit augenscheinlich werden und zu mehrer Klarheit dessen, was § 3 angeführt worden, dienen kann.[1]

---

[1] Die Worte: „und zu mehrer — dienen kann" sind in der 2. Ausg. hinzugekommen.

Setzet demnach, Raum und Zeit seien an sich selbst objectiv und Bedingungen der Möglichkeit der Dinge an sich selbst, so zeigt sich erstlich: dass von beiden *a priori* apodiktische und synthetische Sätze in grosser Zahl vornehmlich vom Raum vorkommen, welchen wir darum vorzüglich hier zum Beispiel untersuchen wollen. Da die Sätze der Geometrie synthetisch *a priori* und mit apodiktischer Gewissheit erkannt werden, so frage ich: woher nehmt ihr dergleichen Sätze und worauf stützt sich unser Verstand, um zu dergleichen schlechthin nothwendigen und allgemein gültigen Wahrheiten zu gelangen? Es ist kein anderer Weg, als durch Begriffe oder durch Anschauungen; beide aber als solche, die entweder *a priori* oder *a posteriori* gegeben sind. Die letzteren, nämlich empirische Begriffe, imgleichen das, worauf sie sich gründen, die empirische Anschauung, können keinen synthetischen Satz geben, als nur einen solchen, der auch blos empirisch, d. i. ein Erfahrungssatz ist, mithin niemals Nothwendigkeit und absolute Allgemeinheit enthalten kann, dergleichen doch das Charakteristische aller Sätze der Geometrie ist. Was aber das erstere und einzige Mittel sein würde, nämlich durch blose Begriffe oder Anschauungen *a priori* zu dergleichen Erkenntnissen zu gelangen, so ist klar, dass aus blosen Begriffen gar keine synthetische Erkenntniss, sondern lediglich analytische erlangt werden kann. Nehmet nur den Satz: dass durch zwei gerade Linien sich gar kein Raum einschliessen lasse, mithin keine Figur möglich sei, und versucht ihn aus dem Begriff von geraden Linien und der Zahl zwei abzuleiten; oder auch, dass aus dreien geraden Linien eine Figur möglich sei und versucht es eben so blos aus diesen Begriffen. Alle eure Bemühung ist vergeblich und ihr seht euch genöthiget, zur Anschauung eure Zuflucht zu nehmen, wie es die Geometrie auch jederzeit thut. Ihr gebt euch also einen Gegenstand in der Anschauung; von welcher Art aber ist diese, ist es eine reine Anschauung *a priori* oder eine empirische? Wäre das Letzte, so könnte niemals ein allgemein gültiger, noch weniger ein apodiktischer Satz daraus werden; denn Erfahrung kann dergleichen niemals liefern. Ihr müsst also euren Gegenstand *a priori* in der Anschauung geben und auf diesen euren synthetischen Satz gründen. Läge nun in euch nicht ein Vermögen, *a priori* anzuschauen, wäre diese subjective Bedingung der Form nach nicht zugleich die allgemeine Bedingung *a priori*, unter der allein das Object dieser (äusseren) Anschauung selbst möglich ist, wäre der Gegenstand (der Triangel) etwas an sich selbst ohne Beziehung auf euer Subject: wie könntet ihr sagen, dass, was in euren subjectiven Bedingungen einen Triangel zu construiren nothwendig liegt, auch dem Triangel an sich selbst zukommen müsse; denn ihr könntet doch zu euren Begriffen (von drei Linien) nichts Neues (die Figur) hinzufügen, welches darum nothwendig an dem Gegenstande angetroffen werden müsste, da dieser vor eurer Erkenntniss und nicht durch dieselbe gegeben ist. Wäre also nicht der Raum (und so auch die Zeit) eine blose Form eurer Anschauung, welche Bedingungen *a priori* enthält, unter denen allein Dinge für euch äussere Gegenstände sein können, die ohne diese subjectiven Bedingungen an sich nichts sind, so könntet ihr *a priori* ganz und gar nichts über äussere Objecte synthetisch ausmachen. Es ist also ungezweifelt gewiss, und nicht blos möglich oder auch wahrscheinlich, dass Raum und Zeit als die nothwendigen Bedingungen aller (äussern und innern) Erfahrung, blos subjective Bedingungen aller unserer Anschauung sind, im Verhältniss auf welche daher alle Gegenstände blose Erscheinungen und nicht für sich in dieser Art gegebene Dinge sind, von denen sich auch um deswillen, was die Form derselben betrifft, vieles *a priori* sagen lässt, niemals aber das Mindeste von dem Dinge an sich selbst, das diesen Erscheinungen zum Grunde liegen mag.

II.[1] Zur Bestätigung dieser Theorie von der Idealität des äusseren sowohl als inneren Sinnes, mithin aller Objecte der Sinne, als bloser Erscheinungen, kann vorzüglich die Bemerkung dienen, dass alles, was in unserem Erkenntniss zur Anschauung gehört, (also Gefühl der Lust und Unlust und den Willen, die gar nicht Erkenntnisse sind, ausgenommen,) nichts als blose Verhältnisse enthalte, der Oerter in einer Anschauung (Ausdehnung), Veränderung der Oerter (Bewegung), und Gesetze, nach denen diese Veränderung bestimmt wird (bewegende Kräfte). Was aber in dem Orte gegenwärtig sei oder was es ausser der Ortsveränderung in den Dingen selbst wirke, wird dadurch nicht gegeben. Nun wird durch blose Verhältnisse doch nicht eine Sache an sich erkannt; also ist wohl zu urtheilen, dass, da uns durch den äusseren Sinn nichts als blose Verhältnissvorstellungen gegeben werden, dieser auch nur das Verhältniss eines Gegenstandes auf das Subject in seiner Vorstellung enthalten könne und nicht das Innere, was dem Objecte an sich zukommt. Mit der inneren Anschauung ist es eben so bewandt. Nicht allein, dass

---

[1] Das Folgende bis zum Ende der transscendentalen Aesthetik ist erst in der 2. Ausg. hinzugekommen.

darin die Vorstellungen äusserer Sinne den eigentlichen Stoff ausmachen, womit wir unser Gemüth besetzen, sondern die Zeit, in die wir diese Vorstellungen setzen, die selbst dem Bewusstsein derselben in der Erfahrung vorhergeht und als formale Bedingung der Art, wie wir sie im Gemüthe setzen, zum Grunde liegt, enthält schon Verhältnisse des Nacheinander-, des Zugleichseins und dessen, was mit dem Nacheinandersein zugleich ist (des Beharrlichen). Nun ist das, was, als Vorstellung, vor aller Handlung irgend etwas zu denken, vorhergehen kann, die Anschauung, und, wenn sie nichts als Verhältnisse enthält, die Form der Anschauung, welche, da sie nichts vorstellt, ausser sofern etwas im Gemüthe gesetzt wird, nichts Anderes sein kann, als die Art, wie das Gemüth durch eigene Thätigkeit, nämlich dieses Setzen ihrer Vorstellung, mithin durch sich selbst afficirt wird, d. i. ein innerer Sinn seiner Form nach. Alles, was durch einen Sinn vorgestellt wird, ist so fern jederzeit Erscheinung, und ein innerer Sinn würde also entweder gar nicht eingeräumt werden müssen, oder das Subject, welches der Gegenstand desselben ist, würde durch denselben nur als Erscheinung vorgestellt werden können, nicht wie es von sich selbst urtheilen würde, wenn seine Anschauung blose Selbstthätigkeit, d. i. intellectuell wäre. Hiebei beruht alle Schwierigkeit nur darauf, wie ein Subject sich selbst innerlich anschauen könne; allein diese Schwierigkeit ist jeder Theorie gemein. Das Bewusstsein seiner selbst (Apperception) ist die einfache Vorstellung des Ich, und wenn dadurch allein alles Mannigfaltige im Subject selbstthätig gegeben wäre, so würde die innere Anschauung intellectuell sein. Im Menschen erfordert dieses Bewusstsein innere Wahrnehmung von dem Mannigfaltigen, was im Subjecte vorher gegeben wird, und die Art, wie dieses ohne Spontaneität im Gemüthe gegeben wird, muss um dieses Unterschiedes willen Sinnlichkeit heissen. Wenn das Vermögen sich bewusst zu werden das, was im Gemüthe liegt, aufsuchen (apprehendiren) soll, so muss es dasselbe afficiren und kann allein auf solche Art eine Anschauung seiner selbst hervorbringen, deren Form aber, die vorher im Gemüthe zum Grunde liegt, die Art, wie das Mannigfaltige im Gemüthe beisammen ist, in der Vorstellung der Zeit bestimmt; da es denn sich selbst anschaut, nicht wie es sich unmittelbar selbstthätig vorstellen würde, sondern nach der Art, wie es von innen afficirt wird, folglich wie es sich erscheint, nicht wie es ist.

III. Wenn ich sage: im Raum und der Zeit stellt die Anschauung so wohl der äusseren Objecte, als auch die Selbstanschauung des Gemüths beides vor, sowie es unsere Sinne afficirt, d. i. wie es erscheint, so will das nicht sagen, dass diese Gegenstände ein bloser Schein wären. Denn in der Erscheinung werden jederzeit die Objecte, ja selbst die Beschaffenheiten, die wir ihnen beilegen, als etwas wirklich Gegebenes angesehen, nur dass, so fern diese Beschaffenheit nur von der Anschauungsart des Subjects in der Relation des gegebenen Gegenstandes zu ihm abhängt, dieser Gegenstand als Erscheinung von ihm selber als Object an sich unterschieden wird. So sage ich nicht, die Körper scheinen blos ausser mir zu sein, oder meine Seele scheint nur in meinem Selbstbewusstsein gegeben zu sein, wenn ich behaupte, dass die Qualität des Raums und der Zeit, welcher, als Bedingung ihres Daseins, gemäss ich beide setze, in meiner Anschauungsart und nicht in diesen Objecten an sich liege. Es wäre meine eigene Schuld, wenn ich aus dem, was ich zur Erscheinung zählen sollte, blosen Schein machte.* Dieses geschieht aber nicht nach unserem Princip der Idealität aller unserer sinnlichen Anschauungen; vielmehr, wenn man jenen Vorstellungsformen objective Realität beilegt, so kann man nicht vermeiden, dass nicht alles dadurch in blosen Schein verwandelt werde. Denn wenn man den Raum und die Zeit als Beschaffenheiten ansieht, die ihrer Möglichkeit nach in Sachen an sich angetroffen werden müssten, und überdenkt die Ungereimtheiten, in die man sich alsdenn verwickelt, indem zwei unendliche Dinge, die nicht Substanzen, auch nicht etwas wirklich den Substanzen Inhärirendes, dennoch aber Existirendes, ja die nothwendige Bedingung der Existenz aller Dinge sein müssen, auch übrig bleiben, wenn gleich alle existirende Dinge aufgehoben werden, so kann man es dem guten BERKELEY wohl nicht verdenken, wenn er die Körper zu

---

* Die Prädicate der Erscheinung können dem Objecte selbst beigelegt werden, in Verhältniss auf unseren Sinn, z. B. der Rose die rothe Farbe oder der Geruch; aber der Schein kann niemals als Prädicat dem Gegenstande beigelegt werden, eben darum, weil er, was diesem nur in Verhältniss auf die Sinne oder überhaupt aufs Subject zukommt, dem Object für sich beilegt, z. B. die zwei Henkel, die man anfänglich dem Saturn beilegte. Was gar nicht am Objecte an sich selbst, jederzeit aber im Verhältnisse desselben zum Subject anzutreffen und von der Vorstellung des ersteren unzertrennlich ist, ist Erscheinung und so werden die Prädicate des Raumes und der Zeit mit Recht den Gegenständen der Sinne als solchen beigelegt, und hierin ist kein Schein. Dagegen wenn ich der Rose an sich die Röthe, dem Saturn die Henkel, oder allen äusseren Gegenständen die Ausdehnung an sich beilege, ohne auf ein bestimmtes Verhältniss dieser Gegenstände zum Subject zu sehen und mein Urtheil darauf einzuschränken, alsdenn allererst entspringt der Schein.

blosem Schein herabsetzte, ja es müsste sogar unsere Existenz, die auf solche Art von der für sich bestehenden Realität eines Undinges, wie die Zeit, abhängig gemacht wäre, mit dieser in lauter Schein verwandelt werden; eine Ungereimtheit, die sich bisher noch Niemand hat zu Schulden kommen lassen.

IV. In der natürlichen Theologie, da man sich einen Gegenstand denkt, der nicht allein für uns gar kein Gegenstand der Anschauung, sondern der ihm selbst durchaus kein Gegenstand der sinnlichen Anschauung sein kann, ist man sorgfältig darauf bedacht, von aller seiner Anschauung, (denn dergleichen muss alles sein Erkenntniss sein, und nicht Denken, welches jederzeit Schranken beweiset,) die Bedingungen der Zeit und des Raumes wegzuschaffen. Aber mit welchem Rechte kann man dieses thun, wenn man beide vorher zu Formen der Dinge an sich selbst gemacht hat, und zwar solchen, die als Bedingungen der Existenz der Dinge *a priori* übrig bleiben, wenn man gleich die Dinge selbst aufgehoben hätte? Denn als Bedingungen alles Daseins überhaupt, müssten sie es auch vom Dasein Gottes sein. Es bleibt nichts übrig, wenn man sie nicht zu objectiven Formen aller Dinge machen will, als dass man sie zu subjectiven Formen unserer äusseren sowohl als inneren Anschauungsart macht, die darum sinnlich heisst, weil sie nicht ursprünglich, d. i. eine solche ist, durch die selbst das Dasein des Objects der Anschauung gegeben wird, (und die, so viel wir einsehen, nur dem Urwesen zukommen kann,) sondern von dem Dasein des Objects abhängig, mithin nur dadurch, dass die Vorstellungsfähigkeit des Subjects durch dasselbe afficirt wird, möglich ist.

Es ist auch nicht nöthig, dass wir die Anschauungsart in Raum und Zeit auf die Sinnlichkeit des Menschen einschränken; es mag sein, dass endliche denkende Wesen hierin mit dem Menschen nothwendig übereinkommen müssen, (wiewohl wir dieses nicht entscheiden können,) so hört sie um dieser Allgemeingültigkeit willen doch nicht auf, Sinnlichkeit zu sein, eben darum, weil sie abgeleitet *(intuitus derivativus)*, nicht ursprünglich *(intuitus originarius)*, mithin nicht intellectuelle Anschauung ist, als welche aus dem eben angeführten Grunde allein dem Urwesen, niemals aber einem, seinem Dasein sowohl als seiner Anschauung nach, (die sein Dasein in Beziehung auf gegebene Objecte bestimmt,) abhängigen Wesen zuzukommen scheint; wiewohl die letztere Bemerkung zu unserer ästhetischen Theorie nur als Erläuterung, nicht als Beweggrund gezählt werden muss.

Beschluss der transscendentalen Aesthetik.

Hier haben wir nun eines von den erforderlichen Stücken zur Auflösung der allgemeinen Aufgabe der Transscendental-Philosophie: wie sind synthetische Sätze *a priori* möglich? nämlich reine Anschauungen *a priori*, Raum und Zeit, in welchen wir, wenn wir im Urtheile *a priori* über den gegebenen Begriff hinausgehen wollen, dasjenige antreffen, was nicht im Begriffe, wohl aber in der Anschauung, die ihm entspricht, *a priori* entdeckt werden und mit jenen synthetisch verbunden werden kann, welche Urtheile aber aus diesem Grunde nie weiter, als auf Gegenstände der Sinne reichen und nur für Objecte möglicher Erfahrung gelten können.

Der

transscendentalen Elementarlehre

zweiter Theil.

Die transscendentale Logik.

Einleitung.

Idee einer transscendentalen Logik.

I.

Von der Logik überhaupt.

Unsere Erkenntniss entspringt aus zwei Grundquellen des Gemüths, deren die erste ist, die Vorstellungen zu empfangen (die Receptivität der Eindrücke), die zweite das Vermögen, durch jene Vorstellungen einen Gegenstand zu erkennen (Spontaneität der Begriffe); durch die erstere wird uns ein Gegenstand gegeben, durch die zweite wird dieser im Verhältniss auf diese Vorstellung (als blose Bestimmung des Gemüths) gedacht. Anschauung und Begriffe machen also die Elemente aller unserer Erkenntniss aus, so dass weder Begriffe ohne ihnen auf einige Art correspondirende Anschauung, noch Anschauung ohne Begriffe ein Erkenntniss abgeben können. Beide sind entweder rein oder empirisch. Empirisch, wenn Empfindung, (die die wirkliche Gegenwart des Gegenstandes voraussetzt,) darin enthalten ist; rein aber, wenn der Vorstellung keine Empfindung beigemischt ist. Man kann die letztere die Materie der sinnlichen Erkenntniss nennen. Daher enthält reine Anschauung lediglich die Form, unter welcher etwas angeschaut wird, und reiner Begriff allein die Form des Denkens eines Gegenstandes überhaupt. Nur allein reine Anschauungen oder Begriffe sind *a priori* möglich, empirische nur *a posteriori*.

Wollen wir die Receptivität unseres Gemüths, Vorstellungen zu empfangen, so fern es auf irgend eine Weise afficirt wird, Sinnlichkeit nennen, so ist dagegen das Vermögen, Vorstellungen selbst hervorzubringen, oder die Spontaneität des Erkenntnisses, der Verstand. Unsere Natur bringt es so mit sich, dass die Anschauung niemals anders als sinnlich sein kann, d. i. nur die Art enthält, wie wir von Gegenständen afficirt werden. Dagegen ist das Vermögen, den Gegenstand sinnlicher Anschauung zu denken, der Verstand. Keine dieser Eigenschaften ist der andern vorzuziehen. Ohne Sinnlichkeit würde uns kein Gegenstand gegeben und ohne Verstand keiner gedacht werden. Gedanken ohne Inhalt sind leer, Anschauungen ohne Begriffe sind blind. Daher ist es eben so nothwendig, seine Begriffe sinnlich zu machen (d. i. ihnen den Gegenstand in der Anschauung beizufügen), als seine Anschauungen sich verständlich zu machen (d. i. sie unter Begriffe zu bringen). Beide Vermögen oder Fähigkeiten können auch ihre Functionen nicht vertauschen. Der Verstand vermag nichts anzuschauen und die Sinne nichts zu denken. Nur daraus, dass sie sich vereinigen, kann Erkenntniss entspringen. Deswegen darf man aber doch nicht ihren Antheil vermischen, sondern man hat grosse Ursache, jedes von dem andern sorgfältig abzusondern und zu unterscheiden. Daher unterscheiden wir die Wissenschaft der Regeln der Sinnlichkeit überhaupt, d. i. Aesthetik, von der Wissenschaft der Verstandesregeln überhaupt, d. i. der Logik.

Die Logik kann nun wiederum in zwiefacher Absicht unternommen werden, entweder als Logik des allgemeinen, oder des besondern Verstandesgebrauchs. Die erste enthält die schlechthin nothwendigen Regeln des Denkens, ohne welche gar kein Gebrauch des Verstandes stattfindet, und geht also auf diesen, unangesehen der Verschiedenheit der Gegenstände, auf welche er gerichtet sein mag. Die Logik des besondern Verstandesgebrauchs enthält die Regeln, über eine gewisse Art von Gegenständen richtig zu denken. Jene kann man die Elementarlogik nennen, diese aber das Organon dieser oder jener Wissenschaft. Die letztere wird mehrentheils in den Schulen als Propädeutik der Wissenschaften vorangeschickt, ob sie zwar, nach dem Gange der menschlichen Vernunft, das Späteste ist, wozu sie allererst gelangt, wenn die Wissenschaft schon lange fertig ist und nur die letzte Hand zu ihrer Berichtigung und Vollkommenheit bedarf. Denn man muss die Gegenstände schon in ziemlich hohem Grade kennen, wenn man die Regel angeben will, wie sich eine Wissenschaft von ihnen zu Stande bringen lasse.

Die allgemeine Logik ist nun entweder die reine oder die angewandte Logik. In der ersteren abstrahiren wir von allen empirischen Bedingungen, unter denen unser Verstand ausgeübt wird, z. B. vom Einfluss der Sinne, vom Spiele der Einbildung, den Gesetzen des Gedächtnisses, der Macht der Gewohnheit, der Neigung u. s. w., mithin auch den Quellen der Vorurtheile, ja gar überhaupt von allen Ursachen, daraus uns gewisse Erkenntnisse entspringen oder untergeschoben werden mögen, weil sie blos den Verstand unter gewissen Umständen seiner Anwendung betreffen und, um diese zu kennen, Erfahrung erfordert wird. Eine allgemeine, aber reine Logik hat es also mit lauter Principien *a priori* zu thun und ist ein Kanon des Verstandes und der Vernunft, aber nur in Ansehung des Formalen ihres Gebrauchs, der Inhalt mag sein, welcher er wolle (empirisch oder transscendental). Eine allgemeine Logik heisst aber alsdenn angewandt, wenn sie auf die Regeln des Gebrauchs des Verstandes unter den subjectiven empirischen Bedingungen, die uns die Psychologie lehrt, gerichtet ist. Sie hat also empirische Principien, ob sie zwar in so fern allgemein ist, dass sie auf den Verstandesgebrauch ohne Unterschied der Gegenstände geht. Um deswillen ist sie auch weder ein Kanon des Verstandes überhaupt, noch ein Organon besonderer Wissenschaften, sondern lediglich ein Katharktikon des gemeinen Verstandes.

In der allgemeinen Logik muss also der Theil, der die reine Vernunftlehre ausmachen soll, von demjenigen gänzlich abgesondert werden, welcher die angewandte (obzwar noch immer allgemeine) Logik ausmacht. Der erstere ist eigentlich nur allein Wissenschaft, obzwar kurz und trocken, und wie es die schulgerechte Darstellung einer Elementarlehre des Verstandes erfordert. In dieser müssen also die Logiker jederzeit zwei Regeln vor Augen haben.

1) Als allgemeine Logik abstrahirt sie von allem Inhalt der Verstandeserkenntniss und der Verschiedenheit ihrer Gegenstände, und hat mit nichts als der blosen Form des Denkens zu thun.

2) Als reine Logik hat sie keine empirische Principien, mithin schöpft sie nichts, (wie man sich bisweilen überredet hat,) aus der Psychologie, die also auf den Kanon des Verstandes gar keinen Einfluss hat.

Sie ist eine demonstrirte Doctrin und alles muss in ihr völlig *a priori* gewiss sein.

Was ich die angewandte Logik nenne, (wider die gemeine Bedeutung dieses Wortes, nach der sie gewisse Exercitien, dazu die reine Logik die Regel gibt, enthalten soll,) so ist sie eine Vorstellung des Verstandes und der Regeln seines nothwendigen Gebrauchs *in concreto*, nämlich unter den zufälligen Bedingungen des Subjects, die diesen Gebrauch hindern oder befördern können und die insgesammt nur empirisch gegeben werden. Sie handelt von der Aufmerksamkeit, deren Hinderniss und Folgen, dem Ursprunge des Irrthums, dem Zustande des Zweifels, des Scrupels, der Ueberzeugung u. s. w., und zu ihr verhält sich die allgemeine und reine Logik wie die reine Moral, welche blos die nothwendigen sittlichen Gesetze eines freien Willens überhaupt enthält, zu der eigentlichen Tugendlehre, welche diese Gesetze unter den Hindernissen der Gefühle, Neigungen und Leidenschaften, denen die Menschen mehr oder weniger unterworfen sind, erwägt und welche niemals eine wahre und demonstrirte Wissenschaft abgeben kann, weil sie eben sowohl als jene angewandte Logik empirische und psychologische Principien bedarf.

II.
Von der transscendentalen Logik.

Die allgemeine Logik abstrahirt, wie wir gewiesen, von allem Inhalt der Erkenntniss, d. i. von aller Beziehung derselben auf das Object und betrachtet nur die logische Form im Verhältnisse der Erkenntnisse auf einander, d. i. die Form des Denkens überhaupt. Weil es nun aber sowohl reine, als empirische Anschauungen gibt, (wie die transscendentale Aesthetik darthut,) so könnte auch wohl ein Unterschied zwischen reinem und empirischem Denken der Gegenstände angetroffen werden. In diesem Falle würde es eine Logik geben, in der man nicht von allem Inhalt der Erkenntniss abstrahirte; denn diejenige, welche blos die Regeln des reinen Denkens eines Gegenstandes enthielte, würde alle diejenigen Erkenntnisse ausschliessen, welche von empirischem Inhalte wären. Sie würde auch auf den Ursprung unserer Erkenntnisse von Gegenständen gehen, so fern er nicht den Gegenständen zugeschrieben werden kann; da hingegen die allgemeine Logik mit diesem Ursprunge der Erkenntniss nichts zu thun hat, sondern die Vorstellungen, sie mögen uranfänglich *a priori* in uns selbst oder nur empirisch gegeben sein, blos nach den

Gesetzen betrachtet, nach welchen der Verstand sie im Verhältniss gegen einander braucht, wenn er denkt, und also nur von der Verstandesform handelt, die den Vorstellungen verschafft werden kann, woher sie auch sonst entsprungen sein mögen.

Und hier mache ich eine Anmerkung, die ihren Einfluss auf alle nachfolgende Betrachtungen erstreckt und die man wohl vor Augen haben muss, nämlich: dass nicht eine jede Erkenntniss *a priori*, sondern nur die, dadurch wir erkennen, dass und wie gewisse Vorstellungen (Anschauungen oder Begriffe) lediglich *a priori* angewandt werden oder möglich sind, transscendental (d. i. die Möglichkeit der Erkenntniss oder der Gebrauch derselben *a priori*) heissen müsse. Daher ist weder der Raum noch irgend eine geometrische Bestimmung desselben *a priori* eine transscendentale Vorstellung; sondern nur die Erkenntniss, dass diese Vorstellungen gar nicht empirischen Ursprungs seien, und die Möglichkeit, wie sie sich gleichwohl *a priori* auf Gegenstände der Erfahrung beziehen könne, kann transscendental heissen. Imgleichen würde der Gebrauch des Raumes von Gegenständen überhaupt auch transscendental sein; aber ist er lediglich auf Gegenstände der Sinne eingeschränkt, so heisst er empirisch. Der Unterschied des Transscendentalen und Empirischen gehört also nur zur Kritik der Erkenntnisse und betrifft nicht die Beziehung derselben auf ihren Gegenstand.

In der Erwartung also, dass es vielleicht Begriffe geben könne, die sich *a priori* auf Gegenstände beziehen mögen, nicht als reine oder sinnliche Anschauungen, sondern blos als Handlungen des reinen Denkens, die mithin Begriffe, aber weder empirischen noch ästhetischen Ursprungs sind, so machen wir uns zum voraus die Idee von einer Wissenschaft des reinen Verstandes und Vernunfterkenntnisses, dadurch wir Gegenstände völlig *a priori* denken. Eine solche Wissenschaft, welche den Ursprung, den Umfang und die objective Gültigkeit solcher Erkenntnisse bestimmte, würde **transscendentale Logik** heissen müssen, weil sie es blos mit den Gesetzen des Verstandes und der Vernunft zu thun hat, aber lediglich, so fern sie auf Gegenstände *a priori* bezogen wird, und nicht, wie die allgemeine Logik, auf die empirischen sowohl, als reinen Vernunfterkenntnisse ohne Unterschied.

III.
Von der Eintheilung der allgemeinen Logik in Analytik und Dialektik.

Die alte und berühmte Frage, womit man die Logiker in die Enge zu treiben vermeinte und sie dahin zu bringen suchte, dass sie sich entweder auf einer elenden Diallele mussten betreffen lassen oder ihre Unwissenheit, mithin die Eitelkeit ihrer ganzen Kunst bekennen sollten, ist diese: was ist Wahrheit? Die Namenerklärung der Wahrheit, dass sie nämlich die Uebereinstimmung der Erkenntniss mit ihrem Gegenstande sei, wird hier geschenkt und vorausgesetzt; man verlangt aber zu wissen, welches das allgemeine und sichere Kriterium der Wahrheit einer jeden Erkenntniss sei.

Es ist schon ein grosser und nöthiger Beweis der Klugheit und Einsicht, zu wissen, was man vernünftigerweise fragen solle. Denn wenn die Frage an sich ungereimt ist und unnöthige Antworten verlangt, so hat sie, ausser der Beschämung dessen, der sie aufwirft, bisweilen noch den Nachtheil, den unbehutsamen Anhörer derselben zu ungereimten Antworten zu verleiten und den belachenswerthen Anblick zu geben, dass Einer (wie die Alten sagten) den Bock melkt, der Andere ein Sieb unterhält.

Wenn Wahrheit in der Uebereinstimmung einer Erkenntniss mit ihrem Gegenstande besteht, so muss dadurch dieser Gegenstand von andern unterschieden werden; denn eine Erkenntniss ist falsch, wenn sie mit dem Gegenstand, worauf sie bezogen wird, nicht übereinstimmt, ob sie gleich etwas enthält, was wohl von andern Gegenständen gelten könnte. Nun würde ein allgemeines Kriterium der Wahrheit dasjenige sein, welches von allen Erkenntnissen ohne Unterschied ihrer Gegenstände gültig wäre. Es ist aber klar, dass, da man bei demselben von allem Inhalt der Erkenntniss (Beziehung auf ihr Object) abstrahirt und Wahrheit gerade diesen Inhalt angeht, es ganz unmöglich und ungereimt sei, nach einem Merkmale der Wahrheit dieses Inhalts der Erkenntnisse zu fragen, und dass also ein hinreichendes und doch zugleich allgemeines Kennzeichen der Wahrheit unmöglich angegeben werden könne. Da wir oben schon den Inhalt einer Erkenntniss die Materie derselben genannt haben, so wird man sagen müssen: von der Wahrheit der Erkenntniss der Materie nach lässt sich kein allgemeines Kennzeichen verlangen, weil es in sich selbst widersprechend ist.

Was aber das Erkenntniss der blosen Form nach (mit Beiseitesetzung alles Inhalts) betrifft, so ist eben so klar, dass eine Logik, so fern sie die allgemeinen und nothwendigen Regeln des Verstandes vorträgt, eben in diesen Regeln Kriterien der Wahrheit darlegen müsse. Denn was diesen widerspricht, ist falsch, weil der Verstand dabei seinen allgemeinen Regeln des Denkens, mithin sich selbst widerstreitet. Diese Kriterien aber betreffen nur die Form der Wahrheit, d. i. des Denkens überhaupt, und sind so fern ganz richtig, aber nicht hinreichend. Denn obgleich eine Erkenntniss der logischen Form völlig gemäss sein möchte, d. i. sich selbst nicht widerspräche, so kann sie doch noch immer dem Gegenstande widersprechen. Also ist das blos logische Kriterium der Wahrheit, nämlich die Uebereinstimmung einer Erkenntniss mit den allgemeinen und formalen Gesetzen des Verstandes und der Vernunft zwar die *conditio sine qua non,* mithin die negative Bedingung aller Wahrheit; weiter aber kann die Logik nicht gehen, und den Irrthum, der nicht die Form, sondern den Inhalt trifft, kann die Logik durch keinen Probierstein entdecken.

Die allgemeine Logik löset nun das ganze formale Geschäft des Verstandes und der Vernunft in seine Elemente auf und stellt sie als Principien aller logischen Beurtheilung unserer Erkenntniss dar. Dieser Theil der Logik kann daher Analytik heissen und ist eben darum der wenigstens negative Probierstein der Wahrheit, indem man zuvörderst alle Erkenntniss, ihrer Form nach, an diesen Regeln prüfen und schätzen muss, ehe man sie selbst ihrem Inhalt nach untersucht, um auszumachen, ob sie in Ansehung des Gegenstandes positive Wahrheit enthalten. Weil aber die blose Form des Erkenntnisses, so sehr sie auch mit logischen Gesetzen übereinstimmen mag, noch lange nicht hinreicht, materielle (objective) Wahrheit dem Erkenntnisse darum auszumachen, so kann sich Niemand blos mit der Logik wagen, über Gegenstände zu urtheilen und irgend etwas zu behaupten, ohne von ihnen vorher gegründete Erkundigung ausser der Logik eingezogen zu haben, um hernach blos die Benutzung und die Verknüpfung derselben in einem zusammenhangenden Ganzen nach logischen Gesetzen zu versuchen, noch besser aber, sie lediglich darnach zu prüfen. Gleichwohl liegt so etwas Verleitendes in dem Besitze einer so scheinbaren Kunst, allen unseren Erkenntnissen die Form des Verstandes zu geben, ob man gleich in Ansehung des Inhalts derselben noch sehr leer und arm sein mag, dass jene allgemeine Logik, die blos ein Kanon zur Beurtheilung ist, gleichsam wie ein Organon zur wirklichen Hervorbringung wenigstens zum Blendwerk von objectiven Behauptungen gebraucht und mithin in der That dadurch gemissbraucht worden. Die allgemeine Logik nun, als vermeintes Organon, heisst Dialektik.

So verschieden auch die Bedeutung ist, in der die Alten dieser Benennung einer Wissenschaft oder Kunst sich bedienten, so kann man doch aus dem wirklichen Gebrauche derselben sicher abnehmen, dass sie bei ihnen nichts Anderes war, als die Logik des Scheins. Eine sophistische Kunst, seiner Unwissenheit, ja auch seinen vorsätzlichen Blendwerken den Anstrich der Wahrheit zu geben, dass man die Methode der Gründlichkeit, welche die Logik überhaupt vorschreibt, nachahmte und ihre Topik zu Beschönigung jedes leeren Vorgebens benutzte. Nun kann man es als eine sichere und brauchbare Warnung anmerken: dass die allgemeine Logik, als Organon betrachtet, jederzeit eine Logik des Scheins d. i. dialektisch sei. Denn da sie uns gar nichts über den Inhalt der Erkenntniss lehrt, sondern nur blos die formalen Bedingungen der Uebereinstimmung mit dem Verstande, welche übrigens in Ansehung der Gegenstände gänzlich gleichgültig sind, so muss die Zumuthung, sich derselben als eines Werkzeugs (Organon) zu gebrauchen, um seine Kenntnisse wenigstens dem Vorgeben nach auszubreiten und zu erweitern, auf nichts als Geschwätzigkeit hinauslaufen, alles, was man will, mit einigem Schein zu behaupten oder auch nach Belieben anzufechten.

Eine solche Unterweisung ist der Würde der Philosophie auf keine Weise gemäss. Um deswillen hat man diese Benennung der Dialektik lieber, als eine Kritik des dialektischen Scheins, der Logik beigezählt und als eine solche wollen wir sie auch hier verstanden wissen.

IV.
Von der Eintheilung der transscendentalen Logik in die transscendentale Analytik und Dialektik.

In einer transscendentalen Logik isoliren wir den Verstand (so wie oben in der transscendentalen Aesthetik die Sinnlichkeit) und heben blos den Theil des Denkens aus unserem Erkenntnisse heraus, der lediglich seinen Ursprung in dem Verstande hat. Der Gebrauch dieser reinen Erkenntniss aber beruhet darauf, als ihrer Bedingung, dass uns Gegenstände in der Anschauung gegeben seien, worauf jene angewandt werden können. Denn ohne Anschauung fehlt es aller unserer Erkenntniss an Objecten und sie bleibt alsdenn völlig leer. Der Theil der transscendentalen Logik also, der die Elemente der reinen Verstandeserkenntniss vorträgt und die Principien, ohne welche überall kein Gegenstand gedacht werden kann, ist die transscendentale Analytik und zugleich eine Logik der Wahrheit. Denn ihr kann keine Erkenntniss widersprechen, ohne dass sie zugleich allen Inhalt verlöre, d. i. alle Beziehung auf irgend ein Object, mithin alle Wahrheit. Weil es aber sehr anlockend und verleitend ist, sich dieser reinen Verstandeserkenntnisse und Grundsätze allein, und selbst über die Grenzen der Erfahrung hinaus, zu bedienen, welche doch einzig und allein uns die Materie (Objecte) an die Hand geben kann, worauf jene reinen Verstandesbegriffe angewandt werden können, so geräth der Verstand in Gefahr, durch leere Vernünfteleien von den blosen formalen Principien des reinen Verstandes einen materialen Gebrauch zu machen und über Gegenstände ohne Unterschied zu urtheilen, die uns doch nicht gegeben sind, ja vielleicht auf keinerlei Weise gegeben werden können. Da sie also eigentlich nur ein Kanon der Beurtheilung des empirischen Gebrauchs sein sollte, so wird sie gemissbraucht, wenn man sie als das Organon eines allgemeinen und unbeschränkten Gebrauchs gelten lässt und sich mit dem reinen Verstande allein wagt, synthetisch über Gegenstände überhaupt zu urtheilen, zu behaupten und zu entscheiden. Also würde der Gebrauch des reinen Verstandes alsdenn dialektisch sein. Der zweite Theil der transscendentalen Logik muss also eine Kritik dieses dialektischen Scheines sein und heisst transscendentale Dialektik, nicht als eine Kunst, dergleichen Schein dogmatisch zu erregen, (eine leider sehr gangbare Kunst mannigfaltiger metaphysischer Gaukelwerke,) sondern als eine Kritik des Verstandes und der Vernunft in Ansehung ihres hyperphysischen Gebrauchs, um den falschen Schein ihrer grundlosen Anmassungen aufzudecken und ihre Ansprüche auf Erfindung und Erweiterung, die sie blos durch transscendentale Grundsätze zu erreichen vermeint, zur blosen Beurtheilung und Verwahrung des reinen Verstandes vor sophistischem Blendwerke herabzusetzen.

Der transscendentalen Logik
erste Abtheilung.

Die transscendentale Analytik.

Diese Analytik ist die Zergliederung unseres gesammten Erkenntnisses *a priori* in die Elemente der reinen Verstandeserkenntniss. Es kommt hiebei auf folgende Stücke an: 1) dass die Begriffe reine und nicht empirische Begriffe seien; 2) dass sie nicht zur Anschauung und zur Sinnlichkeit, sondern zum Denken und Verstande gehören; 3) dass sie Elementarbegriffe seien und von den abgeleiteten oder daraus zusammengesetzten wohl unterschieden werden; 4) dass ihre Tafel vollständig sei und sie das ganze Feld des reinen Verstandes gänzlich ausfüllen. Nun kann diese Vollständigkeit einer Wissenschaft nicht auf den Ueberschlag eines blos durch Versuche zu Stande gebrachten Aggregats mit Zuverlässigkeit angenommen werden; daher ist sie nur vermittelst einer Idee des Ganzen der Verstandeserkenntniss *a priori* und durch die daraus bestimmte Abtheilung der Begriffe, welche sie ausmachen, mithin nur durch ihren Zusammenhang in einem System möglich. Der reine Verstand sondert sich nicht allein von allem Empirischen, sondern sogar von aller Sinnlichkeit völlig aus. Er ist also eine für sich selbst beständige, sich selbst genugsame und durch keine äusserlich hinzukommende Zusätze zu vermehrende Einheit. Daher wird der Inbegriff seiner Erkenntniss ein unter einer Idee zu befassendes und zu bestimmendes System ausmachen, dessen Vollständigkeit und Articulation zugleich einen Probierstein der Richtigkeit und Aechtheit aller hineinpassenden Erkenntnissstücke abgeben kann. Es besteht aber dieser ganze Theil der transscendentalen Logik aus zwei Büchern, deren das eine die Begriffe, das andere die Grundsätze des reinen Verstandes enthält.

Der transscendentalen Analytik
erstes Buch.

Die Analytik der Begriffe.

Ich verstehe unter der Analytik der Begriffe nicht die Analysis derselben oder das gewöhnliche Verfahren in philosophischen Untersuchungen, Begriffe, die sich darbieten, ihrem Inhalte nach zu zergliedern und zur Deutlichkeit zu bringen, sondern die noch wenig versuchte Zergliederung des Verstandesvermögens selbst, um die Möglichkeit der Begriffe *a priori* dadurch zu erforschen, dass wir sie im Verstande allein, als ihrem Geburtsorte, aufsuchen und dessen reinen Gebrauch überhaupt analysiren; denn dieses ist das eigenthümliche Geschäft einer Transscendental-Philosophie, das Uebrige ist die logische Behandlung der Begriffe in der Philosophie überhaupt. Wir werden also die reinen Begriffe bis zu ihren ersten Keimen und Anlagen im menschlichen Verstande verfolgen, in denen sie vorbereitet liegen, bis sie endlich bei Gelegenheit der Erfahrung entwickelt und durch eben denselben Verstand von den ihnen anhängenden empirischen Bedingungen befreit, in ihrer Lauterkeit dargestellt werden.

Der Analytik der Begriffe
erstes Hauptstück.

Von dem Leitfaden der Entdeckung aller reinen Verstandesbegriffe.

Wenn man ein Erkenntnissvermögen ins Spiel setzt, so thun sich, nach den mancherlei Anlässen, verschiedene Begriffe hervor, die dieses Vermögen kennbar machen und sich in einem mehr oder weniger ausführlichen Aufsatz sammeln lassen, nachdem die Beobachtung derselben längere Zeit oder mit grösserer Scharfsinnigkeit angestellt worden. Wo diese Untersuchung werde vollendet sein, lässt sich, nach diesem gleichsam mechanischen Verfahren, niemals mit Sicherheit bestimmen. Auch entdecken sich die Begriffe, die man nur so bei Gelegenheit auffindet, in keiner Ordnung und systematischen Einheit, sondern werden zuletzt nur nach Aehnlichkeiten gepaart und nach der Grösse ihres Inhalts, von den einfachen an zu den mehr zusammengesetzten in Reihen gestellt, die nichts weniger als systematisch, obgleich auf gewisse Weise methodisch zu Stande gebracht werden.

Die Transscendental-Philosophie hat den Vortheil, aber auch die Verbindlichkeit, ihre Begriffe nach einem Princip aufzusuchen, weil sie aus dem Verstande, als absoluter Einheit, rein und unvermischt entspringen und daher selbst nach einem Begriffe oder Idee unter sich zusammenhängen müssen. Ein solcher Zusammenhang aber gibt eine Regel an die Hand, nach welcher jedem reinen Verstandesbegriff seine Stelle und allen insgesammt ihre Vollständigkeit *a priori* bestimmt werden kann, welches alles sonst vom Belieben oder vom Zufall abhangen würde.

Des transscendentalen Leitfadens der Entdeckung aller reinen Verstandesbegriffe

erster Abschnitt.

Von dem logischen Verstandesgebrauche überhaupt.

Der Verstand wurde oben blos negativ erklärt: durch ein nicht sinnliches Erkenntnissvermögen. Nun können wir, unabhängig von der Sinnlichkeit, keiner Anschauung theilhaftig werden. Also ist der Verstand kein Vermögen der Anschauung. Es gibt aber ausser der Anschauung keine andere Art zu erkennen, als durch Begriffe. Also ist die Erkenntniss eines jeden, wenigstens des menschlichen, Verstandes eine Erkenntniss durch Begriffe, nicht intuitiv, sondern discursiv. Alle Anschauungen als sinnlich beruhen auf Affectionen, die Begriffe also auf Functionen. Ich verstehe aber unter Function die Einheit der Handlung, verschiedene Vorstellungen unter einer gemeinschaftlichen zu ordnen. Begriffe gründen sich also auf der Spontaneität des Denkens, wie sinnliche Anschauungen auf der Receptivität der Eindrücke. Von diesen Begriffen kann nun der Verstand keinen andern Gebrauch machen, als dass er dadurch **urtheilt**. Da keine Vorstellung unmittelbar auf den Gegenstand geht, als blos die Anschauung, so wird ein Begriff niemals auf einen Gegenstand unmittelbar, sondern auf irgend eine andere Vorstellung von demselben (sie sei Anschauung oder selbst schon Begriff) bezogen. Das Urtheil ist also die mittelbare Erkenntniss eines Gegenstandes, mithin die Vorstellung einer Vorstellung desselben. In jedem Urtheil ist ein Begriff, der für viele gilt, und unter diesem Vielen auch eine gegebene Vorstellung begreift, welche letztere denn auf den Gegenstand unmittelbar bezogen wird. So bezieht sich z. B. in dem Urtheile: alle Körper sind theilbar, der Begriff des Theilbaren auf verschiedene andere Begriffe; unter diesen aber wird er hier besonders auf den Begriff des Körpers bezogen, dieser aber auf gewisse uns vorkommende Erscheinungen. Also werden diese Gegenstände durch den Begriff der Theilbarkeit mittelbar vorgestellt. Alle Urtheile sind demnach Functionen der Einheit unter unsern Vorstellungen, da nämlich statt einer unmittelbaren Vorstellung eine höhere, die diese und mehrere unter sich begreift, zur Erkenntniss des Gegenstandes gebraucht und viel mögliche Erkenntnisse dadurch in einer zusammengezogen werden. Wir können aber alle Handlungen des Verstandes auf Urtheile zurückführen, so dass der **Verstand überhaupt als ein Vermögen zu urtheilen** vorgestellt werden kann. Denn er ist nach dem Obigen ein Vermögen zu denken. Denken ist das Erkenntniss durch Begriffe. Begriffe aber beziehen sich, als Prädicate möglicher Urtheile, auf irgend eine Vorstellung von einem noch unbestimmten Gegenstande. So bedeutet der Begriff des Körpers etwas, z. B. Metall, was durch jenen Begriff erkannt werden kann. Er ist also nur dadurch Begriff, dass unter ihm andere Vorstellungen enthalten sind, vermittelst deren er sich auf Gegenstände beziehen kann. Er ist also das Prädicat zu einem möglichen Urtheile, z. B. ein jedes Metall ist ein Körper. Die Functionen des Verstandes können also insgesammt gefunden werden, wenn man die Functionen der Einheit in den Urtheilen vollständig darstellen kann. Dass dies aber sich ganz wohl bewerkstelligen lasse, wird der folgende Abschnitt vor Augen stellen.

Des Leitfadens der Entdeckung aller reinen Verstandesbegriffe

zweiter Abschnitt.

§. 9.
Von der logischen Function des Verstandes in Urtheilen.

Wenn wir von allem Inhalte eines Urtheils überhaupt abstrahiren und nur auf die blose Verstandesform darin Acht geben, so finden wir, dass die Function des Denkens in demselben unter vier Titel gebracht werden könne, deren jeder drei Momente unter sich enthält. Sie können füglich in folgender Tafel vorgestellt werden.

1.
Quantität der Urtheile.
Allgemeine
Besondere
Einzelne

2.
Qualität.
Bejahende
Verneinende
Unendliche

3.
Relation.
Kategorische
Hypothetische
Disjunctive

4.
Modalität.
Problematische
Assertorische
Apodiktische.

Da diese Eintheilung in einigen, obgleich nicht wesentlichen Stücken von der gewohnten Technik der Logiker abzuweichen scheint, so werden folgende Verwahrungen wider den besorglichen Missverstand nicht unnöthig sein.

1. Die Logiker sagen mit Recht, dass man beim Gebrauch der Urtheile in Vernunftschlüssen die einzelnen Urtheile gleich den allgemeinen behandeln könne. Denn eben darum, weil sie gar keinen Umfang haben, kann das Prädicat derselben nicht blos auf Einiges dessen, was unter dem Begriff des Subjects enthalten ist, gezogen, von Einigem

aber ausgenommen werden. Es gilt also von jenem Begriffe ohne Ausnahme, gleich als wenn derselbe ein gemeingültiger Begriff wäre, der einen Umfang hätte, von dessen ganzer Bedeutung das Prädicat gelte. Vergleichen wir dagegen ein einzelnes Urtheil mit einem gemeingültigen, blos als Erkenntniss, der Grösse nach, so verhält sie sich zu diesem, wie Einheit zur Unendlichkeit und ist also an sich selbst davon wesentlich unterschieden. Also, wenn ich ein einzelnes Urtheil (*judicium singulare*) nicht blos nach seiner innern Gültigkeit, sondern auch, als Erkenntniss überhaupt, nach der Grösse, die es in Vergleichung mit andern Erkenntnissen hat, schätze, so ist es allerdings von gemeingültigen Urtheilen (*judicia communia*) unterschieden und verdient in einer vollständigen Tafel der Momente des Denkens überhaupt (obzwar freilich nicht in der blos auf den Gebrauch der Urtheile unter einander eingeschränkten Logik) eine besondere Stelle.

2. Eben so müssen in einer transscendentalen Logik **unendliche Urtheile** von bejahenden noch unterschieden werden, wenn sie gleich in der allgemeinen Logik jenen mit Recht beigezählt sind und kein besonderes Glied der Eintheilung ausmachen. Diese nämlich abstrahirt von allem Inhalt des Prädicats (ob es gleich verneinend ist) und sieht nur darauf, ob dasselbe dem Subject beigelegt oder ihm entgegengesetzt werde. Jene aber betrachtet das Urtheil auch nach dem Werthe oder Inhalt dieser logischen Bejahung vermittelst eines blos verneinenden Prädicats, und was diese in Ansehung des gesammten Erkenntnisses für einen Gewinn verschafft. Hätte ich von der Seele gesagt: sie ist nicht sterblich, so hätte ich durch ein verneinendes Urtheil wenigstens einen Irrthum abgehalten. Nun habe ich durch den Satz: die Seele ist nicht sterblich, zwar der logischen Form nach wirklich bejaht, indem ich die Seele in den unbeschränkten Umfang der nichtsterbenden Wesen setze. Weil nun von dem ganzen Umfange möglicher Wesen das Sterbliche einen Theil enthält, das Nichtsterbende aber den andern, so ist durch meinen Satz nichts Anderes gesagt, als dass die Seele eines von der unendlichen Menge Dinge sei, die übrig bleiben, wenn ich das Sterbliche insgesammt wegnehme. Dadurch aber wird nur die unendliche Sphäre alles Möglichen in so weit beschränkt, dass das Sterbliche davon abgetrennt und in dem übrigen Umfang ihres Raumes die Seele gesetzt wird. Dieser Raum bleibt aber bei dieser Ausnahme noch immer unendlich, und könnten noch mehrere Theile desselben weggenommen werden, ohne dass darum der Begriff von der Seele im mindesten wächst

und bejahend bestimmt wird. Diese unendliche Urtheile also in Ansehung des logischen Umfangs sind wirklich blos beschränkend in Ansehung des Inhalts der Erkenntniss überhaupt, und in so fern müssen sie in der transscendentalen Tafel aller Momente des Denkens in den Urtheilen nicht übergangen werden, weil die hiebei ausgeübte Function des Verstandes vielleicht in dem Felde seiner reinen Erkenntniss *a priori* wichtig sein kann.

3. Alle Verhältnisse des Denkens in Urtheilen sind die *a)* des Prädicats zum Subject, *b)* des Grundes zur Folge, *c)* der eingetheilten Erkenntniss und der gesammelten Glieder der Eintheilung unter einander. In der ersteren Art der Urtheile sind nur zwei Begriffe, in der zweiten zween Urtheile, in der dritten mehrere Urtheile im Verhältniss gegen einander betrachtet. Der hypothetische Satz: wenn eine vollkommene Gerechtigkeit da ist, so wird der beharrlich Böse bestraft, enthält eigentlich das Verhältniss zweier Sätze: es ist eine vollkommene Gerechtigkeit da, und: der beharrlich Böse wird bestraft. Ob beide dieser Sätze an sich wahr seien, bleibt hier unausgemacht. Es ist nur die Consequenz, die durch dieses Urtheil gedacht wird. Endlich enthält das disjunctive Urtheil ein Verhältniss zweener oder mehrerer Sätze gegen einander, aber nicht der Abfolge, sondern der logischen Entgegensetzung, so fern die Sphäre des einen die des andern ausschliesst, aber doch zugleich der Gemeinschaft, in so fern sie zusammen die Sphäre der eigentlichen Erkenntniss ausfüllen; also ein Verhältniss der Theile der Sphäre eines Erkenntnisses, da die Sphäre eines jeden Theils ein Ergänzungsstück der Sphäre des andern zu dem ganzen Inbegriff der eigentlichen Erkenntniss ist, z. B. die Welt ist entweder durch einen blinden Zufall da oder durch innere Nothwendigkeit oder durch eine äussere Ursache. Jeder dieser Sätze nimmt einen Theil der Sphäre des möglichen Erkenntnisses über das Dasein einer Welt überhaupt ein, alle zusammen die ganze Sphäre. Das Erkenntniss aus einer dieser Sphären wegnehmen heisst, sie in eine der übrigen setzen, und dagegen sie in eine Sphäre setzen heisst, sie aus den übrigen wegnehmen. Es ist also in einem disjunctiven Urtheile eine gewisse Gemeinschaft der Erkenntnisse, die darin besteht, dass sie sich wechselseitig einander ausschliessen, aber dadurch doch im Ganzen die wahre Erkenntniss bestimmen, indem sie zusammengenommen den ganzen Inhalt einer einzigen gegebenen Erkenntniss ausmachen. Und dieses ist es auch nur, was ich des Folgenden wegen hiebei anzumerken nöthig finde.

4. Die Modalität der Urtheile ist eine ganz besondere Function derselben, die das Unterscheidende an sich hat, dass sie nichts zum Inhalte des Urtheils beiträgt, (denn ausser Grösse, Qualität und Verhältniss ist nichts mehr, was den Inhalt des Urtheils ausmachte,) sondern nur den Werth der Copula in Beziehung auf das Denken überhaupt angeht. Problematische Urtheile sind solche, wo man das Bejahen oder Verneinen als blos möglich (beliebig) annimmt. Assertorische, da es als wirklich (wahr) betrachtet wird. Apodiktische, in denen man es als nothwendig ansieht.* So sind die beiden Urtheile, deren Verhältniss das hypothetische Urtheil ausmacht (*antecedens* und *consequens*), imgleichen in deren Wechselwirkung das Disjunctive besteht, (Glieder der Eintheilung,) insgesammt nur problematisch. In dem obigen Beispiel wird der Satz: es ist eine vollkommene Gerechtigkeit da, nicht assertorisch gesagt, sondern nur als ein beliebiges Urtheil, wovon es möglich ist, dass Jemand es annehme, gedacht, und nur die Consequenz ist assertorisch. Daher können solche Urtheile auch offenbar falsch sein und doch, problematisch genommen, Bedingungen der Erkenntniss der Wahrheit sein. So ist das Urtheil: die Welt ist durch blinden Zufall da, in dem disjunctiven Urtheil nur von problematischer Bedeutung, nämlich dass Jemand diesen Satz etwa auf einen Augenblick annehmen möge, und dient doch, (wie die Verzeichnung des falschen Weges, unter der Zahl aller derer, die man nehmen kann,) den wahren zu finden. Der problematische Satz ist also derjenige, der nur logische Möglichkeit (die nicht objectiv ist) ausdrückt, d. i. eine freie Wahl einen solchen Satz gelten zu lassen, eine blos willkührliche Aufnehmung desselben in den Verstand. Der assertorische sagt von logischer Wirklichkeit oder Wahrheit, wie etwa in einem hypothetischen Vernunftschluss das Antecedens im Obersatze problematisch, im Untersatze assertorisch vorkommt, und zeigt an, dass der Satz mit dem Verstande nach dessen Gesetzen schon verbunden sei. Der apodiktische Satz denkt sich den assertorischen durch diese Gesetze des Verstandes selbst bestimmt und daher *a priori* behauptend, und drückt auf solche Weise logische Nothwendigkeit aus. Weil nun hier alles sich gradweise dem Verstande einverleibt, so dass man zuvor etwas problematisch urtheilt, darauf auch wohl es

---

* Gleich als wenn das Denken im ersten Fall eine Function des Verstandes, im zweiten der Urtheilskraft, im dritten der Vernunft wäre. Eine Bemerkung, die erst in der Folge ihre Aufklärung erwartet.

assertorisch als wahr annimmt, endlich als unzertrennlich mit dem Verstande verbunden, d. i. als nothwendig und apodiktisch behauptet, so kann man die drei Functionen der Modalität auch so viel Momente des Denkens überhaupt nennen.

Des Leitfadens der Entdeckung aller reinen Verstandesbegriffe

dritter Abschnitt.

§ 10.

Von den reinen Verstandesbegriffen oder Kategorien.

Die allgemeine Logik abstrahirt, wie mehrmalen schon gesagt worden, von allem Inhalt der Erkenntniss und erwartet, dass ihr anderwärts, woher es auch sei, Vorstellungen gegeben werden, um diese zuerst in Begriffe zu verwandeln, welches analytisch zugeht. Dagegen hat die transscendentale Logik ein Mannigfaltiges der Sinnlichkeit *a priori* vor sich liegen, welches die transscendentale Aesthetik ihr darbietet, um zu den reinen Verstandesbegriffen einen Stoff zu geben, ohne den sie ohne allen Inhalt, mithin völlig leer sein würde. Raum und Zeit enthalten nun ein Mannigfaltiges der reinen Anschauung *a priori*, gehören aber gleichwohl zu den Bedingungen der Receptivität unseres Gemüths, unter denen es allein Vorstellungen von Gegenständen empfangen kann, die mithin auch den Begriff derselben jederzeit afficiren müssen. Allein die Spontaneität unseres Denkens erfordert es, dass dieses Mannigfaltige zuerst auf gewisse Weise durchgegangen, aufgenommen und verbunden werde, um daraus eine Erkenntniss zu machen. Diese Handlung nenne ich Synthesis.

Ich verstehe aber unter Synthesis in der allgemeinsten Bedeutung die Handlung, verschiedene Vorstellungen zu einander hinzuzuthun, und ihre Mannigfaltigkeit in einer Erkenntniss zu begreifen. Eine solche Synthesis ist rein, wenn das Mannigfaltige nicht empirisch, sondern *a priori* gegeben ist (wie das im Raum und der Zeit). Vor aller Analysis unserer Vorstellungen müssen diese zuvor gegeben sein, und es können keine Begriffe dem Inhalte nach analytisch entspringen. Die Synthesis eines Mannigfaltigen aber (es sei empirisch oder *a priori* gegeben) bringt zuerst eine Erkenntniss hervor, die zwar anfänglich noch roh und verworren sein kann und also der Analysis bedarf; allein die Synthesis ist doch dasjenige, was eigentlich die Elemente zu Erkenntnissen sammelt und zu einem gewissen Inhalte vereinigt; sie ist also das Erste, worauf wir Acht zu geben haben, wenn wir über den ersten Ursprung unserer Erkenntniss urtheilen wollen.

Die Synthesis überhaupt ist, wie wir künftig sehen werden, die blose Wirkung der Einbildungskraft, einer blinden, obgleich unentbehrlichen Function der Seele, ohne die wir überall gar keine Erkenntniss haben würden; der wir uns aber selten nur einmal bewusst sind. Allein diese Synthesis auf Begriffe zu bringen, das ist eine Function, die dem Verstande zukommt, und wodurch er uns allererst die Erkenntniss in eigentlicher Bedeutung verschafft.

Die reine Synthesis, allgemein vorgestellt, gibt nun den reinen Verstandesbegriff. Ich verstehe aber unter dieser Synthesis diejenige, welche auf einem Grunde der synthetischen Einheit *a priori* beruht; so ist unser Zählen, (vornehmlich ist es in grösseren Zahlen merklicher,) eine Synthesis nach Begriffen, weil sie nach einem gemeinschaftlichen Grunde der Einheit geschieht (z. B. der Dekadik). Unter diesem Begriffe wird also die Einheit in der Synthesis des Mannigfaltigen nothwendig.

Analytisch werden verschiedene Vorstellungen unter einen Begriff gebracht, (ein Geschäft, wovon die allgemeine Logik handelt.) Aber nicht die Vorstellungen, sondern die reine Synthesis der Vorstellungen auf Begriffe zu bringen lehrt die transscendentale Logik. Das Erste, was uns zum Behuf der Erkenntniss aller Gegenstände *a priori* gegeben sein muss, ist das Mannigfaltige der reinen Anschauung; die Synthesis dieses Mannigfaltigen durch die Einbildungskraft ist das Zweite, gibt aber noch keine Erkenntniss. Die Begriffe, welche dieser reinen Synthesis Einheit geben und lediglich in der Vorstellung dieser nothwendigen synthetischen Einheit bestehen, thun das Dritte zum Erkenntnisse eines vorkommenden Gegenstandes, und beruhen auf dem Verstande.

Dieselbe Function, welche den verschiedenen Vorstellungen in einem Urtheile Einheit gibt, die gibt auch der blosen Synthesis verschiedener Vorstellungen in einer Anschauung Einheit, welche, allgemein ausgedrückt, der reine Verstandesbegriff heisst. Derselbe Verstand also, und zwar durch eben dieselben Handlungen, wodurch er in Begriffen, vermittelst der analytischen Einheit, die logische Form eines Urtheils zu Stande brachte, bringt auch, vermittelst der synthetischen Einheit des Mannigfaltigen in der Anschauung überhaupt, in seine Vorstellungen einen transscendentalen Inhalt, weswegen sie reine Verstandesbegriffe heissen, die *a priori* auf Objecte gehen, welches die allgemeine Logik nicht leisten kann.

Auf solche Weise entspringen gerade so viel reine Verstandesbegriffe, welche *a priori* auf Gegenstände der Anschauung überhaupt gehen, als es in der vorigen Tafel logische Functionen in allen möglichen Urtheilen gab; denn der Verstand ist durch gedachte Functionen völlig erschöpft und sein Vermögen dadurch gänzlich ausgemessen. Wir wollen diese Begriffe nach dem ARISTOTELES Kategorien nennen, indem unsere Absicht uranfänglich mit der seinigen zwar einerlei ist, ob sie sich gleich davon in der Ausführung gar sehr entfernt.

Tafel der Kategorien.

1.
Der Quantität:
Einheit
Vielheit
Allheit

2.
Der Qualität:
Realität
Negation
Limitation

3.
Der Relation:
der Inhärenz und Subsistenz
(*substantia et accidens*)
der Causalität und Dependenz
(Ursache und Wirkung)
der Gemeinschaft (Wechselwirkung zwischen dem Handelnden und Leidenden)

4.
Der Modalität:
Möglichkeit — Unmöglichkeit
Dasein — Nichtsein
Nothwendigkeit — Zufälligkeit.

Dieses ist nun die Verzeichnung aller ursprünglich reinen Begriffe der Synthesis, die der Verstand *a priori* in sich enthält und um deren willen er auch nur ein reiner Verstand ist; indem er durch sie allein etwas bei dem Mannigfaltigen der Anschauung verstehen, d. i. ein Object derselben denken kann. Diese Eintheilung ist systematisch aus einem gemeinschaftlichen Princip, nämlich dem Vermögen zu urtheilen, (welches eben so viel ist, als das Vermögen zu denken,) erzeugt und nicht rhapsodisch aus einer auf gut Glück unternommenen Aufsuchung reiner Begriffe entstanden, von deren Vollzähligkeit man niemals gewiss sein kann, da sie nur durch Induction geschlossen wird, ohne zu gedenken, dass man noch auf die letztere Art niemals einsieht, warum denn gerade diese und nicht andere Begriffe dem reinen Verstande beiwohnen. Es war ein eines scharfsinnigen Mannes würdiger Anschlag des ARISTOTELES, diese Grundbegriffe aufzusuchen. Da er aber kein Principium hatte, so raffte er sie auf, wie sie ihm aufstiessen, und trieb deren zuerst zehn auf, die er Kategorien (Prädicamente) nannte. In der Folge glaubte er noch ihrer fünfe aufgefunden zu haben, die er unter dem Namen der Postprädicamente hinzufügte. Allein seine Tafel blieb noch immer mangelhaft. Ausserdem finden sich auch einige *modi* der reinen Sinnlichkeit darunter, (*quando, ubi, situs,* imgleichen *prius, simul,*) auch ein empirischer, (*motus,*) die in dieses Stammregister des Verstandes gar nicht gehören, oder es sind auch die abgeleiteten Begriffe mit unter die Urbegriffe gezählt, (*actio, passio,*) und an einigen der letzteren fehlt es gänzlich.

Um der letztern willen ist also noch zu bemerken, dass die Kategorien, als die wahren Stammbegriffe des reinen Verstandes, auch ihre eben so reinen abgeleiteten Begriffe haben, die in einem vollständigen System der Transscendental-Philosophie keineswegs übergangen werden können, mit deren bloser Erwähnung aber ich in einem blos kritischen Versuch zufrieden sein kann.

Es sei mir erlaubt, diese reinen, aber abgeleiteten Verstandesbegriffe die Prädicabilien des reinen Verstandes (im Gegensatz der Prädicamente) zu nennen. Wenn man die ursprünglichen und primitiven Begriffe hat, so lassen sich die abgeleiteten und subalternen leicht hinzufügen, und der Stammbaum des reinen Verstandes völlig ausmalen. Da es mir hier nicht um die Vollständigkeit des Systems, sondern nur der Principien zu einem System zu thun ist, so verspare ich diese Ergänzung auf eine andere Beschäftigung. Man kann aber diese Absicht ziemlich erreichen, wenn man die ontologischen Lehrbücher zur Hand nimmt, und z. B. der Kategorie der Causalität die Prädicabilien der Kraft, der Handlung, des Leidens, der der Gemeinschaft die der Gegenwart, des Widerstandes, den Prädicamenten der Modalität die des Entstehens, Vergehens, der Veränderung u. s. w. unterordnet. Die Kategorien mit den *modis* der reinen Sinnlichkeit oder auch unter einander verbunden geben eine grosse Menge abgeleiteter Begriffe *a priori*, die zu bemerken und wo möglich bis zur Vollständigkeit zu verzeichnen, eine nützliche und nicht unangenehme, hier aber entbehrliche Bemühung sein würde.

Der Definitionen dieser Kategorien überhebe ich mich in dieser Abhandlung geflissentlich, ob ich gleich im Besitz derselben sein möchte. Ich werde diese Begriffe in der Folge bis auf den Grad zergliedern, welcher in Beziehung auf die Methodenlehre, die ich bearbeite, hinreichend ist. In einem System der reinen Vernunft würde man sie mit Recht von mir fordern können; aber hier würden sie nur den Hauptpunkt der Untersuchung aus den Augen bringen, indem sie Zweifel und Angriffe erregten, die man, ohne der wesentlichen Absicht etwas zu entziehen, gar wohl auf eine andere Beschäftigung verweisen kann. Indessen leuchtet doch aus dem Wenigen, was ich hievon angeführt habe, deutlich hervor, dass ein vollständiges Wörterbuch mit allen dazu erforderlichen Erläuterungen nicht allein möglich, sondern auch leicht sei zu Stande zu bringen. Die Fächer sind einmal da; es ist nur nöthig, sie auszufüllen, und eine systematische Topik, wie die gegenwärtige, lässt nicht leicht die Stelle verfehlen, dahin ein jeder Begriff eigenthümlich gehört, und zugleich diejenige leicht bemerken, die noch leer ist.

§. 11.[1]

Ueber diese Tafel der Kategorien lassen sich artige Betrachtungen anstellen, die vielleicht erhebliche Folgen in Ansehung der wissenschaftlichen Form aller Vernunfterkenntnisse haben könnten. Denn dass diese Tafel im theoretischen Theil der Philosophie ungemein dienlich, ja unentbehrlich sei, den **Plan zum Ganzen einer Wissenschaft**, so fern sie auf Begriffen *a priori* beruht, vollständig zu entwerfen und sie **mathematisch nach bestimmten Principien abzutheilen**, erhellt schon von selbst daraus, dass gedachte Tafel alle Elementarbegriffe des Verstandes vollständig, ja selbst die Form eines Systems derselben im menschlichen Verstande enthält, folglich auf alle **Momente** einer vorhandenen speculativen Wissenschaft, ja sogar ihre **Ordnung** Anweisung gibt, wie ich denn auch davon anderwärts [*] eine Probe gegeben habe. Hier sind nun einige dieser Anmerkungen.

---

[1] §§ 11 und 12 sind erst in der 2. Ausg. hinzugekommen.
[*] Metaphys. Anfangsgr. der Naturwissenschaft.

Die erste ist: dass sich diese Tafel, welche vier Klassen von Verstandesbegriffen enthält, zuerst in zwei Abtheilungen zerfallen lasse, deren erstere auf Gegenstände der Anschauung, (der reinen sowohl als empirischen,) die zweite aber auf die Existenz dieser Gegenstände (entweder in Beziehung auf einander oder auf den Verstand) gerichtet sind.

Die erste Klasse würde ich die der **mathematischen**, die zweite der **dynamischen** Kategorien nennen. Die erste Klasse hat, wie man sieht, keine Correlate, die allein in der zweiten Klasse angetroffen werden. Dieser Unterschied muss doch einen Grund in der Natur des Verstandes haben.

2te Anmerkung: dass allerwärts eine gleiche Zahl der Kategorien jeder Klasse, nämlich drei sind, welches eben sowohl zum Nachdenken auffordert, da sonst alle Eintheilung *a priori* durch Begriffe Dichotomie sein muss. Dazu kommt aber noch, dass die dritte Kategorie allenthalben aus der Verbindung der zweiten mit der ersten ihrer Klasse entspringt.

So ist die **Allheit** (Totalität) nichts Anderes als die Vielheit als Einheit betrachtet, die **Einschränkung** nichts Anderes als Realität mit Negation verbunden, die Gemeinschaft ist die **Causalität** einer Substanz in Bestimmung der andern wechselseitig, endlich die **Nothwendigkeit** nichts Anderes als die Existenz, die durch die Möglichkeit selbst gegeben ist. Man denke aber ja nicht, dass darum die dritte Kategorie ein blos abgeleiteter und kein Stammbegriff des reinen Verstandes sei. Denn die Verbindung der ersten und zweiten, um den dritten Begriff hervorzubringen, erfordert einen besonderen Actus des Verstandes, der nicht mit dem einerlei ist, der beim ersten und zweiten ausgeübt wird. So ist der Begriff einer **Zahl** (die zur Kategorie der Allheit gehört) nicht immer möglich, wo die Begriffe der Menge und der Einheit sind, (z. B. in der Vorstellung des Unendlichen,) oder daraus, dass ich den Begriff einer **Ursache** und den einer **Substanz** beide verbinde, noch nicht sofort der **Einfluss**, d. i. wie eine Substanz Ursache von etwas in einer anderen Substanz werden könne, zu verstehen. Daraus erhellt, dass dazu ein besonderer Actus des Verstandes erforderlich sei; und so bei den übrigen.

3te Anmerkung. Von einer einzigen Kategorie, nämlich der der Gemeinschaft, die unter dem dritten Titel befindlich ist, ist die Uebereinstimmung mit der in der Tafel der logischen Functionen ihm correspondirenden Form eines disjunctiven Urtheils nicht so in die Augen fallend, als bei den übrigen.

Um sich dieser Uebereinstimmung zu versichern, muss man bemerken, dass in allen disjunctiven Urtheilen die Sphäre, (die Menge alles dessen, was unter ihm enthalten ist,) als ein Ganzes in Theile (die untergeordneten Begriffe) getheilt vorgestellt wird, und, weil einer nicht unter dem andern enthalten sein kann, sie als einander coordinirt, nicht subordinirt, so dass sie einander nicht einseitig, wie in einer Reihe, sondern wechselseitig, als in einem Aggregat, bestimmen, (wenn ein Glied der Eintheilung gesetzt wird, alle übrige ausgeschlossen werden, und so umgekehrt,) gedacht werden.

Nun wird eine ähnliche Verknüpfung in einem Ganzen der Dinge gedacht, da nicht eines, als Wirkung, dem andern, als Ursache seines Daseins, untergeordnet, sondern zugleich und wechselseitig als Ursache in Ansehung der Bestimmung der andern beigeordnet wird, (z. B. in einem Körper, dessen Theile einander wechselseitig ziehen und auch widerstehen,) welches eine ganz andere Art der Verknüpfung ist, als die, so im blosen Verhältniss der Ursache zur Wirkung (des Grundes zur Folge) angetroffen wird, in welchem die Folge nicht wechselseitig wiederum den Grund bestimmt und darum mit diesem (wie der Weltschöpfer mit der Welt) nicht ein Ganzes ausmacht. Dasselbe Verfahren des Verstandes, wenn er sich die Sphäre eines eingetheilten Begriffs vorstellt, beobachtet er auch, wenn er ein Ding als theilbar denkt, und wie die Glieder der Eintheilung im ersteren einander ausschliessen und doch in einer Sphäre verbunden sind, so stellt er sich die Theile des letzteren als solche, deren Existenz (als Substanzen) jedem auch ausschliesslich von den übrigen zukommt, doch als in einem Ganzen verbunden vor.

§ 12.

Es findet sich aber in der Transscendental-Philosophie der Alten noch ein Hauptstück vor, welches reine Verstandesbegriffe enthält, die, ob sie gleich nicht unter die Kategorien gezählt werden, dennoch, nach ihnen, als Begriffe *a priori* von Gegenständen gelten sollten, in welchem Falle sie aber die Zahl der Kategorien vermehren würden, welches nicht sein kann. Diese trägt der unter den Scholastikern so berufene Satz vor: *quodlibet ens est unum, verum, bonum.* Ob nun zwar der Gebrauch dieses Princips in Absicht auf die Folgerungen, (die lauter tautologische Sätze gaben,) sehr kümmerlich ausfiel, so dass man es auch in neueren

Zeiten beinahe nur ehrenhalber in der Metaphysik aufzustellen pflegt, so verdient doch ein Gedanke, der sich so lange Zeit erhalten hat, so leer er auch zu sein scheint, immer eine Untersuchung seines Ursprungs und berechtigt zur Vermuthung, dass er in irgend einer Verstandesregel seinen Grund habe, der nur, wie es oft geschieht, falsch gedolmetscht worden. Diese vermeintlich transscendentalen Prädicate der Dinge sind nichts Anderes, als logische Erfordernisse und Kriterien aller Erkenntniss der Dinge überhaupt, und legen ihr die Kategorien der Quantität, nämlich der Einheit, Vielheit und Allheit, zum Grunde, nur dass sie diese, welche eigentlich material, als zur Möglichkeit der Dinge selbst gehörig, genommen werden müssten, in der That nur in formaler Bedeutung als zur logischen Forderung in Ansehung jeder Erkenntniss gehörig brauchten und doch diese Kriterien des Denkens unbehutsamerweise zu Eigenschaften der Dinge an sich selbst machten. In jedem Erkenntnisse eines Objects ist nämlich Einheit des Begriffs, welche man qualitative Einheit nennen kann, so fern darunter nur die Einheit der Zusammenfassung des Mannigfaltigen der Erkenntnisse gedacht wird, wie etwa die Einheit des Thema in einem Schauspiel, einer Rede, einer Fabel. Zweitens Wahrheit in Ansehung der Folgen. Je mehr wahre Folgen aus einem gegebenen Begriffe, desto mehr Kennzeichen seiner objectiven Realität. Dieses könnte man die qualitative Vielheit der Merkmale, die zu einem Begriffe als einem gemeinschaftlichen Grunde gehören, (nicht in ihm als Grösse gedacht werden,) nennen. Endlich drittens Vollkommenheit, die darin besteht, dass umgekehrt diese Vielheit zusammen auf die Einheit des Begriffs zurückführt und zu diesem und zu keinem anderen völlig zusammenstimmt, welches man die qualitative Vollständigkeit (Totalität) nennen kann. Woraus erhellt, dass diese logischen Kriterien der Möglichkeit der Erkenntniss überhaupt die drei Kategorien der Grösse, in denen die Einheit in der Erzeugung des Quantum durchgängig gleichartig angenommen werden muss, hier nur in Absicht auf die Verknüpfung auch ungleichartiger Erkenntnissstücke in einem Bewusstsein durch die Qualität eines Erkenntnisses als Princips verwandeln. So ist das Kriterium der Möglichkeit eines Begriffs (nicht des Objects desselben) die Definition, in der die Einheit des Begriffs, die Wahrheit alles dessen, was zunächst aus ihm abgeleitet werden mag, endlich die Vollständigkeit dessen, was aus ihm gezogen worden, zur Herstellung des ganzen Begriffs das Erforderliche desselben ausmacht; oder so ist auch das Kriterium einer Hypothese die Verständlichkeit des angenommenen Erklärungsgrundes oder dessen Einheit (ohne Hülfshypothese), die Wahrheit (Uebereinstimmung unter sich selbst und mit der Erfahrung) der daraus abzuleitenden Folgen, und endlich die Vollständigkeit des Erklärungsgrundes zu ihnen, die auf nichts mehr noch weniger zurückweisen, als in der Hypothese angenommen worden und das, was *a priori* synthetisch gedacht war, *a posteriori* analytisch wieder liefern und dazu zusammenstimmen. — Also wird durch die Begriffe von Einheit, Wahrheit und Vollkommenheit die transscendentale Tafel der Kategorien gar nicht, als wäre sie etwa mangelhaft, ergänzt, sondern nur, indem das Verhältniss dieser Begriffe auf Objecte gänzlich bei Seite gesetzt wird, das Verfahren mit ihnen unter allgemeine logische Regeln der Uebereinstimmung der Erkenntniss mit sich selbst gebracht.

Der transscendentalen Analytik
zweites Hauptstück.

Von der Deduction der reinen Verstandesbegriffe.
Erster Abschnitt.

§. 13.
Von den Principien einer transscendentalen Deduction überhaupt.

Die Rechtslehrer, wenn sie von Befugnissen und Anmassungen reden, unterscheiden in einem Rechtshandel die Frage über das, was Rechtens ist *(quid juris)*, von der, die die Thatsache angeht *(quid facti)*, und indem sie von beiden Beweis fordern, so nennen sie den ersteren, der die Befugniss oder auch den Rechtsanspruch darthun soll, die Deduction. Wir bedienen uns einer Menge empirischer Begriffe ohne Jemandes Widerrede und halten uns auch ohne Deduction berechtigt, ihnen einen Sinn und eingebildete Bedeutung zuzueignen, weil wir jederzeit die Erfahrung bei der Hand haben, ihre objective Realität zu beweisen. Es gibt indessen auch usurpirte Begriffe, wie etwa Glück, Schicksal, die zwar mit fast allgemeiner Nachsicht herumlaufen, aber doch bisweilen durch die Frage: *quid juris,* in Anspruch genommen werden, da man alsdenn wegen der Deduction derselben in nicht geringe Verlegenheit geräth, indem man keinen deutlichen Rechtsgrund weder aus der Erfahrung, noch der Vernunft anführen kann, dadurch die Befugniss seines Gebrauchs deutlich würde.

Unter den mancherlei Begriffen aber, die das sehr vermischte Gewebe der menschlichen Erkenntniss ausmachen, gibt es einige, die auch zum reinen Gebrauch *a priori* (völlig unabhängig von aller Erfahrung) bestimmt sind, und dieser ihre Befugniss bedarf jederzeit einer Deduction; weil zu der Rechtmässigkeit eines solchen Gebrauchs Beweise aus der Erfahrung nicht hinreichend sind, man aber doch wissen muss, wie diese Begriffe sich auf Objecte beziehen können, die sie doch aus keiner Erfahrung hernehmen. Ich nenne daher die Erklärung der Art, wie sich Begriffe *a priori* auf Gegenstände beziehen können, die transscendentale Deduction derselben und unterscheide sie von der empirischen Deduction, welche die Art anzeigt, wie ein Begriff durch Erfahrung und Reflexion über dieselbe erworben worden, und daher nicht die Rechtmässigkeit, sondern das Factum betrifft, wodurch der Besitz entsprungen.

Wir haben jetzt schon zweierlei Begriffe von ganz verschiedener Art, die doch darin mit einander übereinkommen, dass sie beiderseits völlig *a priori* sich auf Gegenstände beziehen, nämlich die Begriffe des Raumes und der Zeit als Formen der Sinnlichkeit und die Kategorien als Begriffe des Verstandes. Von ihnen eine empirische Deduction versuchen wollen, würde ganz vergebliche Arbeit sein; weil eben darin das Unterscheidende ihrer Natur liegt, dass sie sich auf ihre Gegenstände beziehen, ohne etwas zu deren Vorstellung aus der Erfahrung entlehnt zu haben. Wenn also eine Deduction derselben nöthig ist, so wird sie jederzeit transscendental sein müssen.

Indessen kann man von diesen Begriffen, wie von allem Erkenntniss, wo nicht das Principium ihrer Möglichkeit, doch die Gelegenheitsursachen ihrer Erzeugung in der Erfahrung aufsuchen, wo alsdenn die Eindrücke der Sinne den ersten Anlass geben, die ganze Erkenntnisskraft in Ansehung ihrer zu eröffnen und Erfahrung zu Stande zu bringen, die zwei sehr ungleichartige Elemente enthält, nämlich eine **Materie** zur Erkenntniss, aus den Sinnen, und eine gewisse **Form**, sie zu ordnen, aus dem innern Quell des reinen Anschauens und Denkens, die, bei Gelegenheit der ersteren, zuerst in Ausbildung gebracht werden und Begriffe hervorbringen. Ein solches Nachspüren der ersten Bestrebungen unserer Erkenntnisskraft, um von einzelnen Wahrnehmungen zu allgemeinen Begriffen zu steigen, hat ohne Zweifel seinen grossen Nutzen, und man hat es dem berühmten Locke zu verdanken, dass er dazu zuerst den Weg eröffnet hat. Allein eine Deduction der reinen Begriffe *a priori* kommt dadurch niemals zu Stande, denn sie liegt ganz und gar nicht auf diesem Wege, weil in Ansehung ihres künftigen Gebrauchs, der von der Erfahrung gänzlich unabhängig sein soll, sie einen ganz andern Geburtsbrief, als den der Abstammung von Erfahrungen, müssen aufzuzeigen haben. Diese versuchte physiologische Ableitung, die eigentlich gar nicht Deduction heissen kann, weil sie eine *quaestionem facti* betrifft, will ich daher die Erklärung des Besitzes einer reinen Erkenntniss nennen. Es ist also klar, dass von diesen allein es eine transscendentale Deduction und keinesweges eine empirische geben könne, und dass letztere, in Ansehung der reinen Begriffe *a priori*, nichts als eitele Versuche sind, womit sich nur derjenige beschäftigen kann, welcher die ganz eigenthümliche Natur dieser Erkenntnisse nicht begriffen hat.

Ob nun aber gleich die einzige Art einer möglichen Deduction der reinen Erkenntniss *a priori*, nämlich die auf dem transscendentalen Wege eingeräumet wird, so erhellt dadurch doch eben nicht, dass sie so unumgänglich nothwendig sei. Wir haben oben die Begriffe des Raumes und der Zeit vermittelst einer transscendentalen Deduction zu ihren Quellen verfolgt und ihre objective Gültigkeit *a priori* erklärt und bestimmt. Gleichwohl geht die Geometrie ihren sichern Schritt durch lauter Erkenntnisse *a priori*, ohne dass sie sich, wegen der reinen und gesetzmässigen Abkunft ihres Grundbegriffs vom Raume, von der Philosophie einen Beglaubigungsschein erbitten darf. Allein der Gebrauch des Begriffs geht in dieser Wissenschaft auch nur auf die äussere Sinnenwelt, von welcher der Raum die reine Form ihrer Anschauung ist, in welcher also alle geometrische Erkenntniss, weil sie sich auf Anschauung *a priori* gründet, unmittelbare Evidenz hat, und die Gegenstände durch die Erkenntniss selbst, *a priori* (der Form nach) in der Anschauung, gegeben werden. Dagegen fängt mit den reinen Verstandesbegriffen die unumgängliche Bedürfniss an, nicht allein von ihnen selbst, sondern auch vom Raum die transscendentale Deduction zu suchen, weil, da sie von Gegenständen nicht durch Prädicate der Anschauung und Sinnlichkeit, sondern des reinen Denkens *a priori* reden, sie sich auf Gegenstände ohne alle Bedingungen der Sinnlichkeit allgemein beziehen, und, da sie nicht auf Erfahrung gegründet sind, auch in der Anschauung *a priori* kein Object vorzeigen können, worauf sie vor aller Erfahrung ihre Synthesis gründeten, und daher nicht allein wegen der objectiven Gültigkeit und Schranken ihres Gebrauchs Verdacht erregen, sondern auch jenen **Begriff des Raumes** zweideutig machen, dadurch, dass sie ihn über die Bedingungen der sinnlichen Anschauung zu gebrauchen geneigt sind; weshalb auch oben von ihm eine transscendentale Deduction von Nöthen war. So muss denn der Leser von der unumgänglichen Nothwendigkeit einer solchen transscendentalen Deduction, ehe er einen einzigen Schritt im Felde der reinen Vernunft gethan hat, überzeugt werden, weil er sonst blind verfährt und nachdem er mannigfaltig umher geirrt hat, doch wieder zu der Unwissenheit zurückkehren muss, von der er ausgegangen war. Er muss aber auch die unvermeidliche Schwierigkeit zum voraus deutlich einsehen, damit er nicht über Dunkelheit klage, wo die Sache selbst tief eingehüllt ist, oder über die Wegräumung der Hindernisse zu früh verdrossen werde, weil es darauf ankommt, entweder alle Ansprüche zu Einsichten der reinen Vernunft, als das beliebteste Feld, nämlich dasjenige über die Grenzen aller möglichen Erfahrung hinaus, völlig aufzugeben oder diese kritische Untersuchung zur Vollkommenheit zu bringen.

Wir haben oben an den Begriffen des Raumes und der Zeit mit leichter Mühe begreiflich machen, wie diese als Erkenntnisse *a priori* sich gleichwohl auf Gegenstände nothwendig beziehen müssen und eine synthetische Erkenntniss derselben, unabhängig von aller Erfahrung, möglich machten. Denn da nur vermittelst solcher reinen Formen der Sinnlichkeit uns ein Gegenstand erscheinen, d. i. ein Object der empirischen Anschauung sein kann, so sind Raum und Zeit reine Anschauungen, welche die Bedingung der Möglichkeit der Gegenstände als Erscheinungen *a priori* enthalten, und die Synthesis in denselben hat objective Gültigkeit.

Die Kategorien des Verstandes dagegen stellen uns gar nicht die Bedingungen vor, unter denen Gegenstände in der Anschauung gegeben werden, mithin können uns allerdings Gegenstände erscheinen, ohne dass sie sich nothwendig auf Functionen des Verstandes beziehen müssen und dieser also die Bedingungen derselben *a priori* enthielte. Daher zeigt sich hier eine Schwierigkeit, die wir im Felde der Sinnlichkeit nicht antrafen, wie nämlich **subjective Bedingungen des Denkens** sollten **objective Gültigkeit** haben, d. i. Bedingungen der Möglichkeit aller Erkenntniss der Gegenstände abgeben; denn ohne

Functionen des Verstandes können allerdings Erscheinungen in der Anschauung gegeben werden. Ich nehme z. B. den Begriff der Ursache, welcher eine besondere Art der Synthesis bedeutet, da auf Etwas, *A*, was ganz Verschiedenes, *B*, nach einer Regel gesetzt wird. Es ist *a priori* nicht klar, warum Erscheinungen etwas dergleichen enthalten sollten, (denn Erfahrungen kann man nicht zum Beweise anführen, weil die objective Gültigkeit dieses Begriffs *a priori* muss dargethan werden können,) und es ist daher *a priori* zweifelhaft, ob ein solcher Begriff nicht etwa ganz leer sei und überall unter den Erscheinungen keinen Gegenstand antreffe. Denn dass Gegenstände der sinnlichen Anschauung denen im Gemüth *a priori* liegenden formalen Bedingungen der Sinnlichkeit gemäss sein müssen, ist daraus klar, weil sie sonst nicht Gegenstände für uns sein würden; dass sie aber auch überdem den Bedingungen, deren der Verstand zur synthetischen Einsicht des Denkens bedarf, gemäss sein müssen, davon ist die Schlussfolge nicht so leicht einzusehen. Denn es könnten wohl allenfalls Erscheinungen so beschaffen sein, dass der Verstand sie den Bedingungen seiner Einheit gar nicht gemäss fände und alles so in Verwirrung läge, dass z. B. in der Reihenfolge der Erscheinungen sich nichts darböte, was eine Regel der Synthesis an die Hand gäbe und also dem Begriffe der Ursache und Wirkung entspräche, so dass dieser Begriff also ganz leer, nichtig und ohne Bedeutung wäre. Erscheinungen würden nichts desto weniger unserer Anschauung Gegenstände darbieten, denn die Anschauung bedarf der Functionen des Denkens auf keine Weise.

Gedächte man sich von der Mühsamkeit dieser Untersuchungen dadurch loszuwickeln, dass man sagte: die Erfahrung böte unablässig Beispiele einer solchen Regelmässigkeit der Erscheinungen dar, die genugsam Anlass geben, den Begriff der Ursache davon abzusondern und dadurch zugleich die objective Gültigkeit eines solchen Begriffs zu bewähren, so bemerkt man nicht, dass auf diese Weise der Begriff der Ursache gar nicht entspringen kann, sondern dass er entweder völlig *a priori* im Verstande gegründet sein oder als ein bloses Hirngespinnst gänzlich aufgegeben werden müsse. Denn dieser Begriff erfordert durchaus, dass Etwas, *A*, von der Art sei, dass ein Anderes, *B*, daraus **nothwendig und nach einer schlechthin allgemeinen Regel** folge. Erscheinungen geben gar wohl Fälle an die Hand, aus denen eine Regel möglich ist, nach der etwas gewöhnlichermassen geschieht, aber niemals, dass der Erfolg **nothwendig** sei; daher der Synthesis der Ursache und

Wirkung auch eine Dignität anhängt, die man gar nicht empirisch ausdrücken·kann, nämlich dass die Wirkung nicht blos zu der Ursache hinzu komme, sondern durch dieselbe gesetzt sei und aus ihr erfolge. Die strenge Allgemeinheit der Regel ist auch gar keine Eigenschaft empirischer Regeln, die durch Induction keine andere, als comparative Allgemeinheit, d. i. ausgebreitete Brauchbarkeit bekommen können. Nun würde sich aber der Gebrauch der reinen Verstandesbegriffe gänzlich ändern, wenn man sie nur als empirische Producte behandeln wollte.

[§. 14.]

Uebergang zur transscendentalen Deduction der Kategorien.

Es sind nur zwei Fälle möglich, unter denen synthetische Vorstellung und ihre Gegenstände zusammentreffen, sich auf einander nothwendigerweise beziehen und gleichsam einander begegnen können. Entweder wenn der Gegenstand die Vorstellung oder diese den Gegenstand allein möglich macht. Ist das Erstere, so ist diese Beziehung nur empirisch und die Vorstellung ist niemals *a priori* möglich. Und dies ist der Fall mit Erscheinungen in Ansehung dessen, was an ihnen zur Empfindung gehört. Ist aber das Zweite, weil Vorstellung an sich selbst, (denn von deren Causalität, vermittelst des Willens, ist hier gar nicht die Rede,) ihren Gegenstand dem Dasein nach nicht hervorbringt, so ist doch die Vorstellung in Ansehung des Gegenstandes alsdenn *a priori* bestimmend, wenn durch sie allein es möglich ist, etwas als einen Gegenstand zu erkennen. Es sind aber zwei Bedingungen, unter denen allein die Erkenntniss eines Gegenstandes möglich ist, erstlich Anschauung, dadurch derselbe, aber nur als Erscheinung, gegeben wird; zweitens Begriff, dadurch ein Gegenstand gedacht wird, der dieser Anschauung entspricht. Es ist aber aus dem Obigen klar, dass die erste Bedingung, nämlich die, unter der allein Gegenstände angeschaut werden können, in der That den Objecten der Form nach *a priori* im Gemüth zum Grunde liege. Mit dieser formalen Bedingung der Sinnlichkeit stimmen also alle Erscheinungen nothwendig überein, weil sie nur durch dieselbe erscheinen, d. i. empirisch angeschaut und gegeben werden können. Nun fragt es sich, ob nicht auch Begriffe *a priori* vorausgehen, als Bedingungen, unter denen allein etwas, wenn gleich nicht angeschaut, dennoch als Gegenstand überhaupt gedacht wird; denn alsdenn ist alle empirische Erkenntniss der Gegenstände solchen Begriffen nothwendigerweise gemäss, weil ohne deren Voraussetzung nichts als **Object der Erfahrung** möglich ist. Nun enthält aber alle Erfahrung ausser der Anschauung der Sinne, wodurch etwas gegeben wird, noch einen **Begriff** von einem Gegenstande, der in der Anschauung gegeben wird oder erscheint; demnach werden Begriffe von Gegenständen überhaupt, als Bedingungen *a priori*, aller Erfahrungserkenntniss zum Grunde liegen; folglich wird die objective Gültigkeit der Kategorien, als Begriffe *a priori*, darauf beruhen, dass durch sie allein Erfahrung (der Form des Denkens nach) möglich sei. Denn alsdenn beziehen sie sich nothwendigerweise und *a priori* auf Gegenstände der Erfahrung, weil nur vermittelst ihrer überhaupt irgend ein Gegenstand der Erfahrung gedacht werden kann.

Die transscendentale Deduction aller Begriffe *a priori* hat also ein Principium, worauf die ganze Nachforschung gerichtet werden muss, nämlich dieses: dass sie als Bedingungen *a priori* der Möglichkeit der Erfahrungen erkannt werden müssen, (es sei der Anschauung, die in ihr angetroffen wird, oder des Denkens.) Begriffe, die den objectiven Grund der Möglichkeit der Erfahrung abgeben, sind eben darum nothwendig. Die Entwickelung der Erfahrung aber, worin sie angetroffen werden, ist nicht ihre Deduction, (sondern Illustration,) weil sie dabei doch nur zufällig sein würden. Ohne diese ursprüngliche Beziehung auf mögliche Erfahrung, in welcher alle Gegenstände der Erkenntniss vorkommen, würde die Beziehung derselben auf irgend ein Object gar nicht begriffen werden können.

[1] Der berühmte LOCKE hatte, aus Ermangelung dieser Betrachtung und weil er reine Begriffe des Verstandes in der Erfahrung antraf, sie auch von der Erfahrung abgeleitet und verfuhr doch so inconsequent, dass er damit Versuche zu Erkenntnissen wagte, die weit über alle

---

[1] Statt dessen, was hier bis zu Ende des Abschnittes folgt, hat die erste Ausgabe folgende, den nächsten Abschnitt in seiner ursprünglichen Gestalt vorbereitende Sätze: „Es sind aber drei ursprüngliche Quellen, (Fähigkeiten oder Vermögen der Seele,) die die Bedingungen der Möglichkeit aller Erfahrung enthalten und selbst aus keinem andern Vermögen des Gemüths abgeleitet werden können, nämlich **Sinn**, **Einbildungskraft** und **Apperception**. Darauf gründet sich 1) die **Synopsis** des Mannigfaltigen *a priori* durch den Sinn; 2) die **Synthesis** dieses Mannigfaltigen durch die Einbildungskraft; endlich 3) die **Einheit** dieser Synthesis durch ursprüngliche Apperception. Alle diese Vermögen haben ausser dem empirischen Gebrauche noch einen transscendentalen, der lediglich auf die Form geht und *a priori* möglich ist. Von diesem haben wir in **Ansehung der Sinne** oben im ersten Theile geredet, die zwei anderen aber wollen wir jetzt ihrer Natur nach einzusehen trachten."

Erfahrungsgrenze hinausgehen. DAVID HUME erkannte, um das Letztere thun zu können, sei es nothwendig, dass diese Begriffe ihren Ursprung *a priori* haben müssten. Da er sich aber gar nicht erklären konnte, wie es möglich sei, dass der Verstand Begriffe, die an sich im Verstande nicht verbunden sind, doch als im Gegenstande nothwendig verbunden denken müsse, und darauf nicht verfiel, dass vielleicht der Verstand durch diese Begriffe selbst Urheber der Erfahrung, worin seine Gegenstände angetroffen werden, sein könne, so leitete er sie, durch Noth gedrungen, von der Erfahrung ab, (nämlich von einer durch öftere Association in der Erfahrung entsprungenen subjectiven Nothwendigkeit, welche zuletzt fälschlich für objectiv gehalten wird, d. i. der **Gewohnheit**,) verfuhr aber hernach sehr consequent darin, dass er es für unmöglich erklärte, mit diesen Begriffen und Grundsätzen, die sie veranlassen, über die Erfahrungsgrenze hinauszugehen. Die empirische Ableitung aber, worauf Beide verfielen, lässt sich mit der Wirklichkeit der wissenschaftlichen Erkenntnisse *a priori*, die wir haben, nämlich der reinen **Mathematik** und **allgemeinen Naturwissenschaft** nicht vereinigen und wird also durch das Factum widerlegt.

Der erste dieser beiden berühmten Männer öffnete der **Schwärmerei** Thür und Thor, weil die Vernunft, wenn sie einmal Befugnisse auf ihrer Seite hat, sich nicht mehr durch unbestimmte Anpreisungen der Mässigung in Schranken halten lässt; der zweite ergab sich gänzlich dem **Skepticismus**, da er einmal eine so allgemeine, für Vernunft gehaltene Täuschung unseres Erkenntnissvermögens glaubte entdeckt zu haben. — Wir sind jetzt im Begriffe einen Versuch zu machen, ob man nicht die menschliche Vernunft zwischen diesen beiden Klippen glücklich durchbringen, ihr bestimmte Grenzen anweisen und dennoch das ganze Feld ihrer zweckmässigen Thätigkeit für sie geöffnet erhalten könne.

Vorher will ich nur noch die **Erklärung der Kategorien** voranschicken. Sie sind Begriffe von einem Gegenstande überhaupt, dadurch dessen Anschauung in Ansehung einer der **logischen Functionen zu Urtheilen als bestimmt** angesehen wird. So war die Function des kategorischen Urtheils die des Verhältnisses des Subjects zum Prädicat, z. B. alle Körper sind theilbar. Allein in Ansehung des blos logischen Gebrauchs des Verstandes blieb es unbestimmt, welchem von beiden Begriffen die Function des Subjects und welchem die des Prädicats man geben wolle. Denn man kann auch sagen: einiges Theilbare ist ein Körper. Durch die Kategorie der Substanz aber, wenn ich den Begriff eines Körpers darunter bringe, wird es bestimmt, dass seine empirische Anschauung in der Erfahrung immer nur als Subject, niemals als bloses Prädicat betrachtet werden müsse; und so in allen übrigen Kategorien.

Der Deduction der reinen Verstandesbegriffe
zweiter Abschnitt.[1]

Transscendentale Deduction der reinen Verstandesbegriffe.

§. 15.
Von der Möglichkeit einer Verbindung überhaupt.

Das Mannigfaltige der Vorstellungen kann in einer Anschauung gegeben werden, die blos sinnlich, d. i. nichts als Empfänglichkeit ist, und die Form dieser Anschauung kann *a priori* in unserem Vorstellungsvermögen liegen, ohne doch etwas Anderes, als die Art zu sein, wie das Subject afficirt wird. Allein die Verbindung (*conjunctio*) eines Mannigfaltigen überhaupt kann niemals durch Sinne in uns kommen und kann also auch nicht in der reinen Form der sinnlichen Anschauung zugleich mit enthalten sein; denn sie ist ein Actus der Spontaneität der Vorstellungskraft, und da man diese, zum Unterschiede von der Sinnlichkeit, Verstand nennen muss, so ist alle Verbindung, wir mögen uns ihrer bewusst werden oder nicht, es mag eine Verbindung des Mannigfaltigen der Anschauung oder mancherlei Begriffe, und an der ersteren der sinnlichen oder nicht sinnlichen Anschauung sein, eine Verstandeshandlung, die wir mit der allgemeinen Benennung Synthesis belegen werden, um dadurch zugleich bemerklich zu machen, dass wir uns nichts als im Objecte verbunden vorstellen können, ohne es vorher selbst verbunden zu haben und unter allen Vorstellungen die Verbindung die einzige

---

[1] Dieser ganze Abschnitt (§. 15—27 bis zum Ende des 1. Buchs ist in der 2. Ausgabe von KANT gänzlich umgearbeitet worden und dann in dieser Gestalt in alle folgenden Ausgaben übergegangen. In seiner ursprünglichen Gestalt ist er unten in den Nachträgen unter I. abgedruckt

ist, die nicht durch Objecte gegeben, sondern nur vom Subjecte selbst verrichtet werden kann, weil sie ein Actus seiner Selbstthätigkeit ist. Man wird hier leicht gewahr, dass diese Handlung ursprünglich einig und für alle Verbindung gleichgeltend sein müsse, und dass die Auflösung, Analysis, die ihr Gegentheil zu sein scheint, sie doch jederzeit voraussetze; denn wo der Verstand vorher nichts verbunden hat, da kann er auch nichts auflösen, weil es nur durch ihn als verbunden der Vorstellungskraft hat gegeben werden müssen.

Aber der Begriff der Verbindung führt ausser dem Begriffe des Mannigfaltigen und der Synthesis desselben noch den der Einheit desselben bei sich. Verbindung ist Vorstellung der synthetischen Einheit des Mannigfaltigen.* Die Vorstellung dieser Einheit kann also nicht aus der Verbindung entstehen, sie macht vielmehr dadurch, dass sie zur Vorstellung des Mannigfaltigen hinzukommt, den Begriff der Verbindung allererst möglich. Diese Einheit, die *a priori* vor allen Begriffen der Verbindung vorhergeht, ist nicht etwa jene Kategorie der Einheit (§. 10); denn alle Kategorien gründen sich auf logische Functionen in Urtheilen; in diesen aber ist schon Verbindung, mithin Einheit gegebener Begriffe gedacht. Die Kategorie setzt also schon Verbindung voraus. Also müssen wir diese Einheit (als qualitative §. 12) noch höher suchen, nämlich in demjenigen, was selbst den Grund der Einheit verschiedener Begriffe in Urtheilen, mithin der Möglichkeit des Verstandes, sogar in seinem logischen Gebrauche enthält.

§. 16.

Von der ursprünglich-synthetischen Einheit der Apperception.

Das: ich denke, muss alle meine Vorstellungen begleiten können; denn sonst würde etwas in mir vorgestellt werden, was gar nicht gedacht werden könnte, welches eben so viel heisst, als: die Vorstellung würde entweder unmöglich oder wenigstens für mich nichts sein. Diejenige Vorstellung, die vor allem Denken gegeben sein kann, heisst Anschau-

---

* Ob die Vorstellungen selbst identisch sind und also eine durch die andere analytisch könne gedacht werden, das kommt hier nicht in Betrachtung. Das Bewusstsein der einen ist, so fern vom Mannigfaltigen die Rede ist, vom Bewusstsein der andern doch immer zu unterscheiden und auf die Synthesis dieses (möglichen) Bewusstseins kommt es hier allein an.

ung. Also hat alles Mannigfaltige der Anschauung eine nothwendige Beziehung auf das: **ich denke**, in demselben Subject, darin dieses Mannigfaltige angetroffen wird. Diese Vorstellung aber ist ein Actus der **Spontaneität**, d. i. sie kann nicht als zur Sinnlichkeit gehörig angesehen werden. Ich nenne sie die **reine Apperception**, um sie von der empirischen zu unterscheiden, oder auch die **ursprüngliche Apperception**, weil sie dasjenige Selbstbewusstsein ist, was, indem es die Vorstellung: **ich denke** hervorbringt, die alle anderen muss begleiten können, und in allem Bewusstsein ein und dasselbe ist, von keiner weiter begleitet werden kann. Ich nenne auch die Einheit derselben die transscendentale Einheit des Selbstbewusstseins, um die Möglichkeit der Erkenntniss *a priori* aus ihr zu bezeichnen. Denn die mannigfaltigen Vorstellungen, die in einer gewissen Anschauung gegeben werden, würden nicht insgesammt meine Vorstellungen sein, wenn sie nicht insgesammt zu einem Selbstbewusstsein gehörten, d. i. als meine Vorstellungen, (ob ich mir ihrer gleich nicht als solcher bewusst bin,) müssen sie doch der Bedingung nothwendig gemäss sein, unter der sie allein in einem allgemeinen Selbstbewusstsein zusammenstehen können, weil sie sonst nicht durchgängig mir angehören würden. Aus dieser ursprünglichen Verbindung lässt sich vieles folgern.

Nämlich diese durchgängige Identität der Apperception eines in der Anschauung gegebenen Mannigfaltigen enthält eine Synthesis der Vorstellungen und ist nur durch das Bewusstsein dieser Synthesis möglich. Denn das empirische Bewusstsein, welches verschiedene Vorstellungen begleitet, ist an sich zerstreut und ohne Beziehung auf die Identität des Subjects. Diese Beziehung geschieht also dadurch noch nicht, dass ich jede Vorstellung mit Bewusstsein begleite, sondern dass ich eine zu der andern **hinzusetze** und mir der Synthesis derselben bewusst bin. Also nur dadurch, dass ich ein Mannigfaltiges gegebener Vorstellungen in **einem Bewusstsein** verbinden kann, ist es möglich, dass ich mir die **Identität des Bewusstseins in diesen Vorstellungen** selbst vorstelle, d. i. die analytische Einheit der Apperception ist nur unter der Voraussetzung irgend einer synthetischen möglich.* Der Gedanke:

---

* Die analytische Einheit des Bewusstseins hängt allen gemeinsamen Begriffen, als solchen, an, z. B. wenn ich mir **roth** überhaupt denke, so stelle ich mir dadurch eine Beschaffenheit vor, die (als Merkmal) irgend woran angetroffen oder mit anderen Vorstellungen verbunden sein kann; also nur vermöge einer vorausgedachten möglichen synthetischen Einheit kann ich mir die analytische vorstellen. Eine Vorstel-

diese in der Anschauung gegebenen Vorstellungen gehören mir insgesammt zu, heisst demnach so viel, als: ich vereinige sie in einem Selbstbewusstsein oder kann sie wenigstens darin vereinigen, und ob er gleich selbst noch nicht das Bewusstsein der Synthesis der Vorstellungen ist, so setzt er doch die Möglichkeit der letzteren voraus, d. i. nur dadurch, dass ich das Mannigfaltige derselben in einem Bewusstsein begreifen kann, nenne ich dieselbe insgesammt meine Vorstellungen; denn sonst würde ich ein so vielfärbiges verschiedenes Selbst haben, als ich Vorstellungen habe, deren ich mir bewusst bin. Synthetische Einheit des Mannigfaltigen der Anschauungen, als *a priori* gegeben, ist also der Grund der Identität der Apperception selbst, die *a priori* allem meinem bestimmten Denken vorhergeht. Verbindung liegt aber nicht in den Gegenständen und kann von ihnen nicht etwa durch Wahrnehmung entlehnt und in den Verstand dadurch allererst aufgenommen werden, sondern ist allein eine Verrichtung des Verstandes, der selbst nichts weiter ist, als das Vermögen, *a priori* zu verbinden und das Mannigfaltige gegebener Vorstellungen unter die Einheit der Apperception zu bringen, welcher Grundsatz der oberste im ganzen menschlichen Erkenntniss ist.

Dieser Grundsatz der nothwendigen Einheit der Apperception ist nun zwar selbst identisch, mithin ein analytischer Satz, erklärt aber doch eine Synthesis des in einer Anschauung gegebenen Mannigfaltigen als nothwendig, ohne welche jene durchgängige Identität des Selbstbewusstseins nicht gedacht werden kann. Denn durch das Ich, als einfache Vorstellung, ist nichts Mannigfaltiges gegeben; in der Anschauung, die davon unterschieden ist, kann es nur gegeben und durch Verbindung in einem Bewusstsein gedacht werden. Ein Verstand, in welchem durch das Selbstbewusstsein zugleich alles Mannigfaltige gegeben würde, würde anschauen; der unsere kann nur denken und muss in den Sinnen die Anschauung suchen. Ich bin mir also des identischen Selbst bewusst, in Ansehung des Mannigfaltigen der mir in einer An-

---

lung, die als **verschiedenen** gemein gedacht werden soll, wird als zu solchen gehörig angesehen, die ausser ihr noch etwas **Verschiedenes** an sich haben, folglich muss sie in synthetischer Einheit mit anderen (wenn gleich nur möglichen Vorstellungen) vorher gedacht werden, ehe ich die analytische Einheit des Bewusstseins, welche sie zum *conceptus communis* macht, an ihr denken kann. Und so ist die synthetische Einheit der Apperception der höchste Punkt, an dem man allen Verstandesgebrauch, selbst die ganze Logik und, nach ihr, die Transscendental-Philosophie heften muss, ja dieses Vermögen ist der Verstand selbst.

schauung gegebenen Vorstellungen, weil ich sie insgesammt meine Vorstellungen nenne, die eine ausmachen. Das ist aber so viel, als dass ich mir einer nothwendigen Synthesis derselben *a priori* bewusst bin, welche die ursprüngliche synthetische Einheit der Apperception heisst, unter der alle mir gegebene Vorstellungen stehen, aber unter die sie auch durch eine Synthesis gebracht werden müssen.

§. 17.

Der Grundsatz der synthetischen Einheit der Apperception ist das oberste Princip alles Verstandesgebrauchs.

Der oberste Grundsatz der Möglichkeit aller Anschauung in Beziehung auf die Sinnlichkeit war laut der transscendentalen Aesthetik: dass alles Mannigfaltige derselben unter den formalen Bedingungen des Raumes und der Zeit stehe. Der oberste Grundsatz eben derselben in Beziehung auf den Verstand ist: dass alles Mannigfaltige der Anschauung unter Bedingungen der ursprünglich-synthetischen Einheit der Apperception stehe.* Unter dem ersteren stehen alle mannigfaltigen Vorstellungen der Anschauungen, so fern sie uns gegeben werden, unter dem zweiten, so fern sie in einem Bewusstsein müssen verbunden werden können; denn ohne das kann nichts dadurch gedacht oder erkannt werden, weil die gegebenen Vorstellungen den Actus der Apperception: ich denke, nicht gemein haben und dadurch nicht in einem Selbstbewusstsein zusammengefasst sein würden.

Verstand ist, allgemein zu reden, das Vermögen der Erkenntnisse. Diese bestehen in der bestimmten Beziehung gegebener Vorstellungen auf ein Object. Object aber ist das, in dessen Begriff das Mannigfaltige einer gegebenen Anschauung vereinigt ist. Nun erfordert aber alle Vereinigung der Vorstellungen Einheit des Bewusstseins in der Synthesis derselben. Folglich ist die Einheit des Bewusstsein dasjenige,

---

* Der Raum und die Zeit und alle Theile derselben sind Anschauungen, mithin einzelne Vorstellungen mit dem Mannigfaltigen, das sie in sich enthalten, (siehe die transscendentale Aesthetik,) mithin nicht blose Begriffe, durch die eben dasselbe Bewusstsein, als in vielen Vorstellungen, sondern viele Vorstellungen als in einer und deren Bewusstsein enthalten, mithin als zusammengesetzt, folglich die Einheit des Bewusstseins, als synthetisch, aber doch ursprünglich angetroffen wird. Diese Einzelheit derselben ist wichtig in der Anwendung (siehe §. 25).

was allein die Beziehung der Vorstellungen auf einen Gegenstand, mithin ihre objective Gültigkeit, folglich, dass sie Erkenntnisse werden, ausmacht und worauf also selbst die Möglichkeit des Verstandes beruht.

Das erste reine Verstandeserkenntniss also, worauf sein ganzer übriger Gebrauch sich gründet, welches auch zugleich von allen Bedingungen der sinnlichen Anschauung ganz unabhängig ist, ist nun der Grundsatz der ursprünglichen synthetischen Einheit der Apperception. So ist die blose Form der äusseren sinnlichen Anschauung, der Raum, noch gar keine Erkenntniss; er gibt nur das Mannigfaltige der Anschauung *a priori* zu einem möglichen Erkenntniss. Um aber irgend etwas im Raume zu erkennen, z. B. eine Linie, muss ich sie ziehen und also eine bestimmte Verbindung des gegebenen Mannigfaltigen synthetisch zu Stande bringen, so dass die Einheit dieser Handlung zugleich die Einheit des Bewusstseins (im Begriffe einer Linie) ist und dadurch allererst ein Object (ein bestimmter Raum) erkannt wird. Die synthetische Einheit des Bewusstseins ist also eine objective Bedingung aller Erkenntniss, nicht deren ich blos selbst bedarf, um ein Object zu erkennen, sondern unter der jede Anschauung stehen muss, um für mich Object zu werden, weil auf andere Art und ohne diese Synthesis das Mannigfaltige sich nicht in einem Bewusstsein vereinigen würde.

Dieser letztere Satz ist, wie gesagt, selbst analytisch, ob er zwar die synthetische Einheit zur Bedingung alles Denkens macht; denn er sagt nichts weiter, als dass alle meine Vorstellungen in irgend einer gegebenen Anschauung unter der Bedingung stehen müssen, unter der ich sie allein als meine Vorstellungen zu dem identischen Selbst rechnen und also, als in einer Apperception synthetisch verbunden, durch den allgemeinen Ausdruck: ich denke, zusammenfassen kann.

Aber dieser Grundsatz ist doch nicht ein Princip für jeden überhaupt möglichen Verstand, sondern nur für den, durch dessen reine Apperception in der Vorstellung: ich bin, noch gar nichts Mannigfaltiges gegeben ist. Derjenige Verstand, durch dessen Selbstbewusstsein zugleich das Mannigfaltige der Anschauung gegeben würde, ein Verstand, durch dessen Vorstellung zugleich die Objecte dieser Vorstellung existirten, würde einen besondern Actus der Synthesis des Mannigfaltigen zu der Einheit des Bewusstseins nicht bedürfen, deren der menschliche Verstand, der blos denkt, nicht anschaut, bedarf. Aber für den menschlichen Verstand ist er doch unvermeidlich der erste Grundsatz, so dass er sich sogar von einem anderen möglichen Verstande, entweder einem solchen, der selbst anschauete, oder, wenn gleich eine sinnliche Anschauung, aber doch von anderer Art, als die im Raume und der Zeit, zum Grunde liegend besässe, sich nicht den mindesten Begriff machen kann.

§ 18.
Was objective Einheit des Selbstbewusstseins sei.

Die transscendentale Einheit der Apperception ist diejenige, durch welche alles in einer Anschauung gegebene Mannigfaltige in einen Begriff vom Object vereinigt wird. Sie heisst darum objectiv, und muss von der subjectiven Einheit des Bewusstseins unterschieden werden, die eine Bestimmung des inneren Sinnes ist, dadurch jenes Mannigfaltige der Anschauung zu einer solchen Verbindung empirisch gegeben wird. Ob ich mir des Mannigfaltigen als zugleich oder nach einander empirisch bewusst sein könne, kommt auf Umstände oder empirische Bedingungen an. Daher die empirische Einheit des Bewusstseins, durch Association der Vorstellungen, selbst eine Erscheinung betrifft und ganz zufällig ist. Dagegen steht die reine Form der Anschauung in der Zeit, blos als Anschauung überhaupt, die ein gegebenes Mannigfaltiges enthält, unter der ursprünglichen Einheit des Bewusstseins, lediglich durch die nothwendige Beziehung des Mannigfaltigen der Anschauung zum Einen: ich denke; also durch die reine Synthesis des Verstandes, welche *a priori* der empirischen zum Grunde liegt. Jene Einheit ist allein objectiv gültig; die empirische Einheit der Apperception, die wir hier nicht erwägen und die auch nur von der ersteren, unter gegebenen Bedingungen *in concreto*, abgeleitet ist, hat nur subjective Gültigkeit. Einer verbindet die Vorstellung eines gewissen Worts mit einer Sache, der Andere mit einer anderen Sache; und die Einheit des Bewusstseins in dem, was empirisch ist, ist in Ansehung dessen, was gegeben ist, nicht nothwendig und allgemein geltend.

§ 19.
Die logische Form aller Urtheile besteht in der objectiven Einheit der Apperception der darin enthaltenen Begriffe.

Ich habe mich niemals durch die Erklärung, welche die Logiker von einem Urtheile überhaupt geben, befriedigen können; es ist, wie sie sagen, die Vorstellung eines Verhältnisses zwischen zwei Begriffen. Ohne nun hier über das Fehlerhafte der Erklärung, dass sie allenfalls nur auf kategorische, aber nicht hypothetische und disjunctive Urtheile passt, (als welche letztere nicht ein Verhältniss von Begriffen, sondern selbst von Urtheilen enthalten,) mit ihnen zu zanken, (ohnerachtet aus diesem Versehen der Logik manche lästige Folgen erwachsen sind *), merke ich nur an, dass, worin dieses **Verhältniss** bestehe, hier nicht bestimmt ist.

Wenn ich aber die Beziehung gegebener Erkenntnisse in jedem Urtheile genauer untersuche und sie, als dem Verstande angehörig, von dem Verhältnisse nach Gesetzen der reproductiven Einbildungskraft, (welches nur subjective Gültigkeit hat,) unterscheide, so finde ich, dass ein Urtheil nichts Anderes sei, als die Art, gegebene Erkenntnisse zur **objectiven** Einheit der Apperception zu bringen. Darauf zielt das Verhältnisswörtchen **ist** in denselben, um die objective Einheit gegebener Vorstellungen von der subjectiven zu unterscheiden. Denn dieses bezeichnet die Beziehung derselben auf die ursprüngliche Apperception und die nothwendige **Einheit** derselben, wenn gleich das Urtheil selbst empirisch, mithin zufällig ist, z. B. die Körper sind schwer. Damit ich zwar nicht sagen will, diese Vorstellungen gehören in der empirischen Anschauung **nothwendig** zu einander, sondern sie gehören vermöge der **nothwendigen Einheit** der Apperception in der Synthesis der Anschauungen zu einander, d. i. nach Principien der objectiven Bestimmung aller Vorstellungen, so fern daraus Erkenntniss werden kann, welche Principien alle aus dem Grundsatze der transscendentalen Einheit der Apperception abgeleitet sind. Dadurch allein wird aus diesem Verhältnisse ein **Urtheil**, d. i. ein Verhältniss, das objectiv gültig ist und sich von dem Verhältnisse eben derselben Vorstellungen, worin blos subjective Gültigkeit wäre, z. B. nach Gesetzen der Association, hinreichend unterscheidet. Nach den letzteren würde ich nur sagen können: wenn ich einen Körper trage, so fühle ich einen Druck der Schwere; aber nicht: er, der Körper, ist schwer; welches so viel sagen will, als: diese

---

* Die weitläufige Lehre von den vier syllogistischen Figuren betrifft nur die kategorischen Vernunftschlüsse und, ob sie zwar nichts weiter ist, als eine Kunst, durch Versteckung unmittelbarer Schlüsse (*consequentiae immediatae*) unter die Prämissen eines reinen Vernunftschlusses, den Schein mehrerer Schlussarten, als des in der ersten Figur, zu erschleichen, so würde sie doch dadurch allein kein sonderliches Glück gemacht haben, wenn es ihr nicht gelungen wäre, die kategorischen Urtheile, als die, worauf sich alle anderen müssen beziehen lassen, in ausschliessliches Ansehen zu bringen, welches aber nach § 9 falsch ist.

beiden Vorstellungen sind im Object, d. i. ohne Unterschied des Zustandes des Subjects verbunden und nicht blos in der Wahrnehmung, (so oft sie auch wiederholt sein mag,) beisammen.

§ 20.

Alle sinnlichen Anschauungen stehen unter den Kategorien, als Bedingungen, unter denen allein das Mannigfaltige derselben in ein Bewusstsein zusammenkommen kann.

Das mannigfaltige in einer sinnlichen Anschauung Gegebene gehört nothwendig unter die ursprüngliche synthetische Einheit der Apperception, weil durch diese die Einheit der Anschauung allein möglich ist (§ 17). Diejenige Handlung des Verstandes aber, durch die das Mannigfaltige gegebener Vorstellungen, (sie mögen Anschauungen oder Begriffe sein,) unter eine Apperception überhaupt gebracht wird, ist die logische Function der Urtheile (§ 19). Also ist alles Mannigfaltige, so fern es in einer empirischen Anschauung gegeben ist, in Ansehung einer der logischen Functionen zu urtheilen bestimmt, durch die es nämlich zu einem Bewusstsein überhaupt gebracht wird. Nun sind aber die Kategorien nichts Anderes, als eben diese Functionen zu urtheilen, so fern das Mannigfaltige einer gegebenen Anschauung in Ansehung ihrer bestimmt ist (§ 13). Also steht auch das Mannigfaltige in einer gegebenen Anschauung nothwendig unter Kategorien.

§ 21.
Anmerkung.

Ein Mannigfaltiges, das in einer Anschauung, die ich die meinige nenne, enthalten ist, wird durch die Synthesis des Verstandes als zur nothwendigen Einheit des Selbstbewusstseins gehörig vorgestellt und dieses geschieht durch die Kategorie.* Diese zeigt also an, dass das empirische Bewusstsein eines gegebenen Mannigfaltigen einer Anschauung eben sowohl unter einem reinen Selbstbewusstsein *a priori,* wie empirische Anschauung unter einer reinen sinnlichen, die gleichfalls *a priori* statthat, stehe. — Im obigen Satze ist also der Anfang einer Deduction der reinen Verstandesbegriffe gemacht, in welcher ich, da die Ka-

---

* Der Beweisgrund beruht auf der vorgestellten **Einheit der Anschauung**, dadurch ein Gegenstand gegeben wird, welche jederzeit eine Synthesis des mannigfaltigen zu einer Anschauung Gegebenen in sich schliesst und schon die Beziehung dieses letzteren auf Einheit der Apperception enthält.

tegorien unabhängig von Sinnlichkeit blos im Verstande entspringen, noch von der Art, wie das Mannigfaltige zu einer empirischen Anschauung gegeben werde, abstrahiren muss, um nur auf die Einheit, die in die Anschauung vermittelst der Kategorie durch den Verstand hinzukommt, zu sehen. In der Folge (§ 26) wird aus der Art, wie in der Sinnlichkeit die empirische Anschauung gegeben wird, gezeigt werden, dass die Einheit derselben keine andere sei, als welche die Kategorie nach dem vorigen § 20 dem Mannigfaltigen einer gegebenen Anschauung überhaupt vorschreibt, und dadurch also, dass ihre Gültigkeit *a priori* in Ansehung aller Gegenstände unserer Sinne erklärt wird, die Absicht der Deduction allererst völlig erreicht werden.

Allein von einem Stücke konnte ich im obigen Beweise doch nicht abstrahiren, nämlich davon, dass das Mannigfaltige für die Anschauung noch vor der Synthesis des Verstandes und unabhängig von ihr gegeben sein müsse; wie aber, bleibt hier unbestimmt. Denn wollte ich mir einen Verstand denken, der selbst anschauete, (wie etwa einen göttlichen, der nicht gegebene Gegenstände sich vorstellte, sondern durch dessen Vorstellung die Gegenstände selbst zugleich gegeben oder hervorgebracht würden,) so würden die Kategorien in Ansehung eines solchen Erkenntnisses gar keine Bedeutung haben. Sie sind nur Regeln für einen Verstand, dessen ganzes Vermögen im Denken besteht, d. i. in der Handlung, die Synthesis des Mannigfaltigen, welches ihm anderweitig in der Anschauung gegeben worden, zur Einheit der Apperception zu bringen, der also für sich gar nichts erkennt, sondern nur den Stoff zur Erkenntniss, die Anschauung, die ihm durchs Object gegeben werden muss, verbindet und ordnet. Von der Eigenthümlichkeit unsers Verstandes aber, nur vermittelst der Kategorien und nur gerade durch diese Art und Zahl derselben Einheit der Apperception *a priori* zu Stande zu bringen, lässt sich eben so wenig ferner ein Grund angeben, als warum wir gerade diese und keine andere Functionen zu Urtheilen haben, oder warum Zeit und Raum die einzigen Formen unserer möglichen Anschauung sind.

§ 22.

Die Kategorie hat keinen andern Gebrauch zum Erkenntnisse der Dinge, als ihre Anwendung auf Gegenstände der Erfahrung.

Sich einen Gegenstand denken und einen Gegenstand erkennen ist also nicht einerlei. Zum Erkenntnisse gehören nämlich zwei Stücke;

erstlich der Begriff, dadurch überhaupt ein Gegenstand gedacht wird (die Kategorie) und zweitens die Anschauung, dadurch er gegeben wird; denn könnte dem Begriffe eine correspondirende Anschauung gar nicht gegeben werden, so wäre er ein Gedanke der Form nach, aber ohne allen Gegenstand und durch ihn gar keine Erkenntniss von irgend einem Dinge möglich; weil es, so viel ich wüsste, nichts gäbe noch geben könnte, worauf mein Gedanke angewandt werden könne. Nun ist alle uns mögliche Anschauung sinnlich (Aesthetik), also kann das Denken eines Gegenstandes überhaupt durch einen reinen Verstandesbegriff bei uns nur Erkenntniss werden, so fern dieser auf Gegenstände der Sinne bezogen wird. Sinnliche Anschauung ist entweder reine Anschauung (Raum und Zeit), oder empirische Anschauung desjenigen, was im Raum und der Zeit unmittelbar als wirklich, durch Empfindung, vorgestellt wird. Durch Bestimmung der ersteren können wir Erkenntnisse *a priori* von Gegenständen (in der Mathematik) bekommen, aber nur ihrer Form nach, als Erscheinungen; ob es Dinge geben könne, die in dieser Form angeschaut werden müssen, bleibt doch dabei noch unausgemacht. Folglich sind alle mathematischen Begriffe für sich nicht Erkenntnisse; ausser so fern man voraussetzt, dass es Dinge gibt, die sich nur der Form jener reinen sinnlichen Anschauung gemäss uns darstellen lassen. **Dinge im Raum und der Zeit** werden aber nur gegeben, so fern sie Wahrnehmungen (mit Empfindung begleitete Vorstellungen) sind, mithin durch empirische Vorstellung. Folglich verschaffen die reinen Verstandesbegriffe, selbst wenn sie auf Anschauungen *a priori* (wie in der Mathematik) angewandt werden, nur so fern Erkenntniss, als diese, mithin auch die Verstandesbegriffe vermittelst ihrer auf empirische Anschauungen angewandt werden können. Folglich liefern uns die Kategorien vermittelst der Anschauung auch keine Erkenntniss von Dingen, als nur durch ihre mögliche Anwendung auf empirische **Anschauung**, d. i. sie dienen nur zur Möglichkeit empirischer **Erkenntniss**. Diese aber heisst **Erfahrung**. Folglich haben die Kategorien keinen andern Gebrauch zum Erkenntnisse der Dinge, als nur so fern diese als Gegenstände möglicher Erfahrung angenommen werden.

§ 23.

Der obige Satz ist von der grössten Wichtigkeit; denn er bestimmt eben so wohl die Grenzen des Gebrauchs der reinen Verstandesbegriffe in Ansehung der Gegenstände, als die transscendentale Aesthetik die

Grenzen des Gebrauchs der reinen Form unserer sinnlichen Anschauung bestimmte. Raum und Zeit gelten, als Bedingungen der Möglichkeit, wie uns Gegenstände gegeben werden können, nicht weiter, als für Gegenstände der Sinne, mithin nur der Erfahrung. Ueber diese Grenzen hinaus stellen sie gar nichts vor; denn sie sind nur in den Sinnen und haben ausser ihnen keine Wirklichkeit. Die reinen Verstandesbegriffe sind von dieser Einschränkung frei und erstrecken sich auf Gegenstände der Anschauung überhaupt, sie mag der unsrigen ähnlich sein oder nicht, wenn sie nur sinnlich und nicht intellectuell ist. Diese weitere Ausdehnung der Begriffe über unsere sinnliche Anschauung hinaus hilft uns aber zu nichts. Denn es sind alsdenn leere Begriffe von Objecten, von denen, ob sie nur einmal möglich sind oder nicht, wir durch jene gar nicht urtheilen können, blose Gedankenformen ohne objective Realität, weil wir keine Anschauung zur Hand haben, auf welche die synthetische Einheit der Apperception, die jene allein enthalten, angewandt werden und sie so einen Gegenstand bestimmen könnten. Unsere sinnliche und empirische Anschauung kann ihnen allein Sinn und Bedeutung verschaffen.

Nimmt man also ein Object einer nicht-sinnlichen Anschauung als gegeben an, so kann man es freilich durch alle die Prädicate vorstellen, die schon in der Voraussetzung liegen, dass ihm nichts zur sinnlichen Anschauung Gehöriges zukomme; also dass es nicht ausgedehnt oder im Raume sei, dass die Dauer desselben keine Zeit sei, dass in ihm keine Veränderung (Folge der Bestimmungen in der Zeit) angetroffen werde u. s. w. Allein das ist doch kein eigentliches Erkenntniss, wenn ich blos anzeige, wie die Anschauung des Objects nicht sei, ohne sagen zu können, was in ihr denn enthalten sei; denn alsdenn habe ich gar nicht die Möglichkeit eines Objects zu meinem reinen Verstandesbegriff vorgestellt, weil ich keine Anschauung habe geben können, die ihm correspondirte, sondern nur sagen konnte, dass die unsrige nicht für ihn gelte. Aber das Vornehmste ist hier, dass auf ein solches Etwas auch nicht einmal eine einzige Kategorie angewandt werden könnte, z. B. der Begriff einer Substanz, d. i. von etwas, das als Subject, niemals aber als bloses Prädicat existiren könne, wovon ich gar nicht weiss, ob es irgend ein Ding geben könne, das dieser Gedankenbestimmung correspondirte, wenn nicht empirische Anschauung mir den Fall der Anwendung gäbe. Doch mehr hievon in der Folge.

§ 24.
Von der Anwendung der Kategorien auf Gegenstände der Sinne überhaupt.

Die reinen Verstandesbegriffe beziehen sich durch den blosen Verstand auf Gegenstände der Anschauung überhaupt, unbestimmt ob sie die unsrige oder irgend eine andere, doch sinnliche, sei, sind aber eben darum blose **Gedankenformen**, wodurch noch kein **bestimmter** Gegenstand erkannt wird. Die Synthesis oder Verbindung des Mannigfaltigen in denselben bezog sich blos auf die Einheit der Apperception und war dadurch der Grund der Möglichkeit der Erkenntniss *a priori*, so fern sie auf dem Verstande beruht, und mithin nicht allein transscendental, sondern auch blos rein intellectual. Weil in uns aber eine gewisse Form der sinnlichen Anschauung *a priori* zum Grunde liegt, welche auf der Receptivität der Vorstellungsfähigkeit (Sinnlichkeit) beruht, so kann der Verstand, als Spontaneität, den innern Sinn durch das Mannigfaltige gegebener Vorstellungen der synthetischen Einheit der Apperception gemäss bestimmen und so synthetische Einheit der Apperception des Mannigfaltigen **der sinnlichen Anschauung** *a priori* denken, als die Bedingung, unter welcher alle Gegenstände unserer (der menschlichen) Anschauung nothwendigerweise stehen müssen; dadurch denn die Kategorien, als blose Gedankenformen, objective Realität, d. i. Anwendung auf Gegenstände, die uns in der Anschauung gegeben werden können, aber nur als Erscheinungen bekommen; denn nur von diesen sind wir der Anschauung *a priori* fähig.

Diese **Synthesis** des Mannigfaltigen der sinnlichen Anschauung, die *a priori* möglich und nothwendig ist, kann **figürlich** *(synthesis speciosa)* genannt werden, zum Unterschiede von derjenigen, welche in Ansehung des Mannigfaltigen einer Anschauung überhaupt in der blosen Kategorie gedacht würde und Verstandesverbindung *(synthesis intellectualis)* heisst; beide sind transscendental, nicht blos weil sie selbst *a priori* vorgehen, sondern auch die Möglichkeit anderer Erkenntniss *a priori* gründen.

Allein die figürliche Synthesis, wenn sie blos auf die ursprünglich synthetische Einheit der Apperception, d. i. diese transscendentale Einheit geht, welche in den Kategorien gedacht wird, muss, zum Unterschiede von der blos intellectuellen Verbindung, die **transscendentale Synthesis der Einbildungskraft** heissen. **Einbildungskraft** ist das Vermögen, einen Gegenstand auch **ohne dessen Gegenwart in der Anschauung** vorzustellen. Da nun alle unsere Anschauung sinnlich ist, so gehört die Einbildungskraft, der subjectiven Bedingung wegen, unter der sie allein den Verstandesbegriffen eine correspondirende Anschauung geben kann, zur **Sinnlichkeit**; so fern aber doch ihre Synthesis eine Ausübung der Spontaneität ist, welche bestimmend, und nicht, wie der Sinn, blos bestimmbar ist, mithin *a priori* den Sinn seiner Form nach der Einheit der Apperception gemäss bestimmen kann, so ist die Einbildungskraft so fern ein Vermögen, die Sinnlichkeit *a priori* zu bestimmen; und ihre Synthesis der Anschauungen, **den Kategorien gemäss**, muss die transscendentale Synthesis der **Einbildungskraft** sein, welches eine Wirkung des Verstandes auf die Sinnlichkeit und die erste Anwendung desselben (zugleich der Grund aller übrigen) auf Gegenstände der uns möglichen Anschauung ist. Sie ist, als figürlich, von der intellectuellen Synthesis ohne alle Einbildungskraft blos durch den Verstand unterschieden. So fern die Einbildungskraft nun Spontaneität ist, nenne ich sie auch bisweilen die **productive** Einbildungskraft und unterscheide sie dadurch von der **reproductiven**, deren Synthesis lediglich empirischen Gesetzen, nämlich denen der Association, unterworfen ist und welche daher zur Erklärung der Möglichkeit der Erkenntniss *a priori* nichts beiträgt, und um deswillen nicht in die Transscendental-Philosophie, sondern in die Psychologie gehört.

———

Hier ist nun der Ort, das Paradoxe, was Jedermann bei der Exposition der Form des inneren Sinnes (§ 6) auffallen musste, verständlich zu machen: nämlich wie dieser auch sogar uns selbst nur wie wir uns erscheinen, nicht wie wir an uns selbst sind, dem Bewusstsein darstelle, weil wir nämlich uns nur anschauen, wie wir innerlich **afficirt** werden, welches widersprechend zu sein scheint, indem wir uns gegen uns selbst als leidend verhalten müssten; daher man auch lieber den **inneren Sinn** mit dem Vermögen der **Apperception**, (welche wir sorgfältig unterscheiden,) in den Systemen der Psychologie für einerlei auszugeben pflegt.

Das, was den inneren Sinn bestimmt, ist der Verstand und dessen ursprüngliches Vermögen, das Mannigfaltige der Anschauung zu verbinden, d. i. unter eine Apperception (als worauf selbst seine Möglichkeit beruht) zu bringen. Weil nun der Verstand in uns Menschen selbst kein

Vermögen der Anschauung ist und diese, wenn sie auch in der Sinnlichkeit gegeben wäre, doch nicht in sich aufnehmen kann, um gleichsam das Mannigfaltige **seiner eigenen** Anschauung zu verbinden, so ist seine Synthesis, wenn er für sich allein betrachtet wird, nichts Anderes, als die Einheit der Handlung, deren er sich, als einer solchen, auch ohne Sinnlichkeit bewusst ist, durch die er aber selbst die Sinnlichkeit innerlich in Ansehung des Mannigfaltigen, was der Form ihrer Anschauung nach ihm gegeben werden mag, zu bestimmen vermögend ist. Er also übt, unter der Benennung einer **transscendentalen Synthesis der Einbildungskraft**, diejenige Handlung aufs passive Subject, dessen **Vermögen** er ist, aus, wovon wir mit Recht sagen, dass der innere Sinn dadurch afficirt werde. Die Apperception und deren synthetische Einheit ist mit dem inneren Sinne so gar nicht einerlei, dass jene vielmehr, als der Quell aller Verbindung, auf das Mannigfaltige der **Anschauungen überhaupt**, unter dem Namen der Kategorien, vor aller sinnlichen Anschauung auf Objecte überhaupt geht; dagegen der innere Sinn die blose Form der Anschauung, aber ohne Verbindung des Mannigfaltigen in derselben, mithin noch gar keine **bestimmte Anschauung** enthält, welche nur durch das Bewusstsein der Bestimmung desselben durch die transscendentale Handlung der Einbildungskraft (synthetischer Einfluss des Verstandes auf den inneren Sinn), welche ich die figürliche Synthesis genannt habe, möglich ist.

Dieses nehmen wir auch jederzeit in uns wahr. Wir können uns keine Linie denken, ohne sie in Gedanken zu ziehen, keinen Zirkel denken, ohne ihn zu beschreiben, die drei Abmessungen des Raums gar nicht vorstellen, ohne aus demselben Punkte drei Linien senkrecht auf einander zu setzen, und selbst die Zeit nicht, ohne, indem wir im **Ziehen** einer geraden Linie, (die die äusserlich figürliche Vorstellung der Zeit sein soll,) blos auf die Handlung der Synthesis des Mannigfaltigen, dadurch wir den inneren Sinn successiv bestimmen, und dadurch auf die Succession dieser Bestimmung in demselben Acht haben. Bewegung, als Handlung des Subjects, (nicht als Bestimmung des Objects,*) folglich die

---

* Bewegung eines **Objects** im Raume gehört nicht in eine reine Wissenschaft, folglich auch nicht in die Geometrie; weil, dass etwas beweglich sei, nicht *a priori*, sondern nur durch Erfahrung erkannt werden kann. Aber Bewegung, als **Beschreibung** eines Raumes, ist ein reiner Actus der successiven Synthesis des Mannigfaltigen in der äusseren Anschauung überhaupt durch productive Einbildungskraft, und gehört nicht allein zur Geometrie, sondern sogar zur Transscendental-Philosophie.

Synthesis des Mannigfaltigen im Raume, wenn wir von diesem abstrahiren und blos auf die Handlung Acht haben, dadurch wir den inneren Sinn seiner Form gemäss bestimmen, bringt sogar den Begriff der Succession zuerst hervor. Der Verstand findet also in diesem nicht etwa schon eine dergleichen Verbindung des Mannigfaltigen, sondern bringt sie hervor, indem er ihn afficirt. Wie aber das Ich, der ich denke, von dem Ich, das sich selbst anschaut, unterschieden, (indem ich mir noch andere Anschauungsart wenigstens als möglich vorstellen kann,) und doch mit diesem letzteren als dasselbe Subject einerlei sei, wie ich also sagen könne: ich, als Intelligenz und denkend Subject, erkenne mich selbst als gedachtes Object, sofern ich mir noch über das in der Anschauung gegeben bin, nur, gleich andern Phänomenen, nicht wie ich vor dem Verstande bin, sondern wie ich mir erscheine, hat nicht mehr, auch nicht weniger Schwierigkeit bei sich, als wie ich mir selbst überhaupt ein Object und zwar der Anschauung und innerer Wahrnehmungen sein könne. Dass es aber doch wirklich so sein müsse, kann, wenn man den Raum für eine blose reine Form der Erscheinungen äusserer Sinne gelten lässt, dadurch klar dargethan werden, dass wir die Zeit, die doch gar kein Gegenstand äusserer Anschauung ist, uns nicht anders vorstellig machen können, als unter dem Bilde einer Linie, so fern wir sie ziehen, ohne welche Darstellungsart wir die Einheit ihrer Abmessung gar nicht erkennen könnten, imgleichen, dass wir die Bestimmung der Zeitlänge oder auch der Zeitstellen für alle innere Wahrnehmungen, immer von dem hernehmen müssen, was uns äussere Dinge Veränderliches darstellen, folglich die Bestimmungen des inneren Sinnes gerade auf dieselbe Art als Erscheinungen in der Zeit ordnen müssen, wie wir die der äusseren Sinne im Raume ordnen, mithin, wenn wir von den letzteren einräumen, dass wir dadurch Objecte nur so fern erkennen, als wir äusserlich afficirt werden, wir auch vom inneren Sinne zugestehen müssen, dass wir dadurch uns selbst nur so anschauen, wie wir innerlich von uns selbst afficirt werden, d. i. was die innere Anschauung betrifft, unser eigenes Subject nur als Erscheinung, nicht aber nach dem, was es an sich selbst ist, erkennen.*

---

* Ich sehe nicht, wie man so viel Schwierigkeit darin finden könne, dass der innere Sinn von uns selbst afficirt werde Jeder Actus der Aufmerksamkeit kann uns ein Beispiel davon geben. Der Verstand bestimmt darin jederzeit den inneren Sinn, der Verbindung, die er denkt, gemäss, zur inneren Anschauung, die dem Man-

§. 25.

Dagegen bin ich mir meiner selbst in der transscendentalen Synthesis des Mannigfaltigen der Vorstellungen überhaupt, mithin in der synthetischen ursprünglichen Einheit der Apperception, bewusst, nicht wie ich mir erscheine, noch wie ich an mir selbst bin, sondern nur dass ich bin. Diese Vorstellung ist ein Denken, nicht ein Anschauen. Da nun zum Erkenntniss unserer selbst ausser der Handlung des Denkens, die das Mannigfaltige einer jeden möglichen Anschauung zur Einheit der Apperception bringt, noch eine bestimmte Art der Anschauung, dadurch dieses Mannigfaltige gegeben wird, erforderlich ist, so ist zwar mein eigenes Dasein nicht Erscheinung, (vielweniger bloser Schein,) aber die Bestimmung meines Daseins* kann nur der Form des inneren Sinnes gemäss nach der besonderen Art, wie das Mannigfaltige, das ich verbinde, in der inneren Anschauung gegeben wird, geschehen, und ich habe also demnach keine Erkenntniss von mir, wie ich bin, sondern blos, wie ich mir selbst erscheine. Das Bewusstsein seiner selbst ist also noch lange nicht ein Erkenntniss seiner selbst, unerachtet aller Kategorien, welche das Denken eines Objects überhaupt durch Verbindung des Mannigfaltigen in einer Apperception ausmachen. So wie zum Erkenntnisse eines von mir verschiedenen Objects, ausser dem Denken eines Objects überhaupt (in der Kategorie), ich doch noch einer Anschauung bedarf, dadurch ich jenen allgemeinen Begriff bestimme, so bedarf ich auch zum Erkenntnisse meiner selbst ausser dem Bewusstsein oder ausser dem, dass ich mich denke, noch einer Anschauung des Mannigfaltigen in mir, wodurch ich diesen Gedanken bestimme; und ich existire

---

nigfaltigen in der Synthesis des Verstandes correspondirt. Wie sehr das Gemüth gemeiniglich hiedurch afficirt werde, wird ein Jeder in sich wahrnehmen können.

* Das: ich denke, drückt den Actus aus, mein Dasein zu bestimmen. Das Dasein ist dadurch also schon gegeben, aber die Art, wie ich es bestimmen, d. i. das Mannigfaltige, zu demselben Gehörige in mir setzen solle, ist dadurch noch nicht gegeben. Dazu gehört Selbstanschauung, die eine *a priori* gegebene Form, d. i. die Zeit, zum Grunde liegen hat, welche sinnlich und zur Receptivität des Bestimmbaren gehörig ist. Habe ich nun nicht noch eine andere Selbstanschauung, die das Bestimmende in mir, dessen Spontaneität ich mir nur bewusst bin, eben so vor dem Actus des Bestimmens gibt, wie die Zeit das Bestimmbare, so kann ich mein Dasein, als eines selbstthätigen Wesens, nicht bestimmen, sondern ich stelle mir nur die Spontaneität meines Denkens, d. i. des Bestimmens vor, und mein Dasein bleibt immer nur sinnlich, d. i. als das Dasein einer Erscheinung bestimmbar. Doch macht diese Spontaneität, dass ich mich Intelligenz nenne.

als Intelligenz, die sich lediglich ihres Verbindungsvermögens bewusst ist, in Ansehung des Mannigfaltigen aber, das sie verbinden soll, einer einschränkenden Bedingung, die sie den inneren Sinn nennt, unterworfen, jene Verbindung nur nach Zeitverhältnissen, welche ganz ausserhalb der eigentlichen Verstandesbegriffe liegen, anschaulich machen und sich daher selbst doch nur erkennen kann, wie sie, in Absicht auf eine Anschauung, (die nicht intellectuell und durch den Verstand selbst gegeben sein kann,) ihr selbst blos erscheint, nicht wie sie sich erkennen würde, wenn ihre Anschauung intellectuell wäre.

§. 26.

Transscendentale Deduction des allgemein möglichen Erfahrungsgebrauch der reinen Verstandesbegriffe.

In der metaphysischen Deduction wurde der Ursprung der Kategorien *a priori* überhaupt durch ihre völlige Zusammentreffung mit den allgemeinen logischen Functionen des Denkens dargethan, in der transscendentalen aber die Möglichkeit derselben als Erkenntnisse *a priori* von Gegenständen einer Anschauung überhaupt (§. 20, 21) dargestellt. Jetzt soll die Möglichkeit, durch Kategorien die Gegenstände, die nur immer unseren Sinnen vorkommen mögen, und zwar nicht der Form ihrer Anschauung, sondern den Gesetzen ihrer Verbindung nach *a priori* zu erkennen, also der Natur gleichsam das Gesetz vorzuschreiben und sie sogar möglich zu machen, erklärt werden. Denn ohne diese ihre Tauglichkeit würde nicht erhellen, wie alles, was unseren Sinnen nur vorkommen mag, unter den Gesetzen stehen müsse, die *a priori* aus dem Verstande allein entspringen.

Zuvörderst merke ich an, dass ich unter der **Synthesis der Apprehension** die Zusammensetzung des Mannigfaltigen in einer empirischen Anschauung verstehe, dadurch Wahrnehmung, d. i. empirisches Bewusstsein derselben (als Erscheinung) möglich wird.

Wir haben **Formen** der äusseren so wohl als inneren sinnlichen Anschauung *a priori* an den Vorstellungen von Raum und Zeit, und diesen muss die Synthesis der Apprehension des Mannigfaltigen der Erscheinung jederzeit gemäss sein, weil sie selbst nur nach dieser Form geschehen kann. Aber Raum und Zeit sind nicht blos als **Formen** der sinnlichen Anschauung, sondern als **Anschauungen** selbst, (die ein Mannigfaltiges enthalten,) also mit der Bestimmung der Einheit dieses Mannigfaltigen in ihnen *a priori* vorgestellt (s. transscendentale Aesthetik).* Also ist selbst schon **Einheit der Synthesis** des Mannigfaltigen, ausser oder in uns, mithin auch eine **Verbindung**, der alles, was im Raume oder der Zeit bestimmt vorgestellt werden soll, gemäss sein muss, *a priori* als Bedingung der Synthesis aller **Apprehension** schon mit (nicht in) diesen Anschauungen zugleich gegeben. Diese synthetische Einheit aber kann keine andere sein, als die der Verbindung des Mannigfaltigen einer gegebenen **Anschauung überhaupt** in einem ursprünglichen Bewusstsein, den Kategorien gemäss, nur auf unsere **sinnliche Anschauung** angewandt. Folglich steht alle Synthesis, wodurch selbst Wahrnehmung möglich wird, unter den Kategorien, und da Erfahrung Erkenntniss durch verknüpfte Wahrnehmungen ist, so sind die Kategorien Bedingungen der Möglichkeit der Erfahrung und gelten also *a priori* auch von allen Gegenständen der Erfahrung.

Wenn ich also z. B. die empirische Anschauung eines Hauses durch Apperception des Mannigfaltigen derselben zur Wahrnehmung mache, so liegt mir die **nothwendige Einheit** des Raumes und der äussern sinnlichen Anschauung überhaupt zum Grunde und ich zeichne gleichsam seine Gestalt, dieser synthetischen Einheit des Mannigfaltigen im Raume gemäss. Eben dieselbe synthetische Einheit aber, wenn ich von der Form des Raumes abstrahire, hat im Verstande ihren Sitz und ist die **Kategorie der Synthesis des Gleichartigen in einer Anschauung**

---

* Der Raum, als **Gegenstand** vorgestellt, (wie man es wirklich in der Geometrie bedarf,) enthält mehr, als blose Form der Anschauung, nämlich **Zusammenfassung** des Mannigfaltigen, nach der Form der Sinnlichkeit Gegebenen in eine **anschauliche Vorstellung**, so dass die **Form der Anschauung** blos Mannigfaltiges, die **formale Anschauung** aber Einheit der Vorstellung gibt. Diese Einheit hatte ich in der Aesthetik blos zur Sinnlichkeit gezählt, um nur zu bemerken, dass sie vor allem Begriffe vorhergehe, ob sie zwar eine Synthesis, die nicht den Sinnen angehört, durch welche aber alle Begriffe von Raum und Zeit zuerst möglich werden, voraussetzt. Denn da durch sie, (indem der Verstand die Sinnlichkeit bestimmt,) der Raum oder die Zeit als Anschauungen zuerst **gegeben** werden, so gehört die Einheit dieser Anschauung *a priori* zum Raume und der Zeit und nicht zum Begriffe des Verstandes (§. 24).

überhaupt, d. i. die Kategorie der Grösse, welcher also jene Synthesis der Apprehension, d. i. die Wahrnehmung, durchaus gemäss sein muss.*
Wenn ich (in einem andern Beispiele) das Gefrieren des Wassers wahrnehme, so apprehendire ich zwei Zustände (der Flüssigkeit und Festigkeit) als solche, die in einer Relation der Zeit gegen einander stehen. Aber in der Zeit, die ich der Erscheinung als **innere Anschauung** zum Grund lege, stelle ich mir nothwendig synthetische **Einheit** des Mannigfaltigen vor, ohne die jene Relation nicht in einer Anschauung **bestimmt** (in Ansehung der Zeitfolge) gegeben werden könnte. Nun ist aber diese synthetische Einheit, als Bedingung *a priori*, unter der ich das Mannigfaltige einer **Anschauung überhaupt** verbinde, wenn ich von der beständigen Form meiner innern Anschauung, der Zeit, abstrahire, die Kategorie der **Ursache**, durch welche ich, wenn ich sie auf meine Sinnlichkeit anwende, **alles, was geschieht, in der Zeit überhaupt seiner Relation nach bestimme**. Also steht die Apprehension in einer solchen Begebenheit, mithin diese selbst, der möglichen Wahrnehmung nach, unter dem Begriffe des **Verhältnisses der Wirkungen und Ursachen**; und so in allen andern Fällen.

— — — — —

Kategorien sind Begriffe, welche den Erscheinungen, mithin der Natur, als dem Inbegriffe aller Erscheinungen *(natura materialiter spectata)*, Gesetze *a priori* vorschreiben und nun fragt sich, da sie nicht von der Natur abgeleitet werden und sich nach ihr als ihrem Muster richten, (weil sie sonst blos empirisch sein würden,) wie es zu begreifen sei, dass die Natur sich nach ihnen richten müsse, d. i. wie sie die Verbindung des Mannigfaltigen der Natur, ohne sie von dieser abzunehmen, *a priori* bestimmen können? Hier ist die Auflösung dieses Räthsels.

Es ist um nichts befremdlicher, wie die Gesetze der Erscheinungen in der Natur mit dem Verstande und seiner Form *a priori*, d. i. seinem Vermögen das Mannigfaltige überhaupt zu **verbinden**, als wie die Erscheinungen selbst mit der Form der sinnlichen Anschauung *a priori* übereinstimmen müssen. Denn Gesetze existiren eben so wenig in den

---

* Auf solche Weise wird bewiesen, dass die Synthesis der Apprehension, welche empirisch ist, der Synthesis der Apperception, welche intellectuell und gänzlich *a priori* in der Kategorie enthalten ist, nothwendig gemäss sein müsse. Es ist eine und dieselbe Spontaneität, welche dort, unter dem Namen der Einbildungskraft, hier des Verstandes, Verbindung in das Mannigfaltige der Anschauung hineinbringt.

Erscheinungen, sondern nur relativ auf das Subject, dem die Erscheinungen inhäriren, so fern es Verstand hat, als Erscheinungen nicht an sich existiren, sondern nur relativ auf dasselbe Wesen, so fern es Sinne hat. Dingen an sich selbst würde ihre Gesetzmässigkeit nothwendig, auch ausser einem Verstande, der sie erkennt, zukommen. Allein Erscheinungen sind nur Vorstellungen von Dingen, die nach dem, was sie an sich sein mögen, unerkannt da sind. Als blose Vorstellungen aber stehen sie unter gar keinem Gesetze der Verknüpfung, als demjenigen, welches das verknüpfende Vermögen vorschreibt. Nun ist das, was das Mannigfaltige der sinnlichen Anschauung verknüpft, Einbildungskraft, die vom Verstande der Einheit ihrer intellectuellen Synthesis, und von der Sinnlichkeit der Mannigfaltigkeit der Apprehension nach abhängt. Da nun von der Synthesis der Apprehension alle mögliche Wahrnehmung, sie selbst aber, diese empirische Synthesis, von der transscendentalen, mithin den Kategorien abhängt, so müssen alle mögliche Wahrnehmungen, mithin auch alles, was zum empirischen Bewusstsein immer gelangen kann, d. i. alle Erscheinungen der Natur, ihrer Verbindung nach, unter den Kategorien stehen, von welchen die Natur (blos als Natur überhaupt betrachtet) als dem ursprünglichen Grunde ihrer nothwendigen Gesetzmässigkeit (als *natura formaliter spectata*) abhängt. Auf mehrere Gesetze aber, als die, auf denen eine Natur überhaupt, als Gesetzmässigkeit der Erscheinungen in Raum und Zeit, beruht, reicht auch das reine Verstandesvermögen nicht zu, durch blose Kategorien den Erscheinungen *a priori* Gesetze vorzuschreiben. Besondere Gesetze, weil sie empirisch bestimmte Erscheinungen betreffen, können davon nicht vollständig abgeleitet werden, ob sie gleich alle insgesammt unter jenen stehen. Es muss Erfahrung dazu kommen, um die letzteren überhaupt kennen zu lernen; von Erfahrung aber überhaupt und dem, was als ein Gegenstand derselben erkannt werden kann, geben allein jene Gesetze *a priori* die Belehrung.

§. 27.

Resultat dieser Deduction der Verstandesbegriffe.

Wir können uns keinen Gegenstand denken, ohne durch Kategorien; wir können keinen gedachten Gegenstand erkennen, ohne durch Anschauungen, die jenen Begriffen entsprechen. Nun sind alle unsere Anschauungen sinnlich und diese Erkenntniss, so fern der Gegenstand derselben gegeben ist, ist empirisch. Empirische Erkenntniss aber ist Erfahrung. Folglich ist uns keine **Erkenntniss** *a priori* möglich, als lediglich von **Gegenständen möglicher Erfahrung.***

Aber diese Erkenntniss, die blos auf Gegenstände der Erfahrung eingeschränkt ist, ist darum nicht alle von der Erfahrung entlehnt, sondern, was sowohl die reinen Anschauungen, als die reinen Verstandesbegriffe betrifft, so sind sie Elemente der Erkenntniss, die in uns *a priori* angetroffen werden. Nun sind nur zwei Wege, auf welchen eine nothwendige Uebereinstimmung der Erfahrung mit den Begriffen von ihren Gegenständen gedacht werden kann: entweder die Erfahrung macht die Begriffe oder diese Begriffe machen die Erfahrung möglich. Das Erstere findet nicht in Ansehung der Kategorien (auch nicht der reinen sinnlichen Anschauung) statt; denn sie sind Begriffe *a priori*, mithin unabhängig von der Erfahrung, (die Behauptung eines empirischen Ursprungs wäre eine Art von *generatio aequivoca*.) Folglich bleibt nur das Zweite übrig, (gleichsam ein System der **Epigenesis** der reinen Vernunft,) dass nämlich die Kategorien von Seiten des Verstandes die Gründe der Möglichkeit aller Erfahrung überhaupt enthalten. Wie sie aber die Erfahrung möglich machen und welche Grundsätze der Möglichkeit derselben sie in ihrer Anwendung auf Erscheinungen an die Hand geben, wird das folgende Hauptstück von dem transscendentalen Gebrauche der Urtheilskraft des Mehreren lehren.

Wollte Jemand zwischen den zwei genannten einzigen Wegen noch einen Mittelweg vorgeschlagen, nämlich dass sie weder **selbstgedachte** erste Principien *a priori* unserer Erkenntniss, noch auch aus der Erfahrung geschöpft, sondern subjective, uns mit unserer Existenz zugleich eingepflanzte Anlagen zum Denken wären, die von unserem Urheber so eingerichtet worden, dass ihr Gebrauch mit den Gesetzen der Natur, an welchen die Erfahrung fortläuft, genau stimmte, (eine Art von **Prä-**

---

* Damit man sich nicht voreiligerweise an die besorglichen nachtheiligen Folgen dieses Satzes stosse, will ich nur in Erinnerung bringen, dass die Kategorien im **Denken** durch die Bedingungen unserer sinnlichen Anschauung nicht eingeschränkt sind, sondern ein unbegrenztes Feld haben, und nur das **Erkennen** dessen, was wir uns denken, das Bestimmen des Objects Anschauung bedürfe, wo, beim Mangel der letzteren, der Gedanke vom Objecte übrigens noch immer seine wahren und nützlichen Folgen auf den **Vernunftgebrauch** des Subjects haben kann, der sich aber, weil er nicht immer auf die Bestimmung des Objects, mithin aufs Erkenntniss, sondern auch auf die des Subjects und dessen Wollen gerichtet ist, hier noch nicht vortragen lässt

formationssystem der reinen Vernunft,) so würde (ausser dem, dass bei einer solchen Hypothese kein Ende abzusehen ist, wie weit man die Voraussetzung vorbestimmter Anlagen zu künftigen Urtheilen treiben möchte,) das wider gedachten Mittelweg entscheidend sein: dass in solchem Falle den Kategorien die Nothwendigkeit mangeln würde, die ihrem Begriffe wesentlich angehört. Denn z. B. der Begriff der Ursache, welcher die Nothwendigkeit eines Erfolgs unter einer vorausgesetzten Bedingung aussagt, würde falsch sein, wenn er nur auf einer beliebigen uns eingepflanzten subjectiven Nothwendigkeit, gewisse empirische Vorstellungen nach einer solchen Regel des Verhältnisses zu verbinden, beruhete. Ich würde nicht sagen können: die Wirkung ist mit der Ursache im Objecte (d. i. nothwendig) verbunden, sondern ich bin nur so eingerichtet, dass ich diese Vorstellung nicht anders als so verknüpft denken kann; welches gerade das ist, was der Skeptiker am meisten wünscht; denn alsdenn ist alle unsere Einsicht, durch vermeinte objective Gültigkeit unserer Urtheile, nichts als lauter Schein und es würde auch an Leuten nicht fehlen, die diese subjective Nothwendigkeit, (die gefühlt werden muss,) von sich nicht gestehen würden; zum wenigsten könnte man mit Niemandem über dasjenige hadern, was blos auf der Art beruht, wie sein Subject organisirt ist.

Kurzer Begriff dieser Deduction.

Sie ist die Darstellung der reinen Verstandesbegriffe (und mit ihnen aller theoretischen Erkenntniss *a priori*), als Principien der Möglichkeit der Erfahrung, dieser aber, als Bestimmung der Erscheinungen im Raum und in der Zeit überhaupt, — endlich dieser aus dem Princip der ursprünglichen synthetischen Einheit der Apperception, als der Form des Verstandes in Beziehung auf Raum und Zeit, als ursprüngliche Formen der Sinnlichkeit.

Nur bis hieher halte ich die Paragraphen-Abtheilung für nöthig, weil wir es mit den Elementarbegriffen zu thun hatten. Nun wir den Gebrauch derselben vorstellig machen wollen, wird der Vortrag in continuirlichem Zusammenhange, ohne dieselben, fortgehen dürfen.

Der transscendentalen Analytik
zweites Buch.

Die Analytik der Grundsätze.

Die allgemeine Logik ist über einem Grundrisse erbaut, der ganz genau mit der Eintheilung der oberen Erkenntnissvermögen zusammentrifft. Diese sind **Verstand, Urtheilskraft** und **Vernunft**. Jene Doctrin handelt daher in ihrer Analytik von **Begriffen, Urtheilen** und **Schlüssen**, gerade den Functionen und der Ordnung jener Gemüthskräfte gemäss, die man unter der weitläuftigen Benennung des Verstandes überhaupt begreift.

Da gedachte blos formale Logik von allem Inhalte der Erkenntniss (ob sie rein oder empirisch sei) abstrahirt und sich blos mit der Form des Denkens (der discursiven Erkenntniss) überhaupt beschäftigt, so kann sie in ihrem analytischen Theile auch den Kanon für die Vernunft mit befassen, deren Form ihre sichere Vorschrift hat, die ohne die besondere Natur der dabei gebrauchten Erkenntniss in Betracht zu ziehen, *a priori*, durch blose Zergliederung der Vernunfthandlungen in ihre Momente eingesehen werden kann.

Die transscendentale Logik, da sie auf einen bestimmten Inhalt, nämlich blos der reinen Erkenntnisse *a priori* eingeschränkt ist, kann es ihr in dieser Eintheilung nicht nachthun. Denn es zeigt sich, dass der transscendentale Gebrauch der Vernunft gar nicht objectiv gültig sei, mithin nicht zur **Logik der Wahrheit**, d. i. der Analytik gehöre, sondern als eine **Logik des Scheins** einen besondern Theil des scholastischen Lehrgebäudes, unter dem Namen der **transscendentalen Dialektik**, erfordere.

Verstand und Urtheilskraft haben demnach ihren Kanon des objectiv gültigen, mithin wahren Gebrauchs in der transcendentalen Logik und gehören also in ihren analytischen Theil. Allein Vernunft in ihren Versuchen, über Gegenstände *a priori* etwas auszumachen und das Erkenntniss über die Grenzen möglicher Erfahrung zu erweitern, ist ganz und gar dialektisch und ihre Scheinbehauptungen schicken sich durchaus nicht in einen Kanon, dergleichen doch die Analytik enthalten soll.

Die Analytik der Grundsätze wird demnach lediglich ein Kanon für die Urtheilskraft sein, der sie lehrt, die Verstandesbegriffe, welche die Bedingung zu Regeln *a priori* enthalten, auf Erscheinungen anzuwenden. Aus dieser Ursache werde ich, indem ich die eigentlichen Grundsätze des Verstandes zum Thema nehme, mich der Benennung einer Doctrin der Urtheilskraft bedienen, wodurch dieses Geschäft genauer bezeichnet wird.

Einleitung.

Von der transscendentalen Urtheilskraft überhaupt.

Wenn der Verstand überhaupt als das Vermögen der Regeln erklärt wird, so ist Urtheilskraft das Vermögen, unter Regeln zu subsumiren, d. i. zu unterscheiden, ob etwas unter einer gegebenen Regel (*casus datae legis*) stehe oder nicht. Die allgemeine Logik enthält gar keine Vorschriften für die Urtheilskraft und kann sie auch nicht enthalten. Denn da sie von allem Inhalte der Erkenntniss abstrahirt, so bleibt ihr nichts übrig, als das Geschäft, die blose Form der Erkenntniss in Begriffen, Urtheilen und Schlüssen analytisch aus einander zu setzen und dadurch formale Regeln alles Verstandesgebrauchs zu Stande bringen. Wollte sie nun allgemein zeigen, wie man unter diesen Regeln subsumiren, d. i. unterscheiden sollte, ob etwas darunter stehe oder nicht, so könnte dieses nicht anders, als wieder durch eine Regel geschehen. Diese aber erfordert eben darum, weil sie eine Regel ist, aufs Neue eine Unterweisung der Urtheilskraft; und so zeigt sich, dass zwar der Verstand einer Belehrung und Ausrüstung durch Regeln fähig, Urtheilskraft aber ein besonderes Talent sei, welches gar nicht belehrt, sondern nur geübt sein will. Daher ist diese auch das Specifische des sogenannten Mutterwitzes, dessen Mangel keine Schule ersetzen kann; denn ob diese gleich einem eingeschränkten Verstande Regeln vollauf, von fremder

Einsicht entlehnt, darreichen und gleichsam einpfropfen kann, so muss doch das Vermögen, sich ihrer richtig zu bedienen, dem Lehrlinge selbst angehören und keine Regel, die man ihm in dieser Absicht vorschreiben möchte, ist in Ermangelung einer solchen Naturgabe vor Missbrauch sicher.* Ein Arzt daher, ein Richter oder Staatskundiger kann viel schöne pathologische, juristische oder politische Regeln im Kopfe haben, in dem Grade, dass er selbst darin gründlicher Lehrer werden kann, und wird dennoch in der Anwendung derselben leicht verstossen, entweder weil es ihm an natürlicher Urtheilskraft (obgleich nicht am Verstande) mangelt und er zwar das Allgemeine *in abstracto* einsehen, aber ob ein Fall *in concreto* darunter gehöre, nicht unterscheiden kann, oder auch darum, weil er nicht genug durch Beispiele und wirkliche Geschäfte zu diesem Urtheile abgerichtet worden. Dieses ist auch der einige und grosse Nutzen der Urtheile, dass sie die Urtheilskraft schärfen. Denn was die Richtigkeit und Präcision der Verstandeseinsicht betrifft, so thun sie derselben vielmehr gemeiniglich einigen Abbruch, weil sie nur selten die Bedingung der Regel adäquat erfüllen (als *casus in terminis*) und überdem diejenige Anstrengung des Verstandes oftmals schwächen, Regeln im Allgemeinen und unabhängig von den besonderen Umständen der Erfahrung, nach ihrer Zulänglichkeit einzusehen und sie daher zuletzt mehr wie Formeln, als Grundsätze zu gebrauchen angewöhnen. So sind Beispiele der Gängelwagen der Urtheilskraft, welchen derjenige, dem es am natürlichen Talent derselben mangelt, niemals entbehren kann.

Ob nun aber gleich die **allgemeine Logik** der Urtheilskraft keine Vorschriften geben kann, so ist es doch mit der transscendentalen ganz anders bewandt, sogar dass es scheint, die letztere habe es zu ihrem eigentlichen Geschäfte, die Urtheilskraft im Gebrauch des reinen Verstandes durch bestimmte Regeln zu berichtigen und zu sichern. Denn um dem Verstande im Felde reiner Erkenntniss *a priori* Erweiterung zu verschaffen, mithin als Doctrin, scheint Philosophie gar nicht nöthig oder

---

* Der Mangel an Urtheilskraft ist eigentlich das, was man Dummheit nennt, und einem solchen Gebrechen ist gar nicht abzuhelfen. Ein stumpfer oder eingeschränkter Kopf, dem es an nichts, als an gehörigem Grade des Verstandes und eigenen Begriffen desselben mangelt, ist durch Erlernung sehr wohl, sogar bis zur Gelehrsamkeit auszurüsten. Da es aber gemeiniglich alsdenn auch an jenem (der *secunda Petri*) zu fehlen pflegt, so ist es nichts Ungewöhnliches, sehr gelehrte Männer anzutreffen, die im Gebrauche ihrer Wissenschaft jenen nie zu bessernden Mangel häufig blicken lassen.

vielmehr übel angebracht zu sein, weil man nach allen bisherigen Versuchen damit doch wenig oder gar kein Land gewonnen hat; sondern als Kritik, um die Fehltritte der Urtheilskraft *(lapsus judicii)* im Gebrauch der wenigen reinen Verstandesbegriffe, die wir haben, zu verhüten, dazu, (obgleich der Nutzen alsdenn nur negativ ist,) wird Philosophie mit ihrer ganzen Scharfsinnigkeit und Prüfungskunst aufgeboten.

Es hat aber die Transscendental-Philosophie das Eigenthümliche, dass sie ausser der Regel, (oder vielmehr der allgemeinen Bedingung zu Regeln,) die in dem reinen Begriffe des Verstandes gegeben wird, zugleich *a priori* den Fall anzeigen kann, worauf sie angewandt werden sollen. Die Ursache von dem Vorzuge, den sie in diesem Stücke vor allen andern belehrenden Wissenschaften hat, (ausser der Mathematik,) liegt eben darin, dass sie von Begriffen handelt, die sich auf ihre Gegenstände *a priori* beziehen sollen; mithin kann ihre objective Gültigkeit nicht *a posteriori* dargethan werden, denn das würde jene Dignität derselben ganz unberührt lassen; sondern sie muss zugleich die Bedingungen, unter welchen Gegenstände in Uebereinstimmung mit jenen Begriffen gegeben werden können, in allgemeinen, aber hinreichenden Kennzeichen darlegen, widrigenfalls sie ohne allen Inhalt, mithin blose logische Formen und nicht reine Verstandesbegriffe sein würden.

Diese transscendentale Doctrin der Urtheilskraft wird nun zwei Hauptstücke enthalten: das erste, welches von der sinnlichen Bedingung handelt, unter welcher reine Verstandesbegriffe allein gebraucht werden können, d. i. von dem Schematismus des reinen Verstandes; das zweite aber von denen synthetischen Urtheilen, welche aus reinen Verstandesbegriffen unter diesen Bedingungen *a priori* herfliessen und allen übrigen Erkenntnissen *a priori* zum Grunde liegen, d. i. von den Grundsätzen des reinen Verstandes.

Der trannscendentalen Doctrin der Urtheilskraft
(oder Analytik der Grundsätze)

erstes Hauptstück.

Von dem Schematismus der reinen Verstandesbegriffe.

In allen Subsumtionen eines Gegenstandes unter einem Begriff muss die Vorstellung des ersteren mit dem letzteren gleichartig sein,

d. i. der Begriff muss dasjenige enthalten, was in dem darunter zu subsumirenden Gegenstande vorgestellt wird; denn das bedeutet eben der Ausdruck, ein Gegenstand sei unter einem Begriffe enthalten. So hat der empirische Begriff eines Tellers mit dem reinen geometrischen eines Zirkels Gleichartigkeit, indem die Rundung, die in dem ersteren gedacht wird, sich im letzteren anschauen lässt.

Nun sind aber reine Verstandesbegriffe, in Vergleichung mit empirischen (ja überhaupt sinnlichen) Anschauungen ganz ungleichartig und können niemals in irgend einer Anschauung angetroffen werden. Wie ist nun die Subsumtion der letzteren unter die erste, mithin die Anwendung der Kategorie auf Erscheinungen möglich, da doch Niemand sagen wird: diese, z. B. die Causalität, könne auch durch Sinne angeschaut werden und sei in der Erscheinung enthalten? Diese so natürliche und erhebliche Frage ist nun eigentlich die Ursache, welche eine transscendentale Doctrin der Urtheilskraft nothwendig macht, um nämlich die Möglichkeit zu zeigen, wie reine Verstandesbegriffe auf Erscheinungen überhaupt angewandt werden können. In allen anderen Wissenschaften, wo die Begriffe, durch die der Gegenstand allgemein gedacht wird, von denen, die diesen *in concreto* vorstellen, wie er gegeben wird, nicht so unterschieden und heterogen sind, ist es unnöthig, wegen der Anwendung des ersteren auf den letzten besondere Erörterung zu geben.

Nun ist klar, dass es ein Drittes geben müsse, was einerseits mit der Kategorie, anderseits mit der Erscheinung in Gleichartigkeit stehen muss und die Anwendung der ersteren auf die letzte möglich macht. Diese vermittelnde Vorstellung muss rein (ohne alles Empirische) und doch einerseits intellectuell, anderseits sinnlich sein. Eine solche ist das transscendentale Schema.

Der Verstandesbegriff enthält reine synthetische Einheit des Mannigfaltigen überhaupt. Die Zeit, als die formale Bedingung des Mannigfaltigen des inneren Sinnes, mithin der Verknüpfung aller Vorstellungen, enthält ein Mannigfaltiges *a priori* in der reinen Anschauung. Nun ist eine transscendentale Zeitbestimmung mit der Kategorie, (die die Einheit derselben ausmacht,) so fern gleichartig, als sie allgemein ist und auf einer Regel *a priori* beruht. Sie ist aber anderseits mit der Erscheinung so fern gleichartig, als die Zeit in jeder empirischen Vorstellung des Mannigfaltigen enthalten ist. Daher wird eine Anwendung der Kategorie auf Erscheinungen möglich sein vermittelst der transscendentalen Zeitbestimmung, welche, als das Schema der Verstandesbegriffe, die Subsumtion der letzteren unter die erste vermittelt.

· · Nach demjenigen, was in der Deduction der Kategorien gezeigt worden, wird hoffentlich Niemand im Zweifel stehen, sich über die Frage zu entschliessen: ob diese reinen Verstandesbegriffe von blos empirischem oder auch von transscendentalem Gebrauche seien, d. i. ob sie lediglich, als Bedingungen einer möglichen Erfahrung sich *a priori* auf Erscheinungen beziehen, oder ob sie, als Bedingungen der Möglichkeit der Dinge überhaupt auf Gegenstände an sich selbst (ohne einige Restriction auf unsere Sinnlichkeit) erstreckt werden können? Denn da haben wir gesehen, dass Begriffe ganz unmöglich sind, noch irgend einige Bedeutung haben können, wo nicht entweder ihnen selbst oder wenigstens den Elementen, daraus sie bestehen, ein Gegenstand gegeben ist, mithin auf Dinge an sich (ohne Rücksicht, ob und wie sie uns gegeben werden mögen,) gar nicht gehen können; dass ferner die einzige Art, wie uns Gegenstände gegeben werden, die Modification unserer Sinnlichkeit sei; endlich, dass reine Begriffe *a priori*, ausser der Function des Verstandes in der Kategorie, noch formale Bedingungen der Sinnlichkeit (namentlich des innern Sinnes) *a priori* enthalten müssen, welche die allgemeine Bedingung enthalten, unter der die Kategorie allein auf irgend einen Gegenstand angewandt werden kann. Wir wollen diese formale und reine Bedingung der Sinnlichkeit, auf welche der Verstandesbegriff in seinem Gebrauch restringirt ist, das **Schema** dieses Verstandesbegriffs, und das Verfahren des Verstandes mit diesen Schematen den **Schematismus** des reinen Verstandes nennen.

Das Schema ist an sich selbst jederzeit nur ein Product der Einbildungskraft; aber indem die Synthesis der letzteren keine einzelne Anschauung, sondern die Einheit in der Bestimmung der Sinnlichkeit allein zur Absicht hat, so ist das Schema doch vom Bilde zu unterscheiden. So, wenn ich fünf Punkte hinter einander setze . . . . ., ist dieses ein Bild von der Zahl fünf. Dagegen, wenn ich eine Zahl überhaupt nur denke, die nun fünf oder hundert sein kann, so ist dieses Denken mehr die Vorstellung einer Methode, einem gewissen Begriffe gemäss eine Menge (z. E. tausend) in einem Bilde vorzustellen, als dieses Bild selbst, welches ich im letztern Falle schwerlich würde übersehen und mit dem Begriff vergleichen können. Die Vorstellung nun von einem allgemeinen Verfahren der Einbildungskraft, einem Begriff sein Bild zu verschaffen, nenne ich das Schema zu diesem Begriffe.

In der That liegen unsern reinen sinnlichen Begriffen nicht Bilder der Gegenstände, sondern Schemate zum Grunde. Dem Begriffe von einem Triangel überhaupt würde gar kein Bild desselben jemals adäquat sein. Denn es würde die Allgemeinheit des Begriffs nicht erreichen, welche macht, dass dieser für alle, recht- oder schiefwinklichte u. s. w. gilt, sondern immer nur auf einen Theil dieser Sphäre eingeschränkt sein. Das Schema des Triangels kann niemals anderswo als in Gedanken existiren und bedeutet eine Regel der Synthesis der Einbildungskraft, in Ansehung reiner Gestalten im Raume. Noch viel weniger erreicht ein Gegenstand der Erfahrung oder Bild desselben jemals den empirischen Begriff, sondern dieser bezieht sich jederzeit unmittelbar auf das Schema der Einbildungskraft, als eine Regel der Bestimmung unserer Anschauung, gemäss einem gewissen allgemeinen Begriffe. Der Begriff vom Hunde bedeutet eine Regel, nach welcher meine Einbildungskraft die Gestalt eines vierfüssigen Thieres allgemein verzeichnen kann, ohne auf irgend eine einzige besondere Gestalt, die mir die Erfahrung darbietet, oder auch ein jedes mögliche Bild, was ich *in concreto* darstellen kann, eingeschränkt zu sein. Dieser Schematismus unseres Verstandes, in Ansehung der Erscheinungen und ihrer blosen Form, ist eine verborgene Kunst in den Tiefen der menschlichen Seele, deren wahre Handgriffe wir der Natur schwerlich jemals abrathen und sie unverdeckt vor Augen legen werden. So viel können wir nur sagen: das Bild ist ein Product des empirischen Vermögens der productiven Einbildungskraft, das Schema sinnlicher Begriffe (als der Figuren im Raume) ein Product und gleichsam ein Monogramm der reinen Einbildungskraft *a priori*, wodurch und wonach die Bilder allererst möglich werden, die aber mit dem Begriffe nur immer vermittelst des Schema, welches sie bezeichnen, verknüpft werden müssen und an sich demselben nicht völlig congruiren. Dagegen ist das Schema eines reinen Verstandesbegriffs etwas, was in gar kein Bild gebracht werden kann, sondern ist nur die reine Synthesis, gemäss einer Regel der Einheit nach Begriffen überhaupt, die die Kategorie ausdrückt, und ist ein transscendentales Product der Einbildungskraft, welches die Bestimmung des inneren Sinnes überhaupt, nach Bedingungen ihrer Form (der Zeit), in Ansehung aller Vorstellungen betrifft, so fern diese der Einheit der Apperception gemäss *a priori* in einem Begriff zusammenhängen sollten.

Ohne uns nun bei einer trockenen und langweiligen Zergliederung dessen, was zu transscendentalen Schematen reiner Verstandesbegriffe überhaupt erfordert wird, aufzuhalten, wollen wir sie lieber nach der Ordnung der Kategorien und in Verknüpfung mit diesen darstellen.

Das reine Bild aller Grössen (*quantorum*) für den äussern Sinn ist der Raum, aller Gegenstände der Sinne aber überhaupt die Zeit. Das reine Schema der Grösse aber (*quantitatis*), als eines Begriffs des Verstandes, ist die Zahl, welche eine Vorstellung ist, die die successive Addition von Einem zu Einem (Gleichartigen) zusammenbefasst. Also ist die Zahl nichts Anderes, als die Einheit der Synthesis des Mannigfaltigen einer gleichartigen Anschauung überhaupt, dadurch, dass ich die Zeit selbst in der Apprehension der Anschauung erzeuge.

Realität ist im reinen Verstandesbegriffe das, was einer Empfindung überhaupt correspondirt; dasjenige also, dessen Begriff an sich selbst ein Sein (in der Zeit) anzeigt. Negation, dessen Begriff ein Nichtsein (in der Zeit) vorstellt. Die Entgegensetzung beider geschieht also in dem Unterschiede derselben Zeit, als einer erfüllten oder leeren Zeit. Da die Zeit nur die Form der Anschauung, mithin der Gegenstände als Erscheinungen ist, so ist das, was an diesen der Empfindung entspricht, die transscendentale Materie aller Gegenstände, als Dinge an sich (die Sachheit, Realität). Nun hat jede Empfindung einen Grad oder Grösse, wodurch sie dieselbe Zeit, d. i. den innern Sinn in Ansehung derselben Vorstellung eines Gegenstandes mehr oder weniger erfüllen kann, bis sie in nichts (= 0 = *negatio*) aufhört. Daher ist ein Verhältniss und Zusammenhang oder vielmehr ein Uebergang von Realität zur Negation, welcher jede Realität als ein Quantum vorstellig macht, und das Schema einer Realität, als der Quantität von etwas, so fern es die Zeit erfüllt, ist eben diese continuirliche und gleichförmige Erzeugung derselben in der Zeit, indem man von der Empfindung, die einen gewissen Grad hat, in der Zeit bis zum Verschwinden derselben hinabgeht, oder von der Negation zu der Grösse derselben allmählig aufsteigt.

Das Schema der Substanz ist die Beharrlichkeit des Realen in der Zeit, d. i. die Vorstellung desselben, als eines Substratum der empirischen Zeitbestimmung überhaupt, welches also bleibt, indem alles Andere wechselt. (Die Zeit verläuft sich nicht, sondern in ihr verläuft sich das Dasein des Wandelbaren. Der Zeit also, die selbst unwandelbar und bleibend ist, correspondirt in der Erscheinung das Unwandelbare im Dasein, d. i. die Substanz, und blos an ihr kann die Folge und das Zugleichsein der Erscheinung der Zeit nach bestimmt werden.)

Das Schema der Ursache und der Causalität eines Dinges überhaupt ist das Reale, worauf, wenn es nach Belieben gesetzt wird, jederzeit etwas Anderes folgt. Es besteht also in der Succession des Mannigfaltigen, in so fern sie einer Regel unterworfen ist.

Das Schema der Gemeinschaft (Wechselwirkung) oder der wechselseitigen Causalität der Substanzen in Ansehung ihrer Accidenzen ist das Zugleichsein der Bestimmungen der einen mit denen der anderen, nach einer allgemeinen Regel.

Das Schema der Möglichkeit ist die Zusammenstimmung der Synthesis verschiedener Vorstellungen mit den Bedingungen der Zeit überhaupt, (z. B. da das Entgegengesetzte in einem Dinge nicht zugleich, sondern nur nach einander sein kann,) also die Bestimmung der Vorstellung eines Dinges zu irgend einer Zeit.

Das Schema der Wirklichkeit ist das Dasein in einer bestimmten Zeit.

Das Schema der Nothwendigkeit ist das Dasein eines Gegenstandes zu aller Zeit.

Man sieht nun aus allem diesem, dass das Schema einer jeden Kategorie, als das der Grösse, die Erzeugung (Synthesis) der Zeit selbst in der successiven Apprehension eines Gegenstandes, das Schema der Qualität die Synthesis der Empfindung (Wahrnehmung mit der Vorstellung der Zeit oder die Erfüllung der Zeit), das der Relation das Verhältniss der Wahrnehmungen unter einander zu aller Zeit, (d. i. nach einer Regel der Zeitbestimmung,) endlich das Schema der Modalität und ihrer Kategorien die Zeit selbst, als das Correlatum der Bestimmung eines Gegenstandes, ob und wie er zur Zeit gehöre, enthalte und vorstellig mache. Die Schemate sind daher nichts, als Zeitbestimmungen *a priori* nach Regeln, und diese gehen nach der Ordnung der Kategorien auf die Zeitreihe, den Zeitinhalt, die Zeitordnung, endlich den Zeitinbegriff in Ansehung aller möglichen Gegenstände.

Hieraus erhellet nun, dass der Schematismus des Verstandes durch die transscendentale Synthesis der Einbildungskraft auf nichts Anderes, als die Einheit alles Mannigfaltigen der Anschauung in dem inneren Sinne und so indirect auf die Einheit der Apperception, als Function, welche dem innern Sinn (einer Receptivität) correspondirt, hinauslaufe. Also sind die Schemate der reinen Verstandesbegriffe die wahren und einzigen Bedingungen, diesen eine Beziehung auf Objecte, mithin Bedeutung zu verschaffen, und die Kategorien sind daher am Ende von keinem andern, als einem möglichen empirischen Gebrauche, indem sie blos dazu dienen, durch Gründe einer *a priori* nothwendigen Einheit (wegen der nothwendigen Vereinigung alles Bewusstseins in einer ursprünglichen Apperception) Erscheinungen allgemeinen Regeln der Synthesis zu unterwerfen und sie dadurch zur durchgängigen Verknüpfung in einer Erfahrung schicklich zu machen.

In dem Ganzen aller möglichen Erfahrung liegen aber alle unsere Erkenntnisse, und in der allgemeinen Beziehung auf dieselbe besteht die transscendentale Wahrheit, die vor aller empirischen vorhergeht und sie möglich macht.

Es fällt aber doch auch in die Augen, dass, obgleich die Schemate der Sinnlichkeit die Kategorien allererst realisiren, sie doch selbige gleichwohl auch restringiren, d. i. auf Bedingungen einschränken, die ausser dem Verstande liegen (nämlich in der Sinnlichkeit). Daher ist das Schema eigentlich nur das Phänomenon oder der sinnliche Begriff eines Gegenstandes in Uebereinstimmung mit der Kategorie. (*Numerus est quantitas phaenomenon, sensatio realitas phaenomenon, constans et perdurabile rerum substantia phaenomenon — — aeternitas, necessitas, phaenomena etc.*) Wenn wir nun eine restringirende Bedingung weglassen, so amplificiren wir, wie es scheint, den vorher eingeschränkten Begriff; so sollten die Kategorien in ihrer reinen Bedeutung, ohne alle Bedingungen der Sinnlichkeit, von Dingen überhaupt gelten, wie sie sind, anstatt dass ihre Schemate sie nur vorstellen, wie sie erscheinen, jene also eine von allen Schematen unabhängige und viel weiter erstreckte Bedeutung haben. In der That bleibt den reinen Verstandesbegriffen allerdings, auch nach Absonderung aller sinnlichen Bedingung, eine, aber nur logische Bedeutung der blosen Einheit der Vorstellungen, denen aber kein Gegenstand, mithin auch keine Bedeutung gegeben wird, die einen Begriff vom Object abgeben könnte. So würde z. B. Substanz, wenn man die sinnliche Bestimmung der Beharrlichkeit wegliesse, nichts weiter als ein Etwas bedeuten, das als Subject (ohne ein Prädicat von etwas Anderem zu sein) gedacht werden kann. Aus dieser Vorstellung kann ich nun nichts machen, indem sie mir gar nicht anzeigt, welche Bestimmungen das Ding hat, welches als ein solches erstes Subject gelten soll. Also sind die Kategorien, ohne Schemate, nur Functionen des Verstandes zu Begriffen, stellen aber keinen Gegenstand vor. Diese Bedeutung kommt ihnen von der Sinnlichkeit, die den Verstand realisirt, indem sie ihn zugleich restringirt.

Der transscendentalen Doctrin der Urtheilskraft
(oder Analytik der Grundsätze)

zweites Hauptstück.

System aller Grundsätze des reinen Verstandes.

Wir haben in dem vorigen Hauptstücke die transscendentale Urtheilskraft nur nach den allgemeinen Bedingungen erwogen, unter denen sie allein die reinen Verstandesbegriffe zu synthetischen Urtheilen zu brauchen befugt ist. Jetzt ist unser Geschäft, die Urtheile, die der Verstand unter dieser kritischen Vorsicht wirklich *a priori* zu Stande bringt, in systematischer Verbindung darzustellen, wozu uns ohne Zweifel unsere Tafel der Kategorien die natürliche und sichere Leitung geben muss. Denn diese sind es eben, deren Beziehung auf mögliche Erfahrung alle reine Verstandeserkenntniss *a priori* ausmachen muss, und deren Verhältniss zur Sinnlichkeit überhaupt um deswillen alle transscendentalen Grundsätze des Verstandesgebrauchs vollständig und in einem System darlegen wird.

Grundsätze *a priori* führen diesen Namen nicht blos deswegen, weil sie die Gründe anderer Urtheile in sich enthalten, sondern auch weil sie selbst nicht in höheren und allgemeineren Erkenntnissen gegründet sind. Diese Eigenschaft überhebt sie doch nicht allemal eines Beweises. Denn obgleich dieser nicht weiter objectiv geführt werden könnte, sondern vielmehr aller Erkenntniss seines Objects zum Grunde liegt, so hindert dies doch nicht, dass nicht ein Beweis aus den subjectiven Quellen der Möglichkeit einer Erkenntniss des Gegenstandes überhaupt zu schaffen möglich, ja auch nöthig wäre, weil der Satz sonst gleichwohl den grössten Verdacht einer blos erschlichenen Behauptung auf sich haben würde.

Zweitens werden wir uns blos auf diejenigen Grundsätze, die sich auf die Kategorien beziehen, einschränken. Die Principien der transscendentalen Aesthetik, nach welchen Raum und Zeit die Bedingungen der Möglichkeit aller Dinge als Erscheinungen sind, imgleichen die Restriction dieser Grundsätze: dass sie nämlich nicht auf Dinge an sich selbst bezogen werden können, gehören also nicht in unser abgestochenes Feld der Untersuchung. Eben so machen die mathematischen Grundsätze keinen Theil dieses Systems aus, weil sie nur aus der Anschauung, aber nicht aus dem reinen Verstandesbegriffe gezogen sind; doch wird die Möglichkeit derselben, weil sie gleichwohl synthetische Urtheile *a priori* sind, hier nothwendig Platz finden, zwar nicht, um ihre Richtigkeit und apodiktische Gewissheit zu beweisen, welches sie gar nicht nöthig haben, sondern nur die Möglichkeit solcher evidenten Erkenntnisse *a priori* begreiflich zu machen und zu deduciren.

Wir werden aber auch von dem Grundsatze analytischer Urtheile reden müssen, und dieses zwar im Gegensatz mit denen der synthetischen, als mit welchen wir uns eigentlich beschäftigen, weil eben diese Gegenstellung die Theorie der letzteren von allem Missverstande befreit und sie in ihrer eigenthümlichen Natur deutlich vor Augen legt.

Des Systems der Grundsätze des reinen Verstandes

erster Abschnitt.

Von dem obersten Grundsatze aller analytischen Urtheile.

Von welchem Inhalt auch unsere Erkenntniss sei und wie sie sich auf das Object beziehen mag, so ist doch die allgemeine, obzwar nur negative Bedingung aller unserer Urtheile überhaupt, dass sie sich nicht selbst widersprechen; widrigenfalls diese Urtheile an sich selbst (auch ohne Rücksicht aufs Object) nichts sind. Wenn aber auch gleich in unserem Urtheile kein Widerspruch ist, so kann es dem ohngeachtet doch Begriffe so verbinden, wie es der Gegenstand nicht mit sich bringt, oder auch, ohne dass uns irgend ein Grund weder *a priori* noch *a posteriori* gegeben ist, welcher ein solches Urtheil berechtigte; und so kann ein Urtheil bei allem dem, dass es von allem innern Widerspruche frei ist, doch entweder falsch oder grundlos sein.

Der Satz nun: keinem Dinge kommt ein Prädicat zu, welches ihm widerspricht, heisst der Satz des Widerspruchs, und ist ein allgemeines, obzwar blos negatives Kriterium aller Wahrheit, gehört aber auch darum blos in die Logik, weil er von Erkenntnissen, blos als Erkenntnissen überhaupt, unangesehen ihres Inhalts gilt und sagt: dass der Widerspruch sie gänzlich vernichte und aufhebe.

Man kann aber doch von demselben auch einen positiven Gebrauch machen, d. i. nicht blos, um Falschheit und Irrthum (so fern er auf dem

Widerspruch beruht) zu verbannen, sondern auch Wahrheit zu erkennen. Denn wenn das Urtheil analytisch ist, es mag nun verneinend oder bejahend sein, so muss dessen Wahrheit jederzeit nach dem Satze des Widerspruchs hinreichend können erkannt werden. Denn von dem, was in der Erkenntniss des Objects schon als Begriff liegt und gedacht wird, wird das Widerspiel jederzeit richtig verneint, der Begriff selber aber nothwendig von ihm bejahet werden müssen, darum, weil das Gegentheil desselben dem Objecte widersprechen würde.

Daher müssen wir auch den Satz des Widerspruchs als das allgemeine und völlig hinreichende Principium aller analytischen Erkenntniss gelten lassen; aber weiter geht auch sein Ansehen und Brauchbarkeit nicht, als eines hinreichenden Kriterium der Wahrheit. Denn dass ihm gar keine Erkenntniss zuwider sein könne, ohne sich selbst zu vernichten, das macht diesen Satz wohl zur *conditio sine qua non*, aber nicht zum Bestimmungsgrunde der Wahrheit unserer Erkenntniss. Da wir es nun eigentlich nur mit dem synthetischen Theile unserer Erkenntniss zu thun haben, so werden wir zwar jederzeit bedacht sein, diesem unverletzlichen Grundsatz niemals zuwider zu handeln, von ihm aber in Ansehung der Wahrheit von dergleichen Art der Erkenntniss niemals einigen Aufschluss gewärtigen können.

Es ist aber doch eine Formel dieses berühmten, obzwar von allem Inhalt entblösten und blos formalen Grundsatzes, die eine Synthesis enthält, welche aus Unvorsichtigkeit und ganz unnöthigerweise in sie gemischt worden. Sie heisst: es ist unmöglich, dass etwas zugleich sei und nicht sei. Ausser dem, dass hier die apodiktische Gewissheit (durch das Wort unmöglich) überflüssigerweise angehängt worden, die sich doch von selbst aus dem Satz muss verstehen lassen, so ist der Satz durch die Bedingung der Zeit afficirt und sagt gleichsam: ein Ding $= A$, welches etwas $= B$ ist, kann nicht zu gleicher Zeit *non B* sein; aber es kann gar wohl Beides *(B so wohl, als non B)* nach einander sein. Z. B. ein Mensch, der jung ist, kann nicht zugleich alt sein; eben derselbe kann aber sehr wohl zu einer Zeit jung, zur andern nicht jung, d. i. alt sein. Nun muss der Satz des Widerspruchs, als ein blos logischer Grundsatz, seine Aussprüche gar nicht auf die Zeitverhältnisse einschränken; daher ist eine solche Formel der Absicht desselben ganz zuwider. Der Missverstand kommt blos daher, dass man ein Prädicat eines Dinges zuvörderst von dem Begriff desselben absondert und nachher sein Gegentheil mit diesem Prädicate verknüpft, welches niemals einen Widerspruch mit dem Subjecte, sondern nur mit dessen Prädicate, welches mit jenem synthetisch verbunden worden, abgibt, und zwar nur dann, wenn das erste und zweite Prädicat zu gleicher Zeit gesetzt werden. Sage ich: ein Mensch, der ungelehrt ist, ist nicht gelehrt, so muss die Bedingung: zugleich, dabei stehen; denn der, so zu einer Zeit ungelehrt ist, kann zu einer andern gar wohl gelehrt sein. Sage ich aber: kein ungelehrter Mensch ist gelehrt, so ist der Satz analytisch, weil das Merkmal (der Ungelahrtheit) nunmehr den Begriff des Subjects mit ausmacht, und alsdenn erhellt der verneinende Satz unmittelbar aus dem Satze des Widerspruchs, ohne dass die Bedingung: zugleich, hinzu kommen darf. Dieses ist denn auch die Ursache, weswegen ich oben die Formel desselben so verändert habe, dass die Natur eines analytischen Satzes dadurch deutlich ausgedrückt wird.

Des Systems der Grundsätze des reinen Verstandes

zweiter Abschnitt.

Von dem obersten Grundsatze aller synthetischen Urtheile.

Die Erklärung der Möglichkeit synthetischer Urtheile ist eine Aufgabe, mit der die allgemeine Logik gar nichts zu schaffen hat, die auch sogar ihren Namen nicht einmal kennen darf. Sie ist aber in einer transscendentalen Logik das wichtigste Geschäft unter allen, und sogar das einzige, wenn von der Möglichkeit synthetischer Urtheile *a priori* die Rede ist, imgleichen den Bedingungen und dem Umfange ihrer Gültigkeit. Denn nach Vollendung desselben kann sie ihrem Zwecke, nämlich den Umfang und die Grenzen des reinen Verstandes zu bestimmen, vollkommen ein Genüge thun.

Im analytischen Urtheile bleibe ich bei dem gegebenen Begriffe, um etwas von ihm auszumachen. Soll es bejahend sein, so lege ich diesem Begriffe nur dasjenige bei, was in ihm schon gedacht war; soll es verneinend sein, so schliesse ich nur das Gegentheil desselben von ihm aus. In synthetischen Urtheilen aber soll ich aus dem gegebenen Begriff hinausgehen, um etwas ganz Anderes, als in ihm gedacht war, mit demselben in Verhältniss zu betrachten, welches daher niemals weder ein Verhältniss der Identität, noch des Widerspruchs ist, und wobei dem

Urtheile an ihm selbst weder die Wahrheit, noch der Irrthum angesehen werden kann.

Also zugegeben: dass man aus einem gegebenen Begriffe hinausgehen müsse, um ihn mit einem andern synthetisch zu vergleichen, so ist ein Drittes nöthig, worin allein die Synthesis zweener Begriffe entstehen kann. Was ist nun aber dieses Dritte, als das Medium aller synthetischen Urtheile? Es ist nur ein Inbegriff, darin alle unsere Vorstellungen enthalten sind, nämlich der innere Sinn, und die Form desselben *a priori*, die Zeit. Die Synthesis der Vorstellungen beruht auf der Einbildungskraft, die synthetische Einheit derselben aber, (die zum Urtheile erforderlich ist,) auf der Einheit der Apperception. Hierin wird also die Möglichkeit synthetischer Urtheile, und da alle drei die Quellen zu Vorstellungen *a priori* enthalten, auch die Möglichkeit synthetischer Urtheile zu suchen sein, ja sie werden sogar aus diesen Gründen nothwendig sein, wenn eine Erkenntniss von Gegenständen zu Stande kommen soll, die lediglich auf der Synthesis der Vorstellungen beruht.

Wenn eine Erkenntniss objective Realität haben, d. i. sich auf einen Gegenstand beziehen und in demselben Bedeutung und Sinn haben soll, so muss der Gegenstand auf irgend eine Art gegeben werden können. Ohne das sind die Begriffe leer, und man hat dadurch zwar gedacht, in der That aber durch dieses Denken nichts erkannt, sondern blos mit Vorstellungen gespielt. Einen Gegenstand geben, wenn dieses nicht wiederum nur mittelbar gemeint sein soll, sondern unmittelbar in der Anschauung darstellen, ist nichts Anderes, als dessen Vorstellung auf Erfahrung, (es sei wirkliche oder doch mögliche,) beziehen. Selbst der Raum und die Zeit, so rein diese Begriffe auch von allem Empirischen sind, und so gewiss es auch ist, dass sie völlig *a priori* im Gemüthe vorgestellt werden, würden doch ohne objective Gültigkeit und ohne Sinn und Bedeutung sein, wenn ihr nothwendiger Gebrauch an den Gegenständen der Erfahrung nicht gezeigt würde, ja ihre Vorstellung ist ein bloses Schema, das sich immer auf die reproductive Einbildungskraft bezieht, welche die Gegenstände der Erfahrung herbei ruft, ohne die sie keine Bedeutung haben würden; und so ist es mit allen Begriffen ohne Unterschied.

Die Möglichkeit der Erfahrung ist also das, was allen unseren Erkenntnissen *a priori* objective Realität gibt. Nun beruht Erfahrung auf der synthetischen Einheit der Erscheinungen, d. i. auf einer Synthesis nach Begriffen vom Gegenstande der Erscheinungen überhaupt, ohne welche sie nicht einmal Erkenntniss, sondern eine Rhapsodie von Wahrnehmungen sein würde, die sich in keinen Context nach Regeln eines durchgängig verknüpften (möglichen) Bewusstseins, mithin auch nicht zur transscendentalen und nothwendigen Einheit der Apperception zusammen schicken würden. Die Erfahrung hat also Principien ihrer Form *a priori* zum Grunde liegen, nämlich allgemeine Regeln der Einheit in der Synthesis der Erscheinungen, deren objective Realität, als nothwendige Bedingungen, jederzeit in der Erfahrung, ja sogar ihrer Möglichkeit gewiesen werden kann. Ausser dieser Beziehung aber sind synthetische Sätze *a priori* gänzlich unmöglich, weil sie kein Drittes, nämlich keinen Gegenstand haben, an dem die synthetische Einheit ihrer Begriffe objective Realität darthun könnte.

Ob wir daher gleich vom Raume überhaupt oder den Gestalten, welche die productive Einbildungskraft in ihm verzeichnet, so vieles *a priori* in synthetischen Urtheilen erkennen, so, dass wir wirklich hiezu gar keiner Erfahrung bedürfen, so würde doch dieses Erkenntniss gar nichts, sondern die Beschäftigung mit einem blosen Hirngespinnst sein, wäre der Raum nicht als Bedingung der Erscheinungen, welche den Stoff zur äusseren Erfahrung ausmachen, anzusehen; daher sich jene reine synthetische Urtheile, obzwar nur mittelbar, auf mögliche Erfahrung oder vielmehr auf dieser ihre Möglichkeit selbst beziehen und darauf allein die objective Gültigkeit ihrer Synthesis gründen.

Da also Erfahrung, als empirische Synthesis, in ihrer Möglichkeit die einzige Erkenntnissart ist, welche aller andern Synthesis Realität gibt, so hat diese als Erkenntniss *a priori* auch nur dadurch Wahrheit (Einstimmung mit dem Object), dass sie nichts weiter enthält, als was zur synthetischen Einheit der Erfahrung überhaupt nothwendig ist.

Das oberste Principium aller synthetischen Urtheile ist also: ein jeder Gegenstand steht unter den nothwendigen Bedingungen der synthetischen Einheit des Mannigfaltigen der Anschauung in einer möglichen Erfahrung.

Auf solche Weise sind synthetische Urtheile *a priori* möglich, wenn wir die formalen Bedingungen der Anschauung *a priori*, die Synthesis der Einbildungskraft, und die nothwendige Einheit derselben in einer transscendentalen Apperception auf ein mögliches Erfahrungserkenntniss überhaupt beziehen und sagen: die Bedingungen der **Möglichkeit der Erfahrung** überhaupt sind zugleich Bedingungen der **Möglich-**

keit der Gegenstände der Erfahrung, und haben darum objective Gültigkeit in einem synthetischen Urtheile *a priori*.

Des Systems der Grundsätze des reinen Verstandes

dritter Abschnitt.

Systematische Vorstellung aller synthetischen Grundsätze desselben.

Dass überhaupt irgendwo Grundsätze stattfinden, das ist lediglich dem reinen Verstande zuzuschreiben, der nicht allein das Vermögen der Regeln ist, in Ansehung dessen, was geschieht, sondern selbst der Quell der Grundsätze, nach welchem alles, (was uns nur als Gegenstand vorkommen kann,) nothwendig unter Regeln steht, weil ohne solche den Erscheinungen niemals Erkenntniss eines ihnen correspondirenden Gegenstandes zukommen könnte. Selbst Naturgesetze, wenn sie als Grundsätze des empirischen Verstandesgebrauchs betrachtet werden, führen zugleich einen Ausdruck der Nothwendigkeit, mithin wenigstens die Vermuthung einer Bestimmung aus Gründen, die *a priori* und vor aller Erfahrung gültig seien, bei sich. Aber ohne Unterschied stehen alle Gesetze der Natur unter höheren Grundsätzen des Verstandes, indem sie diese nur auf besondere Fälle der Erscheinung anwenden. Diese allein geben also den Begriff, der die Bedingung und gleichsam den Exponenten zu einer Regel überhaupt enthält; Erfahrung aber gibt den Fall, der unter der Regel steht.

Dass man blos empirische Grundsätze für Grundsätze des reinen Verstandes oder auch umgekehrt ansehe, deshalb kann wohl eigentlich keine Gefahr sein; denn die Nothwendigkeit nach Begriffen, welche die letztere auszeichnet und deren Mangel in jedem empirischen Satze, so allgemein er auch gelten mag, leicht wahrgenommen wird, kann diese Verwechselung leicht verhüten. Es gibt aber reine Grundsätze *a priori*, die ich gleichwohl doch nicht dem reinen Verstande eigenthümlich beimessen möchte, darum, weil sie nicht aus reinen Begriffen, sondern aus reinen Anschauungen (obgleich vermittelst des Verstandes) gezogen sind; Verstand ist aber das Vermögen der Begriffe. Die Mathematik hat dergleichen, aber ihre Anwendung auf Erfahrung, mithin ihre objective Gültigkeit, ja die Möglichkeit ihrer synthetischen Erkenntniss *a priori* (die Deduction derselben) beruht doch immer auf dem reinen Verstande.

Daher werde ich unter meine Grundsätze die der Mathematik nicht mitzählen, aber wohl diejenigen, worauf sich dieser ihre Möglichkeit und objective Gültigkeit *a priori* gründet, und die mithin als Principien dieser Grundsätze anzusehen sind und von **Begriffen** zur Anschauung, nicht aber von der **Anschauung** zu Begriffen ausgehen.

In der Anwendung der reinen Verstandesbegriffe auf mögliche Erfahrung ist der Gebrauch ihrer Synthesis entweder **mathematisch** oder **dynamisch**; denn sie geht theils blos auf die **Anschauung**, theils auf das **Dasein** einer Erscheinung überhaupt. Die Bedingungen *a priori* der Anschauung sind aber in Ansehung einer möglichen Erfahrung durchaus nothwendig, die des Daseins der Objecte einer möglichen empirischen Anschauung an sich nur zufällig. Daher werden die Grundsätze des mathematischen Gebrauchs unbedingt nothwendig, d. i. apodiktisch lauten, die aber des dynamischen Gebrauchs werden zwar auch den Charakter einer Nothwendigkeit *a priori*, aber nur unter der Bedingung des empirischen Denkens in einer Erfahrung, mithin nur mittelbar und indirect bei sich führen, folglich diejenige unmittelbare Evidenz nicht enthalten, (obzwar ihrer auf Erfahrung allgemein bezogenen Gewissheit unbeschadet,) die jenen eigen ist. Doch dies wird sich beim Schlusse dieses Systems von Grundsätzen besser beurtheilen lassen.

Die Tafel der Kategorien gibt uns die ganz natürliche Anweisung zur Tafel der Grundsätze, weil diese doch nichts Anderes, als Regeln des objectiven Gebrauchs der ersteren sind. Alle Grundsätze des reinen Verstandes sind demnach

1.
Axiomen
der Anschauung

2.
Anticipationen
der Wahrnehmung

3.
Analogien
der Erfahrung

4.
Postulate
des empirischen Denkens überhaupt.

Diese Benennungen habe ich mit Vorsicht gewählt, um die Unterschiede in Ansehung der Evidenz und der Ausübung dieser Grundsätze nicht unbemerkt zu lassen. Es wird sich aber bald zeigen, dass, was sowohl die Evidenz, als die Bestimmung der Erscheinungen *a priori* nach den Kategorien der **Grösse** und der **Qualität**, (wenn man lediglich auf die Form der letzteren Acht hat,) betrifft, die Grundsätze derselben sich darin von den zweien übrigen namhaft unterscheiden; indem jene einer intuitiven, diese aber einer blos discursiven, obzwar beiderseits einer völligen Gewissheit fähig sind. Ich werde daher jene die **mathematischen**, diese die **dynamischen** Grundsätze nennen.* Man wird aber wohl bemerken, dass ich hier eben so wenig die Grundsätze der Mathematik in einem Falle, als die Grundsätze der allgemeinen (physischen) Dynamik im andern, sondern nur die des reinen Verstandes im Verhältniss auf den innern Sinn (ohne Unterschied der darin gegebenen Vorstellungen) vor Augen habe, dadurch denn jene insgesammt ihre Möglichkeit bekommen. Ich benenne sie also mehr in Betracht der Anwendung, als um ihres Inhalts willen, und gehe nun zur Erwägung derselben in der nämlichen Ordnung, wie sie in der Tafel vorgestellt werden.

1) **Axiomen der Anschauung.**

Das Princip derselben ist: **Alle Anschauungen sind extensive Grössen.** [1]

---

* Alle **Verbindung** (*conjunctio*) ist entweder **Zusammensetzung** (*compositio*) oder **Verknüpfung** (*nexus*). Die erstere ist die Synthesis des Mannigfaltigen, was nicht nothwendig zu einander gehört, wie z. B. die zwei Triangel, darin ein Quadrat durch die Diagonale getheilt wird, für sich nicht nothwendig zu einander gehören, und dergleichen ist die Synthesis des **Gleichartigen** in allem, was mathematisch erwogen werden kann, (welche Synthesis wiederum in die der **Aggregation** und **Coalition** eingetheilt werden kann, davon die erstere auf **extensive**, die andere auf **intensive** Grössen gerichtet ist.) Die zweite Verbindung (*nexus*) ist die Synthesis des Mannigfaltigen, so fern es **nothwendig zu einander** gehört, wie z. B. das Accidens zu irgend einer Substanz, oder die Wirkung zu der Ursache, — mithin auch als **ungleichartig** doch *a priori* verbunden vorgestellt wird, welche Verbindung, weil sie willkührlich ist, ich darum **dynamisch** nenne, weil sie die Verbindung des **Daseins** des Mannigfaltigen betrifft, (die wiederum in die **physische** der Erscheinungen unter einander, und **metaphysische**, ihre Verbindung im Erkenntnissvermögen *a priori*, eingetheilt werden kann.) [Diese Anmerkung ist Zusatz d. 2. Ausg.]

[1] 1. Ausg.: „Von den Axiomen der Anschauung. — Grundsatz des reinen Verstandes: Alle Erscheinungen sind ihrer Anschauung nach extensive Grössen."

Beweis.

Alle Erscheinungen enthalten der Form nach eine Anschauung im Raum und Zeit, welche ihnen insgesammt *a priori* zum Grunde liegt. Sie können also nicht anders apprehendirt, d. i. ins empirische Bewusstsein aufgenommen werden, als durch die Synthesis des Mannigfaltigen, wodurch die Vorstellungen eines bestimmten Raumes oder Zeit erzeugt werden, d. i. durch die Zusammensetzung des Gleichartigen und das Bewusstsein der synthetischen Einheit dieses Mannigfaltigen (Gleichartigen). Nun ist das Bewusstsein des mannigfaltigen Gleichartigen in der Anschauung überhaupt, so fern dadurch die Vorstellung eines Objects zuerst möglich wird, der Begriff einer Grösse *(quanti)*. Also ist selbst die Wahrnehmung eines Objects, als Erscheinung, nur durch dieselbe synthetische Einheit des Mannigfaltigen der gegebenen sinnlichen Anschauung möglich, wodurch die Einheit der Zusammensetzung des mannigfaltigen Gleichartigen im Begriffe einer Grösse gedacht wird, d. i. die Erscheinungen sind insgesammt Grössen, und zwar extensive Grössen, weil sie als Anschauungen im Raume oder der Zeit durch dieselbe Synthesis vorgestellt werden müssen, als wodurch Raum und Zeit überhaupt bestimmt werden.[1]

Eine extensive Grösse nenne ich diejenige, in welcher die Vorstellung der Theile die Vorstellung des Ganzen möglich macht (und also nothwendig vor dieser vorhergeht). Ich kann mir keine Linie, so klein sie auch sei, vorstellen, ohne sie in Gedanken zu ziehen, d. i. von einem Punkte alle Theile nach und nach zu erzeugen und dadurch allererst diese Anschauung zu verzeichnen. Eben so ist es auch mit jeder, auch der kleinsten Zeit bewandt. Ich denke mir darin nur den successiven Fortgang von einem Augenblick zum andern, wo durch alle Zeittheile und deren Hinzuthun endlich eine bestimmte Zeitgrösse erzeugt wird. Da die blose Anschauung an allen Erscheinungen entweder der Raum oder die Zeit ist, so ist jede Erscheinung als Anschauung eine extensive Grösse, indem sie nur durch successive Synthesis (von Theil zu Theil) in der Apprehension erkannt werden kann. Alle Erscheinungen werden demnach schon als Aggregate (Menge vorher gegebener Theile) angeschaut, welches eben nicht der Fall bei jeder Art Grössen, sondern nur derer ist, die von uns extensiv also solche vorgestellt und apprehendirt werden.

---

[1] Die Ueberschrift „Beweis" und der Absatz: „Alle Erscheinungen — bestimmt werden" sind erst in der 2. Ausg. hinzukommen.

Auf diese successive Synthesis der productiven Einbildungskraft in der Erzeugung der Gestalten gründet sich die Mathematik der Ausdehnung (Geometrie) mit ihren Axiomen, welche die Bedingungen der sinnlichen Anschauung *a priori* ausdrücken, unter denen allein das Schema eines reinen Begriffs der äusseren Erscheinung zu Stande kommen kann; z. E. zwischen zwei Punkten ist nur eine gerade Linie möglich; zwei gerade Linien schliessen keinen Raum ein u. s. w. Dies sind die Axiomen, welche eigentlich nur Grössen (*quanta*) als solche betreffen.

Was aber die Grösse (*quantitas*), d. i. die Antwort auf die Frage: wie gross etwas sei, betrifft, so gibt es in Ansehung derselben, obgleich verschiedene dieser Sätze synthetisch und unmittelbar gewiss (*indemonstrabilia*) sind, dennoch im eigentlichen Verstande keine Axiomen. Denn dass Gleiches zu Gleichem hinzugethan oder von diesem abgezogen ein Gleiches gebe, sind analytische Sätze, indem ich mir der Identität der einen Grössenerzeugung mit der andern unmittelbar bewusst bin; Axiomen aber sollen synthetische Sätze *a priori* sein. Dagegen sind die evidenten Sätze der Zahlverhältnisse zwar allerdings synthetisch, aber nicht allgemein, wie die der Geometrie, und eben um deswillen auch nicht Axiomen, sondern können Zahlformeln genannt werden. Dass 7 + 5 = 12 sei, ist kein analytischer Satz. Denn ich denke weder in der Vorstellung von 7, noch von 5, noch in der Vorstellung von der Zusammenstellung beider die Zahl 12; (dass ich diese in der Addition beider denken solle, davon ist hier nicht die Rede; denn bei dem analytischen Satze ist nur die Frage, ob ich das Prädicat wirklich in der Vorstellung des Subjects denke.) Ob er aber gleich synthetisch ist, so ist er doch nur ein einzelner Satz. So fern hier blos auf die Synthesis des Gleichartigen (der Einheiten) gesehen wird, so kann die Synthesis hier nur auf eine einzige Art geschehen, wiewohl der Gebrauch dieser Zahlen nachher allgemein ist. Wenn ich sage: durch drei Linien, deren zwei zusammengenommen grösser sind, als die dritte, lässt sich ein Triangel zeichnen, so habe ich hier die blose Function der productiven Einbildungskraft, welche die Linien grösser und kleiner ziehen, imgleichen nach allerlei beliebigen Winkeln kann zusammenstossen lassen. Dagegen ist die Zahl 7 nur auf eine einzige Art möglich, und auch die Zahl 12, die durch die Synthesis der ersteren mit 5 erzeugt wird. Dergleichen Sätze muss man also nicht Axiomen, (denn sonst gäbe es deren unendliche,) sondern Zahlformeln nennen.

Dieser transscendentale Grundsatz der Mathematik der Erscheinungen gibt unserem Erkenntniss *a priori* grosse Erweiterung. Denn er ist es allein, welcher die reine Mathematik in ihrer ganzen Präcision auf Gegenstände der Erfahrung anwendbar macht, welches ohne diesen Grundsatz nicht so von selbst erhellen möchte, ja auch manchen Widerspruch veranlasst hat. Erscheinungen sind keine Dinge an sich selbst. Die empirische Anschauung ist nur durch die reine (des Raumes und der Zeit) möglich; was also die Geometrie von dieser sagt, gilt auch ohne Widerrede von jener, und die Ausflüchte, als wenn Gegenstände der Sinne nicht den Regeln der Construction im Raume (z. E. der unendlichen Theilbarkeit der Linien oder Winkel) gemäss sein dürfen, muss wegfallen. Denn dadurch spricht man dem Raume und mit ihm zugleich aller Mathematik objective Gültigkeit ab und weiss nicht mehr, warum und wie weit sie auf Erscheinungen anzuwenden sei. Die Synthesis der Räume und Zeiten, als der wesentlichen Form aller Anschauung, ist das, was zugleich die Apprehension der Erscheinung, mithin jede äussere Erfahrung, folglich auch alle Erkenntniss der Gegenstände derselben möglich macht, und was die Mathematik im reinen Gebrauch von jener beweiset, das gilt auch nothwendig von dieser. Alle Einwürfe dawider sind nur Chicanen einer falsch belehrten Vernunft, die irrigerweise die Gegenstände der Sinne von der formalen Bedingung unserer Sinnlichkeit loszumachen gedenkt und sie, obgleich sie blos Erscheinungen sind, als Gegenstände an sich selbst, dem Verstande gegeben, vorstellt; in welchem Falle freilich von ihnen *a priori* gar nichts, mithin auch nicht durch reine Begriffe vom Raume synthetisch erkannt werden könnte, und die Wissenschaft, die diese bestimmt, nämlich die Geometrie, selbst nicht möglich sein würde.

2) Anticipationen der Wahrnehmung.

Das Princip derselben ist: **In allen Erscheinungen hat das Reale, was ein Gegenstand der Empfindung ist, intensive Grösse, d. i. einen Grad.**[1]

---

[1] 1. Ausg.: „Die Anticipationen der Wahrnehmung. — Der Grundsatz, welcher alle Wahrnehmungen als solche anticipirt, heisst so: In allen Erscheinungen hat die Empfindung und das Reale, welches ihr an dem Gegenstande entspricht (*realitas phaenomenon*), eine intensive Grösse, d. i. einen Grad."

Beweis.

Wahrnehmung ist das empirische Bewusstsein, d. i. ein solches, in welchem zugleich Empfindung ist. Erscheinungen, als Gegenstände der Wahrnehmung, sind nicht reine (blos formale) Anschauungen, wie Raum und Zeit, (denn die können an sich gar nicht wahrgenommen werden.) Sie enthalten also über die Anschauung noch die Materien zu irgend einem Objecte überhaupt, (wodurch etwas Existirendes im Raume oder der Zeit vorgestellt wird,) d. i. das Reale der Empfindung, also blos subjective Vorstellung, von der man sich nur bewusst werden kann, dass das Subject afficirt sei und die man auf ein Object überhaupt bezieht, in sich. Nun ist vom empirischen Bewusstsein zum reinen eine stufenartige Veränderung möglich, da das Reale desselben ganz verschwindet und ein blos formales Bewusstsein (a priori) des Mannigfaltigen in Raum und Zeit übrig bleibt; also auch eine Synthesis der Grössenerzeugung einer Empfindung, von ihrem Anfange, der reinen Anschauung $= 0$ an, bis zu einer beliebigen Grösse derselben. Da nun Empfindung an sich gar keine objective Vorstellung ist und in ihr weder die Anschauung vom Raum, noch von der Zeit angetroffen wird, so wird ihr zwar keine extensive, aber doch eine Grösse, (und zwar durch die Apprehension derselben, in welcher das empirische Bewusstsein in einer gewissen Zeit von nichts $= 0$ zu ihrem gegebenen Maasse erwachsen kann,) also eine **intensive Grösse** zukommen, welcher correspondirend allen Objecten der Wahrnehmung, so fern diese Empfindung enthält, **intensive Grösse**, d. i. ein Grad des Einflusses auf den Sinn beigelegt werden muss.[1]

Man kann alle Erkenntniss, wodurch ich dasjenige, was zur empirischen Erkenntniss gehört, *a priori* erkennen und bestimmen kann, eine Anticipation nennen und ohne Zweifel ist das die Bedeutung, in welcher Epikur seinen Ausdruck πρόληψις brauchte. Da aber an den Erscheinungen etwas ist, was niemals *a priori* erkannt wird und welches daher auch den eigentlichen Unterschied des Empirischen von dem Erkenntniss *a priori* ausmacht, nämlich die Empfindung (als Materie der Wahrnehmung), so folgt, dass diese es eigentlich sei, was gar nicht anticipirt werden kann. Dagegen würden wir die reinen Bestimmungen im Raume und der Zeit, sowohl in Ansehung der Gestalt, als Grösse, Anticipationen der Erscheinungen nennen können, weil sie dasjenige *a priori* vorstellen, was immer *a posteriori* in der Erfahrung gegeben werden mag. Gesetzt

---
[1] Die Ueberschrift: „Beweis" und der Absatz: „Wahrnehmung ist das empirische Bewusstsein — beigelegt werden muss" sind in der 2. Ausg. hinzugekommen.

aber, es finde sich doch etwas, was sich an jener Empfindung, als Empfindung überhaupt, (ohne dass eine besondere gegeben sein mag,) *a priori* erkennen lässt, so würde dieses im ausnehmenden Verstande Anticipation genannt zu werden verdienen, weil es befremdlich scheint, der Erfahrung in demjenigen vorzugreifen, was gerade die Materie derselben angeht, die man nur aus ihr schöpfen kann. Und so verhält es sich hier wirklich.

Die Apprehension, blos vermittelst der Empfindung, erfüllt nur einen Augenblick, (wenn ich nämlich nicht die Succession vieler Empfindungen in Betracht ziehe.) Als etwas in der Erscheinung, dessen Apprehension keine successive Synthesis ist, die von Theilen zur ganzen Vorstellung fortgeht, hat sie also keine extensive Grösse; der Mangel an Empfindung in demselben Augenblicke würde diesen als leer vorstellen, mithin = 0. Was nun in der empirischen Anschauung der Empfindung correspondirt, ist Realität *(realitas phaenomenon)*; was dem Mangel derselben entspricht, Negation = 0. Nun ist aber eine jede Empfindung einer Verringerung fähig, so dass sie abnehmen und so allmählig verschwinden kann. Daher ist zwischen Realität in der Erscheinung und Negation ein continuirlicher Zusammenhang vieler möglichen Zwischenempfindungen, deren Unterschied von einander immer kleiner ist, als der Unterschied zwischen der gegebenen und dem Zero oder der gänzlichen Negation. Das ist: das Reale in der Erscheinung hat jederzeit eine Grösse, welche aber nicht in der Apprehension angetroffen wird, indem diese vermittelst der blosen Empfindung in einem Augenblicke und nicht durch successive Synthesis vieler Empfindungen geschieht, und also nicht von den Theilen zum Ganzen geht; es hat also zwar eine Grösse, aber keine extensive.

Nun nenne ich diejenige Grösse, die nur als Einheit apprehendirt wird und in welcher die Vielheit nur durch Annäherung zur Negation = 0 vorgestellt werden kann, die intensive Grösse. Also hat die Realität in der Erscheinung intensive Grösse, d. i. einen Grad. Wenn man diese Realität als Ursache, (es sei der Empfindung oder anderer Realität in der Erscheinung, z. B. einer Veränderung,) betrachtet, so nennt man den Grad der Realität als Ursache ein Moment, z. B. das Moment der Schwere, und zwar darum, weil der Grad nur die Grösse bezeichnet, deren Apprehension nicht successiv, sondern augenblicklich ist. Dieses berühre ich aber hier nur beiläufig, denn mit der Causalität habe ich für jetzt noch nicht zu thun.

So hat demnach jede Empfindung, mithin auch jede Realität in der Erscheinung, so klein sie auch sein mag, einen Grad, d. i. eine intensive Grösse, die noch immer vermindert werden kann, und zwischen Realität und Negation ist ein continuirlicher Zusammenhang möglicher Realitäten und möglicher kleinerer Wahrnehmungen. Eine jede Farbe, z. E. die rothe, hat einen Grad, der, so klein er auch sein mag, niemals der kleinste ist; und so ist es mit der Wärme, dem Momente der Schwere u. s. w. überall bewandt.

Die Eigenschaft der Grössen, nach welcher an ihnen kein Theil der kleinstmögliche (kein Theil einfach) ist, heisst die Continuität derselben. Raum und Zeit sind *quanta continua*, weil kein Theil derselben gegeben werden kann, ohne ihn zwischen Grenzen (Punkten und Augenblicken) einzuschliessen, mithin nur so, dass dieser Theil selbst wiederum ein Raum oder eine Zeit ist. Der Raum besteht also nur aus Räumen, die Zeit aus Zeiten. Punkte und Augenblicke sind nur Grenzen, d. i. blose Stellen ihrer Einschränkung; Stellen aber setzen jederzeit jene Anschauungen, die sich beschränken oder bestimmen sollen, voraus, und aus blosen Stellen, als aus Bestandtheilen, die noch vor dem Raume oder der Zeit gegeben werden könnten, kann weder Raum noch Zeit zusammengesetzt werden. Dergleichen Grössen kann man auch fliessende nennen, weil die Synthesis (der productiven Einbildungskraft) in ihrer Erzeugung ein Fortgang in der Zeit ist, deren Continuität man besonders durch den Ausdruck des Fliessens (Verfliessens) zu bezeichnen pflegt.

Alle Erscheinungen überhaupt sind demnach continuirliche Grössen, sowohl ihrer Anschauung nach, als extensive, oder der blosen Wahrnehmung (Empfindung und mithin Realität) nach, als intensive Grössen. Wenn die Synthesis des Mannigfaltigen der Erscheinung unterbrochen ist, so ist dieses ein Aggregat von vielen Erscheinungen, und nicht eigentlich Erscheinung als ein Quantum, welches nicht durch die blose Fortsetzung der productiven Synthesis einer gewissen Art, sondern durch Wiederholung einer immer aufhörenden Synthesis erzeugt wird. Wenn ich 13 Thaler ein Geldquantum nenne, so benenne ich es sofern richtig, als ich darunter den Gehalt von einer Mark fein Silber verstehe; welche aber allerdings eine continuirliche Grösse ist, in welcher kein Theil der kleinste ist, sondern jeder Theil ein Geldstück ausmachen könnte, welches immer Materie zu noch kleineren enthielte. Wenn ich aber unter jener Benennung 13 runde Thaler verstehe, als so viel Münzen, (ihr Silbergehalt mag sein, welcher er wolle,) so benenne ich es unschicklich durch ein Quantum von Thalern, sondern muss es ein Aggregat, d. i. eine Zahl Geldstücke nennen. Da nun bei aller Zahl doch Einheit zum Grunde liegen muss, so ist die Erscheinung als Einheit ein Quantum und als ein solches jederzeit ein Continuum.

Wenn nun alle Erscheinungen, sowohl extensiv als intensiv betrachtet, continuirliche Grössen sind, so würde der Satz: dass auch alle Veränderung (Uebergang eines Dinges aus einem Zustande in den andern) continuirlich sei, leicht und mit mathematischer Evidenz hier bewiesen werden können, wenn nicht die Causalität einer Veränderung überhaupt ganz ausserhalb den Grenzen einer Transscendental-Philosophie läge und empirische Principien voraussetzte. Denn dass eine Ursache möglich sei, welche den Zustand der Dinge verändere, d. i. sie zum Gegentheil eines gewissen gegebenen Zustandes bestimme, davon gibt uns der Verstand *a priori* gar keine Eröffnung, nicht blos deswegen, weil er die Möglichkeit davon gar nicht einsieht, (denn diese Einsicht fehlt uns in mehreren Erkenntnissen *a priori*,) sondern weil die Veränderlichkeit nur gewisse Bestimmungen der Erscheinungen trifft, welche die Erfahrung allein lehren kann, indessen dass ihre Ursache in dem Unveränderlichen anzutreffen ist. Da wir aber hier nichts vor uns haben, dessen wir uns bedienen können, als die reinen Grundbegriffe aller möglichen Erfahrung, unter welchen durchaus nichts Empirisches sein muss, so können wir, ohne die Einheit des Systems zu verletzen, der allgemeinen Naturwissenschaft, welche auf gewisse Grunderfahrungen gebaut ist, nicht vorgreifen.

Gleichwohl mangelt es uns nicht an Beweisthümern des grossen Einflusses, den dieser unser Grundsatz hat, Wahrnehmungen zu anticipiren und sogar deren Mangel so fern zu ergänzen, dass er allen falschen Schlüssen, die daraus gezogen werden möchten, den Riegel vorschiebt.

Wenn alle Realität in der Wahrnehmung einen Grad hat, zwischen dem und der Negation eine unendliche Stufenfolge immer minderer Grade stattfindet, und gleichwohl ein jeder Sinn einen bestimmten Grad der Receptivität der Empfindungen haben muss, so ist keine Wahrnehmung, mithin auch keine Erfahrung möglich, die einen gänzlichen Mangel alles Realen in der Erscheinung, es sei unmittelbar oder mittelbar, (durch welchen Umschweif im Schliessen man immer wolle,) bewiese, d. i. es kann aus der Erfahrung niemals ein Beweis vom leeren Raume oder einer leeren Zeit gezogen werden. Denn der gänzliche Mangel des

Realen in der sinnlichen Anschauung kann erstlich selbst nicht wahrgenommen werden, zweitens kann er aus keiner einzigen Erscheinung und dem Unterschiede des Grades ihrer Realität gefolgert, oder darf auch zur Erklärung derselben niemals angenommen werden. Denn wenn auch die ganze Anschauung eines bestimmten Raumes oder Zeit durch und durch real, d. i. kein Theil derselben leer ist, so muss es doch, weil jede Realität ihren Grad hat, der bei unveränderter extensiver Grösse der Erscheinung bis zum Nichts (dem Leeren) durch unendliche Stufen abnehmen kann, unendlich verschiedene Grade, mit welchen Raum oder Zeit erfüllt sei, geben und die intensive Grösse in verschiedenen Erscheinungen kleiner oder grösser sein können, obschon die extensive Grösse der Anschauung gleich ist.

Wir wollen ein Beispiel davon geben. Beinahe alle Naturlehrer, da sie einen grossen Unterschied der Quantität der Materie von verschiedener Art unter gleichem Volumen (theils durch das Moment der Schwere oder des Gewichts, theils durch das Moment des Widerstandes gegen andere bewegte Materien) wahrnehmen, schliessen daraus einstimmig: dieses Volumen (extensive Grösse der Erscheinung) müsse in allen Materien, obzwar in verschiedenem Maasse, leer sein. Wer hätte aber von diesen grösstentheils mathematischen und mechanischen Naturforschern sich wohl jemals einfallen lassen, dass sie diesen ihren Schluss lediglich auf eine metaphysische Voraussetzung, welche sie doch so sehr zu vermeiden vorgeben, gründeten, indem sie annahmen, dass das Reale im Raume, (ich mag es hier nicht Undurchdringlichkeit oder Gewicht nennen, weil dieses empirische Begriffe sind,) allerwärts einerlei sei, und sich nur der extensiven Grösse, d. i. der Menge nach unterscheiden könne. Dieser Voraussetzung, dazu sie keinen Grund in der Erfahrung haben konnten und die also blos metaphysisch ist, setze ich einen transscendentalen Beweis entgegen, der zwar den Unterschied in der Erfüllung der Räume nicht erklären soll, aber doch die vermeinte Nothwendigkeit jener Voraussetzung, gedachten Unterschied nicht anders, als durch anzunehmende leere Räume erklären zu können, völlig aufhebt und das Verdienst hat, den Verstand wenigstens in Freiheit zu versetzen, sich diese Verschiedenheit auch auf andere Art zu denken, wenn die Naturerklärung hiezu irgend eine Hypothese nothwendig machen sollte. Denn da sehen wir, dass, obschon gleiche Räume von verschiedenen Materien vollkommen erfüllt sein mögen, so, dass in keinem von beiden ein Punkt ist, in welchem nicht ihre Gegenwart anzutreffen wäre, so habe doch jedes Reale bei derselben Qualität seinen Grad (des Widerstandes oder des Wiegens), welcher ohne Verminderung der extensiven Grösse oder Menge ins Unendliche kleiner sein kann, ehe sie in das Leere übergeht und verschwindet. So kann eine Ausspannung, die einen Raum erfüllt, z. B. Wärme, und auf gleiche Weise jede andere Realität (in der Erscheinung), ohne im mindesten den kleinsten Theil dieses Raumes leer zu lassen, in ihren Graden ins Unendliche abnehmen und nichts desto weniger den Raum mit diesen kleineren Graden eben so wohl erfüllen, als eine andere Erscheinung mit grösseren. Meine Absicht ist hier keineswegs, zu behaupten, dass dieses wirklich mit der Verschiedenheit der Materien, ihrer specifischen Schwere nach, so bewandt sei; sondern nur aus einem Grundsatze des reinen Verstandes darzuthun, dass die Natur unserer Wahrnehmungen eine solche Erklärungsart möglich mache, und dass man fälschlich das Reale der Erscheinung dem Grade nach als gleich, und nur der Aggregation und deren extensiven Grösse nach als verschieden annehme, und dieses sogar vorgeblichermaassen durch einen Grundsatz des Verstandes *a priori* behaupte.

Es hat gleichwohl diese Anticipation der Wahrnehmung für einen der transscendentalen Betrachtung gewohnten und dadurch behutsam gewordenen Nachforscher immer etwas Auffallendes an sich und erregt darüber einiges Bedenken, dass der Verstand einen dergleichen synthetischen Satz, als der von dem Grad alles Realen in den Erscheinungen ist, und mithin der Möglichkeit des innern Unterschiedes der Empfindung selbst, wenn man von ihrer empirischen Qualität abstrahirt, anticipirt; und es ist also noch eine der Auflösung nicht unwürdige Frage: wie der Verstand hierin synthetisch über Erscheinungen *a priori* aussprechen und diese sogar in demjenigen, was eigentlich und blos empirisch ist, nämlich die Empfindung angeht, anticipiren könne?

Die Qualität der Empfindung ist jederzeit blos empirisch und kann *a priori* gar nicht vorgestellt werden (z. B. Farben, Geschmack u. s. w.). Aber das Reale, was den Empfindungen überhaupt correspondirt, im Gegensatz mit der Negation = 0, stellt nur etwas vor, dessen Begriff an sich ein Sein enthält und bedeutet nichts als die Synthesis in einem empirischen Bewusstsein überhaupt. In dem innern Sinn nämlich kann das empirische Bewusstsein von 0 bis zu jedem grösseren Grade erhöht werden, so dass eben dieselbe extensive Grösse der Anschauung (z. B. erleuchtete Fläche) so grosse Empfindung erregt, als ein Aggregat von vielem andern (minder Erleuchteten) zusammen. Man kann also von der extensiven Grösse der Erscheinung gänzlich abstrahiren und sich doch an der blosen Empfindung in einem Moment eine Synthesis der gleichförmigen Steigerung von 0 bis zu dem gegebenen empirischen Bewusstsein vorstellen. Alle Empfindungen werden daher, als solche, zwar nur *a posteriori* gegeben, aber die Eigenschaft derselben, dass sie einen Grad haben, kann *a priori* erkannt werden. Es ist merkwürdig, dass wir an Grössen überhaupt *a priori* nur eine einzige Qualität, nämlich die Continuität, an aller Qualität aber (dem Realen der Erscheinungen) nichts weiter *a priori*, als die intensive Quantität derselben, nämlich dass sie einen Grad haben, erkennen können; alles Uebrige bleibt der Erfahrung überlassen.

3) Analogien der Erfahrung.

Das Princip derselben ist: **Erfahrung ist nur durch die Vorstellung einer nothwendigen Verknüpfung der Wahrnehmungen möglich.**[1]

Beweis.

Erfahrung ist ein empirisches Erkenntniss, d. i. ein Erkenntniss, das durch Wahrnehmungen ein Object bestimmt. Sie ist also eine Synthesis der Wahrnehmungen, die selbst nicht in der Wahrnehmung enthalten ist, sondern die synthetische Einheit des Mannigfaltigen derselben in einem Bewusstsein enthält, welche das Wesentliche einer Erkenntniss der Objecte der Sinne, d. i. der Erfahrung (nicht blos der Anschauung oder Empfindung der Sinne) ausmacht. Nun kommen zwar in der Erfahrung die Wahrnehmungen nur zufälligerweise zu einander, so dass keine Nothwendigkeit ihrer Verknüpfung aus den Wahrnehmungen selbst erhellt noch erhellen kann, weil Apprehension nur eine Zusammenstellung des Mannigfaltigen der empirischen Anschauung ist, aber keine Vorstellung von der Nothwendigkeit der verbundenen Existenz der Erscheinungen, die sie zusammenstellt, in Raum und Zeit in derselben angetroffen wird. Da aber Erfahrung ein Erkenntniss der Objecte durch Wahrnehmungen ist, folglich das Verhältniss im Dasein des Mannigfaltigen, nicht wie es in der Zeit zusammengestellt wird, sondern wie es

---

[1] 1. Ausg.: „Die Analogien der Erfahrung. — Der allgemeine Grundsatz derselben ist: alle Erscheinungen stehen ihrem Dasein nach *a priori* unter Regeln der Bestimmung ihres Verhältnisses unter einander in einer Zeit."

objectiv in der Zeit ist, in ihr vorgestellt werden soll, die Zeit selbst aber nicht wahrgenommen werden kann, so kann die Bestimmung der Existenz der Objecte in der Zeit nur durch die Verbindung in der Zeit überhaupt, mithin nur durch a *priori* verknüpfende Begriffe geschehen. Da diese nun jederzeit zugleich Nothwendigkeit bei sich führen, so ist Erfahrung nur durch eine Vorstellung der nothwendigen Verknüpfung der Wahrnehmung möglich.[1]

Die drei *modi* der Zeit sind **Beharrlichkeit, Folge** und **Zugleichsein.** Daher werden drei Regeln aller Zeitverhältnisse der Erscheinungen, wonach jeder ihr Dasein in Ansehung der Einheit aller Zeit bestimmt werden kann, vor aller Erfahrung vorangehen und diese allererst möglich machen.

Der allgemeine Grundsatz aller drei Analogien beruht auf der nothwendigen **Einheit der Apperception,** in Ansehung alles möglichen empirischen Bewusstseins (der Wahrnehmung) **zu jeder Zeit,** folglich, da jene *a priori* zum Grunde liegt, auf der synthetischen Einheit aller Erscheinungen nach ihrem Verhältnisse in der Zeit. Denn die ursprüngliche Apperception bezieht sich auf den innern Sinn (den Inbegriff aller Vorstellungen), und zwar *a priori* auf die Form desselben, d. i. das Verhältniss des mannigfaltigen empirischen Bewusstseins in der Zeit. In der ursprünglichen Apperception soll nun alles dieses Mannigfaltige, seinen Zeitverhältnissen nach, vereinigt werden; denn dieses sagt die transscendentale Einheit derselben *a priori*, unter welcher alles steht, was zu meinem (d. i. meinem einigen) Erkenntnisse gehören soll, mithin ein Gegenstand für mich werden kann. Diese **synthetische Einheit** in dem Zeitverhältnisse aller Wahrnehmungen, welche *a priori* bestimmt ist, ist also das Gesetz: dass alle empirische Zeitbestimmungen unter Regeln der allgemeinen Zeitbestimmung stehen müssen, und die Analogien der Erfahrung, von denen wir jetzt handeln wollen, müssen dergleichen Regeln sein.

Diese Grundsätze haben das Besondere an sich, dass sie nicht die Erscheinungen und die Synthesis ihrer empirischen Anschauung, sondern blos das **Dasein** und ihr **Verhältniss** unter einander in Ansehung dieses ihres Daseins erwägen. Nun kann die Art, wie etwas in der Er-

---

[1] Die Ueberschrift „Beweis" und der Absatz: „Erfahrung ist ein empirisches Erkenntniss — Verknüpfung der Wahrnehmung möglich." sind in der 2. Ausg. hinzugekommen.

scheinung apprehendirt wird, *a priori* dergestalt bestimmt sein, dass die Regel ihrer Synthesis zugleich diese Anschauung *a priori* in jedem vorliegenden empirischen Beispiele geben, d. i. sie daraus zu Stande bringen kann. Allein das Dasein der Erscheinungen kann *a priori* nicht erkannt werden, und ob wir gleich auf diesem Wege dahin gelangen könnten, auf irgend ein Dasein zu schliessen, so würden wir dieses doch nicht bestimmt erkennen, d. i. das, wodurch seine empirische Anschauung sich von andern unterschiede, anticipiren können.

Die vorigen zwei Grundsätze, welche ich die mathematischen nannte, in Betracht dessen, dass sie die Mathematik auf Erscheinungen anzuwenden berechtigten, gingen auf Erscheinungen ihrer blosen Möglichkeit nach und lehrten, wie sie sowohl ihrer Anschauung, als dem Realen ihrer Wahrnehmung nach, nach Regeln einer mathematischen Synthesis erzeugt werden könnten; daher sowohl bei der einen, als bei der andern die Zahlgrössen, und mit ihnen die Bestimmung der Erscheinung als Grösse gebraucht werden können. So werde ich z. B. den Grad der Empfindungen des Sonnenlichts aus etwa 200,000 Erleuchtungen durch den Mond zusammensetzen und *a priori* bestimmt geben, d. i. construiren können. Daher können wir die ersteren Grundsätze **constitutive** nennen.

Ganz anders muss es mit denen bewandt sein, die das Dasein der Erscheinungen *a priori* unter Regeln bringen sollen. Denn da dieses sich nicht construiren lässt, so werden sie nur auf das Verhältniss des Daseins gehen, und keine andre als blos **regulative** Principien abgeben können. Da ist also weder an Axiomen, noch an Anticipationen zu denken; sondern, wenn uns eine Wahrnehmung in einem Zeitverhältnisse gegen andere (obzwar unbestimmte) gegeben ist, so wird *a priori* nicht gesagt werden können: **welche andere und wie grosse Wahrnehmung**, sondern, wie sie dem Dasein nach, in diesem *modo* der Zeit, mit jener nothwendig verbunden sei. In der Philosophie bedeuten Analogien etwas sehr Verschiedenes von demjenigen, was sie in der Mathematik vorstellen. In dieser sind es Formeln, welche die Gleichheit zweener Grössenverhältnisse aussagen und jederzeit constitutiv, so dass, wenn zwei Glieder der Proportion gegeben sind, auch das dritte dadurch gegeben wird, d. i. construirt werden kann. In der Philosophie aber ist die Analogie nicht die Gleichheit zweener **quantitativen**, sondern **qualitativen** Verhältnisse, wo ich aus drei gegebenen Gliedern nur das **Verhältniss** zu einem vierten, nicht aber dieses vierte

Glied selbst erkennen und *a priori* geben kann, wohl aber eine Regel habe, es in der Erfahrung zu suchen, und ein Merkmal, es in derselben aufzufinden. Eine Analogie der Erfahrung wird also nur eine Regel sein, nach welcher aus Wahrnehmungen Einheit der Erfahrung, (nicht wie Wahrnehmung selbst, als empirische Anschauung überhaupt,) entspringen soll, und als Grundsatz von den Gegenständen (der Erscheinungen) nicht constitutiv, sondern blos regulativ gelten. Eben dasselbe wird auch von den Postulaten des empirischen Denkens überhaupt, welche die Synthesis der blosen Anschauung (der Form der Erscheinung), der Wahrnehmung (der Materie derselben), und der Erfahrung (des Verhältnisses dieser Wahrnehmungen) zusammen betreffen, gelten, nämlich dass sie nur regulative Grundsätze sind und sich von den mathematischen, die constitutiv sind, zwar nicht in der Gewissheit, welche in beiden *a priori* feststeht, aber doch in der Art der Evidenz, d. i. dem Intuitiven derselben (mithin auch der Demonstration) unterscheiden.

Was aber bei allen synthetischen Grundsätzen erinnert ward und hier vorzüglich angemerkt werden muss, ist dieses, dass diese Analogien nicht als Grundsätze des transscendentalen, sondern blos des empirischen Verstandesgebrauchs ihre alleinige Bedeutung und Gültigkeit haben, mithin auch nur als solche bewiesen werden können; dass folglich die Erscheinungen nicht unter die Kategorien schlechthin, sondern nur unter ihre Schemate subsumirt werden müssen. Denn wären die Gegenstände, auf welche diese Grundsätze bezogen werden sollen, Dinge an sich selbst, so wäre es ganz unmöglich, etwas von ihnen *a priori* synthetisch zu erkennen. Nun sind es nichts als Erscheinungen, deren vollständige Erkenntniss, auf die alle Grundsätze *a priori* zuletzt doch immer auslaufen müssen, lediglich die mögliche Erfahrung ist; folglich können jene nichts, als blos die Bedingungen der Einheit des empirischen Erkenntnisses in der Synthesis der Erscheinungen zum Ziele haben; diese aber wird nur allein in dem Schema des reinen Verstandesbegriffs gedacht, von deren Einheit, als einer Synthesis überhaupt, die Kategorie die durch keine sinnliche Bedingung restringirte Function enthält. Wir werden also durch diese Grundsätze die Erscheinungen nur nach einer Analogie, mit der logischen und allgemeinen Einheit der Begriffe, zusammenzusetzen berechtigt werden, und daher uns in dem Grundsatze selbst zwar der Kategorie bedienen, in der Ausführung aber (der Anwendung auf Erscheinungen) das Schema derselben, als den Schlüssel ihres Gebrauchs, an dessen Stelle, oder jener vielmehr, als restringirende Bedingung, unter dem Namen einer Formel des ersteren, zur Seite setzen.

A. Erste Analogie.
Grundsatz der Beharrlichkeit der Substanz.

Bei allem Wechsel der Erscheinungen beharrt die Substanz, und das Quantum derselben wird in der Natur weder vermehrt noch vermindert.[1]

Beweis.[2]

Alle Erscheinungen sind in der Zeit, in welcher, als Substrat (als beharrlicher Form der inneren Anschauung) das Zugleichsein sowohl als die Folge allein vorgestellt werden kann. Die Zeit also, in der aller Wechsel der Erscheinungen gedacht werden soll, bleibt und wechselt nicht; weil sie dasjenige ist, in welchem das Nacheinander oder Zugleichsein nur als Bestimmungen derselben vorgestellt werden können. Nun kann die Zeit für sich nicht wahrgenommen werden. Folglich muss in den Gegenständen der Wahrnehmung, d. i. den Erscheinungen, das Substrat anzutreffen sein, welches die Zeit überhaupt vorstellt, und an dem aller Wechsel oder Zugleichsein durch das Verhältniss der Erscheinungen zu demselben in der Apprehension wahrgenommen werden kann. Es ist aber das Substrat alles Realen, d. i. zur Existenz der Dinge Gehörigen, die Substanz, an welcher alles, was zum Dasein gehört, nur als Bestimmung kann gedacht werden. Folglich ist das Beharrliche, womit in Verhältniss alle Zeitverhältnisse der Erscheinungen allein bestimmt werden können, die Substanz in der Erscheinung, d. i. das Reale derselben, was als Substrat alles Wechsels immer dasselbe bleibt. Da diese also im Dasein nicht wechseln kann, so kann ihr Quantum in der Natur auch weder vermehrt noch vermindert werden.[3]

Unsere Apprehension des Mannigfaltigen der Erscheinung ist

---

[1] 1. Ausg.: „Grundsatz der Beharrlichkeit. — Alle Erscheinungen enthalten das Beharrliche (Substanz) als den Gegenstand selbst und das Wandelbare als dessen blose Bestimmung, d. i. eine Art, wie der Gegenstand existirt.

[2] 1. Ausg.: „Beweis dieser ersten Analogie."

[3] Statt der Sätze: „Alle Erscheinungen — vermindert werden." hat die 1. Ausg.

jederzeit successiv und also immer wechselnd. Wir können also dadurch allein niemals bestimmen, ob dieses Mannigfaltige, als Gegenstand der Erfahrung, zugleich sei oder nach einander folge, wo an ihr nicht etwas zum Grunde liegt, was jederzeit ist, d. i. etwas Bleibendes und Beharrliches, von welchem aller Wechsel und Zugleichsein nichts, als so viel Arten (*modi* der Zeit) sind, wie das Beharrliche existirt. Nur in dem Beharrlichen sind also Zeitverhältnisse möglich, (denn Simultaneität und Succession sind die einzigen Verhältnisse in der Zeit,) d. i. das Beharrliche ist das Substratum der empirischen Vorstellung der Zeit selbst, an welchem alle Zeitbestimmung allein möglich ist. Die Beharrlichkeit drückt überhaupt die Zeit, als das beständige Correlatum alles Daseins der Erscheinungen, alles Wechsels und aller Begleitung, aus. Denn der Wechsel trifft die Zeit selbst nicht, sondern nur die Erscheinungen in der Zeit, (so wie das Zugleichsein nicht ein *modus* der Zeit selbst, als in welcher gar keine Theile zugleich, sondern alle nach einander sind.) Wollte man der Zeit selbst eine Folge nach einander beilegen, so müsste man noch eine andere Zeit denken, in welcher diese Folge möglich wäre. Durch das Beharrliche allein bekommt das Dasein in verschiedenen Theilen in der Zeitreihe nach einander eine Grösse, die man Dauer nennt. Denn in der blosen Folge allein ist das Dasein immer verschwindend und anhebend und hat niemals die mindeste Grösse. Ohne dieses Beharrliche ist also kein Zeitverhältniss. Nun kann die Zeit an sich selbst nicht wahrgenommen werden; mithin ist dieses Beharrliche an den Erscheinungen das Substratum aller Zeitbestimmung, folglich auch die Bedingung der Möglichkeit aller synthetischen Einheit der Wahrnehmungen, d. i. der Erfahrung, und an diesem Beharrlichen kann alles Dasein und aller Wechsel in der Zeit nur als ein *modus* der Existenz dessen, was bleibt und beharrt, angesehen werden. Also ist in allen Erscheinungen das Beharrliche der Gegenstand selbst, d. i. die Substanz (*phaenomenon*); alles aber, was wechselt oder wechseln kann, gehört nur zu der Art, wie diese Substanz oder Substanzen existiren, mithin zu ihren Bestimmungen.

Ich finde, dass zu allen Zeiten nicht blos der Philosoph, sondern

---

Folgendes: „Alle Erscheinungen sind in der Zeit. Diese kann auf zweifache Weise das Verhältniss im Dasein derselben bestimmen, entweder so fern sie nach einander oder zugleich sind. In Betracht der ersteren wird die Zeit als Zeitreihe, in Ansehung der zweiten als Zeitumfang betrachtet."

selbst der gemeine Verstand diese Beharrlichkeit, als ein Substratum alles Wechsels der Erscheinungen, vorausgesetzt haben und auch jederzeit als ungezweifelt annehmen werden, nur dass der Philosoph sich hierüber etwas bestimmter ausdrückt, indem er sagt: bei allen Veränderungen in der Welt bleibt die Substanz, und nur die Accidenzen wechseln. Ich treffe aber von diesem so synthetischen Satze nirgends auch nur den Versuch von einem Beweise an, ja er steht auch nur selten, wie es ihm doch gebührt, an der Spitze der reinen und völlig *a priori* bestehenden Gesetze der Natur. In der That ist der Satz: dass die Substanz beharrlich sei, tautologisch. Denn blos diese Beharrlichkeit ist der Grund, warum wir auf die Erscheinung die Kategorie der Substanz anwenden, und man hätte beweisen müssen, dass in allen Erscheinungen etwas Beharrliches sei, an welchem das Wandelbare nichts als Bestimmung seines Daseins ist. Da aber ein solcher Beweis niemals dogmatisch, d. i. aus Begriffen geführt werden kann, weil er einen synthetischen Satz *a priori* betrifft, und man niemals daran dachte, dass dergleichen Sätze nur in Beziehung auf mögliche Erfahrung gültig sein, mithin auch nur durch eine Deduction der Möglichkeit der letztern bewiesen werden können, so ist es kein Wunder, wenn er zwar bei aller Erfahrung zum Grunde gelegt, (weil man dessen Bedürfniss bei der empirischen Erkenntniss fühlt,) niemals aber bewiesen worden ist.

Ein Philosoph wurde gefragt: wie viel wiegt der Rauch? Er antwortete: ziehe von dem Gewichte des verbrannten Holzes das Gewicht der übrigbleibenden Asche ab, so hast du das Gewicht des Rauchs. Er setzte also als unwidersprechlich voraus, dass selbst im Feuer die Materie (Substanz) nicht vergehe, sondern nur die Form derselben eine Abänderung erleide. Eben so war der Satz: aus nichts wird nichts, nur ein anderer Folgesatz aus dem Grundsatze der Beharrlichkeit, oder vielmehr des immerwährenden Daseins des eigentlichen Subjects an den Erscheinungen. Denn wenn dasjenige an der Erscheinung, was man Substanz nennen will, das eigentliche Substratum aller Zeitbestimmung sein soll, so muss sowohl alles Dasein in der vergangenen, als das der künftigen Zeit daran einzig und allein bestimmt werden können. Daher können wir einer Erscheinung nur darum den Namen Substanz geben, weil wir ihr Dasein zu aller Zeit voraussetzen, welches durch das Wort Beharrlichkeit nicht einmal wohl ausgedrückt wird, indem dieses mehr auf künftige Zeit geht. Indessen ist die innere Nothwendigkeit, zu beharren, doch unzertrennlich mit der Nothwendigkeit, immer gewesen zu sein, verbunden und der Ausdruck mag also bleiben. *Gigni de nihilo nihil, in nihilum nil posse reverti,* waren zwei Sätze, welche die Alten unzertrennt verknüpften, und die man aus Missverstand jetzt bisweilen trennt, weil man sich vorstellt, dass sie Dinge an sich selbst angehen, und der erstere der Abhängigkeit der Welt von einer obersten Ursache (auch sogar ihrer Substanz nach) entgegen sein dürfte; welche Besorgniss unnöthig ist, indem hier nur von Erscheinungen im Felde der Erfahrung die Rede ist, deren Einheit niemals möglich sein würde, wenn wir neue Dinge (der Substanz nach) wollten entstehen lassen. Denn alsdenn fiele dasjenige weg, welches die Einheit der Zeit allein vorstellen kann, nämlich die Identität des Substratum, als woran aller Wechsel allein durchgängige Einheit hat. Diese Beharrlichkeit ist indess doch weiter nichts, als die Art, uns das Dasein der Dinge (in der Erscheinung) vorzustellen.

Die Bestimmungen einer Substanz, die nichts Anderes sind, als besondere Arten derselben zu existiren, heissen Accidenzen. Sie sind jederzeit real, weil sie das Dasein der Substanz betreffen; (Negationen sind nur Bestimmungen, die das Nichtsein von etwas an der Substanz ausdrücken.) Wenn man nun diesem Realen an der Substanz ein besonderes Dasein beilegt, (z. B. der Bewegung, als einem Accidens der Materie,) so nennt man dieses Dasein die Inhärenz, zum Unterschiede vom Dasein der Substanz, das man Subsistenz nennt. Allein hieraus entspringen viel Missdeutungen, und es ist genauer und richtiger geredet, wenn man das Accidens nur durch die Art, wie das Dasein einer Substanz positiv bestimmt ist, bezeichnet. Indessen ist es doch, vermöge der Bedingungen des logischen Gebrauchs unseres Verstandes, unvermeidlich, dasjenige, was im Dasein einer Substanz wechseln kann, indessen dass die Substanz bleibt, gleichsam abzusondern und im Verhältniss auf das eigentliche Beharrliche und Radicale zu betrachten; daher denn auch diese Kategorie unter dem Titel der Verhältnisse steht, mehr als die Bedingung derselben, als dass sie selbst ein Verhältniss enthielte.

Auf diese Beharrlichkeit gründet sich nun auch die Berichtigung des Begriffs von Veränderung. Entstehen und Vergehen sind nicht Veränderungen desjenigen, was entsteht oder vergeht. Veränderung ist eine Art zu existiren, welche auf eine andere Art zu existiren eben desselben Gegenstandes erfolgt. Daher ist alles, was sich verändert, bleibend und nur sein Zustand wechselt. Da dieser Wechsel also nur die Bestimmungen trifft, die aufhören oder auch anheben können, so können wir, in einem etwas paradox scheinenden Ausdruck, sagen: nur das Beharrliche (die Substanz) wird verändert, das Wandelbare erleidet keine Veränderung, sondern einen Wechsel, da einige Bestimmungen aufhören und andere anheben.

Veränderung kann daher nur an Substanzen wahrgenommen werden, und das Entstehen und Vergehen, schlechthin', ohne dass es blos eine Bestimmung des Beharrlichen betreffe, kann gar keine mögliche Wahrnehmung sein, weil eben dieses Beharrliche die Vorstellung von dem Uebergange aus einem Zustande in den andern und vom Nichtsein zum Sein möglich macht, die also nur als wechselnde Bestimmungen dessen, was bleibt, empirisch erkannt werden können. Nehmet an, dass etwas schlechthin anfange zu sein, so müsst ihr einen Zeitpunkt haben, in dem es nicht war. Woran wollt ihr aber diesen heften, wenn nicht an demjenigen, was schon da ist? Denn eine leere Zeit, die vorherginge, ist kein Gegenstand der Wahrnehmung; knüpft ihr dieses Entstehen aber an Dinge, die vorher waren und bis zu dem, was entsteht, fortdauern, so war das Letztere nur eine Bestimmung des Ersteren, als des Beharrlichen. Ebenso ist es auch mit dem Vergehen; denn dieses setzt die empirische Vorstellung einer Zeit voraus, da eine Erscheinung nicht mehr ist.

Substanzen (in der Erscheinung) sind die Substrate aller Zeitbestimmungen. Das Entstehen einiger und das Vergehen anderer derselben würden selbst die einzige Bedingung der empirischen Einheit der Zeit aufheben, und die Erscheinungen würden sich alsdenn auf zweierlei Zeiten beziehen, in denen neben einander das Dasein verflösse, welches ungereimt ist. Denn es ist nur eine Zeit, in welcher alle verschiedene Zeiten nicht zugleich, sondern nach einander gesetzt werden müssen.

So ist demnach die Beharrlichkeit eine nothwendige Bedingung, unter welcher allein Erscheinungen, als Dinge oder Gegenstände, in einer möglichen Erfahrung bestimmbar sind. Was aber das empirische Kriterium dieser nothwendigen Beharrlichkeit und mit ihr der Substantialität der Erscheinungen sei, davon wird uns die Folge Gelegenheit geben das Nöthige anzumerken.

B. Zweite Analogie.
Grundsatz der Zeitfolge nach dem Gesetze der Causalität.

Alle Veränderungen geschehen nach dem Gesetze der Verknüpfung der Ursache und Wirkung.[1]

---

[1] 1. Ausg.: „Grundsatz der Erzeugung. — Alles, was geschieht, (anhebt zu sein,) setzt etwas voraus, worauf es nach einer Regel folge."

Beweis.

(Dass alle Erscheinungen der Zeitfolge insgesammt nur Veränderungen, d. i. ein successives Sein und Nichtsein der Bestimmungen der Substanz sind, die da beharrt, folglich das Sein der Substanz selbst, welches aufs Nichtsein derselben folgt, oder das Nichtsein derselben, welches aufs Dasein folgt, mit anderen Worten, dass das Entstehen oder Vergehen der Substanz selbst nicht stattfinde, hat der vorige Grundsatz dargethan. Dieser hätte auch so ausgedrückt werden können: aller Wechsel (Succession) der Erscheinungen ist nur Veränderung; denn Entstehen oder Vergehen der Substanz sind keine Veränderungen derselben, weil der Begriff der Veränderung eben dasselbe Subject mit zwei entgegengesetzten Bestimmungen als existirend, mithin als beharrend voraussetzt. — Nach dieser Vorerinnerung folgt der Beweis.)

Ich nehme wahr, dass Erscheinungen auf einander folgen, d. i. dass ein Zustand der Dinge zu einer Zeit ist, dessen Gegentheil im vorigen Zustande war. Ich verknüpfe also eigentlich zwei Wahrnehmungen in der Zeit. Nun ist Verknüpfung kein Werk des blosen Sinnes und der Anschauung, sondern hier das Product eines synthetischen Vermögens der Einbildungskraft, die den inneren Sinn in Ansehung des Zeitverhältnisses bestimmt. Diese kann aber gedachte zwei Zustände auf zweierlei Art verbinden, so dass der eine oder der andere in der Zeit vorausgehe; denn die Zeit kann an sich selbst nicht wahrgenommen und in Beziehung auf sie gleichsam empirisch, was vorhergehe und was folge, am Objecte bestimmt werden. Ich bin mir also nur bewusst, dass meine Imagination Eines vorher, das Andere nachher setze, nicht dass im Objecte der eine Zustand vor dem anderen vorhergehe, oder mit andern Worten, es bleibt durch die blose Wahrnehmung das objective Verhältniss der einander folgenden Erscheinungen unbestimmt. Damit diese nun als bestimmt erkannt werden, muss das Verhältniss zwischen den beiden Zuständen so gedacht werden, dass dadurch als nothwendig bestimmt wird, welcher derselben vorher, welcher nachher, und nicht umgekehrt müsse gesetzt werden. Der Begriff aber, der eine Nothwendigkeit der synthetischen Einheit bei sich führt, kann nur ein reiner Verstandesbegriff sein, der nicht in der Wahrnehmung liegt, und das ist hier der Begriff des Verhältnisses der Ursache und Wirkung, wovon die erstere die letztere in der Zeit, als die Folge, und nicht als etwas, was blos in der Einbildung vorhergehen (oder gar überall nicht wahrgenommen sein) könnte, bestimmt. Also ist nur dadurch, dass wir die Folge der Erscheinungen, mithin alle Veränderung dem Gesetze der Causalität unterwerfen, selbst Erfahrung, d. i. empirisches Erkenntniss von denselben möglich; mithin sind sie selbst, als Gegenstände der Erfahrung, nur nach eben dem Gesetze möglich.[1]

Die Apprehension des Mannigfaltigen der Erscheinung ist jederzeit successiv. Die Vorstellungen der Theile folgen auf einander. Ob sie sich auch im Gegenstande folgen, ist ein zweiter Punkt der Reflexion, der in dem ersteren nicht enthalten ist. Nun kann man zwar alles, und sogar jede Vorstellung, so fern man sich ihrer bewusst ist, Object nennen; allein was dieses Wort bei Erscheinungen zu bedeuten habe, nicht, in so fern sie (als Vorstellungen) Objecte sind, sondern nur ein Object bezeichnen, ist von tieferer Untersuchung. So fern sie nur als Vorstellungen zugleich Gegenstände des Bewusstseins sind, so sind sie von der Apprehension, d. i. der Aufnahme in die Synthesis der Einbildungskraft, gar nicht unterschieden, und man muss also sagen: das Mannigfaltige der Erscheinungen wird im Gemüth jederzeit successiv erzeugt. Wären Erscheinungen Dinge an sich selbst, so würde kein Mensch aus der Succession der Vorstellungen von ihrem Mannigfaltigen ermessen können, wie dieses in dem Object verbunden sei. Denn wir haben es doch nur mit unsern Vorstellungen zu thun; wie Dinge an sich selbst (ohne Rücksicht auf Vorstellungen, dadurch sie uns afficiren,) sein mögen, ist gänzlich ausser unserer Erkenntnisssphäre. Ob nun gleich die Erscheinungen nicht Dinge an sich selbst und gleichwohl doch das Einzige sind, was uns zur Erkenntniss gegeben werden kann, so soll ich anzeigen, was dem Mannigfaltigen an den Erscheinungen selbst für eine Verbindung in der Zeit zukomme, indessen dass die Vorstellung desselben in der Apprehension jederzeit successiv ist. So ist z. E. die Apprehension des Mannigfaltigen in der Erscheinung eines Hauses, das vor mir steht, successiv. Nun ist die Frage: ob das Mannigfaltige dieses Hauses auch in sich successiv sei, welches freilich Niemand zugeben wird. Nun ist aber, sobald ich meine Begriffe von einem Gegenstande bis zur transscendentalen Bedeutung steigere, das Haus gar kein Ding an sich selbst, sondern nur eine Erscheinung, d. i. Vorstellung, deren transscendentaler

---

[1] Die beiden Absätze: „(Dass alle Erscheinungen — folgt der Beweis.)" und „Ich nehme wahr, — nach eben dem Gesetze möglich." sind in der 2. Ausg. hinzugekommen.

Gegenstand unbekannt ist; was verstehe ich also unter der Frage: wie das Mannigfaltige in der Erscheinung selbst, (die doch nichts an sich selbst ist,) verbunden sein möge? Hier wird das, was in der successiven Apprehension liegt, als Vorstellung, die Erscheinung aber, die mir gegeben ist, ohnerachtet sie nichts weiter, als ein Inbegriff dieser Vorstellungen ist, als der Gegenstand derselben betrachtet, mit welchem mein Begriff, den ich aus den Vorstellungen der Apprehension ziehe, zusammenstimmen soll. Man sieht bald, dass, weil Uebereinstimmung der Erkenntniss mit dem Object Wahrheit ist, hier nur nach den formalen Bedingungen der empirischen Wahrheit gefragt werden kann, und Erscheinung, im Gegenverhältniss mit den Vorstellungen der Apprehension, nur dadurch als das davon unterschiedene Object derselben könne vorgestellt werden, wenn sie unter einer Regel steht, welche sie von jeder andern Apprehension unterscheidet und eine Art der Verbindung des Mannigfaltigen nothwendig macht. Dasjenige an der Erscheinung, was die Bedingung dieser nothwendigen Regel der Apprehension enthält, ist das Object.

Nun lasst uns zu unserer Aufgabe fortgehen. Dass etwas geschehe, d. i. etwas oder ein Zustand werde, der vorher nicht war, kann nicht empirisch wahrgenommen werden, wo nicht eine Erscheinung vorhergeht, welche diesen Zustand nicht in sich enthält; denn eine Wirklichkeit, die auf eine leere Zeit folgt, mithin ein Entstehen, vor dem kein Zustand der Dinge vorhergeht, kann eben so wenig, als die leere Zeit selbst, apprehendirt werden. Jede Apprehension einer Begebenheit ist also eine Wahrnehmung, welche auf eine andere folgt. Weil dieses aber bei aller Synthesis der Apprehension so beschaffen ist, wie ich oben an der Erscheinung eines Hauses gezeigt habe, so unterscheidet sie sich dadurch noch nicht von andern. Allein ich bemerke auch, dass, wenn ich an einer Erscheinung, welche ein Geschehen enthält, den vorhergehenden Zustand der Wahrnehmung A, den folgenden aber B nenne, dass B auf A in der Apprehension nur folgen, die Wahrnehmung A aber auf B nicht folgen, sondern nur vorhergehen kann. Ich sehe z. B. ein Schiff den Strom hinab treiben. Meine Wahrnehmung seiner Stelle unterhalb folgt auf die Wahrnehmung der Stelle desselben oberhalb dem Laufe des Flusses, und es ist unmöglich, dass in der Apprehension dieser Erscheinung das Schiff zuerst unterhalb, nachher aber oberhalb des Stromes wahrgenommen werden sollte. Die Ordnung in der Folge der Wahrnehmung in der Apprehension ist hier also bestimmt und an dieselbe ist die letztere gebunden. In dem vorigen Beispiele von einem Hause konnten meine Wahrnehmungen in der Apprehension von der Spitze desselben anfangen und beim Boden endigen, aber auch von unten anfangen und oben endigen, imgleichen rechts oder links das Mannigfaltige der empirischen Anschauung apprehendiren. In der Reihe dieser Wahrnehmungen war also keine bestimmte Ordnung, welche es nothwendig machte, wenn ich in der Apprehension anfangen müsste, um das Mannigfaltige empirisch zu verbinden. Diese Regel aber ist bei der Wahrnehmung von dem, was geschieht, jederzeit anzutreffen und sie macht die Ordnung der einander folgenden Wahrnehmungen (in der Apprehension dieser Erscheinung) nothwendig.

Ich werde also, in unserem Fall, die subjective Folge der Apprehension von der objectiven Folge der Erscheinungen ableiten müssen, weil jene sonst gänzlich unbestimmt ist und keine Erscheinung von der andern unterscheidet. Jene allein beweiset nichts von der Verknüpfung des Mannigfaltigen am Object, weil sie ganz beliebig ist. Diese also wird in der Ordnung des Mannigfaltigen der Erscheinung bestehen, nach welcher die Apprehension des Einen, (was geschieht,) auf die des Andern, (das vorhergeht,) nach einer Regel folgt. Nur dadurch kann ich von der Erscheinung selbst, und nicht blos von meiner Apprehension berechtigt sein zu sagen, dass in jener eine Folge anzutreffen sei; welches so viel bedeutet, als dass ich die Apprehension nicht anders anstellen könne, als gerade in dieser Folge.

Nach einer solchen Regel also muss in dem, was überhaupt vor einer Begebenheit vorhergeht, die Bedingung zu einer Regel liegen, nach welcher jederzeit und nothwendigerweise diese Begebenheit folgt; umgekehrt aber kann ich nicht von der Begebenheit zurückgehen und dasjenige bestimmen (durch Apprehension), was vorhergeht. Denn von dem folgenden Zeitpunkt geht keine Erscheinung zu dem vorigen zurück, aber bezieht sich doch auf irgend einen vorigen; von einer gegebenen Zeit ist dagegen der Fortgang auf die bestimmte folgende nothwendig. Daher, weil es doch etwas ist, was folgt, so muss ich es nothwendig auf etwas Anderes überhaupt beziehen, was vorhergeht und worauf es nach einer Regel, d. i. nothwendigerweise folgt, so dass die Begebenheit, als das Bedingte, auf irgend eine Bedingung sichere Anweisung gibt, diese aber die Begebenheit bestimmt.

Man setze, es gehe vor einer Begebenheit nichts vorher, worauf dieselbe nach einer Regel folgen müsste, so wäre alle Folge der Wahrnehmung nur lediglich in der Apprehension, d. i. blos subjectiv, aber dadurch gar nicht objectiv bestimmt, welches eigentlich das Vorhergehende und welches das Nachfolgende der Wahrnehmungen sein müsste. Wir würden auf solche Weise nur ein Spiel der Vorstellungen haben, das sich auf gar kein Object bezöge, d. i. es würde durch unsere Wahrnehmung eine Erscheinung von jeder andern, dem Zeitverhältnisse nach, gar nicht unterschieden werden; weil die Succession im Apprehendiren allerwärts einerlei, und also nichts in der Erscheinung ist, was sie bestimmt, so dass dadurch eine gewisse Folge als objectiv nothwendig gemacht wird. Ich werde also nicht sagen: dass in der Erscheinung zwei Zustände auf einander folgen; sondern nur: dass eine Apprehension auf die andre folgt; welches blos etwas Subjectives ist und kein Object bestimmt, mithin gar nicht für Erkenntniss irgend eines Gegenstandes (selbst nicht in der Erscheinung) gelten kann.

Wenn wir also erfahren, dass etwas geschieht, so setzen wir dabei jederzeit voraus, dass irgend etwas vorausgehe, worauf es nach einer Regel folgt. Denn ohne dieses würde ich nicht von dem Object sagen, dass es folge, weil die blose Folge in meiner Apprehension, wenn sie nicht durch eine Regel in Beziehung auf ein Vorhergehendes bestimmt ist, zu keiner Folge im Objecte berechtiget. Also geschieht es immer in Rücksicht auf eine Regel, nach welcher die Erscheinungen in ihrer Folge, d. i. so, wie sie geschehen, durch den vorigen Zustand bestimmt sind, dass ich meine subjective Synthesis (der Apprehension) objectiv mache, und nur lediglich unter dieser Voraussetzung allein ist selbst die Erfahrung von etwas, was geschieht, möglich.

Zwar scheint es, als widerspreche dieses allen Bemerkungen, die man jederzeit über den Gang unseres Verstandesgebrauchs gemacht hat, nach welchen wir nur allererst durch die wahrgenommenen und verglichenen übereinstimmenden Folgen vieler Begebenheiten auf vorhergehende Erscheinungen eine Regel zu entdecken geleitet worden, der gemäss gewisse Begebenheiten auf gewisse Erscheinungen jederzeit folgen, und dadurch zuerst veranlasst worden, uns den Begriff von Ursache zu machen. Auf solchen Fuss würde dieser Begriff blos empirisch sein und die Regel, die er verschafft: dass alles, was geschieht, eine Ursache habe, würde eben so zufällig sein, als die Erfahrung selbst; seine Allgemeinheit und Nothwendigkeit wären alsdenn nur angedichtet und hätten keine wahre allgemeine Gültigkeit, weil sie nicht *a priori*, sondern nur auf Induction gegründet wären. Es geht aber hiemit so, wie mit andern reinen Vorstellungen *a priori* (z. B. Raum und Zeit), die wir darum allein aus der Erfahrung als klare Begriffe herausziehen können, weil wir sie in die Erfahrung gelegt hatten und diese daher durch jene allererst zu Stande brachten. Freilich ist die logische Klarheit dieser Vorstellung einer die Reihe der Begebenheiten bestimmenden Regel, als eines Begriffs von Ursache, nur alsdenn möglich, wenn wir davon in der Erfahrung Gebrauch gemacht haben; aber eine Rücksicht auf dieselbe, als Bedingung der synthetischen Einheit der Erscheinungen in der Zeit, war doch der Grund der Erfahrung selbst und ging also *a priori* vor ihr vorher.

Es kommt also darauf an, im Beispiele zu zeigen, dass wir niemals selbst in der Erfahrung die Folge (einer Begebenheit, da etwas geschieht, was vorher nicht war,) dem Object beilegen und sie von der subjectiven unserer Apprehension unterscheiden, als wenn eine Regel zum Grunde liegt, die uns nöthigt, diese Ordnung der Wahrnehmungen vielmehr, als eine andere zu beobachten, ja dass diese Nöthigung es eigentlich sei, was die Vorstellung einer Succession im Object allererst möglich macht.

Wir haben Vorstellungen in uns, deren wir uns auch bewusst werden können. Dieses Bewusstsein aber mag so weit erstreckt und so genau oder pünktlich sein, als man wolle, so bleiben es doch nur immer Vorstellungen, d. i. innere Bestimmungen unseres Gemüths in diesem oder jenem Zeitverhältnisse. Wie kommen wir nun dazu, dass wir diesen Vorstellungen ein Object setzen, oder über ihre subjective Realität, als Modificationen, ihnen noch, ich weiss nicht was für eine objective beilegen? Objective Bedeutung kann nicht in der Beziehung auf eine andere Vorstellung (von dem, was man vom Gegenstande nennen wollte,) bestehen; denn sonst erneuert sich die Frage: wie geht diese Vorstellung wiederum aus sich selbst heraus und bekommt objective Bedeutung noch über die subjective, welche ihr, als Bestimmung des Gemüthszustandes, eigen ist? Wenn wir untersuchen, was denn die **Beziehung auf einen Gegenstand** unseren Vorstellungen für eine neue Beschaffenheit gebe und welches die Dignität sei, die sie dadurch erhalten, so finden wir, dass sie nichts weiter thue, als die Verbindung der Vorstellungen auf eine gewisse Art nothwendig zu machen und sie einer Regel zu unterwerfen; dass umgekehrt nur dadurch, dass eine gewisse Ordnung in dem Zeitverhältnisse unserer Vorstellungen nothwendig ist, ihnen objective Bedeutung ertheilet wird.

In der Synthesis der Erscheinungen folgt das Mannigfaltige der Vorstellungen jederzeit nach einander. Hierdurch wird nun gar kein

Object vorgestellt; weil durch diese Folge, die allen Apprehensionen gemein ist, nichts vom Andern unterschieden wird. So bald ich aber wahrnehme oder voraus annehme, dass in dieser Folge eine Beziehung auf den vorhergehenden Zustand sei, aus welchem die Vorstellung nach einer Regel folgt; so stellt sich etwas vor als Begebenheit, oder was da geschieht, d. i. ich erkenne einen Gegenstand, den ich in der Zeit auf eine gewisse bestimmte Stelle setzen muss, die ihm nach dem vorhergehenden Zustande nicht anders ertheilt werden kann. Wenn ich also wahrnehme, dass etwas geschieht, so ist in dieser Vorstellung erstlich enthalten, dass etwas vorhergehe, weil eben in Beziehung auf dieses die Erscheinung ihr Zeitverhältniss bekommt, nämlich nach einer vorhergehenden Zeit, in der sie nicht war, zu existiren. Aber ihre bestimmte Zeitstelle in diesem Verhältnisse kann sie nur dadurch bekommen, dass im vorhergehenden Zustande etwas vorausgesetzt wird, worauf es jederzeit, d. i. nach einer Regel folgt; woraus sich denn ergibt, dass ich erstlich nicht die Reihe umkehren und das, was geschieht, demjenigen voransetzen kann, worauf es folgt; zweitens dass, wenn der Zustand, der vorhergeht, gesetzt wird, diese bestimmte Begebenheit unausbleiblich und nothwendig folge. Dadurch geschieht es, dass eine Ordnung unter unsern Vorstellungen wird, in welcher das Gegenwärtige, (so fern es geworden,) auf irgend einen vorhergehenden Zustand Anweisung gibt, als ein, obzwar noch unbestimmtes Correlatum dieser Ereigniss, die gegeben ist, welches sich aber auf diese, als seine Folge, bestimmend bezieht und sie nothwendig mit sich in der Zeitreihe verknüpfet.

Wenn es nun ein nothwendiges Gesetz unserer Sinnlichkeit, mithin eine formale Bedingung aller Wahrnehmungen ist, dass die vorige Zeit die folgende nothwendig bestimmt, (indem ich zur folgenden nicht anders gelangen kann, als durch die vorhergehende,) so ist es auch ein unentbehrliches Gesetz der empirischen Vorstellung der Zeitreihe, dass die Erscheinungen der vergangenen Zeit jedes Dasein in der folgenden bestimmen, und dass diese, als Begebenheiten, nicht stattfinden, als so fern jene ihnen ihr Dasein in der Zeit bestimmen, d. i. nach einer Regel festsetzen. Denn nur an den Erscheinungen können wir diese Continuität im Zusammenhange der Zeiten empirisch erkennen.

Zu aller Erfahrung und deren Möglichkeit gehört Verstand, und das Erste, was er dazu thut, ist nicht, dass er die Vorstellung eines Gegenstandes deutlich macht, sondern dass er die Vorstellung eines Gegenstandes überhaupt möglich macht. Dieses geschieht nun dadurch, dass er die Zeitordnung auf die Erscheinungen und deren Dasein überträgt, indem er jeder derselben als Folge eine, in Ansehung der vorhergehenden Erscheinungen *a priori* bestimmte Stelle in der Zeit zuerkennt, ohne welche sie nicht mit der Zeit selbst, die allen ihren Theilen *a priori* ihre Stelle bestimmt, übereinkommen würde. Diese Bestimmung der Stelle kann nun nicht von dem Verhältniss der Erscheinungen gegen die absolute Zeit entlehnt werden, (denn die ist kein Gegenstand der Wahrnehmung,) sondern umgekehrt, die Erscheinungen müssen einander ihre Stellen in der Zeit selbst bestimmen und dieselben in der Zeitordnung nothwendig machen, d. i. dasjenige, was da folgt oder geschieht, muss nach einer allgemeinen Regel auf das, was im vorigen Zustande enthalten war, folgen, woraus eine Reihe der Erscheinungen wird, die vermittelst des Verstandes eben dieselbe Ordnung und stetigen Zusammenhang in der Reihe möglicher Wahrnehmungen hervorbringt und nothwendig macht, als sie in der Form der innern Anschauung (der Zeit), darin alle Wahrnehmungen ihre Stelle haben müssten, *a priori* angetroffen wird.

Dass also etwas geschieht, ist eine Wahrnehmung, die zu einer möglichen Erfahrung gehört, die dadurch wirklich wird, wenn ich die Erscheinung ihrer Stelle nach in der Zeit als bestimmt, mithin als ein Object ansehe, welches nach einer Regel im Zusammenhange der Wahrnehmungen jederzeit gefunden werden kann. Diese Regel aber, etwas der Zeitfolge nach zu bestimmen, ist: dass in dem, was vorhergeht, die Bedingung anzutreffen sei, unter welcher die Begebenheit jederzeit (d. i. nothwendigerweise) folgt. Also ist der Satz vom zureichenden Grunde der Grund möglicher Erfahrung, nämlich der objectiven Erkenntniss der Erscheinungen, in Ansehung des Verhältnisses derselben in der Reihenfolge der Zeit.

Der Beweisgrund dieses Satzes aber beruht lediglich auf folgenden Momenten. Zu aller empirischen Erkenntniss gehört die Synthesis des Mannigfaltigen durch die Einbildungskraft, die jederzeit successiv ist, d. i. die Vorstellungen folgen in ihr jederzeit auf einander. Die Folge aber ist in der Einbildungskraft der Ordnung nach, (was vorgehen und was folgen müsse,) gar nicht bestimmt, und die Reihe der einen der folgenden Vorstellungen kann eben so wohl rückwärts als vorwärts genommen werden. Ist aber diese Synthesis eine Synthesis der Apprehension (des Mannigfaltigen einer gegebenen Erscheinung), so ist die Ordnung im Object bestimmt, oder, genauer zu reden, es ist darin eine Ordnung der successiven Synthesis, die ein Object bestimmt, nach welcher etwas nothwendig vorausgehen, und wenn dieses gesetzt ist, das Andre nothwendig folgen müsse. Soll also meine Wahrnehmung die Erkenntniss einer Begebenheit enthalten, da nämlich etwas wirklich geschieht, so muss sie ein empirisches Urtheil sein, in welchem man sich denkt, dass die Folge bestimmt sei, d. i. dass sie eine andere Erscheinung der Zeit nach voraussetze, worauf sie nothwendig oder nach einer Regel folgt. Widrigenfalls, wenn ich das Vorhergehende setze, und die Begebenheit folgte nicht darauf nothwendig, so würde ich sie nur für ein subjectives Spiel meiner Einbildungen halten müssen und, stellte ich mir darunter doch etwas Objectives vor, sie einen blosen Traum nennen. Also ist das Verhältniss der Erscheinungen (als möglicher Wahrnehmungen), nach welchem das Nachfolgende, (was geschieht,) durch etwas Vorhergehendes seinem Dasein nach nothwendig und nach einer Regel in der Zeit bestimmt ist, mithin das Verhältniss der Ursache zur Wirkung die Bedingung der objectiven Gültigkeit unserer empirischen Urtheile, in Ansehung der Reihe der Wahrnehmungen, mithin der empirischen Wahrheit derselben, und also der Erfahrung. Der Grundsatz des Causalverhältnisses in der Folge der Erscheinungen gilt daher auch von allen Gegenständen der Erfahrung (unter den Bedingungen der Succession), weil er selbst der Grund der Möglichkeit einer solchen Erfahrung ist.

Hier äussert sich aber noch eine Bedenklichkeit, die gehoben werden muss. Der Satz der Causalverknüpfung unter den Erscheinungen ist in unserer Formel auf die Reihenfolge derselben eingeschränkt, da es sich doch bei dem Gebrauch desselben findet, dass er auch auf ihre Begleitung passe und Ursache und Wirkung zugleich sein könne. Es ist z. B. Wärme im Zimmer, die nicht in freier Luft angetroffen wird. Ich sehe mich nach der Ursache um und finde einen geheizten Ofen. Nun ist dieser, als Ursache, mit seiner Wirkung, der Stubenwärme, zugleich; also ist hier keine Reihenfolge, der Zeit nach, zwischen Ursache und Wirkung, sondern sie sind zugleich, und das Gesetz gilt doch. Der grösste Theil der wirkenden Ursachen in der Natur ist mit ihren Wirkungen zugleich, und die Zeitfolge der letzteren wird nur dadurch veranlasst, dass die Ursache ihre ganze Wirkung nicht in einem Augenblick verrichten kann. Aber in dem Augenblicke, da sie zuerst entsteht, ist sie mit der Causalität ihrer Ursache jederzeit zugleich, weil, wenn jene einen Augenblick vorher aufgehört hätte zu sein, diese gar nicht entstanden wäre. Hier muss man wohl bemerken, dass es auf die **Ordnung** der Zeit, und nicht den **Ablauf** derselben angesehen sei; das Verhältniss bleibt, wenn gleich keine Zeit verlaufen ist. Die Zeit zwischen der Causalität der Ursache und deren unmittelbaren Wirkung kann **verschwindend** (sie also zugleich) sein; aber das Verhältniss der einen zur andern bleibt doch immer der Zeit nach bestimmbar. Wenn ich eine Kugel, die auf einem ausgestopften Kissen liegt und ein Grübchen darin drückt, als Ursache betrachte, so ist sie mit der Wirkung zugleich. Allein ich unterscheide doch beide durch die Zeitverhältnisse der dynamischen Verknüpfung beider. Denn wenn ich die Kugel auf das Kissen lege, so folgt auf die vorige glatte Gestalt desselben das Grübchen; hat aber das Kissen (ich weiss nicht woher) ein Grübchen, so folgt darauf nicht eine bleierne Kugel.

Demnach ist die Zeitfolge allerdings das einzige empirische Kriterium der Wirkung, in Beziehung auf die Causalität der Ursache, die vorhergeht. Das Glas ist die Ursache von dem Steigen des Wassers über seine Horizontalfläche, obgleich beide Erscheinungen zugleich sind. Denn so bald ich dieses aus einem grössern Gefäss mit dem Glase schöpfe, so erfolgt etwas, nämlich die Veränderung des Horizontalstandes, den es dort hatte, in einen concaven, den es im Glase annimmt.

Diese Causalität führt auf den Begriff der Handlung, diese auf den Begriff der Kraft, und dadurch auf den Begriff der Substanz. Da ich mein kritisches Vorhaben, welches lediglich auf die Quellen der synthetischen Erkenntniss *a priori* geht, nicht mit Zergliederungen bemengen will, die blos die Erläuterung (nicht Erweiterung) der Begriffe angehen, so überlasse ich die umständliche Erörterung derselben einem künftigen System der reinen Vernunft; wiewohl man eine solche Analysis im reichen Maasse auch schon in den bisher bekannten Lehrbüchern dieser Art antrifft. Allein das empirische Kriterium einer Substanz, so fern sie sich nicht durch die Beharrlichkeit der Erscheinung, sondern besser und leichter durch Handlung zu offenbaren scheint, kann ich nicht unberührt lassen.

Wo Handlung, mithin Thätigkeit und Kraft ist, da ist auch Substanz, und in dieser allein muss der Sitz jener fruchtbaren Quelle der Erscheinungen gesucht werden. Das ist ganz gut gesagt; aber, wenn man sich darüber erklären soll, was man unter Substanz verstehe, und dabei den fehlerhaften Zirkel vermeiden will, so ist es nicht so leicht verantwortet. Wie will man aus der Handlung sogleich auf die Beharrlichkeit des Handelnden schliessen, welches doch ein so wesentliches und eigenthümliches Kennzeichen der Substanz *(phaenomenon)* ist? Allein nach unserem Vorigen hat die Auflösung der Frage doch keine solche Schwierigkeit, ob sie gleich nach der gemeinen Art, (blos analytisch mit seinen Begriffen zu verfahren,) ganz unauflöslich sein würde. Handlung bedeutet schon das Verhältniss des Subjects der Causalität zur Wirkung. Weil nun alle Wirkung in dem besteht, was da geschieht, mithin im Wandelbaren, was die Zeit der Succession nach bezeichnet, so ist das letzte Subject desselben das Beharrliche, als das Substratum alles Wechselnden, d. i. die Substanz. Denn nach dem Grundsatze der Causalität sind Handlungen immer der erste Grund von allem Wechsel der Erscheinungen und können also nicht in einem Subject liegen, was selbst wechselt, weil sonst andere Handlungen und ein anderes Subject, welches diesen Wechsel bestimmt, erforderlich wären. Kraft dessen beweiset nun Handlung, als ein hinreichendes empirisches Kriterium, die Substantialität, ohne dass ich die Beharrlichkeit desselben durch verglichene Wahrnehmungen allererst zu suchen nöthig hätte; welches auch auf diesem Wege mit der Ausführlichkeit nicht geschehen könnte, die zu der Grösse und strengen Allgemeingültigkeit des Begriffs erforderlich ist. Denn dass das erste Subject der Causalität alles Entstehens und Vergehens selbst nicht (im Felde der Erscheinungen) entstehen und vergehen könne, ist ein sicherer Schluss, der auf empirische Nothwendigkeit und Beharrlichkeit im Dasein, mithin auf den Begriff einer Substanz als Erscheinung ausläuft.

Wenn etwas geschieht, so ist das blose Entstehen, ohne Rücksicht auf das, was da entsteht, schon an sich selbst ein Gegenstand der Untersuchung. Der Uebergang aus dem Nichtsein eines Zustandes in diesen Zustand, gesetzt, dass dieser auch keine Qualität in der Erscheinung enthielte, ist schon allein nöthig zu untersuchen. Dieses Entstehen trifft, wie in der Nummer *A* gezeigt worden, nicht die Substanz, (denn die entsteht nicht,) sondern ihren Zustand. Es ist also blos Veränderung, und nicht Ursprung aus nichts. Wenn dieser Ursprung als Wirkung von einer fremden Ursache angesehen wird, so heisst er Schöpfung, welche als Begebenheit unter den Erscheinungen nicht zugelassen werden kann, indem ihre Möglichkeit allein schon die Einheit der Erfahrung aufheben würde, obzwar, wenn ich alle Dinge nicht als Phänomene, sondern als Dinge an sich betrachte und als Gegenstände des blosen Verstandes, sie, obschon sie Substanzen sind, dennoch wie abhängig ihrem Dasein nach von fremder Ursache angesehen werden können; welches aber alsdenn ganz andere Wortbedeutungen nach sich ziehen und auf Erscheinungen, als mögliche Gegenstände der Erfahrung, nicht passen würde.

Wie nun überhaupt etwas verändert werden könne, wie es möglich sei, dass auf einen Zustand in einem Zeitpunkte ein entgegengesetzter im andern folgen könne, davon haben wir *a priori* nicht den mindesten Begriff. Hiezu wird die Kenntniss wirklicher Kräfte erfordert, welche nur empirisch gegeben werden kann, z. B. der bewegenden Kräfte, oder, welches einerlei ist, gewisser successiven Erscheinungen (als Bewegungen), welche solche Kräfte anzeigen. Aber die Form einer jeden Veränderung, die Bedingung, unter welcher sie als ein Entstehen eines andern Zustandes allein vorgehen kann, (der Inhalt derselben, d. i. der Zustand, der verändert wird, mag sein, welcher er wolle,) mithin die Succession der Zustände selbst (das Geschehene) kann doch nach dem Gesetze der Causalität und den Bedingungen der Zeit *a priori* erwogen werden. *

Wenn eine Substanz aus einem Zustande *a* in einen andern *b* übergeht, so ist der Zeitpunkt des zweiten vom Zeitpunkte des ersteren Zustandes unterschieden und folgt demselben. Eben so ist auch der zweite Zustand als Realität (in der Erscheinung) vom ersteren, darin diese nicht war, wie *b* vom Zero unterschieden, d. i. wenn der Zustand *b* sich auch von dem Zustande *a* nur der Grösse nach unterschiede, so ist die Veränderung ein Entstehen von *b—a*, welches im vorigen Zustande nicht war, und in Ansehung dessen er $= 0$ ist.

Es fragt sich also: wie ein Ding aus einem Zustande $= a$ in einen andern $= b$ übergehe? Zwischen zween Augenblicken ist immer eine Zeit, und zwischen zwei Zuständen in denselben immer ein Unterschied, der eine Grösse hat; (denn alle Theile der Erscheinungen sind immer wiederum Grössen.) Also geschieht jeder Uebergang aus einem Zustande in den andern in einer Zeit, die zwischen zween Augenblicken

---

* Man merke wohl, dass ich nicht von der Veränderung gewisser Relationen überhaupt, sondern von Veränderung des Zustandes rede. Daher, wenn ein Körper sich gleichförmig bewegt, so verändert er seinen Zustand (der Bewegung) gar nicht; aber wohl, wenn seine Bewegung zu- oder abnimmt.

enthalten ist, deren der erste den Zustand bestimmt, aus welchem das Ding herausgeht, der zweite den, in welchen es gelangt. Beide also sind Grenzen der Zeit einer Veränderung, mithin des Zwischenzustandes zwischen beiden· Zuständen, und gehören als solche mit zu der ganzen Veränderung. Nun hat jede Veränderung eine Ursache, welche in der ganzen Zeit, in welcher jene vorgeht, ihre Causalität beweiset. Also bringt diese Ursache ihre Veränderung nicht plötzlich (auf einmal oder in einem Augenblicke) hervor, sondern in einer Zeit, so dass, wie die Zeit vom Anfangsaugenblicke a bis zu ihrer Vollendung in b wächst, auch die Grösse der Realität $(b-a)$ durch alle kleinere Grade, die zwischen dem ersten und letzten enthalten sind, erzeugt wird. Alle Veränderung ist also nur durch eine continuirliche Handlung der Causalität möglich, welche, so fern sie gleichförmig ist, ein Moment heisst. Aus diesen Momenten besteht nicht die Veränderung, sondern wird dadurch erzeugt als ihre Wirkung.

Das ist nun das Gesetz der Continuität aller Veränderung, dessen Grund dieser ist, dass weder die Zeit, noch auch die Erscheinung in der Zeit aus Theilen besteht, die die kleinsten sind, und dass doch der Zustand des Dinges bei seiner Veränderung durch alle diese Theile, als Elemente, zu seinem zweiten Zustande übergehe. Es ist kein Unterschied des Realen in der Erscheinung, so wie kein Unterschied in der Grösse der Zeiten, der kleinste, und so erwächst der neue Zustand der Realität von dem ersten an, darin diese nicht war, durch alle unendliche Grade derselben, deren Unterschiede von einander insgesammt kleiner sind, als der zwischen 0 und a.

Welchen Nutzen dieser Satz in der Naturforschung haben möge, das geht uns hier nichts an. Aber wie ein solcher Satz, der unsere Erkenntniss der Natur so zu erweitern scheint, völlig *a priori* möglich sei, das erfordert gar sehr unsere Prüfung, wenn gleich der Augenschein beweiset, dass er wirklich und richtig sei, und man also der Frage, wie er möglich gewesen, überhoben zu sein glauben möchte. Denn es gibt so mancherlei ungegründete Anmassungen der Erweiterung unserer Erkenntniss durch reine Vernunft, dass es zum allgemeinen Grundsatz angenommen werden muss, deshalb durchaus misstrauisch zu sein und ohne Documente, die eine gründliche Deduction verschaffen können, selbst auf den klärsten dogmatischen Beweis nichts dergleichen zu glauben und anzunehmen.

Aller Zuwachs des empirischen Erkenntnisses und jeder Fortschritt der Wahrnehmung ist nichts, als eine Erweiterung der Bestimmung des innern Sinnes, d. i. ein Fortgang in der Zeit, die Gegenstände mögen sein, welche sie wollen, Erscheinungen oder reine Anschauungen. Dieser Fortgang in der Zeit bestimmt alles und ist an sich selbst durch nichts weiter bestimmt, d. i. die Theile desselben sind nur in der Zeit und durch die Synthesis derselben, sie aber nicht vor ihr gegeben. Um deswillen ist ein jeder Uebergang in der Wahrnehmung zu etwas, was in der Zeit folgt, eine Bestimmung der Zeit durch die Erzeugung dieser Wahrnehmung, und da jene immer und in allen ihren Theilen eine Grösse ist, die Erzeugung einer Wahrnehmung als einer Grösse durch alle Grade, deren keiner der kleinste ist, von dem Zero an bis zu ihrem bestimmten Grad. Hieraus erhellet nun die Möglichkeit, ein Gesetz der Veränderungen ihrer Form nach *a priori* zu erkennen. Wir anticipiren nur unsere eigene Apprehension, deren formale Bedingung, da sie uns vor aller gegebenen Erscheinung selbst beiwohnt, allerdings *a priori* muss erkannt werden können.

So ist demnach, eben so, wie die Zeit die sinnliche Bedingung *a priori* von der Möglichkeit eines continuirlichen Fortganges des Existirenden zu dem Folgenden enthält, der Verstand, vermittelst der Einheit der Apperception, die Bedingung *a priori* der Möglichkeit einer continuirlichen Bestimmung aller Stellen für die Erscheinungen in dieser Zeit, durch die Reihe von Ursachen und Wirkungen, deren die ersteren der letzteren ihr Dasein unausbleiblich nach sich ziehen und dadurch die empirische Erkenntniss der Zeitverhältnisse für jede Zeit (allgemein), mithin objectiv gültig machen.

C. Dritte Analogie.

Grundsatz des Zugleichseins, nach dem Gesetze der Wechselwirkung oder Gemeinschaft.

Alle Substanzen, sofern sie im Raume als zugleich wahrgenommen werden können, sind in durchgängiger Wechselwirkung.[1]

---

[1] 1. Ausg.: „Grundsatz der Gemeinschaft. — Alle Substanzen, sofern sie zugleich sind, stehen in durchgängiger Gemeinschaft (d. i. Wechselwirkung unter einander)."

Beweis.

Zugleich sind Dinge, wenn in der empirischen Anschauung die Wahrnehmung des einen auf die Wahrnehmung des andern wechselseitig folgen kann, (welches in der Zeitfolge der Erscheinungen, wie beim zweiten Grundsatze gezeigt worden, nicht geschehen kann.) So kann ich meine Wahrnehmung zuerst am Monde und nachher an der Erde, oder auch umgekehrt zuerst an der Erde und dann am Monde anstellen, und darum, weil die Wahrnehmungen dieser Gegenstände einander wechselseitig folgen können, sage ich, sie existiren zugleich. Nun ist das Zugleichsein die Existenz des Mannigfaltigen in derselben Zeit. Man kann aber die Zeit selbst nicht wahrnehmen, um daraus, dass Dinge in derselben Zeit gesetzt sind, abzunehmen, dass die Wahrnehmungen derselben einander wechselseitig folgen können. Die Synthesis der Einbildungskraft in der Apprehension würde also nur eine jede dieser Wahrnehmungen als eine solche angeben, die im Subjecte da ist, wenn die andere nicht ist, und wechselsweise, nicht aber dass die Objecte zugleich seien, d. i. wenn das eine ist, das andere auch in derselben Zeit sei, und dass dieses nothwendig sei, damit die Wahrnehmungen wechselseitig auf einander folgen können. Folglich wird ein Verstandesbegriff von der wechselseitigen Folge der Bestimmungen dieser ausser einander zugleich existirenden Dinge erfordert, um zu sagen, dass die wechselseitige Folge der Wahrnehmungen im Objecte gegründet sei, und das Zugleichsein dadurch als objectiv vorzustellen. Nun ist aber das Verhältniss der Substanzen, in welchem die eine Bestimmungen enthält, wovon der Grund in der anderen enthalten ist, das Verhältniss des Einflusses, und wenn wechselseitig dieses den Grund der Bestimmungen in dem anderen enthält, das Verhältniss der Gemeinschaft oder Wechselwirkung. Also kann das Zugleichsein der Substanzen im Raume nicht anders in der Erfahrung erkannt werden, als unter Voraussetzung einer Wechselwirkung derselben unter einander; diese ist also auch die Bedingung der Möglichkeit der Dinge selbst als Gegenstände der Erfahrung.[1]

Dinge sind zugleich, so fern sie in einer und derselben Zeit existiren. Woran erkennt man aber, dass sie in einer und derselben Zeit sind? Wenn die Ordnung in der Synthesis der Apprehension dieses Mannigfaltigen gleichgültig ist, d. i. von A durch B, C, D auf E, oder

---

[1] Der Absatz: „Zugleich sind Dinge — Gegenstände der Erfahrung." ist in der 2. Ausg. hinzugekommen.

auch umgekehrt von E zu A gehen kann. Denn wäre sie in der Zeit nach einander, (in der Ordnung, die von A anhebt und in E endigt,) so ist es unmöglich, die Apprehension in der Wahrnehmung von E anzuheben und rückwärts zu A fortzugehen, weil A zur vergangenen Zeit gehört und also kein Gegenstand der Apprehension mehr sein kann.

Nehmet nun an: in einer Mannigfaltigkeit von Substanzen als Erscheinungen wäre jede derselben völlig isolirt, d. i. keine wirkte in die andere und empfinge von dieser wechselseitig Einflüsse, so sage ich, dass das Zugleichsein derselben kein Gegenstand einer möglichen Wahrnehmung sein würde, und dass das Dasein der einen durch keinen Weg der empirischen Synthesis auf das Dasein der andern führen könnte. Denn wenn ihr euch gedenkt, sie wären durch einen völlig leeren Raum getrennt, so würde die Wahrnehmung, die von der einen zur andern in der Zeit fortgeht, zwar dieser ihr Dasein vermittelst einer folgenden Wahrnehmung bestimmen, aber nicht unterscheiden können, ob die Erscheinung objectiv auf die erstere folge oder mit jener vielmehr zugleich sei.

Es muss also noch ausser dem blosen Dasein etwas sein, wodurch A dem B seine Stelle in der Zeit bestimmt und umgekehrt auch wiederum B dem A, weil nur unter dieser Bedingung gedachte Substanzen als zugleich existirend empirisch vorgestellt werden können. Nun bestimmt nur dasjenige dem Andern seine Stelle in der Zeit, was die Ursache von ihm oder seinen Bestimmungen ist. Also muss jede Substanz, (da sie nur in Ansehung ihrer Bestimmungen Folge sein kann,) die Causalität gewisser Bestimmungen in der andern und zugleich die Wirkungen von der Causalität der andern in sich enthalten, d. i. sie müssen in dynamischer Gemeinschaft (unmittelbar oder mittelbar) stehen, wenn das Zugleichsein in irgend einer möglichen Erfahrung erkannt werden soll. Nun ist aber alles dasjenige in Ansehung der Gegenstände der Erfahrung nothwendig, ohne welches die Erfahrung von diesen Gegenständen selbst unmöglich sein würde. Also ist es in allen Substanzen in der Erscheinung, so fern sie zugleich sind, nothwendig, in durchgängiger Gemeinschaft der Wechselwirkung unter einander zu stehen.

Das Wort Gemeinschaft ist in unserer Sprache zweideutig und kann so viel als *communio*, aber auch als *commercium* bedeuten. Wir bedienen uns hier desselben im letzteren Sinn, als einer dynamischen Gemeinschaft, ohne welche selbst die locale (*communio spatii*) niemals empirisch erkannt werden könnte. Unseren Erfahrungen ist es leicht anzumerken, dass nur die continuirlichen Einflüsse in allen Stellen des

Raumes unseren Sinn von einem Gegenstande zum andern leiten können, dass das Licht, welches zwischen unserem Auge und den Weltkörpern spielt, eine mittelbare Gemeinschaft zwischen uns und diesen bewirken und dadurch das Zugleichsein der letzteren beweisen, dass wir keinen Ort empirisch verändern (diese Veränderung wahrnehmen) können, ohne dass uns allerwärts Materie die Wahrnehmung unserer Stelle möglich mache, und diese nur vermittelst ihres wechselseitigen Einflusses ihr Zugleichsein, und dadurch bis zu den entlegensten Gegenständen die Coexistenz derselben (obzwar nur mittelbar) darthun kann. Ohne Gemeinschaft ist jede Wahrnehmung (der Erscheinung im Raume) von der andern abgebrochen, und die Kette empirischer Vorstellungen, d. i. Erfahrung, würde bei einem neuen Object ganz von vorne anfangen, ohne dass die vorige damit im geringsten zusammenhängen oder im Zeitverhältnisse stehen könnte. Den leeren Raum will ich hiedurch gar nicht widerlegen; denn der mag immer sein, wohin Wahrnehmungen gar nicht reichen und also keine empirisshe Erkenntniss des Zugleichseins stattfindet; er ist aber alsdenn für alle unsere mögliche Erfahrung gar kein Object.

Zur Erläuterung kann Folgendes dienen. In unserm Gemüthe müssen alle Erscheinungen, als in einer möglichen Erfahrung enthalten, in Gemeinschaft *(communio)* der Apperception stehen, und so fern die Gegenstände als zugleich existirend verknüpft vorgestellt werden sollen, so müssen sie ihre Stelle in einer Zeit wechselseitig bestimmen und dadurch ein Ganzes ausmachen. Soll diese subjective Gemeinschaft auf einem objectiven Grunde beruhen oder auf Erscheinungen als Substanzen bezogen werden, so muss die Wahrnehmung der einen, als Grund, die Wahrnehmung der andern, und so umgekehrt, möglich machen, damit die Succession, die jederzeit in den Wahrnehmungen als Apprehensionen ist, nicht den Objecten beigelegt werde, sondern diese als zugleich existirend vorgestellt werden können. Dieses ist aber ein wechselseitiger Einfluss, d. i. eine reale Gemeinschaft *(commercium)* der Substanzen, ohne welche also das empirische Verhältniss des Zugleichseins nicht in der Erfahrung stattfinden könnte. Durch dieses Commercium machen die Erscheinungen, so fern sie ausser einander und doch in Verknüpfung stehen, ein Zusammengesetztes aus *(compositum reale)*, und dergleichen Composita werden auf mancherlei Art möglich. Die drei dynamischen Verhältnisse, daraus alle übrige entspringen, sind daher das der Inhärenz, der Consequenz und der Composition.

Dies sind denn also die drei Analogien der Erfahrung. Sie sind nichts Anderes, als Grundsätze der Bestimmung des Daseins der Erscheinungen in der Zeit, nach allen drei *modis* derselben, dem Verhältnisse zu der Zeit selbst, als einer Grösse (die Grösse des Daseins, d. i. die Dauer), dem Verhältnisse in der Zeit, als einer Reihe (nach einander), endlich auch in ihr, als einem Inbegriff alles Daseins (zugleich). Diese Einheit der Zeitbestimmung ist durch und durch dynamisch, d. i. die Zeit wird nicht als dasjenige angesehen, worin die Erfahrung unmittelbar jedem Dasein seine Stelle bestimmte, welches unmöglich ist, weil die absolute Zeit kein Gegenstand der Wahrnehmung ist, womit Erscheinungen könnten zusammengehalten werden; sondern die Regel des Verstandes, durch welche allein das Dasein der Erscheinungen synthetische Einheit nach Zeitverhältnissen bekommen kann, bestimmt jeder derselben ihre Stelle in der Zeit, mithin *a priori* und gültig für alle und jede Zeit.

Unter Natur (im empirischen Verstande) verstehen wir den Zusammenhang der Erscheinungen ihrem Dasein nach, nach nothwendigen Regeln, d. i. nach Gesetzen. Es sind also gewisse Gesetze und zwar *a priori*, welche allererst eine Natur möglich machen; die empirischen können nur vermittelst der Erfahrung und zwar zufolge jener ursprünglichen Gesetze, nach welchen selbst Erfahrung allererst möglich wird, stattfinden und gefunden werden. Unsere Analogien stellen also eigentlich die Natureinheit im Zusammenhange aller Erscheinungen unter gewissen Exponenten dar, welche nichts Anderes ausdrücken, als das Verhältniss der Zeit, (so fern sie alles Dasein in sich begreift,) zur Einheit der Apperception, die nur in der Synthesis nach Regeln stattfinden kann. Zusammen sagen sie also: alle Erscheinungen liegen in einer Natur und müssen darin liegen, weil ohne diese Einheit *a priori* keine Einheit der Erfahrung, mithin auch keine Bestimmung der Gegenstände in derselben möglich wäre.

Ueber die Beweisart aber, deren wir uns bei diesen transscendentalen Naturgesetzen bedient haben, und die Eigenthümlichkeit derselben ist eine Anmerkung zu machen, die zugleich als Vorschrift für jeden andern Versuch, intellectuelle und zugleich synthetische Sätze *a priori* zu beweisen, sehr wichtig sein muss. Hätten wir diese Analogien dogmatisch, d. i. aus Begriffen, beweisen wollen: dass nämlich alles, was existirt, nur in dem angetroffen werde, was beharrlich ist, dass jede Begebenheit etwas im vorigen Zustande voraussetze, worauf sie nach einer

Regel folgt, endlich in dem Mannigfaltigen, das zugleich ist, die Zustände in Beziehung auf einander nach einer Regel zugleich seien (in Gemeinschaft stehen), so wäre alle Bemühung gänzlich vergeblich gewesen. Denn man kann von einem Gegenstande und dessen Dasein auf das Dasein des andern oder seine Art zu existiren durch blose Begriffe dieser Dinge gar nicht kommen, man mag dieselben zergliedern, wie man wolle. Was blieb uns nun übrig? Die Möglichkeit der Erfahrung, als einer Erkenntniss, darin uns alle Gegenstände zuletzt müssen gegeben werden können, wenn ihre Vorstellung für uns objective Realität haben soll. In diesem Dritten nun, dessen wesentliche Form in der synthetischen Einheit der Apperception aller Erscheinungen besteht, fanden wir Bedingungen *a priori* der durchgängigen und nothwendigen Zeitbestimmung alles Daseins in der Erscheinung, ohne welche selbst die empirische Zeitbestimmung unmöglich sein würde, und fanden Regeln der synthetischen Einheit *a priori*, vermittelst deren wir die Erfahrung anticipiren konnten. In Ermangelung dieser Methode und bei dem Wahne, synthetische Sätze, welche der Erfahrungsgebrauch des Verstandes als seine Principien empfiehlt, dogmatisch beweisen zu wollen, ist es denn geschehen, dass von dem Satze des zureichenden Grundes so oft, aber immer vergeblich ein Beweis ist versucht worden. An die beiden übrigen Analogien hat Niemand gedacht; ob man sich ihrer gleich immer stillschweigend bediente,* weil der Leitfaden der Kategorien fehlte, der allein jede Lücke des Verstandes, sowohl in Begriffen, als Grundsätzen entdecken und merklich machen kann.

4) Die Postulate des empirischen Denkens überhaupt.

1. Was mit den formalen Bedingungen der Erfahrung (der Anschauung und den Begriffen nach) übereinkommt, ist möglich.

---

* Die Einheit des Weltganzen, in welchem alle Erscheinungen verknüpft sein sollen, ist offenbar eine blose Folgerung des ingeheim angenommenen Grundsatzes der Gemeinschaft aller Substanzen, die zugleich sind; denn wären sie isolirt, so würden sie nicht als Theile ein Ganzes ausmachen, und wäre ihre Verknüpfung (Wechselwirkung des Mannigfaltigen) nicht schon um des Zugleichseins willen nothwendig, so könnte man aus diesem, als einem blos idealen Verhältniss, auf jene, als ein reales, nicht schliessen. Wiewohl wir an seinem Ort gezeigt haben, dass die Gemeinschaft eigentlich der Grund der Möglichkeit einer empirischen Erkenntniss, der Coexistenz sei, und dass man also eigentlich nur aus dieser auf jene, als ihre Bedingung, zurückschliesse.

2. Was mit den materialen Bedingungen der Erfahrung (der Empfindung) zusammenhängt, ist **wirklich**.

3. Dessen Zusammenhang mit dem Wirklichen nach allgemeinen Bedingungen der Erfahrung bestimmt ist, ist (existirt) **nothwendig**.

Erläuterung.

Die Kategorien der Modalität haben das Besondere an sich, dass sie den Begriff, dem sie als Prädicate beigefügt werden, als Bestimmung des Objects nicht im mindesten vermehren, sondern nur das Verhältniss zum Erkenntnissvermögen ausdrücken. Wenn der Begriff eines Dinges schon ganz vollständig ist, so kann ich doch noch von diesem Gegenstande fragen, ob er blos möglich, oder auch wirklich, oder, wenn er das letztere ist, ob er gar auch nothwendig sei? Hiedurch werden keine Bestimmungen mehr im Objecte selbst gedacht, sondern es fragt sich nur, wie es sich (sammt allen seinen Bestimmungen) zum Verstande und dessen empirischen Gebrauche, zur empirischen Urtheilskraft und zur Vernunft (in ihrer Anwendung auf Erfahrung) verhalte?

Eben um deswillen sind auch die Grundsätze der Modalität nichts weiter, als Erklärungen der Begriffe der Möglichkeit, Wirklichkeit und Nothwendigkeit in ihrem empirischen Gebrauche, und hiemit zugleich Restrictionen aller Kategorien auf den blos empirischen Gebrauch, ohne den transscendentalen zuzulassen und zu erlauben. Denn wenn diese nicht eine blos logische Bedeutung haben und die Form des **Denkens** analytisch ausdrücken sollen, sondern **Dinge** und deren Möglichkeit, Wirklichkeit oder Nothwendigkeit betreffen sollen, so müssen sie auf die mögliche Erfahrung und deren synthetische Einheit gehen, in welcher allein Gegenstände der Erkenntniss gegeben werden.

Das Postulat der Möglichkeit der Dinge fordert also, dass der Begriff derselben mit den formalen Bedingungen einer Erfahrung überhaupt zusammenstimme. Diese, nämlich die objective Form der Erfahrung überhaupt, enthält aber alle Synthesis, welche zur Erkenntniss der Objecte erfordert wird. Ein Begriff, der eine Synthesis in sich fasst, ist für leer zu halten und bezieht sich auf keinen Gegenstand, wenn diese Synthesis nicht zur Erfahrung gehört, entweder als von ihr erborgt, und dann heisst er ein **empirischer Begriff**, oder als eine solche, auf der, als Bedingung *a priori*, Erfahrung überhaupt (die Form derselben) beruht, und dann ist es ein **reiner Begriff**, der dennoch zur Erfahrung gehört, weil sein Object nur in dieser angetroffen werden kann. Denn wo will man den Charakter der Möglichkeit eines Gegenstandes, der durch einen synthetischen Begriff *a priori* gedacht worden, hernehmen, wenn es nicht von der Synthesis geschieht, welche die Form der empirischen Erkenntniss der Objecte ausmacht? Dass in einem solchen Begriff kein Widerspruch enthalten sein müsse, ist zwar eine nothwendige logische Bedingung; aber zur objectiven Realität des Begriffs, d. i. der Möglichkeit eines solchen Gegenstandes, als durch den Begriff gedacht wird, bei weitem nicht genug. So ist in dem Begriffe einer Figur, die in zwei geraden Linien eingeschlossen ist, kein Widerspruch, denn die Begriffe von zwei geraden Linien und deren Zusammenstossung enthalten keine Verneinung einer Figur; sondern die Unmöglichkeit beruht nicht auf dem Begriffe an sich selbst, sondern der Construction derselben im Raume, d. i. den Bedingungen des Raumes und der Bestimmungen desselben; diese haben aber wiederum ihre objective Realität, d. i. sie gehen auf mögliche Dinge, weil sie die Form der Erfahrung überhaupt *a priori* in sich enthalten.

Und nun wollen wir den ausgebreiteten Nutzen und Einfluss dieses Postulats der Möglichkeit vor Augen legen. Wenn ich mir ein Ding vorstelle, das beharrlich ist, so dass alles, was da wechselt, blos zu seinem Zustande gehört, so kann ich niemals aus einem solchen Begriffe allein erkennen, dass ein dergleichen Ding möglich sei. Oder ich stelle mir etwas vor, welches so beschaffen sein soll, dass, wenn es gesetzt wird, jederzeit und unausbleiblich etwas Anderes darauf erfolgt, so mag dieses allerdings ohne Widerspruch so gedacht werden können; ob aber dergleichen Eigenschaft (als Causalität) an irgend einem möglichen Dinge angetroffen werde, kann dadurch nicht geurtheilt werden. Endlich kann ich mir verschiedene Dinge (Substanzen) vorstellen, die so beschaffen sind, dass der Zustand des einen eine Folge im Zustande des andern nach sich zieht, und so wechselsweise; aber ob dergleichen Verhältniss irgend Dingen zukommen könne, kann aus diesen Begriffen, welche eine blos willkührliche Synthesis enthalten, gar nicht abgenommen werden. Nur daran also, dass diese Begriffe die Verhältnisse der Wahrnehmungen in jeder Erfahrung *a priori* ausdrücken, erkennt man ihre objective Realität, d. i. ihre transscendentale Wahrheit, und zwar freilich unabhängig von der Erfahrung, aber doch nicht unabhängig von aller Beziehung auf die Form einer Erfahrung überhaupt und die synthetische Einheit, in der allein Gegenstände empirisch können erkannt werden.

Wenn man sich aber gar neue Begriffe von Substanzen, von Kräften, von Wechselwirkungen aus dem Stoffe, den uns die Wahrnehmung darbietet, machen wollte, ohne von der Erfahrung selbst das Beispiel ihrer Verknüpfung zu entlehnen, so würde man in lauter Hirngespinnste gerathen, deren Möglichkeit ganz und gar kein Kennzeichen für sich hat, weil man bei ihnen nicht Erfahrung zur Lehrerin annimmt, noch diese Begriffe von ihr entlehnt. Dergleichen gedichtete Begriffe können den Charakter ihrer Möglichkeit nicht so, wie die Kategorien *a priori*, als Bedingungen, von denen alle Erfahrung abhängt, sondern nur *a posteriori*, als solche, die durch die Erfahrung selbst gegeben werden, bekommen, und ihre Möglichkeit muss entweder *a posteriori* und empirisch, oder sie kann gar nicht erkannt werden. Eine Substanz, welche beharrlich im Raume gegenwärtig wäre, doch ohne ihn zu erfüllen, (wie dasjenige Mittelding zwischen Materie und denkenden Wesen, welches Einige haben einführen wollen,) oder eine besondere Grundkraft unseres Gemüths, das Künftige zum voraus anzuschauen, (nicht etwa blos zu folgern,) oder endlich ein Vermögen desselben, mit andern Menschen in Gemeinschaft der Gedanken zu stehen, (so entfernt sie auch sein mögen,) das sind Begriffe, deren Möglichkeit ganz grundlos ist, weil sie nicht auf Erfahrung und deren bekannte Gesetze gegründet werden kann und ohne sie eine willkührliche Gedankenverbindung ist, die, ob sie zwar keinen Widerspruch enthält, doch keinen Anspruch auf objective Realität, mithin auf die Möglichkeit eines solchen Gegenstandes, als man sich hier denken will, machen kann. Was Realität betrifft, so verbietet es sich wohl von selbst, sich eine solche *in concreto* zu denken, ohne die Erfahrung zu Hülfe zu nehmen; weil sie nur auf Empfindung, als Materie der Erfahrung, gehen kann und nicht die Form des Verhältnisses betrifft, mit der man allenfalls in Erdichtungen spielen könnte.

Aber ich lasse alles vorbei, dessen Möglichkeit nur aus der Wirklichkeit in der Erfahrung kann abgenommen werden, und erwäge hier nur die Möglichkeit der Dinge durch Begriffe *a priori*, von denen ich fortfahre zu behaupten, dass sie niemals aus solchen Begriffen für sich allein, sondern jederzeit nur als formale und objective Bedingungen einer Erfahrung überhaupt stattfinden können.

Es hat zwar den Anschein, als wenn die Möglichkeit eines Triangels aus seinem Begriffe an sich selbst könne erkannt werden, (von der Erfahrung ist er gewiss unabhängig;) denn in der That können wir ihm gänzlich *a priori* einen Gegenstand geben, d. i. ihn construiren.

Weil dieses aber nur die Form von einem Gegenstande ist, so würde er doch immer nur ein Product der Einbildung bleiben, von dessen Gegenstand die Möglichkeit noch zweifelhaft bliebe, als wozu noch etwas mehr erfordert wird, nämlich dass eine solche Figur unter lauter Bedingungen, auf denen alle Gegenstände der Erfahrung beruhen, gedacht sei. Dass nun der Raum eine formale Bedingung *a priori* von äusseren Erfahrungen ist, dass eben dieselbe bildende Synthesis, wodurch wir in der Einbildungskraft einen Triangel construiren, mit derjenigen gänzlich einerlei sei, welche wir in der Apprehension einer Erscheinung ausüben, um uns davon einen Erfahrungsbegriff zu machen; das ist es allein, was mit diesem Begriffe die Vorstellung von der Möglichkeit eines solchen Dinges verknüpft. Und so ist die Möglichkeit continuirlicher Grössen, ja sogar der Grössen überhaupt, weil die Begriffe davon insgesammt synthetisch sind, niemals aus den Begriffen selbst, sondern aus ihnen als formalen Bedingungen der Bestimmung der Gegenstände in der Erfahrung überhaupt allererst klar; und wo sollte man auch Gegenstände suchen wollen, die den Begriffen correspondirten, wäre es nicht in der Erfahrung, durch die uns allein Gegenstände gegeben werden? wiewohl wir, ohne eben Erfahrung selbst voranzuschicken, blos in Beziehung auf die formalen Bedingungen, unter welchen in ihr überhaupt etwas als Gegenstand bestimmt wird, mithin völlig *a priori*, aber doch nur in Beziehung auf sie und innerhalb ihrer Grenzen, die Möglichkeit der Dinge erkennen und charakterisiren können.

Das Postulat, die **Wirklichkeit** der Dinge zu erkennen, fordert **Wahrnehmung**, mithin Empfindung, deren man sich bewusst ist, zwar nicht eben unmittelbar von dem Gegenstande selbst, dessen Dasein erkannt werden soll, aber doch Zusammenhang desselben mit irgend einer wirklichen Wahrnehmung, nach den Analogien der Erfahrung, welche alle reale Verknüpfung in einer Erfahrung überhaupt darlegen.

In dem **blosen Begriffe** eines Dinges kann gar kein Charakter seines Daseins angetroffen worden. Denn ob derselbe gleich noch so vollständig sei, dass nicht das Mindeste ermangele, um ein Ding mit allen seinen innern Bestimmungen zu denken, so hat das Dasein mit allem diesem doch gar nichts zu thun, sondern nur mit der Frage: ob ein solches Ding uns gegeben sei; so dass die Wahrnehmung desselben vor dem Begriffe allenfalls vorhergehen könne. Denn dass der Begriff vor der Wahrnehmung vorhergeht, bedeutet dessen blose Möglichkeit; die Wahrnehmung aber, die den Stoff zum Begriff hergibt, ist der einzige

Charakter der Wirklichkeit. Man kann aber auch vor der Wahrnehmung des Dinges, und also comparativ *a priori* das Dasein desselben erkennen, wenn es nur mit einigen Wahrnehmungen nach den Grundsätzen der empirischen Verknüpfung derselben (den Analogien) zusammenhängt. Denn alsdenn hängt doch das Dasein des Dinges mit unsern Wahrnehmungen in einer möglichen Erfahrung zusammen, und wir können nach dem Leitfaden jener Analogien von unserer wirklichen Wahrnehmung zu dem Dinge in der Reihe möglicher Wahrnehmungen gelangen. So erkennen wir das Dasein einer alle Körper durchdringenden magnetischen Materie aus der Wahrnehmung des gezogenen Eisenfeiligs, obzwar eine unmittelbare Wahrnehmung dieses Stoffs uns nach der Beschaffenheit unserer Organe unmöglich ist. Denn überhaupt würden wir, nach Gesetzen der Sinnlichkeit und dem Context unserer Wahrnehmungen, in einer Erfahrung auch auf die unmittelbar empirische Anschauung derselben stossen, wenn unsere Sinne feiner wären, deren Grobheit die Form möglicher Erfahrung überhaupt nichts angeht. Wo also Wahrnehmung und deren Anhang nach empirischen Gesetzen hinreicht, dahin reicht auch unsere Erkenntniss vom Dasein der Dinge. Fangen wir nicht von Erfahrung an oder gehen wir nicht nach Gesetzen des empirischen Zusammenhanges der Erscheinungen fort, so machen wir uns vergeblich Staat, das Dasein irgend eines Dinges errathen oder erforschen zu wollen. Einen mächtigen Einwurf aber wider diese Regeln, das Dasein mittelbar zu beweisen, macht der **Idealismus**, dessen Widerlegung hier an der rechten Stelle ist.[1]

Widerlegung des Idealismus.

Der Idealismus, (ich verstehe den **materialen**,) ist die Theorie, welche das Dasein der Gegenstände im Raum ausser uns entweder blos für zweifelhaft und unerweislich, oder für falsch und unmöglich erklärt; der erstere ist der **problematische** des CARTESIUS, der nur eine empirische Behauptung (*assertio*), nämlich: ich bin, für ungezweifelt erklärt; der **zweite** ist der **dogmatische** des BERKELEY, der den

---

[1] Der Satz: „Einen mächtigen Einwurf — an der rechten Stelle ist," so wie der ganze Abschnitt mit der Ueberschrift: „Widerlegung des Idealismus" (bis zum Ende der Anmerkung 3) sind in der 2. Ausg. hinzugekommen.

Raum, mit allen den Dingen, welchen er als unabtrennliche Bedingung anhängt, für etwas, was an sich selbst unmöglich sei, und darum auch die Dinge im Raum für blose Einbildungen erklärt. Der dogmatische Idealismus ist unvermeidlich, wenn man den Raum als Eigenschaft, die den Dingen an sich selbst zukommen soll, ansieht; denn da ist er mit allem, dem er zur Bedingung dient, ein Unding. Der Grund zu diesem Idealismus aber ist von uns in der transscendentalen Aesthetik gehoben. Der problematische, der nichts hierüber behauptet, sondern nur das Unvermögen, ein Dasein ausser dem unsrigen durch unmittelbare Erfahrung zu beweisen, vorgibt, ist vernünftig und einer gründlichen philosophischen Denkungsart gemäss; nämlich, bevor ein hinreichender Beweis gefunden worden, kein entscheidendes Urtheil zu erlauben. Der verlangte Beweis muss also darthun, dass wir von äusseren Dingen auch Erfahrung und nicht blos Einbildung haben; welches wohl nicht anders wird geschehen können, als wenn man beweisen kann, dass selbst unsere innere, dem CARTESIUS unbezweifelte, Erfahrung nur unter Voraussetzung äusserer Erfahrung möglich sei.

Lehrsatz.

Das blose, aber empirisch bestimmte, Bewusstsein meines eigenen Daseins beweiset das Dasein der Gegenstände im Raum ausser mir.

Beweis.

Ich bin mir meines Daseins als in der Zeit bestimmt bewusst. Alle Zeitbestimmung setzt etwas Beharrliches in der Wahrnehmung voraus. Dieses Beharrliche aber kann nicht etwas in mir sein; weil eben mein Dasein in der Zeit durch dieses Beharrliche allererst bestimmt werden kann. Also ist die Wahrnehmung dieses Beharrlichen nur durch ein Ding ausser mir und nicht durch die blose Vorstellung eines Dinges ausser mir möglich. Folglich ist die Bestimmung meines Daseins in der Zeit nur durch die Existenz wirklicher Dinge, die ich ausser mir wahrnehme, möglich. Nun ist das Bewusstsein in der Zeit mit dem Bewusstsein der Möglichkeit dieser Zeitbestimmung nothwendig verbunden; also ist es auch mit der Existenz der Dinge ausser mir, als Bedingung der Zeitbestimmung, nothwendig verbunden, d. i. das Bewusstsein meines eigenen Daseins ist zugleich ein unmittelbares Bewusstsein des Daseins anderer Dinge ausser mir.

Anmerkung 1. Man wird in dem vorhergehenden Beweise gewahr, dass das Spiel, welches der Idealismus trieb, ihm mit mehrerem Rechte umgekehrt vergolten wird. Dieser nahm an, dass die einzige unmittelbare Erfahrung die innere sei und daraus auf äussere Dinge nur geschlossen werde, aber, wie allemal, wenn man aus gegebenen Wirkungen auf bestimmte Ursachen schliesst, nur unzuverlässig, weil auch in uns selbst die Ursache der Vorstellungen liegen kann, die wir äusseren Dingen, vielleicht fälschlich, zuschreiben. Allein hier wird bewiesen, dass äussere Erfahrung eigentlich unmittelbar sei,* dass nur vermittelst ihrer zwar nicht das Bewusstsein unserer eigenen Existenz, aber doch die Bestimmung derselben in der Zeit, d. i. innere Erfahrung möglich sei. Freilich ist die Vorstellung: ich bin, die das Bewusstsein ausdrückt, welches alles Denken begleiten kann, das, was unmittelbar die Existenz eines Subjects in sich schliesst, aber noch keine Erkenntniss desselben, mithin auch nicht empirisch, d. i. Erfahrung; denn dazu gehört ausser dem Gedanken von etwas Existirendem noch Anschauung, und hier innere, in Ansehung deren, d. i. der Zeit, das Subject bestimmt werden muss, wozu durchaus äussere Gegenstände erforderlich sind, so dass folglich innere Erfahrung selbst nur mittelbar und nur durch äussere möglich ist.

Anmerkung 2. Hiemit stimmt nun aller Erfahrungsgebrauch unseres Erkenntnissvermögens in Bestimmung der Zeit vollkommen überein. Nicht allein, dass wir alle Zeitbestimmung nur durch den Wechsel in äusseren Verhältnissen (die Bewegung) in Beziehung auf das Beharrliche im Raume (z. B. Sonnenbewegung in Ansehung der Gegenstände der Erde) wahrnehmen können, so haben wir sogar nichts Beharrliches, was wir dem Begriffe einer Substanz, als Anschauung, unterlegen könnten, als blos die Materie, und selbst diese Beharrlichkeit wird nicht aus äusserer Erfahrung geschöpft, sondern *a priori* als nothwendige Be-

---

* Das unmittelbare Bewusstsein des Daseins äusserer Dinge wird in dem vorstehenden Lehrsatze nicht vorausgesetzt, sondern bewiesen, die Möglichkeit dieses Bewusstseins mögen wir einsehen oder nicht. Die Frage wegen der letzteren würde sein: ob wir nur einen inneren Sinn, aber keinen äusseren, sondern blos äussere Einbildung hätten? Es ist aber klar, dass, um uns auch nur etwas als äusserlich einzubilden, d. i. dem Sinne in der Anschauung darzustellen, wir schon einen äusseren Sinn haben, und dadurch die blose Receptivität einer äusseren Anschauung von der Spontaneität, die jede Einbildung charakterisirt, unmittelbar unterscheiden müssen. Denn sich auch einen äusseren Sinn blos einzubilden, würde das Anschauungsvermögen, welches durch die Einbildungskraft bestimmt werden soll, selbst vernichten.

dingung aller Zeitbestimmung, mithin auch als Bestimmung des inneren Sinnes in Ansehung unseres eigenen Daseins durch die Existenz äusserer Dinge vorausgesetzt. Das Bewusstsein meiner selbst in der Vorstellung Ich ist gar keine Anschauung, sondern eine blose **intellectuelle** Vorstellung der Selbstthätigkeit eines denkenden Subjects. Daher hat dieses Ich auch nicht das mindeste Prädicat der Anschauung, welches, als beharrlich, der Zeitbestimmung im inneren Sinne zum Correlat dienen könnte, wie etwa **Undurchdringlichkeit** an der Materie, als **empirischer** Anschauung, ist.

Anmerkung 3. Daraus, dass die Existenz äusserer Gegenstände zur Möglichkeit eines bestimmten Bewusstseins unserer selbst erfordert wird, folgt nicht, dass jede anschauliche Vorstellung äusserer Dinge zugleich die Existenz derselben einschliesse; denn jene kann gar wohl die blose Wirkung der Einbildungskraft (in Träumen so wohl, als im Wahnsinn) sein; sie ist es aber blos durch die Reproduction ehemaliger äusserer Wahrnehmungen, welche, wie gezeigt worden, nur durch die **Wirklichkeit äusserer** Gegenstände möglich sind. Es hat hier nur bewiesen werden sollen, dass innere Erfahrung überhaupt nur durch äussere Erfahrung überhaupt möglich sei. Ob diese oder jene vermeinte Erfahrung nicht blose Einbildung sei, muss nach den besondern Bestimmungen derselben und durch Zusammenhaltung mit den Kriterien aller wirklichen Erfahrung ausgemittelt werden.

Was endlich das dritte Postulat betrifft, so geht es auf die materiale Nothwendigkeit im Dasein, und nicht die blos formale und logische in Verknüpfung der Begriffe. Da nun keine Existenz der Gegenstände der Sinne völlig *a priori* erkannt werden kann, aber doch comparative *a priori* relativisch auf ein anderes schon gegebenes Dasein, gleichwohl aber man auch alsdenn nur auf diejenige Existenz kommen kann, die irgendwo in dem Zusammenhange der Erfahrung, davon die gegebene Wahrnehmung ein Theil ist, enthalten sein muss; so kann die Nothwendigkeit der Existenz niemals aus Begriffen, sondern jederzeit nur aus der Verknüpfung mit demjenigen, was wahrgenommen wird, nach allgemeinen Gesetzen der Erfahrung erkannt werden. Da ist nun kein Dasein, was unter der Bedingung anderer gegebener Erscheinungen als nothwendig erkannt könnte, als das Dasein der Wirkungen aus gegebenen Ursachen nach Gesetzen der Causalität. Also ist es nicht das

Dasein der Dinge (Substanzen), sondern ihres Zustandes, wovon wir allein die Nothwendigkeit erkennen können, und zwar aus andern Zuständen, die in der Wahrnehmung gegeben sind, nach empirischen Gesetzen der Causalität. Hieraus folgt, dass das Kriterium der Nothwendigkeit lediglich in dem Gesetze der möglichen Erfahrung liege: dass alles, was geschieht, durch seine Ursache in der Erscheinung *a priori* bestimmt sei. Daher erkennen wir nur die Nothwendigkeit der Wirkungen in der Natur, deren Ursachen uns gegeben sind, und das Merkmal der Nothwendigkeit im Dasein reicht nicht weiter, als das Feld möglicher Erfahrung; und selbst in diesem gilt es nicht von der Existenz der Dinge als Substanzen, weil diese niemals als empirische Wirkungen, oder etwas, das geschieht und entsteht, können angesehen werden. Die Nothwendigkeit betrifft also nur die Verhältnisse der Erscheinungen nach dem dynamischen Gesetze der Causalität und die darauf sich gründende Möglichkeit, aus irgend einem gegebenen Dasein (einer Ursache) *a priori* auf ein anderes Dasein (der Wirkung) zu schliessen. Alles, was geschieht, ist hypothetisch nothwendig; das ist ein Grundsatz, welcher die Veränderung in der Welt einem Gesetze unterwirft, d. i. einer Regel des nothwendigen Daseins, ohne welche gar nicht einmal Natur stattfinden würde. Daher ist der Satz: nichts geschieht durch ein blindes Ohngefähr *(in mundo non datur casus)* ein Naturgesetz *a priori*; imgleichen: keine Nothwendigkeit in der Natur ist blinde, sondern bedingte, mithin verständliche Nothwendigkeit *(non datur fatum)*. Beide sind solche Gesetze, durch welche das Spiel der Veränderungen einer Natur der Dinge (als Erscheinungen) unterworfen wird, oder, welches einerlei ist, der Einheit des Verstandes, in welchem sie allein zu einer Erfahrung, als der synthetischen Einheit der Erscheinungen, gehören können. Diese beiden Grundsätze gehören zu den dynamischen. Der erstere ist eigentlich eine Folge des Grundsatzes von der Causalität (unter den Analogien der Erfahrung). Der zweite gehört zu den Grundsätzen der Modalität, welche zu der Causalbestimmung noch den Begriff der Nothwendigkeit, die aber unter einer Regel des Verstandes steht, hinzu thut. Das Princip der Continuität verbot in der Reihe der Erscheinungen (Veränderungen) allen Absprung *(in mundo non datur saltus)*, aber auch in dem Inbegriff aller empirischen Anschauungen im Raume alle Lücke oder Kluft zwischen zwei Erscheinungen *(non datur hiatus)*; denn so kann man den Satz ausdrücken: dass in die Erfahrung nichts hineinkommen kann, was ein *vacuum* bewiese oder auch nur als einen Theil der empirischen

Synthesis zuliesse. Denn was das Leere betrifft, welches man sich ausserhalb dem Felde möglicher Erfahrung (der Welt) denken mag, so gehört dieses nicht vor die Gerichtsbarkeit des blosen Verstandes, welcher nur über die Fragen entscheidet, die die Nutzung gegebener Erscheinungen zur empirischen Erkenntniss betreffen, und ist eine Aufgabe für die idealische Vernunft, die noch über die Sphäre einer möglichen Erfahrung hinausgeht und von dem urtheilen will, was diese selbst umgibt und begrenzt; muss daher in der transscendentalen Dialektik erwogen werden. Diese vier Sätze, *(in mundo non datur hiatus, non datur saltus, non datur casus, non datur fatum,)* könnten wir leicht, so wie alle Grundsätze transscendentalen Ursprungs, nach ihrer Ordnung, gemäss der Ordnung der Kategorien vorstellig machen und jedem seine Stelle anweisen; allein der schon geübte Leser wird dieses von selbst thun oder den Leitfaden dazu leicht entdecken. Sie vereinigen sich aber alle lediglich dahin, um in der empirischen Synthesis nichts zuzulassen, was dem Verstande und dem continuirlichen Zusammenhange aller Erscheinungen, d. i. der Einheit seiner Begriffe, Abbruch oder Eintrag thun könnte. Denn er ist es allein, worin die Einheit der Erfahrungen, in der alle Wahrnehmungen ihre Stelle haben müssen, möglich wird.

Ob das Feld der Möglichkeit grösser sei, als das Feld, was alles Wirkliche enthält, dieses aber wiederum grösser, als die Menge desjenigen, was nothwendig ist, das sind artige Fragen, und zwar von synthetischer Auflösung, die aber auch nur der Gerichtsbarkeit der Vernunft anheim fallen; denn sie wollen ungefähr so viel sagen, als: ob alle Dinge als Erscheinungen insgesammt in den Inbegriff und den Context einer einzigen Erfahrung gehören, von der jede gegebene Wahrnehmung ein Theil ist, der also mit keinen andern Erscheinungen könne verbunden werden, oder ob meine Wahrnehmungen zu mehr als einer möglichen Erfahrung (in ihrem allgemeinen Zusammenhange) gehören können? Der Verstand gibt *a priori* der Erfahrung überhaupt nur die Regel, nach den subjectiven und formalen Bedingungen sowohl der Sinnlichkeit als der Apperception, welche sie allein möglich machen. Andere Formen der Anschauung, (als Raum und Zeit,) imgleichen andere Formen des Verstandes, (als die discursive des Denkens oder der Erkenntniss durch Begriffe,) ob sie gleich möglich wären, können wir uns doch auf keinerlei Weise erdenken und fasslich machen; aber wenn wir es auch könnten, so würden sie doch nicht zur Erfahrung, als dem einzigen Erkenntniss gehören, worin uns Gegenstände gegeben werden.

Ob andere Wahrnehmungen, als überhaupt zu unserer gesammten möglichen Erfahrung gehören, und also ein ganz anderes Feld der Materie nach stattfinden könne, kann der Verstand nicht entscheiden; er hat es nur mit der Synthesis dessen zu thun, was gegeben ist. Sonst ist die Armseligkeit unserer gewöhnlichen Schlüsse, wodurch wir ein grosses Reich der Möglichkeit herausbringen, davon alles Wirkliche (aller Gegenstand der Erfahrung) nur ein kleiner Theil sei, sehr in die Augen fallend. Alles Wirkliche ist möglich; hieraus folgt möglicherweise, nach den logischen Regeln der Umkehrung, der blos particulare Satz: einiges Mögliche ist wirklich, welches denn so viel zu bedeuten scheint, als: es ist Vieles möglich, was nicht wirklich ist. Zwar hat es den Anschein, als könne man auch geradezu die Zahl des Möglichen über die des Wirklichen dadurch hinaussetzen, weil zu jener noch etwas hinzukommen muss, um diese auszumachen. Allein dieses Hinzukommen zum Möglichen kenne ich nicht. Denn was über dasselbe noch zugesetzt werden sollte, wäre unmöglich. Es kann nur zu meinem Verstande etwas über die Zusammenstimmung mit den formalen Bedingungen der Erfahrung, nämlich die Verknüpfung mit irgend einer Wahrnehmung hinzukommen; was aber mit dieser nach empirischen Gesetzen verknüpft ist, ist wirklich, ob es gleich unmittelbar nicht wahrgenommen wird. Dass aber im durchgängigen Zusammenhange mit dem, was mir in der Wahrnehmung gegeben ist, eine andere Reihe von Erscheinungen, mithin mehr als eine einzige alles befassende Erfahrung möglich sei, lässt sich aus dem, was gegeben ist, nicht schliessen, und ohne dass irgend etwas gegeben ist, noch viel weniger; weil ohne Stoff sich überall nichts denken lässt. Was unter Bedingungen, die selbst blos möglich sind, allein möglich ist, ist es nicht in aller Absicht. In dieser aber wird die Frage genommen, wenn man wissen will, ob die Möglichkeit der Dinge sich weiter erstreckt, als Erfahrung reichen kann.

Ich habe dieser Fragen nur Erwähnung gethan, um keine Lücke in demjenigen zu lassen, was der gemeinen Meinung nach zu den Verstandesbegriffen gehört. In der That ist aber die absolute Möglichkeit, (die in aller Absicht gültig ist,) kein bloser Verstandesbegriff und kann auf keinerlei Weise von empirischem Gebrauche sein, sondern er gehört allein der Vernunft zu, die über allen möglichen empirischen Verstandesgebrauch hinausgeht. Daher haben wir uns hiebei mit einer blos kritischen Anmerkung begnügen müssen, übrigens aber die Sache bis zum weiteren künftigen Verfahren in der Dunkelheit gelassen.

Da ich eben diese vierte Nummer, und mit ihr zugleich das System aller Grundsätze des reinen Verstandes schliessen will, so muss ich noch Grund angeben, warum ich die Principien der Modalität gerade Postulate genannt habe. Ich will diesen Ausdruck hier nicht in der Bedeutung nehmen, welche ihm einige neuere philosophische Verfasser wider den Sinn der Mathematiker, denen er doch eigentlich angehört, gegeben haben, nämlich: dass Postuliren so viel heissen solle, als einen Satz für unmittelbar gewiss, ohne Rechtfertigung oder Beweis, ausgeben; denn wenn wir das bei synthetischen Sätzen, so evident sie auch sein mögen, einräumen sollten, dass man sie ohne Deduction, auf das Ansehen ihres eigenen Ausspruchs, dem unbedingten Beifalle aufheften dürfe, so ist alle Kritik des Verstandes verloren; und da es an dreisten Anmassungen nicht fehlt, deren sich auch der gemeine Glaube, (der aber kein Creditiv ist,) nicht weigert, so wird unser Verstand jedem Wahne offen stehen, ohne dass er seinen Beifall denen Aussprüchen versagen kann, die, obgleich unrechtmässig, doch in eben demselben Tone der Zuversicht als wirkliche Axiomen eingelassen zu werden verlangen. Wenn also zu dem Begriffe eines Dinges eine Bestimmung *a priori* synthetisch hinzukommt, so muss von einem solchen Satze, wo nicht ein Beweis, doch wenigstens eine Deduction der Rechtmässigkeit seiner Behauptung unnachlasslich hinzugefügt werden.

Die Grundsätze der Modalität sind aber nicht objectiv-synthetisch, weil die Prädicate der Möglichkeit, Wirklichkeit und Nothwendigkeit den Begriff, von dem sie gesagt werden, nicht im mindesten vermehren, dadurch dass sie der Vorstellung des Gegenstandes noch etwas hinzusetzten. Da sie aber gleichwohl doch immer synthetisch sind, so sind sie es nur subjectiv, d. i. sie fügen zu dem Begriffe eines Dinges (Realen), von dem sie sonst nichts sagen, die Erkenntnisskraft hinzu, worin er entspringt und seinen Sitz hat, so dass, wenn er blos im Verstande mit den formalen Bedingungen der Erfahrung in Verknüpfung ist, sein Gegenstand **möglich** heisst; ist er mit der Wahrnehmung (Empfindung, als Materie der Sinne,) im Zusammenhange und durch dieselbe vermittelst des Verstandes bestimmt, so ist das Object **wirklich**; ist er durch den Zusammenhang der Wahrnehmungen nach Begriffen bestimmt, so heisst der Gegenstand **nothwendig**. Die Grundsätze der Modalität also sagen von einem Begriffe nichts Anderes, als die Handlung des Erkenntnissvermögens, dadurch er erzeugt wird. Nun heisst ein Postulat in der Mathematik der praktische Satz, der nichts als die Synthesis enthält, wodurch wir einen Gegenstand uns zuerst geben und dessen Begriff erzeugen, z. B. mit einer gegebenen Linie aus einem gegebenen Punkt auf einer Ebene einen Zirkel zu beschreiben; und ein dergleichen Satz kann darum nicht bewiesen werden, weil das Verfahren, was er fordert, gerade das ist, wodurch wir den Begriff von einer solchen Figur zuerst erzeugen. So können wir demnach mit eben demselben Rechte die Grundsätze der Modalität postuliren, weil sie ihren Begriff von Dingen überhaupt nicht vermehren,* sondern nur die Art anzeigen, wie er überhaupt mit der Erkenntnisskraft verbunden wird.

Allgemeine Anmerkung zum System der Grundsätze. [1]

Es ist etwas sehr Bemerkungswürdiges, dass wir die Möglichkeit keines Dinges nach der blosen Kategorie einsehen können, sondern immer eine Anschauung bei der Hand haben müssen, um an derselben die objective Realität des reinen Verstandesbegriffs darzulegen. Man nehme z. B. die Kategorien der Relation. Wie 1) etwas nur als **Subject**, nicht als blose Bestimmung anderer Dinge existiren, d. i. **Substanz** sein könne, oder wie 2) darum, weil etwas ist, etwas Anderes sein müsse, mithin wie etwas überhaupt Ursache sein könne, oder 3) wie, wenn mehrere Dinge da sind, daraus, dass eines derselben da ist, etwas auf die übrigen und so wechselseitig folge und auf diese Art eine Gemeinschaft von Substanzen statthaben könne, lässt sich gar nicht aus blosen Begriffen einsehen. Eben dieses gilt auch von den übrigen Kategorien, z. B. wie ein Ding mit vielen zusammen einerlei, d. i. eine Grösse sein könne u. s. w. So lange es also an Anschauung fehlt, weiss man nicht, ob man durch die Kategorien ein Object denkt und ob ihnen auch überall gar irgend ein Object zukommen könne, und so bestätigt sich, dass sie für sich gar keine **Erkenntnisse**, sondern blose **Gedankenformen** sind, um aus gegebenen Anschauungen Erkenntnisse zu machen. — Eben daher kommt es auch, dass aus blosen Kategorien kein syntheti-

---

* Durch die **Wirklichkeit** eines Dinges setze ich freilich mehr, als die **Möglichkeit**, aber nicht **in dem Dinge**; denn das kann niemals mehr in der Wirklichkeit enthalten, als was in dessen vollständiger Möglichkeit enthalten war. Sondern da die Möglichkeit blos eine Position des Dinges in Beziehung auf den Verstand (dessen empirischen Gebrauch) war, so ist die Wirklichkeit zugleich eine Verknüpfung desselben mit der Wahrnehmung.

[1] Diese allgemeine Anmerkung bis zum Schluss des zweiten Hauptstücks ist Zusatz der 2. Ausg.

scher Satz gemacht werden kann. Z. B. in allem Dasein ist Substanz, d. i. etwas, was nur als Subject und nicht als bloses Prädicat existiren kann; oder: ein jedes Ding ist ein Quantum u. s. w., wo gar nichts ist, was uns dienen könnte, über einen gegebenen Begriff hinauszugehen und einen andern damit zu verknüpfen. Daher es auch niemals gelungen ist, aus blosen reinen Verstandesbegriffen einen synthetischen Satz zu beweisen, z. B. den Satz: alles zufällig Existirende hat eine Ursache. Man konnte niemals weiter kommen, als zu beweisen, dass ohne diese Beziehung wir die Existenz des Zufälligen gar nicht begreifen, d. i. *a priori* durch den Verstand die Existenz eines solchen Dinges nicht erkennen könnten; woraus aber nicht folgt, dass eben dieselbe auch die Bedingung der Möglichkeit der Sachen selbst sei. Wenn man daher nach unserem Beweise des Grundsatzes der Causalität zurück sehen will, so wird man gewahr werden, dass wir denselben nur von Objecten möglicher Erfahrung beweisen konnten: alles, was geschieht, (eine jede Begebenheit,) setzt eine Ursache voraus; und zwar so, dass wir ihn auch nur als Princip der Möglichkeit der Erfahrung, mithin der Erkenntniss eines in der empirischen Anschauung gegebenen Objects, und nicht aus blosen Begriffen beweisen konnten. Dass gleichwohl der Satz: alles Zufällige müsse eine Ursache haben, doch Jedermann aus blosen Begriffen klar einleuchte, ist nicht zu leugnen; aber alsdenn ist der Begriff des Zufälligen schon so gefasst, dass er nicht die Kategorie der Modalität, (als etwas, dessen Nichtsein sich denken lässt,) sondern die der Relation, (als etwas, das nur als Folge von einem Andern existiren kann,) enthält, und da ist es freilich ein identischer Satz: was nur als Folge existiren kann, hat seine Ursache. In der That, wenn wir Beispiele vom zufälligen Dasein geben sollen, berufen wir uns immer auf Veränderungen und nicht blos auf die Möglichkeit des Gedankens vom Gegentheil.* Veränderung aber ist Begebenheit, die als

---

* Man kann sich das Nichtsein der Materie leicht denken, aber die Alten folgerten daraus doch nicht ihre Zufälligkeit. Allein selbst der Wechsel des Seins und Nichtseins eines gegebenen Zustandes eines Dinges, darin alle Veränderung besteht, beweiset gar nicht die Zufälligkeit dieses Zustandes, gleichsam aus der Wirklichkeit seines Gegentheils, z. B. die Ruhe eines Körpers, welche auf Bewegung folgt, noch nicht die Zufälligkeit der Bewegung desselben daraus, weil die erstere das Gegentheil der letzteren ist. Denn dieses Gegentheil ist hier nur logisch, nicht realiter dem andern entgegengesetzt. Man müsste beweisen, dass, anstatt der Bewegung im vorhergehenden Zeitpunkte, es möglich gewesen, dass der Körper damals ge-

solche nur durch eine Ursache möglich, deren Nichtsein also für sich möglich ist, und so erkennt man die Zufälligkeit daraus, dass etwas nur als Wirkung einer Ursache existiren kann; wird daher ein Ding als zufällig angenommen, so ist's ein analytischer Satz, zu sagen: es habe eine Ursache.

Noch merkwürdiger aber ist, dass wir, um die Möglichkeit der Dinge zufolge der Kategorien zu verstehen und also die **objective Realität** der letzteren darzuthun, nicht blos Anschauungen, sondern sogar immer **äussere Anschauungen** bedürfen. Wenn wir z. B. die reinen Begriffe der **Relation** nehmen, so finden wir, dass 1) um dem Begriffe der **Substanz** correspondirend etwas **Beharrliches** in der Anschauung zu geben (und dadurch die objective Realität dieses Begriffs darzuthun), wir eine Anschauung im Raume (der Materie) bedürfen, weil der Raum allein beharrlich bestimmt, die Zeit aber, mithin alles, was im inneren Sinne ist, beständig fliesst. 2) Um **Veränderung**, als die dem Begriffe der **Causalität** correspondirende Anschauung darzustellen, müssen wir Bewegung, als Veränderung im Raume, zum Beispiele nehmen, ja sogar dadurch allein können wir uns Veränderungen, deren Möglichkeit kein reiner Verstand begreifen kann, anschaulich machen. Veränderung ist Verbindung contradictorisch einander entgegengesetzter Bestimmungen im Dasein eines und desselben Dinges. Wie es nun möglich ist, dass aus einem gegebenen Zustande ein ihm entgegengesetzter desselben Dinges folge, kann nicht allein keine Vernunft sich ohne Beispiel begreiflich, sondern nicht einmal ohne Anschauung verständlich machen, und diese Anschauung ist die der Bewegung eines Punkts im Raume, dessen Dasein in verschiedenen Oertern (als eine Folge entgegengesetzter Bestimmungen) zuerst uns allein Veränderung anschaulich macht; denn um uns nachher selbst innere Veränderungen denkbar zu machen, müssen wir die Zeit, als die Form des inneren Sinnes, figürlich durch eine Linie und die innere Veränderung durch das Ziehen dieser Linie (Bewegung), mithin die successive Existenz unser selbst in verschiedenem Zustande durch äussere Anschauung uns fasslich machen; wovon der eigentliche Grund dieser ist, dass alle Veränderung etwas Beharrliches in der Anschauung voraussetzt, um auch selbst nur als Veränderung wahrgenommen zu werden, im inneren Sinn aber gar keine

---

ruht hätte, um die Zufälligkeit seiner Bewegung zu beweisen, nicht dass er **hernach** ruhe; denn da können beide Gegentheile gar wohl mit einander bestehen

beharrliche Anschauung angetroffen wird. — Endlich ist die Kategorie der Gemeinschaft, ihrer Möglichkeit nach, gar nicht durch die blose Vernunft zu begreifen, und also die objective Realität dieses Begriffs ohne Anschauung, und zwar äussere im Raum, nicht einzusehen möglich. Denn wie will man sich die Möglichkeit denken, dass, wenn mehrere Substanzen existiren, aus der Existenz der einen auf die Existenz der andern wechselseitig etwas (als Wirkung) folgen könne, und also, weil in der ersteren etwas ist, darum auch in den andern etwas sein müsse, was aus der Existenz der letzteren allein nicht verstanden werden kann? denn dieses wird zur Gemeinschaft erfordert, ist aber unter Dingen, die sich ein jedes durch seine Subsistenz völlig isoliren, gar nicht begreiflich. Daher LEIBNITZ, indem er den Substanzen der Welt, nur wie sie der Verstand allein denkt, eine Gemeinschaft beilegte, eine Gottheit zur Vermittelung brauchte, denn aus ihrem Dasein allein schien sie ihm mit Recht unbegreiflich. Wir können aber die Möglichkeit der Gemeinschaft (der Substanzen als Erscheinungen) uns gar wohl fasslich machen, wenn wir sie uns im Raume, also in der äusseren Anschauung vorstellen. Denn dieser enthält schon *a priori* formale äussere Verhältnisse, als Bedingungen der Möglichkeit der realen (in Wirkung und Gegenwirkung, mithin der Gemeinschaft) in sich. — Eben so kann leicht dargethan werden, dass die Möglichkeit der Dinge als Grössen, und also die objective Realität der Kategorie der Grösse auch nur in der äusseren Anschauung könne dargelegt und vermittelst ihrer allein hernach auch auf den inneren Sinn angewandt werden. Allein ich muss, um Weitläufigkeit zu vermeiden, die Beispiele davon dem Nachdenken des Lesers überlassen.

Die ganze Bemerkung ist von grosser Wichtigkeit, nicht allein um unsere vorhergehende Widerlegung des Idealismus zu bestätigen, sondern vielmehr noch, um, wenn vom Selbsterkenntnisse aus dem blosen inneren Bewusstsein und der Bestimmung unserer Natur ohne Beihülfe äusserer empirischer Anschauungen die Rede sein wird, uns die Schranken der Möglichkeit einer solchen Erkenntniss anzuzeigen.

Die letzte Folgerung aus diesem ganzen Abschnitte ist also: alle Grundsätze des reinen Verstandes sind nichts weiter als Principien *a priori* der Möglichkeit der Erfahrung, und auf die letztere allein beziehen sich auch alle synthetische Sätze *a priori*, ja ihre Möglichkeit beruht selbst gänzlich auf dieser Beziehung.

Der transscendentalen Doctrin der Urtheilskraft
(oder Analytik der Grundsätze)

drittes Hauptstück.

Von dem Grunde der Unterscheidung aller Gegenstände überhaupt in *Phaenomena* und *Noumena*.

Wir haben jetzt das Land des reinen Verstandes nicht allein durchreiset und jeden Theil davon sorgfältig in Augenschein genommen, sondern es auch durchmessen und jedem Dinge auf demselben seine Stelle bestimmt. Dieses Land aber ist eine Insel und durch die Natur selbst in unveränderliche Grenzen eingeschlossen. Es ist das Land der Wahrheit (ein reizender Name), umgeben von einem weiten und stürmischen Oceane, dem eigentlichen Sitz des Scheins, wo manche Nebelbank und manches bald wegschmelzende Eis neue Länder lügt, und indem es den auf Entdeckungen herumschwärmenden Seefahrer unaufhörlich mit leeren Hoffnungen täuscht, ihn in Abenteuer verflechtet, von denen er niemals ablassen und sie doch auch niemals zu Ende bringen kann. Ehe wir uns aber auf dieses Meer wagen, um es nach allen Breiten zu durchsuchen und gewiss zu werden, ob etwas in ihnen zu hoffen sei, so wird es nützlich sein, zuvor noch einen Blick auf die Karte des Landes zu werfen, das wir eben verlassen wollen, und erstlich zu fragen, ob wir mit dem, was es in sich enthält, nicht allenfalls zufrieden sein könnten oder auch aus Noth zufrieden sein müssen, wenn es sonst überall keinen Boden gibt, auf dem wir uns anbauen könnten? zweitens unter welchem Titel wir denn selbst dieses Land besitzen, und uns wider alle feindselige Ansprüche gesichert halten können? Obschon wir diese Fragen in dem Lauf der Analytik schon hinreichend beantwortet haben, so kann doch ein summarischer Ueberschlag ihrer Auflösungen die Ueberzeugung dadurch verstärken, dass er die Momente derselben in einem Punkt vereinigt.

Wir haben nämlich gesehen, alles, was der Verstand aus sich selbst schöpft, ohne es von der Erfahrung zu borgen, das habe er dennoch zu keinem andern Behuf, als lediglich zum Erfahrungsgebrauch. Die Grundsätze des reinen Verstandes, sie mögen nun *a priori* constitutiv sein (wie die mathematischen), oder blos regulativ (wie die dynamischen), enthalten nichts, als gleichsam nur das reine Schema zur möglichen Erfahrung; denn diese hat ihre Einheit nur von der synthetischen Einheit, welche der Verstand der Synthesis der Einbildungskraft in Beziehung auf die Apperception ursprünglich und von selbst ertheilt, und auf welche die Erscheinungen, als *data* zu einem möglichen Erkenntnisse, schon *a priori* in Beziehung und Einstimmung stehen müssen. Ob nun aber gleich diese Verstandesregeln nicht allein *a priori* wahr sind, sondern sogar der Quell aller Wahrheit, d. i. der Uebereinstimmung unserer Erkenntniss mit Objecten, dadurch, dass sie den Grund der Möglichkeit der Erfahrung als des Inbegriffes aller Erkenntniss, darin uns Objecte gegeben werden mögen, in sich enthalten, so scheint es uns doch nicht genug, sich blos dasjenige vortragen zu lassen, was wahr ist, sondern, was man zu wissen begehrt. Wenn wir also durch diese kritische Untersuchung nichts Mehreres lernen, als was wir im blos empirischen Gebrauche des Verstandes, auch ohne so subtile Nachforschung von selbst wohl würden ausgeübt haben, so scheint es, sei der Vortheil, den man aus ihr zieht, den Aufwand und die Zurüstung nicht werth. Nun kann man zwar hierauf antworten, dass kein Vorwitz der Erweiterung unserer Erkenntniss nachtheiliger sei, als der, so den Nutzen jederzeit zum voraus wissen will, ehe man sich auf Nachforschungen einlässt und ehe man noch sich den mindesten Begriff von diesem Nutzen machen könnte, wenn derselbe auch vor Augen gestellt würde. Allein es gibt doch einen Vortheil, der auch dem schwierigsten und unlustigsten Lehrlinge solcher transscendentalen Nachforschung begreiflich und zugleich angelegentlich gemacht werden kann, nämlich diesen: dass der blos mit seinem empirischen Gebrauche beschäftigte Verstand, der über die Quellen seiner eigenen Erkenntniss nicht nachsinnt, zwar sehr gut fortkommen, Eines aber gar nicht leisten könne, nämlich sich selbst die Grenzen seines Gebrauchs zu bestimmen und zu wissen, was innerhalb oder ausserhalb seiner ganzen Sphäre liegen mag; denn dazu werden eben die tiefen Untersuchungen erfordert, die wir angestellt haben. Kann er aber nicht unterscheiden, ob gewisse Fragen in seinem Horizonte liegen oder nicht, so ist er niemals seiner Ansprüche und seines Besitzes sicher, sondern darf sich nur auf vielfältige beschämende Zurechtweisungen Rechnung machen, wenn er die Grenzen seines Gebiets, (wie es unvermeidlich ist,) unaufhörlich überschreitet und sich in Wahn und Blendwerke verirrt.

Dass also der Verstand von allen seinen Grundsätzen *a priori*, ja von allen seinen Begriffen keinen andern als empirischen, niemals aber einen transscendentalen Gebrauch machen könne, ist ein Satz, der, wenn er mit Ueberzeugung erkannt werden kann, in wichtige Folgen hinaussieht. Der transscendentale Gebrauch eines Begriffs in irgend einem Grundsatze ist dieser: dass er auf Dinge überhaupt und an sich selbst, der empirische aber, wenn er blos auf Erscheinungen, d. i. Gegenstände einer möglichen Erfahrung, bezogen wird. Dass aber überall nur der letztere stattfinden könne, ersieht man daraus. Zu jedem Begriff wird erstlich die logische Form eines Begriffs (des Denkens) überhaupt, und dann zweitens auch die Möglichkeit, ihm einen Gegenstand zu geben, darauf er sich beziehe, erfordert. Ohne diesen letzteren hat er keinen Sinn und ist völlig leer an Inhalt, ob er gleich noch immer die logische Function enthalten mag, aus etwanigen *datis* einen Begriff zu machen. Nun kann der Gegenstand einem Begriffe nicht anders gegeben werden, als in der Anschauung, und wenn eine reine Anschauung noch vor dem Gegenstande *a priori* möglich ist, so kann doch auch diese selbst ihren Gegenstand, mithin die objective Gültigkeit nur durch die empirische Anschauung bekommen, wovon sie die blosse Form ist. Also beziehen sich alle Begriffe und mit ihnen alle Grundsätze, so sehr sie auch *a priori* möglich sein mögen, dennoch auf empirische Anschauungen, d. i. auf *data* zur möglichen Erfahrung. Ohne dieses haben sie gar keine objective Gültigkeit, sondern sind ein bloses Spiel, es sei der Einbildungskraft oder des Verstandes, respective mit ihren Vorstellungen. Man nehme nur die Begriffe der Mathematik zum Beispiele, und zwar erstlich in ihren reinen Anschauungen. Der Raum hat drei Abmessungen, zwischen zwei Punkten kann nur eine gerade Linie sein u. s. w. Obgleich alle diese Grundsätze und die Vorstellung des Gegenstandes, womit sich jene Wissenschaft beschäftigt, völlig *a priori* im Gemüth erzeugt werden, so würden sie doch gar nichts bedeuten, könnten wir nicht immer an Erscheinungen (empirischen Gegenständen) ihre Bedeutung darlegen. Daher erfordert man auch, einen abgesonderten Begriff sinnlich zu machen, d. i. das ihm correspondirende Object in der Anschauung darzulegen, weil ohne dieses der Begriff, (wie man sagt,) ohne Sinn, d. i. ohne Bedeutung bleiben würde. Die Mathematik erfüllt diese Forderung durch die Construction der Gestalt, welche eine den Sinnen gegenwärtige, (obzwar *a priori* zu Stande gebrachte,) Erscheinung ist. Der Begriff der Grösse sucht in eben der Wissenschaft seine Haltung und Sinn in der Zahl, diese aber an den Fingern, den Korallen des Rechenbrets oder den Strichen und Punkten, die vor Augen gestellt werden. Der Begriff bleibt immer *a priori* erzeugt, sammt den synthetischen Grundsätzen oder Formeln aus solchen Begriffen; aber der Gebrauch derselben und Beziehung auf angebliche Gegenstände kann am Ende doch nirgends, als in der Erfahrung gesucht werden, deren Möglichkeit (der Form nach) jene *a priori* enthalten.

Dass dieses aber auch der Fall mit allen Kategorien und den daraus gesponnenen Grundsätzen sei, erhellt auch daraus, dass wir sogar keine einzige derselben real definiren, d. i. die Möglichkeit ihres Objects verständlich machen können,[1] ohne uns sofort zu Bedingungen der Sinnlichkeit, mithin der Form der Erscheinungen herabzulassen, als auf welche, als ihre einzigen Gegenstände, sie folglich eingeschränkt sein müssen, weil, wenn man diese Bedingung wegnimmt, alle Bedeutung, d. i. Beziehung aufs Object wegfällt, und man durch kein Beispiel sich selbst fasslich machen kann, was unter dergleichen Begriffen denn eigentlich für ein Ding gemeint sei.[2]

---

[1] Die Worte: „d. i. die Möglichkeit — machen können," sind erst in der 2. Ausgabe hinzugekommen.

[2] Zwischen den Worten: „gemeint sei." und „Den Begriff der Grösse" hat die 1. Ausg. noch folgende Sätze: „Oben bei Darstellung der Tafel der Kategorien überhoben wir uns der Definitionen einer jeden derselben dadurch, dass unsere Absicht, die lediglich auf den synthetischen Gebrauch derselben geht, sie nicht nöthig mache und man sich mit unnöthigen Unternehmungen keiner Verantwortung aussetzen müsse, deren man überhoben sein kann. Das war keine Ausrede, sondern eine nicht unerhebliche Klugheitsregel, sich nicht sofort ans Definiren zu wagen und Vollständigkeit oder Präcision in der Bestimmung des Begriffs zu versuchen oder vorzugeben, wenn man mit irgend einem oder andern Merkmale desselben auslangen kann, ohne eben dazu eine vollständige Herzählung aller derselben, die den ganzen Begriff ausmachen, zu bedürfen. Jetzt aber zeigt sich, dass der Grund dieser Vorsicht noch tiefer liege, nämlich dass wir sie nicht definiren konnten, wenn wir auch wollten,* sondern, wenn man alle Bedingungen der Sinnlichkeit wegschafft, die sie als Begriffe eines möglichen empirischen Gebrauchs auszeichnen, und sie für Begriffe von Dingen überhaupt (mithin von transscendentalem Gebrauch) nimmt, bei ihnen gar nichts weiter zu thun sei, als die logische Function in Urtheilen als die Bedingung der Möglichkeit der Sachen selbst anzusehen, ohne doch im mindesten anzeigen zu können, wo sie denn ihre Anwendung und ihr Object, mithin wie sie im reinen Verstande ohne Sinnlichkeit irgend eine Bedeutung und objective Gültigkeit haben können."

* „Ich verstehe hier die Realdefinition, welche nicht blos dem Namen einer Sache andere und verständlichere Wörter unterlegt, sondern die, so ein klares Merkmal, daran der Gegenstand (*definitum*) jederzeit sicher erkannt werden kann und den erklärten Begriff zur Anwendung brauchbar macht, in sich enthält. Die Realerklärung würde also diejenige sein, welche nicht blos einen Begriff, sondern

Den Begriff der Grösse überhaupt kann Niemand erklären, als etwa so: dass sie die Bestimmung eines Dinges sei, dadurch, wie vielmal Eines in ihm gesetzt ist, gedacht werden kann. Allein dieses Wievielmal gründet sich auf die successive Wiederholung, mithin auf die Zeit und die Synthesis (des Gleichartigen) in derselben. Realität kann man im Gegensatze mit der Negation nur alsdenn erklären, wenn man sich eine Zeit (als den Inbegriff von allem Sein) gedenkt, die entweder womit erfüllt oder leer ist. Lasse ich die Beharrlichkeit, (welche ein Dasein zu aller Zeit ist,) weg, so bleibt mir zum Begriffe der Substanz nichts übrig, als die logische Vorstellung vom Subject, welche ich dadurch zu realisiren vermeine, dass ich mir etwas vorstelle, welches blos als Subject, (ohne wovon ein Prädicat zu sein,) stattfinden kann. Aber nicht allein, dass ich gar keine Bedingungen weiss, unter welchen denn dieser logische Vorzug irgend einem Dinge eigen sein werde; so ist auch gar nichts weiter daraus zu machen und nicht die mindeste Folgerung zu ziehen, weil dadurch kein Object des Gebrauchs dieses Begriffes bestimmt wird und man also gar nicht weiss, ob dieser überall irgend etwas bedeute. Vom Begriffe der Ursache würde ich, (wenn ich die Zeit weglasse, in der etwas auf etwas Anderes nach einer Regel folgt,) in der reinen Kategorie nichts weiter finden, als dass es so etwas sei, woraus sich auf das Dasein eines Andern schliessen lässt, und es würde dadurch nicht allein Ursache und Wirkung gar nicht von einander unterschieden werden können, sondern weil dieses Schliessenkönnen doch bald Bedingungen erfordert, von denen ich nichts weiss, so würde der Begriff gar keine Bestimmung haben, wie er auf irgend ein Object passe. Der vermeinte Grundsatz: alles Zufällige hat eine Ursache, tritt zwar ziemlich gravitätisch auf, als habe er seine eigene Würde in sich selbst. Allein frage ich: was versteht ihr unter zufällig? und ihr antwortet: dessen Nichtsein möglich ist, so möchte ich gern wissen, woran ihr diese Möglichkeit des Nichtseins erkennen wollt, wenn ihr euch nicht in der Reihe der Erscheinungen eine Succession und in dieser ein Dasein, welches auf das Nichtsein folgt (oder umgekehrt), mithin einen Wechsel vorstellt; denn dass das Nichtsein eines Dinges sich selbst nicht widerspreche, ist eine lahme Berufung auf eine logische Bedingung, die zwar zum Begriff nothwendig,

---

zugleich die objective Realität desselben deutlich macht. Die mathematischen Erklärungen, welche den Gegenstand dem Begriffe gemäss in der Anschauung darstellen, sind von der letzteren Art."

aber zur realen Möglichkeit bei weitem nicht hinreichend ist; wie ich denn eine jede existirende Substanz in Gedanken aufheben kann, ohne mir selbst zu widersprechen, daraus aber auf die objective Zufälligkeit derselben in ihrem Dasein, d. i. die Möglichkeit seines Nichtseins an sich selbst gar nicht schliessen kann. Was den Begriff der Gemeinschaft betrifft, so ist leicht zu ermessen, dass, da die reinen Kategorien der Substanz sowohl, als Causalität, keine das Object bestimmende Erklärung zulassen, die wechselseitige Causalität in der Beziehung der Substanzen auf einander *(commercium)* eben so wenig derselben fähig sei. Möglichkeit, Dasein und Nothwendigkeit hat noch Niemand anders als durch offenbare Tautologie erklären können, wenn man ihre Definition lediglich aus dem reinen Verstande schöpfen wollte. Denn das Blendwerk, die logische Möglichkeit des Begriffs, (da er sich selbst nicht widerspricht,) der transscendentalen Möglichkeit der Dinge, (da dem Begriff ein Gegenstand correspondirt,) unterzuschieben, kann nur Unversuchte hintergehen und zufrieden stellen.*

---

* Mit einem Worte, alle diese Begriffe lassen sich durch nichts belegen, und dadurch ihre reale Möglichkeit darthun, wenn alle sinnliche Anschauung (die einzige, die wir haben,) weggenommen wird, und es bleibt denn nur noch die logische Möglichkeit übrig, d. i. dass der Begriff (Gedanke) möglich sei, wovon aber nicht die Rede ist, sondern ob er sich auf ein Object beziehe und also irgend etwas bedeute.[1]

[1] Statt dieser Anmerkung findet sich im Texte der 1. Ausg. nach: „zufrieden stellen." Folgendes: „Es hat etwas Befremdliches und sogar Widersinnisches an sich, dass ein Begriff sein soll, dem doch eine Bedeutung zukommen muss, der aber keiner Erklärung fähig wäre. Allein hier hat es mit den Kategorien diese besondere Bewandtniss, dass sie vermittelst der allgemeinen sinnlichen Bedingung eine bestimmte Bedeutung und Beziehung auf irgend einen Gegenstand haben können, diese Bedingung aber aus der reinen Kategorie weggelassen worden, da diese denn nichts, als die logische Function enthalten kann, das Mannigfaltige unter einen Begriff zu bringen. Aus dieser Function, d. i. der Form des Begriffs allein kann aber gar nichts erkannt und unterschieden werden, welches Object darunter gehöre, weil eben von der sinnlichen Bedingung, unter der überhaupt Gegenstände unter sie gehören können, abstrahirt worden. Daher bedürfen die Kategorien noch über den reinen Verstandesbegriff Bestimmungen ihrer Anwendung auf Sinnlichkeit überhaupt (Schemate) und sind ohne diese keine Begriffe, wodurch ein Gegenstand erkannt und von andern unterschieden würde, sondern nur so viel Arten, einen Gegenstand zu möglichen Anschauungen zu denken und ihm nach irgend einer Function des Verstandes seine Bedeutung (unter noch erforderlichen Bedingungen) zu geben, d. i. ihn zu definiren; selbst können sie also nicht definirt werden. Die logischen Functionen der Urtheile überhaupt: Einheit und Vielheit, Bejahung und Verneinung, Subject und Prädicat, können ohne einen Zirkel zu begehen nicht definirt werden, weil diese Definition doch

Hieraus fliesst nun unwidersprechlich, dass die reinen Verstandesbegriffe niemals von transscendentalem, sondern jederzeit nur von empirischem Gebrauche sein können, und dass die Grundsätze des Verstandes nur in Beziehung auf die allgemeinen Bedingungen einer möglichen Erfahrung, auf Gegenstände der Sinne, niemals aber auf Dinge überhaupt, (ohne Rücksicht auf die Art zu nehmen, wie wir sie anschauen mögen,) bezogen werden können.

Die transscendentale Analytik hat demnach dieses wichtige Resultat, dass der Verstand *a priori* niemals mehr leisten könne, als die Form einer möglichen Erfahrung überhaupt zu anticipiren, und, da dasjenige, was nicht Erscheinung ist, kein Gegenstand der Erfahrung sein kann, dass er die Schranken der Sinnlichkeit, innerhalb deren uns allein Gegenstände gegeben werden, niemals überschreiten könne. Seine Grundsätze sind blos Principien der Exposition der Erscheinungen, und der stolze Name einer Ontologie, welche sich anmasst, von Dingen überhaupt synthetische Erkenntnisse *a priori* in einer systematischen Doctrin zu geben, (z. E. den Grundsatz der Causalität,) muss dem bescheidenen einer blosen Analytik des reinen Verstandes Platz machen.

Das Denken ist die Handlung, gegebene Anschauung auf einen Gegenstand zu beziehen. Ist die Art dieser Anschauung auf keinerlei Weise gegeben, so ist der Gegenstand blos transscendental, und der Verstandesbegriff hat keinen andern, als transscendentalen Gebrauch, nämlich die Einheit des Denkens eines Mannigfaltigen überhaupt. Durch eine reine Kategorie nun, in welcher von aller Bedingung der sinnlichen Anschauung, als der einzigen, die uns möglich ist, abstrahirt wird, wird also kein Object bestimmt, sondern nur das Denken eines Objects überhaupt nach verschiedenen *modis* ausgedrückt. Nun gehört

---

selbst ein Urtheil sein und also diese Functionen schon enthalten müsste. Die reinen Kategorien sind aber nichts Anderes, als Vorstellungen der Dinge überhaupt, so fern das Mannigfaltige ihrer Anschauung durch eine oder andere dieser logischen Functionen gedacht werden muss; Grösse ist die Bestimmung, welche nur durch ein Urtheil, das Quantität hat (*judicium commune*), Realität diejenige, die nur durch ein bejahend Urtheil gedacht werden kann, Substanz, was in Beziehung auf die Anschauung das letzte Subject aller andern Bestimmungen sein muss. Was das nun aber für Dinge seien, in Ansehung deren man sich dieser Function viel mehr, als einer andern bedienen müsse, bleibt hiebei ganz unbestimmt; mithin haben die Kategorien ohne die Bedingung der sinnlichen Anschauung, dazu sie die Synthesis enthalten, gar keine Beziehung auf irgend ein bestimmtes Object, können also keines definiren und haben folglich an sich selbst keine Gültigkeit objectiver Begriffe."

zum Gebrauche eines Begriffs noch eine Function der Urtheilskraft, worauf ein Gegenstand unter ihm subsumirt wird, mithin die wenigstens formale Bedingung, unter der etwas in der Anschauung gegeben werden kann. Fehlt diese Bedingung der Urtheilskraft (Schema), so fällt alle Subsumtion weg; denn es wird nichts gegeben, was unter den Begriff subsumirt werden könne. Der blos transscendentale Gebrauch also der Kategorien ist in der That gar kein Gebrauch und hat keinen bestimmten, oder auch nur der Form nach bestimmbaren Gegenstand. Hieraus folgt, dass die reine Kategorie auch zu keinem synthetischen Grundsatz *a priori* zulange und dass die Grundsätze des reinen Verstandes nur von empirischem, niemals aber von transscendentalem Gebrauche sind, über das Feld möglicher Erfahrung hinaus aber es überall keine synthetischen Grundsätze *a priori* geben könne.

Es kann daher rathsam sein, sich also auszudrücken: die reinen Kategorien, ohne formale Bedingungen der Sinnlichkeit, haben blos transscendentale Bedeutung, sind aber von keinem transscendentalen Gebrauch, weil dieser an sich selbst unmöglich ist, indem ihnen alle Bedingungen irgend eines Gebrauchs (in Urtheilen) abgehen, nämlich die formalen Bedingungen der Subsumtion irgend eines angeblichen Gegenstandes unter diese Begriffe. Da sie also (als blos reine Kategorien) nicht von empirischem Gebrauche sein sollen und von transscendentalem nicht sein können, so sind sie von gar keinem Gebrauche, wenn man sie von aller Sinnlichkeit absondert, d. i. sie können auf gar keinen angeblichen Gegenstand angewandt werden; vielmehr sind sie blos die reine Form des Verstandesgebrauchs in Ansehung der Gegenstände überhaupt und des Denkens, ohne doch durch sie allein irgend ein Object denken oder bestimmen zu können.

[1] Es liegt indessen hier eine schwer zu vermeidende Täuschung zum Grunde. Die Kategorien gründen sich ihrem Ursprunge nach nicht

---

[1] Statt der folgenden vier Absätze bis zu den Worten: „nur in negativer Bedeutung verstanden werden." hat die 1. Ausg. folgende Gedankenreihe:

„Erscheinungen, sofern sie als Gegenstände nach der Einheit der Kategorien gedacht werden, heissen *Phaenomena*. Wenn ich aber Dinge annehme, die blos Gegenstände des Verstandes sind und gleichwohl als solche einer Anschauung, obgleich nicht einer sinnlichen, (als *coram intuitu intellectuali*) gegeben werden können, so würden dergleichen Dinge *Noumena* (*Intelligibilia*) heissen.

Nun sollte man denken, dass der durch die transscendentale Aesthetik eingeschränkte Begriff der Erscheinungen schon von selbst die objective Realität der *Nou-*

auf Sinnlichkeit, wie die Anschauungsformen, Raum und Zeit, scheinen also eine über alle Gegenstände der Sinne erweiterte Anwen-

menorum an die Hand gebe und die Eintheilung der Gegenstände in *Phaenomena* und *Noumena*, mithin auch der Welt in eine Sinnen- und Verstandeswelt (*mundus sensibilis et intelligibilis*) berechtige, und zwar so, dass der Unterschied hier nicht blos die logische Form der undeutlichen oder deutlichen Erkenntniss eines und desselben Dinges, sondern die Verschiedenheit treffe, wie sie unserer Erkenntniss gegeben werden können und nach welcher sie an sich selbst, der Gattung nach, von einander unterschieden seien. Denn wenn uns die Sinne etwas blos vorstellen, wie es erscheint, so muss dieses Etwas doch auch an sich selbst ein Ding und ein Gegenstand einer nicht sinnlichen Anschauung, d. i. des Verstandes sein, d. i. es muss eine Erkenntniss möglich sein, darin keine Sinnlichkeit angetroffen wird und welche allein schlechthin objective Realität hat, dadurch uns nämlich Gegenstände vorgestellt werden, wie sie sind, da hingegen im empirischen Gebrauche unseres Verstandes Dinge nur erkannt werden, wie sie erscheinen. Also würde es ausser dem empirischen Gebrauche der Kategorien, (welcher auf sinnliche Bedingungen eingeschränkt ist,) noch einen reinen und doch objectivgültigen geben, und wir könnten nicht behaupten, wie wir bisher vorgegeben haben, dass unsere reinen Verstandeserkenntnisse überall nichts weiter wären, als Principien der Exposition der Erscheinung, die auch *a priori* nicht weiter, als auf die formale Möglichkeit der Erfahrung gingen; denn hier stände ein ganz anderes Feld vor uns offen, gleichsam eine Welt im Geiste gedacht, (vielleicht auch gar angeschaut,) die nicht minder, ja noch weit edler unsern reinen Verstand beschäftigen könnte.

Alle unsere Vorstellungen werden in der That durch den Verstand auf irgend ein Object bezogen und, da Erscheinungen nichts, als Vorstellungen sind, so bezieht sie der Verstand auf ein Etwas, als den Gegenstand der sinnlichen Anschauung; aber dieses Etwas ist in so fern nur das transscendentale Object. Dieses bedeutet aber ein Etwas = x, wovon wir gar nichts wissen, noch überhaupt (nach der jetzigen Einrichtung unseres Verstandes) wissen können, sondern welches nur als ein Correlatum der Einheit der Apperception zur Einheit des Mannigfaltigen in der sinnlichen Anschauung dienen kann, vermittelst deren der Verstand dasselbe in den Begriff eines Gegenstandes vereinigt. Dieses transscendentale Object lässt sich gar nicht von den sinnlichen *Datis* absondern, weil alsdann nichts übrig bleibt, wodurch es gedacht würde. Es ist also kein Gegenstand der Erkenntniss an sich selbst, sondern nur die Vorstellung der Erscheinungen, unter dem Begriffe eines Gegenstandes überhaupt, der durch das Mannigfaltige derselben bestimmbar ist.

Eben um deswillen stellen nun auch die Kategorien kein besonderes, dem Verstande allein gegebenes Object vor, sondern dienen nur dazu, das transscendentale Object (den Begriff von Etwas überhaupt) durch das, was in der Sinnlichkeit gegeben wird, zu bestimmen, um dadurch Erscheinungen unter Begriffen von Gegenständen empirisch zu erkennen.

Was aber die Ursache betrifft, weswegen man, durch das Substratum der Sinnlichkeit noch nicht befriedigt, den *Phaenomenis* noch *Noumena* zugegeben hat, die nur der reine Verstand denken kann, so beruht sie lediglich darauf. Die Sinnlichkeit

dung zu verstatten. Allein sie sind ihrerseits wiederum nichts als Gedankenformen, die blos das logische Vermögen enthalten, das mannigfaltige in der Anschauung Gegebene in ein Bewusstsein *a priori* zu vereinigen, und da können sie, wenn man ihnen die uns allein mögliche Anschauung wegnimmt, noch weniger Bedeutung haben, als jene reinen

und ihr Feld, nämlich das der Erscheinungen, wird selbst durch den Verstand dahin eingeschränkt, dass sie nicht auf Dinge an sich selbst, sondern nur auf die Art gehe, wie uns vermöge unserer subjectiven Beschaffenheit Dinge erscheinen. Dies war das Resultat der ganzen transscendentalen Aesthetik, und es folgt auch natürlicherweise aus dem Begriffe einer Erscheinung überhaupt, dass ihr etwas entsprechen müsse, was an sich nicht Erscheinung ist, weil Erscheinung nichts für sich selbst und ausser unserer Vorstellungsart sein kann, mithin, wo nicht ein beständiger Zirkel herauskommen soll, das Wort Erscheinung schon eine Beziehung auf etwas anzeigt, dessen unmittelbare Vorstellung zwar sinnlich ist, was aber an sich selbst, auch ohne diese Beschaffenheit unserer Sinnlichkeit, (worauf sich die Form unserer Anschauung gründet,) etwas, d. i. ein von der Sinnlichkeit unabhängiger Gegenstand sein muss.

Hieraus entspringt nun der Begriff von einem *Noumenon*, der aber gar nicht positiv ist und eine bestimmte Erkenntniss von einem Dinge, sondern nur das Denken von etwas überhaupt bedeutet, bei welchem ich von aller Form der sinnlichen Anschauung abstrahire. Damit aber ein Noumenon einen wahren, von allen Phänomenen zu unterscheidenden Gegenstand bedeute, so ist es nicht genug, dass ich meinen Gedanken von allen Bedingungen sinnlicher Anschauung befreie, ich muss noch überdem Grund dazu haben, eine andere Art der Anschauung, als die sinnliche ist, anzunehmen, unter der ein solcher Gegenstand gegeben werden könne; denn sonst ist mein Gedanke doch leer, obzwar ohne Widerspruch. Wir haben zwar oben nicht beweisen können, dass die sinnliche Anschauung die einzige mögliche Anschauung überhaupt, sondern dass sie es nur für uns sei; wir konnten aber auch nicht beweisen, dass noch eine andere Art der Anschauung möglich sei, und obgleich unser Denken von jeder Sinnlichkeit abstrahiren kann, so bleibt doch die Frage, ob es aldenn nicht eine blose Form eines Begriffs sei und bei dieser Abtrennung überall ein Object übrig bleibe?

Das Object, worauf ich die Erscheinung überhaupt beziehe, ist der transscendentale Gegenstand, d. i. der gänzlich unbestimmte Gedanke von Etwas überhaupt. Dieser kann nicht das Noumenon heissen; denn ich weiss von ihm nicht, was er an sich selbst sei, und habe gar keinen Begriff von ihm, als blos von dem Gegenstande einer sinnlichen Anschauung überhaupt, der also für alle Erscheinungen einerlei ist. Ich kann ihn durch keine Kategorien denken; denn diese gilt von der empirischen Anschauung, um sie unter einen Begriff vom Gegenstande zu bringen. Ein reiner Gebrauch der Kategorien ist zwar möglich, d. i. ohne Widerspruch, aber hat gar keine objective Gültigkeit, weil sie auf keine Anschauung geht, die dadurch Einheit des Objects bekommen sollte; denn die Kategorie ist doch eine blose Function des Denkens, wodurch mir kein Gegenstand gegeben, sondern nur, was in der Anschauung gegeben werden mag, gedacht wird."

sinnlichen Formen, durch die doch wenigstens ein Object gegeben wird, anstatt dass eine unserem Verstande eigene Verbindungsart des Mannigfaltigen, wenn diejenige Anschauung, darin dieses allein gegeben werden kann, nicht hinzu kommt, gar nichts bedeutet. — Gleichwohl liegt es doch schon in unserem Begriffe, wenn wir gewisse Gegenstände, als Erscheinungen, Sinnenwesen *(Phaenomena)* nennen, indem wir die Art, wie wir sie anschauen, von ihrer Beschaffenheit an sich selbst unterscheiden, dass wir entweder eben dieselben nach dieser Beschaffenheit, wenn wir sie gleich in derselben nicht anschauen, oder auch andere mögliche Dinge, die gar nicht Objecte unserer Sinne sind, als Gegenstände blos durch den Verstand gedacht, jenen gleichsam gegenüber stellen und sie Verstandeswesen *(Noumena)* nennen. Nun fragt sich: ob unsere reinen Verstandesbegriffe nicht in Ansehung dieser letzteren Bedeutung haben, und eine Erkenntnissart derselben sein könnten.

Gleich Anfangs aber zeigt sich hier eine Zweideutigkeit, welche grossen Missverstand veranlassen kann, dass, da der Verstand, wenn er einen Gegenstand in einer Beziehung blos Phänomen nennt, er sich zugleich ausser dieser Beziehung noch eine Vorstellung von einem **Gegenstande an sich selbst** macht und sich daher vorstellt, er könne sich auch von dergleichen Gegenstand **Begriffe** machen, und da der Verstand keine anderen, als Kategorien liefert, der Gegenstand in der letzteren Bedeutung wenigstens durch diese reinen Verstandesbegriffe müsse gedacht werden können, dadurch aber verleitet wird, den ganz **unbestimmten** Begriff von einem Verstandeswesen, als einem Etwas überhaupt ausser unserer Sinnlichkeit für einen **bestimmten** Begriff von einem Wesen, welches wir durch den Verstand auf einige Art erkennen könnten, zu halten.

Wenn wir unter Noumenon ein Ding verstehen, so fern es **nicht Object unserer sinnlichen Anschauung** ist, indem wir von unserer Anschauungsart desselben abstrahiren, so ist dieses ein Noumenon im **negativen** Verstande. Verstehen wir aber darunter ein **Object einer nichtsinnlichen Anschauung**, so nehmen wir eine besondere Anschauungsart an, nämlich die intellectuelle, die aber nicht die unsrige ist, von welcher wir auch die Möglichkeit nicht einsehen können, und das wäre das Noumenon in **positiver** Bedeutung.

Die Lehre von der Sinnlichkeit ist nun zugleich die Lehre von den Noumenen im negativen Verstande, d. i. von Dingen, die der Verstand sich ohne diese Beziehung auf unsere Anschauungsart, mithin nicht blos als Erscheinungen, sondern als Dinge an sich selbst denken muss, von denen er aber in dieser Absonderung zugleich begreift, dass er von seinen Kategorien in dieser Art, sie zu erwägen, keinen Gebrauch machen könne, weil diese nur in Beziehung auf die Einheit der Anschauungen in Raum und Zeit Bedeutung haben, sie eben diese Einheit auch nur wegen der blosen Idealität des Raums und der Zeit durch allgemeine Verbindungsbegriffe *a priori* bestimmen können. Wo diese Zeiteinheit nicht angetroffen werden kann, mithin beim Noumenon, da hört der ganze Gebrauch, ja selbst alle Bedeutung der Kategorien völlig auf; denn selbst die Möglichkeit der Dinge, die den Kategorien entsprechen sollen, lässt sich gar nicht einsehen; weshalb ich mich nur auf das berufen darf, was ich in der allgemeinen Anmerkung zum vorigen Hauptstücke gleich zu Anfang anführte. Nun kann aber die Möglichkeit eines Dinges niemals blos aus dem Nichtwidersprechen eines Begriffs desselben, sondern nur dadurch, dass man diesen durch eine ihm correspondirende Anschauung belegt, bewiesen werden. Wenn wir also die Kategorien auf Gegenstände, die nicht als Erscheinungen betrachtet werden, anwenden wollten, so müssten wir eine andere Anschauung, als die sinnliche, zum Grunde legen, und alsdenn wäre der Gegenstand ein Noumenon in positiver Bedeutung. Da nun eine solche, nämlich die intellectuelle Anschauung, schlechterdings ausser unserem Erkenntnissvermögen liegt, so kann auch der Gebrauch der Kategorien keineswegs über die Grenze der Gegenstände der Erfahrung hinausreichen, und den Sinnenwesen correspondiren zwar freilich Verstandeswesen, auch mag es Verstandeswesen geben, auf welche unser sinnliches Anschauungsvermögen gar keine Beziehung hat, aber unsere Verstandesbegriffe, als blose Gedankenformen für unsere sinnliche Anschauung, reichen nicht im mindesten auf diese hinaus; was also von uns Noumenon genannt wird, muss als ein solches nur in negativer Bedeutung verstanden werden.

Wenn ich alles Denken (durch Kategorien) aus einer empirischen Erkenntniss wegnehme, so bleibt gar keine Erkenntniss irgend eines Gegenstandes übrig; denn durch blose Anschauung wird gar nichts gedacht, und dass diese Affection der Sinnlichkeit in mir ist, macht gar keine Beziehung von dergleichen Vorstellung auf irgend ein Object aus. Lasse ich aber hingegen alle Anschauung weg, so bleibt doch noch die Form des Denkens, d. i. die Art, dem Mannigfaltigen einer möglichen Anschauung einen Gegenstand zu bestimmen. Daher erstrecken sich die Kategorien so fern weiter, als die sinnliche Anschauung, weil sie

Objecte überhaupt denken, ohne noch auf die besondere Art (der Sinnlichkeit) zu sehen, in der sie gegeben werden mögen. Sie bestimmen aber dadurch nicht eine grössere Sphäre von Gegenständen, weil, dass solche gegeben werden können, man nicht annehmen kann, ohne dass man eine andere, als sinnliche Art der Anschauung als möglich voraussetzt; wozu wir aber keineswegs berechtigt sind.

Ich nenne einen Begriff problematisch, der keinen Widerspruch enthält, der auch als eine Begrenzung gegebener Begriffe mit andern Erkenntnissen zusammenhängt, dessen objective Realität aber auf keine Weise erkannt werden kann. Der Begriff eines Noumenon, d. i. eines Dinges, welches gar nicht als Gegenstand der Sinne, sondern als ein Ding an sich selbst (lediglich durch einen reinen Verstand) gedacht werden soll, ist gar nicht widersprechend; denn man kann von der Sinnlichkeit doch nicht behaupten, dass sie die einzige mögliche Art der Anschauung sei. Ferner ist dieser Begriff nothwendig, um die sinnliche Anschauung nicht bis über die Dinge an sich selbst auszudehnen, und also um die objective Gültigkeit der sinnlichen Erkenntniss einzuschränken; (denn das Uebrige, worauf jene nicht reicht, heissen eben darum Noumena, damit man dadurch anzeige, jene Erkenntnisse können ihr Gebiet nicht über alles, was der Verstand denkt, erstrecken.) Am Ende aber ist doch die Möglichkeit solcher *Noumenorum* gar nicht einzusehen, und der Umfang ausser der Sphäre der Erscheinungen ist (für uns) leer, d. i. wir haben einen Verstand, der sich problematisch weiter erstreckt, als jene, aber keine Anschauung, ja auch nicht einmal den Begriff von einer möglichen Anschauung, wodurch uns ausser dem Felde der Sinnlichkeit Gegenstände gegeben und der Verstand über dieselbe hinaus assertorisch gebraucht werden könne. Der Begriff eines Noumenon ist also blos ein Grenzbegriff, um die Anmassungen der Sinnlichkeit einzuschränken, und also nur von negativem Gebrauche. Er ist aber gleichwohl nicht willkührlich erdichtet, sondern hängt mit der Einschränkung der Sinnlichkeit zusammen, ohne doch etwas Positives ausser dem Umfange derselben setzen zu können.

Die Eintheilung der Gegenstände in *Phaenomena* und *Noumena*, und der Welt in eine Sinnen- und Verstandeswelt kann daher in positiver Bedeutung gar nicht zugelassen werden, obgleich Begriffe allerdings die Eintheilung in sinnliche und intellectuelle zulassen; denn man kann den letzteren keinen Gegenstand bestimmen und sie also auch nicht für objectiv gültig ausgeben. Wenn man von den Sinnen abgeht, wie will man begreiflich machen, dass unsre Kategorien, (welche die einzigen übrig bleibenden Begriffe für Noumena sein würden,) noch überall etwas bedeuten, da zu ihrer Beziehung auf irgend einen Gegenstand noch etwas mehr, als blos die Einheit des Denkens, nämlich überdem eine mögliche Anschauung gegeben sein muss, darauf jene angewandt werden können? Der Begriff eines *Noumeni*, blos problematisch genommen, bleibt demungeachtet nicht allein zulässig, sondern auch als ein die Sinnlichkeit in Schranken setzender Begriff unvermeidlich. Aber alsdenn ist das nicht ein besonderer intelligibler Gegenstand für unsern Verstand, sondern ein Verstand, für den es gehörte, ist selbst ein Problema, nämlich nicht discursiv durch Kategorien, sondern intuitiv in einer nicht sinnlichen Anschauung seinen Gegenstand zu erkennen, als von welchem wir uns nicht die geringste Vorstellung seiner Möglichkeit machen können. Unser Verstand bekommt nun auf diese Weise eine negative Erweiterung, d. i. er wird nicht durch die Sinnlichkeit eingeschränkt, sondern schränkt vielmehr dieselbe ein, dadurch, dass er Dinge an sich selbst (nicht als Erscheinungen betrachtet) *Noumena* nennt. Aber er setzt sich auch sofort selbst Grenzen, sie durch keine Kategorien zu erkennen, mithin sie nur unter dem Namen eines unbekannten Etwas zu denken.

Ich finde indessen in den Schriften der Neueren einen ganz andern Gebrauch der Ausdrücke eines *mundi sensibilis* und *intelligibilis*,* der von dem Sinne der Alten ganz abweicht, und wobei es freilich keine Schwierigkeit hat, aber auch nichts, als leere Wortkrämerei angetroffen wird. Nach demselben hat es Einigen beliebt, den Inbegriff der Erscheinungen, so fern er angeschaut wird, die Sinnenwelt, so fern aber der Zusammenhang derselben nach allgemeinen Verstandesgesetzen gedacht, die Verstandeswelt zu nennen. Die theoretische Astronomie, welche die blose Beobachtung des gestirnten Himmels vorträgt, würde die erstere, die contemplative dagegen, (etwa nach dem Copernicanischen Weltsystem, oder gar nach NEWTON's Gravitationsgesetzen erklärt,) die zweite, nämlich eine intelligible Welt vorstellig machen.

---

* Man muss nicht statt dieses Ausdrucks den einer intellectuellen Welt, wie man im deutschen Vortrage gemeinhin zu thun pflegt, brauchen; denn intellectuell oder sensitiv sind nur die Erkenntnisse. Was aber nur ein Gegenstand der einen oder der andern Anschauungsart sein kann, die Objecte also, müssen (unerachtet der Härte des Lauts) intelligibel oder sensibel heissen.[1]

[1] Diese Anmerkung ist erst in der 2. Ausg. hinzugekommen.

Aber eine solche Wortverdrehung ist eine blos sophistische Ausflucht, um einer beschwerlichen Frage auszuweichen, dadurch, dass man ihren Sinn zu seiner Gemächlichkeit herabstimmt. In Ansehung der Erscheinungen lässt sich allerdings Verstand und Vernunft brauchen; aber es fragt sich, ob diese auch noch einigen Gebrauch haben, wenn der Gegenstand nicht Erscheinung (*Noumenon*) ist; und in diesem Sinne nimmt man ihn, wenn er an sich blos intelligibel, d. i. dem Verstande allein, und gar nicht den Sinnen gegeben, gedacht wird. Es ist also die Frage: ob ausser jenem empirischen Gebrauche des Verstandes (selbst in der Newtonschen Vorstellung des Weltbaues) noch ein transscendentaler möglich sei, der auf das Noumenon als einen Gegenstand gehe; welche Frage wir verneinend beantwortet haben.

Wenn wir denn also sagen: die Sinne stellen uns die Gegenstände vor, wie sie erscheinen, der Verstand aber, wie sie sind, so ist das Letztere nicht in transscendentaler, sondern blos empirischer Bedeutung zu nehmen, nämlich wie sie als Gegenstände der Erfahrung im durchgängigen Zusammenhange der Erscheinungen müssen vorgestellt werden, und nicht nach dem, was sie ausser der Beziehung auf mögliche Erfahrung und folglich auf Sinne überhaupt, mithin als Gegenstände des reinen Verstandes sein mögen. Denn dieses wird uns immer unbekannt bleiben, so gar, dass es auch unbekannt bleibt, ob eine solche transscendentale (ausserordentliche) Erkenntniss überall möglich sei, zum wenigsten als eine solche, die unter unseren gewöhnlichen Kategorien steht. Verstand und Sinnlichkeit können bei uns nur in Verbindung Gegenstände bestimmen. Wenn wir sie trennen, so haben wir Anschauungen ohne Begriffe oder Begriffe ohne Anschauungen; in beiden Fällen aber Vorstellungen, die wir auf keinen bestimmten Gegenstand beziehen können.

Wenn Jemand noch Bedenken trägt, auf alle diese Erörterungen, dem blos transscendentalen Gebrauche der Kategorien zu entsagen, so mache er einen Versuch von ihnen in irgend einer synthetischen Behauptung. Denn eine analytische bringt den Verstand nicht weiter, und da er nur mit dem beschäftigt ist, was in dem Begriffe schon gedacht wird, so lässt er es unausgemacht, ob dieser an sich selbst auf Gegenstände Beziehung habe, oder nur die Einheit des Denkens überhaupt bedeute, (welche von der Art, wie ein Gegenstand gegeben werden mag, völlig abstrahirt;) es ist ihm genug zu wissen, was in seinem Begriffe liegt; worauf der Begriff selber gehen möge, ist ihm gleichgültig. Er versuche es demnach mit irgend einem synthetischen und vermeintlich transscendentalen Grundsatze, als: alles, was da ist, existirt als Substanz oder eine derselben anhängende Bestimmung; alles Zufällige existirt als Wirkung eines andern Dinges, nämlich seiner Ursache u. s. w. Nun frage ich: woher will er diese synthetischen Sätze nehmen, da die Begriffe nicht beziehungsweise auf mögliche Erfahrung, sondern von Dingen an sich selbst *(Noumena)* gelten sollen? Wo ist hier das Dritte, welches jederzeit zu einem synthetischen Satze erfordert wird, um in demselben Begriffe, die gar keine logische (analytische) Verwandtschaft haben, mit einander zu verknüpfen? Er wird seinen Satz niemals beweisen, ja was noch mehr ist, sich nicht einmal wegen der Möglichkeit einer solchen reinen Behauptung rechtfertigen können, ohne auf den empirischen Verstandesgebrauch Rücksicht zu nehmen und dadurch dem reinen und sinnenfreien Urtheile völlig zu entsagen. So ist denn der Begriff reiner blos intelligibler Gegenstände gänzlich leer von allen Grundsätzen ihrer Anwendung, weil man keine Art ersinnen kann, wie sie gegeben werden sollten, und der problematische Gedanke, der doch einen Platz für sie offen lässt, dient nur, wie ein leerer Raum, die empirischen Grundsätze einzuschränken, ohne doch irgend ein anderes Object der Erkenntniss, ausser der Sphäre der letzteren, in sich zu enthalten und aufzuweisen.

Anhang.

Von der Amphibolie der Reflexionsbegriffe
durch die Verwechselung des empirischen Verstandesgebrauchs mit dem transscendentalen.

Die Ueberlegung *(reflexio)* hat es nicht mit den Gegenständen selbst zu thun, um geradezu von ihnen Begriffe zu bekommen, sondern ist der Zustand des Gemüths, in welchem wir uns zuerst dazu anschicken, um die subjectiven Bedingungen ausfindig zu machen, unter denen wir zu Begriffen gelangen können. Sie ist das Bewusstsein des Verhältnisses gegebener Vorstellungen zu unseren verschiedenen Erkenntnissquellen, durch welches allein ihr Verhältniss unter einander richtig bestimmt werden kann. Die erste Frage vor aller weiteren Behandlung unserer Vorstellung ist die: in welchem Erkenntnissvermögen gehören sie zusammen? Ist es der Verstand, oder sind es die Sinne, vor denen sie verknüpft oder verglichen werden? Manches Urtheil wird aus Gewohnheit angenommen oder durch Neigung geknüpft; weil aber keine Ueberlegung vorhergeht oder wenigstens kritisch darauf folgt, so gilt es für ein solches, das im Verstand seinen Ursprung erhalten hat. Nicht alle Urtheile bedürfen einer Untersuchung, d. i. einer Aufmerksamkeit auf die Gründe der Wahrheit; denn wenn sie unmittelbar gewiss sind: z. B. zwischen zwei Punkten kann nur eine gerade Linie sein, so lässt sich von ihnen kein noch näheres Merkmal der Wahrheit, als das sie selbst ausdrücken, anzeigen. Aber alle Urtheile, alle Vergleichungen bedürfen einer Ueberlegung, d. i. einer Unterscheidung der Erkenntnisskraft, wozu die gegebenen Begriffe gehören. Die Handlung, dadurch ich die Vergleichung der Vorstellung überhaupt mit der Erkenntnisskraft zusammenhalte, darin sie angestellt wird, und wodurch ich unterscheide, ob sie als zum reinen Verstande oder zur sinnlichen

Anschauung gehörend unter einander verglichen werden, nenne ich **transscendentale Ueberlegung.** Die Verhältnisse aber, in welchen die Begriffe in einem Gemüthszustande zu einander gehören können, sind die der **Einerleiheit** und **Verschiedenheit,** der **Einstimmung** und des **Widerstreits,** des **Inneren** und des **Aeusseren,** endlich des **Bestimmbaren** und der **Bestimmung** (Materie und Form). Die richtige Bestimmung dieses Verhältnisses beruht darauf, in welcher Erkenntnisskraft sie **subjectiv** zu einander gehören, ob in der Sinnlichkeit oder dem Verstande. Denn der Unterschied der letzteren macht einen grossen Unterschied in der Art, wie man sich die ersten denken solle.

Vor allen objectiven Urtheilen vergleichen wir die Begriffe, um auf die **Einerleiheit** (vieler Vorstellungen unter einem Begriffe) zum Behuf der **allgemeinen** Urtheile, oder die **Verschiedenheit** derselben zu Erzeugung besonderer, auf die **Einstimmung,** daraus **bejahende,** und den **Widerstreit,** daraus **verneinende** Urtheile werden u. s. w., zu kommen. Aus diesem Grunde sollten wir, wie es scheint, die angeführten Begriffe Vergleichungsbegriffe nennen *(conceptus comparationis)*. Weil aber, wenn es nicht auf die logische Form, sondern auf den Inhalt der Begriffe ankommt, d. i. ob die Dinge selbst einerlei oder verschieden, einstimmig oder im Widerstreit sind u. s. w., die Dinge ein zwiefaches Verhältniss zu unserer Erkenntnisskraft, nämlich zur Sinnlichkeit und zum Verstande haben können, auf diese Stelle aber, darin sie gehören, die Art ankömmt, wie sie zu einander gehören sollen; so wird die transscendentale Reflexion, d. i. das Verhältniss gegebener Vorstellungen zu einer oder der andern Erkenntnissart, ihr Verhältniss unter einander allein bestimmen können; und ob die Dinge einerlei oder verschieden, einstimmig oder widerstreitend seien u. s. w., wird nicht so fort aus den Begriffen selbst durch blose Vergleichung *(comparatio),* sondern allererst durch die Unterscheidung der Erkenntnissart, wozu sie gehören, vermittelst einer transscendentalen Ueberlegung *(reflexio)* ausgemacht werden können. Man könnte also zwar sagen, dass die **logische Reflexion** eine blose Comparation sei; denn bei ihr wird von der Erkenntnisskraft, wozu die gegebenen Vorstellungen gehören, gänzlich abstrahirt, und sie sind also so fern, ihrem Sitze nach im Gemüthe, als gleichartig zu behandeln; die **transscendentale Reflexion** aber, (welche auf die Gegenstände selbst geht,) enthält den Grund der Möglichkeit der objectiven Comparation der Vorstellungen unter einander, und ist also von der letzteren gar sehr verschieden, weil die Erkenntnisskraft, dazu sie gehören, nicht eben dieselbe ist. Diese transscendentale Ueberlegung ist eine Pflicht, von der sich Niemand lossagen kann, wenn er *a priori* etwas über Dinge urtheilen will. Wir wollen sie jetzt zur Hand nehmen, und werden daraus für die Bestimmung des eigentlichen Geschäfts des Verstandes nicht wenig Licht ziehen.

1. **Einerleiheit und Verschiedenheit.** Wenn uns ein Gegenstand mehrmalen, jedesmal aber mit eben denselben innern Bestimmungen *(qualitas et quantitas)* dargestellt wird, so ist derselbe, wenn er als Gegenstand des reinen Verstandes gilt, immer eben derselbe, und nicht viele, sondern nur ein Ding *(numerica identitas)*; ist er aber Erscheinung, so kommt es auf die Vergleichung der Begriffe gar nicht an, sondern so sehr auch in Ansehung derselben alles einerlei sein mag, ist doch die Verschiedenheit der Oerter dieser Erscheinung zu gleicher Zeit ein genugsamer Grund der **numerischen Verschiedenheit** des Gegenstandes (der Sinne) selbst. So kann man bei zwei Tropfen Wasser von aller innern Verschiedenheit (der Qualität und Quantität) völlig abstrahiren, und es ist genug, dass sie in verschiedenen Oertern zugleich angeschaut werden, um sie für numerisch verschieden zu halten. LEIBNITZ nahm die Erscheinungen als Dinge an sich selbst, mithin für *intelligibilia,* d. i. Gegenstände des reinen Verstandes, (ob er gleich, wegen der Verworrenheit ihrer Vorstellungen, dieselben mit dem Namen der Phänomene belegte;) und da konnte sein Satz des **Nichtzuunterscheidenden** *(principium identitatis indiscernibilium)* allerdings nicht bestritten werden; da sie aber Gegenstände der Sinnlichkeit sind und der Verstand in Ansehung ihrer nicht von reinem, sondern blos empirischem Gebrauche ist, so wird die Vielheit und numerische Verschiedenheit schon durch den Raum selbst, als die Bedingung der äusseren Erscheinungen, angegeben. Denn ein Theil des Raums, ob er zwar einem andern völlig ähnlich und gleich sein mag, ist doch ausser ihm und eben dadurch ein vom ersteren verschiedener Theil, der zu ihm hinzukommt, um einen grösseren Raum auszumachen, und dieses muss daher von allem, was in den mancherlei Stellen des Raums zugleich ist, gelten, so sehr es sich sonsten auch ähnlich und gleich sein mag.

2. **Einstimmung und Widerstreit.** Wenn Realität nur durch den reinen Verstand vorgestellt wird *(realitas noumenon),* so lässt sich zwischen den Realitäten kein Widerstreit denken, d. i. ein solches Ver-

hältniss, da sie in einem Subject verbunden einander ihre Folgen aufheben, und $3 - 3 = 0$ sei. Dagegen kann das Reale in der Erscheinung *(realitas phaenomenon)* unter einander allerdings im Widerstreit sein, und vereint in demselben Subject eines die Folge des andern ganz oder zum Theil vernichten, wie zwei bewegende Kräfte in derselben geraden Linie, so fern sie einen Punkt in entgegengesetzter Richtung entweder ziehen oder drücken, oder auch ein Vergnügen, das dem Schmerze die Wage hält.

3. Das Innere und Aeussere. An einem Gegenstande des reinen Verstandes ist nur dasjenige innerlich, welches gar keine Beziehung (dem Dasein nach) auf irgend etwas von ihm Verschiedenes hat. Dagegen sind die innern Bestimmungen einer *substantia phaenomenon* im Raume nichts, als Verhältnisse, und sie selbst ganz und gar ein Inbegriff von lauter Relationen. Die Substanz im Raume kennen wir nur durch Kräfte, die in demselben wirksam sind, entweder andere dahin zu treiben (Anziehung) oder vom Eindringen in ihn abzuhalten (Zurückstossung und Undurchdringlichkeit); andere Eigenschaften kennen wir nicht, die den Begriff von der Substanz, die im Raum erscheint und die wir Materie nennen, ausmachen. Als Object des reinen Verstandes muss jede Substanz dagegen innere Bestimmungen und Kräfte haben, die auf die innere Realität gehen. Allein was kann ich mir für innere Accidenzen denken, als diejenigen, so mein innerer Sinn mir darbietet? nämlich das, was entweder selbst ein Denken oder mit diesem analogisch ist. Daher machte LEIBNITZ aus allen Substanzen, weil er sie sich als *Noumena* vorstellte, selbst aus den Bestandtheilen der Materie, nachdem er ihnen alles, was äussere Relation bedeuten mag, mithin auch die Zusammensetzung in Gedanken genommen hatte, einfache Subjecte mit Vorstellungskräften begabt, mit einem Worte: Monaden.

4. Materie und Form. Dieses sind zwei Begriffe, welche aller andern Reflexion zum Grunde gelegt werden, so sehr sind sie mit jedem Gebrauch des Verstandes unzertrennlich verbunden. Der erstere bedeutet das Bestimmbare überhaupt, der zweite dessen Bestimmung; (beides in transscendentalem Verstande, da man von allem Unterschiede dessen, was gegeben wird, und der Art, wie es bestimmt wird, abstrahirt.) Die Logiker nannten ehedem das Allgemeine die Materie, den specifischen Unterschied aber die Form. In jedem Urtheile kann man die gegebenen Begriffe logische Materie (zum Urtheile), das Verhältniss derselben (vermittelst der Copula) die Form des Urtheils nennen. In jedem Wesen

sind die Bestandstücke desselben *(essentialia)* die Materie; die Art, wie sie in einem Dinge verknüpft sind, die wesentliche Form. Auch wurde in Ansehung der Dinge überhaupt unbegrenzte Realität als die Materie aller Möglichkeit, Einschränkung derselben aber (Negation) als diejenige Form angesehen, wodurch sich ein Ding vom andern nach transscendentalen Begriffen unterscheidet. Der Verstand nämlich verlangt zuerst, dass etwas gegeben sei (wenigstens im Begriffe), um es auf gewisse Art bestimmen zu können. Daher geht im Begriffe des reinen Verstandes die Materie der Form vor, und LEIBNITZ nahm um deswillen zuerst Dinge an (Monaden) und innerlich eine Vorstellungskraft derselben, um darnach das äussere Verhältniss derselben und die Gemeinschaft ihrer Zustände (nämlich der Vorstellungen) darauf zu gründen. Daher waren Raum und Zeit, jener nur durch das Verhältniss der Substanzen, diese durch die Verknüpfung der Bestimmungen derselben unter einander, als Gründe und Folgen, möglich. So würde es auch in der That sein müssen, wenn der reine Verstand unmittelbar auf Gegenstände bezogen werden könnte und wenn Raum und Zeit Bestimmungen der Dinge an sich selbst wären. Sind es aber nur sinnliche Anschauungen, in denen wir alle Gegenstände lediglich als Erscheinungen bestimmen, so geht die Form der Anschauung (als eine subjective Beschaffenheit der Sinnlichkeit) vor aller Materie den Empfindungen, mithin Raum und Zeit vor allen Erscheinungen und allen *datis* der Erfahrung vorher und macht diese vielmehr allererst möglich. Der Intellectualphilosoph konnte es nicht leiden, dass die Form vor den Dingen selbst vorhergehen und dieser ihre Möglichkeit bestimmen sollte; eine ganz richtige Censur, wenn er annahm, dass wir die Dinge anschauen, wie sie sind, (obgleich mit verworrener Vorstellung.) Da aber die sinnliche Anschauung eine ganz besondere subjective Bedingung ist, welche aller Wahrnehmung *a priori* zum Grunde liegt und deren Form ursprünglich ist, so ist die Form für sich allein gegeben, und weit gefehlt, dass die Materie (oder die Dinge selbst, welche erscheinen,) zum Grunde liegen sollte, (wie man nach blosen Begriffen urtheilen müsste,) so setzt die Möglichkeit derselben vielmehr eine formale Anschauung (Zeit und Raum) als gegeben voraus.

Anmerkung zur Amphibolie der Reflexionsbegriffe.

Man erlaube mir, die Stelle, welche wir einem Begriffe entweder in der Sinnlichkeit oder im reinen Verstande ertheilen, den transscendentalen Ort zu nennen. Auf solche Weise wäre die Beurtheilung dieser Stelle, die jedem Begriffe nach Verschiedenheit seines Gebrauchs zukommt, und die Anweisung nach Regeln, diesen Ort allen Begriffen zu bestimmen, die transscendentale Topik; eine Lehre, die vor Erschleichungen des reinen Verstandes und daraus entspringenden Blendwerken gründlich bewahren würde, indem sie jederzeit unterschiede, welcher Erkenntnisskraft die Begriffe eigentlich angehören. Man kann einen jeden Begriff, einen jeden Titel, darunter viele Erkenntnisse gehören, einen logischen Ort nennen. Hierauf gründet sich die logische Topik des Aristoteles, deren sich Schullehrer und Redner bedienen konnten, um unter gewissen Titeln des Denkens nachzusehen, was sich am besten für die vorliegende Materie schickte, und darüber mit einem Schein von Gründlichkeit zu vernünfteln oder wortreich zu schwatzen.

Die transscendentale Topik enthält dagegen nicht mehr, als die angeführten vier Titel aller Vergleichung und Unterscheidung, die sich dadurch von Kategorien unterscheiden, dass durch jene nicht der Gegenstand, nach demjenigen, was seinen Begriff ausmacht, (Grösse, Realität,) sondern nur die Vergleichung der Vorstellungen, welche vor dem Begriffe von Dingen vorhergeht, in aller ihrer Mannigfaltigkeit dargestellt wird. Diese Vergleichung aber bedarf zuvörderst einer Ueberlegung, d. i. einer Bestimmung desjenigen Orts, wo die Vorstellungen der Dinge, die verglichen werden, hingehören, ob sie der reine Verstand denkt oder die Sinnlichkeit in der Erscheinung gibt.

Die Begriffe können logisch verglichen werden, ohne sich darum zu bekümmern, wohin ihre Objecte gehören, ob als Noumena für den Verstand oder als Phänomena für die Sinnlichkeit. Wenn wir aber mit diesen Begriffen zu den Gegenständen gehen wollen, so ist zuvörderst transscendentale Ueberlegung nöthig, für welche Erkenntnisskraft sie Gegenstände sein sollen, ob für den reinen Verstand oder die Sinnlichkeit. Ohne diese Ueberlegung mache ich einen sehr unsicheren Gebrauch von diesen Begriffen, und es entspringen vermeinte synthetische Grundsätze, welche die kritische Vernunft nicht anerkennen kann und die sich lediglich auf einer transscendentalen Amphibolie, d. i. einer Verwechselung des reinen Verstandesobjects mit der Erscheinung gründen.

In Ermangelung einer solchen transscendentalen Topik, und mithin durch die Amphibolie der Reflexionsbegriffe hintergangen, errichtete der berühmte Leibnitz ein intellectuelles System der Welt, oder glaubte vielmehr der Dinge innere Beschaffenheit zu erkennen, indem er alle Gegenstände nur mit dem Verstande und den abgesonderten formalen Begriffen seines Denkens verglich. Unsere Tafel der Reflexionsbegriffe schafft uns den unerwarteten Vortheil, das Unterscheidende seines Lehrbegriffs in allen seinen Theilen und zugleich den leitenden Grund dieser eigenthümlichen Denkungsart vor Augen zu legen, der auf nichts, als einem Missverstande beruhete. Er verglich alle Dinge blos durch Begriffe mit einander und fand, wie natürlich, keine andere Verschiedenheit, als die, durch welche der Verstand seine reinen Begriffe von einander unterscheidet. Die Bedingungen der sinnlichen Anschauung, die ihre eigenen Unterschiede bei sich führen, sah er nicht für ursprünglich an; denn die Sinnlichkeit war ihm nur eine verworrene Vorstellungsart und kein besonderer Quell der Vorstellungen; Erscheinung war ihm die Vorstellung des Dinges an sich selbst, obgleich von der Erkenntniss durch den Verstand, der logischen Form nach, unterschieden, da nämlich jene bei ihrem gewöhnlichen Mangel der Zergliederung eine gewisse Vermischung von Nebenvorstellungen in den Begriff des Dinges zieht, die der Verstand davon abzusondern weiss. Mit einem Worte: Leibnitz intellectuirte die Erscheinungen, so wie Locke die Verstandesbegriffe nach seinem System der Noogonie, (wenn es mir erlaubt ist, mich dieser Ausdrücke zu bedienen,) insgesammt sensificirt, d. i. für nichts, als empirische oder abgesonderte Reflexionsbegriffe ausgegeben hatte. Anstatt im Verstande und der Sinnlichkeit zwei ganz verschiedene Quellen von Vorstellungen zu suchen, die aber nur in Verknüpfung objectivgültig von Dingen urtheilen können, hielt sich ein jeder dieser grossen Männer nur an eine von beiden, die sich ihrer Meinung nach unmittelbar auf Dinge an sich selbst bezöge, indessen dass die andere nichts that, als die Vorstellungen der ersteren zu verwirren oder zu ordnen.

Leibnitz verglich demnach die Gegenstände der Sinne als Dinge überhaupt blos im Verstande unter einander. Erstlich, so fern sie von diesem als einerlei oder verschieden geurtheilt werden sollen. Da er also lediglich ihre Begriffe, und nicht ihre Stelle in der Anschauung, darin die Gegenstände allein gegeben werden können, vor Augen hatte und den transscendentalen Ort dieser Begriffe, (ob das Object unter Erscheinungen oder unter Dinge an sich selbst zu zählen sei,) gänzlich aus der Acht liess, so konnte es nicht anders ausfallen, als dass er seinen

Grundsatz des Nichtzuunterscheidenden, der blos von Begriffen der Dinge überhaupt gilt, auch auf die Gegenstände der Sinne *(mundus phaenomenon)* ausdehnte und der Naturerkenntniss dadurch keine geringe Erweiterung verschafft zu haben glaubte. Freilich, wenn ich einen Tropfen Wasser als ein Ding an sich selbst nach allen seinen innern Bestimmungen kenne, so kann ich keinen derselben von dem andern für verschieden gelten lassen, wenn der ganze Begriff desselben mit ihm einerlei ist. Ist er aber Erscheinung im Raume, so hat er seinen Ort nicht blos im Verstande (unter Begriffen), sondern in der sinnlichen äusseren Anschauung (im Raume), und da sind die physischen Oerter in Ansehung der inneren Bestimmungen der Dinge ganz gleichgültig, und ein Ort $= b$ kann ein Ding, welches einem andern in dem Orte $= a$ völlig ähnlich und gleich ist, eben sowohl aufnehmen, als wenn es von diesem noch so sehr innerlich verschieden wäre. Die Verschiedenheit der Oerter macht die Vielheit und Unterscheidung der Gegenstände als Erscheinungen, ohne weitere Bedingungen, schon für sich nicht allein möglich, sondern auch nothwendig. Also ist jenes scheinbare Gesetz kein Gesetz der Natur. Es ist lediglich eine analytische Regel der Vergleichung der Dinge durch blose Begriffe.

Zweitens, der Grundsatz: dass Realitäten (als blose Bejahungen) einander niemals logisch widerstreiten, ist ein ganz wahrer Satz von dem Verhältnisse der Begriffe, bedeutet aber weder in Ansehung der Natur, noch überall in Ansehung irgend eines Dinges an sich selbst, (von diesem haben wir keinen Begriff,[1]) das Mindeste. Denn der reale Widerstreit findet allerwärts statt, wo $A - B = 0$ ist, d. i. wo eine Realität mit der andern, in einem Subject verbunden, eine die Wirkung der andern aufhebt, welches alle Hindernisse und Gegenwirkungen in der Natur unaufhörlich vor Augen legen, die gleichwohl, da sie auf Kräften beruhen, *realitates phaenomena* genannt werden müssen. Die allgemeine Mechanik kann sogar die empirische Bedingung dieses Widerstreits in einer Regel *a priori* angeben, indem sie auf die Entgegensetzung der Richtungen sieht; eine Bedingung, von welcher der transscendentale Begriff der Realität gar nichts weiss. Obzwar Herr von Leibnitz diesen Satz nicht eben mit dem Pomp eines neuen Grundsatzes ankündigte, so bediente er sich doch desselben zu neuen Behauptungen, und seine Nachfolger trugen ihn ausdrücklich in ihre Leibnitz-Wolfianischen Lehrge-

---

[1] 1. Ausg.: „haben wir gar keinen Begriff."

bäude ein. Nach diesem Grundsatze sind z. B. alle Uebel nichts, als Folgen von den Schranken der Geschöpfe, d. i. Negationen, weil diese das einzige Widerstreitende der Realität sind; (in dem blosen Begriffe eines Dinges überhaupt ist es auch wirklich so, aber nicht in den Dingen als Erscheinungen.) Imgleichen finden die Anhänger desselben es nicht allein möglich, sondern auch natürlich, alle Realität ohne irgend einen besorglichen Widerstreit in einem Wesen zu vereinigen, weil sie keinen andern, als den des Widerspruchs, (durch den der Begriff eines Dinges selbst aufgehoben wird,) nicht aber den des wechselseitigen Abbruchs kennen, da ein Realgrund die Wirkung des andern aufhebt, und dazu wir nur in der Sinnlichkeit die Bedingungen antreffen, uns einen solchen vorzustellen.

Drittens: die Leibnitzische Monadologie hat gar keinen andern Grund, als dass dieser Philosoph den Unterschied des Inneren und Aeusseren blos im Verhältniss auf den Verstand vorstellte. Die Substanzen überhaupt müssen etwas Inneres haben, was also von allen äusseren Verhältnissen, folglich auch der Zusammensetzung frei ist. Das Einfache ist also die Grundlage des Inneren der Dinge an sich selbst. Das Innere aber ihres Zustandes kann auch nicht in Ort, Gestalt, Berührung oder Bewegung, (welche Bestimmungen alle äussere Verhältnisse sind,) bestehen, und wir können daher den Substanzen keinen andern innern Zustand, als denjenigen, wodurch wir unsern Sinn selbst innerlich bestimmen, nämlich den Zustand der Vorstellungen beilegen. So wurden denn die Monaden fertig, welche den Grundstoff des ganzen Universum ausmachen sollen, deren thätige Kraft aber nur in Vorstellungen besteht, wodurch sie eigentlich blos in sich selbst wirksam sind.

Eben darum musste aber auch sein Principium der möglichen Gemeinschaft der Substanzen unter einander eine vorherbestimmte Harmonie, und konnte kein physischer Einfluss sein. Denn weil alles nur innerlich, d. i. mit seinen Vorstellungen beschäftigt ist, so konnte der Zustand der Vorstellungen der einen mit dem der andern Substanz in ganz und gar keiner wirksamen Verbindung stehen, sondern es musste irgend eine dritte und in alle insgesammt einfliessende Ursache ihre Zustände einander correspondirend machen, zwar nicht eben durch gelegentlichen und in jedem einzelnen Falle besonders angebrachten Beistand (*systema assistentiae*), sondern durch die Einheit der Idee einer für alle gültigen Ursache, in welcher sie insgesammt ihr Dasein und Beharrlichkeit, mithin auch wechselseitige Correspondenz unter einander nach allgemeinen Gesetzen bekommen müssen.

Viertens: der berühmte Lehrbegriff desselben von Zeit und Raum, darin er diese Formen der Sinnlichkeit intellectuirte, war lediglich aus eben derselben Täuschung der transscendentalen Reflexion entsprungen. Wenn ich mir durch den blosen Verstand äussere Verhältnisse der Dinge vorstellen will, so kann dieses nur vermittelst eines Begriffs ihrer wechselseitigen Wirkung geschehen, und soll ich einen Zustand eben desselben Dinges mit einem andern Zustande verknüpfen, so kann dieses nur in der Ordnung der Gründe und Folgen geschehen. So dachte sich also Leibnitz den Raum als eine gewisse Ordnung in der Gemeinschaft der Substanzen, und die Zeit als die dynamische Folge ihrer Zustände. Das Eigenthümliche aber und von Dingen Unabhängige, was beide an sich zu haben scheinen, schrieb er der Verworrenheit dieser Begriffe zu, welche machte, dass dasjenige, was eine bloss Form dynamischer Verhältnisse ist, für eine eigene für sich bestehende und vor den Dingen selbst vorhergehende Anschauung gehalten wird. Also waren Raum und Zeit die intelligible Form der Verknüpfung der Dinge (Substanzen und ihrer Zustände) an sich selbst. Die Dinge aber waren intelligible Substanzen (*substantiae noumena*). Gleichwohl wollte er diese Begriffe für Erscheinungen geltend machen, weil er der Sinnlichkeit keine eigene Art der Anschauung zugestand, sondern alle, selbst die empirische Vorstellung der Gegenstände im Verstande suchte, und den Sinnen nichts, als das verächtliche Geschäft liess, die Vorstellungen des ersteren zu verwirren und zu verunstalten.

Wenn wir aber auch von Dingen an sich selbst etwas durch den reinen Verstand synthetisch sagen könnten, (welches gleichwohl unmöglich ist,) so würde dieses doch gar nicht auf Erscheinungen, welche nicht Dinge an sich selbst vorstellen, gezogen werden können. Ich werde also in diesem letzteren Falle in der transscendentalen Ueberlegung meine Begriffe jederzeit nur unter den Bedingungen der Sinnlichkeit vergleichen müssen, und so werden Raum und Zeit nicht Bestimmungen der Dinge an sich, sondern der Erscheinungen sein; was die Dinge an sich sein mögen, weiss ich nicht, und brauche es auch nicht zu wissen, weil mir doch niemals ein Ding anders, als in der Erscheinung vorkommen kann.

So verfahre ich auch mit den übrigen Reflexionsbegriffen. Die Materie ist *substantia phaenomenon*. Was ihr innerlich zukomme, suche ich in allen Theilen des Raumes, den sie einnimmt, und in allen Wirkungen, die sie ausübt und die freilich nur immer Erscheinungen äusserer Sinne sein können. Ich habe also zwar nichts Schlechthin-, sondern lauter Comparativ-Innerliches, das selber wiederum aus äusseren Verhältnissen besteht. Allein das Schlechthin-, dem reinen Verstande nach, Innerliche der Materie ist auch eine blose Grille; denn diese ist überall kein Gegenstand für den reinen Verstand; das transscendentale Object aber, welches der Grund dieser Erscheinung sein mag, die wir Materie nennen, ist ein bloses Etwas, wovon wir nicht einmal verstehen würden, was es sei, wenn es uns auch Jemand sagen könnte. Denn wir können nichts verstehen, als was ein unsern Worten Correspondirendes in der Anschauung mit sich führt. Wenn die Klagen: wir sehen das Innere der Dinge gar nicht ein, so viel bedeuten sollen, als: wir begreifen nicht durch den reinen Verstand, was die Dinge, die uns erscheinen, an sich sein mögen, so sind sie ganz unbillig und unvernünftig; denn sie wollen, dass man ohne Sinne doch Dinge erkennen, mithin anschauen könne, folglich dass wir ein von dem menschlichen nicht blos dem Grade, sondern sogar der Anschauung und Art nach gänzlich unterschiedenes Erkenntnissvermögen haben, also nicht Menschen, sondern Wesen sein sollen, von denen wir selbst nicht angeben können, ob sie einmal möglich, vielweniger wie sie beschaffen seien. Ins Innre der Natur dringt Beobachtung und Zergliederung der Erscheinungen, und man kann nicht wissen, wie weit dieses mit der Zeit gehen werde. Jene transscendentalen Fragen aber, die über die Natur hinausgehen, würden wir bei allem dem doch niemals beantworten können, wenn uns auch die ganze Natur aufgedeckt wäre, da es uns nicht einmal gegeben ist, unser eigenes Gemüth mit einer andern Anschauung, als der unseres inneren Sinnes zu beobachten. Denn in demselben liegt das Geheimniss des Ursprungs unserer Sinnlichkeit. Ihre Beziehung auf ein Object, und was der transscendentale Grund dieser Einheit sei, liegt ohne Zweifel zu tief verborgen, als dass wir, die wir sogar uns selbst nur durch innern Sinn, mithin als Erscheinung kennen, ein so unschickliches Werkzeug unserer Nachforschung dazu brauchen könnten, etwas Anderes, als immer wiederum Erscheinungen, aufzufinden, deren nichtsinnliche Ursache wir doch gern erforschen wollten.

Was diese Kritik der Schlüsse aus den blosen Handlungen der Reflexion überaus nützlich macht, ist, dass sie die Nichtigkeit aller Schlüsse über Gegenstände, die man lediglich im Verstande mit einander vergleicht, deutlich darthut, und dasjenige zugleich bestätigt, was wir hauptsächlich eingeschärft haben: dass, obgleich Erscheinungen nicht als Dinge an sich selbst unter den Objecten des reinen Verstandes mit begriffen sind, sie doch die einzigen sind, an denen unsere Erkenntniss objective Realität haben kann, nämlich wo den Begriffen Anschauung entspricht.

Wenn wir blos logisch reflectiren, so vergleichen wir lediglich unsere Begriffe unter einander im Verstande, ob beide eben dasselbe enthalten, ob sie sich widersprechen oder nicht, ob etwas in dem Begriffe innerlich enthalten sei oder zu ihm hinzukomme, und welcher von beiden gegeben, welcher aber nur als eine Art, den gegebenen zu denken, gelten soll. Wende ich aber diese Begriffe auf einen Gegenstand überhaupt (im transscendentalen Verstande) an, ohne diesen weiter zu bestimmen, ob er ein Gegenstand der sinnlichen oder intellectuellen Anschauung sei, so zeigen sich sofort Einschränkungen, (nicht aus diesem Begriffe hinauszugehen,) welche allen empirischen Gebrauch derselben verkehren und eben dadurch beweisen, dass die Vorstellung eines Gegenstandes als Dinges überhaupt nicht etwa blos unzureichend, sondern ohne sinnliche Bestimmung derselben und unabhängig von empirischer Bedingung in sich selbst widerstreitend sei, dass man also entweder von allem Gegenstande abstrahiren (in der Logik), oder wenn man einen annimmt, ihn unter Bedingungen der sinnlichen Anschauung denken müsse, mithin das Intelligible eine ganz besondere Anschauung, die wir nicht haben, erfordern würde, und in Ermangelung derselben für uns nichts sei, dagegen aber auch die Erscheinungen nicht Gegenstände an sich selbst sein können. Denn wenn ich mir blos Dinge überhaupt denke, so kann freilich die Verschiedenheit der äusseren Verhältnisse nicht eine Verschiedenheit der Sachen selbst ausmachen, sondern setzt diese vielmehr voraus, und wenn der Begriff von dem einen innerlich von dem des andern gar nicht unterschieden ist, so setze ich nur ein und dasselbe Ding in verschiedene Verhältnisse. Ferner, durch Hinzuthun einer blosen Bejahung (Realität) zur andern, wird ja das Positive vermehrt, und ihm nichts entzogen oder aufgehoben; daher kann das Reale in Dingen überhaupt einander nicht widerstreiten u. s. w.

Die Begriffe der Reflexion haben, wie wir gezeigt haben, durch eine gewisse Missdeutung einen solchen Einfluss auf den Verstandesgebrauch, dass sie sogar einen der scharfsichtigsten unter allen Philosophen zu einem vermeinten System intellectueller Erkenntniss, welches seine Gegenstände ohne Dazukunft der Sinne zu bestimmen unternimmt, zu verleiten im Stande gewesen. Eben um deswillen ist die Entwickelung der täuschenden Ursache der Amphibolie dieser Begriffe, in Veranlassung falscher Grundsätze, von grossem Nutzen, die Grenzen des Verstandes zuverlässig zu bestimmen und zu sichern.

Man muss zwar sagen: was einem Begriff allgemein zukommt oder widerspricht, das kommt auch zu oder widerspricht allem Besondern, was unter jenem Begriff enthalten ist *(dictum de omni et nullo)*; es wäre aber ungereimt, diesen logischen Grundsatz dahin zu verändern, dass er so lautete: was in einem allgemeinen Begriffe nicht enthalten ist, das ist auch in den besonderen nicht enthalten, die unter demselben stehen; denn diese sind eben darum besondere Begriffe, weil sie mehr in sich enthalten, als im allgemeinen gedacht wird. Nun ist doch wirklich auf diesen letzteren Grundsatz das ganze intellectuelle System LEIBNITZ's erbaut; es fällt also zugleich mit demselben, sammt aller aus ihm entspringenden Zweideutigkeit im Verstandesgebrauche.

Der Satz des Nichtzuunterscheidenden gründete sich eigentlich auf der Voraussetzung: dass, wenn in dem Begriffe von einem Dinge überhaupt eine gewisse Unterscheidung nicht angetroffen wird, so sei sie auch nicht in den Dingen selbst anzutreffen; folglich seien alle Dinge völlig einerlei *(numero eadem)*, die sich nicht schon in ihrem Begriffe (der Qualität oder Quantität nach) von einander unterscheiden. Weil aber bei dem blosen Begriffe von irgend einem Dinge von manchen nothwendigen Bedingungen einer Anschauung abstrahirt worden, so wird durch eine sonderbare Uebereilung das, wovon abstrahirt wird, dafür genommen, dass es überall nicht anzutreffen sei, und dem Dinge nichts eingeräumt, als was in seinem Begriffe enthalten ist.

Der Begriff von einem Cubikfusse Raum, ich mag mir diesen denken, wo und wie oft ich wolle, ist an sich völlig einerlei. Allein zwei Cubikfüsse sind im Raume dennoch blos durch ihre Oerter unterschieden *(numero diversa)*; diese sind Bedingungen der Anschauung, worin das Object dieses Begriffs gegeben wird, die nicht zum Begriffe, aber doch zur ganzen Sinnlichkeit gehören. Gleichergestalt ist in dem Begriffe von einem Dinge gar kein Widerstreit, wenn nichts Verneinendes mit einem Bejahenden verbunden worden, und blos bejahende Begriffe können, in Verbindung, gar keine Aufhebung bewirken. Allein in dieser sinnlichen Anschauung, darin Realität (z. B. Bewegung) gegeben wird, finden sich Bedingungen (entgegengesetzte Richtungen), von denen im Begriffe der Bewegung überhaupt abstrahirt war; die einen Widerstreit, der freilich nicht logisch ist, nämlich aus lauter Positivem ein Zero $= 0$ möglich machen; und man konnte nicht sagen, dass darum alle Realität unter einander in Einstimmung sei, weil unter ihren Begriffen kein Widerstreit angetroffen wird.* Nach blosen Begriffen ist das Innere das Substratum aller Verhältniss- oder äusseren Bestimmungen. Wenn ich also von allen Bedingungen der Anschauung abstrahire und mich lediglich an den Begriff von einem Dinge überhaupt halte, so kann ich von allem äusseren Verhältniss abstrahiren, und es muss dennoch ein Begriff von dem übrig bleiben, das gar kein Verhältniss, sondern blos innere Bestimmungen bedeutet. Da scheint es nun, es folge daraus: in jedem Dinge (Substanz) sei etwas, was schlechthin innerlich ist und allen äusseren Bestimmungen vorgeht, indem es sie allererst möglich macht; mithin sei dieses Substratum so etwas, das keine äusseren Verhältnisse mehr in sich enthält, folglich einfach, (denn die körperlichen Dinge sind doch immer nur Verhältnisse, wenigstens der Theile ausser einander;) und weil wir keine schlechthin innere Bestimmungen kennen, als die durch unsern innern Sinn, so sei dieses Substratum nicht allein einfach, sondern auch (nach der Analogie mit unserem innern Sinn) durch Vorstellungen bestimmt, d. i. alle Dinge wären eigentlich Monaden oder mit Vorstellungen begabte einfache Wesen. Dieses würde auch alles seine Richtigkeit haben, gehörte nicht etwas mehr, als der Begriff von einem Dinge überhaupt zu den Bedingungen, unter denen allein uns Gegenstände der äusseren Anschauung gegeben werden können und von denen der reine Begriff abstrahirt. Denn da zeigt sich, dass eine beharrliche Erscheinung im Raume (undurchdringliche Ausdehnung) lauter Verhältnisse und gar nichts schlechthin Innerliches enthalten, und dennoch das erste Substratum aller äusseren Wahrnehmung sein

---

* Wollte man sich hier der gewöhnlichen Ausflucht bedienen, dass wenigstens *realitates noumena* einander nicht entgegen wirken können, so müsste man doch ein Beispiel von dergleichen reiner und sinnenfreier Realität anführen, damit man verstände, ob eine solche überhaupt etwas oder gar nichts vorstelle. Aber es kann kein Beispiel woher anders, als aus der Erfahrung genommen werden, die niemals mehr als *Phaenomena* darbietet, und so bedeutet dieser Satz nichts weiter, als dass der Begriff, der lauter Bejahungen enthält, nichts Verneinendes enthalte; ein Satz, an dem wir niemals gezweifelt haben.

könne. Durch blose Begriffe kann ich freilich ohne etwas Inneres nichts Aeusseres denken, eben darum, weil Verhältnissbegriffe doch schlechthin gegebene Dinge voraussetzen und ohne diese nicht möglich sind. Aber da in der Anschauung etwas enthalten ist, was im blosen Begriffe von einem Dinge überhaupt gar nicht liegt, und dieses das Substratum, welches durch blose Begriffe gar nicht erkannt werden würde, an die Hand gibt, nämlich ein Raum, der mit allem, was er enthält, aus lauter formalen oder auch realen Verhältnissen besteht, so kann ich nicht sagen: weil, ohne ein Schlechthin-Inneres, kein Ding durch blose Begriffe vorgestellt werden kann, so sei auch in den Dingen selbst, die unter diesen Begriffen enthalten seien, und ihrer Anschauung nichts Aeusseres, dem nicht etwas Schlechthin-Innerliches zum Grunde läge. Denn wenn wir von allen Bedingungen der Anschauung abstrahirt haben, so bleibt uns freilich im blosen Begriffe nichts übrig, als das Innre überhaupt und das Verhältniss desselben unter einander, wodurch allein das Aeussere möglich ist. Diese Nothwendigkeit aber, die sich allein auf Abstraction gründet, findet nicht bei den Dingen statt, so fern sie in der Anschauung mit solchen Bestimmungen gegeben werden, die blose Verhältnisse ausdrücken, ohne etwas Inneres zum Grunde zu haben, darum, weil sie nicht Dinge an sich selbst, sondern lediglich Erscheinungen sind. Was wir auch nur an der Materie kennen, sind lauter Verhältnisse, (das, was wir innere Bestimmungen derselben nennen, ist nur comparativ innerlich;) aber es sind darunter selbstständige und beharrliche, dadurch uns ein bestimmter Gegenstand gegeben wird. Dass ich, wenn ich von diesen Verhältnissen abstrahire, gar nichts weiter zu denken habe, hebt den Begriff von einem Dinge als Erscheinung nicht auf, auch nicht den Begriff von einem Gegenstande *in abstracto*, wohl aber alle Möglichkeit eines solchen, der nach blosen Begriffen bestimmbar ist, d. i. eines Noumenon. Freilich macht es stutzig zu hören, dass ein Ding ganz und gar aus Verhältnissen bestehen solle; aber ein solches Ding ist auch blose Erscheinung und kann gar nicht durch reine Kategorien gedacht werden, es besteht selbst in dem blosen Verhältnisse von etwas überhaupt zu den Sinnen. Eben so kann man Verhältnisse der Dinge *in abstracto*, wenn man es mit blosen Begriffen anfängt, wohl nicht anders denken, als dass eines die Ursache von Bestimmungen in dem andern sei; denn das ist unser Verstandesbegriff von Verhältnissen selbst. Allein da wir alsdenn von aller Anschauung abstrahiren, so fällt eine ganze Art, wie das Mannigfaltige einander seinen Ort bestimmen kann, nämlich die Form der Sinnlichkeit (der Raum), weg, der doch vor aller empirischen Causalität vorhergeht.

Wenn wir unter blos intelligiblen Gegenständen diejenigen Dinge verstehen, die durch reine Kategorien ohne alles Schema der Sinnlichkeit gedacht werden, so sind dergleichen unmöglich. Denn die Bedingung des objectiven Gebrauchs aller unserer Verstandesbegriffe ist blos die Art unserer sinnlichen Anschauung, wodurch uns Gegenstände gegeben werden, und wenn wir von der letzteren abstrahiren, so haben die ersteren gar keine Beziehung auf irgend ein Object. Ja wenn man auch eine andere Art der Anschauung, als diese unsere sinnliche ist, annehmen wollte, so würden doch unsere Functionen zu denken in Ansehung derselben von gar keiner Bedeutung sein. Verstehen wir darunter nur Gegenstände einer nichtsinnlichen Anschauung, von denen unsere Kategorien zwar freilich nicht gelten und von denen wir also gar keine Erkenntniss (weder Anschauung, noch Begriff) jemals haben können, so müssen *Noumena* in dieser blos negativen Bedeutung allerdings zugelassen werden; da sie denn nichts Anderes sagen, als dass unsere Art der Anschauung nicht auf alle Dinge, sondern blos auf Gegenstände unserer Sinne geht, folglich ihre objective Gültigkeit begrenzt ist, und mithin für irgend eine andere Art der Anschauung, und also auch für Dinge als Objecte derselben Platz übrig bleibt. Aber alsdenn ist der Begriff eines *Noumenon* problematisch, d. i. die Vorstellung eines Dinges, von dem wir weder sagen können, dass es möglich, noch dass es unmöglich sei, indem wir gar keine Art der Anschauung, als unsere sinnliche kennen, und keine Art der Begriffe, als die Kategorien, keine von beiden aber einem aussersinnlichen Gegenstande angemessen ist. Wir können daher das Feld der Gegenstände unseres Denkens über die Bedingungen unserer Sinnlichkeit darum noch nicht positiv erweitern und ausser den Erscheinungen noch Gegenstände des reinen Denkens, d. i. *Noumena* annehmen, weil jene keine anzugebende positive Bedeutung haben. Denn man muss von den Kategorien eingestehen, dass sie allein noch nicht zur Erkenntniss der Dinge an sich selbst zureichen, und ohne die *data* der Sinnlichkeit blos objective Formen der Verstandeseinheit, aber ohne Gegenstand, sein würden. Das Denken ist zwar an sich kein Product der Sinne und so fern durch sie auch nicht eingeschränkt, aber darum nicht so fort von eigenem und reinem Gebrauche, ohne Beitritt der Sinnlichkeit, weil es alsdenn ohne Object ist. Man kann auch das Noumenon nicht ein solches Object nennen; denn dieses bedeutet eben den problematischen Begriff von einem Gegenstande für eine ganz andere Anschauung und einen ganz anderen Verstand, als der unsrige, der mithin selbst ein Problem ist. Der Begriff des Noumenon ist also nicht der Begriff von einem Object, sondern die unvermeidlich mit der Einschränkung unserer Sinnlichkeit zusammenhängende Aufgabe, ob es nicht von jener ihrer Anschauung ganz entbundene Gegenstände geben möge, welche Frage nur unbestimmt beantwortet werden kann, nämlich: dass, weil die sinnliche Anschauung nicht auf alle Dinge ohne Unterschied geht, für mehr und andere Gegenstände Platz übrig bleibe, sie also nicht schlechthin abgeleugnet, in Ermangelung eines bestimmten Begriffs aber, (da keine Kategorie dazu tauglich ist,) auch nicht als Gegenstände für unsern Verstand behauptet werden können.

Der Verstand begrenzt demnach die Sinnlichkeit, ohne darum sein eigenes Feld zu erweitern, und indem er jene warnt, dass sie sich nicht anmasse, auf Dinge an sich selbst zu gehen, sondern lediglich auf Erscheinungen, so denkt er sich einen Gegenstand an sich selbst, aber nur als transscendentales Object, das die Ursache der Erscheinung (mithin selbst nicht Erscheinung) ist, und weder als Grösse, noch als Realität, noch als Substanz u. s. w. gedacht werden kann, (weil diese Begriffe immer sinnliche Formen erfordern, in denen sie einen Gegenstand bestimmen;) wovon also völlig unbekannt ist, ob es in uns oder auch ausser uns anzutreffen sei, ob es mit der Sinnlichkeit zugleich aufgehoben werden, oder wenn wir jene wegnehmen, noch übrig bleiben würde. Wollen wir dieses Object Noumenon nennen, darum, weil die Vorstellung von ihm nicht sinnlich ist, so steht dieses uns frei. Da wir aber keine von unseren Verstandesbegriffen darauf anwenden können, so bleibt diese Vorstellung doch für uns leer und dient zu nichts, als die Grenzen unserer sinnlichen Erkenntniss zu bezeichnen und einen Raum übrig zu lassen, den wir weder durch mögliche Erfahrung, noch durch den reinen Verstand ausfüllen können.

Die Kritik des reinen Verstandes erlaubt es also nicht, sich ein neues Feld von Gegenständen, ausser denen, die ihm als Erscheinungen vorkommen können, zu schaffen und in intelligible Welten, sogar nicht einmal in ihren Begriff, auszuschweifen. Der Fehler, welcher hiezu auf die allerscheinbarste Art verleitet und allerdings entschuldigt, obgleich nicht gerechtfertigt werden kann, liegt darin, dass der Gebrauch des Verstandes wider seine Bestimmung transscendental gemacht, und die Gegenstände, d. i. mögliche Anschauungen sich nach Begriffen, nicht aber

Begriffe sich nach möglichen Anschauungen, (als auf denen allein ihre objective Gültigkeit beruht,) richten müssen. Die Ursache hievon aber ist wiederum, dass die Apperception, und mit ihr das Denken vor aller möglichen bestimmten Anordnung der Vorstellungen vorhergeht. Wir denken also etwas überhaupt und bestimmen es einerseits sinnlich, allein unterscheiden doch den allgemeinen und *in abstracto* vorgestellten Gegenstand von dieser Art ihn anzuschauen; da bleibt uns nun eine Art, ihn blos durch Denken zu bestimmen, übrig, welche zwar eine blose logische Form ohne Inhalt ist, uns aber dennoch eine Art zu sein scheint, wie das Object an sich existire *(Noumenon)*, ohne auf die Anschauung zu sehen, welche auf unsere Sinne eingeschränkt ist.

Ehe wir die transscendentale Analytik verlassen, müssen wir noch etwas hinzufügen, was, obgleich an sich von nicht sonderlicher Erheblichkeit, dennoch zur Vollständigkeit des Systems erforderlich scheinen dürfte. Der höchste Begriff, von dem man eine Transscendental-Philosophie anzufangen pflegt, ist gemeiniglich die Eintheilung in das Mögliche und Unmögliche. Da aber alle Eintheilung einen eingetheilten Begriff voraussetzt, so muss noch ein höherer angegeben werden, und dieser ist der Begriff von einem Gegenstande überhaupt, (problematisch genommen, und unausgemacht, ob er etwas oder nichts sei.) Weil die Kategorien die einzigen Begriffe sind, die sich auf Gegenstände überhaupt beziehen, so wird die Unterscheidung eines Gegenstandes, ob er etwas oder nichts sei, nach der Ordnung und Anweisung der Kategorien fortgehen.

1) Den Begriffen von Allem, Vielem und Einem ist der, so alles aufhebt, d. i. Keines, entgegengesetzt und so ist der Gegenstand eines Begriffes, dem gar keine anzugebende Anschauung correspondirt = Nichts, d. i. ein Begriff ohne Gegenstand, wie die *Noumena*, die nicht unter die Möglichkeiten gezählt werden können, obgleich auch darum nicht für unmöglich ausgegeben werden müssen *(ens rationis)*, oder wie etwa gewisse neue Grundkräfte, die man sich denkt, zwar ohne Widerspruch, aber auch ohne Beispiel aus der Erfahrung gedacht werden und also nicht unter die Möglichkeiten gezählt werden müssen.

2) Realität ist Etwas, Negation ist Nichts, nämlich ein Begriff von dem Mangel eines Gegenstandes, wie der Schatten, die Kälte *(nihil privativum)*.

3) Die blose Form der Anschauung, ohne Substanz, ist an sich kein Gegenstand, sondern die blos formale Bedingung desselben (als Erscheinung), wie der reine Raum und die reine Zeit, die zwar etwas sind, als Formen anzuschauen, aber selbst keine Gegenstände sind, die angeschaut werden *(ens imaginarium)*.
4) Der Gegenstand eines Begriffs, der sich selbst widerspricht, ist Nichts, weil der Begriff Nichts ist, das Unmögliche, wie etwa die geradlinigte Figur von zwei Seiten *(nihil negativum)*.

Die Tafel dieser Eintheilung des Begriffs von Nichts, (denn die dieser gleichlaufende Eintheilung des Etwas folgt von selber,) würde daher so angelegt werden müssen:

Nichts,
als
1.
Leerer Begriff ohne Gegenstand,
ens rationis.

2.
Leerer Gegenstand eines Begriffs,
nihil privativum.

3.
Leere Anschauung ohne Gegenstand,
ens imaginarium.

4.
Leerer Gegenstand ohne Begriff,
nihil negativum.

Man sieht, dass das Gedankending (*n.* 1) von dem Undinge (*n.* 4.) dadurch unterschieden werde, dass jenes nicht unter die Möglichkeit gezählt werden darf, weil es blos Erdichtung (obzwar nicht widersprechende) ist, dieses aber der Möglichkeit entgegengesetzt ist, indem der Begriff sogar sich selbst aufhebt. Beide sind aber leere Begriffe. Dagegen sind das *nihil privativum* (*n.* 2) und *ens imaginarium* (*n.* 3) leere *Data* zu Begriffen. Wenn das Licht nicht den Sinnen gegeben worden, so kann man sich auch keine Finsterniss, und wenn nicht ausgedehnte Wesen wahrgenommen worden, keinen Raum vorstellen. Die Negation sowohl, als die blose Form der Anschauung sind, ohne ein Reales, keine Objecte.

Der transscendentalen Logik
zweite Abtheilung.
Die transscendentale Dialektik.

Einleitung.
I. Vom transscendentalen Scheine.

Wir haben oben die Dialektik überhaupt eine Logik des Scheins genannt. Das bedeutet nicht, sie sei eine Lehre der Wahrscheinlichkeit; denn diese ist Wahrheit, aber durch unzureichende Gründe erkannt, deren Erkenntniss also zwar mangelhaft, aber darum doch nicht trüglich ist, mithin von dem analytischen Theile der Logik nicht getrennt werden muss. Noch weniger dürfen Erscheinung und Schein für einerlei gehalten werden. Denn Wahrheit oder Schein sind nicht im Gegenstande, so fern er angeschaut wird, sondern im Urtheile über denselben, so fern er gedacht wird. Man kann also zwar richtig sagen, dass die Sinne nicht irren, aber nicht darum, weil sie jederzeit richtig urtheilen, sondern weil sie gar nicht urtheilen. Daher sind Wahrheit sowohl als Irrthum, mithin auch der Schein, als die Verleitung zum letzteren nur im Urtheile, d. i. nur in dem Verhältnisse des Gegenstandes zu unserem Verstande anzutreffen. In einem Erkenntniss, das mit den Verstandesgesetzen durchgängig zusammenstimmt, ist kein Irrthum. In einer Vorstellung der Sinne ist, (weil sie gar kein Urtheil enthält,) auch kein Irrthum. Keine Kraft der Natur kann aber von selbst von ihren eigenen Gesetzen abweichen. Daher würden weder der Verstand für sich allein (ohne Einfluss einer andern Ursache), noch die Sinne für sich irren; der erstere darum nicht, weil, wenn er blos nach seinen Gesetzen handelt, die Wirkung (das Urtheil) mit diesen Gesetzen nothwendig übereinstimmen

Elementarlehre. II. Th. II. Abth. Transsc. Dialektik. Einleitung. 245

muss. In der Uebereinstimmung mit den Gesetzen des Verstandes besteht aber das Formale aller Wahrheit. In den Sinnen ist gar kein Urtheil, weder ein wahres noch falsches. Weil wir nun ausser diesen beiden Erkenntnissquellen keine andere haben, so folgt, dass der Irrthum nur durch den unbemerkten Einfluss der Sinnlichkeit auf den Verstand bewirkt werde, wodurch es geschieht, dass die subjectiven Gründe des Urtheils mit den objectiven zusammenfliessen, und diese von ihrer Bestimmung abweichend machen,* so wie ein bewegter Körper zwar für sich jederzeit die gerade Linie in derselben Richtung halten würde, die aber, wenn eine andere Kraft nach einer andern Richtung zugleich auf ihn einfliesst, in krummlinigte Bewegung ausschlägt. Um die eigenthümliche Handlung des Verstandes von der Kraft, die sich mit einmengt, zu unterscheiden, wird es daher nöthig sein, das irrige Urtheil als die Diagonale zwischen zwei Kräften anzusehen, die das Urtheil nach zwei verschiedenen Richtungen bestimmen, die gleichsam einen Winkel einschliessen, und jene zusammengesetzte Wirkung in die einfache des Verstandes und der Sinnlichkeit aufzulösen, welches in reinen Urtheilen *a priori* durch transscendentale Ueberlegung geschehen muss, wodurch, (wie schon angezeigt worden,) jeder Vorstellung ihre Stelle in der ihr angemessenen Erkenntnisskraft angewiesen, mithin auch der Einfluss der letzteren auf jene unterschieden wird.

Unser Geschäft ist hier nicht, vom empirischen Scheine (z. B. dem optischen) zu handeln, der sich bei dem empirischen Gebrauche sonst richtiger Verstandesregeln vorfindet, und durch welchen die Urtheilskraft durch den Einfluss der Einbildung verleitet wird, sondern wir haben es mit dem **transscendentalen Scheine** allein zu thun, der auf Grundsätze einfliesst, deren Gebrauch nicht einmal auf Erfahrung angelegt ist, als in welchem Falle wir doch wenigstens einen Probierstein ihrer Richtigkeit haben würden; sondern der uns selbst, wider alle Warnungen der Kritik, gänzlich über den empirischen Gebrauch der Kategorien wegführt und uns mit dem Blendwerke einer Erweiterung des reinen Verstandes hinhält. Wir wollen die Grundsätze, deren Anwendung sich ganz und gar in den Schranken möglicher Erfahrung hält,

---

* Die Sinnlichkeit, dem Verstande untergelegt, als das Object, worauf dieser seine Function anwendet, ist der Quell realer Erkenntnisse. Eben dieselbe aber, so fern sie auf die Verstandeshandlung selbst einfliesst und ihn zum Urtheilen bestimmt, ist der Grund des Irrthums.

immanente, diejenigen aber, welche diese Grenzen überfliegen sollen, **transscendente** Grundsätze nennen. Ich verstehe aber unter diesen nicht den **transscendentalen** Gebrauch oder Missbrauch der Kategorien, welcher ein bloser Fehler der nicht gehörig durch Kritik gezügelten Urtheilskraft ist, die auf die Grenze des Bodens, worauf allein dem reinen Verstande sein Spiel erlaubt ist, nicht genug Acht hat; sondern wirkliche Grundsätze, die uns zumuthen, alle jene Grenzpfähle niederzureissen und sich einen ganz neuen Boden, der überall keine Demarcation erkennt, anzumassen. Daher sind **transscendental** und **transscendent** nicht einerlei. Die Grundsätze des reinen Verstandes, die wir oben vortrugen, sollen blos von empirischem und nicht von transscendentalem, d. i. über die Erfahrungsgrenze hinausreichendem Gebrauche sein. Ein Grundsatz aber, der diese Schranken wegnimmt, ja gar sie zu überschreiten gebietet, heisst **transscendent**. Kann unsere Kritik dahin gelangen, den Schein dieser angemassten Grundsätze aufzudecken, so werden jene Grundsätze des blos empirischen Gebrauchs, im Gegensatz mit den letztern, **immanente** Grundsätze des reinen Verstandes genannt werden können.

Der logische Schein, der in der blosen Nachahmung der Vernunftform besteht, (der Schein der Trugschlüsse,) entspringt lediglich aus einem Mangel der Achtsamkeit auf die logische Regel. Sobald daher diese auf den vorliegenden Fall geschärft wird, so verschwindet er gänzlich. Der transscendentale Schein dagegen hört gleichwohl nicht auf, ob man ihn schon aufgedeckt und seine Nichtigkeit durch die transscendentale Kritik deutlich eingesehen hat, (z. B. der Schein in dem Satze: die Welt muss der Zeit nach einen Anfang haben.) Die Ursache hievon ist diese, dass in unserer Vernunft, (subjectiv als ein menschliches Erkenntnissvermögen betrachtet,) Grundregeln und Maximen ihres Gebrauchs liegen, welche gänzlich das Ansehen objectiver Grundsätze haben und wodurch es geschieht, dass die subjective Nothwendigkeit einer gewissen Verknüpfung unserer Begriffe, zu Gunsten des Verstandes, für eine objective Nothwendigkeit der Bestimmung der Dinge an sich selbst gehalten wird. Eine **Illusion**, die gar nicht zu vermeiden ist, so wenig, als wir es vermeiden können, dass uns das Meer in der Mitte nicht höher scheine wie an dem Ufer, weil wir jene durch höhere Lichtstrahlen als diese sehen, oder noch mehr, so wenig selbst der Astronom verhindern kann, dass ihm der Mond im Aufgange nicht grösser scheine, ob er gleich durch diesen Schein nicht betrogen wird.

Die transscendentale Dialektik wird also sich damit begnügen, den Schein transscendenter Urtheile aufzudecken, und zugleich zu verhüten, dass er nicht betrüge; dass er aber auch (wie der logische Schein) sogar verschwinde und ein Schein zu sein aufhöre, das kann sie niemals bewerkstelligen. Denn wir haben es mit einer **natürlichen** und **unvermeidlichen Illusion** zu thun, die selbst auf subjectiven Grundsätzen beruht und sie als objective unterschiebt, anstatt dass die logische Dialektik in Auflösung der Trugschlüsse es nur mit einem Fehler in Befolgung der Grundsätze, oder mit einem gekünstelten Scheine in Nachahmung derselben zu thun hat. Es gibt also eine natürliche und unvermeidliche Dialektik der reinen Vernunft, nicht eine, in die sich etwa ein Stümper aus Mangel an Kenntnissen, selbst verwickelt, oder die irgend ein Sophist, um vernünftige Leute zu verwirren, künstlich ersonnen hat, sondern die der menschlichen Vernunft unhintertreiblich anhängt, und selbst, nachdem wir ihr Blendwerk aufgedeckt haben, dennoch nicht aufhören wird, ihr vorzugaukeln und sie unablässig in augenblickliche Verirrungen zu stossen, die jederzeit gehoben zu werden bedürfen.

II. Von der reinen Vernunft als dem Sitze des transscendentalen Scheins.

A. Von der Vernunft überhaupt.

Alle unsere Erkenntniss hebt von den Sinnen an, geht von da zum Verstande und endigt bei der Vernunft, über welche nichts Höheres in uns angetroffen wird, den Stoff der Anschauung zu bearbeiten und unter die höchste Einheit des Denkens zu bringen. Da ich jetzt von dieser obersten Erkenntnissart eine Erklärung geben soll, so finde ich mich in einiger Verlegenheit. Es gibt von ihr, wie von dem Verstande, einen blos formalen, d. i. logischen Gebrauch, da die Vernunft von allem Inhalte der Erkenntniss abstrahirt, aber auch einen realen, da sie selbst den Ursprung gewisser Begriffe und Grundsätze enthält, die sie weder von den Sinnen, noch vom Verstande entlehnt. Das erstere Vermögen ist nun freilich vorlängst von den Logikern durch das Vermögen mittelbar zu schliessen, (zum Unterschiede von den unmittelbaren Schlüssen, *consequentiis immediatis,*) erklärt worden; das zweite aber, welches selbst

Begriffe erzeugt, wird dadurch noch nicht eingesehen. Da nun hier eine Eintheilung der Vernunft in ein logisches und transscendentales Vermögen vorkommt, so muss ein höherer Begriff von dieser Erkenntnissquelle gesucht werden, welcher beide Begriffe unter sich befasst, indessen wir nach der Analogie mit den Verstandesbegriffen erwarten können, dass der logische Begriff zugleich den Schlüssel zum transscendentalen, und die Tafel der Functionen der ersteren zugleich die Stammleiter der Vernunftbegriffe an die Hand gegeben werde.

Wir erklärten im ersteren Theile unserer transscendentalen Logik den Verstand durch das Vermögen der Regeln; hier unterscheiden wir die Vernunft von demselben dadurch, dass wir sie das **Vermögen der Principien** nennen wollen.

Der Ausdruck eines Princips ist zweideutig und bedeutet gemeiniglich nur ein Erkenntniss, das als Princip gebraucht werden kann, ob es zwar an sich selbst und seinem eigenen Ursprunge nach kein Principium ist. Ein jeder allgemeiner Satz, er mag auch sogar aus Erfahrung (durch Induction) hergenommen sein, kann zum Obersatz in einem Vernunftschlusse dienen; er ist darum aber nicht selbst ein Principium. Die mathematischen Axiomen, (z. B. zwischen zwei Punkten kann nur eine gerade Linie sein,) sind sogar allgemeine Erkenntnisse *a priori* und werden daher mit Recht, relativisch auf die Fälle, die unter ihnen subsumirt werden können, Principien genannt. Aber ich kann darum nicht sagen, dass ich diese Eigenschaft der geraden Linie überhaupt und an sich, aus Principien erkenne, sondern nur in der reinen Anschauung.

Ich würde daher Erkenntniss aus Principien diejenige nennen, da ich das Besondere im Allgemeinen durch Begriffe erkenne. So ist denn ein jeder Vernunftschluss eine Form der Ableitung einer Erkenntniss aus einem Princip. Denn der Obersatz gibt jederzeit einen Begriff, der da macht, dass alles, was unter der Bedingung desselben subsumirt wird, aus ihm nach einem Princip erkannt wird. Da nun jede allgemeine Erkenntniss zum Obersatze in einem Vernunftschlusse dienen kann, und der Verstand dergleichen allgemeine Sätze *a priori* darbietet, so können diese denn auch, in Ansehung ihres möglichen Gebrauchs, Principien genannt werden.

Betrachten wir aber diese Grundsätze des reinen Verstandes an sich selbst ihrem Ursprunge nach, so sind sie nichts weniger, als Erkenntnisse aus Begriffen. Denn sie würden auch nicht einmal *a priori* möglich sein, wenn wir nicht die reine Anschauung (in der Mathematik) oder

Bedingungen einer möglichen Erfahrung überhaupt herbei zögen. Dass alles, was geschieht, eine Ursache habe, kann gar nicht aus dem Begriffe dessen, was überhaupt geschieht, geschlossen werden; vielmehr zeigt der Grundsatz, wie man allererst von dem, was geschieht, einen bestimmten Erfahrungsbegriff bekommen könne.

Synthetische Erkenntnisse aus Begriffen kann der Verstand also gar nicht verschaffen, und diese sind es eigentlich, welche ich schlechthin Principien nenne, indessen dass alle allgemeine Sätze überhaupt comparative Principien heissen können.

Es ist ein alter Wunsch, der, wer weiss wie spät, vielleicht einmal in Erfüllung gehen wird, dass man doch einmal, statt der endlosen Mannigfaltigkeit bürgerlicher Gesetze ihre Principien aufsuchen möge; denn darin kann allein das Geheimniss bestehen, die Gesetzgebung, wie man sagt, zu simplificiren. Aber die Gesetze sind hier auch nur Einschränkungen unserer Freiheit auf Bedingungen, unter denen sie durchgängig mit sich selbst zusammenstimmt; mithin gehen sie auf etwas, was gänzlich unser Werk ist und wovon wir durch jene Begriffe selbst die Ursache sein können. Wie aber Gegenstände an sich selbst, wie die Natur der Dinge unter Principien stehe und nach blosen Begriffen bestimmt werden solle, ist, wo nicht etwas Unmögliches, wenigstens doch sehr Widersinnisches in seiner Forderung. Es mag aber hiemit bewandt sein, wie es wolle, (denn darüber haben wir die Untersuchung noch vor uns,) so erhellt wenigstens daraus, dass Erkenntniss aus Principien (an sich selbst) gänz etwas Anderes sei, als blose Verstandeserkenntniss, die zwar auch andern Erkenntnissen in der Form eines Princips vorgehen kann, an sich selbst aber, (so fern sie synthetisch ist,) nicht auf blosem Denken beruht, noch ein Allgemeines nach Begriffen in sich enthält.

Der Verstand mag ein Vermögen der Einheit der Erscheinungen vermittelst der Regeln sein, so ist die Vernunft das Vermögen der Einheit der Verstandesregeln unter Principien. Sie geht also niemals zunächst auf Erfahrung oder auf irgend einen Gegenstand, sondern auf den Verstand, um den mannigfaltigen Erkenntnissen desselben Einheit *a priori* durch Begriffe zu geben, welche Vernunfteinheit heissen mag und von ganz anderer Art ist, als sie von dem Verstande geleistet werden kann.

Das ist der allgemeine Begriff von dem Vernunftvermögen, so weit er, bei gänzlichem Mangel an Beispielen, (als die erst in der Folge gegeben werden sollen,) hat begreiflich gemacht werden können.

B. Vom logischen Gebrauche der Vernunft.

Man macht einen Unterschied zwischen dem, was unmittelbar erkannt, und dem, was nur geschlossen wird. Dass in einer Figur, die durch drei gerade Linien begrenzt ist, drei Winkel sind, wird unmittelbar erkannt; dass diese Winkel aber zusammen zween rechten gleich sind, ist nur geschlossen. Weil wir des Schliessens beständig bedürfen und es dadurch endlich ganz gewohnt werden, so bemerken wir zuletzt diesen Unterschied nicht mehr und halten oft, wie bei dem sogenannten Betrug der Sinne, etwas für unmittelbar wahrgenommen, was wir doch nur geschlossen haben. Bei jedem Schlusse ist ein Satz, der zum Grunde liegt, und ein anderer, nämlich die Folgerung, die aus jenem gezogen wird, und endlich die Schlussfolge (Consequenz), nach welcher die Wahrheit des letzteren unausbleiblich mit der Wahrheit des ersteren verknüpft ist. Liegt das geschlossene Urtheil schon in dem ersten, dass es ohne Vermittelung einer dritten Vorstellung daraus abgeleitet werden kann, so heisst der Schluss unmittelbar (*consequentia immediata*); ich möchte ihn aber lieber den Verstandesschluss nennen. Ist aber ausser der zum Grunde gelegten Erkenntniss noch ein anderes Urtheil nöthig, um die Folge zu bewirken, so heisst der Schluss ein Vernunftschluss. In dem Satze: alle Menschen sind sterblich, liegen schon die Sätze: einige Menschen sind sterblich; einige Sterbliche sind Menschen; nichts, was unsterblich ist, ist ein Mensch;[1] und diese sind also unmittelbare Folgerungen aus dem ersteren. Dagegen liegt der Satz: alle Gelehrte sind sterblich, nicht in dem untergelegten Urtheile, (denn der Begriff des Gelehrten kommt in ihm gar nicht vor,) und er kann nur vermittelst eines Zwischenurtheils aus diesem gefolgert werden.

In jedem Vernunftschlusse denke ich zuerst eine Regel (*major*) durch den Verstand. Zweitens subsumire ich ein Erkenntniss unter die Bedingung der Regel (*minor*) vermittelst der Urtheilskraft. Endlich bestimme ich mein Erkenntniss durch das Prädicat der Regel (*conclusio*), mithin *a priori* durch die Vernunft. Das Verhältniss also, welches der Obersatz, als die Regel zwischen einer Erkenntniss und ihrer Bedingung vorstellt, macht die verschiedenen Arten der Vernunftschlüsse

---

[1] 1 Ausg.: „einige Menschen sind sterblich, oder: einige Sterbliche sind Menschen, oder: nichts, was unsterblich ist," u. s. w.

aus. Sie sind also gerade dreifach, so wie alle Urtheile überhaupt, so ferne sie sich in der Art unterscheiden, wie sie das Verhältniss des Erkenntnisses im Verstande ausdrücken, nämlich: **kategorische** oder **hypothetische** oder **disjunctive** Vernunftschlüsse.

Wenn, wie mehrentheils geschieht, die Conclusion als ein Urtheil aufgegeben worden, um zu sehen, ob es nicht aus schon gegebenen Urtheilen, durch die nämlich ein ganz anderer Gegenstand gedacht wird, fliesse, so suche ich im Verstande die Assertion dieses Schlusssatzes auf, ob sie sich nicht in demselben unter gewissen Bedingungen nach einer allgemeinen Regel vorfinde. Finde ich nun eine solche Bedingung und lässt sich das Object des Schlusssatzes unter der gegebenen Bedingung subsumiren, so ist dieser aus der Regel, die **auch für andere Gegenstände der Erkenntniss gilt**, gefolgert. Man sieht daraus, dass die Vernunft im Schliessen die grosse Mannigfaltigkeit der Erkenntniss des Verstandes auf die kleinste Zahl der Principien (allgemeiner Bedingungen) zu bringen und dadurch die höchste Einheit derselben zu bewirken suche.

C. Von dem reinen Gebrauche der Vernunft.

Kann man die Vernunft isoliren und ist sie alsdenn noch ein eigener Quell von Begriffen und Urtheilen, die lediglich aus ihr entspringen und dadurch sie sich auf Gegenstände bezieht, oder ist sie ein blos subalternes Vermögen, gegebenen Erkenntnissen eine gewisse Form zu geben, welche logisch heisst, und wodurch die Verstandeserkenntnisse nur einander und niedrige Regeln andern höheren, (deren Bedingung die Bedingung der ersteren in ihrer Sphäre befasst,) untergeordnet werden, soviel sich durch die Vergleichung derselben will bewerkstelligen lassen? Dies ist die Frage, mit der wir uns jetzt nur vorläufig beschäftigen. In der That ist Mannigfaltigkeit der Regeln und Einheit der Principien eine Forderung der Vernunft, um den Verstand mit sich selbst in durchgängigen Zusammenhang zu bringen, so wie der Verstand das Mannigfaltige der Anschauung unter Begriffe und dadurch jene in Verknüpfung bringt. Aber ein solcher Grundsatz schreibt den Objecten kein Gesetz vor und enthält nicht den Grund der Möglichkeit, sie als solche überhaupt zu erkennen und zu bestimmen, sondern ist blos ein subjectives Gesetz der Haushaltung mit dem Vorrathe unseres Verstandes, durch Vergleichung seiner Begriffe den allgemeinen Gebrauch derselben auf die kleinstmögliche Zahl derselben zu bringen, ohne dass man deswegen von den Gegenständen selbst eine solche Einhelligkeit, die der Gemächlichkeit und Ausbreitung unseres Verstandes Vorschub thue, zu fordern und jener Maxime zugleich objective Gültigkeit zu geben berechtigt wäre. Mit einem Worte, die Frage ist: ob Vernunft an sich, d. i. die reine Vernunft *a priori* synthetische Grundsätze und Regeln enthalte, und worin diese Principien bestehen mögen?

Das formale und logische Verfahren derselben in Vernunftschlüssen gibt uns hierüber schon hinreichende Anleitung, auf welchem Grunde das transscendentale Principium derselben in der synthetischen Erkenntniss durch reine Vernunft beruhen werde.

Erstlich geht der Vernunftschluss nicht auf Anschauungen, um dieselben unter Regeln zu bringen, (wie der Verstand mit seinen Kategorien,) sondern auf Begriffe und Urtheile. Wenn also reine Vernunft auch auf Gegenstände geht, so hat sie doch auf diese und deren Anschauung keine unmittelbare Beziehung, sondern nur auf den Verstand und dessen Urtheile, welche sich zunächst an die Sinne und deren Anschauung wenden, um diesen ihren Gegenstand zu bestimmen. Vernunfteinheit ist also nicht Einheit einer möglichen Erfahrung, sondern von dieser, als der Verstandeseinheit, wesentlich unterschieden. Dass alles, was geschieht, eine Ursache habe, ist gar kein durch Vernunft erkannter und vorgeschriebener Grundsatz. Er macht die Einheit der Erfahrung möglich und entlehnt nichts von der Vernunft, welche, ohne diese Beziehung auf mögliche Erfahrung, aus blosen Begriffen keine solche synthetische Einheit hätte gebieten können.

Zweitens sucht die Vernunft in ihrem logischen Gebrauche die allgemeine Bedingung ihres Urtheils (des Schlusssatzes), und der Vernunftschluss ist selbst nichts Anderes, als ein Urtheil, vermittelst der Subsumtion seiner Bedingung unter eine allgemeine Regel (Obersatz). Da nun diese Regel wiederum eben demselben Versuche der Vernunft ausgesetzt ist, und dadurch die Bedingung der Bedingung (vermittelst eines Prosyllogismus) gesucht werden muss, so lange es angeht, so sieht man wohl, der eigenthümliche Grundsatz der Vernunft überhaupt (im logischen Gebrauche) sei: zu dem bedingten Erkenntnisse des Verstandes das Unbedingte zu finden, womit die Einheit desselben vollendet wird.

Diese logische Maxime kann aber nicht anders ein Principium der reinen Vernunft werden, als dadurch, dass man annimmt: wenn das Bedingte gegeben ist, so sei auch die ganze Reihe einander untergeordneter Bedingungen, die mithin selbst unbedingt ist, gegeben (d. i. in dem Gegenstande und seiner Verknüpfung enthalten).

Ein solcher Grundsatz der reinen Vernunft ist aber offenbar synthetisch; denn das Bedingte bezieht sich analytisch zwar auf irgend eine Bedingung, aber nicht aufs Unbedingte. Es müssen aus demselben auch verschiedene synthetische Sätze entspringen, wovon der reine Verstand nichts weiss, als der nur mit Gegenständen einer möglichen Erfahrung zu thun hat, deren Erkenntniss und Synthesis jederzeit bedingt ist. Das Unbedingte aber, wenn es wirklich stattfat, wird besonders erwogen werden nach allen den Bestimmungen, die es von jedem Bedingten unterscheiden, und muss dadurch Stoff zu manchen synthetischen Sätzen *a priori* geben.

Die aus diesem obersten Princip der reinen Vernunft entspringenden Grundsätze werden aber in Ansehung aller Erscheinungen transscendent sein, d. i. es wird kein ihm adäquater empirischer Gebrauch von denselben jemals gemacht werden können. Er wird sich also von allen Grundsätzen des Verstandes, (deren Gebrauch völlig immanent ist, indem sie nur die Möglichkeit der Erfahrung zu ihrem Thema haben,) gänzlich unterscheiden. Ob nun jener Grundsatz: dass sich die Reihe der Bedingungen (in der Synthesis der Erscheinungen, oder auch des Denkens der Dinge überhaupt) bis zum Unbedingten erstrecke, seine objective Richtigkeit habe oder nicht; welche Folgerungen daraus auf den empirischen Verstandesgebrauch fliessen, oder ob es vielmehr überall keinen dergleichen objectivgültigen Vernunftsatz gebe, sondern eine blos logische Vorschrift, sich im Aufsteigen zu immer höhern Bedingungen der Vollständigkeit derselben zu nähern und dadurch die höchste uns mögliche Vernunfteinheit in unsere Erkenntniss zu bringen; ob, sage ich, dieses Bedürfniss der Vernunft durch einen Missverstand für einen transscendentalen Grundsatz der reinen Vernunft gehalten worden, der eine solche unbeschränkte Vollständigkeit übereilter Weise von der Reihe der Bedingungen in den Gegenständen selbst postulirt; was aber auch in diesem Falle für Missdeutungen und Verblendungen in die Vernunftschlüsse, deren Obersatz aus reiner Vernunft genommen worden, und der vielleicht mehr Petition, als Postulat ist,) und die von der Erfahrung aufwärts zu ihren Bedingungen steigen, einschleichen mögen: das wird unser Geschäft in der transscendentalen Dialektik sein, welche wir jetzt aus ihren Quellen, die tief in der menschlichen Vernunft verborgen sind, entwickeln wollen. Wir werden sie in zwei Hauptstücke theilen, deren ersteres von den transscendenten Begriffen der reinen Vernunft, das zweite von transscendenten und dialektischen Vernunftschlüssen derselben handeln soll.

Der transscendentalen Dialektik
erstes Buch.

Von den Begriffen der reinen Vernunft.

Was es auch mit der Möglichkeit der Begriffe aus reiner Vernunft für eine Bewandniss haben mag, so sind sie doch nicht blos reflectirte, sondern geschlossene Begriffe. Verstandesbegriffe werden auch *a priori* vor der Erfahrung und zum Behuf derselben gedacht; aber sie enthalten nichts weiter, als die Einheit der Reflexion über die Erscheinungen, insofern sie nothwendig zu einem möglichen empirischen Bewusstsein gehören sollen. Durch sie allein wird Erkenntniss und Bestimmung eines Gegenstandes möglich. Sie geben also zuerst Stoff zum Schliessen, und vor ihnen gehen keine Begriffe *a priori* von Gegenständen vorher, aus denen sie könnten geschlossen werden. Dagegen gründet sich ihre objective Realität doch lediglich darauf, dass, weil sie die intellectuelle Form aller Erfahrung ausmachen, ihre Anwendung jederzeit in der Erfahrung muss gezeigt werden können.

Die Benennung eines Vernunftbegriffs aber zeigt schon vorläufig, dass er sich nicht innerhalb der Erfahrung wolle beschränken lassen, weil er eine Erkenntniss betrifft, von der jede empirische nur ein Theil ist, (vielleicht das Ganze der möglichen Erfahrung oder ihrer empirischen Synthesis,) bis dahin zwar keine wirkliche Erfahrung jemals völlig zureicht, aber doch jederzeit dazu gehörig ist. Vernunftbegriffe dienen zum **Begreifen**, wie Verstandesbegriffe zum **Verstehen** (der Wahrnehmungen). Wenn sie das Unbedingte enthalten, so betreffen sie etwas, worunter alle Erfahrung gehört, welches selbst aber niemals ein Gegenstand der Erfahrung ist; etwas, worauf die Vernunft in ihren Schlüssen aus der Erfahrung führt und wornach sie den Grad ihres empirischen

Gebrauchs schätzt und abmisst, niemals aber ein Glied der empirischen Synthesis ausmacht. Haben dergleichen Begriffe dessen ungeachtet objective Gültigkeit, so können sie *conceptus ratiocinati* (richtig geschlossene Begriffe) heissen; wo nicht, so sind sie wenigstens durch einen Schein des Schliessens erschlichen, und mögen *conceptus ratiocinantes* (vernünftelnde Begriffe) genannt werden. Da dieses aber allererst in dem Hauptstücke von den dialektischen Schlüssen der reinen Vernunft ausgemacht werden kann, so können wir darauf noch nicht Rücksicht nehmen, sondern werden vorläufig, so wie wir die reinen Verstandesbegriffe Kategorien nannten, die Begriffe der reinen Vernunft mit einem neuen Namen belegen und sie transscendentale Ideen nennen, diese Benennung aber jetzt erläutern und rechtfertigen.

Des ersten Buchs der transscendentalen Dialektik

erster Abschnitt.

Von den Ideen überhaupt.

Bei dem grossen Reichthum unserer Sprachen findet sich doch oft der denkende Kopf wegen des Ausdrucks verlegen, der seinem Begriffe genau anpasst, und in dessen Ermangelung er weder Andern, noch sogar sich selbst recht verständlich werden kann. Neue Wörter zu schmieden ist eine Anmassung zum Gesetzgeben in Sprachen, die selten gelingt, und ehe man zu diesem verzweifelten Mittel schreitet, ist es rathsam, sich in einer todten und gelehrten Sprache umzusehen, ob sich daselbst nicht dieser Begriff sammt seinem angemessenen Ausdrucke vorfinde, und wenn der alte Gebrauch desselben durch Unbehutsamkeit ihrer Urheber auch etwas schwankend geworden wäre, so ist es doch besser, die Bedeutung, die ihm vorzüglich eigen war, zu befestigen, (sollte es auch zweifelhaft bleiben, ob man damals genau eben dieselbe im Sinne gehabt habe,) als sein Geschäft nur dadurch zu verderben, dass man sich unverständlich macht.

Um deswillen, wenn sich etwa zu einem gewissen Begriffe nur ein einziges Wort vorfände, das in schon eingeführter Bedeutung diesem

Begriffe genau anpasst, dessen Unterscheidung von andern verwandten Begriffen von grosser Wichtigkeit ist, so ist es rathsam, damit nicht verschwenderisch umzugehen oder es blos zur Abwechselung, synonymisch statt anderer zu gebrauchen, sondern ihm seine eigenthümliche Bedeutung sorgfältig aufzubehalten; weil es sonst leichtlich geschieht, dass, nachdem der Ausdruck die Aufmerksamkeit nicht besonders beschäftigt, sondern sich unter dem Haufen anderer von sehr abweichender Bedeutung verliert, auch der Gedanke verloren gehe, den er allein hätte aufbehalten können.

PLATO bediente sich des Ausdrucks Idee so, dass man wohl sieht, er habe darunter etwas verstanden, was nicht allein niemals von den Sinnen entlehnt wird, sondern welches sogar die Begriffe des Verstandes, mit denen sich ARISTOTELES beschäftigte, weit übersteigt, indem in der Erfahrung niemals etwas damit Congruirendes angetroffen wird. Die Ideen sind bei ihm Urbilder der Dinge selbst und nicht blos Schlüssel zu möglichen Erfahrungen, wie die Kategorien. Nach seiner Meinung flossen sie aus der höchsten Vernunft aus, von da sie der menschlichen zu Theil geworden, die sich aber jetzt nicht mehr in ihrem ursprünglichen Zustande befindet, sondern mit Mühe die alten, jetzt sehr verdunkelten Ideen durch Erinnerung, (die Philosophie heisst,) zurückrufen muss. Ich will mich hier in keine literarische Untersuchung einlassen, um den Sinn auszumachen, den der erhabene Philosoph mit seinem Ausdrucke verband. Ich merke nur an, dass es gar nichts Ungewöhnliches sei, sowohl im gemeinen Gespräche, als in Schriften, durch die Vergleichung der Gedanken, welche ein Verfasser über seinen Gegenstand äussert, ihn sogar besser zu verstehen, als er sich selbst verstand, indem er seinen Begriff nicht genugsam bestimmte, und dadurch bisweilen seiner eigenen Absicht entgegen redete oder auch dachte.

PLATO bemerkte sehr wohl, dass unsere Erkenntnisskraft ein weit höheres Bedürfniss fühle, als blos Erscheinungen nach synthetischer Einheit buchstabiren, um sie als Erfahrung lesen zu können, und dass unsere Vernunft natürlicherweise sich zu Erkenntnissen aufschwinge, die viel weiter gehen, als dass irgend ein Gegenstand, den Erfahrung geben kann, jemals mit ihnen congruiren könne, die aber nichtsdestoweniger ihre Realität haben und keineswegs blose Hirngespinnste seien.

PLATO fand seine Ideen vorzüglich in allem, was praktisch ist,*

---

* Er dehnte seinen Begriff freilich auch auf speculative Erkenntnisse aus, wenn

d. i. auf Freiheit beruht, welche ihrerseits unter Erkenntnissen steht, die ein eigenthümliches Product der Vernunft sind. Wer die Begriffe der Tugend aus Erfahrung schöpfen wollte, wer das, was nur allenfalls als Beispiel zur unvollkommenen Erläuterung dienen kann, als Muster zum Erkenntnissquell machen wollte, (wie es wirklich Viele gethan haben,) der würde aus der Tugend ein nach Zeit und Umständen wandelbares, zu keiner Regel brauchbares zweideutiges Unding machen. Dagegen wird ein Jeder inne, dass, wenn ihm Jemand als Muster der Tugend vorgestellt wird, er doch immer das wahre Original blos in seinem eigenen Kopfe habe, womit er dieses angebliche Muster vergleicht und es blos darnach schätzt. Dieses ist aber die Idee der Tugend, in Ansehung deren alle mögliche Gegenstände der Erfahrung zwar als Beispiele, (Beweise der Thunlichkeit desjenigen im gewissen Grade, was der Begriff der Vernunft heischt,) aber nicht als Urbilder Dienste thun. Dass niemals ein Mensch demjenigen adäquat handeln werde, was die reine Idee der Tugend enthält, beweiset gar nicht etwas Chimärisches in diesem Gedanken. Denn es ist gleichwohl alles Urtheil über den moralischen Werth oder Unwerth nur vermittelst dieser Idee möglich; mithin liegt sie jeder Annäherung zur moralischen Vollkommenheit nothwendig zum Grunde, so weit auch die ihrem Grade nach nicht zu bestimmenden Hindernisse in der menschlichen Natur uns davon entfernt halten mögen.

Die Platonische Republik ist, als ein vermeintlich auffallendes Beispiel von erträumter Vollkommenheit, die nur im Gehirn des müssigen Denkers ihren Sitz haben kann, zum Sprüchwort geworden, und BRUCKER findet es lächerlich, dass der Philosoph behauptete, niemals würde ein Fürst wohl regieren, wenn er nicht der Ideen theilhaftig wäre. Allein man würde besser thun, diesem Gedanken mehr nachzugehen und ihn, (wo der vortreffliche Mann uns ohne Hülfe lässt,) durch neue Bemühung ins Licht zu stellen, als ihn unter dem sehr elenden und schändlichen Vorwande der Unthunlichkeit als unnütz bei Seite zu setzen. Eine Verfassung von der grössten menschlichen Frei-

---

sie nur rein und völlig *a priori* gegeben waren, sogar über die Mathematik, ob diese gleich ihren Gegenstand nirgend anders, als in der möglichen Erfahrung hat. Hierin kann ich ihm nun nicht folgen, so wenig als in der mystischen Deduction dieser Ideen oder den Uebertreibungen, dadurch er sie gleichsam hypostasirte; wiewohl die hohe Sprache, deren er sich in diesem Felde bediente, einer milderen und der Natur der Dinge angemessenen Auslegung ganz wohl fähig ist.

heit nach Gesetzen, welche machen, dass Jedes Freiheit mit der Andern ihrer zusammen bestehen kann, (nicht von der grössesten Glückseligkeit, denn diese wird schon von selbst folgen,) ist doch wenigstens eine nothwendige Idee, die man nicht blos im ersten Entwurfe einer Staatsverfassung, sondern auch bei allen Gesetzen zum Grunde legen muss, und wobei man anfänglich von den gegenwärtigen Hindernissen abstrahiren muss, die vielleicht nicht sowohl aus der menschlichen Natur unvermeidlich entspringen mögen, als vielmehr aus der Vernachlässigung der ächten Ideen bei der Gesetzgebung. Denn nichts kann Schädlicheres und eines Philosophen Unwürdigeres gefunden werden, als die pöbelhafte Berufung auf vorgeblich widerstreitende Erfahrung, die doch gar nicht existiren würde, wenn jene Anstalten zu rechter Zeit nach den Ideen getroffen würden und an deren Statt nicht rohe Begriffe, eben darum, weil sie aus Erfahrung geschöpft worden, alle gute Absicht vereitelt hätten. Je übereinstimmender die Gesetzgebung und Regierung mit dieser Idee eingerichtet wären, desto seltener würden allerdings die Strafen werden, und da ist es denn ganz vernünftig, (wie PLATO behauptet,) dass bei einer vollkommenen Anordnung derselben gar keine dergleichen nöthig seyn würden. Ob nun gleich das Letztere niemals zu Stande kommen mag, so ist die Idee doch ganz richtig, welche dieses *Maximum* zum Urbilde aufstellt, um nach demselben die gesetzliche Verfassung der Menschen der möglich grössten Vollkommenheit immer näher zu bringen. Denn welches der höchste Grad sein mag, bei welchem die Menschheit stehen bleiben müsse, und wie gross also die Kluft, die zwischen der Idee und ihrer Ausführung nothwendig übrig bleibt, sein möge, das kann und soll Niemand bestimmen, eben darum, weil es Freiheit ist, welche jede angegebene Grenze übersteigen kann.

Aber nicht blos in demjenigen, wobei die menschliche Vernunft wahrhafte Causalität zeigt und wo Ideen wirkende Ursachen (der Handlungen und ihrer Gegenstände) werden, nämlich im Sittlichen, sondern auch in Ansehung der Natur selbst sieht PLATO mit Recht deutliche Beweise ihres Ursprungs aus Ideen. Ein Gewächs, ein Thier, die regelmässige Anordnung des Weltbaues, (vermuthlich also auch die ganze Naturordnung) zeigen deutlich, dass sie nur nach Ideen möglich seien; dass zwar kein einzelnes Geschöpf, unter den einzelnen Bedingungen seines Daseins, mit der Idee des Vollkommensten seiner Art congruire, (so wenig wie der Mensch mit der Idee der Menschheit, die er sogar selbst als das Urbild seiner Handlungen in seiner Seele trägt;) dass gleichwohl jene Ideen im höchsten Verstande einzeln, unveränderlich, durchgängig bestimmt und die ursprünglichen Ursachen der Dinge sind, und nur das Ganze ihrer Verbindung im Weltall einzig und allein jener Idee völlig adäquat sei. Wenn man das Uebertriebene des Ausdrucks absondert, so ist der Geistesschwung des Philosophen, von der copeilichen Betrachtung des Physischen der Weltordnung zu der architektonischen Verknüpfung derselben nach Zwecken, d. i. nach Ideen, hinaufzusteigen, eine Bemühung, die Achtung und Nachfolge verdient; in Ansehung desjenigen aber, was die Principien der Sittlichkeit, der Gesetzgebung und der Religion betrifft, wo die Ideen die Erfahrung selbst (des Guten) allererst möglich machen, obzwar niemals darin völlig ausgedrückt werden können, ein ganz eigenthümliches Verdienst, welches man nur darum nicht erkennt, weil man es durch eben die empirischen Regeln beurtheilt, deren Gültigkeit, als Principien, eben durch sie hat aufgehoben werden sollen. Denn in Betracht der Natur gibt uns Erfahrung die Regel an die Hand und ist der Quell der Wahrheit; in Ansehung der sittlichen Gesetze aber ist Erfahrung (leider!) die Mutter des Scheins, und es ist höchst verwerflich, die Gesetze über das, was ich thun soll, von demjenigen herzunehmen oder dadurch einschränken zu wollen, was gethan wird.

Statt aller dieser Betrachtungen, deren gehörige Ausführung in der That die eigentliche Würde der Philosophie ausmacht, beschäftigen wir uns jetzt mit einer nicht so glänzenden, aber doch auch nicht verdienstlosen Arbeit, nämlich den Boden zu jenen majestätischen sittlichen Gebäuden eben und baufest zu machen, in welchem sich allerlei Maulwurfsgänge einer vergeblich, aber mit guter Zuversicht auf Schätze grabenden Vernunft vorfinden, und die jenes Bauwerk unsicher machen. Der transscendentale Gebrauch der reinen Vernunft, ihre Principien und Ideen sind es also, welche genau zu kennen uns jetzt obliegt, um den Einfluss der reinen Vernunft und den Werth derselben gehörig bestimmen und schätzen zu können. Doch ehe ich diese vorläufige Einleitung bei Seite lege, ersuche ich diejenigen, denen Philosophie am Herzen liegt, (welches mehr gesagt ist, als man gemeiniglich antrifft,) wenn sie sich durch dieses und das Nachfolgende überzeugt finden sollten, den Ausdruck Idee seiner ursprünglichen Bedeutung nach in Schutz zu nehmen, damit er nicht fernerhin unter die übrigen Ausdrücke, womit gewöhnlich allerlei Vorstellungsarten in sorgloser Unordnung bezeichnet werden, gerathe und die Wissenschaft dabei einbüsse. Fehlt es uns doch nicht an Benennungen, die jeder Vorstellungsart gehörig angemessen sind, ohne dass wir nöthig haben, in das Eigenthum einer andern einzugreifen. Hier ist eine Stufenleiter derselben. Die Gattung ist Vorstellung überhaupt *(repraesentatio)*. Unter ihr steht die Vorstellung mit Bewusstsein *(perceptio)*. Eine Perception, die sich lediglich auf das Subject als die Modification seines Zustandes bezieht, ist Empfindung *(sensatio)*; eine objective Perception ist Erkenntniss *(cognitio)*. Diese ist entweder Anschauung oder Begriff *(intuitus vel conceptus)*. Jene bezieht sich unmittelbar auf den Gegenstand und ist einzeln; dieser mittelbar vermittelst eines Merkmals, was mehreren Dingen gemein sein kann. Der Begriff ist entweder ein empirischer oder reiner Begriff; und der reine Begriff, so fern er lediglich im Verstande seinen Ursprung hat, (nicht im reinen Bilde der Sinnlichkeit,) heisst *notio*. Ein Begriff aus Notionen, der die Möglichkeit der Erfahrung übersteigt, ist die Idee oder der Vernunftbegriff. Dem, der sich einmal an diese Unterscheidung gewöhnt hat, muss es unerträglich fallen, die Vorstellung der rothen Farbe Idee nennen zu hören. Sie ist nicht einmal Notion (Verstandesbegriff) zu nennen.

Des ersten Buchs der transscendentalen Dialektik
zweiter Abschnitt.

Von den transscendentalen Ideen.

Die transscendentale Analytik gab uns ein Beispiel, wie die blose logische Form unserer Erkenntniss den Ursprung von reinen Begriffen *a priori* enthalten könne, welche vor aller Erfahrung Gegenstände vorstellen oder vielmehr die synthetische Einheit anzeigen, welche allein eine empirische Erkenntniss von Gegenständen möglich macht. Die Form der Urtheile, (in einen Begriff von der Synthesis der Anschauung verwandelt,) brachte Kategorien hervor, welche allen Verstandesgebrauch in der Erfahrung leiten. Eben so können wir erwarten, dass die Form der Vernunftschlüsse, wenn man sie auf die synthetische Einheit der Anschauungen, nach Maassgebung der Kategorien anwendet, den Ursprung besonderer Begriffe *a priori* enthalten werde, welche wir reine

Vernunftbegriffe oder **transscendentale Ideen** nennen können, und die den Verstandesgebrauch im Ganzen der gesammten Erfahrung nach Principien bestimmen werden.

Die Function der Vernunft bei ihren Schlüssen bestand in der Allgemeinheit der Erkenntniss nach Begriffen, und der Vernunftschluss selbst ist ein Urtheil, welches *a priori* in dem ganzen Umfange seiner Bedingung bestimmt wird. Den Satz: Cajus ist sterblich, konnte ich auch blos durch den Verstand aus der Erfahrung schöpfen. Allein ich suche einen Begriff, der die Bedingung enthält, unter welcher das Prädicat (Assertion überhaupt) dieses Urtheils gegeben wird, (d. i. hier, den Begriff des Menschen,) und nachdem ich unter diese Bedingung, in ihrem ganzen Umfange genommen, (alle Menschen sind sterblich,) subsumirt habe, so bestimme ich darnach die Erkenntniss meines Gegenstandes (Cajus ist sterblich).

Demnach restringiren wir in der Conclusion eines Vernunftschlusses ein Prädicat auf einen gewissen Gegenstand, nachdem wir es vorher in dem Obersatz in seinem ganzen Umfange unter einer gewissen Bedingung gedacht haben. Diese vollendete Grösse des Umfanges, in Beziehung auf eine solche Bedingung, heisst die **Allgemeinheit** *(universalitas)*. Dieser entspricht in der Synthesis der Anschauungen die **Allheit** *(universitas)* oder **Totalität der Bedingungen**. Also ist der transscendentale Vernunftbegriff kein anderer, als der von der **Totalität der Bedingungen** zu einem gegebenen Bedingten. Da nun das Unbedingte allein die Totalität der Bedingungen möglich macht und umgekehrt die Totalität der Bedingungen jederzeit selbst unbedingt ist, so kann ein reiner Vernunftbegriff überhaupt durch den Begriff des Unbedingten, so fern er einen Grund der Synthesis des Bedingten enthält, erklärt werden.

So viel Arten des Verhältnisses es nun gibt, die der Verstand vermittelst der Kategorien sich vorstellt, so vielerlei reine Vernunftbegriffe wird es auch geben, und es wird also **erstlich ein Unbedingtes der kategorischen Synthesis in einem Subject, zweitens der hypothetischen Synthesis der Glieder einer Reihe, drittens der disjunctiven Synthesis der Theile in einem System** zu suchen sein.

Es gibt nämlich eben so viel Arten von Vernunftschlüssen, deren jede durch Prosyllogismen zum Unbedingten fortschreitet, die eine zum Subject, welches selbst nicht mehr Prädicat ist, die andere zur Voraussetzung, die nichts weiter voraussetzt, und die dritte zu einem Aggregat der Glieder der Eintheilung, zu welchen nichts weiter erforderlich ist, um die Eintheilung eines Begriffs zu vollenden. Daher sind die reinen Vernunftbegriffe von der Totalität in der Synthesis der Bedingungen wenigstens als Aufgaben, um die Einheit des Verstandes wo möglich bis zum Unbedingten fortzusetzen, nothwendig und in der Natur der menschlichen Vernunft gegründet, es mag auch übrigens diesen transscendentalen Begriffen an einem ihnen angemessenen Gebrauch *in concreto* fehlen, und sie mithin keinen andern Nutzen haben, als den Verstand in die Richtung zu bringen, darin sein Gebrauch, indem er aufs Aeusserste erweitert, zugleich mit sich selbst durchgehends einstimmig gemacht wird.

Indem wir aber hier von der Totalität der Bedingungen und dem Unbedingten, als dem gemeinschaftlichen Titel aller Vernunftbegriffe reden, so stossen wir wiederum auf einen Ausdruck, den wir nicht entbehren und gleichwohl, nach einer ihm durch langen Missbrauch anhängenden Zweideutigkeit nicht sicher brauchen können. Das Wort **absolut** ist eines von den wenigen Wörtern, die in ihrer uranfänglichen Bedeutung einem Begriffe angemessen worden, welchem nach der Hand gar kein anderes Wort eben derselben Sprache genau anpasst und dessen Verlust, oder welches eben so viel ist, sein schwankender Gebrauch daher auch den Verlust des Begriffs selbst nach sich ziehen muss, und zwar eines Begriffs, der, weil er die Vernunft gar sehr beschäftigt, ohne grossen Nachtheil aller transscendentalen Beurtheilung nicht entbehrt werden kann. Das Wort **absolut** wird jetzt öfters gebraucht, um blos anzuzeigen, dass etwas von einer Sache **an sich selbst** betrachtet und also **innerlich** gelte. In dieser Bedeutung würde **absolutmöglich** das bedeuten, was an sich selbst (*interne*) möglich ist, welches in der That das **Wenigste** ist, was man von einem Gegenstande sagen kann. Dagegen wird es auch bisweilen gebraucht, um anzuzeigen, dass etwas in aller Beziehung (uneingeschränkt) gültig ist, (z. B. die absolute Herrschaft,) und **absolutmöglich** würde in dieser Bedeutung dasjenige bedeuten, was in aller Absicht, in **aller Beziehung möglich** ist, welches wiederum das Meiste ist, was ich über die Möglichkeit eines Dinges sagen kann. Nun treffen zwar diese Bedeutungen mannichmal zusammen. So ist z. E. was innerlich unmöglich ist, auch in aller Beziehung, mithin absolut unmöglich. Aber in den meisten Fällen sind sie unendlich weit auseinander, und ich kann auf keine Weise schliessen, dass, weil etwas an sich selbst möglich ist, es darum auch in aller Beziehung, mithin absolut-möglich sei. Ja von der absoluten Nothwendigkeit werde ich in der Folge zeigen, dass sie keineswegs in allen Fällen von der innern abhänge und also mit dieser nicht als gleichbedeutend angesehen werden müsse. Dessen Gegentheil innerlich unmöglich ist, dessen Gegentheil ist freilich auch in aller Absicht unmöglich, mithin ist es selbst absolut nothwendig; aber ich kann nicht umgekehrt schliessen, was absolut nothwendig ist, dessen Gegentheil sei innerlich unmöglich, d. i. die absolute Nothwendigkeit der Dinge sei eine innere Nothwendigkeit; denn diese innere Nothwendigkeit ist in gewissen Fällen ein ganz leerer Ausdruck, mit welchem wir nicht den mindesten Begriff verbinden können; dagegen der von der Nothwendigkeit eines Dinges in aller Beziehung (auf alles Mögliche) ganz besondere Bestimmungen bei sich führt. Weil nun der Verlust eines Begriffs von grosser Anwendung in der speculativen Weltweisheit dem Philosophen niemals gleichgültig sein kann, so hoffe ich, es werde ihm die Bestimmung und sorgfältige Aufbewahrung des Ausdrucks, an dem der Begriff hängt, auch nicht gleichgültig sein.

In dieser erweiterten Bedeutung werde ich mich denn des Worts: absolut, bedienen, und es dem blos comparativ- oder in besonderer Rücksicht Gültigen entgegensetzen; denn dieses Letztere ist auf Bedingungen restringirt, jenes aber gilt ohne Restriction.

Nun geht der transscendentale Vernunftbegriff jederzeit nur auf die absolute Totalität in der Synthesis der Bedingungen und endigt niemals, als bei dem Schlechthin-, d. i. in jeder Beziehung Unbedingten. Denn die reine Vernunft überlässt alles dem Verstande, der sich zunächst auf die Gegenstände der Anschauung oder vielmehr deren Synthesis in der Einbildungskraft bezieht. Jene behält sich allein die absolute Totalität im Gebrauche der Verstandesbegriffe vor und sucht die synthetische Einheit, welche in der Kategorie gedacht wird, bis zum Schlechthin-Unbedingten hinauszuführen. Man kann daher diese die Vernunfteinheit der Erscheinungen, so wie jene, welche die Kategorie ausdrückt, Verstandeseinheit nennen. So bezieht sich demnach die Vernunft nur auf den Verstandesgebrauch, und zwar nicht so fern dieser den Grund möglicher Erfahrung enthält, (denn die absolute Totalität der Bedingungen ist kein in einer Erfahrung brauchbarer Begriff, weil keine Erfahrung unbedingt ist,) sondern um ihm die Richtung auf eine gewisse Einheit vorzuschreiben, von der der Verstand keinen Begriff hat und die darauf hinaus geht, alle Verstandeshandlungen in

Ansehung eines jeden Gegenstandes in ein **absolutes Ganze** zusammen zu fassen. Daher ist der objective Gebrauch der reinen Vernunftbegriffe jederzeit **transscendent**, indessen dass der von den reinen Verstandesbegriffen seiner Natur nach jederzeit **immanent** sein muss, indem er sich blos auf mögliche Erfahrung einschränkt.

Ich verstehe unter der Idee einen nothwendigen Vernunftbegriff, dem kein congruirender Gegenstand in den Sinnen gegeben werden kann. Also sind unsere jetzt erwogenen reinen Vernunftbegriffe **transscendentale Ideen**. Sie sind Begriffe der reinen Vernunft; denn sie betrachten alles Erfahrungserkenntniss als bestimmt durch eine absolute Totalität der Bedingungen. Sie sind nicht willkührlich erdichtet, sondern durch die Natur der Vernunft selbst aufgegeben, und beziehen sich daher nothwendigerweise auf den ganzen Verstandesgebrauch. Sie sind endlich transscendent und übersteigen die Grenze aller Erfahrung, in welcher also niemals ein Gegenstand vorkommen kann, der der transscendentalen Idee adäquat wäre. Wenn man eine Idee nennt, so sagt man dem Object nach, (als von einem Gegenstande des reinen Verstandes,) **sehr viel**, dem Subjecte nach aber, (d. i. in Ansehung seiner Wirklichkeit unter empirischer Bedingung,) eben darum **sehr wenig**, weil sie als der Begriff eines Maximum *in concreto* niemals congruent kann gegeben werden. Weil nun das Letztere im blos speculativen Gebrauch der Vernunft eigentlich die ganze Absicht ist und die Annäherung zu einem Begriffe, der aber in der Ausübung doch niemals erreicht wird, eben so viel ist, als ob der Begriff ganz und gar verfehlt würde, so heisst es von einem dergleichen Begriffe: er ist **nur eine Idee**. So würde man sagen können: das absolute Ganze aller Erscheinungen ist **nur eine Idee**; denn da wir dergleichen niemals im Bilde entwerfen können, so bleibt es ein **Problem** ohne alle Auflösung. Dagegen, weil es im praktischen Gebrauch des Verstandes ganz allein um die Ausübung nach Regeln zu thun ist, so kann die Idee der praktischen Vernunft jederzeit wirklich, ob zwar nur zum Theil *in concreto* gegeben werden, ja sie ist die unentbehrliche Bedingung jedes praktischen Gebrauchs der Vernunft. Ihre Ausübung ist jederzeit begrenzt und mangelhaft, aber unter nicht bestimmbaren Grenzen, also jederzeit unter dem Einflusse des Begriffs einer absoluten Vollständigkeit. Demnach ist die praktische Idee jederzeit höchst fruchtbar und in Ansehung der wirklichen Handlungen unumgänglich nothwendig. In ihr hat die reine Vernunft sogar Causalität, das wirklich hervorzubringen, was ihr Begriff enthält;

daher kann man von der Weisheit nicht gleichsam geringschätzig sagen: sie ist nur eine Idee; sondern eben darum, weil sie die Idee von der nothwendigen Einheit aller möglichen Zwecke ist, so muss sie allem Praktischen als ursprüngliche, zum wenigsten einschränkende Bedingung zur Regel dienen.

Ob wir nun gleich von den transscendentalen Vernunftbegriffen sagen müssen: sie sind nur Ideen, so werden wir sie doch keineswegs für überflüssig und nichtig anzusehen haben. Denn wenn schon dadurch kein Object bestimmt werden kann, so können sie doch im Grunde und unbemerkt dem Verstande zum Kanon seines ausgebreiteten und einhelligen Gebrauchs dienen, dadurch er zwar keinen Gegenstand mehr erkennt, als er nach seinen Begriffen erkennen würde, aber doch in dieser Erkenntniss besser und weiter geleitet wird. Zu geschweigen, dass sie vielleicht von den Naturbegriffen zu den praktischen einen Uebergang möglich machen und den moralischen Ideen selbst auf solche Art Haltung und Zusammenhang mit den speculativen Erkenntnissen der Vernunft verschaffen können. Ueber alles dieses muss man den Aufschluss in dem Verfolg erwarten.

Unserer Absicht gemäss setzen wir aber hier die praktischen Ideen bei Seite und betrachten daher die Vernunft nur im speculativen, und in diesem noch enger, nämlich nur im transscendentalen Gebrauch. Hier müssen wir nun denselben Weg einschlagen, den wir oben bei der Deduction der Kategorien nahmen; nämlich die logische Form der Vernunfterkenntniss erwägen und sehen, ob nicht etwa die Vernunft dadurch auch ein Quell von Begriffen werde, Objecte an sich selbst, als synthetisch *a priori* bestimmt, in Ansehung einer oder der andern Function der Vernunft anzusehen.

Vernunft, als Vermögen einer gewissen logischen Form der Erkenntniss betrachtet, ist das Vermögen zu schliessen, d. i. mittelbar (durch die Subsumtion der Bedingung eines möglichen Urtheils unter die Bedingung eines gegebenen) zu urtheilen. Das gegebene Urtheil ist die allgemeine Regel (Obersatz, *major*). Die Subsumtion der Bedingung eines andern möglichen Urtheils unter die Bedingung der Regel ist der Untersatz (*minor*). Das wirkliche Urtheil, welches die Assertion der Regel zu dem subsumirten Falle aussagt, ist der Schlusssatz (*conclusio*). Die Regel nämlich sagt etwas allgemein unter einer gewissen Bedingung. Nun findet in einem vorkommenden Falle die Bedingung der Regel statt. Also wird das, was unter jener Bedingung allgemein galt, auch in dem vorkommenden Falle, (der diese Bedingung bei sich führt,) als gültig angesehen. Man sieht leicht, dass die Vernunft durch Verstandeshandlungen, welche eine Reihe von Bedingungen ausmachen, zu einem Erkenntnisse gelange. Wenn ich zu dem Satze: alle Körper sind veränderlich, nur dadurch gelange, dass ich von dem entfernteren Erkenntniss, (worin der Begriff des Körpers noch nicht vorkommt, der aber doch davon die Bedingung enthält,) anfange: alles Zusammengesetzte ist veränderlich; von diesem zu einem näheren gehe, der unter der Bedingung des ersteren steht: die Körper sind zusammengesetzt; und von diesem allererst zu einem dritten, der nunmehr das entfernte Erkenntniss (veränderlich) mit dem vorliegenden verknüpft: folglich sind die Körper veränderlich; so bin ich durch eine Reihe von Bedingungen (Prämissen) zu einer Erkenntniss (Conclusion) gelangt. Nun lässt sich eine jede Reihe, deren Exponent (des kategorischen oder hypothetischen Urtheils) gegeben ist, fortsetzen; mithin führt eben dieselbe Vernunfthandlung zur *ratiocinatio polysyllogistica*, welches eine Reihe von Schlüssen ist, die entweder auf der Seite der Bedingungen (*per prosyllogismos*) oder des Bedingten (*per episyllogismos*) in unbestimmte Weiten fortgesetzt werden kann.

Man wird bald inne, dass die Kette oder Reihe der Prosyllogismen, d. i. der gefolgerten Erkenntnisse auf der Seite der Gründe oder der Bedingungen zu einem gegebenen Erkenntniss, mit andern Worten: die **aufsteigende Reihe** der Vernunftschlüsse sich gegen das Vernunftvermögen doch anders verhalten müsse, als die **absteigende Reihe**, d. i. der Fortgang der Vernunft auf der Seite des Bedingten durch Episyllogismen. Denn da im ersteren Falle das Erkenntniss (*conclusio*) nur als bedingt gegeben ist, so kann man zu demselben vermittelst der Vernunft nicht anders gelangen, als wenigstens unter der Voraussetzung, dass alle Glieder der Reihe auf der Seite der Bedingungen gegeben sind (Totalität in der Reihe der Prämissen), weil nur unter deren Voraussetzung das vorliegende Urtheil *a priori* möglich ist; dagegen auf der Seite des Bedingten oder der Folgerungen nur eine **werdende** und nicht schon **ganz** vorausgesetzte oder gegebene Reihe, mithin nur ein potentialer Fortgang gedacht wird. Daher, wenn eine Erkenntniss als bedingt angesehen wird, so ist die Vernunft genöthigt, die Reihe der Bedingungen in aufsteigender Linie als vollendet und ihrer Totalität nach gegeben anzusehen. Wenn aber eben dieselbe Erkenntniss zugleich als Bedingung anderer Erkenntnisse angesehen wird, die unter einander eine Reihe von Folgerungen in absteigender Linie ausmachen, so kann die Vernunft ganz gleichgültig sein, wie weit dieser Fortgang sich *a parte posteriori* erstrecke und ob gar überall Totalität dieser Reihe möglich sei; weil sie einer dergleichen Reihe zu der vor ihr liegenden Conclusion nicht bedarf, indem diese durch ihre Gründe *a parte priori* schon hinreichend bestimmt und gesichert ist. Es mag nun sein, dass auf der Seite der Bedingungen die Reihe der Prämissen ein Erstes habe als oberste Bedingung, oder nicht, und also *a parte priori* ohne Grenzen sei; so muss sie doch Totalität der Bedingung enthalten, gesetzt, dass wir niemals dahin gelangen könnten, sie zu fassen, und die ganze Reihe muss unbedingt wahr sein, wenn das Bedingte, welches als eine daraus entspringende Folgerung angesehen wird, als wahr gelten soll. Dieses ist eine Forderung der Vernunft, die ihr Erkenntniss als *a priori* bestimmt und als nothwendig ankündigt, entweder an sich selbst, und dann bedarf es keiner Gründe, oder wenn es abgeleitet ist, als ein Glied einer Reihe von Gründen, die selbst unbedingterweise wahr ist.

Des ersten Buchs der transscendentalen Dialektik

dritter Abschnitt.

System der transscendentalen Ideen.

Wir haben es hier nicht mit einer logischen Dialektik zu thun, welche von allem Inhalte der Erkenntniss abstrahirt und lediglich den falschen Schein in der Form der Vernunftschlüsse aufdeckt, sondern mit einer transscendentalen, welche völlig *a priori* den Ursprung gewisser Erkenntnisse aus reiner Vernunft, und geschlossener Begriffe, deren Gegenstand empirisch gar nicht gegeben werden kann, die also gänzlich ausser dem Vermögen des reinen Verstandes liegen, enthalten soll. Wir haben aus der natürlichen Beziehung, die der transscendentale Gebrauch unserer Erkenntniss, sowohl in Schlüssen, als Urtheilen auf den logischen haben muss, abgenommen, dass es nur drei Arten von dialektischen Schlüssen geben werde, die sich auf die dreierlei Schlussarten beziehen, durch welche Vernunft aus Principien zu Erkenntnissen gelangen kann, und dass in allem ihr Geschäft sei, von der bedingten Synthesis, an die der Verstand jederzeit gebunden bleibt, zur unbedingten aufzusteigen, die er niemals erreichen kann.

Nun ist das Allgemeine aller Beziehung, die unsere Vorstellungen haben können 1, die Beziehung aufs Subject, 2, die Beziehung auf Objecte, und zwar entweder als Erscheinungen oder als Gegenstände des Denkens überhaupt. Wenn man diese Untereintheilung mit der obern verbindet, so ist alles Verhältniss der Vorstellungen, davon wir uns entweder einen Begriff oder Idee machen können, dreifach: 1, das Verhältniss zum Subject, 2, zum Mannigfaltigen des Objects in der Erscheinung, 3, zu allen Dingen überhaupt.

Nun haben es alle reinen Begriffe überhaupt mit der synthetischen Einheit der Vorstellungen, Begriffe der reinen Vernunft (transscendentale Ideen) aber mit der unbedingten synthetischen Einheit der Bedingungen überhaupt zu thun. Folglich werden alle transscendentale Ideen sich unter drei Klassen bringen lassen, davon die erste die absolute (unbedingte) Einheit des denkenden Subjects, die zweite die absolute Einheit der Reihe der Bedingungen der Erscheinung, die dritte die absolute Einheit der Bedingung aller Gegenstände des Denkens überhaupt enthält.

Das denkende Subject ist der Gegenstand der Psychologie, der Inbegriff aller Erscheinungen (die Welt) der Gegenstand der Kosmologie, und das Ding, welches die oberste Bedingung der Möglichkeit von allem, was gedacht werden kann, enthält, (das Wesen aller Wesen,) der Gegenstand der Theologie. Also gibt die reine Vernunft die Idee zu einer transscendentalen Seelenlehre (*psychologia rationalis*), zu einer transscendentalen Weltwissenschaft (*cosmologia rationalis*), endlich auch zu einer transscendentalen Gotteserkenntniss (*theologia transscendentalis*) an die Hand. Der blose Entwurf sogar zu einer sowohl als der andern dieser Wissenschaften schreibt sich gar nicht von dem Verstande her, selbst wenn er gleich mit dem höchsten logischen Gebrauche der Vernunft, d. i. allen erdenklichen Schlüssen verbunden wäre, um von einem Gegenstande desselben (Erscheinung) zu allen anderen bis in die entlegensten Glieder der empirischen Synthesis fortzuschreiten, sondern ist lediglich ein reines und ächtes Product oder Problem der reinen Vernunft.

Was unter diesen drei Titeln aller transscendentalen Ideen für *modi* der reinen Vernunftbegriffe stehen, wird in dem folgenden Hauptstücke vollständig dargelegt werden. Sie laufen am Faden der Kategorien fort. Denn die reine Vernunft bezieht sich niemals geradezu auf Gegenstände, sondern auf die Verstandesbegriffe von denselben. Eben so wird sich auch nur in der völligen Ausführung deutlich machen lassen, wie die Vernunft lediglich durch den synthetischen Gebrauch eben derselben Function, deren sie sich zum kategorischen Vernunftschlusse bedient, nothwendigerweise auf den Begriff der absoluten Einheit des denkenden Subjects kommen müsse, wie das logische Verfahren in hypothetischen Ideen die Idee vom Schlechthin-Unbedingten in einer Reihe gegebener Bedingungen, endlich die blose Form des disjunctiven Vernunftschlusses den höchsten Vernunftbegriff von einem Wesen aller Wesen nothwendigerweise nach sich ziehen müsse; ein Gedanke, der beim ersten Anblick äusserst paradox zu sein scheint.

Von diesen transscendentalen Ideen ist eigentlich keine objective Deduction möglich, so wie wir sie von den Kategorien liefern konnten. Denn in der That haben sie keine Beziehung auf irgend ein Object, was ihnen congruent gegeben werden könnte, eben darum, weil sie nur Ideen sind. Aber eine subjective Ableitung derselben aus der Natur unserer Vernunft konnten wir unternehmen, und die ist im gegenwärtigen Hauptstücke auch geleistet worden.

Man sieht leicht, dass die reine Vernunft nichts Anderes zur Absicht habe, als die absolute Totalität der Synthesis auf der Seite der Bedingungen, (es sei der Inhärenz, oder der Dependenz, oder der Concurrenz,) und dass sie mit der absoluten Vollständigkeit von Seiten des Bedingten nichts zu schaffen habe. Denn nur allein jener bedarf sie, um die ganze Reihe der Bedingungen vorauszusetzen und sie dadurch dem Verstande *a priori* zu geben. Ist aber eine vollständig (und unbedingt) gegebene Bedingung einmal da, so bedarf es nicht mehr eines Vernunftbegriffs in Ansehung der Fortsetzung der Reihe; denn der Verstand thut jeden Schritt abwärts, von der Bedingung zum Bedingten, von selber. Auf solche Weise dienen die transscendentalen Ideen nur zum Aufsteigen in der Reihe der Bedingungen, bis zum Unbedingten, d. i. zu den Principien. In Ansehung des Hinabgehens zum Bedingten aber gibt es zwar einen weit erstreckten logischen Gebrauch, den unsere Vernunft von den Verstandesgesetzen macht, aber gar keinen transscendentalen, und wenn wir uns von der absoluten Totalität einer solchen Synthesis (des *progressus*) eine Idee machen, z. B. von der ganzen Reihe aller künftigen Weltveränderungen, so ist dieses ein Gedankending (*ens rationis*), welches nur willkührlich gedacht und nicht durch die Vernunft nothwendig vorausgesetzt wird. Denn zur Möglichkeit des

Bedingten wird zwar die Totalität seiner Bedingungen, aber nicht seiner Folgen vorausgesetzt. Folglich ist ein solcher Begriff keine transscendentale Idee, mit der wir es doch hier lediglich zu thun haben.

Zuletzt wird man auch gewahr, dass unter den transscendentalen Ideen selbst ein gewisser Zusammenhang und Einheit hervorleuchte, und dass die reine Vernunft vermittelst ihrer alle ihre Erkenntnisse in ein System bringe. Von der Erkenntniss seiner selbst (der Seele) zur Welterkenntniss, und vermittelst dieser zum Urwesen fortzugehen, ist ein so natürlicher Fortschritt, dass er dem logischen Fortgange der Vernunft von den Prämissen zum Schlusssatze ähnlich scheint.* Ob nun hier wirklich eine Verwandtschaft von der Art, als zwischen dem logischen und transscendentalen Verfahren, ingeheim zum Grunde liege, ist auch eine von den Fragen, deren Beantwortung man in dem Verfolg dieser Untersuchungen allererst erwarten muss. Wir haben vorläufig unsern Zweck schon erreicht, da wir die transscendentalen Begriffe der Vernunft, die sich sonst gewöhnlich in der Theorie der Philosophen unter andere mischen, ohne dass diese sie einmal von Verstandesbegriffen gehörig unterscheiden, aus dieser zweideutigen Lage haben herausziehen, ihren Ursprung und dadurch zugleich ihre bestimmte Zahl, über die es gar keine mehr geben kann, angeben und sie in einem systematischen Zusammenhange haben vorstellen können, wodurch ein besonderes Feld für die reine Vernunft abgesteckt und eingeschränkt wird.

---

* Die Metaphysik hat zum eigentlichen Zwecke ihrer Nachforschung nur drei Ideen: Gott, Freiheit und Unsterblichkeit, so dass der zweite Begriff, mit dem ersten verbunden, auf den dritten, als einen nothwendigen Schlusssatz führen soll. Alles, womit sich diese Wissenschaft sonst beschäftigt, dient ihr blos zum Mittel, um zu diesen Ideen und ihrer Realität zu gelangen. Sie bedarf sie nicht zum Behuf der Naturwissenschaft, sondern um über die Natur hinaus zu kommen. Die Einsicht in dieselben würde Theologie, Moral, und durch beider Verbindung Religion, mithin die höchsten Zwecke unseres Daseins blos vom speculativen Vernunftvermögen und sonst von nichts Anderem abhängig machen. In einer systematischen Vorstellung jener Ideen würde die angeführte Ordnung, als die synthetische, die schicklichste sein, aber in der Bearbeitung, die vor ihr nothwendig vorhergehen muss, wird die analytische, welche diese Ordnung umkehrt, dem Zwecke angemessener sein, um, indem wir von demjenigen, was uns Erfahrung unmittelbar an die Hand gibt, der Seelenlehre, zur Weltlehre, und von da bis zur Erkenntniss Gottes fortgehen, unseren grossen Entwurf zu vollziehen.[1]

[1] Diese Anmerkung ist erst in der 2. Ausg. hinzugekommen.

Der transscendentalen Dialektik
zweites Buch.

Von den dialektischen Schlüssen der reinen Vernunft.

Man kann sagen: der Gegenstand einer blosen transscendentalen Idee sei etwas, wovon man keinen Begriff hat, obgleich diese Idee ganz nothwendig in der Vernunft nach ihren ursprünglichen Gesetzen erzeugt worden. Denn in der That ist auch von einem Gegenstande, der der Forderung der Vernunft adäquat sein soll, kein Verstandesbegriff möglich, d. i. ein solcher, welcher in einer möglichen Erfahrung gezeigt und anschaulich gemacht werden kann. Besser würde man sich doch mit weniger Gefahr des Missverständnisses ausdrücken, wenn man sagte: dass wir vom Object, welches einer Idee correspondirt, keine Kenntniss, obzwar einen problematischen Begriff haben können.

Nun beruht wenigstens die transscendentale (subjective) Realität der reinen Vernunftbegriffe darauf, dass wir durch einen nothwendigen Vernunftschluss auf solche Ideen gebracht werden. Also wird es Vernunftschlüsse geben, die keine empirische Prämissen enthalten, und vermittelst deren wir von etwas, das wir kennen, auf etwas Anderes schliessen, wovon wir noch keinen Begriff haben und dem wir gleichwohl durch einen unvermeidlichen Schein objective Realität geben. Dergleichen Schlüsse sind in Ansehung ihres Resultats also eher vernünftelnde, als Vernunftschlüsse zu nennen; wiewohl sie ihrer Veranlassung wegen wohl den letzteren Namen führen können, weil sie doch nicht erdichtet oder zufällig entstanden, sondern aus der Natur der Vernunft entsprungen sind. Es sind Sophisticationen, nicht der Menschen, sondern der reinen Vernunft selbst, von denen selbst der Weiseste unter allen Menschen sich nicht losmachen, und vielleicht zwar nach vieler

Bemühung den Irrthum verhüten, den Schein aber, der ihn unaufhörlich zwackt und äfft, niemals los werden kann.

Dieser dialektischen Vernunftschlüsse gibt es also nur dreierlei Arten, so vielfach, als die Ideen sind, auf die ihre Schlusssätze auslaufen. In dem Vernunftschlusse der ersten Klasse schliesse ich von dem transscendentalen Begriffe des Subjects, der nichts Mannigfaltiges enthält, auf die absolute Einheit des Subjects selber, von welchem ich auf diese Weise gar keinen Begriff habe. Diesen dialektischen Schluss werde ich den transscendentalen Paralogismus nennen. Die zweite Klasse der vernünftelnden Schlüsse ist auf den transscendentalen Begriff der absoluten Totalität der Reihe der Bedingungen zu einer gegebenen Erscheinung überhaupt angelegt, und ich schliesse daraus, dass ich von der unbedingten synthetischen Einheit der Reihe auf einer Seite jederzeit einen sich selbst widersprechenden Begriff habe, auf die Richtigkeit der entgegenstehenden Einheit, wovon ich gleichwohl auch keinen Begriff habe. Den Zustand der Vernunft bei diesen dialektischen Schlüssen werde ich die Antinomie der reinen Vernunft nennen. Endlich schliesse ich, nach der dritten Art vernünftelnder Schlüsse, von der Totalität der Bedingungen, Gegenstände überhaupt, so fern sie mir gegeben werden können, zu denken, auf die absolute synthetische Einheit aller Bedingungen der Möglichkeit der Dinge überhaupt, d. i. von Dingen, die ich nach ihrem blosen transscendentalen Begriff nicht kenne, auf ein Wesen aller Wesen, welches ich durch einen transscendentalen Begriff noch weniger kenne und von dessen unbedingter Nothwendigkeit ich mir keinen Begriff machen kann. Diesen dialektischen Vernunftschluss werde ich das Ideal der reinen Vernunft nennen.

Des zweiten Buchs der transscendentalen Dialektik
erstes Hauptstück.

Von den Paralogismen der reinen Vernunft.

Der logische Paralogismus besteht in der Falschheit eines Vernunftschlusses der Form nach, sein Inhalt mag übrigens sein, welcher er wolle. Ein transscendentaler Paralogismus hat aber einen transscendentalen Grund, der Form nach falsch zu schliessen. Auf solche Weise wird ein dergleichen Fehlschluss in der Natur der Menschenvernunft seinen

Grund haben und eine unvermeidliche, obzwar nicht unauflösliche Illusion bei sich führen.

Jetzt kommen wir auf einen Begriff, der oben, in der allgemeinen Liste der transscendentalen Begriffe, nicht verzeichnet worden, und dennoch dazu gezählt werden muss, ohne doch darum jene Tafel im mindesten zu verändern und für mangelhaft zu erklären. Dieses ist der Begriff, oder wenn man lieber will, das Urtheil: ich denke. Man sieht aber leicht, dass er das Vehikel aller Begriffe überhaupt, und mithin auch der transscendentalen sei, und also unter diesen jederzeit mit begriffen werde, und daher ebensowohl transscendental sei, aber keinen besondern Titel haben könne, weil er nur dazu dient, alles Denken, als zum Bewusstsein gehörig, aufzuführen. Indessen so rein er auch vom Empirischen (dem Eindrucke der Sinne) ist, so dient er doch dazu, zweierlei Gegenstände aus der Natur unserer Vorstellungskraft zu unterscheiden. Ich, als denkend, bin ein Gegenstand des innern Sinnes und heisse Seele. Dasjenige, was ein Gegenstand äusserer Sinne ist, heisst Körper. Demnach bedeutet der Ausdruck: Ich, als ein denkend Wesen, schon den Gegenstand der Psychologie, welche die rationale Seelenlehre heissen kann, wenn ich von der Seele nichts weiter zu wissen verlange, als was unabhängig von aller Erfahrung, (welche mich näher und *in concreto* bestimmt,) aus diesem Begriffe Ich, so fern er bei allem Denken vorkommt, geschlossen werden kann.

Die rationale Seelenlehre ist nun wirklich ein Unterfangen von dieser Art; denn wenn das mindeste Empirische meines Denkens, irgend eine besondere Wahrnehmung meines inneren Zustandes noch unter die Erkenntnissgründe dieser Wissenschaft gemischt würde, so wäre sie nicht mehr rationale, sondern empirische Seelenlehre. Wir haben also schon eine angebliche Wissenschaft vor uns, welche auf dem einzigen Satze: ich denke, erbaut worden, und deren Grund oder Ungrund wir hier ganz schicklich und der Natur einer Transscendental-Philosophie gemäss untersuchen können. Man darf sich daran nicht stossen, dass ich doch an diesem Satze, der die Wahrnehmung seiner selbst ausdrückt, eine innere Erfahrung habe und mithin die rationale Seelenlehre, welche darauf erbaut wird, niemals rein, sondern zum Theil auf ein empirisches Principium gegründet sei. Denn diese innere Wahrnehmung ist nichts weiter, als die blose Apperception: ich denke; welche sogar alle transscendentale Begriffe möglich macht, in welchen es heisst: ich denke die Substanz, die Ursache u. s. w. Denn innere Erfahrung überhaupt und deren Möglichkeit, oder Wahrnehmung überhaupt und deren Verhältniss zu anderer Wahrnehmung, ohne dass irgend ein besonderer Unterschied derselben und Bestimmung empirisch gegeben ist, kann nicht als empirische Erkenntniss, sondern muss als Erkenntniss des Empirischen überhaupt angesehen werden und gehört zur Untersuchung der Möglichkeit einer jeden Erfahrung, welche allerdings transscendental ist. Das mindeste Object der Wahrnehmung (z. B. nur Lust oder Unlust), welche zu der allgemeinen Vorstellung des Selbstbewusstseins hinzu käme, würde die rationale Psychologie sogleich in eine empirische verwandeln.

Ich denke, ist also der alleinige Text der rationalen Psychologie, aus welchem sie ihre ganze Weisheit auswickeln soll. Man sieht leicht, dass dieser Gedanke, wenn er auf einen Gegenstand (mich selbst) bezogen werden soll, nichts Anderes, als transscendentale Prädicate desselben enthalten könne; weil das mindeste empirische Prädicat die rationale Reinigkeit und Unabhängigkeit der Wissenschaft von aller Erfahrung verderben würde.

Wir werden aber hier blos dem Leitfaden der Kategorien zu folgen haben, nur, da hier zuerst ein Ding, Ich, als denkend Wesen, gegeben worden, so werden wir zwar die obige Ordnung der Kategorien unter einander, wie sie in ihrer Tafel vorgestellt ist, nicht verändern, aber doch hier von der Kategorie der Substanz anfangen, dadurch ein Ding an sich selbst vorgestellt wird, und so ihrer Reihe rückwärts nachgehen. Die Topik der rationalen Seelenlehre, woraus alles Uebrige, was sie nur enthalten mag, abgeleitet werden muss, ist demnach folgende:

1.
Die Seele ist
Substanz.

2.
Ihrer Qualität nach einfach.

3.
Den verschiedenen Zeiten nach, in welchen sie da ist, numerisch-identisch, d. i. Einheit (nicht Vielheit).

4.
Im Verhältnisse
zu möglichen Gegenständen im Raume.*

---

* Der Leser, der aus diesen Ausdrücken in ihrer transscendentalen Abgezogenheit nicht so leicht den psychologischen Sinn derselben, und warum das letztere Attri-

Aus diesen Elementen entspringen alle Begriffe der reinen Seelenlehre lediglich durch die Zusammensetzung, ohne im mindesten ein anderes Principium zu erkennen. Diese Substanz, blos als Gegenstand des inneren Sinnes, gibt den Begriff der **Immaterialität**; als einfache Substanz, der **Incorruptibilität**; die Identität derselben, als intellectueller Substanz, gibt die **Personalität**; alle diese drei Stücke zusammen die **Spiritualität**; das Verhältniss zu den Gegenständen im Raume gibt das **Commercium** mit Körpern; mithin stellt sie die denkende Substanz, als das Principium des Lebens in der Materie, d. i. sie als Seele (*anima*) und als den Grund der **Animalität** vor; diese durch die Spiritualität eingeschränkt, **Immortalität**.

Hierauf beziehen sich nun vier Paralogismen einer transscendentalen Seelenlehre, welche fälschlich für eine Wissenschaft der reinen Vernunft von der Natur unseres denkenden Wesens gehalten wird. Zum Grunde derselben können wir aber nichts Anderes legen, als die einfache und für sich selbst an Inhalt gänzlich leere Vorstellung: Ich; von der man nicht einmal sagen kann, dass sie ein Begriff sei, sondern ein bloses Bewusstsein, das alle Begriffe begleitet. Durch dieses Ich, oder Er, oder Es (das Ding), welches denkt, wird nun nichts weiter, als ein transscendentales Subject der Gedanken vorgestellt $= x$, welches nur durch die Gedanken, die seine Prädicate sind, erkannt wird, und wovon wir, abgesondert, niemals den mindesten Begriff haben können; um welches wir uns daher in einem beständigen Zirkel herumdrehen, indem wir uns seiner Vorstellung jederzeit schon bedienen müssen, um irgend etwas von ihm zu urtheilen, eine Unbequemlichkeit, die davon nicht zu trennen ist, weil das Bewusstsein an sich nicht sowohl eine Vorstellung ist, die ein besonderes Object unterscheidet, sondern eine Form derselben überhaupt, so fern sie Erkenntniss genannt werden soll; denn von der allein kann ich sagen, dass ich dadurch irgend etwas denke.

Es muss aber gleich Anfangs befremdlich scheinen, dass die Bedin-

---

but der Seele zur Kategorie der **Existenz** gehöre, errathen wird, wird sie in dem Folgenden hinreichend erklärt und gerechtfertigt finden. Uebrigens habe ich wegen der lateinischen Ausdrücke, die statt der gleichbedeutenden deutschen, wider den Geschmack der guten Schreibart, eingeflossen sind, sowohl bei diesem Abschnitte, als auch in Ansehung des ganzen Werks, zur Entschuldigung anzuführen: dass ich lieber etwas der Zierlichkeit der Sprache habe entziehen, als den Schulgebrauch durch die mindeste Unverständlichkeit erschweren wollen.

guug, unter der ich überhaupt denke, und die mithin blos eine Beschaffenheit meines Subjects ist, zugleich für alles, was denkt, gültig sein solle, und dass wir auf einen empirisch scheinenden Satz ein apodiktisches und allgemeines Urtheil zu gründen uns anmassen können, nämlich: dass alles, was denkt, so beschaffen sei, als der Ausspruch des Selbstbewusstseins es an mir aussagt. Die Ursache aber hievon liegt darin, dass wir den Dingen *a priori* alle die Eigenschaften nothwendig beilegen müssen, die die Bedingungen ausmachen, unter welchen wir sie allein denken. Nun kann ich von einem denkenden Wesen durch keine äussere Erfahrung, sondern blos durch das Selbstbewusstsein die mindeste Vorstellung haben. Also sind dergleichen Gegenstände nichts weiter, als die Uebertragung dieses meines Bewusstseins auf andere Dinge, welche nur dadurch als denkende Wesen vorgestellt werden. Der Satz: ich denke, wird aber hiebei nur problematisch genommen; nicht so fern er eine Wahrnehmung von einem Dasein enthalten mag, (das Cartesianische *cogito, ergo sum,*) sondern seiner blosen Möglichkeit nach, um zu sehen, welche Eigenschaften aus einem so einfachen Satze auf das Subject desselben, (es mag dergleichen nun existiren oder nicht,) fliessen mögen.

Läge unserer reinen Vernunfterkenntniss von denkenden Wesen überhaupt mehr, als das *cogito* zum Grunde, würden wir die Beobachtungen über das Spiel unserer Gedanken und die daraus zu schöpfenden Naturgesetze des denkenden Selbst auch zu Hülfe nehmen, so würde eine empirische Psychologie entspringen, welche eine Art der **Physiologie** des innern Sinnes sein würde und vielleicht die Erscheinungen desselben zu erklären, niemals aber dazu dienen könnte, solche Eigenschaften, die gar nicht zur möglichen Erfahrung gehören, (als die des Einfachen,) zu eröffnen, noch von denkenden Wesen überhaupt etwas, das ihre Natur betrifft, **apodiktisch** zu lehren; sie wäre also keine **rationale Psychologie**.

Da nun der Satz: **ich denke**, (problematisch genommen,) die Form eines Verstandesurtheils überhaupt enthält und alle Kategorien als ihr Vehikel begleitet, so ist klar, dass die Schlüsse aus demselben einen blos **transscendentalen** Gebrauch des Verstandes enthalten können, welcher alle Beimischung der Erfahrung ausschlägt, und von dessen Fortgang wir, nach dem, was wir oben gezeigt haben, uns schon zum voraus keinen vortheilhaften Begriff machen können. Wir wollen ihn also durch alle Prädicamente der reinen Seelenlehre mit einem kritischen

Auge verfolgen,[1] doch um der Kürze willen ihre Prüfung in einem ununterbrochenen Zusammenhange fortgehen lassen.

Zuvörderst kann folgende allgemeine Bemerkung unsere Achtsamkeit auf diese Schlussart stärken. Nicht dadurch, dass ich blos denke, erkenne ich irgend ein Object, sondern nur dadurch, dass ich eine gegebene Anschauung in Absicht auf die Einheit des Bewusstseins, darin alles Denken besteht, bestimme, kann ich irgend einen Gegenstand erkennen. Also erkenne ich mich nicht selbst dadurch, dass ich mir meiner als denkend bewusst bin, sondern wenn ich mir der Anschauung meiner selbst, als in Ansehung der Function des Denkens bestimmt bewusst bin. Alle *modi* des Selbstbewusstseins im Denken, an sich, sind daher noch keine Verstandesbegriffe von Objecten (Kategorien), sondern blose logische Functionen, die dem Denken gar keinen Gegenstand, mithin mich selbst auch nicht als Gegenstand zu erkennen geben. Nicht das Bewusstsein des Bestimmenden, sondern nur das des bestimmbaren Selbst, d. i. meiner inneren Anschauung, (so fern ihr Mannigfaltiges der allgemeinen Bedingung der Einheit der Apperception im Denken gemäss verbunden werden kann,) ist das Object.

1) In allen Urtheilen bin ich nun immer das bestimmende Subject desjenigen Verhältnisses, welches das Urtheil ausmacht. Dass aber Ich, der ich denke, im Denken immer als Subject und als etwas, was nicht blos wie Prädicat dem Denken anhänge, betrachtet werden kann, gelten müsse, ist ein apodiktischer und selbst identischer Satz; aber er bedeutet nicht, dass ich als Object ein für mich selbst bestehendes Wesen oder Substanz sei. Das Letztere geht sehr weit, erfordert daher auch Data, die im Denken gar nicht angetroffen werden, vielleicht, (so fern ich blos das Denkende als ein solches betrachte,) mehr als ich überall (in ihm) jemals antreffen werde.

2) Dass das Ich der Apperception, folglich in jedem Denken, ein Singular sei, der nicht in eine Vielheit der Subjecte aufgelöset werden kann, mithin ein logisch-einfaches Subject bezeichne, liegt schon im Begriffe des Denkens, ist folglich ein analytischer Satz; aber das bedeutet nicht, dass das denkende Ich eine einfache Substanz sei, welches ein

---

[1] Von den Worten: „mit einem kritischen Auge verfolgen," an findet sich statt des hier bis zum Ende des ganzen Hauptstücks Folgenden in den 1. Ausg. eine weit ausführlichere und mehr ins Einzelne gehende Darstellung und Kritik der „Paralogismen der reinen Vernunft," welche in den Nachträgen unter II. abgedruckt ist.

synthetischer Satz sein würde. Der Begriff der Substanz bezieht sich immer auf Anschauungen, die bei mir nicht anders, als sinnlich sein können, mithin ganz ausser dem Felde des Verstandes und seinem Denken liegen, von welchem doch eigentlich hier nur geredet wird, wenn gesagt wird, dass das Ich im Denken einfach sei. Es wäre auch wunderbar, wenn mir das, was sonst so viele Anstalt erfordert, um in dem, was die Anschauung darlegt, das zu unterscheiden, was darin Substanz sei, noch mehr, ob diese auch einfach sein könne, (wie bei den Theilen der Materie,) hier so geradezu in der ärmsten Vorstellung unter allen, gleichsam wie durch eine Offenbarung, gegeben würde.

3) Der Satz der Identität meiner selbst bei allem Mannigfaltigen, dessen ich mir bewusst bin, ist ein eben so wohl in den Begriffen selbst liegender, mithin analytischer Satz; aber diese Identität des Subjects, deren ich mir in allen seinen Vorstellungen bewusst werden kann, betrifft nicht die Anschauung desselben, dadurch es als Object gegeben ist, kann also auch nicht die Identität der Person bedeuten, wodurch das Bewusstsein der Identität seiner eigenen Substanz, als denkenden Wesens in allem Wechsel der Zustände verstanden wird, wozu, um sie zu beweisen, es mit der blosen Analysis des Satzes: ich denke, nicht ausgerichtet sein, sondern verschiedene synthetische Urtheile, welche sich auf die gegebene Anschauung gründen, würden erfordert werden.

4) Ich unterscheide meine eigene Existenz, als eines denkenden Wesens, von anderen Dingen ausser mir, (wozu auch mein Körper gehört,) ist eben sowohl ein analytischer Satz; denn andere Dinge sind solche, die ich als von mir unterschieden denke. Aber ob dieses Bewusstsein meiner selbst ohne Dinge ausser mir, dadurch mir Vorstellungen gegeben werden, gar möglich sei, und ich also blos als denkend Wesen (ohne Mensch zu sein) existiren könne, weiss ich dadurch gar nicht.

Also ist durch die Analysis des Bewusstseins meiner selbst im Denken überhaupt in Ansehung der Erkenntniss meiner selbst als Objects nicht das Mindeste gewonnen. Die logische Erörterung des Denkens überhaupt wird fälschlich für eine metaphysische Bestimmung des Objects gehalten.

Ein grosser, ja sogar der einzige Stein des Anstosses wider unsere ganze Kritik würde es sein, wenn es eine Möglichkeit gäbe, *a priori* zu beweisen, dass alle denkende Wesen an sich einfache Substanzen sind, als solche also, (welches eine Folge aus dem nämlichen Beweisgrunde ist,) Persönlichkeit unzertrennlich bei sich führen und sich ihrer von aller Materie abgesonderten Existenz bewusst seien. Denn auf diese Art hätten wir doch einen Schritt über die Sinnenwelt hinaus gethan, wir wären in das Feld der Noumenen getreten, und nun spräche uns Niemand die Befugniss ab, in diesem uns weiter auszubreiten, anzubauen und, nachdem einen Jeden sein Glücksstern begünstigt, darin Besitz zu nehmen. Denn der Satz: ein jedes denkende Wesen als ein solches ist einfache Substanz, ist ein synthetischer Satz *a priori*, weil er erstlich über den ihm zum Grunde gelegten Begriff hinaus geht und die Art des Daseins zum Denken überhaupt hinzuthut, und zweitens zu jenem Begriffe ein Prädicat (der Einfachheit) hinzufügt, welches in gar keiner Erfahrung gegeben werden kann. Also sind synthetische Sätze *a priori* nicht blos, wie wir behauptet haben, in Beziehung auf Gegenstände möglicher Erfahrung, und zwar als Principien der Möglichkeit dieser Erfahrung selbst thunlich und zulässig, sondern sie können auch auf Dinge überhaupt und an sich selbst gehen; welche Folgerung dieser ganzen Kritik ein Ende macht und gebieten würde, es beim Alten bewenden zu lassen. Allein die Gefahr ist hier nicht so gross, wenn man der Sache näher tritt.

In dem Verfahren der rationalen Psychologie herrscht ein Paralogismus, der durch folgenden Vernunftschluss dargestellt wird.

Was nicht anders als Subject gedacht werden kann, existirt auch nicht anders als Subject, und ist also Substanz.

Nun kann ein denkendes Wesen, blos als ein solches betrachtet, nicht anders als Subject gedacht werden. Also existirt es auch nur als ein solches, d. i. als Substanz.

Im Obersatze wird von einem Wesen geredet, das überhaupt in jeder Absicht, folglich auch so wie es in der Anschauung gegeben werden mag, gedacht werden kann. Im Untersatze aber ist nur von demselben die Rede, so fern es sich selbst, als Subject, nur relativ auf das Denken und die Einheit des Bewusstseins, nicht aber zugleich in Beziehung auf die Anschauung, wodurch sie als Object zum Denken gegeben wird, betrachtet. Also wird *per sophisma figurae dictionis*, mithin durch einen Trugschluss die Conclusion gefolgert.*

---

* Das Denken wird in beiden Prämissen in ganz verschiedener Bedeutung ge-

Dass diese Auflösung des berühmten Arguments in einen Paralogismus so ganz richtig sei, erhellt deutlich, wenn man die allgemeine Anmerkung zur systematischen Vorstellung der Grundsätze und den Abschnitt von den Noumenen hiebei nachsehen will, da bewiesen worden, dass der Begriff eines Dinges, was für sich selbst als Subject, nicht aber als bloses Prädicat existiren kann, noch gar keine objective Realität bei sich führe, d. i. dass man nicht wissen könne, ob ihm überall ein Gegenstand zukommen könne, indem man die Möglichkeit einer solchen Art zu existiren nicht einsieht, folglich dass es schlechterdings keine Erkenntniss abgebe. Soll er also unter der Benennung einer Substanz ein Object, das gegeben werden kann, anzeigen, soll er ein Erkenntniss werden, so muss eine beharrliche Anschauung, als die unentbehrliche Bedingung der objectiven Realität eines Begriffs, nämlich das, wodurch allein der Gegenstand gegeben wird, zum Grunde gelegt werden. Nun haben wir aber in der inneren Anschauung gar nichts Beharrliches, denn das Ich ist nur das Bewusstsein meines Denkens; also fehlt es uns auch, wenn wir blos beim Denken stehen bleiben, an der nothwendigen Bedingung, den Begriff der Substanz, d. i. eines für sich bestehenden Subjects, auf sich selbst als denkend Wesen anzuwenden, und die damit verbundene Einfachheit der Substanz fällt mit der objectiven Realität des Begriffs gänzlich weg und wird in eine blos logische qualitative Einheit des Selbstbewusstseins im Denken überhaupt, das Subject mag zusammengesetzt sein oder nicht, verwandelt.

Widerlegung des MENDELSSOHN'schen Beweises der Beharrlichkeit der Seele.

Dieser scharfsinnige Philosoph merkte bald in dem gewöhnlichen Argumente, dadurch bewiesen werden soll, dass die Seele, (wenn man

---

nommen; im Obersatze, wie es auf ein Object überhaupt, (mithin wie es in der Anschauung gegeben werden mag,) geht; im Untersatze aber nur, wie es in der Beziehung aufs Selbstbewusstsein besteht, wobei also an gar kein Object gedacht wird, sondern nur die Beziehung auf sich als Subject (als die Form des Denkens) vorgestellt wird. Im ersteren wird von Dingen geredet, die nicht anders als Subjecte gedacht werden können; im zweiten aber nicht von Dingen, sondern vom Denken, (indem man von allem Objecte abstrahirt,) in welchem das Ich immer zum Subject des Bewusstseins dient; daher im Schlusssatze nicht folgen kann: ich kann nicht anders als Subject existiren, sondern nur: ich kann im Denken meiner Existenz mich nur zum Subject des Urtheils brauchen, welches ein identischer Satz ist, der schlechterdings nichts über die Art meines Daseins eröffnet.

einräumt, sie sei ein einfaches Wesen,) nicht durch Zertheilung [zu sein aufhören könne, einen Mangel der Zulänglichkeit zu der Absicht, ihr die nothwendige Fortdauer zu sichern, indem man noch ein Aufhören ihres Daseins durch Verschwinden annehmen könnte. In seinem Phädon suchte er nun diese Vergänglichkeit, welche eine wahre Vernichtung sein würde, von ihr dadurch abzuhalten, dass er sich zu beweisen getraute, ein einfaches Wesen könne gar nicht aufhören zu sein, weil, da es gar nicht vermindert werden und also nach und nach etwas an seinem Dasein verlieren und so allmählig in nichts verwandelt werden könne, (indem es keine Theile, also auch keine Vielheit in sich habe,) zwischen einem Augenblicke, darin es ist, und dem andern, darin es nicht mehr ist, gar keine Zeit angetroffen werden würde, welches unmöglich ist. — Allein er bedachte nicht, dass, wenn wir gleich der Seele diese einfache Natur einräumen, da sie nämlich kein Mannigfaltiges ausser einander, mithin keine extensive Grösse enthält, man ihr doch, so wenig wie irgend einem Existirenden, intensive Grösse, d. i. einen Grad der Realität in Ansehung aller ihrer Vermögen, ja überhaupt alles dessen, was das Dasein ausmacht, ableugnen könne, welcher durch alle unendlich viel kleinere Grade abnehmen und so die vorgebliche Substanz, (das Ding, dessen Beharrlichkeit nicht sonst schon fest steht,) obgleich nicht durch Zertheilung, doch durch allmählige Nachlassung (*remissio*) ihrer Kräfte, (mithin durch Elanguescenz, wenn es mir erlaubt ist, mich dieses Ausdrucks zu bedienen,) in nichts verwandelt werden könne. Denn selbst das Bewusstsein hat jederzeit einen Grad, der immer noch vermindert werden kann,* folglich auch das Vermögen sich seiner bewusst zu sein, und so alle übrige Vermögen. — Also bleibt die Beharrlichkeit der Seele, als blos Gegenstandes des inneren Sinnes, un-

---

* Klarheit ist nicht, wie die Logiker sagen, das Bewusstsein einer Vorstellung; denn ein gewisser Grad des Bewusstseins, der aber zur Erinnerung nicht zureicht, muss selbst in manchen dunkeln Vorstellungen anzutreffen sein, weil ohne alles Bewusstsein wir in der Verbindung dunkler Vorstellungen keinen Unterschied machen würden, welches wir doch bei den Merkmalen mancher Begriffe, (wie der von Recht und Billigkeit, und des Tonkünstlers, wenn er viele Noten im Phantasiren zugleich greift,) zu thun vermögen. Sondern eine Vorstellung ist klar, in der das Bewusstsein zum Bewusstsein des Unterschiedes derselben von andern zureicht. Reicht dieses zwar zur Unterscheidung, aber nicht zum Bewusstsein des Unterschiedes zu, so müsste die Vorstellung noch dunkel genannt werden. Also gibt es unendlich viele Grade des Bewusstseins bis zum Verschwinden.

bewiesen und selbst unerweislich, obgleich ihre Beharrlichkeit im Leben, da das denkende Wesen (als Mensch) sich zugleich ein Gegenstand äusserer Sinne ist, für sich klar ist; womit aber dem rationalen Psychologen gar nicht Gnüge geschieht, der die absolute Beharrlichkeit derselben selbst über das Leben hinaus aus blosen Begriffen zu beweisen unternimmt.*

---

* Diejenigen, welche, um eine neue Möglichkeit auf die Bahn zu bringen, schon genug gethan zu haben glauben, wenn sie darauf trotzen, dass man ihnen keinen Widerspruch in ihren Voraussetzungen zeigen könne, (wie diejenigen insgesammt sind, die die Möglichkeit des Denkens, wovon sie nur bei den empirischen Anschauungen im menschlichen Leben ein Beispiel haben, auch nach dessen Aufhörung einzusehen glauben,) können durch andere Möglichkeiten, die nicht im mindesten kühner sind, in grosse Verlegenheit gebracht werden. Dergleichen ist die Möglichkeit der Theilung einer einfachen Substanz in mehrere Substanzen und umgekehrt das Zusammenfliessen (Coalition) mehrerer in eine einfache. Denn obzwar die Theilbarkeit ein Zusammengesetztes voraussetzt, so erfordert sie doch nicht nothwendig ein Zusammengesetztes von Substanzen, sondern blos von Graden (der mancherlei Vermögen) einer und derselben Substanz. Gleichwie man sich nun alle Kräfte und Vermögen der Seele, selbst das des Bewusstseins als auf die Hälfte geschwunden denken kann, so doch, dass immer noch Substanz übrig bliebe; so kann man sich auch diese erloschene Hälfte als aufbehalten, aber nicht in ihr, sondern ausser ihr, ohne Widerspruch vorstellen, nur dass, da hier alles, was in ihr nur immer real ist, folglich einen Grad hat, mithin die ganze Existenz derselben, so dass nichts mangelt, halbirt worden, ausser ihr alsdenn eine besondere Substanz entspringen würde. Denn die Vielheit, welche getheilt worden, war schon vorher, aber nicht als Vielheit der Substanzen, sondern jeder Realität als Quantum der Existenz in ihr, und die Einheit der Substanz war nur eine Art zu existiren, die durch diese Theilung allein in eine Mehrheit der Subsistenz verwandelt worden. So könnten aber auch mehrere einfache Substanzen in eine wiederum zusammen fliessen, dabei nichts verloren ginge, als blos die Mehrheit der Subsistenz, indem die eine den Grad der Realität aller vorigen zusammen in sich enthielte, und vielleicht möchten die einfachen Substanzen, welche uns die Erscheinung einer Materie geben, (freilich zwar nicht durch einen mechanischen oder chemischen Einfluss auf einander, aber doch durch einen uns unbekannten, davon jener nur die Erscheinung wäre,) durch dergleichen dynamische Theilung der Elternseelen, als intensiver Grössen, Kinderseelen hervorbringen, indessen dass jene ihren Abgang wiederum durch Coalition mit neuem Stoffe von derselben Art ergänzten. Ich bin weit entfernt, dergleichen Hirngespinnsten den mindesten Werth oder Gültigkeit einzuräumen, auch haben die obigen Principien der Analytik hinreichend eingeschärft, von den Kategorien (als der Substanz) keinen anderen, als Erfahrungsgebrauch zu machen. Wenn aber der Rationalist aus dem blosen Denkungsvermögen, ohne irgend eine beharrliche Anschauung, dadurch ein Gegenstand gegeben würde, ein für sich bestehendes Wesen zu machen kühn genug ist, blos weil die Einheit der Apperception im Denken ihm keine Erklärung aus dem Zusammen-

Nehmen wir nun unsere obigen Sätze, wie sie auch als für alle denkende Wesen gültig in der rationalen Psychologie als System genommen werden müssen, in **synthetischem** Zusammenhange und gehen von der Kategorie der Relation mit dem Satze: alle denkende Wesen sind als solche Substanzen, rückwärts die Reihe derselben, bis sich der Zirkel schliesst, durch, so stossen wir zuletzt auf die Existenz derselben, deren sie sich in diesem System, unabhängig von äusseren Dingen, nicht allein bewusst sind, sondern diese auch (in Ansehung der Beharrlichkeit, die nothwendig zum Charakter der Substanz gehört,) aus sich selbst bestimmen können. Hieraus folgt aber, dass der **Idealismus** in eben demselben rationalistischen System unvermeidlich sei, wenigstens der problematische, und wenn das Dasein äusserer Dinge zu Bestimmung seines eigenen in der Zeit gar nicht erforderlich ist, jenes auch nur ganz umsonst angenommen werde, ohne jemals einen Beweis davon geben zu können.

Verfolgen wir dagegen das **analytische** Verfahren, da das: ich denke, als ein Satz, der schon ein Dasein in sich schliesst, als gegeben, mithin die Modalität zum Grunde liegt, und zergliedern ihn, um seinen Inhalt, ob und wie nämlich dieses Ich im Raum oder der Zeit blos dadurch sein Dasein bestimmt, zu erkennen, so würden die Sätze der rationalen Seelenlehre nicht vom Begriffe eines denkenden Wesens überhaupt, sondern von einer Wirklichkeit anfangen, und aus der Art, wie diese gedacht wird, nachdem alles, was dabei empirisch ist, abgesondert worden, das, was einem denkenden Wesen überhaupt zukommt, gefolgert werden, wie folgende Tafel zeigt.

1.
Ich denke,

2.
als Subject,

3.
als einfaches Subject,

4.
als identisches Subject,
in jedem Zustande meines Denkens.

---

gesetzten erlaubt, statt dass er besser thun würde, zu gestehen, er wisse die Möglichkeit einer denkenden Natur nicht zu erklären, warum soll der **Materialist**, ob er gleich eben so wenig zum Behuf seiner Möglichkeiten Erfahrung anführen kann, nicht zu gleicher Kühnheit berechtigt sein, sich seines Grundsatzes, mit Beibehaltung der formalen Einheit des ersteren, zum entgegengesetzten Gebrauche zu bedienen?

Weil hier nun im zweiten Satze nicht bestimmt wird, ob ich nur als Subject und nicht auch als Prädicat eines Andern existiren und gedacht werden könne, so ist der Begriff eines Subjects hier blos logisch genommen, und es bleibt unbestimmt, ob darunter Substanz verstanden werden solle oder nicht. Allein in dem dritten Satze wird die absolute Einheit der Apperception, das einfache Ich, in der Vorstellung, darauf sich alle Verbindung oder Trennung, welche das Denken ausmacht, bezieht, auch für sich wichtig, wenn ich gleich nichts über des Subjects Beschaffenheit oder Subsistenz ausgemacht habe. Die Apperception ist etwas Reales und die Einheit derselben liegt schon in ihrer Möglichkeit. Nun ist im Raume nichts Reales, was einfach wäre; denn Punkte, (die das einzige Einfache im Raum ausmachen,) sind blos Grenzen, nicht selbst aber etwas, was den Raum als Theil auszumachen dient. Also folgt daraus die Unmöglichkeit einer Erklärung meiner (als blos denkenden Subjects) Beschaffenheit aus Gründen des Materialismus. Weil aber mein Dasein in dem ersten Satze als gegeben betrachtet wird, indem es nicht heisst: ein jedes denkendes Wesen existirt, (welches zugleich absolute Nothwendigkeit, und also zu viel von ihnen sagen würde,) sondern nur: ich existire denkend, so ist er empirisch und enthält die Bestimmbarkeit meines Daseins blos in Ansehung meiner Vorstellungen in der Zeit. Da ich aber wiederum hiezu zuerst etwas Beharrliches bedarf, dergleichen mir, so fern ich mich denke, gar nicht in der inneren Anschauung gegeben ist, so ist die Art, wie ich existire, ob als Substanz oder als Accidenz, durch dieses einfache Selbstbewusstsein gar nicht zu bestimmen möglich. Also wenn der Materialismus zur Erklärungsart meines Daseins untauglich ist, so ist der Spiritualismus zu derselben eben sowohl unzureichend, und die Schlussfolge ist, dass wir auf keine Art, welche es auch sei, von der Beschaffenheit unserer Seele, die die Möglichkeit ihrer abgesonderten Existenz überhaupt betrifft, irgend etwas erkennen können.

Und wie sollte es auch möglich sein, durch die Einheit des Bewusstseins, die wir selbst nur dadurch erkennen, dass wir sie zur Möglichkeit der Erfahrung unentbehrlich brauchen, über Erfahrung (unser Dasein im Leben) hinaus zu kommen und sogar unsere Erkenntniss auf die Natur aller denkenden Wesen überhaupt durch den empirischen, aber in Ansehung aller Art der Anschauung unbestimmten Satz: ich denke, zu erweitern?

Es gibt also keine rationale Psychologie als Doctrin, die uns einen Zusatz zu unserer Selbsterkenntniss verschaffte, sondern nur als Disciplin, welche der speculativen Vernunft in diesem Felde unüberschreitbare Grenzen setzt, einerseits um sich nicht dem seelenlosen Materialismus in den Schooss zu werfen, andererseits sich nicht in dem, für uns im Leben grundlosen Spiritualismus herumschwärmend zu verlieren, sondern uns vielmehr erinnert, diese Weigerung unserer Vernunft, den neugierigen über dieses Leben hinaus reichenden Fragen befriedigende Antwort zu geben, als einen Wink derselben anzusehen, unser Selbsterkenntniss von der fruchtlosen überschwenglichen Speculation zum fruchtbaren praktischen Gebrauche anzuwenden; welches, wenn es gleich auch nur immer auf Gegenstände der Erfahrung gerichtet ist, seine Principien doch höher hernimmt und das Verhalten so bestimmt, als ob unsere Bestimmung unendlich weit über die Erfahrung, mithin über dieses Leben hinaus reiche.

Man sieht aus allem diesem, dass ein bloser Missverstand der rationalen Psychologie ihren Ursprung gebe. Die Einheit des Bewusstseins, welche den Kategorien zum Grunde liegt, wird hier für Anschauung des Subjects als Objects genommen und darauf die Kategorie der Substanz angewandt. Sie ist aber nur die Einheit im Denken, wodurch allein kein Object gegeben wird, worauf also die Kategorie der Substanz, als die jederzeit gegebene Anschauung voraussetzt, nicht angewandt, mithin dieses Subject gar nicht erkannt werden kann. Das Subject der Kategorien kann also dadurch, dass es diese denkt, nicht von sich selbst, als einem Objecte der Kategorien einen Begriff bekommen; denn um diese zu denken, muss es sein reines Selbstbewusstsein, welches doch hat erklärt werden sollen, zum Grunde legen. Eben so kann das Subject, in welchem die Vorstellung der Zeit ursprünglich ihren Grund hat, sein eigen Dasein in der Zeit dadurch nicht bestimmen, und wenn das Letztere nicht sein kann, so kann auch das Erstere als Bestimmung seiner selbst (als denkenden Wesens überhaupt) durch Kategorien nicht stattfinden.*

---

* Das: ich denke, ist, wie schon gesagt, ein empirischer Satz, und hält den Satz: ich existire, in sich. Ich kann aber nicht sagen: alles, was denkt, existirt; denn da würde die Eigenschaft des Denkens alle Wesen, die sie besitzen, zu nothwendigen Wesen machen. Daher kann meine Existenz auch nicht aus dem Satze: ich denke, als gefolgert angesehen werden, wie CARTESIUS dafür hielt, (weil sonst der Obersatz: alles, was denkt, existirt, vorausgehen müsste,) sondern ist mit ihm

So verschwindet denn ein über die Grenzen möglicher Erfahrung hinaus versuchtes und doch zum höchsten Interesse der Menschheit gehöriges Erkenntniss, so weit es der speculativen Philosophie verdankt werden soll, in getäuschte Erwartung; wobei gleichwohl die Strenge der Kritik dadurch, dass sie zugleich die Unmöglichkeit beweiset, von einem Gegenstande der Erfahrung über die Erfahrungsgrenze hinaus etwas dogmatisch auszumachen, der Vernunft bei diesem ihrem Interesse den ihr nicht unwichtigen Dienst thut, sie eben sowohl wider alle mögliche Behauptungen des Gegentheils in Sicherheit zu stellen; welches nicht anders geschehen kann, als so, dass man entweder seinen Satz apodiktisch beweiset, oder wenn dieses nicht gelingt, die Quellen dieses Unvermögens aufsucht, welche, wenn sie in den nothwendigen Schranken unserer Vernunft liegen, alsdann jeden Gegner gerade demselben Gesetze der Entsagung aller Ansprüche auf dogmatische Behauptung unterwerfen müssen.

Gleichwohl wird hiedurch für die Befugniss, ja gar die Nothwendigkeit der Annehmung eines künftigen Lebens, nach Grundsätzen des mit dem speculativen verbundenen praktischen Vernunftgebrauchs nicht das Mindeste verloren; denn der blos speculative Beweis hat auf die gemeine Menschenvernunft ohnedem niemals einigen Einfluss haben können. Er ist so auf einer Haaresspitze gestellt, dass selbst die Schule ihn auf derselben nur so lange erhalten kann, als sie ihn als

---

identisch. Er drückt eine unbestimmte empirische Anschauung, d. i. Wahrnehmung aus, (mithin beweiset er doch, dass schon Empfindung, die folglich zur Sinnlichkeit gehört, diesem Existentialsatz zum Grunde liege,) geht aber vor der Erfahrung vorher, die das Object der Wahrnehmung durch die Kategorie in Ansehung der Zeit bestimmen soll, und die Existenz ist hier noch keine Kategorie, als welche nicht auf ein unbestimmt gegebenes Object, sondern nur ein solches, davon man einen Begriff hat und wovon man wissen will, ob es auch ausser diesem Begriffe gesetzt sei oder nicht, Beziehung hat. Eine unbestimmte Wahrnehmung bedeutet hier nur etwas Reales, das gegeben worden, und zwar nur zum Denken überhaupt, also nicht als Erscheinung, auch nicht als Sache an sich selbst (Noumenon), sondern als etwas, was in der That existirt, und in dem Satze: ich denke, als ein solches bezeichnet wird. Denn es ist zu merken, dass, wenn ich den Satz: ich denke, einen empirischen Satz genannt habe, ich dadurch nicht sagen will, das Ich in diesem Satze sei empirische Vorstellung; vielmehr ist sie rein intellectuell, weil sie zum Denken überhaupt gehört. Allein ohne irgend eine empirische Vorstellung, die den Stoff zum Denken abgibt, würde der Actus: ich denke, doch nicht stattfinden, und das Empirische ist nur die Bedingung der Anwendung oder des Gebrauchs des reinen intellectuellen Vermögens.

einen Kreisel um denselben sich unaufhörlich drehen lässt, und er in ihren eigenen Augen also keine beharrliche Grundlage abgibt, worauf etwas gebaut werden könnte. Die Beweise, die für die Welt brauchbar sind, bleiben hiebei alle in ihrem unverminderten Werthe und gewinnen vielmehr durch Abstellung jener dogmatischen Anmassungen an Klarheit und ungekünstelter Ueberzeugung, indem sie die Vernunft in ihr eigenthümliches Gebiet, nämlich die Ordnung der Zwecke, die doch zugleich eine Ordnung der Natur ist, versetzen, die dann aber zugleich als praktisches Vermögen an sich selbst, ohne auf die Bedingungen der letzteren eingeschränkt zu sein, die erstere und mit ihr unsere eigene Existenz über die Grenzen der Erfahrung und des Lebens hinaus zu erweitern berechtigt ist. Nach der Analogie mit der Natur lebender Wesen in dieser Welt, an welchen die Vernunft es nothwendig zum Grundsatze annehmen muss, dass kein Organ, kein Vermögen, kein Antrieb, also nichts Entbehrliches oder für den Gebrauch Unproportionirtes, mithin Unzweckmässiges anzutreffen, sondern alles seiner Bestimmung im Leben genau angemessen sei, zu urtheilen, müsste der Mensch, der doch allein den letzten Endzweck von allem diesem in sich enthalten kann, das einzige Geschöpf sein, welches davon ausgenommen wäre. Denn seine Naturanlagen, nicht blos den Talenten und Antrieben nach, davon Gebrauch zu machen, sondern vornehmlich das moralische Gesetz in ihm gehen so weit über allen Nutzen und Vortheil, den er in diesem Leben daraus ziehen könnte, dass das letztere sogar das blose Bewusstsein der Rechtschaffenheit der Gesinnung bei Ermangelung aller Vortheile, selbst sogar des Schattenwerks vom Nachruhm über alles hochschätzen lehrt und sich innerlich dazu berufen fühlt, sich durch sein Verhalten in dieser Welt, mit Verzichtthuung auf viele Vortheile zum Bürger einer besseren, die er in der Idee hat, tauglich zu machen. Dieser mächtige, niemals zu widerlegende Beweisgrund, begleitet durch eine sich unaufhörlich vermehrende Erkenntniss der Zweckmässigkeit in allem, was wir vor uns sehen, und durch eine Aussicht in die Unermesslichkeit der Schöpfung, mithin auch durch das Bewusstsein einer gewissen Unbegrenztheit in der möglichen Erweiterung unserer Kenntnisse, sammt einem dieser angemessenen Triebe bleibt immer noch übrig, wenn wir es gleich aufgeben müssen, die nothwendige Fortdauer unserer Existenz aus der blos theoretischen Erkenntniss unserer selbst einzusehen.

Beschluss der Auflösung des psychologischen Paralogismus.

Der dialektische Schein in der rationalen Psychologie beruht auf der Verwechselung einer Idee der Vernunft (einer reinen Intelligenz) mit dem in allen Stücken unbestimmten Begriffe eines denkenden Wesens überhaupt. Ich denke mich selbst zum Behuf einer möglichen Erfahrung, indem ich noch von aller wirklichen Erfahrung abstrahire, und schliesse daraus, dass ich mir meiner Existenz auch ausser der Erfahrung und den empirischen Bedingungen derselben bewusst werden könne. Folglich verwechsele ich die mögliche Abstraction von meiner empirisch bestimmten Existenz mit dem vermeinten Bewusstsein einer abgesondert möglichen Existenz meines denkenden Selbst, und glaube das Substantiale in mir als das transscendentale Subject zu erkennen, indem ich blos die Einheit des Bewusstseins, welche allem Bestimmen, als der blosen Form der Erkenntniss zum Grunde liegt, in Gedanken habe.

Die Aufgabe, die Gemeinschaft der Seele mit dem Körper zu erklären, gehört nicht eigentlich zu derjenigen Psychologie, wovon hier die Rede ist, weil sie die Persönlichkeit der Seele auch ausser dieser Gemeinschaft (nach dem Tode) zu beweisen die Absicht hat und also im eigentlichen Verstande transscendent ist, ob sie sich gleich mit einem Objecte der Erfahrung beschäftigt, aber nur so fern es aufhört ein Gegenstand der Erfahrung zu sein. Indessen kann auch hierauf nach unserem Lehrbegriffe hinreichende Antwort gegeben werden. Die Schwierigkeit, welche diese Aufgabe veranlasst hat, besteht, wie bekannt, in der vorausgesetzten Ungleichartigkeit des Gegenstandes des inneren Sinnes (der Seele) mit den Gegenständen äusserer Sinne, da jenem nur die Zeit, diesen auch der Raum zur formalen Bedingung ihrer Anschauung anhängt. Bedenkt man aber, dass beiderlei Art von Gegenständen hierin sich nicht innerlich, sondern nur so fern eines dem andern äusserlich erscheint, von einander unterscheiden, mithin das, was der Erscheinung der Materie, als Ding an sich selbst, zum Grunde liegt, vielleicht so ungleichartig nicht sein dürfte, so verschwindet die Schwierigkeit, und es bleibt keine andere übrig, als die, wie überhaupt eine Gemeinschaft von Substanzen möglich sei, welche zu lösen ganz ausser dem Felde der Psychologie, und, wie der Leser nach dem, was in der Analytik von Grundkräften und Vermögen gesagt worden, leicht urtheilen wird, ohne allen Zweifel auch ausser dem Felde aller menschlichen Erkenntniss liegt.

Allgemeine Anmerkung,

den Uebergang von der rationalen Psychologie zur Kosmologie betreffend.

Der Satz: ich denke, oder: ich existire denkend, ist ein empirischer Satz. Einem solchen aber liegt empirische Anschauung, folglich auch das gedachte Object als Erscheinung zum Grunde, und so scheint es, als wenn nach unserer Theorie die Seele ganz und gar, selbst im Denken, in Erscheinung verwandelt würde, und auf solche Weise unser Bewusstsein selbst als bloser Schein in der That auf nichts gehen müsste.

Das Denken, für sich genommen, ist blos die logische Function, mithin lauter Spontaneität der Verbindung des Mannigfaltigen einer blos möglichen Anschauung, und stellt das Subject des Bewusstseins keineswegs als Erscheinung dar, blos darum, weil es gar keine Rücksicht auf die Art der Anschauung nimmt, ob sie sinnlich oder intellectuell sei. Dadurch stelle ich mich mir selbst weder wie ich bin, noch wie ich mir erscheine, vor, sondern ich denke mich nur wie ein jedes Object überhaupt, von dessen Art der Anschauung ich abstrahire. Wenn ich mich hier als Subject der Gedanken oder auch als Grund des Denkens vorstelle, so bedeuten diese Vorstellungsarten nicht die Kategorien der Substanz oder der Ursache; denn diese sind jene Functionen des Denkens (Urtheilens) schon auf unsere sinnliche Anschauung angewandt, welche freilich erfordert werden würden, wenn ich mich erkennen wollte. Nun will ich mir meiner nur als denkend bewusst werden; wie mein eigenes Selbst in der Anschauung gegeben sei, das setze ich bei Seite, und da könnte es mir, der ich denke, blos Erscheinung sein; im Bewusstsein meiner Selbst beim blosen Denken bin ich das Wesen selbst, von dem mir aber freilich dadurch noch nichts zum Denken gegeben ist.

Der Satz aber: ich denke, so fern er so viel sagt, als: ich existire denkend, ist nicht blos logische Function, sondern bestimmt das Subject, (welches denn zugleich Object ist,) in Ansehung der Existenz, und kann ohne den inneren Sinn nicht stattfinden, dessen Anschauung jederzeit das Object nicht als Ding an sich selbst, sondern blos als Erscheinung an die Hand gibt. In ihm ist also schon nicht mehr blose Spontaneität des Denkens, sondern auch Receptivität der Anschauung, d. i. das Denken meiner selbst auf die empirische Anschauung eben desselben Subjects angewandt. In dieser letzteren müsste denn nun das denkende Selbst die Bedingungen des Gebrauchs seiner logischen Functionen zu Kategorien der Substanz, der Ursache u. s. w. suchen, um sich als Object an sich selbst nicht blos durch das Ich zu bezeichnen, sondern auch die Art seines Daseins zu bestimmen, d. i. sich als Noumenon zu erkennen; welches aber unmöglich ist, indem die innere empirische Anschauung sinnlich ist und nichts als Data der Erscheinung an die Hand gibt, die dem Objecte des reinen Bewusstseins zur Kenntniss seiner abgesonderten Existenz nichts liefern, sondern blos der Erfahrung zum Behufe dienen kann.

Gesetzt aber, es fände sich in der Folge, nicht in der Erfahrung, sondern in gewissen (nicht blos logischen Regeln, sondern) *a priori* feststehenden, unsere Existenz betreffenden Gesetzen des reinen Vernunftgebrauchs Veranlassung uns völlig *a priori* in Ansehung unseres eigenen Daseins als gesetzgebend und diese Existenz auch selbst bestimmend vorauszusetzen, so würde sich dadurch eine Spontaneität entdecken, wodurch unsere Wirklichkeit bestimmbar wäre, ohne dazu der Bedingungen der empirischen Anschauung zu bedürfen; und hier würden wir inne werden, dass im Bewusstsein unseres Daseins *a priori* etwas enthalten sei, was unsere nur sinnlich durchgängig bestimmbare Existenz doch in Ansehung eines gewissen inneren Vermögens in Beziehung auf eine intelligible (freilich nur gedachte) Welt zu bestimmen dienen kann.

Aber dieses würde nichts desto weniger alle Versuche in der rationalen Psychologie nicht im mindesten weiter bringen. Denn ich würde durch jenes bewunderungswürdige Vermögen, welches mir das Bewusstsein des moralischen Gesetzes allererst offenbart, zwar ein Princip der Bestimmung meiner Existenz, welches rein intellectuell ist, haben, aber durch welche Prädicate? Durch keine andere, als die mir in der sinnlichen Anschauung gegeben werden müssen, und so würde ich da wiederum hingerathen, wo ich in der rationalen Psychologie war, nämlich in das Bedürfniss sinnlicher Anschauungen, um meinen Verstandesbegriffen, Substanz, Ursache u. s. w., wodurch ich allein Erkenntniss von mir haben kann, Bedeutung zu verschaffen; jene Anschauungen können mich aber über das Feld der Erfahrung niemals hinaus heben. Indessen würde ich doch diese Begriffe in Ansehung des praktischen Gebrauchs, welcher doch immer auf Gegenstände der Erfahrung gerichtet ist, der im theoretischen Gebrauche analogischen Bedeutung gemäss auf die Freiheit und das Subject derselben anzuwenden befugt sein, indem ich blos die logischen Functionen des Subjects und Prädicats, des Grundes und der Folge darunter verstehe, denen gemäss die Handlungen oder die Wirkungen jenen Gesetzen gemäss so bestimmt werden, dass sie zugleich mit den Naturgesetzen den Kategorien der Substanz und der Ursache allemal gemäss erklärt werden können, ob sie gleich aus ganz anderem Princip entspringen. Dieses hat nur zur Verhütung des Missverstandes, dem die Lehre von unserer Selbstanschauung als Erscheinung leicht ausgesetzt ist, gesagt sein sollen. Im Folgenden wird man davon Gebrauch zu machen Gelegenheit haben.

Des zweiten Buchs der transscendentalen Dialektik

zweites Hauptstück.

Die Antinomie der reinen Vernunft.

Wir haben in der Einleitung zu diesem Theile unseres Werks gezeigt, dass aller transscendentale Schein der reinen Vernunft auf dialektischen Schlüssen beruhe, deren Schema die Logik in den drei formalen Arten der Vernunftschlüsse überhaupt an die Hand gibt, so wie etwa die Kategorien ihr logisches Schema in den vier Functionen aller Urtheile antreffen. Die erste Art dieser vernünftelnden Schlüsse ging auf die unbedingte Einheit der subjectiven Bedingungen aller Vorstellungen überhaupt, (des Subjects oder der Seele,) in Correspondenz mit den kategorischen Vernunftschlüssen, deren Obersatz als Princip die Beziehung eines Prädicats auf ein Subject aussagt. Die zweite Art des dialektischen Arguments wird also, nach der Analogie mit hypothetischen Vernunftschlüssen die unbedingte Einheit der objectiven Bedingungen in der Erscheinung zu ihrem Inhalte machen; so wie die dritte Art, die im folgenden Hauptstücke vorkommen wird, die unbedingte Einheit der objectiven Bedingungen der Möglichkeit der Gegenstände überhaupt zum Thema hat.

Es ist aber merkwürdig, dass der transscendentale Paralogismus einen blos einseitigen Schein, in Ansehung der Idee von dem Subjecte unseres Denkens bewirkte, und zur Behauptung des Gegentheils sich nicht der mindeste Schein aus Vernunftbegriffen vorfinden will. Der Vortheil ist gänzlich auf der Seite des Pneumatismus, obgleich dieser den Erbfehler nicht verleugnen kann, bei allem ihm günstigen Schein in der Feuerprobe der Kritik sich in lauter Dunst aufzulösen.

Ganz anders fällt es aus, wenn wir die Vernunft auf die **objective Synthesis** der Erscheinungen anwenden, wo sie ihr Principium der unbedingten Einheit zwar mit vielem Scheine geltend zu machen denkt, sich aber bald in solche Widersprüche verwickelt, dass sie genöthigt wird, in kosmologischer Absicht von ihrer Forderung abzustehen.

Hier zeigt sich nämlich ein neues Phänomen der menschlichen Vernunft, nämlich eine ganz natürliche Antithetik, auf die Keiner zu grübeln und künstliche Schlingen zu legen braucht, sondern in welche die Vernunft von selbst und zwar unvermeidlich geräth, und dadurch zwar vor dem Schlummer einer eingebildeten Ueberzeugung, den ein blos einseitiger Schein hervorbringt, verwahrt, aber zugleich in Versuchung gebracht wird, sich entweder einer skeptischen Hoffnungslosigkeit zu überlassen, oder einen dogmatischen Trotz anzunehmen und den Kopf steif auf gewisse Behauptungen zu setzen, ohne den Gründen des Gegentheils Gehör und Gerechtigkeit widerfahren zu lassen. Beides ist der Tod einer gesunden Philosophie, wiewohl jener allenfalls noch die **Euthanasie** der reinen Vernunft genannt werden könnte.

Ehe wir die Auftritte des Zwiespaltes und der Zerrüttungen sehen lassen, welche dieser Widerstreit der Gesetze (Antinomie) der reinen Vernunft veranlasst, wollen wir gewisse Erörterungen geben, welche die Methode erläutern und rechtfertigen können, deren wir uns in Behandlung unseres Gegenstandes bedienen. Ich nenne alle transscendentale Ideen, so fern sie die absolute Totalität in der Synthesis der Erscheinungen betreffen, **Weltbegriffe**, theils wegen eben dieser unbedingten Totalität, worauf auch der Begriff des Weltganzen beruht, der selbst nur eine Idee ist, theils weil sie lediglich auf die Synthesis der Erscheinungen, mithin die empirische gehen, da hingegen die absolute Totalität in der Synthesis der Bedingungen aller möglichen Dinge überhaupt ein Ideal der reinen Vernunft veranlassen wird, welches von dem Weltbegriffe gänzlich unterschieden ist, ob es gleich darauf in Beziehung steht. Daher, so wie die Paralogismen der reinen Vernunft den Grund zu einer dialektischen Psychologie legten, so wird die Antinomie der reinen Vernunft die transscendentalen Grundsätze einer vermeinten reinen (rationalen) Kosmologie vor Augen stellen, nicht um sie gültig zu finden und sich zuzueignen, sondern, wie es auch schon die Benennung von einem Widerstreit der Vernunft anzeigt, um sie als eine Idee, die sich mit Erscheinungen nicht vereinbaren lässt, in ihrem blendenden, aber falschen Scheine darzustellen.

Der Antinomie der reinen Vernunft

erster Abschnitt.

System der kosmologischen Ideen.

Um nun diese Ideen nach einem Princip mit systematischer Präcision aufzählen zu können, müssen wir erstlich bemerken, dass nur der Verstand es sei, aus welchem reine und transscendentale Begriffe entspringen können, dass die Vernunft eigentlich gar keinen Begriff erzeuge, sondern allenfalls nur den Verstandesbegriff von den unvermeidlichen Einschränkungen einer möglichen Erfahrung frei mache und ihn also über die Grenzen des Empirischen, doch aber in Verknüpfung mit demselben zu erweitern suche. Dieses geschieht dadurch, dass sie zu einem gegebenen Bedingten auf der Seite der Bedingungen, (denen der Verstand alle Erscheinungen der synthetischen Einheit unterwirft,) absolute Totalität fordert und dadurch die Kategorie zur transscendentalen Idee macht, um der empirischen Synthesis durch die Fortsetzung derselben bis zum Unbedingten, (welches niemals in der Erfahrung, sondern nur in der Idee angetroffen wird,) absolute Vollständigkeit zu geben. Die Vernunft fordert dieses nach dem Grundsatze: wenn das Bedingte gegeben ist, so ist auch die ganze Summe der Bedingungen, mithin das schlechthin Unbedingte gegeben, wodurch jenes allein möglich war. Also werden erstlich die transscendentalen Ideen eigentlich nichts, als bis zum Unbedingten erweiterte Kategorien sein, und jene werden sich in eine Tafel bringen lassen, die nach den Titeln der letzteren angeordnet ist. Zweitens aber werden doch auch nicht alle Kategorien dazu taugen, sondern nur diejenigen, in welchen die Synthesis eine **Reihe** ausmacht und zwar der einander untergeordneten (nicht beigeordneten) Bedingungen zu einem Bedingten. Die absolute Totalität wird von der Vernunft nur so fern gefordert, als sie die aufsteigende Reihe der Bedingungen zu einem gegebenen Bedingten angeht, mithin nicht, wenn von der absteigenden Linie der Folgen, noch auch von dem Aggregat coordinirter Bedingungen zu diesen Folgen die Rede ist. Denn Bedingungen sind in Ansehung des gegebenen Bedingten schon vorausgesetzt und mit diesem auch als gegeben anzusehen, anstatt dass, da die Folgen ihre Bedingungen nicht möglich machen, sondern vielmehr voraussetzen, man im Fortgange zu den Folgen (oder im Absteigen von der gegebenen Bedingung zu dem Bedingten) unbekümmert sein kann, ob die Reihe aufhöre oder nicht und überhaupt die Frage wegen ihrer Totalität gar keine Voraussetzung der Vernunft ist.

So denkt man sich nothwendig eine bis auf den gegebenen Augenblick völlig abgelaufene Zeit auch als gegeben, (wenn gleich nicht durch uns bestimmbar.) Was aber die künftige betrifft, da sie die Bedingung nicht ist, zu der Gegenwart zu gelangen, so ist es, um diese zu begreifen, ganz gleichgültig, wie wir es mit der künftigen Zeit halten wollen, ob man sie irgendwo aufhören oder ins Unendliche laufen lassen will. Es sei die Reihe $m, n, o,$ worin n als bedingt in Ansehung von $m,$ aber zugleich als Bedingung von o gegeben ist, die Reihe gehe aufwärts von dem bedingten n zu m $(l, k, i$ u. s. w.,$)$ imgleichen abwärts von der Bedingung n zum bedingten $o,$ $(p, q, r$ u. s. w.,$)$ so muss ich die erstere Reihe voraussetzen, um n als gegeben anzusehen und n ist nach der Vernunft (der Totalität der Bedingungen) nur vermittelst jener Reihe möglich, seine Möglichkeit beruht aber nicht auf der folgenden Reihe $o, p, q, r,$ die daher auch nicht als gegeben, sondern nur als *dabilis* angesehen werden könnte.

Ich will die Synthesis einer Reihe auf der Seite der Bedingungen, also von derjenigen an, welche die nächste zur gegebenen Erscheinung ist, und so zu den entfernteren Bedingungen die **regressive**, diejenige aber, die auf der Seite des Bedingten von der nächsten Folge zu den entfernteren fortgeht, die **progressive** Synthesis nennen. Die erstere geht *in antecedentia,* die zweite *in consequentia.* Die kosmologischen Ideen also beschäftigen sich mit der Totalität der regressiven Synthesis und gehen *in antecedentia,* nicht *in consequentia.* Wenn dieses Letztere geschieht, so ist es ein willkührliches und nicht nothwendiges Problem der reinen Vernunft, weil wir zur vollständigen Begreiflichkeit dessen, was in der Erscheinung gegeben ist, wohl der Gründe, nicht aber der Folgen bedürfen.

Um nun nach der Tafel der Kategorien die Tafel der Ideen einzurichten, so nehmen wir zuerst die zwei ursprünglichen *quanta* aller unserer Anschauung, Zeit und Raum. Die Zeit ist an sich selbst eine Reihe (und die formale Bedingung aller Reihen), und daher sind in ihr in Ansehung einer gegebenen Gegenwart die *antecedentia* als Bedingungen (das Vergangene) von den *consequentibus* (dem Künftigen) *a priori* zu unterscheiden. Folglich geht die transscendentale Idee der absoluten Totalität der Reihe der Bedingungen zu einem gegebenen Bedingten nur auf alle vergangene Zeit. Es wird nach der Idee der Vernunft die ganze verlaufene Zeit als Bedingung des gegebenen Augenblicks nothwendig als gegeben gedacht. Was aber den Raum betrifft, so ist in ihm an sich selbst kein Unterschied des Progressus vom Regressus, weil er ein Aggregat, aber keine Reihe ausmacht, indem seine Theile insgesammt zugleich sind. Den gegenwärtigen Zeitpunkt konnte ich in Ansehung der vergangenen Zeit nur als bedingt, niemals aber als Bedingung derselben ansehen, weil dieser Augenblick nur durch die verflossene Zeit (oder vielmehr durch das Verfliessen der vorhergehenden Zeit) allererst entspringt. Aber da die Theile des Raumes einander nicht untergeordnet, sondern beigeordnet sind, so ist ein Theil nicht die Bedingung der Möglichkeit des andern, und er macht nicht, so wie die Zeit, an sich selbst eine Reihe aus. Allein die Synthesis der mannigfaltigen Theile des Raumes, wodurch wir ihn apprehendiren, ist doch successiv, geschieht also in der Zeit und enthält eine Reihe. Und da in dieser Reihe der aggregirten Räume (z. B. der Füsse in einer Ruthe) von einem gegebenen an die weiter hinzugedachten immer die Bedingung von der Grenze der vorigen sind, so ist das Messen eines Raumes auch als eine Synthesis einer Reihe der Bedingungen zu einem gegebenen Bedingten anzusehen, nur dass die Seite der Bedingungen von der Seite, nach welcher das Bedingte hinliegt, an sich selbst nicht unterschieden ist, folglich *regressus* und *progressus* im Raume einerlei zu sein scheint. Weil indessen ein Theil des Raumes nicht durch den andern gegeben, sondern nur begrenzt wird, so müssen wir jeden begrenzten Raum in so fern auch als bedingt ansehen, der einen andern Raum als die Bedingung seiner Grenze voraussetzt und so fortan. In Ansehung der Begrenzung ist also der Fortgang im Raume auch ein Regressus, und die transscendentale Idee der absoluten Totalität der Synthesis in der Reihe der Bedingungen trifft auch den Raum, und ich kann eben sowohl nach der absoluten Totalität der Erscheinung im Raume, als der in der verflossenen Zeit fragen. Ob aber überall darauf auch eine Antwort möglich sei, wird sich künftig bestimmen lassen.

Zweitens, so ist die Realität im Raume, d. i. die Materie, ein Bedingtes, dessen innere Bedingungen seine Theile und die Theile der Theile die entfernten Bedingungen sind, so dass hier eine regressive Synthesis stattfindet, deren absolute Totalität die Vernunft, welche nicht anders, als durch eine vollendete Theilung, dadurch die Realität der Materie entweder in nichts oder doch in das, was nicht mehr Materie ist, nämlich das Einfache verschwindet, stattfinden kann. Folglich ist hier auch eine Reihe von Bedingungen und ein Fortschritt zum Unbedingten.

Drittens, was die Kategorien des realen Verhältnisses unter den Erscheinungen anlangt, so schickt sich die Kategorie der Substanz mit ihren Accidenzen nicht zu einer transscendentalen Idee, d. i. die Vernunft hat keinen Grund, in Ansehung ihrer regressiv auf Bedingungen zu gehen. Denn Accidenzen sind, (so fern sie einer einigen Substanz inhäriren,) einander coordinirt und machen keine Reihe aus. In Ansehung der Substanz aber sind sie derselben eigentlich nicht subordinirt, sondern die Art zu existiren der Substanz selber. Was hiebei noch scheinen könnte, eine Idee der transscendentalen Vernunft zu sein, wäre der Begriff von Substantiale. Allein da dieses nichts Anderes bedeutet, als den Begriff vom Gegenstande überhaupt, welcher subsistirt, so fern man an ihm blos das transscendentale Subject ohne alle Prädicate denkt, hier aber nur die Rede vom Unbedingten in der Reihe der Erscheinungen ist, so ist klar, dass das Substantiale kein Glied in derselben ausmachen könne. Eben dasselbe gilt auch von Substanzen in Gemeinschaft, welche blose Aggregate sind und keinen Exponenten einer Reihe haben, indem sie nicht einander als Bedingungen ihrer Möglichkeit subordinirt sind,· welches man wohl von den Räumen sagen konnte, deren Grenze niemals an sich, sondern immer nur durch einen andern Raum bestimmt war. Es bleibt also nur die Kategorie der Causalität übrig, welche eine Reihe der Ursachen zu einer gegebenen Wirkung darbietet, in welcher man von der letzteren, als dem Bedingten zu jenen, als Bedingungen aufsteigen und der Vernunftfrage antworten kann.

Viertens, die Begriffe des Möglichen, Wirklichen und Nothwendigen führen auf keine Reihe, ausser nur, so fern das Zufällige im Dasein jederzeit als bedingt angesehen werden muss und nach der Regel des Verstandes auf eine Bedingung weiset, darunter es nothwendig ist, diese auf eine höhere Bedingung zu weisen, bis diese Vernunft nur in der Totalität dieser Reihe die unbedingte Nothwendigkeit antrifft.

Es sind demnach nicht mehr, als vier kosmologische Ideen, nach den vier Titeln der Kategorien, wenn man diejenigen aushebt, welche eine Reihe in der Synthesis des Mannigfaltigen nothwendig bei sich führen.

1.
Die absolute Vollständigkeit
der Zusammensetzung
des gegebenen Ganzen aller Erscheinungen.

2.
Die absolute Vollständigkeit
der Theilung
eines gegebenen Ganzen in der
Erscheinung.

3.
Die absolute Vollständigkeit
der Entstehung
einer Erscheinung überhaupt.

4.
Die absolute Vollständigkeit
der Abhängigkeit des Daseins
des Veränderlichen in der Erscheinung.

Zuerst ist hiebei anzumerken, dass die Idee der absoluten Totalität nichts Anderes, als die Exposition der Erscheinungen betreffe, mithin nicht den reinen Verstandesbegriff von einem Ganzen der Dinge überhaupt. Es werden hier also Erscheinungen als gegeben betrachtet, und die Vernunft fordert die absolute Vollständigkeit der Bedingungen ihrer Möglichkeit, so fern diese eine Reihe ausmachen, mithin eine schlechthin (d. i. in aller Absicht) vollständige Synthesis, wodurch die Erscheinung nach Verstandesgesetzen exponirt werden könne.

Zweitens ist es eigentlich nur das Unbedingte, was die Vernunft in dieser reihenweise, und zwar regressiv fortgesetzten Synthesis der Bedingungen sucht, gleichsam die Vollständigkeit in der Reihe der Prämissen, die zusammen weiter keine andere voraussetzen. Dieses Unbedingte ist nun jederzeit in der absoluten Totalität der Reihe, wenn man sie sich in der Einbildung vorstellt, enthalten. Allein diese schlechthin vollendete Synthesis ist wiederum nur eine Idee; denn man kann, wenigstens zum voraus, nicht wissen, ob eine solche bei Erscheinungen auch möglich sei. Wenn man sich alles durch blose reine Verstandesbegriffe, ohne Bedingungen der sinnlichen Anschauung vorstellt, so kann man geradezu sagen, dass zu einem gegebenen Bedingten auch die ganze Reihe einander subordinirter Bedingungen gegeben sei; denn jenes ist allein durch diese gegeben. Allein bei Erscheinungen ist eine besondere Einschränkung der Art, wie Bedingungen gegeben werden, anzutreffen, nämlich durch die successive Synthesis des Mannigfaltigen der Anschauung, die im Regressus vollständig sein soll. Ob diese Vollständigkeit nun sinnlich möglich sei, ist noch ein Problem. Allein die Idee dieser Vollständigkeit liegt doch in der Vernunft, unangesehen der Möglichkeit oder Unmöglichkeit, mit ihr adäquat empirische Begriffe zu verknüpfen. Also da in der absoluten Totalität der regressiven Synthesis des Mannigfaltigen in der Erscheinung, (nach Anleitung der Kategorien, die sie als eine Reihe von Bedingungen zu einem gegebenen Bedingten vorstellen,) das Unbedingte nothwendig enthalten ist, man mag auch unausgemacht lassen, ob und wie diese Totalität zu Stande zu bringen sei: so nimmt die Vernunft hier den Weg, von der Idee der Totalität auszugehen, ob sie gleich eigentlich das Unbedingte, es sei der ganzen Reihe oder eines Theils derselben, zur Endabsicht hat.

Dieses Unbedingte kann man sich nun gedenken entweder als blos in der ganzen Reihe bestehend, in der also alle Glieder ohne Ausnahme bedingt und nur das Ganze derselben schlechthin unbedingt wäre, und dann heisst der Regressus unendlich; oder das absolut Unbedingte ist nur ein Theil der Reihe, dem die übrigen Glieder derselben untergeordnet sind, der selbst aber unter keiner anderen Bedingung steht.* In dem ersteren Falle ist die Reihe *a parte priori* ohne Grenzen (ohne Anfang), d. i. unendlich und gleichwohl ganz gegeben, der Regressus in ihr aber ist niemals vollendet und kann nur potentialiter unendlich genannt werden. Im zweiten Falle gibt es ein Erstes der Reihe, welches in Ansehung der verflossenen Zeit der Weltanfang, in Ansehung des Raums die Weltgrenze, in Ansehung der Theile eines in seinen Grenzen gegebenen Ganzen das Einfache, in Ansehung der Ursachen die abso-

---

* Das absolute Ganze der Reihe von Bedingungen zu einem gegebenen Bedingten ist jederzeit unbedingt; weil ausser ihr keine Bedingungen mehr sind, in Ansehung deren es bedingt sein könnte. Allein dieses absolute Ganze einer solchen Reihe ist nur eine Idee oder vielmehr ein problematischer Begriff, dessen Möglichkeit untersucht werden muss, und zwar in Beziehung auf die Art, wie das Unbedingte als die eigentliche transscendentale Idee, worauf es ankommt, darin enthalten sein mag.

lute **Selbstthätigkeit** (Freiheit), in Ansehung des Daseins veränderlicher Dinge die absolute **Naturnothwendigkeit** heisst.

Wir haben zwei Ausdrücke: **Welt** und **Natur**, welche bisweilen in einander laufen. Das erste bedeutet das mathematische Ganze aller Erscheinungen und die Totalität ihrer Synthesis, im Grossen sowohl, als im Kleinen, d. i. sowohl in dem Fortschritt derselben durch Zusammensetzung, als durch Theilung. Eben dieselbe Welt wird aber Natur* genannt, so fern sie als ein dynamisches Ganzes betrachtet wird, und man nicht auf die Aggregation im Raume oder der Zeit, um sie als eine Grösse zu Stande zu bringen, sondern auf die Einheit im **Dasein** der Erscheinungen sieht. Da heisst nun die Bedingung von dem, was geschieht, die Ursache, und die unbedingte Causalität der Ursache in der Erscheinung die Freiheit, die bedingte dagegen heisst im engeren Verstande Naturursache. Das Bedingte im Dasein überhaupt heisst zufällig und das Unbedingte nothwendig. Die unbedingte Nothwendigkeit der **Erscheinungen** kann Naturnothwendigkeit heissen.

Die Ideen, mit denen wir uns jetzt beschäftigen, habe ich oben kosmologische Ideen genannt, theils darum, weil unter Welt der Inbegriff aller Erscheinungen verstanden wird und unsere Ideen auch nur auf das Unbedingte unter den Erscheinungen gerichtet sind, theils auch, weil das Wort Welt im transscendentalen Verstande die absolute Totalität des Inbegriffs existirender Dinge bedeutet, und wir auf die Vollständigkeit der Synthesis, (wiewohl nur eigentlich im Regressus zu den Bedingungen,) allein unser Augenmerk richten. In Betracht dessen, dass überdem diese Ideen insgesammt transscendent sind und, ob sie zwar das Object, nämlich Erscheinungen, **der Art nach** nicht überschreiten, sondern es lediglich mit der Sinnenwelt (nicht mit *Noumenis*) zu thun haben, dennoch die Synthesis bis auf einen Grad, der alle mögliche Erfahrung übersteigt, treiben, so kann man sie insgesammt meiner Meinung nach ganz schicklich **Weltbegriffe** nennen. In Ansehung des Unterschiedes des Mathematisch- und des Dynamisch-Unbedingten, worauf

---

* Natur, *adjective* (*formaliter*) genommen, bedeutet den Zusammenhang der Bestimmungen eines Dinges nach einem innern Princip der Causalität. Dagegen versteht man unter Natur, *substantive* (*materialiter*), den Inbegriff der Erscheinungen, so fern diese vermöge eines innern Princips der Causalität durchgängig zusammenhängen. Im ersteren Verstande spricht man von der Natur der flüssigen Materie, des Feuers u. s. w. und bedient sich dieses Worts *adjective;* dagegen wenn man von den Dingen der Natur redet, so hat man ein bestehendes Ganzes in Gedanken.

der Regressus abzielt, würde ich doch die zwei ersteren in engerer Bedeutung Weltbegriffe (der Welt im Grossen und Kleinen), die zwei übrigen aber transscendente Naturbegriffe nennen. Diese Unterscheidung ist vorjetzt noch nicht von sonderlicher Erheblichkeit, sie kann aber im Fortgange wichtiger werden.

Der Antinomie der reinen Vernunft
zweiter Abschnitt.

Antithetik der reinen Vernunft.

Wenn Thetik ein jeder Inbegriff dogmatischer Lehren ist, so verstehe ich unter Antithetik nicht dogmatische Behauptungen des Gegentheils, sondern den Widerstreit der dem Scheine nach dogmatischen Erkenntnisse (*thesin cum antithesi*), ohne dass man einer vor der andern einen vorzüglichen Anspruch auf Beifall beilegt. Die Antithetik beschäftigt sich also gar nicht mit einseitigen Behauptungen, sondern betrachtet allgemeine Erkenntnisse der Vernunft nur nach dem Widerstreite derselben unter einander und den Ursachen desselben. Die transscendentale Antithetik ist eine Untersuchung über die Antinomie der reinen Vernunft, die Ursachen und das Resultat derselben. Wenn wir unsere Vernunft nicht blos, zum Gebrauch der Verstandesgrundsätze, auf Gegenstände der Erfahrung verwenden, sondern jene über die Grenze der letzteren hinaus auszudehnen wagen, so entspringen vernünftelnde Lehrsätze, die in der Erfahrung weder Bestätigung hoffen, noch Widerlegung fürchten dürfen, und deren jeder nicht allein an sich selbst ohne Widerspruch ist, sondern sogar in der Natur der Vernunft Bedingungen seiner Nothwendigkeit antrifft, nur dass unglücklicherweise der Gegensatz eben so gültige und nothwendige Gründe der Behauptung auf seiner Seite hat.

Die Fragen, weche bei einer solchen Dialektik der reinen Vernunft sich natürlich darbieten, sind also: 1, Bei welchen Sätzen denn eigentlich die reine Vernunft einer Antinomie unausbleiblich unterworfen sei? 2, Auf welchen Ursachen diese Antinomie beruhe? 3, Ob und auf welche

Art dennoch der Vernunft unter diesem Widerspruch ein Weg zur Gewissheit offen bleibe?

. Ein dialektischer Lehrsatz der reinen Vernunft muss demnach dieses, ihn von allen sophistischen Sätzen Unterscheidendes an sich haben, dass er nicht eine willkührliche Frage betrifft, die man nur in gewisser beliebiger Absicht aufwirft, sondern eine solche, auf die jede menschliche Vernunft in ihrem Fortgange nothwendig stossen muss; und zweitens, dass er mit seinem Gegensatze nicht blos einen gekünstelten Schein, der, wenn man ihn einsieht, sogleich verschwindet, sondern einen natürlichen und unvermeidlichen Schein bei sich führe, der selbst, wenn man nicht mehr durch ihn hintergangen wird, noch immer täuscht, obschon nicht betrügt, und also zwar unschädlich gemacht, aber niemals vertilgt werden kann.

Eine solche dialektische Lehre wird sich nicht auf die Verstandeseinheit in Erfahrungsbegriffen, sondern auf die Vernunfteinheit in blosen Ideen beziehen, deren Bedingung, da sie erstlich, als Synthesis nach Regeln, dem Verstande, und doch zugleich, als absolute Einheit derselben, der Vernunft congruiren soll, wenn sie der Vernunfteinheit adäquat ist, für den Verstand zu gross, und, wenn sie dem Verstande angemessen, für die Vernunft zu klein sein wird; woraus denn ein Widerstreit entspringen muss, der nicht vermieden werden kann, man mag es anfangen, wie man will.

Diese vernünftelnden Behauptungen eröffnen also einen dialektischen Kampfplatz, wo jeder Theil die Oberhand behält, der die Erlaubniss hat, den Angriff zu thun, und derjenige gewiss unterliegt, der blos vertheidigungsweise zu verfahren genöthigt ist. Daher auch rüstige Ritter, sie mögen sich für die gute oder schlimme Sache verbürgen, sicher sind, den Siegeskranz davon zu tragen, wenn sie nur dafür sorgen, dass sie den letzten Angriff zu thun das Vorrecht haben und nicht verbunden sind, einen neuen Anfall des Gegners auszuhalten. Man kann sich leicht vorstellen, dass dieser Tummelplatz von jeher oft genug betreten worden, dass viele Siege von beiden Seiten erfochten, für den letzten aber, der die Sache entschied, jederzeit so gesorgt worden sei, dass der Verfechter der guten Sache den Platz allein behielte, dadurch, dass seinem Gegner verboten wurde, fernerhin Waffen in die Hände zu nehmen. Als unparteiische Kampfrichter müssen wir es ganz bei Seite setzen, ob es die gute oder die schlimme Sache sei, um welche die Streitenden fechten, und sie ihre Sache erst unter sich ausmachen lassen.

Vielleicht dass, nachdem sie einander mehr ermüdet, als geschadet haben, sie die Nichtigkeit ihres Streithandels von selbst einsehen und als gute Freunde auseinander gehen.

Diese Methode, einem Streite der Behauptungen zuzusehen oder vielmehr ihn selbst zu veranlassen, nicht um endlich zum Vortheile des einen oder des andern Theils zu entscheiden, sondern um zu untersuchen, ob der Gegenstand desselben nicht vielleicht ein bloses Blendwerk sei, wornach Jeder vergeblich hascht und bei welchem er nichts gewinnen kann, wenn ihm gleich gar nicht widerstanden würde, dieses Verfahren, sage ich, kann man die skeptische Methode nennen. Sie ist vom Skepticismus gänzlich unterschieden, einem Grundsatze einer kunstmässigen und scientifischen Unwissenheit, welcher die Grundlagen aller Erkenntniss untergräbt, um, wo möglich, überall keine Zuverlässigkeit und Sicherheit derselben übrig zu lassen. Denn die skeptische Methode geht auf Gewissheit, dadurch, dass sie in einem solchen, auf beiden Seiten redlich gemeinten und mit Verstande geführten Streite den Punkt des Missverständnisses zu entdecken sucht, um, wie weise Gesetzgeber thun, aus der Verlegenheit der Richter bei Rechtshändeln für sich selbst Belehrung von dem Mangelhaften und nicht genau Bestimmten in ihren Gesetzen zu ziehen. Die Antinomie, die sich in der Anwendung der Gesetze offenbart, ist bei unserer eingeschränkten Weisheit der beste Prüfungsversuch der Nomothetik, um die Vernunft, die in abstracter Speculation ihre Fehltritte nicht leicht gewahr wird, dadurch auf die Momente in Bestimmung ihrer Grundsätze aufmerksam zu machen.

Diese skeptische Methode ist aber nur der Transscendental-Philosophie allein wesentlich eigen und kann allenfalls in jedem anderen Felde der Untersuchungen, nur in diesem nicht, entbehrt werden. In der Mathematik würde ihr Gebrauch ungereimt sein; weil sich in ihr keine falschen Behauptungen verbergen und unsichtbar machen können, indem die Beweise jederzeit an dem Faden der reinen Anschauung, und zwar durch jederzeit evidente Synthesis fortgehen müssen. In der Experimental-Philosophie kann wohl ein Zweifel des Aufschubs nützlich sein, allein es ist doch wenigstens kein Missverstand möglich, der nicht leicht gehoben werden könnte, und in der Erfahrung müssen doch endlich die letzten Mittel der Entscheidung des Zwistes liegen, sie mögen nun früh oder spät aufgefunden werden. Die Moral kann ihre Grundsätze insgesammt auch *in concreto,* zusammt den praktischen Folgen, wenigstens in möglichen Erfahrungen geben und dadurch den Missverstand der Abstraction vermeiden. Dagegen sind die transscendentalen Behauptungen, welche selbst über das Feld aller möglichen Erfahrungen hinaus sich erweiternde Einsichten anmaassen, weder in dem Falle, dass ihre abstracte Synthesis in irgend einer Anschauung *a priori* könnte gegeben, noch so beschaffen, dass der Missverstand vermittelst irgend einer Erfahrung entdeckt werden könnte. Die transscendentale Vernunft also verstattet keinen anderen Probierstein, als den Versuch der Vereinigung ihrer Behauptungen unter sich selbst, und mithin zuvor des freien und ungehinderten Wettstreits derselben unter einander, und diesen wollen wir anjetzt anstellen.*

Die Antinomie der

Erster Widerstreit der

Thesis.

Die Welt hat einen Anfang in der Zeit, und ist dem Raum nach auch in Grenzen eingeschlossen.

Beweis.

Denn man nehme an: die Welt habe der Zeit nach keinen Anfang, so ist bis zu jedem gegebenen Zeitpunkte eine Ewigkeit abgelaufen und mithin eine unendliche Reihe auf einander folgender Zustände der Dinge in der Welt verflossen. Nun besteht aber eben darin die Unendlichkeit einer Reihe, dass sie durch successive Synthesis niemals vollendet sein kann. Also ist eine unendliche verflossene Weltreihe unmöglich, mithin ein Anfang der Welt eine nothwendige Bedingung ihres Daseins; welches zuerst zu beweisen war.

In Ansehung des Zweiten nehme man wiederum das Gegentheil an, so wird die Welt ein unendliches gegebenes Ganzes von zugleich existirenden Dingen sein. Nun können wir die Grösse eines Quanti, welches nicht innerhalb gewisser Grenzen jeder Anschauung gegeben wird,**

---

* Die Antinomien folgen einander nach der Ordnung der oben angeführten transscendentalen Ideen.

** Wir können ein unbestimmtes Quantum als ein Ganzes anschauen, wenn es in Grenzen eingeschlossen ist, ohne die Totalität desselben durch Messung, d. i. die

reinen Vernunft.

transscendentalen Ideen.

Antithesis.

Die Welt kat keinen Anfang und keine Grenzen im Raume, sondern ist sowohl in Ansehung der Zeit, als des Raums unendlich.

Beweis.

Denn man setze: sie habe einen Anfang. Da der Anfang ein Dasein ist, wovor eine Zeit vorhergeht, darin das Ding nicht ist, so muss eine Zeit vorhergegangen sein, darin die Welt nicht war, d. i. eine leere Zeit. Nun ist aber in einer leeren Zeit kein Entstehen irgend eines Dinges möglich; weil kein Theil einer solchen Zeit vor einem anderen irgend eine unterscheidende Bedingung des Daseins, für die des Nichtseins an sich hat, (man mag annehmen, dass sie von sich selbst, oder durch eine andere Ursache entstehe.) Also kann zwar in der Welt manche Reihe der Dinge anfangen, die Welt selber aber kann keinen Anfang haben, und ist also in Ansehung der vergangenen Zeit unendlich.

Was das Zweite betrifft, so nehme man zuvörderst das Gegentheil an: dass nämlich die Welt dem Raume nach endlich und begrenzt ist, so befindet sie sich in einem leeren Raum, der nicht begrenzt ist. Es

auf keine andere Art, als nur durch die Synthesis der Theile, und die Totalität eines solchen Quanti nur durch die vollendete Synthesis oder durch wiederholte Hinzusetzung der Einheit zu sich selbst gedenken.* Demnach, um sich die Welt, die alle Räume erfüllt, als ein Ganzes zu denken, müsste die successive Synthesis der Theile einer unendlichen Welt als vollendet angesehen, d. i. eine unendliche Zeit müsste, in der Durchzählung aller coexistirenden Dinge, als abgelaufen angesehen werden; welches unmöglich ist. Demnach kann ein unendliches Aggregat wirklicher Dinge nicht als ein gegebenes Ganzes, mithin auch nicht als zugleich gegeben angesehen werden. Eine Welt ist folglich der Ausdehnung im Raume nach **nicht unendlich**, sondern in ihren Grenzen eingeschlossen; welches das Zweite war.

Anmerkung zur

I, zur Thesis.

Ich habe bei diesen einander widerstreitenden Argumenten nicht Blendwerke gesucht, um etwa, (wie man sagt,) einen Advocatenbeweis zu führen, welcher sich der Unbehutsamkeit des Gegners zu seinem Vortheile bedient und seine Berufung auf ein missverstandenes Gesetz gerne gelten lässt, um seine eigenen unrechtmässigen Ansprüche auf die Widerlegung desselben zu bauen. Jeder dieser Beweise ist aus der Natur der Sache gezogen und der Vortheil bei Seite gesetzt worden, den uns die Fehlschlüsse der Dogmatiker von beiden Theilen geben könnten.

Ich hätte die Thesis auch dadurch dem Scheine nach beweisen können, dass ich von der Unendlichkeit einer gegebenen Grösse, nach der Gewohnheit der Dogmatiker, einen fehlerhaften Begriff vorange-

---

successive Synthesis seiner Theile construiren zu dürfen. Denn die Grenzen bestimmen schon die Vollständigkeit, indem sie alles Mehrere abschneiden.

* Der Begriff der Totalität ist in diesem Falle nichts Anderes, als die Vorstellung der vollendeten Synthesis seiner Theile, weil, da wir nicht von der Anschauung des Ganzen, (als welche in diesem Falle unmöglich ist,) den Begriff abziehen können, wir diesen nur durch die Synthesis der Theile bis zur Vollendung des Unendlichen, wenigstens in der Idee fassen können.

würde also nicht allein ein Verhältniss der Dinge im Raum, sondern auch der Dinge zum Raume angetroffen werden. Da nun die Welt ein absolutes Ganzes ist, ausser welchem kein Gegenstand der Anschauung, und mithin kein Correlatum der Welt angetroffen wird, womit dieselbe im Verhältniss stehe, so würde das Verhältniss der Welt zum leeren Raum ein Verhältniss derselben zu keinem Gegenstande sein. Ein dergleichen Verhältniss aber, mithin auch die Begrenzung der Welt durch den leeren Raum ist nichts; also ist die Welt dem Raume nach gar nicht begrenzt, d. i. sie ist in Ansehung der Ausdehnung unendlich.*

ersten Antinomie.

II, zur Antithesis.

Der Beweis für die Unendlichkeit der gegebenen Weltreihe und des Weltbegriffs beruht darauf, dass im entgegengesetzten Falle eine leere Zeit, imgleichen ein leerer Raum die Weltgrenze ausmachen müsste. Nun ist mir nicht unbekannt, dass wider diese Consequenz Ausflüchte gesucht werden, indem man vorgibt: es sei eine Grenze der Welt der Zeit und dem Raume nach ganz wohl möglich, ohne dass man eben eine absolute Zeit vor der Welt Anfang, oder einen absoluten, ausser der

---

* Der Raum ist blos die Form der äusseren Anschauung, (formale Anschauung,) aber kein wirklicher Gegenstand, der äusserlich angeschaut werden kann. Der Raum, vor allen Dingen, die ihn bestimmen, (erfüllen oder begrenzen,) oder die vielmehr eine seiner Form gemässe, empirische Anschauung geben, ist unter dem Namen des absoluten Raumes nichts Anderes, als die blose Möglichkeit äusserer Erscheinungen, so fern sie entweder an sich existiren oder zu gegebenen Erscheinungen noch hinzukommen können. Die empirische Anschauung ist also nicht zusammengesetzt aus Erscheinungen und dem Raume, (der Wahrnehmung und der leeren Anschauung.) Eines ist nicht des Anderen Correlatum der Synthesis, sondern nur in einer und derselben empirischen Anschauung verbunden, als Materie und Form derselben. Will man eines dieser zween Stücke ausser dem anderen setzen, (Raum ausserhalb aller Erscheinungen,) so entstehen daraus allerlei leere Bestimmungen der äusseren Anschauung, die doch nicht mögliche Wahrnehmungen sind, z. B. Bewegung oder Ruhe der Welt im unendlichen leeren Raum, eine Bestimmung des Verhältnisses beider unter einander, welche niemals wahrgenommen werden kann und also auch das Prädicat eines blosen Gedankendinges ist.

schickt hätte. Unendlich ist eine Grösse, über die keine grössere, (d. i. über die darin enthaltene Menge einer gegebenen Einheit) möglich ist. Nun ist keine Menge die grösseste, weil noch immer eine oder mehrere Einheiten hinzugethan werden können. Also ist eine unendliche gegebene Grösse, mithin auch eine (der verflossenen Reihe sowohl, als der Ausdehnung nach) unendliche Welt unmöglich; sie ist also beiderseitig begrenzt. So hätte ich meinen Beweis führen können; allein dieser Begriff stimmt nicht mit dem, was man unter einem unendlichen Ganzen versteht. Es wird dadurch nicht vorgestellt, wie gross es sei, mithin ist sein Begriff auch nicht der Begriff eines Maximum, sondern es wird dadurch nur sein Verhältniss zu einer beliebig anzunehmenden Einheit, in Ansehung deren dasselbe grösser ist, als alle Zahl, gedacht. Nachdem die Einheit nun grösser oder kleiner angenommen wird, würde das Unendliche grösser oder kleiner sein; allein die Unendlichkeit, da sie blos in dem Verhältnisse zu dieser gegebenen Einheit besteht, würde immer dieselbe bleiben, obgleich freilich die absolute Grösse des Ganzen dadurch gar nicht erkannt würde; davon auch hier nicht die Rede ist.

Der wahre (transscendentale) Begriff der Unendlichkeit ist, dass die successive Synthesis der Einheit in Durchmessung eines Quantum niemals vollendet sein kann.* Hieraus folgt ganz sicher, dass eine Ewigkeit wirklicher auf einander folgenden Zustände bis zu einem gegebenen (dem gegenwärtigen) Zeitpunkte nicht verflossen sein kann, die Welt also einen Anfang haben müsse.

In Ansehung des zweiten Theils der Thesis fällt die Schwierigkeit von einer unendlichen und doch abgelaufenen Reihe zwar weg; denn das Mannigfaltige einer der Ausdehnung nach unendlichen Welt ist zugleich gegeben. Allein um die Totalität einer solchen Menge zu denken, da wir uns nicht auf Grenzen berufen können, welche diese Totalität von selbst in der Anschauung ausmachen, müssen wir von unserem Begriffe Rechenschaft geben, der in solchem Falle nicht vom Ganzen zu

---

* Dieses enthält dadurch eine Menge (von gegebener Einheit), die grösser ist, als alle Zahl, welches der mathematische Begriff des Unendlichen ist

wirklichen Welt ausgebreiteten Raum annehmen dürfe; welches unmöglich ist. Ich bin mit dem letzteren Theile dieser Meinung der Philosophen aus der Leibnitzischen Schule ganz wohl zufrieden. Der Raum ist blos die Form der äusseren Anschauung, aber kein wirklicher Gegenstand, der äusserlich angeschaut werden kann, und kein Correlatum der Erscheinungen, sondern die Form der Erscheinungen selbst. Der Raum also kann absolut (für sich allein) nicht als etwas Bestimmendes in dem Dasein der Dinge vorkommen, weil er gar kein Gegenstand ist, sondern nur die Form möglicher Gegenstände. Dinge also, als Erscheinungen, bestimmen wohl den Raum, d. i. unter allen möglichen Prädicaten desselben (Grösse und Verhältniss) machen sie es, dass diese oder jene zur Wirklichkeit gehören; aber umgekehrt kann der Raum, als etwas, welches für sich besteht, die Wirklichkeit der Dinge in Ansehung der Grösse oder Gestalt nicht bestimmen, weil er an sich selbst nichts Wirkliches ist. Es kann also wohl ein Raum, (er sei voll oder leer,)* durch Erscheinungen begrenzt, Erscheinungen aber können nicht durch einen leeren Raum ausser denselben begrenzt werden. Eben dieses gilt auch von der Zeit. Alles dieses nun zugegeben, so ist gleichwohl unstreitig, dass man diese zwei Undinge, den leeren Raum ausser und die leere Zeit vor der Welt durchaus annehmen müsse, wenn man eine Weltgrenze, es sei dem Raume oder der Zeit nach annimmt.

Denn was den Ausweg betrifft, durch den man der Consequenz auszuweichen sucht, nach welcher wir sagen: dass, wenn die Welt (der Zeit und dem Raum nach) Grenzen hat, das unendlich Leere das Dasein wirklicher Dinge ihrer Grösse nach bestimmen müsse, so besteht er ingeheim nur darin, dass man statt einer **Sinnenwelt** sich, wer weiss welche intelligible Welt gedenkt und statt des ersten Anfanges, (ein Dasein, vor welchem eine Zeit des Nichtseins vorhergeht,) sich überhaupt ein Dasein denkt, welches **keine andere Bedingung in der Welt voraussetzt**, statt der Grenze der Ausdehnung **Schranken des Weltganzen** denkt und dadurch der Zeit und dem Raume aus dem

---

* Man bemerkt leicht, dass hiedurch gesagt werden wolle: der **leere Raum, so fern er durch Erscheinungen begrenzt wird**, mithin derjenige **innerhalb der Welt** widerspreche wenigstens nicht den transscendentalen Principien und könne also in Ansehung dieser eingeräumt, (obgleich darum seine Möglichkeit nicht sofort behauptet) werden.

der bestimmten Menge der Theile gehen kann, sondern die Möglichkeit eines Ganzen durch die successive Synthesis der Theile darthun muss. Da diese Synthesis nun eine nie zu vollendende Reihe ausmachen müsste, so kann man sich nicht vor ihr, und mithin auch nicht durch sie eine Totalität denken. Denn der Begriff der Totalität selbst ist in diesem Falle die Vorstellung einer vollendeten Synthesis der Theile, und diese Vollendung, mithin auch der Begriff derselben ist unmöglich.

Der Antinomie der zweiter Widerstreit der

Thesis.

Eine jede zusammengesetzte Substanz in der Welt besteht aus einfachen Theilen, und es existirt überall nichts, als das Einfache, oder das, was aus diesem zusammengesetzt ist.

Beweis.

Denn nehmet an: die zusammengesetzten Substanzen beständen nicht aus einfachen Theilen, so würde, wenn alle Zusammensetzung in Gedanken aufgehoben würde, kein zusammengesetzter Theil, und, (da es keine einfachen Theile gibt,) auch kein einfacher, mithin gar nichts übrig bleiben, folglich keine Substanz sein gegeben worden. Entweder also lässt sich unmöglich alle Zusammensetzung in Gedanken aufheben, oder es muss nach deren Aufhebung etwas ohne alle Zusammensetzung Bestehendes, d. i. das Einfache, übrig bleiben. Im ersteren Falle aber

Wege geht. Es ist hier aber nur von dem *mundus phaenomenon* die Rede, und von dessen Grösse, bei dem man von gedachten Bedingungen der Sinnlichkeit keineswegs abstrahiren kann, ohne das Wesen desselben aufzuheben. Die Sinnenwelt, wenn sie begrenzt ist, liegt nothwendig in dem unendlichen Leeren. Will man dieses und mithin den Raum überhaupt als Bedingung der Möglichkeit der Erscheinungen *a priori* weglassen, so fällt die ganze Sinnenwelt weg. In unserer Aufgabe ist uns diese allein gegeben. Der *mundus intelligibilis* ist nichts, als der allgemeine Begriff einer Welt überhaupt, in welchem man von allen Bedingungen der Anschauung derselben abstrahirt, und in Ansehung dessen folglich gar kein synthetischer Satz weder bejahend, noch verneinend möglich ist.

reinen Vernunft

transscendentalen Ideen.

Antithesis.

Kein zusammengesetztes Ding in der Welt besteht aus einfachen Theilen und es existirt überall nichts Einfaches in derselben.

Beweis.

Setzet: ein zusammengesetztes Ding (als Substanz) bestehe aus einfachen Theilen. Weil alles äussere Verhältniss, mithin auch alle Zusammensetzung aus Substanzen nur im Raume möglich ist, so muss, aus so viel Theilen das Zusammengesetzte besteht, aus eben so viel Theilen auch der Raum bestehen, den es einnimmt. Nun besteht der Raum nicht aus einfachen Theilen, sondern aus Räumen. Also muss jeder Theil des Zusammengesetzten einen Raum einnehmen. Die schlechthin ersten Theile aber alles Zusammengesetzten sind einfach. Also nimmt das Einfache einen Raum ein. Da nun alles Reale, was einen Raum einnimmt, ein ausserhalb einander befindliches Mannigfaltiges in sich fasst, mithin zusammengesetzt ist, und zwar als ein reales Zusammengesetztes nicht aus Accidenzen, (denn die können nicht ohne Substanz ausser einander sein,) mithin aus Substanzen, so würde das Einfache ein substantielles Zusammengesetztes sein; welches sich widerspricht.

Der zweite Satz der Antithesis: dass in der Welt gar nichts Einfaches existire, soll hier nur so viel bedeuten, als: es könne das Dasein

würde das Zusammengesetzte wiederum nicht aus Substanzen bestehen, (weil bei diesen die Zusammensetzung nur eine zufällige Relation der Substanzen ist, ohne welche diese als für sich beharrliche Wesen bestehen müssen.) Da nun dieser Fall der Voraussetzung widerspricht, so bleibt nur der zweite übrig: dass nämlich das substantielle Zusammengesetzte in der Welt aus einfachen Theilen bestehe.

Hieraus folgt unmittelbar, dass die Dinge der Welt insgesammt einfache Wesen seien, dass die Zusammensetzung nur ein äusserer Zustand derselben sei, und dass, wenn wir die Elementarsubstanzen gleich niemals völlig aus diesem Zustande der Verbindung setzen und isoliren können, doch die Vernunft sie als die ersten Subjecte aller Composition, und mithin, vor derselben, als einfache Wesen denken müsse.

Anmerkung zur

I, zur Thesis.

Wenn ich von einem Ganzen rede, welches nothwendig aus einfachen Theilen besteht, so verstehe ich darunter nur ein substantielles Ganzes, als das eigentliche Compositum, d. i. die zufällige Einheit des Mannigfaltigen, welches abgesondert (wenigstens in Gedanken) gegeben, in eine wechselseitige Verbindung gesetzt wird und dadurch Eines

des schlechthin Einfachen aus keiner Erfahrung oder Wahrnehmung, weder äusseren, noch inneren, dargethan werden, und das schlechthin Einfache sei also eine blose Idee, deren objective Realität niemals in irgend einer möglichen Erfahrung kann dargethan werden, mithin in der Exposition der Erscheinungen ohne alle Anwendung und Gegenstand. Denn wir wollen annehmen, es liesse sich für diese transscendentale Idee ein Gegenstand der Erfahrung finden, so müsste die empirische Anschauung irgend eines Gegenstandes als eine solche erkannt werden, welche schlechthin kein Mannigfaltiges ausserhalb einander, und zur Einheit verbunden enthält. Da nun von dem Nichtbewusstsein eines solchen Mannigfaltigen auf die gänzliche Unmöglichkeit desselben in irgend einer Anschauung eines Objects kein Schluss gilt, dieses Letztere aber zur absoluten Simplicität durchaus nöthig ist, so folgt: dass diese aus keiner Wahrnehmung, welche sie auch sei, könne geschlossen werden. Da also etwas als ein schlechthin einfaches Object niemals in irgend einer möglichen Erfahrung kann gegeben werden, die Sinnenwelt aber als der Inbegriff aller möglichen Erfahrungen angesehen werden muss, so ist überall in ihr nichts Einfaches gegeben.

Dieser zweite Satz der Antithesis geht viel weiter, als der erste, der das Einfache nur von der Anschauung des Zusammengesetzten verbannt, da hingegen dieser es aus der ganzen Natur wegschafft; daher er auch nicht aus dem Begriffe eines gegebenen Gegenstandes der äusseren Anschauung (des Zusammengesetzten), sondern aus dem Verhältniss desselben zu einer möglichen Erfahrung überhaupt hat bewiesen werden können.

zweiten Antinomie.

II, zur Antithesis.

Wider diesen Satz einer unendlichen Theilung der Materie, dessen Beweisgrund blos mathematisch ist, werden von den Monadisten Einwürfe vorgebracht, welche sich dadurch schon verdächtig machen, dass sie die klärsten mathematischen Beweise nicht für Einsichten in die Beschaffenheit des Raumes, so fern er in der That die formale Bedingung der Möglichkeit aller Materie ist, wollen gelten lassen, sondern sie nur als Schlüsse aus abstracten, aber willkührlichen Begriffen ansehen, die auf wirkliche Dinge nicht bezogen werden könnten. Gleich als wenn

ausmacht. Den Raum sollte man eigentlich nicht Compositum, sondern Totum nennen, weil die Theile desselben nur im Ganzen und nicht das Ganze durch die Theile möglich ist. Er würde allenfalls ein *compositum ideale,* aber nicht *reale* heissen können. Doch dieses ist nur Subtilität. Da der Raum kein Zusammengesetztes aus Substanzen, (nicht einmal aus realen Accidenzen) ist, so muss, wenn ich alle Zusammensetzung in ihm aufhebe, nichts, auch nicht einmal der Punkt übrig bleiben; denn dieser ist nur als die Grenze eines Raumes, (mithin eines Zusammengesetzten) möglich. Raum und Zeit bestehen also nicht aus einfachen Theilen. Was nur zum Zustande einer Substanz gehört, ob es gleich eine Grösse hat, (z. B. die Veränderung,) besteht auch nicht aus dem Einfachen, d. i. ein gewisser Grad der Veränderung entsteht nicht durch einen Anwachs vieler einfachen Veränderungen. Unser Schluss vom Zusammengesetzten auf das Einfache gilt nur von für sich selbst bestehenden Dingen. Accidenzen aber des Zustandes bestehen nicht für sich selbst. Man kann also den Beweis für die Nothwendigkeit des Einfachen, als der Bestandtheile alles substantiellen Zusammengesetzten, und dadurch überhaupt seine Sache leichtlich verderben, wenn man ihn zu weit ausdehnt und ihn für alles Zusammengesetzte ohne Unterschied geltend machen will, wie es wirklich mehrmalen schon geschehen ist.

Ich rede übrigens hier nur von dem Einfachen, so fern es nothwendig im Zusammengesetzten gegeben ist, indem dieses darin, als in seine Bestandtheile aufgelöset werden kann. Die eigentliche Bedeutung des Wortes Monas (nach Leibnitz's Gebrauch) sollte wohl nur auf das Einfache gehen, welches unmittelbar als einfache Substanz gegeben

es auch nur möglich wäre, eine andere Art der Anschauung zu erdenken, als die in der ursprünglichen Anschauung des Raumes gegeben wird, und die Bestimmungen desselben *a priori* nicht zugleich alles dasjenige beträfen, was dadurch allein möglich ist, dass es diesen Raum erfüllt. Wenn man ihnen Gehör gibt, so müsste man ausser dem mathematischen Punkte, der einfach, aber kein Theil, sondern blos die Grenze eines Raumes ist, sich noch physische Punkte denken, die zwar auch einfach sind, aber den Vorzug haben, als Theile des Raums durch ihre blose Aggregation denselben zu erfüllen. Ohne nun hier die gemeinen und klaren Widerlegungen dieser Ungereimtheit, die man in Menge antrifft, zu wiederholen, wie es denn gänzlich umsonst ist, durch blos discursive Begriffe die Evidenz der Mathematik weg vernünfteln zu wollen, so bemerke ich nur, dass, wenn die Philosophie hier mit der Mathematik chicanirt, es darum geschehe, weil sie vergisst, dass es in dieser Frage nur um Erscheinungen und deren Bedingung zu thun sei. Hier ist es aber nicht genug, zum reinen Verstandesbegriffe des Zusammengesetzten den Begriff des Einfachen, sondern zur Anschauung des Zusammengesetzten (der Materie) die Anschauung des Einfachen zu finden, und dieses ist nach Gesetzen der Sinnlichkeit, mithin auch bei Gegenständen der Sinne gänzlich unmöglich. Es mag also von einem Ganzen aus Substanzen, welches durch den reinen Verstand gedacht wird, immer gelten, dass wir vor aller Zusammensetzung desselben das Einfache haben müssen; so gilt dieses doch nicht von *totum substantiale phaenomenon,* welches, als empirische Anschauung im Raume die nothwendige Eigenschaft bei sich führt, dass kein Theil desselben einfach ist, darum, weil kein Theil des Raumes einfach ist. Indessen sind die Monadisten fein genug gewesen, dieser Schwierigkeit dadurch ausweichen zu wollen, dass sie nicht den Raum als eine Bedingung der Möglichkeit der Gegenstände äusserer Anschauung (Körper), sondern diese und das dynamische Verhältniss der Substanzen überhaupt als die Bedingung der Möglichkeit des Raumes voraussetzen. Nun haben wir von Körpern nur als Erscheinungen einen Begriff, als solche aber setzen sie den Raum als die Bedingung der Möglichkeit aller äusseren Erscheinung nothwendig voraus, und die Ausflucht ist also vergeblich, wie sie denn auch oben in der transscendentalen Aesthetik hinreichend ist abgeschnitten worden. Wären sie Dinge an sich selbst, so würde der Beweis der Monadisten allerdings gelten.

Die zweite dialektische Behauptung hat das Besondere an sich,

ist (z. B. im Selbstbewusstsein) und nicht als Element des Zusammengesetzten, welches man besser den Atomus nennen könnte. Und da ich nur in Ansehung des Zusammengesetzten die einfachen Substanzen, als deren Elemente, beweisen will, so könnte ich die Antithese der zweiten Antinomie die transscendentale Atomistik nennen. Weil aber dieses Wort schon vorlängst zur Bezeichnung einer besondern Erklärungsart körperlicher Erscheinungen *(molecularum)* gebraucht worden, und also empirische Begriffe voraussetzt, so mag er der dialektische Grundsatz der Monadologie heissen.

Der Antinomie
dritter Widerstreit der

Thesis.

Die Causalität nach Gesetzen der Natur ist nicht die einzige, aus welcher die Erscheinungen der Welt insgesammt abgeleitet werden können. Es ist noch eine Causalität durch Freiheit zu Erklärung derselben anzunehmen nothwendig.

Beweis.

Man nehme an: es gebe keine andere Causalität, als nach Gesetzen

dass sie eine dogmatische Behauptung wider sich hat, die unter allen vernünftelnden die einzige ist, welche sich unternimmt, an einem Gegenstande der Erfahrung die Wirklichkeit dessen, was wir oben blos zu transscendentalen Ideen rechneten, nämlich die absolute Simplicität der Substanz augenscheinlich zu beweisen; nämlich dass der Gegenstand des inneren Sinnes, das Ich, was da denkt, eine schlechthin einfache Substanz sei. Ohne mich hierauf jetzt einzulassen, (da es oben ausführlicher erwogen ist,) so bemerke ich nur: dass wenn etwas blos als Gegenstand gedacht wird, ohne irgend eine synthetische Bestimmung seiner Anschauung hinzu zu setzen, (wie denn dieses durch die ganz nackte Vorstellung: Ich, geschieht,) so könne freilich nichts Mannigfaltiges und keine Zusammensetzung in einer solchen Vorstellung wahrgenommen werden. Da überdem die Prädicate, wodurch ich diesen Gegenstand denke, blos Anschauungen des inneren Sinnes sind, so kann darin auch nichts vorkommen, welches ein Mannigfaltiges ausserhalb einander, mithin reale Zusammensetzung bewiese. Es bringt also nur das Selbstbewusstsein es so mit sich, dass, weil das Subject, welches denkt, zugleich sein eigenes Object ist, es sich selber nicht theilen kann, (obgleich die ihm inhärirenden Bestimmungen;) denn in Ansehung seiner selbst ist jeder Gegenstand absolute Einheit. Nichts destoweniger, wenn dieses Subject äusserlich, als ein Gegenstand der Anschauung, betrachtet wird, so würde es doch wohl Zusammensetzung in der Erscheinung an sich zeigen. So muss es aber jederzeit betrachtet werden, wenn man wissen will, ob in ihm ein Mannigfaltiges ausserhalb einander sei oder nicht.

reinen Vernunft

transscendentalen Ideen.

Antithesis.

Es ist keine Freiheit, sondern alles in der Welt geschieht lediglich nach Gesetzen der Natur.

Beweis.

Setzet: es gebe eine Freiheit im transscendentalen Verstande, als eine besondere Art von Causalität, nach welcher die Begebenheiten der Welt erfolgen könnten, nämlich ein Vermögen, einen Zustand, mitder Natur, so setzt alles, was geschieht, einen vorigen Zustand voraus, auf den es unausbleiblich nach einer Regel folgt. Nun muss aber der vorige Zustand selbst etwas sein, was geschehen ist, (in der Zeit geworden, da es vorher nicht war,) weil, wenn es jederzeit gewesen wäre, seine Folge auch nicht allererst entstanden, sondern immer gewesen sein würde. Also ist die Causalität der Ursache, durch welche etwas geschieht, selbst etwas Geschehenes, welches nach dem Gesetze der Natur wiederum einen vorigen Zustand und dessen Causalität, dieser aber eben so einen noch älteren voraussetzt u. s. w.. Wenn also alles nach blosen Gesetzen der Natur geschieht, so gibt es jederzeit nur einen subalternen, niemals aber einen ersten Anfang und also überhaupt keine Vollständigkeit der Reihe auf der Seite der von einander abstammenden Ursachen. Nun besteht aber eben darin das Gesetz der Natur, dass ohne hinreichend *a priori* bestimmte Ursache nichts geschehe. Also widerspricht der Satz, als wenn alle Causalität nur nach Naturgesetzen möglich sei, sich selbst in seiner unbeschränkten Allgemeinheit, und diese kann also nicht als die einzige angenommen werden.

Diesemnach muss eine Causalität angenommen werden, durch welche etwas geschieht, ohne dass die Ursache davon noch weiter durch eine andere vorhergehende Ursache nach nothwendigen Gesetzen bestimmt sei, d. i. eine absolute Spontaneität der Ursachen, eine Reihe von Erscheinungen, die nach Naturgesetzen läuft, von selbst anzufangen, mithin transscendentale Freiheit, ohne welche selbst im Laufe der Natur die Reihenfolge der Erscheinungen auf der Seite der Ursachen niemals vollständig ist.

hin auch eine Reihe von Folgen desselben schlechthin anzufangen, so wird nicht allein eine Reihe durch diese Spontaneität, sondern die Bestimmung dieser Spontaneität selbst zur Hervorbringung der Reihe, d. i. die Causalität wird schlechthin anfangen, so dass nichts vorhergeht, wodurch diese geschehende Handlung nach beständigen Gesetzen bestimmt sei. Es setzt aber ein jeder Anfang zu handeln einen Zustand der noch nicht handelnden Ursache voraus, und ein dynamisch erster Anfang der Handlung einen Zustand, der mit dem vorhergehenden eben derselben Ursache gar keinen Zusammenhang der Causalität hat, d. i. auf keine Weise daraus erfolgt. Also ist die transscendentale Freiheit dem Causalgesetze entgegen, und eine solche Verbindung der successiven Zustände wirkender Ursachen, nach welcher keine Einheit der Erfahrung möglich ist, die also auch in keiner Erfahrung angetroffen wird, mithin ein leeres Gedankending.

Wir haben also nichts als Natur, in welcher wir den Zusammenhang und Ordnung der Weltbegebenheiten suchen müssen. Die Freiheit (Unabhängigkeit) von den Gesetzen der Natur ist zwar eine **Befreiung vom Zwange**, aber auch **vom Leitfaden aller Regeln**. Denn man kann nicht sagen, dass anstatt der Gesetze der Natur Gesetze der Freiheit in die Causalität des Weltlaufs eintreten, weil, wenn diese nach Gesetzen bestimmt wäre, sie nicht Freiheit, sondern selbst nichts Anderes, als Natur wäre.[1] Natur also und transscendentale Freiheit unterscheiden sich wie Gesetzmässigkeit und Gesetzlosigkeit, davon jene zwar den Verstand mit der Schwierigkeit belästigt, die Abstammung der Begebenheiten in der Reihe der Ursachen immer höher hinauf zu suchen, weil die Causalität an ihnen jederzeit bedingt ist, aber zur Schadloshaltung durchgängige und gesetzmässige Einheit der Erfahrung verspricht, da hingegen das Blendwerk von Freiheit zwar dem forschenden Verstande in der Kette der Ursachen Ruhe verheisst, indem sie ihn zu einer unbedingten Causalität führt, die von selbst zu handeln anhebt, die aber, da sie selbst blind ist, den Leitfaden der Regeln abreisst, an welchem allein eine durchgängig zusammenhängende Erfahrung möglich ist.

---

[1] 1. Ausg.: „weil, wenn ... bestimmt wäre, so wäre sie nicht Freiheit, sondern ... Natur"

Anmerkung zur

I, zur Thesis.

Die transscendentale Idee der Freiheit macht zwar bei weitem nicht den ganzen Inhalt des psychologischen Begriffs dieses Namens aus, welcher grossentheils empirisch ist, sondern nur den der absoluten Spontaneität der Handlung, als den eigentlichen Grund der Imputabilität derselben; ist aber dennoch der eigentliche Stein des Anstosses für die Philosophie, welche unüberwindliche Schwierigkeiten findet, dergleichen Art von unbedingter Causalität einzuräumen. Dasjenige also in der Frage über die Freiheit des Willens, was die speculative Vernunft von jeher in so grosse Verlegenheit gesetzt hat, ist eigentlich nur transscendental und geht lediglich darauf, ob ein Vermögen angenommen werden müsse, eine Reihe von successiven Dingen oder Zuständen von selbst anzufangen. Wie ein solches möglich sei, ist nicht eben so nothwendig beantworten zu können, da wir uns eben sowohl bei der Causalität nach Naturgesetzen damit begnügen müssen, *a priori* zu erkennen, dass eine solche vorausgesetzt werden müsse, ob wir gleich die Möglichkeit, wie durch ein gewisses Dasein das Dasein eines andern gesetzt werde, auf keine Weise begreifen und uns desfalls lediglich an die Erfahrung halten müssen. Nun haben wir diese Nothwendigkeit eines ersten Anfangs einer Reihe von Erscheinungen aus Freiheit zwar nur eigentlich in so fern dargethan, als zur Begreiflichkeit eines Ursprungs der Welt erforderlich ist, indessen dass man alle nachfolgende Zustände für eine Abfolge nach blosen Naturgesetzen nehmen kann. Weil aber dadurch doch einmal das Vermögen, eine Reihe in der Zeit ganz von selbst anzufangen, bewiesen, (obzwar nicht eingesehen) ist, so ist es uns nunmehr auch erlaubt, mitten im Laufe der Welt verschiedene Reihen der Causalität nach von selbst anfangen zu lassen, und den Substanzen derselben ein Vermögen beizulegen, aus Freiheit zu handeln. Man lasse sich aber hiebei nicht durch einen Missverstand aufhalten: dass, da nämlich eine successive Reihe in der Welt nur einen comparativ ersten Anfang haben kann, indem doch immer ein Zustand der Dinge in der Welt vorhergeht, etwa kein absolut erster Anfang der Reihen während dem Weltlaufe möglich sei. Denn wir reden hier nicht vom absolut ersten Anfange der Zeit nach, sondern der Causalität nach. Wenn ich jetzt (zum Beispiel) völlig frei und ohne den nothwendig

dritten Antinomie.

II, zur Antithesis.

Der Vertheidiger der Allvermögenheit der Natur (transscendentale Physiokratie), im Widerspiel mit der Lehre von der Freiheit, würde seinen Satz gegen die vernünftelnden Schlüsse der letzteren auf folgende Art behaupten. Wenn ihr kein mathematisch Erstes der Zeit nach in der Welt annehmt, so habt ihr auch nicht nöthig, ein dynamisch Erstes der Causalität nach zu suchen. Wer hat euch geheissen, einen schlechthin ersten Zustand der Welt und mithin einen absoluten Anfang der nach und nach ablaufenden Reihe der Erscheinungen zu erdenken und, damit ihr eurer Einbildung einen Ruhepunkt verschaffen möget, der unumschränkten Natur Grenzen zu setzen? Da die Substanzen in der Welt jederzeit gewesen sind, wenigstens die Einheit der Erfahrung eine solche Voraussetzung nothwendig macht, so hat es keine Schwierigkeit, auch anzunehmen, dass der Wechsel ihrer Zustände, d. i. eine Reihe ihrer Veränderungen jederzeit gewesen sei, und mithin kein erster Anfang, weder mathematisch, noch dynamisch gesucht werden dürfe. Die Möglichkeit einer solchen unendlichen Abstammung ohne ein erstes Glied, in Ansehung dessen alles Uebrige blos nachfolgend ist, lässt sich, seiner Möglichkeit nach, nicht begreiflich machen. Aber wenn ihr diese Naturräthsel darum wegwerfen wollt, so werdet ihr euch genöthigt sehen, viel synthetische Grundbeschaffenheiten zu verwerfen (Grundkräfte), die ihr eben so wenig begreifen könnt, und selbst die Möglichkeit einer Veränderung überhaupt muss euch anstössig werden. Denn wenn ihr nicht durch Erfahrung fändet, dass sie wirklich ist, so würdet ihr niemals *a priori* ersinnen können, wie eine solche unaufhörliche Folge von Sein und Nichtsein möglich sei.

Wenn auch indessen allenfalls ein transscendentales Vermögen der Freiheit nachgegeben wird, um die Weltveränderungen anzufangen, so würde dieses Vermögen doch wenigstens nur ausserhalb der Welt sein müssen, (wiewohl es immer eine kühne Anmassung bleibt, ausserhalb

bestimmenden Einfluss der Naturursachen von meinem Stuhle aufstehe, so fängt in dieser Begebenheit, sammt deren natürlichen Folgen ins Unendliche eine neue Reihe schlechthin an, obgleich der Zeit nach diese Begebenheit nur die Fortsetzung einer vorhergehenden Reihe ist. Denn diese Entschliessung und That liegt gar nicht in der Abfolge bloser Naturwirkung und ist nicht eine blose Fortsetzung derselben, sondern die bestimmenden Naturursachen hören oberhalb derselben in Ansehung dieser Ereigniss ganz auf, die zwar auf jene folgt, aber daraus nicht erfolgt und daher zwar nicht der Zeit nach, aber doch in Ansehung der Causalität ein schlechthin erster Anfang einer Reihe von Erscheinungen genannt werden muss.

Die Bestätigung von der Bedürfniss der Vernunft, in der Reihe der Naturursachen sich auf einen ersten Anfang aus Freiheit zu berufen, leuchtet daran sehr klar in die Augen: dass (die Epikurische Schule ausgenommen) alle Philosophen des Alterthums sich gedrungen sahen, zur Erklärung der Weltbewegungen einen ersten Beweger anzunehmen, d. i. eine freihandelnde Ursache, welche diese Reihe von Zuständen zuerst und von selbst anfing. Denn aus bloser Natur unterfingen sie sich nicht, einen ersten Anfang begreiflich zu machen.

Der Antinomie der
Vierter Widerstreit der

Thesis.

Zu der Welt gehört etwas, das entweder als ihr Theil, oder ihre Ursache ein schlechthin nothwendiges Wesen ist.

Beweis.

Die Sinnenwelt, als das Ganze aller Erscheinungen, enthält zugleich eine Reihe von Veränderungen. Denn ohne diese würde selbst die Vorstellung der Zeitreihe, als einer Bedingung der Möglichkeit der Sinnenwelt uns nicht gegeben sein.* Eine jede Veränderung aber steht unter

---

* Die Zeit geht zwar als formale Bedingung der Möglichkeit der Veränderungen vor dieser objectiv vorher, allein subjectiv und in der Wirklichkeit des Bewusstseins ist diese Vorstellung doch nur, so wie jede andere, durch Veranlassung der Wahrnehmungen gegeben.

dem Inbegriffe aller möglichen Anschauungen noch einen Gegenstand anzunehmen, der in keiner möglichen Wahrnehmung gegeben werden kann.) Allein in der Welt selbst den Substanzen ein solches Vermögen beizumessen, kann nimmermehr erlaubt sein, weil alsdenn der Zusammenhang nach allgemeinen Gesetzen sich einander nothwendig bestimmender Erscheinungen, den man Natur nennt, und mit ihm das Merkmal empirischer Wahrheit, welches Erfahrung vom Traum unterscheidet, grösstentheils verschwinden würde. Denn es lässt sich neben einem solchen gesetzlosen Vermögen der Freiheit kaum mehr Natur denken, weil die Gesetze der letzteren durch die Einflüsse der ersteren unaufhörlich abgeändert und das Spiel der Erscheinungen, welches nach der blosen Natur regelmässig und gleichförmig sein würde, dadurch verwirrt und unzusammenhängend gemacht wird.

reinen Vernunft
transscendentalen Ideen.

Antithesis.

Es existirt überall kein schlechthin nothwendiges Wesen weder in der Welt, noch ausser der Welt als ihre Ursache.

Beweis.

Setzet: die Welt selber, oder in ihr sei ein nothwendiges Wesen, so würde in der Reihe ihrer Veränderungen entweder ein Anfang sein, der unbedingt nothwendig, mithin ohne Ursache wäre, welches dem dynamischen Gesetze der Bestimmung aller Erscheinungen in der Zeit widerstreitet; oder die Reihe selbst wäre ohne allen Anfang, und obgleich in allen ihren Theilen zufällig und bedingt, im Ganzen dennoch schlechthin nothwendig und unbedingt, welches sich selbst widerspricht, weil

ihrer Bedingung, die der Zeit nach vorhergeht und unter welcher sie nothwendig ist. Nun setzt ein jedes Bedingte, das gegeben ist, in Ansehung seiner Existenz eine vollständige Reihe von Bedingungen bis zum Schlechthin-Unbedingten voraus, welches allein absolut nothwendig ist. Also muss etwas Absolut-Nothwendiges existiren, wenn eine Veränderung als seine Folge existirt. Dieses Nothwendige aber gehört selber zur Sinnenwelt. Denn setzet: es sei ausser derselben, so würde von ihm die Reihe der Weltveränderungen ihren Anfang ableiten, ohne dass doch diese nothwendige Ursache selbst zur Sinnenwelt gehörte. Nun ist dieses unmöglich. Denn da der Anfang einer Zeitreihe nur durch dasjenige, was der Zeit nach vorhergeht, bestimmt werden kann, so muss die oberste Bedingung des Anfangs einer Reihe von Veränderungen in der Welt existiren, da diese noch nicht war; (denn der Anfang ist ein Dasein, vor welchem eine Zeit vorhergeht, darin das Ding, welches anfängt, noch nicht war.) Also gehört die Causalität der nothwendigen Ursache der Veränderungen, mithin auch die Ursache selbst zu einer Zeit, mithin zur Erscheinung, (an welcher die Zeit allein als deren Form möglich ist;) folglich kann sie von der Sinnenwelt, als dem Inbegriff aller Erscheinungen, nicht abgesondert gedacht werden. Also ist in der Welt selbst etwas Schlechthin-Nothwendiges enthalten, (es mag nun dieses die ganze Weltreihe selbst, oder ein Theil derselben sein.)

Anmerkung zur

1, zur Thesis.

Um das Dasein eines nothwendigen Wesens zu beweisen, liegt mir hier ob, kein anderes als kosmologisches Argument zu brauchen, welches nämlich von dem Bedingten in der Erscheinung zum Unbedingten im Begriffe aufsteigt, indem man dieses als die nothwendige Bedingung der absoluten Totalität der Reihe ansieht. Den Beweis aus der blosen Idee eines obersten aller Wesen überhaupt zu versuchen, gehört zu einem andern Princip der Vernunft, und ein solcher wird daher besonders vorkommen müssen.

Der reine kosmologische Beweis kann nun das Dasein eines nothwendigen Wesens nicht anders darthun, als dass er es zugleich unausgemacht lasse, ob dasselbe die Welt selbst, oder ein von ihr unterschiedenes Ding sei. Denn um das Letztere auszumitteln, dazu werden

das Dasein einer Menge nicht nothwendig sein kann, wenn kein einziger Theil derselben ein an sich nothwendiges Dasein besitzt.

Setzet dagegen: es gebe eine schlechthin nothwendige Weltursache ausser der Welt, so würde dieselbe, als das oberste Glied in der Reihe der Ursachen der Weltveränderungen, das Dasein der letzteren und ihre Reihe zuerst anfangen.* Nun müsste sie aber alsdenn auch anfangen zu handeln, und ihre Causalität würde in die Zeit, eben darum aber in den Inbegriff der Erscheinungen, d. i. in die Welt gehören, folglich sie selbst, die Ursache, nicht ausser der Welt sein, welches der Voraussetzung widerspricht. Also ist weder in der Welt, noch ausser derselben, (aber mit ihr in Causalverbindung,) irgend ein schlechthin nothwendiges Wesen.

vierten Antinomie.

II, zur Antithesis.

Wenn man, beim Aufsteigen in der Reihe der Erscheinungen, wider das Dasein einer schlechthin nothwendigen obersten Ursache Schwierigkeiten anzutreffen vermeint, so müssen sich diese auch nicht auf blose Begriffe vom nothwendigen Dasein eines Dinges überhaupt gründen und mithin nicht ontologisch sein, sondern sich aus der Causalverbindung

---

* Das Wort: anfangen, wird in zwiefacher Bedeutung genommen. Die erste ist activ, da die Ursache eine Reihe von Zuständen als ihre Wirkung anfängt (*infit*), die zweite passiv, da die Causalität in der Ursache selbst anhebt (*fit*). Ich schliesse hier aus der ersteren auf die letzte.

Grundsätze erfordert, die nicht mehr kosmologisch sind und nicht in der Reihe der Erscheinungen fortgehen, sondern Begriffe von zufälligen Wesen überhaupt, (so fern sie blos als Gegenstände des Verstandes erwogen werden,) und ein Princip, solche mit einem nothwendigen Wesen durch blose Begriffe zu verknüpfen, welches alles für eine transscendente Philosophie gehört, für welche hier noch nicht der Platz ist.

Wenn man aber einmal den Beweis kosmologisch anfängt, indem man die Reihe von Erscheinungen und den Regressus derselben nach empirischen Gesetzen der Causalität zum Grunde legt, so kann man nachher davon nicht abspringen und auf etwas übergehen, was gar nicht in die Reihe als ein Glied gehört. Denn in eben derselben Bedeutung muss etwas als Bedingung angesehen werden, in welcher die Relation des Bedingten zu seiner Bedingung in der Reihe genommen wurde, die auf diese höchste Bedingung im continuirlichen Fortschritte führen sollte. Ist nun dieses Verhältniss sinnlich und gehört zum möglichen empirischen Verstandesgebrauch, so kann die oberste Bedingung oder Ursache nur nach Gesetzen der Sinnlichkeit, mithin nur als zur Zeitreihe gehörig den Regressus beschliessen, und das nothwendige Wesen muss als das oberste Glied der Weltreihe angesehen werden.

Gleichwohl hat man sich die Freiheit genommen, einen solchen Absprung ($μετάβασις\ εἰς\ ἄλλο\ γένος$) zu thun. Man schloss nämlich aus den Veränderungen in der Welt auf die empirische Zufälligkeit, d. i. die Abhängigkeit derselben von empirisch bestimmenden Ursachen, und bekam eine aufsteigende Reihe empirischer Bedingungen, welches auch ganz recht war. Da man aber hierin keinen ersten Anfang und kein oberstes Glied finden konnte, so ging man plötzlich vom empirischen Begriff der Zufälligkeit ab und nahm die reine Kategorie, welche alsdenn eine blos intelligible Reihe veranlasste, deren Vollständigkeit auf dem Dasein einer schlechthin nothwendigen Ursache beruhte, die nunmehr, da sie an keine sinnliche Bedingungen gebunden war, auch von der Zeitbedingung, ihre Causalität selbst anzufangen, befreit wurde. Dieses Verfahren ist aber ganz widerrechtlich, wie man aus Folgendem schliessen kann.

Zufällig, im reinen Sinne der Kategorie, ist das, dessen contradictorisches Gegentheil möglich ist. Nun kann man aus der empirischen Zufälligkeit auf jene intelligible gar nicht schliessen. Was verändert wird, dessen Gegentheil (seines Zustandes) ist zu einer andern Zeit wirklich, mithin auch möglich; mithin ist dieses nicht das contradictorische

mit einer Reihe von Erscheinungen, um zu derselben eine Bedingung anzunehmen, die selbst unbedingt ist, hervor finden, folglich kosmologisch und nach empirischen Gesetzen gefolgert sein. Es muss sich nämlich zeigen, dass das Aufsteigen in der Reihe der Ursachen (in der Sinnenwelt) niemals bei einer empirisch unbedingten Bedingung endigen könne, und dass das kosmologische Argument aus der Zufälligkeit der Weltzustände, laut ihrer Veränderungen, wider die Annehmung einer ersten und die Reihe schlechthin zuerst anhebenden Ursache ausfalle.

Es zeigt sich aber in dieser Antinomie ein seltsamer Contrast: dass nämlich aus eben demselben Beweisgrunde, woraus in der Thesis das Dasein eines Urwesens geschlossen wurde, in der Antithesis das Nichtsein desselben, und zwar mit derselben Schärfe geschlossen wird. Erst hiess es: es ist ein nothwendiges Wesen, weil die ganze vergangene Zeit die Reihe aller Bedingungen und hiemit also auch das Unbedingte (Nothwendige) in sich fasst. Nun heisst es: es ist kein nothwendiges Wesen, eben darum, weil die ganze verflossene Zeit die Reihe aller Bedingungen, (die mithin insgesammt wiederum bedingt sind,) in sich fasst. Die Ursache hievon ist diese. Das erste Argument sieht nur auf die absolute Totalität der Reihe der Bedingungen, deren eine die andere in der Zeit bestimmt, und bekommt dadurch ein Unbedingtes und Nothwendiges. Das zweite zieht dagegen die Zufälligkeit alles dessen, was in der Zeitreihe bestimmt ist, in Betrachtung, (weil vor jedem eine Zeit vorhergeht, darin die Bedingung selbst wiederum als bedingt bestimmt sein muss;) wodurch denn alles Unbedingte und alle absolute Nothwendigkeit gänzlich wegfällt. Indessen ist die Schlussart in beiden selbst der gemeinen Menschenvernunft ganz angemessen, welche mehrmalen in den Fall geräth, sich mit sich selbst zu entzweien, nachdem sie ihren Gegenstand aus zwei verschie-

Gegentheil des vorigen Zustandes, wozu erfordert wird, dass in derselben Zeit, da der vorige Zustand war, an der Stelle desselben sein Gegentheil hätte sein können, welches aus der Veränderung gar nicht geschlossen werden kann. Ein Körper, der in Bewegung war $= A$, kömmt in Ruhe $= non\ A$. Daraus nun, dass ein entgegengesetzter Zustand vom Zustande A auf diesen folgt, kann gar nicht geschlossen werden, dass das contradictorische Gegentheil von A möglich, mithin A zufällig sei; denn dazu würde erfordert werden, dass in derselben Zeit, da die Bewegung war, anstatt derselben die Ruhe habe sein können. Nun wissen wir nichts weiter, als dass die Ruhe in der folgenden Zeit wirklich, mithin auch möglich war. Bewegung aber zu einer Zeit, und Ruhe zu einer andern Zeit sind einander nicht contradictorisch entgegengesetzt. Also beweiset die Succession entgegengesetzter Bestimmungen, d. i. die Veränderung, keinesweges die Zufälligkeit nach Begriffen des reinen Verstandes, und kann also auch nicht auf das Dasein eines nothwendigen Wesens nach reinen Verstandesbegriffen führen. Die Veränderung beweiset nur die empirische Zufälligkeit, d. i. dass der neue Zustand für sich selbst ohne eine Ursache, die zur vorigen Zeit gehört, gar nicht hätte stattfinden können, zu Folge dem Gesetze der Causalität. Diese Ursache, und wenn sie auch als schlechthin nothwendig angenommen wird, muss auf diese Art doch in der Zeit angetroffen werden und zur Reihe der Erscheinungen gehören.

denen Standpunkten erwägt. Herr von Mairan hielt den Streit zweier berühmten Astronomen, der aus einer ähnlichen Schwierigkeit über die Wahl des Standpunkts entsprang, für ein genugsam merkwürdiges Phänomen, um darüber eine besondere Abhandlung abzufassen. Der eine schloss nämlich so: der Mond drehet sich um seine Achse, darum, weil er der Erde beständig dieselbe Seite zukehrt; der andere: der Mond drehet sich nicht um seine Achse, eben darum, weil er der Erde beständig dieselbe Seite zukehrt. Beide Schlüsse waren richtig, nachdem man den Standpunkt nahm, aus dem man die Mondsbewegung beobachten wollte.

Der Antinomie der reinen Vernunft

dritter Abschnitt.

Von dem Interesse der reinen Vernunft bei diesem ihrem Widerstreite.

Da haben wir nun das ganze dialektische Spiel der kosmologischen Ideen, die es gar nicht verstatten, dass ihnen ein congruirender Gegenstand in irgend einer möglichen Erfahrung gegeben werde, ja nicht einmal, dass die Vernunft sie einstimmig mit allgemeinen Erfahrungsgesetzen denke, die gleichwohl doch nicht willkührlich erdacht sind, sondern auf welche die Vernunft im continuirlichen Fortgange der empirischen Synthesis nothwendig geführt wird, wenn sie das, was nach Regeln der Erfahrung jederzeit nur bedingt bestimmt werden kann, von aller Bedingung befreien und in seiner unbedingten Totalität fassen will. Diese vernünftelnden Behauptungen sind so viele Versuche, vier natürliche und unvermeidliche Probleme der Vernunft aufzulösen, deren es also nur gerade so viel, nicht mehr, auch nicht weniger geben kann, weil es nicht mehr Reihen synthetischer Voraussetzungen gibt, welche die empirische Synthesis a priori begrenzen.

Wir haben die glänzenden Anmassungen der ihr Gebiet über alle Grenzen der Erfahrung erweiternden Vernunft nur in trockenen Formeln, welche blos den Grund ihrer rechtlichen Ansprüche enthalten, vorgestellt, und wie es einer Transscendental-Philosophie geziemt, diese von allem Empirischen entkleidet, obgleich die ganze Pracht der Vernunftbehauptungen nur in Verbindung mit demselben hervorleuchten kann. In dieser Anwendung aber und der fortschreitenden Erweiterung des Vernunftgebrauchs, indem sie von dem Felde der Erfahrungen anhebt und sich bis zu diesen erhabenen Ideen allmählig hinaufschwingt, zeigt die Philosophie eine Würde, welche, wenn sie ihre Anmassungen nur behaupten könnte, den Werth aller anderen menschlichen Wissenschaft weit unter sich lassen würde, indem sie die Grundlage zu unseren grössesten Erwartungen und Aussichten auf die letzten Zwecke, in welchen alle Vernunftbemühungen sich endlich vereinigen müssen, verheisst. Die Fragen: ob die Welt einen Anfang und irgend eine Grenze ihrer Ausdehung im Raume habe; ob es irgendwo und vielleicht in meinem denkenden Selbst eine untheilbare und unzerstörliche Einheit, oder nichts, als das Theilbare und Vergängliche gebe; ob ich in meinen Handlungen frei, oder, wie andere Wesen, an dem Faden der Natur und des Schicksals geleitet sei; ob es endlich eine oberste Weltursache gebe, oder die Naturdinge und deren Ordnung den letzten Gegenstand ausmachen, bei dem wir in allen unseren Betrachtungen stehen bleiben müssen: das sind Fragen, um deren Auflösung der Mathematiker gerne seine ganze Wissenschaft dahin gäbe; denn diese kann ihm doch in Ansehung der höchsten und angelegensten Zwecke der Menschheit keine Befriedigung verschaffen. Selbst die eigentliche Würde der Mathematik, (dieses Stolzes der menschlichen Vernunft,) beruhet darauf, dass, da sie der Vernunft die Leitung gibt, die Natur im Grossen sowohl, als im Kleinen in ihrer Ordnung und Regelmässigkeit, imgleichen in der bewunderungswürdigen Einheit der sie bewegenden Kräfte weit über alle Erwartung der auf gemeine Erfahrung bauenden Philosophie einzusehen, sie dadurch selbst zu dem, über alle Erfahrung erweiterten Gebrauch der Vernunft Anlass und Aufmunterung gibt, imgleichen die damit beschäftigte Weltweisheit mit den vortrefflichsten Materialien versorgt, ihre Nachforschung, so viel deren Beschaffenheit es erlaubt, durch angemessene Anschauungen zu unterstützen.

Unglücklicher Weise für die Speculation, (vielleicht aber zum Glück für die praktische Bestimmung des Menschen,) sieht sich die Vernunft, mitten unter ihren grössesten Erwartungen, in einem Gedränge von Gründen und Gegengründen so befangen, dass, da es sowohl ihrer Ehre, als auch sogar ihrer Sicherheit wegen nicht thunlich ist, sich zurück zu ziehen und diesem Zwist als einem blosen Spielgefechte gleichgültig zuzusehen, noch weniger schlechthin Friede zu gebieten, weil der Gegenstand des Streits sehr interessirt, ihr nichts weiter übrig bleibt, als über den Ursprung dieser Veruneinigung der Vernunft mit sich selbst nachzusinnen, ob nicht etwa ein bloser Missverstand daran Schuld sei, nach dessen Erörterung zwar beiderseits stolze Ansprüche vielleicht wegfallen, aber dafür ein dauerhaft ruhiges Regiment der Vernunft über Verstand und Sinne seinen Anfang nehmen würde.

Wir wollen vorjetzt diese gründliche Erörterung noch etwas aussetzen und zuvor in Erwägung ziehen: auf welche Seite wir uns wohl am liebsten schlagen möchten, wenn wir etwa genöthigt würden, Partei zu nehmen. Da wir in diesem Falle nicht den logischen Probierstein der Wahrheit, sondern blos unser Interesse befragen, so wird eine solche Untersuchung, ob sie gleich in Ansehung des streitigen Rechts beider Theile nichts ausmacht, dennoch den Nutzen haben, es begreiflich zu machen, warum die Theilnehmer an diesem Streite sich lieber auf die eine Seite, als auf die andere geschlagen haben, ohne dass eben eine vorzügliche Einsicht des Gegenstandes davon Ursache gewesen; imgleichen noch andere Nebendinge zu erklären, z. B. die zelotische Hitze des einen und die kalte Behauptung des andern Theils, warum sie gerne der einen Partei freudigen Beifall zujauchzen, und wider die andere zum voraus unversöhnlich eingenommen sind.

Es ist aber etwas, das bei dieser vorläufigen Beurtheilung den Gesichtspunkt bestimmt, aus dem sie allein mit gehöriger Gründlichkeit angestellt werden kann, und dieses ist die Vergleichung der Principien, von denen beide Theile ausgehen. Man bemerkt unter den Behauptungen der Antithesis eine vollkommene Gleichförmigkeit der Denkungsart und völlige Einheit der Maxime, nämlich ein Principium des reinen Empirismus, nicht allein in Erklärung der Erscheinungen in der Welt, sondern auch in Auflösung der transscendentalen Ideen vom Weltall selbst. Dagegen legen die Behauptungen der Thesis ausser der empirischen Erklärungsart innerhalb der Reihe der Erscheinungen noch intellectuelle Anfänge zum Grunde, und die Maxime ist so fern nicht einfach. Ich will sie aber, von ihrem wesentlichen Unterscheidungsmerkmal, den Dogmatismus der reinen Vernunft nennen.

Auf der Seite also des Dogmatismus in Bestimmung der kosmologischen Vernunftideen, oder der Thesis zeigt sich

zuerst ein gewisses praktisches Interesse, woran jeder Wohlgesinnte, wenn er sich auf seinen wahren Vortheil versteht, herzlich Theil nimmt. Dass die Welt einen Anfang habe, dass mein denkendes Selbst einfacher und daher unverweslicher Natur, dass dieses zugleich in seinen willkührlichen Handlungen frei und über den Naturzwang erhoben sei, und dass endlich die ganze Ordnung der Dinge, welche die Welt ausmachen, von einem Urwesen abstamme, von welchem alles seine Einheit und zweckmässige Verknüpfung entlehnt, das sind so viel Grundsteine der Moral und Religion. Die Antithesis raubt uns alle diese Stützen, oder scheint wenigstens sie uns zu rauben.

Zweitens äussert sich auch ein speculatives Interesse der Vernunft auf dieser Seite. Denn wenn man die transscendentalen Ideen auf solche Art annimmt und gebraucht, so kann man völlig *a priori* die ganze Kette der Bedingungen fassen und die Ableitung des Bedingten begreifen, indem man vom Unbedingten anfängt; welches die Antithesis nicht leistet, die dadurch sich sehr übel empfiehlt, dass sie auf die Frage wegen der Bedingungen ihrer Synthesis keine Antwort geben kann, die nicht ohne Ende immer weiter zu fragen übrig liesse. Nach ihr muss man von einem gegebenen Anfange zu einem noch höheren aufsteigen, jeder Theil führt auf einen noch kleineren Theil, jede Begebenheit hat immer noch eine andere Begebenheit als Ursache über sich, und die Bedingungen des Daseins überhaupt stützen sich immer wiederum auf andere, ohne jemals in einem selbstständigen Dinge als Urwesen unbedingte Haltung und Stütze zu bekommen.

Drittens hat diese Seite auch den Vorzug der Popularität, der gewiss nicht den kleinsten Theil seiner Empfehlung ausmacht. Der gemeine Verstand findet in den Ideen des unbedingten Anfangs aller Synthesis nicht die mindeste Schwierigkeit, da er ohnedem mehr gewohnt ist, zu den Folgen abwärts zu gehen, als zu den Gründen hinaufzusteigen, und hat in den Begriffen des absolut Ersten, (über dessen Möglichkeit er nicht grübelt,) eine Gemächlichkeit und zugleich einen festen Punkt, um die Leitschnur seiner Schritte daran zu knüpfen, da er hingegen an dem rastlosen Aufsteigen vom Bedingten zur Bedingung, jederzeit mit einem Fusse in der Luft, gar kein Wohlgefallen finden kann.

Auf der Seite des Empirismus in Bestimmung der kosmologischen Ideen, oder der Antithesis, findet sich erstlich kein solches praktisches Interesse aus reinen Principien der Vernunft, als Moral und Religion bei sich führen. Vielmehr scheint der blose Empirismus beiden alle Kraft und Einfluss zu benehmen. Wenn es kein von der Welt unterschiedenes Urwesen gibt, wenn die Welt ohne Anfang und also auch ohne Urheber, unser Wille nicht frei, und die Seele von gleicher Theilbarkeit und Verweslichkeit mit der Materie ist, so verlieren auch die moralischen Ideen und Grundsätze alle Gültigkeit und fallen mit den transscendentalen Ideen, welche ihre theoretische Stütze ausmachten.

Dagegen bietet aber der Empirismus dem speculativen Interesse der Vernunft Vortheile an, die sehr anlockend sind und diejenigen weit übertreffen, die der dogmatische Lehrer der Vernunftideen versprechen mag. Nach jenem ist der Verstand jederzeit auf seinem eigenthümlichen Boden, nämlich dem Felde von lauter möglichen Erfahrungen, deren

Gesetzen er nachspüren und vermittelst derselben er seine sichere und fassliche Erkenntniss ohne Ende erweitern kann. Hier kann und soll er den Gegenstand, sowohl an sich selbst, als in seinen Verhältnissen, der Anschauung darstellen, oder doch in Begriffen, deren Bild in gegebenen ähnlichen Anschauungen klar und deutlich vorgelegt werden kann. Nicht allein, dass er nicht nöthig hat, diese Kette der Naturordnung zu verlassen, um sich an Ideen zu hängen, deren Gegenstände er nicht kennt, weil sie als Gedankendinge niemals gegeben werden können; sondern es ist ihm nicht einmal erlaubt, sein Geschäft zu verlassen und unter dem Vorwande, es sei nunmehr zu Ende gebracht, in das Gebiet der idealisirenden Vernunft und zu transscendenten Begriffen überzugehen, wo er nicht weiter nöthig hat zu beobachten und den Naturgesetzen gemäss zu forschen, sondern nur zu denken und zu dichten, sicher, dass er nicht durch Thatsachen der Natur widerlegt werden könne, weil er an ihr Zeugniss eben nicht gebunden ist, sondern sie vorbeigehen oder sie sogar selbst einem höheren Ansehen, nämlich dem der reinen Vernunft, unterordnen darf.

Der Empirist wird es daher niemals erlauben, irgend eine Epoche der Natur für die schlechthin erste anzunehmen, oder irgend eine Grenze seiner Aussicht in den Umfang derselben als die äusserste anzusehen, oder von den Gegenständen der Natur, die er durch Beobachtung und Mathematik auflösen und in der Anschauung synthetisch bestimmen kann, (dem Ausgedehnten,) zu denen überzugehen, die weder Sinn noch Einbildungskraft jemals *in concreto* darstellen kann (dem Einfachen); noch einräumen, dass man selbst in der Natur ein Vermögen, unabhängig von Gesetzen der Natur zu wirken (Freiheit) zum Grunde lege, und dadurch dem Verstande sein Geschäft schmälere, an dem Leitfaden nothwendiger Regeln dem Entstehen der Erscheinungen nachzuspüren; noch endlich zugeben, dass man irgend wozu die Ursache ausserhalb der Natur suche (Urwesen), weil wir nichts weiter, als diese kennen, indem sie es allein ist, welche uns Gegenstände darbietet und von ihren Gesetzen unterrichten kann.

Zwar, wenn der empirische Philosoph mit seiner Antithese keine andere Absicht hat, als den Vorwitz und die Vermessenheit der ihre wahre Bestimmung verkennenden Vernunft niederzuschlagen, welche mit Einsicht und Wissen gross thut, da wo eigentlich Einsicht und Wissen aufhören, und das, was man in Ansehung des praktischen Interesse gelten lässt, für eine Beförderung des speculativen Interesse ausgeben will, um, wo es ihrer Gemächlichkeit zuträglich ist, den Faden physischer Untersuchungen abzureissen und mit einem Vorgeben von Erweiterung der Erkenntniss ihn an transscendentale Ideen zu knüpfen, durch die man eigentlich nur erkennt, dass man nichts wisse; wenn, sage ich, der Empirist sich hiemit begnügte, so würde sein Grundsatz eine Maxime der Mässigung in Ansprüchen, der Bescheidenheit in Behauptungen und zugleich der grössest möglichen Erweiterung unseres Verstandes durch den eigentlich uns vorgesetzten Lehrer, nämlich die Erfahrung sein. Denn in solchem Falle würden uns intellectuelle Voraussetzungen und Glaube zum Behuf unserer praktischen Angelegenheit nicht genommen werden; nur könnte man sie nicht unter dem Titel und dem Pompe von Wissenschaft und Vernunfteinsicht auftreten lassen, weil das eigentliche speculative Wissen überall keinen anderen Gegenstand, als den der Erfahrung treffen kann, und wenn man ihre Grenze überschreitet, die Synthesis, welche neue und von jener unabhängige Erkenntnisse versucht, kein Substratum der Anschauung hat, an welchem sie ausgeübt werden könnte.

So aber, wenn der Empirismus in Ansehung der Ideen, (wie es mehrentheils geschieht,) selbst dogmatisch wird und dasjenige dreist verneint, was über der Sphäre seiner anschauenden Erkenntnisse ist, so fällt er selbst in den Fehler der Unbescheidenheit, der hier um desto tadelbarer ist, weil dadurch dem praktischen Interesse der Vernunft ein unersetzlicher Nachtheil verursacht wird.

Dies ist der Gegensatz des Epikureismus* gegen den Platonismus.

---

* Es ist indessen noch die Frage, ob EPIKUR diese Grundsätze als objective Behauptungen jemals vorgetragen habe. Wenn sie etwa weiter nichts, als Maximen des speculativen Gebrauchs der Vernunft waren, so zeigt er daran einen ächteren philosophischen Geist, als irgend einer der Weltweisen des Alterthums. Dass man in Erklärung der Erscheinungen so zu Werke gehen müsse, als ob das Feld der Untersuchung durch keine Grenze oder Anfang der Welt abgeschnitten sei, den Stoff der Welt so annehmen, wie er sein muss, wenn wir von ihm durch Erfahrung belehrt werden wollen, dass keine andere Erzeugung der Begebenheiten, als wie sie durch unveränderliche Naturgesetze bestimmt werden, und endlich keine von der Welt unterschiedene Ursache müsse gebraucht werden, sind noch jetzt sehr richtige, aber wenig beobachtete Grundsätze, die speculative Philosophie zu erweitern, so wie auch die Principien der Moral unabhängig von fremden Hülfsquellen auszufinden, ohne dass darum derjenige, welcher verlangt, jene dogmatischen Sätze, so lange als wir mit der blosen Speculation beschäftigt sind, zu ignoriren, darum beschuldigt werden darf, er wolle sie läugnen.

Ein jeder von beiden sagt mehr, als er weiss, doch so, dass der erstere das Wissen, obzwar zum Nachtheile des Praktischen aufmuntert und befördert, der zweite zwar zum Praktischen vortreffliche Principien an die Hand gibt, aber eben dadurch in Ansehung alles dessen, worin uns allein ein speculatives Wissen vergönnt ist, der Vernunft erlaubt, idealischen Erklärungen der Naturerscheinungen nachzuhängen und darüber die physische Nachforschung zu verabsäumen.

Was endlich das dritte Moment, worauf bei der vorläufigen Wahl zwischen beiden streitigen Theilen gesehen werden kann, anlangt, so ist es überaus befremdlich, dass der Empirismus aller Popularität gänzlich zuwider ist, ob man gleich glauben sollte, der gemeine Verstand werde einen Entwurf begierig aufnehmen, der ihn durch nichts als Erfahrungserkenntnisse und deren vernunftmässigen Zusammenhang zu befriedigen verspricht, anstatt dass die transscendentale Dogmatik ihn nöthigt, zu Begriffen hinaufzusteigen, welche die Einsicht und das Vernunftvermögen der im Denken geübtesten Köpfe weit übersteigen. Aber eben dieses ist sein Bewegungsgrund. Denn er befindet sich alsdenn in einem Zustande, in welchem sich auch der Gelehrteste über ihn nichts herausnehmen kann. Wenn er wenig oder nichts davon versteht, so kann sich doch auch Niemand rühmen, viel mehr davon zu verstehen, und ob er gleich hierüber nicht so schulgerecht, als Andere sprechen kann, so kann er doch darüber unendlich mehr vernünfteln, weil er unter lauter Ideen herumwandelt, über die man eben darum am beredtsten ist, weil man davon nichts weiss; anstatt, dass er über der Nachforschung der Natur ganz verstummen und seine Unwissenheit gestehen müsste. Gemächlichkeit und Eitelkeit also sind schon eine starke Empfehlung dieser Grundsätze. Ueberdem, ob es gleich einem Philosophen sehr schwer wird, etwas als Grundsatz anzunehmen, ohne deshalb sich selbst Rechenschaft geben zu können, oder gar Begriffe, deren objective Realität nicht eingesehen werden kann, einzuführen, so ist doch dem gemeinen Verstande nichts gewöhnlicher. Er will etwas haben, womit er zuversichtlich anfangen könne. Die Schwierigkeit, eine solche Voraussetzung selbst zu begreifen, beunruhigt ihn nicht, weil sie ihm, (der nicht weiss, was Begreifen heisst,) niemals in den Sinn kommt, und er hält das für bekannt, was ihm durch öfteren Gebrauch geläufig ist. Zuletzt aber verschwindet alles speculative Interesse bei ihm vor dem praktischen und er bildet sich ein, das einzusehen und zu wissen, was anzunehmen, oder zu glauben, ihn seine Besorgnisse oder Hoffnungen antreiben. So ist der Empirismus der transscendental-idealisirenden Vernunft aller Popularität gänzlich beraubt, und so viel Nachtheiliges wider die obersten praktischen Grundsätze sie auch enthalten mag, so ist doch gar nicht zu besorgen, dass sie die Grenzen der Schule jemals überschreiten und im gemeinen Wesen ein nur einigermassen beträchtliches Ansehen und einige Gunst bei der grossen Menge erwerben werde.

Die menschliche Vernunft ist ihrer Natur nach architektonisch, d. i. sie betrachtet alle Erkenntnisse als gehörig zu einem möglichen System und verstattet daher auch nur solche Principien, die eine vorhabende Erkenntniss wenigstens nicht unfähig machen, in irgend einem System mit anderen zusammen zu stehen. Die Sätze der Antithesis sind aber von der Art, dass sie die Vollendung eines Gebäudes von Erkenntnissen gänzlich unmöglich machen. Nach ihnen gibt es über einen Zustand der Welt immer einen noch älteren, in jedem Theile immer noch andere, wiederum theilbare, vor jeder Begebenheit eine andere, die wiederum eben so wohl anderweitig erzeugt war, und im Dasein überhaupt alles immer nur bedingt, ohne irgend ein unbedingtes und erstes Dasein anzuerkennen. Da also die Antithesis nirgend ein Erstes einräumt und keinen Anfang, der schlechthin zum Grunde des Baues dienen könnte, so ist ein vollständiges Gebäude der Erkenntniss bei dergleichen Voraussetzungen gänzlich unmöglich. Daher führt das architektonische Interesse der Vernunft, (welches nicht empirische, sondern reine Vernunfteinheit *a priori* fordert,) eine natürliche Empfehlung für die Behauptungen der Thesis bei sich.

Könnte sich aber ein Mensch von allem Interesse lossagen und die Behauptungen der Vernunft gleichgültig gegen alle Folgen, blos nach dem Gehalte ihrer Gründe in Betrachtung ziehen, so würde ein solcher, gesetzt dass er keinen Ausweg wüsste, anders aus dem Gedränge zu kommen, als dass er sich zu einer oder andern der strittigen Lehren bekennete, in einem unaufhörlich schwankenden Zustande sein. Heute würde es ihm überzeugend vorkommen, der menschliche Wille sei frei; morgen, wenn er die unauflösliche Naturkette in Betrachtung zöge, würde er dafür halten, die Freiheit sei nichts, als Selbsttäuschung und alles sei blos Natur. Wenn es nun aber zum Thun und Handeln käme, so würde dieses Spiel der blos speculativen Vernunft, wie Schattenbilder eines Traums, verschwinden, und er würde seine Principien blos nach dem praktischen Interesse wählen. Weil es aber doch einem nachdenkenden und forschenden Wesen anständig ist, gewisse Zeiten lediglich der Prüfung seiner eigenen Vernunft zu widmen, hiebei aber alle Parteilichkeit gänzlich auszuziehen und so seine Bemerkungen Anderen zur Beurtheilung öffentlich mitzutheilen, so kann es Niemandem verargt, noch weniger verwehrt werden, die Sätze und Gegensätze, so wie sie sich, durch keine Drohung geschreckt, vor Geschworenen von seinem eigenen Stande, (nämlich dem Stande schwacher Menschen,) vertheidigen können, auftreten zu lassen.

Der Antinomie der reinen Vernunft

Vierter Abschnitt.

Von den transscendentalen Aufgaben der reinen Vernunft, in so fern sie schlechterdings müssen aufgelöset werden können.

Alle Aufgaben auflösen und alle Fragen beantworten zu wollen, würde eine unverschämte Grosssprecherei und ein so ausschweifender Eigendünkel sein, dass man dadurch sich sofort um alles Zutrauen bringen müsste. Gleichwohl gibt es Wissenschaften, deren Natur es so mit sich bringt, dass eine jede darin vorkommende Frage aus dem, was man weiss, schlechthin beantwortlich sein muss, weil die Antwort aus denselben Quellen entspringen muss, daraus die Frage entspringt, und wo es keinesweges erlaubt ist, unvermeidliche Unwissenheit vorzuschützen, sondern die Auflösung gefordert werden kann. Was in allen möglichen Fällen Recht oder Unrecht sei, muss man der Regel nach wissen können, weil es unsere Verbindlichkeit betrifft und wir zu dem, was wir nicht wissen können, auch keine Verbindlichkeit haben. In der Erklärung der Erscheinungen der Natur muss uns indessen vieles ungewiss und manche Frage unauflöslich bleiben, weil das, was wir von der Natur wissen, zu dem, was wir erklären sollen, bei weitem nicht in allen Fällen zureichend ist. Es fragt sich nun, ob in der Transscendental-Philosophie irgend eine Frage, die ein der Vernunft vorgelegtes Object betrifft, durch eben diese reine Vernunft unbeantwortlich sei, und ob man sich ihrer entscheidenden Beantwortung dadurch mit Recht entziehen könne, dass man es als schlechthin ungewiss (aus allem dem, was wir erkennen können,) demjenigen beizählt, wovon wir zwar so viel Begriff haben, um eine Frage aufzuwerfen, es uns aber gänzlich an Mitteln oder am Vermögen fehlt, sie jemals zu beantworten.

Ich behaupte nun, dass die Transscendental-Philosophie unter allem speculativen Erkenntniss dieses Eigenthümliche habe, dass gar keine Frage, welche einen der reinen Vernunft gegebenen Gegenstand betrifft, für eben dieselbe menschliche Vernunft unauflöslich sei, und dass kein Vorschützen einer unvermeidlichen Unwissenheit und unergründlichen Tiefe der Aufgabe von der Verbindlichkeit frei sprechen könne, sie gründlich und vollständig zu beantworten; weil eben derselbe Begriff, der uns in den Stand setzt, zu fragen, durchaus uns auch tüchtig machen muss, auf diese Frage zu antworten, indem der Gegenstand ausser dem Begriffe gar nicht angetroffen wird, (wie bei Recht und Unrecht.)

Es sind aber in der Transscendental-Philosophie keine anderen, als nur die kosmologischen Fragen, in Ansehung deren man mit Recht eine genugthuende Antwort, die die Beschaffenheit des Gegenstandes betrifft, fordern kann, ohne dass dem Philosophen erlaubt ist, sich derselben dadurch zu entziehen, dass er undurchdringliche Dunkelheit vorschützt, und diese Fragen können nur kosmologische Ideen betreffen. Denn der Gegenstand muss empirisch gegeben sein, und die Frage geht nur auf die Angemessenheit desselben mit einer Idee. Ist der Gegenstand transscendental und also selbst unbekannt, z. B. ob das Etwas, dessen Erscheinung (in uns selbst) das Denken ist (Seele), ein an sich einfaches Wesen sei, ob es eine Ursache aller Dinge insgesammt gebe, die schlechthin nothwendig ist u. s. w., so sollen wir zu unserer Idee einen Gegenstand suchen, von welchem wir gestehen können, dass er uns unbekannt, aber deswegen doch nicht unmöglich sei.* Die kosmo-

---

* Man kann zwar auf die Frage, was ein transscendentaler Gegenstand für eine Beschaffenheit habe, keine Antwort geben, nämlich was er sei, aber wohl, dass die Frage selbst nichts sei, darum, weil kein Gegenstand derselben gegeben worden. Daher sind alle Fragen der transscendentalen Seelenlehre auch beantwortlich und wirklich beantwortet; denn sie betreffen das transscendentale Subject aller inneren Erscheinungen, welches selbst nicht Erscheinung ist und also nicht als Gegenstand gegeben ist, und worauf keine der Kategorien, (auf welche doch eigentlich die Frage gestellt ist,) Bedingungen ihrer Anwendung antreffen. Also ist hier der Fall, da der gemeine Ausdruck gilt, dass keine Antwort auch eine Antwort sei, nämlich dass eine Frage nach der Beschaffenheit desjenigen Etwas, was durch kein bestimmtes

logischen Ideen haben allein das Eigenthümliche an sich, dass sie ihren Gegenstand und die zu dessen Begriff erforderliche empirische Synthesis als gegeben voraussetzen können, und die Frage, die aus ihnen entspringt, betrifft nur den Fortgang dieser Synthesis, so fern er absolute Totalität enthalten soll, welche letztere nichts Empirisches mehr ist, indem sie in keiner Erfahrung gegeben werden kann. Da nun hier lediglich von einem Dinge als Gegenstand einer möglichen Erfahrung und nicht als einer Sache an sich selbst die Rede ist, so kann die Beantwortung der transscendenten kosmologischen Frage ausser der Idee sonst nirgend liegen; denn sie betrifft keinen Gegenstand an sich selbst, und in Ansehung der möglichen Erfahrung wird nicht nach demjenigen gefragt, was *in concreto* in irgend einer Erfahrung gegeben werden kann, sondern was in der Idee liegt, der sich die empirische Synthesis blos nähern soll; also muss sie aus der Idee allein aufgelöset werden können; denn diese ist ein bloses Geschöpf der Vernunft, welche also die Verantwortung nicht von sich abweisen und auf den unbekannten Gegenstand schieben kann.

Es ist nicht so ausserordentlich, als es Anfangs scheint, dass eine Wissenschaft in Ansehung aller in ihren Inbegriff gehörigen Fragen (*quaestiones domesticae*) lauter gewisse Auflösungen fordern und erwarten könne, ob sie gleich zur Zeit noch vielleicht nicht gefunden sind. Ausser der Transscendental-Philosophie gibt es noch zwei reine Vernunftwissenschaften, eine blos speculativen, die andere praktischen Inhalts: reine Mathematik und reine Moral. Hat man wohl jemals gehört, dass, gleichsam wegen einer nothwendigen Unwissenheit der Bedingungen, es für ungewiss sei ausgegeben worden, welches Verhältniss der Durchmesser zum Kreise ganz genau in Rational- oder Irrationalzahlen habe? Da es durch erstere gar nicht congruent gegeben werden kann, durch die zweite aber noch nicht gefunden ist, so urtheilte man, dass wenigstens die Unmöglichkeit solcher Auflösung mit Gewissheit erkannt werden könne, und LAMBERT gab einen Beweis davon. In den allgemeinen Principien der Sitten kann nichts Ungewisses sein, weil die Sätze entweder ganz und gar nichtig und sinnleer sind, oder blos aus unseren Vernunftbegriffen fliessen müssen. Dagegen gibt es in der Naturkunde eine Unendlichkeit von Vermuthungen, in Ansehung

---

Prädicat gedacht werden kann, weil es gänzlich ausser der Sphäre der Gegenstände gesetzt wird, die uns gegeben werden können, gänzlich nichtig und leer sei.

deren niemals Gewissheit erwartet werden kann, weil die Naturerscheinungen Gegenstände sind, die uns unabhängig von unseren Begriffen gegeben werden, zu denen also der Schlüssel nicht in uns und unserem reinen Denken, sondern ausser uns liegt und eben darum in vielen Fällen nicht aufgefunden, mithin kein sicherer Aufschluss erwartet werden kann. Ich rechne die Fragen der transscendentalen Analytik, welche die Deduction unserer reinen Erkenntniss betreffen, nicht hieher, weil wir jetzt nur von der Gewissheit der Urtheile in Ansehung der Gegenstände und nicht in Ansehung des Ursprungs unserer Begriffe selbst handeln.

Wir werden also der Verbindlichkeit einer wenigstens kritischen Auflösung der vorgelegten Vernunftfragen dadurch nicht ausweichen können, dass wir über die engen Schranken unserer Vernunft Klagen erheben und mit dem Scheine einer demuthsvollen Selbsterkenntniss bekennen, es sei über unsere Vernunft, auszumachen, ob die Welt von Ewigkeit her sei, oder einen Anfang habe; ob der Weltraum ins Unendliche mit Wesen erfüllt, oder innerhalb gewisser Grenzen eingeschlossen sei; ob irgend in der Welt etwas einfach sei, oder ob alles ins Unendliche getheilt werden müsse; ob es eine Erzeugung und Hervorbringung aus Freiheit gebe, oder ob alles an der Kette der Naturordnung hänge; endlich ob es irgend ein gänzlich unbedingt und an sich nothwendiges Wesen gebe, oder ob alles seinem Dasein nach bedingt und mithin äusserlich abhängend und an sich zufällig sei. Denn alle diese Fragen betreffen einen Gegenstand, der nirgend anders, als in unseren Gedanken gegeben werden kann, nämlich die schlechthin unbedingte Totalität der Synthesis der Erscheinungen. Wenn wir darüber aus unseren eigenen Begriffen nichts Gewisses sagen und ausmachen können, so dürfen wir nicht die Schuld auf die Sache schieben, die sich uns verbirgt; denn es kann uns dergleichen Sache, (weil sie ausser unserer Idee nirgends angetroffen wird,) gar nicht gegeben werden, sondern wir müssen die Ursache in unserer Idee selbst suchen, welche ein Problem ist, das keine Auflösung verstattet, und wovon wir doch hartnäckig annehmen, als entspreche ihr ein wirklicher Gegenstand. Eine deutliche Darlegung der Dialektik, die in unserem Begriffe selbst liegt, würde uns bald zur völligen Gewissheit bringen von dem, was wir in Ansehung einer solchen Frage zu urtheilen haben.

Man kann eurem Vorwande der Ungewissheit in Ansehung dieser Probleme zuerst die Frage entgegensetzen, die ihr wenigstens deutlich beantworten müsset: woher kommen euch die Ideen, deren Auflösung euch hier in solche Schwierigkeit verwickelt? Sind sie etwa Erscheinungen, deren Erklärung ihr bedürft und wovon ihr zufolge dieser Ideen nur die Principien, oder die Regel ihrer Exposition zu suchen habt? Nehmet an, die Natur sei ganz vor euch aufgedeckt, euren Sinnen und dem Bewusstsein alles dessen, was eurer Anschauung vorgelegt ist, sei nichts verborgen, so werdet ihr doch durch keine einzige Erfahrung den Gegenstand eurer Ideen *in concreto* erkennen können, (denn es wird ausser dieser vollständigen Anschauung noch eine vollendete Synthesis und das Bewusstsein ihrer absoluten Totalität erfordert, welches durch gar kein empirisches Erkenntniss möglich ist;) mithin kann eure Frage keinesweges zur Erklärung von irgend einer vorkommenden Erscheinung nothwendig und also gleichsam durch den Gegenstand selbst aufgegeben sein. Denn der Gegenstand kann euch niemals vorkommen, weil er durch keine mögliche Erfahrung gegeben werden kann. Ihr bleibt mit allen möglichen Wahrnehmungen immer unter Bedingungen, es sei im Raume, oder in der Zeit befangen, und kommt an nichts Unbedingtes, um auszumachen, ob dieses Unbedingte in einem absoluten Anfange der Synthesis, oder einer absoluten Totalität der Reihe ohne allen Anfang zu setzen sei. Das All aber in empirischer Bedeutung ist jederzeit nur comparativ. Das absolute All der Grösse (das Weltall), der Theilung, der Abstammung, der Bedingung des Daseins überhaupt, mit allen Fragen, ob es durch endliche oder ins Unendliche fortzusetzende Synthesis zu Stande zu bringen sei, geht keine mögliche Erfahrung etwas an. Ihr würdet z. B. die Erscheinungen eines Körpers nicht im mindesten besser, oder auch nur anders erklären können, ob ihr annehmet, er bestehe aus einfachen, oder durchgehends immer aus zusammengesetzten Theilen; denn es kann euch keine einfache Erscheinung und eben so wenig auch eine unendliche Zusammensetzung jemals vorkommen. Die Erscheinungen verlangen nur erklärt zu werden, so weit ihre Erklärungsbedingungen in der Wahrnehmung gegeben sind; alles aber, was jemals an ihnen gegeben werden mag, in einem **absoluten Ganzen** zusammengenommen, ist selbst keine Wahrnehmung. Dieses All aber ist es eigentlich, dessen Erklärung in den transscendentalen Vernunftaufgaben gefordert wird.

Da also selbst die Auflösung dieser Aufgaben niemals in der Erfahrung vorkommen kann, so könnet ihr nicht sagen, dass es ungewiss sei, was hierüber dem Gegenstande beizulegen sei. Denn euer Gegenstand ist blos in eurem Gehirne und kann ausser demselben gar nicht gegeben werden; daher ihr nur dafür zu sorgen habt, mit euch selbst einig zu werden und die Amphibolie zu verhüten, die eure Idee zu einer vermeintlichen Vorstellung eines empirisch gegebenen und also auch nach Erfahrungsgesetzen zu erkennenden Objects macht. Die dogmatische Auflösung ist also nicht etwa ungewiss, sondern unmöglich. Die kritische aber, welche völlig gewiss sein kann, betrachtet die Frage gar nicht objectiv, sondern nach dem Fundamente der Erkenntniss, worauf sie gegründet ist.

Der Antinomie der reinen Vernunft

fünfter Abschnitt.

Skeptische Vorstellung der kosmologischen Fragen durch alle vier transscendentale Ideen.

Wir würden von der Forderung gern abstehen, unsere Fragen dogmatisch beantwortet zu sehen, wenn wir schon zum voraus begriffen: die Antwort möchte ausfallen, wie sie wollte, so würde sie unsere Unwissenheit nur noch vermehren und uns aus einer Unbegreiflichkeit in eine andere, aus einer Dunkelheit in eine noch grössere und vielleicht gar in Widersprüche stürzen. Wenn unsere Frage blos auf Bejahung oder Verneinung gestellt ist, so ist es klüglich gehandelt, die vermuthlichen Gründe der Beantwortung vor der Hand dahin gestellt sein zu lassen, und zuvörderst in Erwägung zu ziehen, was man denn gewinnen würde, wenn die Antwort auf die eine, und was, wenn sie auf die Gegenseite ausfiele. Trifft es sich nun, dass in beiden Fällen lauter Sinnleeres (Nonsens) herauskommt, so haben wir eine gegründete Aufforderung, unsere Frage selbst kritisch zu untersuchen und zu sehen, ob sie nicht selbst auf einer grundlosen Voraussetzung beruhe und mit einer Idee spiele, die ihre Falschheit besser in der Anwendung und durch ihre Folgen, als in der abgesonderten Vorstellung verräth. Das ist der grosse Nutzen, den die skeptische Art hat, die Fragen zu behandeln, welche reine Vernunft an reine Vernunft thut, und wodurch man eines grossen dogmatischen Wustes mit wenig Aufwand überhoben sein kann, um an dessen Statt eine nüchterne Kritik zu setzen, die als ein wahres Katarktikon den Wahn zusammt seinem Gefolge, der Vielwisserei, glücklich abführen wird.

Wenn ich demnach von einer kosmologischen Idee zum voraus einsehen könnte, dass, auf welche Seite des Unbedingten der regressiven Synthesis der Erscheinungen sie sich auch schlüge, sie doch für einen jeden Verstandesbegriff entweder zu gross oder zu klein sein würde, so würde ich begreifen, dass, da jene doch es nur mit einem Gegenstande der Erfahrung zu thun hat, welche einem möglichen Verstandesbegriffe angemessen sein soll, sie ganz leer und ohne Bedeutung sein müsse, weil ihr der Gegenstand nicht anpasst, ich mag ihn derselben bequemen, wie ich will. Und dieses ist wirklich der Fall mit allen Weltbegriffen, welche auch eben um deswillen die Vernunft, so lange sie ihnen anhängt, in eine unvermeidliche Antinomie verwickeln. Denn nehmt

erstlich an: die Welt habe keinen Anfang, so ist sie für euren Begriff zu gross; denn dieser, welcher in einem successiven Regressus besteht, kann die ganze verflossene Ewigkeit niemals erreichen. Setzet: sie habe einen Anfang, so ist sie wiederum für euren Verstandesbegriff in dem nothwendigen empirischen Regressus zu klein. Denn weil der Anfang noch immer eine Zeit, die vorhergeht, voraussetzt, so ist er noch nicht unbedingt, und das Gesetz des empirischen Gebrauchs des Verstandes legt es euch auf, noch nach einer höheren Zeitbedingung zu fragen, und die Welt ist also offenbar für dieses Gesetz zu klein.

Eben so ist es mit der doppelten Beantwortung der Frage, wegen der Weltgrösse dem Raum nach, bewandt. Denn ist sie unendlich und unbegrenzt, so ist sie für allen möglichen empirischen Begriff zu gross. Ist sie endlich und begrenzt, so fragt ihr mit Recht noch: was bestimmt diese Grenze? Der leere Raum ist nicht ein für sich bestehendes Correlatum der Dinge, und kann keine Bedingung sein, bei der ihr stehen bleiben könnt, noch viel weniger eine empirische Bedingung, die einen Theil einer möglichen Erfahrung ausmachte. (Denn wer kann eine Erfahrung vom Schlechthin-Leeren haben?) Zur absoluten Totalität aber der empirischen Synthesis wird jederzeit erfordert, dass das Unbedingte ein Erfahrungsbegriff sei. Also ist eine begrenzte Welt für euren Begriff zu klein.

Zweitens: besteht jede Erscheinung im Raume (Materie) aus unendlich viel Theilen, so ist der Regressus der Theilung für euren Begriff jederzeit zu gross, und soll die Theilung des Raumes irgend bei einem Gliede derselben (dem Einfachen) aufhören, so ist er für die Idee des Unbedingten zu klein. Denn dieses Glied lässt noch immer einen Regressus zu mehreren in ihm enthaltenen Theilen übrig.

Drittens, nehmet ihr an: in allem, was in der Welt geschieht, sei nichts, als Erfolg nach Gesetzen der Natur, so ist die Causalität der Ursache immer wiederum etwas, das geschieht, und euren Regressus zu noch höherer Ursache, mithin die Verlängerung der Reihe von Bedingungen *a parte priori* ohne Aufhören nothwendig macht. Die blose wirkende Natur ist also für allen euren Begriff in der Synthesis der Weltbegebenheiten zu gross.

Wählt ihr, hin und wieder, von selbst gewirkte Begebenheiten, mithin Erzeugung aus Freiheit, so verfolgt euch das Warum nach einem unvermeidlichen Naturgesetze, und nöthigt euch, über diesen Punkt nach dem Causalgesetze der Erfahrung hinaus zu gehen, und ihr findet, dass dergleichen Totalität der Verknüpfung für euren nothwendigen empirischen Begriff zu klein ist.

Viertens: wenn ihr ein schlechthin nothwendiges Wesen, (es sei die Welt selbst, oder etwas in der Welt, oder die Welturursache,) annehmt, so setzt ihr es in eine, von jedem gegebenen Zeitpunkt unendlich entfernte Zeit; weil es sonst von einem anderen und älteren Dasein abhängend sein würde. Alsdenn ist aber diese Existenz für euren empirischen Begriff unzugänglich und zu gross, als dass ihr jemals durch irgend einen fortgesetzten Regressus dazu gelangen könntet.

Ist aber, eurer Meinung nach, alles, was zur Welt, (es sei als bedingt oder als Bedingung,) gehört, zufällig, so ist jede euch gegebene Existenz für euren Begriff zu klein. Denn sie nöthigt euch, euch noch immer nach einer andern Existenz umzusehen, von der sie abhängig ist.

Wir haben in allen diesen Fällen gesagt, dass die Weltidee für den empirischen Regressus, mithin jeden möglichen Verstandesbegriff entweder zu gross, oder auch für denselben zu klein sei. Warum haben wir uns nicht umgekehrt ausgedrückt, und gesagt: dass im ersteren Falle der empirische Begriff für die Idee jederzeit zu klein, im zweiten aber zu gross sei, und mithin gleichsam die Schuld auf dem empirischen

Regressus hafte; anstatt dass wir die kosmologische Idee anklagten, dass sie im Zuviel oder Zuwenig von ihrem Zwecke, nämlich der möglichen Erfahrung abwiche? Der Grund war dieser. Mögliche Erfahrung ist das, was unseren Begriffen allein Realität geben kann; ohne das ist aller Begriff nur Idee, ohne Wahrheit und Beziehung auf einen Gegenstand. Daher war der mögliche empirische Begriff das Richtmaass, wornach die Idee beurtheilt werden musste, ob sie blose Idee und Gedankending sei, oder in der Welt ihren Gegenstand antreffe. Denn man sagt nur von demjenigen, dass es verhältnissweise auf etwas Anderes zu gross oder zu klein sei, was nur um dieses Letzteren willen angenommen wird und darnach eingerichtet sein muss. Zu dem Spielwerke der alten dialektischen Schulen gehörte auch diese Frage: wenn eine Kugel nicht durch ein Loch geht, was soll man sagen: ist die Kugel zu gross, oder das Loch zu klein? In diesem Falle ist es gleichgültig, wie ihr euch ausdrücken wollt; denn ihr wisst nicht, welches von beiden um des anderen willen da ist. Dagegen werdet ihr nicht sagen: der Mann ist für sein Kleid zu lang, sondern: das Kleid ist für den Mann zu kurz.

Wir sind also wenigstens auf den gegründeten Verdacht gebracht, dass die kosmologischen Ideen und mit ihnen alle unter einander in Streit gesetzte vernünftelnde Behauptungen vielleicht einen leeren und blos eingebildeten Begriff von der Art, wie uns der Gegenstand dieser Ideen gegeben wird, zum Grunde liegen haben, und dieser Verdacht kann uns schon auf die rechte Spur führen, das Blendwerk zu entdecken, was uns so lange irre geführt hat.

Der Antinomie der reinen Vernunft
sechster Abschnitt.

Der transscendentale Idealismus, als der Schlüssel zu Auflösung der kosmologischen Dialektik.

Wir haben in der transscendentalen Aesthetik hinreichend bewiesen, dass alles, was im Raume oder der Zeit angeschaut wird, mithin alle Gegenstände einer uns möglichen Erfahrung, nichts als Erscheinungen, d. i. blose Vorstellungen sind, die so, wie sie vorgestellt werden, als ausgedehnte Wesen oder Reihen von Veränderungen, ausser unseren Gedanken keine an sich gegründete Existenz haben. Diesen Lehrbegriff nenne ich den transscendentalen Idealismus.* Der Realist in transscendentaler Bedeutung macht aus diesen Modificationen unserer Sinnlichkeit an sich subsistirende Dinge, und daher blose Vorstellungen zu Sachen an sich selbst.

Man würde uns Unrecht thun, wenn man uns den schon längst so verschrieenen empirischen Idealismus zumuthen wollte, der, indem er die eigene Wirklichkeit des Raumes annimmt, das Dasein der ausgedehnten Wesen in demselben läugnet, wenigstens zweifelhaft findet, und zwischen Traum und Wahrheit in diesem Stücke keinen genugsam erweislichen Unterschied einräumt. Was die Erscheinungen des innern Sinnes in der Zeit betrifft, an denen, als wirklichen Dingen, findet er keine Schwierigkeit; ja er behauptet sogar, dass diese innere Erfahrung das wirkliche Dasein ihres Objects (an sich selbst), (mit aller dieser Zeitbestimmung,) einzig und allein hinreichend beweise.

Unser transscendentaler Idealismus erlaubt es dagegen, dass die Gegenstände äusserer Anschauung, eben so wie sie im Raume angeschaut werden, auch wirklich seien, und in der Zeit alle Veränderungen, so wie sie der innere Sinn vorstellt. Denn da der Raum schon eine Form derjenigen Anschauung ist, die wir die äussere nennen, und ohne Gegenstände in demselben es gar keine empirische Vorstellung geben würde, so können und müssen wir darin ausgedehnte Wesen als wirklich annehmen, und eben so ist es auch mit der Zeit. Jener Raum selber aber, sammt dieser Zeit, und zugleich mit beiden alle Erscheinungen sind doch an sich selbst keine Dinge, sondern nichts, als Vorstellungen und können gar nicht ausser unserem Gemüth existiren, und selbst ist die innere und sinnliche Anschauung unseres Gemüths, (als Gegenstandes des Bewusstseins,) dessen Bestimmung durch die Succession verschiedener Zustände in der Zeit vorgestellt wird, auch nicht das eigentliche Selbst, so wie es an sich existirt, oder das transscendentale Subject, son-

---

* Ich habe ihn auch sonst bisweilen den formalen Idealismus genannt, um ihn von dem materialen, d. i. dem gemeinen, der die Existenz äusserer Dinge selbst bezweifelt oder läugnet, zu unterscheiden. In manchen Fällen scheint es rathsam zu sein, sich lieber dieser, als der obgenannten Ausdrücke zu bedienen, um alle Missdeutung zu verhüten. ¹

¹ Diese Anmerkung ist erst in der 2. Ausg. hinzugekommen.

dern nur eine Erscheinung, die der Sinnlichkeit dieses uns unbekannten Wesens gegeben worden. Das Dasein dieser inneren Erscheinung, als eines so an sich existirenden Dinges, kann nicht eingeräumt werden, weil ihre Bedingung die Zeit ist, welche keine Bestimmung irgend eines Dinges an sich selbst sein kann. In dem Raume aber und der Zeit ist die empirische Wahrheit der Erscheinungen genugsam gesichert und von der Verwandtschaft mit dem Traume hinreichend unterschieden, wenn beide nach empirischen Gesetzen in einer Erfahrung richtig und durchgängig zusammenhängen.

Es sind demnach die Gegenstände der Erfahrung niemals an sich selbst, sondern nur in der Erfahrung gegeben und existiren ausser derselben gar nicht. Dass es Einwohner im Monde geben könne, ob sie gleich kein Mensch jemals wahrgenommen hat, muss allerdings eingeräumt werden; aber es bedeutet nur so viel, dass wir in dem möglichen Fortschritt der Erfahrung auf sie treffen könnten; denn alles ist wirklich, was mit einer Wahrnehmung nach Gesetzen des empirischen Fortgangs in einem Context stehet. Sie sind also alsdenn wirklich, wenn sie mit meinem wirklichen Bewusstsein in einem empirischen Zusammenhange stehen, ob sie gleich darum nicht an sich, d. i. ausser diesem Fortschritt der Erfahrung wirklich sind.

Uns ist wirklich nichts gegeben, als die Wahrnehmung und der empirische Fortschritt von dieser zu andern möglichen Wahrnehmungen. Denn an sich selbst sind die Erscheinungen, als blose Vorstellungen, nur in der Wahrnehmung wirklich, die in der That nichts Anderes ist, als die Wirklichkeit einer empirischen Vorstellung, d. i. Erscheinung. Vor der Wahrnehmung eine Erscheinung ein wirkliches Ding nennen, bedeutet entweder, dass wir im Fortgange der Erfahrung auf eine solche Wahrnehmung treffen müssen, oder es hat gar keine Bedeutung. Denn dass sie an sich selbst, ohne Beziehung auf unsere Sinne und mögliche Erfahrung existire, könnte allerdings gesagt werden, wenn von einem Dinge an sich selbst die Rede wäre. Es ist aber blos von einer Erscheinung im Raume und der Zeit, die beides keine Bestimmungen der Dinge an sich selbst, sondern nur unserer Sinnlichkeit sind, die Rede; daher das, was in ihnen ist (Erscheinungen), nicht an sich etwas, sondern blose Vorstellungen sind, die, wenn sie nicht in uns (in der Wahrnehmung) gegeben sind, überall nirgend angetroffen werden.

Das sinnliche Anschauungsvermögen ist eigentlich nur eine Receptivität, auf gewisse Weise mit Vorstellungen afficirt zu werden, deren

Verhältniss zu einander eine reine Anschauung des Raumes und der Zeit ist, (lauter Formen unserer Sinnlichkeit,) und welche, so fern sie in diesem Verhältnisse (dem Raume und der Zeit) nach Gesetzen der Einheit der Erfahrung verknüpft und bestimmbar sind, Gegenstände heissen. Die nichtsinnliche Ursache dieser Vorstellungen ist uns gänzlich unbekannt und diese können wir daher nicht als Object anschauen; denn dergleichen Gegenstand würde weder im Raume, noch der Zeit (als blosen Bedingungen der sinnlichen Vorstellung) vorgestellt werden müssen, ohne welche Bedingungen wir uns gar keine Anschauung denken können. Indessen können wir die blos intelligible Ursache der Erscheinungen überhaupt das transscendentale Object nennen, blos damit wir etwas haben, was der Sinnlichkeit als einer Receptivität correspondirt. Diesem transscendentalen Object können wir allen Umfang und Zusammenhang unserer möglichen Wahrnehmungen zuschreiben, und sagen: dass es vor aller Erfahrung an sich selbst gegeben sei. Die Erscheinungen aber sind, ihm gemäss, nicht an sich, sondern nur in dieser Erfahrung gegeben, weil sie blose Vorstellungen sind, die nur als Wahrnehmungen einen wirklichen Gegenstand bedeuten, wenn nämlich diese Wahrnehmung mit allen andern nach den Regeln der Erfahrungseinheit zusammenhängt. So kann man sagen: die wirklichen Dinge der vergangenen Zeit sind in dem transscendentalen Gegenstande der Erfahrung gegeben; sie sind aber für mich nur Gegenstände und in der vergangenen Zeit wirklich, so fern als ich mir vorstelle, dass eine regressive Reihe möglicher Wahrnehmungen, (es sei am Leitfaden der Geschichte, oder an den Fussstapfen der Ursachen und Wirkungen,) nach empirischen Gesetzen, mit einem Worte, der Weltlauf auf eine verflossene Zeitreihe als Bedingung der gegenwärtigen Zeit führt, welche alsdenn doch nur im Zusammenhange einer möglichen Erfahrung und nicht an sich selbst als wirklich vorgestellt wird, so dass alle von undenklicher Zeit her vor meinem Dasein verflossene Begebenheiten doch nichts Anderes bedeuten, als die Möglichkeit der Verlängerung der Kette der Erfahrung, von der gegenwärtigen Wahrnehmung an aufwärts zu den Bedingungen, welche diese der Zeit nach bestimmen.

Wenn ich demnach alle existirende Gegenstände der Sinne in aller Zeit und allen Räumen insgesammt vorstelle, so setze ich solche nicht vor der Erfahrung in beide hinein, sondern diese Vorstellung ist nichts Anderes, als der Gedanke von einer möglichen Erfahrung, in ihrer absoluten Vollständigkeit. In ihr allein sind jene Gegenstände, (welche nichts, als blose Vorstellungen sind,) gegeben. Dass man aber sagt, sie existiren vor aller meiner Erfahrung, bedeutet nur, dass sie in dem Theile der Erfahrung, zu welchem ich, von der Wahrnehmung anhebend, allererst fortschreiten muss, anzutreffen sind. Die Ursache der empirischen Bedingungen dieses Fortschritts, mithin auf welche Glieder, oder auch, wie weit ich auf dergleichen im Regressus treffen könne, ist transscendental und mir daher nothwendig unbekannt. Aber um diese ist es auch nicht zu thun, sondern nur um die Regel des Fortschritts der Erfahrung, in der mir die Gegenstände, nämlich Erscheinungen, gegeben werden. Es ist auch im Ausgange ganz einerlei, ob ich sage: ich könne im empirischen Fortgange im Raume auf Sterne treffen, die hundertmal weiter entfernt sind, als die äussersten, die ich sehe; oder ob ich sage: es sind vielleicht deren im Weltraume anzutreffen, wenn sie gleich niemals ein Mensch wahrgenommen hat oder wahrnehmen wird; denn wenn sie gleich als Dinge an sich selbst, ohne Beziehung auf mögliche Erfahrung, überhaupt gegeben wären, so sind sie doch für mich nichts, mithin keine Gegenstände, als so fern sie in der Reihe des empirischen Regressus enthalten sind. Nun in anderweitiger Beziehung, wenn eben diese Erscheinungen zur kosmologischen Idee von einem absoluten Ganzen gebraucht werden sollen, und wenn es also um eine Frage zu thun ist, die über die Grenzen möglicher Erfahrung hinausgeht, ist die Unterscheidung der Art, wie man die Wirklichkeit gedachter Gegenstände der Sinne nimmt, von Erheblichkeit, um einem trüglichen Wahne vorzubeugen, welcher aus der Missdeutung unserer eigenen Erfahrungsbegriffe unvermeidlich entspringen muss.

Der Antinomie der reinen Vernunft

siebenter Abschnitt.

Kritische Entscheidung des kosmologischen Streits der Vernunft mit sich selbst.

Die ganze Antinomie der reinen Vernunft beruht auf dem dialektischen Argumente: wenn das Bedingte gegeben ist, so ist auch die ganze Reihe aller Bedingungen desselben gegeben; nun sind uns Gegenstände der Sinne als bedingt gegeben, folglich u. s. w. Durch diesen Vernunftschluss, dessen Obersatz so natürlich und einleuchtend scheint, werden nun, nach Verschiedenheit der Bedingungen (in der Synthesis der Erscheinungen), so fern sie eine Reihe ausmachen, eben so viel kosmologische Ideen eingeführt, welche die absolute Totalität dieser Reihen postuliren und eben dadurch die Vernunft unvermeidlich in Widerstreit mit sich selbst versetzen. Ehe wir aber das Trügliche dieses verntinftelnden Arguments aufdecken, müssen wir uns durch Berichtigung und Bestimmung gewisser darin vorkommenden Begriffe dazu in Stand setzen.

Zuerst ist folgender Satz klar und ungezweifelt gewiss: dass, wenn das Bedingte gegeben ist, uns eben dadurch ein Regressus in der Reihe aller Bedingungen zu demselben aufgegeben sei; denn dieses bringt schon der Begriff des Bedingten so mit sich, dass dadurch etwas auf eine Bedingung, und wenn diese wiederum bedingt ist, auf eine entferntere Bedingung, und so durch alle Glieder der Reihe bezogen wird. Dieser Satz ist also analytisch und erhebt sich über alle Furcht vor einer transscendentalen Kritik. Er ist ein logisches Postulat der Vernunft: diejenige Verknüpfung eines Begriffs mit seinen Bedingungen durch den Verstand zu verfolgen und so weit als möglich fortzusetzen, die schon dem Begriffe selbst anhängt.

Ferner: wenn das Bedingte sowohl, als seine Bedingung Dinge an sich selbst sind, so ist, wenn das Erstere gegeben worden, nicht blos der Regressus zu dem Zweiten aufgegeben, sondern dieses ist dadurch wirklich schon mit gegeben, und weil dieses von allen Gliedern der Reihe gilt, so ist die vollständige Reihe der Bedingungen, mithin auch das Unbedingte dadurch zugleich gegeben oder vielmehr vorausgesetzt, dass das Bedingte, welches nur durch jene Reihe möglich war, gegeben ist. Hier ist die Synthesis des Bedingten mit seiner Bedingung eine Synthesis des blosen Verstandes, welcher die Dinge vorstellt, wie sie sind, ohne darauf zu achten, ob und wie wir zur Kenntniss derselben gelangen können. Dagegen wenn ich es mit Erscheinungen zu thun habe, die als blose Vorstellungen gar nicht gegeben sind, wenn ich nicht zu ihrer Kenntniss (d. i. zu ihnen selbst, denn sie sind nichts, als empirische Kenntnisse,) gelange, so kann ich nicht in eben der Bedeutung sagen: wenn das Bedingte gegeben ist, so sind auch alle Bedingungen (als Erscheinungen) zu demselben gegeben, und kann mithin auf die absolute Totalität der Reihe derselben keineswegs schliessen. Denn die Erscheinungen sind in der Apprehension selber nichts Anderes, als eine empirische Synthesis (im Raume und der Zeit) und sind also nur in dieser gegeben. Nun folgt es gar nicht, dass, wenn das Bedingte (in der Erscheinung) gegeben ist, auch die Synthesis, die seine empirische Bedingung ausmacht, dadurch mitgegeben und vorausgesetzt sei, sondern diese findet allererst im Regressus, und niemals ohne denselben statt. Aber das kann man wohl in einem solchen Falle sagen, dass ein Regressus zu den Bedingungen, d. i. eine fortgesetzte empirische Synthesis auf dieser Seite geboten oder aufgegeben sei, und dass es nicht an Bedingungen fehlen könne, die durch diesen Regressus gegeben werden.

Hieraus erhellet, dass der Obersatz des kosmologischen Vernunftschlusses das Bedingte in transscendentaler Bedeutung einer reinen Kategorie, deren Untersatz aber in empirischer Bedeutung eines auf blose Erscheinungen angewandten Verstandesbegriffs nehme, folglich derjenige dialektische Betrug darin angetroffen werde, den man *sophisma figurae dictionis* nennt. Dieser Betrug ist aber nicht erkünstelt, sondern eine ganz natürliche Täuschung der gemeinen Vernunft. Denn durch dieselbe setzen wir (im Obersatz) die Bedingungen und ihre Reihe, gleichsam unbesehen, voraus, wenn etwas als bedingt gegeben ist, weil dieses nichts Anderes, als die logische Forderung ist, vollständige Prämissen zu einem gegebenen Schlusssatze anzunehmen, und da ist in der Verknüpfung des Bedingten mit seiner Bedingung keine Zeitordnung anzutreffen; sie werden an sich, als zugleich gegeben, vorausgesetzt. Ferner ist es eben so natürlich (im Untersatze) Erscheinungen als Dinge an sich und eben sowohl dem blosen Verstande gegebene Gegenstände anzusehen, wie es im Obersatze geschah, da ich von allen Bedingungen der Anschauung, unter denen allein Gegenstände gegeben werden können, abstrahirte. Nun hatten wir aber hiebei einen merkwürdigen Unterschied zwischen den Begriffen übersehen. Die Synthesis des Bedingten mit seiner Bedingung und die ganze Reihe der letzteren (im Obersatze) führte gar nichts von Einschränkung durch die Zeit und keinen Begriff der Succession bei sich. Dagegen ist die empirische Synthesis und die Reihe der Bedingungen in der Erscheinung, (die im Untersatze subsumirt wird,) nothwendig successiv und nur in der Zeit nach einander gegeben; folglich konnte ich die absolute Totalität der Synthesis und der dadurch vorgestellten Reihe hier nicht eben so wohl, als dort voraussetzen, weil dort alle Glieder der Reihe an sich (ohne Zeitbedingung) gegeben sind, hier aber nur durch den successiven Regressus möglich sind, der nur dadurch gegeben ist, dass man ihn wirklich vollführt.

Nach der Ueberweisung eines solchen Fehltritts des gemeinschaftlich zum Grunde (der kosmologischen Behauptungen) gelegten Arguments können beide streitende Theile mit Recht, als solche, die ihre Forderung auf keinen gründlichen Titel gründen, abgewiesen werden. Dadurch aber ist ihr Zwist noch nicht in so fern geendigt, dass sie überführt worden wären, sie, oder einer von beiden hätte in der Sache selbst, die er behauptet (im Schlusssatze), Unrecht, wenn er sie gleich nicht auf tüchtige Beweisgründe zu bauen wusste. Es scheint doch nichts klärer, als dass von zween, deren der eine behauptet: die Welt hat einen Anfang, der andere: die Welt hat keinen Anfang, sondern sie ist von Ewigkeit her, doch einer Recht haben müsse. Ist aber dieses, so ist es, weil die Klarheit auf beiden Seiten gleich ist, doch unmöglich, jemals auszumitteln, auf welcher Seite das Recht sei, und der Streit dauert nach wie vor, wenn die Parteien gleich bei dem Gerichtshofe der Vernunft zur Ruhe verwiesen worden. Es bleibt also kein Mittel übrig, den Streit gründlich und zur Zufriedenheit beider Theile zu endigen, als dass, da sie einander doch so schön widerlegen können, sie endlich überführt werden, dass sie um nichts streiten, und ein gewisser transscendentaler Schein ihnen da eine Wirklichkeit vorgemalt habe, wo keine anzutreffen ist. Diesen Weg der Beilegung eines nicht abzuurtheilenden Streits wollen wir jetzt einschlagen.

Der Eleatische ZENO, ein subtiler Dialektiker, ist schon vom PLATO als ein muthwilliger Sophist darüber sehr getadelt worden, dass er, um seine Kunst zu zeigen, einerlei Satz durch scheinbare Argumente zu beweisen und bald darauf durch andere ebenso starke wieder umzustürzen suchte. Er behauptete: Gott, (vermuthlich war es bei ihm nichts, als die Welt,) sei weder endlich noch unendlich, er sei weder in Bewegung noch in Ruhe, sei keinem andern Dinge weder ähnlich noch unähnlich. Es schien denen, die ihn hierüber beurtheilten, er habe zwei einander widersprechende Sätze gänzlich abläugnen wollen, welches ungereimt ist. Allein ich finde nicht, dass ihm dieses mit Recht zur Last gelegt werden könne. Den ersteren dieser Sätze werde ich bald näher beleuchten. Was die übrigen betrifft, wenn er unter dem Worte: Gott, das Universum verstand, so musste er allerdings sagen, dass dieses weder in seinem Orte beharrlich gegenwärtig (in Ruhe) sei, noch denselben verändere (sich bewege), weil alle Oerter nur im Universum, dieses selbst also in keinem Orte ist. Wenn das Weltall alles, was existirt, in sich fasst, so ist es auch so fern keinem andern Dinge weder ähnlich noch unähnlich, weil es ausser ihm kein anderes Ding gibt, mit dem es könnte verglichen werden. Wenn zwei einander entgegengesetzte Urtheile eine unstatthafte Bedingung voraussetzen, so fallen sie, unerachtet ihres Widerstreits, (der gleichwohl kein eigentlicher Widerspruch ist,) alle beide weg, weil die Bedingung wegfällt, unter der allein jeder dieser Sätze gelten sollte.

Wenn Jemand sagte: ein jeder Körper riecht entweder gut, oder er riecht nicht gut, so findet ein Drittes statt, nämlich, dass er gar nicht rieche (ausdufte), und so können beide widerstreitende Sätze falsch sein. Sage ich: er ist entweder wohlriechend oder ist nicht wohlriechend *(vel suaveolens vel non suaveolens)*, so sind beide Urtheile einander contradictorisch entgegensetzt und nur der erste ist falsch, sein contradictorisches Gegentheil aber, nämlich einige Körper sind nicht wohlriechend, befasst auch die Körper in sich, die gar nicht riechen. In der vorigen Entgegenstellung *(per disparata)* blieb die zufällige Bedingung des Begriffs des Körpers (der Geruch) noch bei dem widerstreitenden Urtheile, und wurde durch dieses also nicht mit aufgehoben, daher war das letztere nicht das contradictorische Gegentheil des ersteren.

Sage ich demnach: die Welt ist dem Raume nach entweder unendlich, oder sie ist nicht unendlich *(non est infinitus)*, so muss, wenn der erstere Satz falsch ist, sein contradictorisches Gegentheil: die Welt ist nicht unendlich, wahr sein. Dadurch würde ich nur eine unendliche Welt aufheben, ohne eine andere, nämlich die endliche zu setzen. Hiesse es aber: die Welt ist entweder unendlich oder endlich (nichtunendlich), so könnten beide falsch sein. Denn ich sehe alsdenn die Welt, als an sich selbst, ihrer Grösse nach bestimmt an, indem ich in dem Gegensatz nicht blos die Unendlichkeit aufhebe, und mit ihr vielleicht ihre ganze abgesonderte Existenz, sondern eine Bestimmung zur Welt als einem an sich selbst wirklichen Dinge hinzusetze; welches eben sowohl falsch sein kann, wenn nämlich die Welt gar nicht als ein Ding an sich, mithin auch nicht ihrer Grösse nach weder als unendlich, noch als endlich gegeben sein sollte. Man erlaube mir, dass ich dergleichen Entgegensetzung die dialektische, die des Widerspruchs aber die analytische Opposition nennen darf. Also können von zwei dialektisch einander entgegengesetzten Urtheilen alle beide falsch sein, darum, weil eines dem andern nicht blos widerspricht, sondern etwas mehr sagt, als zum Widerspruche erforderlich ist.

Wenn man die zwei Sätze: die Welt ist ihrer Grösse nach unendlich, die Welt ist ihrer Grösse nach endlich, als einander contradictorisch entgegengesetzte ansieht, so nimmt man an, dass die Welt (die ganze Reihe der Erscheinungen) ein Ding an sich selbst sei. Denn sie bleibt, ich mag den unendlichen oder endlichen Regressus in der Reihe ihrer Erscheinungen aufheben. Nehme ich aber diese Voraussetzung, oder diesen transscendentalen Schein weg und läugne, dass sie ein Ding an sich sei, so verwandelt sich der contradictorische Widerstreit beider Behauptungen in einen blos dialektischen, und weil die Welt gar nicht an sich, (unabhängig von der regressiven Reihe meiner Vorstellungen,) existirt, so existirt sie weder als ein an sich unendliches, noch als ein an sich endliches Ganze. Sie ist nur im empirischen Regressus der Reihe der Erscheinungen und für sich selbst gar nicht anzutreffen. Daher wenn diese jederzeit bedingt ist, so ist sie niemals ganz gegeben, und die Welt ist also kein unbedingtes Ganze, existirt also auch nicht als ein solches, weder mit unendlicher, noch endlicher Grösse.

Was hier von der ersten kosmologischen Idee, nämlich der absoluten Totalität der Grösse in der Erscheinung gesagt worden, gilt auch von allen übrigen. Die Reihe der Bedingungen ist nur in der regressiven Synthesis selbst, nicht aber an sich in der Erscheinung, als einem eigenen, vor allem Regressus gegebenen Dinge anzutreffen. Daher werde ich auch sagen müssen: die Menge der Theile in einer gegebenen Erscheinung ist an sich weder endlich, noch unendlich, weil Erscheinung nichts an sich selbst Existirendes ist, und die Theile allererst durch den Regressus der decomponirenden Synthesis und in demselben gegeben werden, welcher Regressus niemals schlechthin ganz, weder als endlich, noch als unendlich gegeben ist. Eben das gilt von der Reihe der über einander geordneten Ursachen, oder der bedingten bis zur unbedingt nothwendigen Existenz, welche niemals weder an sich ihrer Totalität nach als endlich, noch als unendlich angesehen werden kann, weil sie als Reihe subordinirter Vorstellungen nur im dynamischen Regressus besteht, vor demselben aber und, als für sich bestehende Reihe von Dingen, an sich selbst gar nicht existiren kann.

So wird demnach die Antinomie der reinen Vernunft bei ihren kosmologischen Ideen gehoben, dadurch, dass gezeigt wird, sie sei blos dialektisch und ein Widerstreit eines Scheins, der daher entspringt, dass man die Idee der absoluten Totaliät, welche nur als eine Bedingung der Dinge an sich selbst gilt, auf Erscheinungen angewandt hat, die nur in der Vorstellung und, wenn sie eine Reihe ausmachen, im successiven Regressus, sonst aber gar nicht existiren. Man kann aber auch umgekehrt aus dieser Antinomie einen wahren, zwar nicht dogmatischen, aber doch kritischen und doctrinalen Nutzen ziehen: nämlich die transscendentale Idealität der Erscheinungen dadurch indirect zu beweisen, wenn Jemand etwa an dem directen Beweise in der transscendentalen Aesthetik nicht genug hätte. Der Beweis würde in diesem Dilemma bestehen: wenn die Welt ein an sich existirendes Ganze ist, so ist sie entweder endlich oder unendlich. Nun ist das Erstere sowohl, als das Zweite falsch (laut der oben angeführten Beweise der Antithesis einer-, und der Thesis andererseits). Also ist es auch falsch, dass die Welt (der Inbegriff aller Erscheinungen) ein an sich existirendes Ganze sei. Woraus denn folgt, dass Erscheinungen überhaupt ausser unseren Vorstellungen nichts sind, welches wir eben durch die transscendentale Idealität derselben sagen wollten.

Diese Anmerkung ist von Wichtigkeit. Man sieht daraus, dass die obigen Beweise der vierfachen Antinomie nicht Blendwerke, sondern gründlich waren, unter der Voraussetzung nämlich, dass Erscheinungen oder eine Sinnenwelt, die sie insgesammt in sich begreift, Dinge an sich selbst wären. Der Widerstreit der daraus gezogenen Sätze entdeckt aber, dass in der Voraussetzung eine Falschheit liege, und bringt uns dadurch zu einer Entdeckung der wahren Beschaffenheit der Dinge, als Gegenstände der Sinne. Die transscendentale Dialektik thut also keineswegs dem Skepticismus einigen Vorschub, wohl aber der skeptischen Methode, welche an ihr ein Beispiel ihres grossen Nutzens aufweisen kann, wenn man die Argumente der Vernunft in ihrer grössten Freiheit gegen einander auftreten lässt, die, ob sie gleich zuletzt nicht dasjenige, was man suchte, dennoch jederzeit etwas Nützliches und zur Berichtigung unserer Urtheile Dienliches liefern werden.

Der Antinomie der reinen Vernunft
achter Abschnitt.
Regulatives Princip der reinen Vernunft in Ansehung der kosmologischen Ideen.

Da durch den kosmologischen Grundsatz der Totalität kein Maximum der Reihe von Bedingungen in einer Sinnenwelt, als einem Dinge an sich selbst, gegeben wird, sondern blos im Regressus derselben aufgegeben werden kann, so behält der gedachte Grundsatz der reinen Vernunft in seiner dergestalt berichtigten Bedeutung annoch seine gute Gültigkeit, zwar nicht als Axiom, die Totalität im Object als wirklich zu denken, sondern als Problem für den Verstand, als Subject, um der Vollständigkeit in der Idee gemäss den Regressus in der Reihe der Bedingungen zu einem gegebenen Bedingten aufzustellen und fortzusetzen. Denn in der Sinnlichkeit, d. i. im Raume und der Zeit, ist jede Bedingung, zu der wir in der Exposition gegebener Erscheinungen gelangen können, wiederum bedingt; weil diese keine Gegenstände an sich selbst sind, an denen allenfalls das Schlechthin-Unbedingte stattfinden könnte, sondern blos empirische Vorstellungen, die jederzeit in der Anschauung ihre Bedingung finden müssen, welche sie dem Raume oder der Zeit nach bestimmt. Der Grundsatz der Vernunft also ist eigentlich nur eine Regel, welche in der Reihe der Bedingungen gegebener Erscheinungen einen Regressus gebietet, dem es niemals erlaubt ist, bei einem Schlechthin-Unbedingten stehen zu bleiben. Er ist also kein Principium der Möglichkeit der Erfahrung und der empirischen Erkenntniss der Gegenstände der Sinne, mithin kein Grundsatz des Verstandes; denn jede Erfahrung ist in ihren Grenzen (der gegebenen Anschauung gemäss) eingeschlossen; auch kein constitutives Princip der Vernunft, den Begriff der Sinnenwelt über alle mögliche Erfahrung zu erweitern, sondern ein Grundsatz der grösstmöglichen Fortsetzung und Erweiterung der Erfahrung, nach welchem keine empirische Grenze für absolute Grenze gelten muss, also ein Principium der Vernunft, welches als Regel postulirt, was von uns im Regressus geschehen soll, und nicht anticipirt, was im Objecte vor allem Regressus an sich gegeben ist. Daher nenne ich es ein regulatives Princip der Vernunft, da hingegen der Grundsatz der absoluten Totalität der Reihe der Bedingungen, als im Objecte (den Erscheinungen) an sich selbst gegeben, ein constitutives kosmologisches Princip sein würde, dessen Nichtigkeit ich eben durch diese Unterscheidung habe anzeigen und dadurch verhindern wollen, dass man nicht, wie sonst unvermeidlich geschieht, (durch transscendentale Subreption) einer Idee, welche blos zur Regel dient, objective Realität beimesse.

Um nun den Sinn dieser Regel der reinen Vernunft gehörig zu bestimmen, so ist zuvörderst zu bemerken, dass sie nicht sagen könne, was das Object sei, sondern wie der empirische Regressus anzustellen sei, um zu dem vollständigen Begriffe des Objects zu gelangen. Denn fände das Erstere statt, so würde sie ein constitutives Principium sein, dergleichen aus reiner Vernunft niemals möglich ist. Man kann also damit keineswegs die Absicht haben zu sagen, die Reihe der Bedingungen zu einem gegebenen Bedingten sei an sich endlich, oder unendlich; denn dadurch würde eine blose Idee der absoluten Totalität, die lediglich in ihr selbst geschaffen ist, einen Gegenstand denken, der in keiner Erfahrung gegeben werden kann, indem einer Reihe von Erscheinungen eine von der empirischen Synthesis unabhängige, objective Realität ertheilt würde. Die Vernunftidee wird also nur der regressiven Synthesis in der Reihe der Bedingungen eine Regel vorschreiben, nach welcher sie vom Bedingten, vermittelst aller einander untergeordneten Bedingungen, zum Unbedingten fortgeht, obgleich dieses niemals erreicht wird. Denn das Schlechthin-Unbedingte wird in der Erfahrung gar nicht angetroffen.

Zu diesem Ende ist nun erstlich die Synthesis einer Reihe, so fern sie niemals vollständig ist, genau zu bestimmen. Man bedient sich in dieser Absicht gewöhnlich zweier Ausdrücke, die darin etwas unterscheiden sollen, ohne dass man doch den Grund dieser Unterscheidung recht anzugeben weiss. Die Mathematiker sprechen lediglich von einem *progressus in infinitum*. Die Forscher der Begriffe (Philosophen) wollen an dessen Statt nur den Ausdruck von einem *progressus in indefinitum* gelten lassen. Ohne mich bei der Prüfung der Bedenklichkeit, die diesen eine solche Unterscheidung angerathen hat, und dem guten oder fruchtlosen Gebrauch derselben aufzuhalten, will ich diese Begriffe in Beziehung auf meine Absicht genau zu bestimmen suchen.

Von einer geraden Linie kann man mit Recht sagen, sie könne ins Unendliche verlängert werden, und hier würde die Unterscheidung des Unendlichen und des unbestimmbar weiten Fortgangs (*progressus in indefinitum*) eine leere Subtilität sein. Denn obgleich, wenn es heisst: ziehet eine Linie fort, es freilich richtiger lautet, wenn man hinzusetzt: *in indefinitum*, als wenn es heisst; *in infinitum*; weil das Erstere nicht mehr bedeutet, als: verlängert sie, so weit ihr wollet, das Zweite aber: ihr sollt niemals aufhören sie zu verlängern, (welches hiebei eben nicht die Absicht ist,) so ist doch, wenn nur vom Können die Rede ist, der erstere Ausdruck ganz richtig; denn ihr könnt sie ins Unendliche immer grösser machen. Und so verhält es sich auch in allen Fällen, wo man nur vom Progressus, d. i. dem Fortgange von der Bedingung zum Bedingten spricht; dieser mögliche Fortgang geht in der Reihe der Erscheinungen ins Unendliche. Von einem Elternpaar könnt ihr in absteigender Linie der Zeugung ohne Ende fortgehen und euch auch ganz wohl denken, dass sie wirklich in der Welt so fortgehe. Denn hier bedarf die Vernunft niemals absolute Totalität der Reihe, weil sie solche nicht als Bedingung und wie gegeben (*datum*) vorausgesetzt, sondern nur als etwas Bedingtes, das nur angeblich (*dabile*) ist und ohne Ende hinzugesetzt wird.

Ganz anders ist es mit der Aufgabe bewandt, wie weit sich der Regressus, der von dem gegebenen Bedingten zu den Bedingungen in einer Reihe aufsteigt, erstrecke; ob ich sagen könne: er sei ein **Rückgang ins Unendliche**, oder nur ein **unbestimmbar weit** (*in indefinitum*) sich erstreckender Rückgang; und ob ich von den jetztlebenden Menschen in der Reihe ihrer Voreltern ins Unendliche aufwärts steigen könne, oder ob nur gesagt werden könne: dass, so weit ich auch zurückgegangen bin, niemals ein empirischer Grund angetroffen werde, die Reihe irgend wo für begrenzt zu halten, so dass ich berechtigt und zugleich verbunden bin, zu jedem der Urväter noch fernerhin seinen Vorfahren aufzusuchen, obgleich eben nicht vorauszusetzen.

Ich sage demnach: wenn das Ganze in der empirischen Anschauung gegeben worden, so geht der Regressus in der Reihe seiner inneren Bedingungen ins Unendliche. Ist aber nur ein Glied der Reihe gegeben, von welchem der Regressus zur absoluten Totalität allererst fortgehen soll, so findet nur ein Rückgang in unbestimmte Weite (*in indefinitum*) statt. So muss von der Theilung einer zwischen ihren Grenzen gegebenen Materie (eines Körpers) gesagt werden, sie gehe ins Unendliche. Denn diese Materie ist ganz, folglich mit allen ihren möglichen Theilen, in der empirischen Anschauung gegeben. Da nun die Bedingung dieses Ganzen sein Theil, und die Bedingung dieses Theils der Theil vom Theile u. s. w. ist, und in diesem Regressus der Decomposition niemals ein unbedingtes (untheilbares) Glied dieser Reihe von Bedingungen angetroffen wird, so ist nicht allein nirgend ein empirischer Grund, in der Theilung aufzuhören, sondern die ferneren Glieder der fortzusetzenden Theilung sind selbst vor dieser weitergehenden Theilung empirisch gegeben, d. i. die Theilung geht ins Unendliche. Dagegen ist die Reihe der Voreltern zu einem gegebenen Menschen in keiner möglichen Erfahrung in ihrer absoluten Totalität gegeben, der Regressus aber geht doch von jedem Gliede dieser Zeugung zu einem höheren, so dass keine empirische Grenze anzutreffen ist, die ein Glied als schlechthin unbedingt darstellte. Da aber gleichwohl auch die Glieder, die hiezu die Bedingung abgeben könnten, nicht in der empirischen Anschauung des Ganzen schon vor dem Regressus liegen, so geht dieser nicht ins Unendliche (der Theilung des Gegebenen), sondern in unbestimmbare Weite der Aufsuchung mehrerer Glieder zu den gegebenen, die wiederum jederzeit nur bedingt gegeben sind.

In keinem von beiden Fällen, sowohl dem *regressus in infinitum*, als dem *in indefinitum*, wird die Reihe der Bedingungen als unendlich im Object gegeben angesehen. Es sind nicht Dinge, die an sich selbst, sondern nur Erscheinungen, die, als Bedingungen von einander, nur im Regressus selbst gegeben werden. Also ist die Frage nicht mehr, wie gross die Reihe der Bedingungen an sich selbst sei, ob endlich oder unendlich; denn sie ist nichts an sich selbst; sondern, wie wir den empirischen Regressus anstellen und wie weit wir ihn fortsetzen sollen. Und da ist denn ein namhafter Unterschied in Ansehung der Regel dieses Fortschritts. Wenn das Ganze empirisch gegeben worden, so ist es möglich, ins Unendliche in der Reihe seiner inneren Bedingungen zurück zu gehen. Ist jenes aber nicht gegeben, sondern soll durch empirischen Regressus allererst gegeben werden, so kann ich nur sagen: es ist ins Unendliche möglich, zu noch höheren Bedingungen der Reihe fortzugehen. Im ersteren Falle konnte ich sagen: es sind immer mehr Glieder da und empirisch gegeben, als ich durch den Regressus (der Decomposition) erreiche; im zweiten aber: ich kann im Regressus noch immer weiter gehen, weil kein Glied als schlechthin unbedingt empirisch gegeben ist, und also noch immer ein höheres Glied als möglich, und mithin die Nachfrage nach demselben als nothwendig zulässt. Dort war es nothwendig, mehr Glieder der Reihe anzutreffen, hier aber ist es immer nothwendig, nach mehreren zu fragen, weil keine Erfahrung absolut begrenzt. Denn ihr habt entweder keine Wahrnehmung, die euren empirischen Regressus schlechthin begrenzt, und dann müsst ihr euren Regressus nicht für vollendet halten; oder habt ihr eine solche, eure Reihe begrenzende Wahrnehmung, so kann diese nicht ein Theil eurer zurückgelegten Reihe sein, (weil das, was begrenzt, von dem, was dadurch begrenzt wird, unterschieden sein muss,) und ihr müsst also euren Regressus auch zu dieser Bedingung weiter fortsetzen, und so fortan.

Der folgende Abschnitt wird diese Bemerkungen durch ihre Anwendung in ihr gehöriges Licht setzen.

Der Antinomie der reinen Vernunft

neunter Abschnitt.

Von dem empirischen Gebrauche des regulativen Princips der Vernunft in Ansehung aller kosmologischen Ideen.

Da es, wie wir mehrmalen gezeigt haben, keinen transscendentalen Gebrauch so wenig von reinen Verstandes-, als Vernunftbegriffen gibt, da die absolute Totalität der Reihen der Bedingungen in der Sinnenwelt sich lediglich auf einen transscendentalen Gebrauch der Vernunft fusset, welche diese unbedingte Vollständigkeit von demjenigen fordert, was sie als Ding an sich selbst voraussetzt, da die Sinnenwelt aber dergleichen nicht enthält; so kann die Rede niemals mehr von der absoluten Grösse der Reihen in derselben sein, ob sie begrenzt oder an sich unbegrenzt sein mögen, sondern nur, wie weit wir im empirischen Regressus, bei Zurückführung der Erfahrung auf ihre Bedingungen, zurückgehen sollen, um nach der Regel der Vernunft bei keiner andern, als der dem Gegenstande angemessenen Beantwortung der Fragen derselben stehen zu bleiben.

Es ist also nur die **Gültigkeit des Vernunftprincips** als einer **Regel der Fortsetzung und Grösse einer möglichen Erfahrung**, die uns allein übrig bleibt, nachdem seine Ungültigkeit, als eines constitutiven Grundsatzes der Erscheinungen an sich selbst, hinlänglich dargethan worden. Auch wird, wenn wir jene ungezweifelt vor Augen legen können, der Streit der Vernunft mit sich selbst völlig geendigt, indem nicht allein durch kritische Auflösung der Schein, der sie mit sich entzweiete, aufgehoben worden, sondern an dessen Statt der Sinn, in welchem sie mit sich selbst zusammenstimmt und dessen Missdeutung allein den Streit veranlasste, aufgeschlossen und ein sonst **dialektischer** Grundsatz in einen **doctrinalen** verwandelt wird. In der That, wenn dieser seiner subjectiven Bedeutung nach, den grösstmöglichen Verstandesgebrauch in der Erfahrung den Gegenständen derselben angemessen zu bestimmen, bewährt werden kann, so ist es gerade eben so viel, als ob er wie ein Axiom, (welches aus reiner Vernunft unmöglich ist,) die Gegenstände an sich selbst *a priori* bestimmte; denn auch dieses könnte in Ansehung der Objecte der Erfahrung keinen grösseren Einfluss auf die Erweiterung und Berichtigung unserer Erkenntniss haben, als dass es sich in dem ausgebreitetsten Erfahrungsgebrauche unseres Verstandes thätig bewiese.

I. Auflösung der kosmologischen Idee
von der Totalität der Zusammensetzung der Erscheinungen in einem Weltganzen.

Sowohl hier, als bei den übrigen kosmologischen Fragen, ist der Grund des regulativen Princips der Vernunft der Satz: dass im empirischen Regressus **keine Erfahrung von einer absoluten Grenze**, mithin von keiner Bedingung als einer solchen, die **empirisch schlechthin unbedingt** sei, angetroffen werden könne. Der Grund davon aber ist, dass eine dergleichen Erfahrung eine Begrenzung der Erscheinungen durch nichts oder das Leere, darauf der fortgeführte Regressus vermittelst einer Wahrnehmung stossen könnte, in sich enthalten müsste, welches unmöglich ist.

Dieser Satz nun, der eben so viel sagt, als: dass ich im empirischen Regressus jederzeit nur zu einer Bedingung gelange, die selbst wiederum als empirisch bedingt angesehen werden muss, enthält die Regel *in terminis:* dass, so weit ich auch damit in der aufsteigenden Reihe gekommen sein möge, ich jederzeit nach einem höheren Gliede der Reihe fragen müsse, es mag mir dieses nun durch Erfahrung bekannt werden oder nicht.

Nun ist zur Auflösung der ersten kosmologischen Aufgabe nichts weiter nöthig, als noch auszumachen: ob in dem Regressus zu der unbedingten Grösse des Weltganzen (der Zeit und dem Raume nach) dieses niemals begrenzte Aufsteigen ein **Rückgang ins Unendliche** heissen könne, oder nur ein **unbestimmbar fortgesetzter Regressus** (*in indefinitum*).

Die blose allgemeine Vorstellung der Reihe aller vergangenen Weltzustände, ingleichen der Dinge, welche im Weltraume zugleich sind, ist selbst nichts Anderes, als ein möglicher empirischer Regressus, den ich mir, obzwar noch unbestimmt denke, und wodurch der Begriff einer solchen Reihe von Bedingungen zu der gegebenen Wahrnehmung allein entstehen kann.* Nun habe ich das Weltganze jederzeit nur im Begriffe,

---
* Diese Weltreihe kann also auch weder grösser, noch kleiner sein, als der mögliche empirische Regressus, auf dem allein ihr Begriff beruht. Und da dieser kein

keineswegs aber (als Ganzes) in der Anschauung. Also kann ich nicht von seiner Grösse auf die Grösse des Regressus schliessen und diese jener gemäss bestimmen, sondern ich muss mir allererst einen Begriff von der Weltgrösse durch die Grösse des empirischen Regressus machen. Von diesem aber weiss ich niemals etwas mehr, als dass ich von jedem gegebenen Gliede der Reihe von Bedingungen immer noch zu einem höheren (entfernteren) Gliede empirisch fortgehen müsse. Also ist dadurch die Grösse des Ganzen der Erscheinungen gar nicht schlechthin bestimmt, mithin kann man auch nicht sagen, dass dieser Regressus ins Unendliche gehe, weil dieses die Glieder, dahin der Regressus noch nicht gelangt ist, anticipiren und ihre Menge so gross vorstellen würde, dass keine empirische Synthesis dazu gelangen kann, folglich die Weltgrösse vor dem Regressus, (wenn gleich nur negativ,) bestimmen würde, welches unmöglich ist. Denn diese ist mir durch keine Anschauung (ihrer Totalität nach), mithin auch ihre Grösse vor dem Regressus gar nicht gegeben. Demnach können wir von der Weltgrösse an sich gar nichts sagen, auch nicht einmal, dass in ihr ein *regressus in infinitum* stattfinde, sondern müssen nur nach der Regel, die den empirischen Regressus in ihr bestimmt, den Begriff von ihrer Grösse suchen. Diese Regel aber sagt nichts mehr, als dass, so weit wir auch in der Reihe der empirischen Bedingungen gekommen sein mögen, wir nirgend eine absolute Grenze annehmen sollen, sondern jede Erscheinung, als bedingt, einer andern, als ihrer Bedingung, unterordnen, zu dieser also ferner fortschreiten müssen, welches der *regressus in indefinitum* ist, der, weil er keine Grösse im Object bestimmt, von dem *in infinitum* deutlich genug zu unterscheiden ist.

Ich kann demnach nicht sagen: die Welt ist der vergangenen Zeit oder dem Raume nach unendlich. Denn dergleichen Begriff von Grösse, als einer gegebenen Unendlichkeit, ist empirisch, mithin auch in Ansehung der Welt, als eines Gegenstandes der Sinne, schlechterdings unmöglich. Ich werde auch nicht sagen: der Regressus von einer gegebenen Wahrnehmung an zu allem dem, was diese im Raume so wohl, als der vergangenen Zeit in einer Reihe begrenzt, geht ins Un-

---

bestimmtes Unendliches, eben so wenig aber auch ein bestimmt Endliches (schlechthin Begrenztes) geben kann, so ist daraus klar, dass wir die Weltgrösse weder als endlich, noch unendlich annehmen können, weil der Regressus, (dadurch jene vorgestellt wird,) keines von beiden zulässt.

endliche; denn dieses setzt die unendliche Weltgrösse voraus; auch nicht: sie ist endlich; denn die absolute Grenze ist gleichfalls empirisch unmöglich. Demnach werde ich nichts von dem ganzen Gegenstande der Erfahrung (der Sinnenwelt), sondern nur von der Regel, nach welcher Erfahrung ihrem Gegenstande angemessen angestellt und fortgesetzt werden soll, sagen können.

Auf die kosmologische Frage also wegen der Weltgrösse ist die erste und negative Antwort: die Welt hat keinen ersten Anfang der Zeit und keine äusserste Grenze dem Raume nach.

Denn im entgegengesetzten Falle würde sie durch die leere Zeit einer-, und durch den leeren Raum andererseits begrenzt sein. Da sie nun als Erscheinung keines von beiden an sich selbst sein kann; denn Erscheinung ist kein Ding an sich selbst; so müsste eine Wahrnehmung der Begrenzung durch schlechthin leere Zeit oder leeren Raum möglich sein, durch welche diese Weltenden in einer möglichen Erfahrung gegegeben wären. Eine solche Erfahrung aber, als völlig leer an Inhalt, ist unmöglich. Also ist eine absolute Weltgrenze empirisch, mithin auch schlechterdings unmöglich.*

Hieraus folgt denn zugleich die bejahende Antwort: der Regressus in der Reihe der Welterscheinungen, als eine Bestimmung der Weltgrösse geht *in indefinitum;* welches eben so viel sagt, als: die Sinnenwelt hat keine absolute Grösse, sondern der empirische Regressus, (wodurch sie auf der Seite ihrer Bedingungen allein gegeben werden kann,) hat seine Regel, nämlich von einem jeden Gliede der Reihe als einem bedingten jederzeit zu einem noch entfernteren, (es sei durch eigene Erfahrung oder den Leitfaden der Geschichte, oder die Kette der Wirkungen und ihrer Ursachen,) fortzuschreiten und sich der Erweiterung des möglichen empirischen Gebrauchs seines Verstandes nirgend zu überheben, welches denn auch das eigentliche und einzige Geschäft der Vernunft bei ihren Principien ist.

---

* Man wird bemerken, dass der Beweis hier auf ganz andere Art geführt worden, als der dogmatische, oben in der Antithesis der ersten Antinomie. Daselbst hatten wir die Sinnenwelt, nach der gemeinen und dogmatischen Vorstellungsart, für ein Ding, was an sich selbst vor allem Regressus seiner Totalität nach gegeben war, gelten lassen und hatten ihr, wenn sie nicht alle Zeit und alle Räume einnähme, überhaupt irgend eine bestimmte Stelle in beiden abgesprochen. Daher war die Folgerung auch anders, als hier, nämlich es wurde auf die wirkliche Unendlichkeit derselben geschlossen.

Ein bestimmter empirischer Regressus, der in einer gewissen Art von Erscheinungen ohne Aufhören fortginge, wird hiedurch nicht vorgeschrieben, z. B. dass man von einem lebenden Menschen immer in einer Reihe von Voreltern aufwärts steigen müsse, ohne ein erstes Paar zu erwarten, oder in der Reihe der Weltkörper, ohne eine äusserste Sonne zuzulassen; sondern es wird nur der Fortschritt von Erscheinungen zu Erscheinungen geboten, sollten diese auch keine wirkliche Wahrnehmung, (wenn sie dem Grade nach für unser Bewusstsein zu schwach ist, um Erfahrung zu werden,) abgeben, weil sie dem ungeachtet doch zur möglichen Erfahrung gehören.

Aller Anfang ist in der Zeit, und alle Grenze des Ausgedehnten im Raume. Raum und Zeit aber sind nur in der Sinnenwelt. Mithin sind nur Erscheinungen in der Welt bedingterweise, die Welt aber selbst weder bedingt, noch auf bedingte Art begrenzt.

Eben um deswillen, und da die Welt niemals ganz, und selbst die Reihe der Bedingungen zu einem gegebenen Bedingten nicht als Weltreihe ganz gegeben werden kann, ist der Begriff von der Weltgrösse nur durch den Regressus, und nicht vor demselben in einer collectiven Anschauung gegeben. Jener besteht aber immer nur im Bestimmen der Grösse und gibt also keinen bestimmten Begriff, also auch keinen Begriff von einer Grösse, die in Ansehung eines gewissen Maasses unendlich wäre, geht also nicht ins Unendliche (gleichsam Gegebene), sondern in unbestimmte Weite, um eine Grösse (der Erfahrung) zu geben, die allererst durch diesen Regressus wirklich wird.

II. Auflösung der kosmologischen Idee
von der Totalität der Theilung eines gegebenen Ganzen in der Anschauung.

Wenn ich ein Ganzes, das in der Anschauung gegeben ist, theile, so gehe ich von einem Bedingten zu den Bedingungen seiner Möglichkeit. Die Theilung der Theile (*subdivisio* oder *decompositio*) ist ein Regressus in der Reihe dieser Bedingungen. Die absolute Totalität dieser Reihe würde nur alsdenn gegeben sein, wenn der Regressus bis zu einfachen Theilen gelangen könnte. Sind aber alle Theile in einer continuirlichen fortgehenden Decomposition immer wiederum theilbar, so geht die Theilung, d. i. der Regressus von dem Bedingten zu seinen Bedingungen *in infinitum;* weil die Bedingungen (die Theile) in dem Bedingten selbst enthalten sind, und, da dieses in einer zwischen seinen Grenzen eingeschlossenen Anschauung ganz gegeben ist, insgesammt auch mit gegeben sind. Der Regressus darf also nicht blos ein Rückgang *in indefinitum* genannt werden, wie es die vorige kosmologische Idee allein erlaubte, da ich vom Bedingten zu seinen Bedingungen, die ausser demselben, mithin nicht dadurch zugleich mit gegeben waren, sondern die im empirischen Regressus allererst hinzu kamen, fortgehen sollte. Diesem ungeachtet ist es doch keineswegs erlaubt, von einem solchen Ganzen, das ins Unendliche theilbar ist, zu sagen: es bestehe aus unendlich viel Theilen. Denn obgleich alle Theile in der Anschauung des Ganzen enthalten sind, so ist doch darin nicht die ganze Theilung enthalten, welche nur in der fortgehenden Decomposition oder dem Regresus selbst besteht, der die Reihe allererst wirklich macht. Da dieser Regressus nun unendlich ist, so sind zwar alle Glieder (Theile), zu denen er gelangt, in dem gegebenen Ganzen als Aggregate enthalten, aber nicht die ganze Reihe der Theilung, welche successiv unendlich und niemals ganz ist, folglich keine unendliche Menge und keine Zusammennehmung derselben in einem Ganzen darstellen kann.

Diese allgemeine Erinnerung lässt sich zuerst sehr leicht auf den Raum anwenden. Ein jeder, in seinen Grenzen angeschauter Raum ist ein solches Ganze, dessen Theile bei aller Decomposition immer wiederum Räume sind, und ist daher ins Unendliche theilbar.

Hieraus folgt auch ganz natürlich die zweite Anwendung, auf eine in ihren Grenzen eingeschlossene äussere Erscheinung (Körper). Die Theilbarkeit desselben gründet sich auf die Theilbarkeit des Raumes, der die Möglichkeit des Körpers, als eines ausgedehnten Ganzen ausmacht. Dieser ist also ins Unendliche theilbar, ohne doch darum aus unendlich viel Theilen zu bestehen.

Es scheint zwar, dass, da ein Körper als Substanz im Raume vorgestellt werden muss, er, was das Gesetz der Theilbarkeit des Raumes betrifft, hierin von diesem unterschieden sein werde; denn man kann es allenfalls wohl zugeben, dass die Decomposition im letzteren niemals alle Zusammensetzung wegschaffen könne, indem alsdenn sogar aller Raum, der sonst nichts Selbstständiges hat, aufhören würde, (welches unmöglich ist;) allein dass, wenn alle Zusammensetzung der Materie in Gedanken aufgehoben würde, gar nichts übrig bleiben solle, scheint sich nicht mit dem Begriffe einer Substanz vereinigen zu lassen, die eigentlich das Subject aller Zusammensetzung sein sollte und in ihren Elementen übrig bleiben müsste, wenn gleich die Verknüpfung derselben im Raume, dadurch sie einen Körper ausmachen, aufgehoben wäre. Allein mit dem, was in der Erscheinung Substanz heisst, ist es nicht so bewandt, als man es wohl von einem Dinge an sich selbst durch reinen Verstandesbegriff denken würde. Jenes ist nicht absolutes Subject, sondern beharrliches Bild der Sinnlichkeit und nichts, als Anschauung, in der überall nichts Unbedingtes angetroffen wird.

Ob nun aber gleich diese Regel des Fortschritts ins Unendliche bei der Subdivision einer Erscheinung, als einer blosen Erfüllung des Raumes, ohne allen Zweifel stattfindet, so kann sie doch nicht gelten, wenn wir sie auch auf die Menge der auf gewisse Weise in dem gegebenen Ganzen schon abgesonderten Theile, dadurch diese ein *quantum discretum* ausmachen, erstrecken wollen. Annehmen, dass in jedem gegliederten (organisirten) Ganzen ein jeder Theil wiederum gegliedert sei und dass man auf solche Art, bei Zerlegung der Theile ins Unendliche, immer neue Kunsttheile antreffe, mit einem Worte, dass das Ganze ins Unendliche gegliedert sei, will sich gar nicht denken lassen, obzwar wohl, dass die Theile der Materie, bei ihrer Decomposition ins Unendliche, gegliedert werden könnten. Denn die Unendlichkeit der Theilung einer gegebenen Erscheinung im Raume gründet sich allein darauf, dass durch diese blos die Theilbarkeit, d. i. eine an sich schlechthin unbestimmte Menge von Theilen gegeben, die Theile selbst aber nur durch die Subdivision gegeben und bestimmt werden, kurz, dass das Ganze nicht an sich selbst schon eingetheilt ist. Daher die Theilung eine Menge in demselben bestimmen kann, die so weit geht, als man im Regressus der Theilung fortschreiten will. Dagegen wird bei einem ins Unendliche gegliederten organischen Körper das Ganze eben durch diesen Begriff schon als eingetheilt vorgestellt, und eine an sich selbst bestimmte, aber unendliche Menge der Theile, vor allem Regressus der Theilung in ihm angetroffen, wodurch man sich selbst widerspricht; indem diese unendliche Einwickelung als eine niemals zu vollendende Reihe (unendlich), und gleichwohl doch in einer Zusammennehmung als vollendet angesehen wird. Die unendliche Theilung bezeichnet nur die Erscheinung als *quantum continuum* und ist von der Erfüllung des Raumes unzertrennlich; weil eben in derselben der Grund der unendlichen Theilbarkeit liegt. Sobald aber etwas als *quantum discretum* angenommen wird, so ist die Menge der Einheiten darin bestimmt; aber auch jederzeit einer Zahl gleich. Wie weit also die Organisirung in einem gegliederten Körper gehen möge, kann nur die Erfahrung ausmachen, und wenn sie gleich mit Gewissheit zu keinem unorganischen Theile gelangte, so müssen solche doch wenigstens in der möglichen Erfahrung liegen. Aber wie weit sich die transscendentale Theilung einer Erscheinung überhaupt erstrecke, ist gar keine Sache der Erfahrung, sondern ein Principium der Vernunft, den empirischen Regressus in der Decomposition des Ausgedehnten, der Natur dieser Erscheinung gemäss, niemals für schlechthin vollendet zu halten.

Schlussanmerkung
zur Auflösung der mathematisch-transscendentalen,

und Vorerinnerung
zur Auflösung der dynamisch-transscendentalen Ideen.

Als wir die Antinomie der reinen Vernunft durch alle transscendentale Ideen in einer Tafel vorstellten, da wir den Grund dieses Widerstreits und das einzige Mittel, ihn zu heben, anzeigten, welches darin bestand, dass beide entgegengesetzte Behauptungen für falsch erklärt wurden; so haben wir allenthalben die Bedingungen, als zu ihrem Bedingten nach Verhältnissen des Raumes und der Zeit gehörig vorgestellt, welches die gewöhnliche Voraussetzung des gemeinen Menschenverstandes ist, worauf denn auch jener Widerstreit gänzlich beruhte. In dieser Rücksicht waren auch alle dialektischen Vorstellungen der Totalität in der Reihe der Bedingungen zu einem gegebenen Bedingten durch und durch von gleicher Art. Es war immer eine Reihe, in welcher die Bedingung mit dem Bedingten, als Glieder derselben verknüpft und dadurch gleichartig waren, da denn der Regressus niemals vollendet gedacht, oder, wenn dieses geschehen sollte, ein an sich bedingtes Glied fälschlich als ein erstes, mithin als unbedingt angenommen werden müsste. Es wurde also zwar nicht allerwärts das Object, d. i. das Bedingte, aber doch die Reihe der Bedingungen zu demselben blos ihrer Grösse nach erwogen, und da bestand die Schwierigkeit, die durch keinen Vergleich, sondern durch gänzliche Abschneidung des Knotens allein

·gehoben werden konnte, darin, dass die Vernunft es dem Verstande entweder zu lang oder zu kurz machte, so dass dieser ihrer Idee niemals gleich kommen konnte.

Wir haben aber hiebei einen wesentlichen Unterschied übersehen, der unter den Objecten, d. i. den Verstandesbegriffen herrscht, welche die Vernunft zu Ideen zu erheben trachtet, da nämlich, nach unserer obigen Tafel der Kategorien, zwei derselben mathematische, die zwei übrigen aber eine dynamische Synthesis der Erscheinungen bedeuten. Bis hieher konnte dieses auch sehr wohl geschehen, indem, so wie wir in der allgemeinen Vorstellung aller transscendentalen Ideen immer nur unter Bedingungen in der Erscheinung blieben, eben so auch in den zweien mathematisch-transscendentalen keinen andern Gegenstand, als den in der Erscheinung hatten. Jetzt aber, da wir zu dynamischen Begriffen des Verstandes, sofern sie der Vernunftidee anpassen sollen, fortgehen, wird jene Unterscheidung wichtig und eröffnet uns eine ganz neue Aussicht in Ansehung des Streithandels, darin die Vernunft verflochten ist, und welcher, da er vorher, auf beiderseitige falsche Voraussetzungen gebaut, abgewiesen worden, jetzt, da vielleicht in der dynamischen Antinomie eine solche Voraussetzung stattfindet, die mit der Prätension der Vernunft zusammen bestehen kann, aus diesem Gesichtspunkte, und da der Richter den Mangel der Rechtsgründe, die man beiderseits verkannt hatte, ergänzt, zu beider Theile Genugthuung verglichen werden kann; welches sich bei dem Streite in der mathematischen Antinomie nicht thun liess.

Die Reihen der Bedingungen sind freilich in so fern alle gleichartig, als man lediglich auf die Erstreckung derselben sieht: ob sie der Idee angemessen sind, oder ob diese für jene zu gross oder zu klein seien. Allein der Verstandesbegriff, der diesen Ideen zum Grunde liegt, enthält entweder lediglich eine Synthesis des Gleichartigen, (welches bei jeder Grösse in der Zusammensetzung sowohl, als Theilung derselben vorausgesetzt wird,) oder auch des Ungleichartigen, welches in der dynamischen Synthesis, der Causalverbindung sowohl, als der des Nothwendigen mit dem Zufälligen wenigstens zugelassen werden kann.

Daher kommt es, dass in der mathematischen Verknüpfung der Reihen der Erscheinungen keine andere, als sinnliche Bedingung hinein kommen kann, d. i. eine solche, die selbst ein Theil der Reihe ist; da hingegen die dynamische Reihe sinnlicher Bedingungen doch noch eine ungleichartige Bedingung zulässt, die nicht ein Theil der Reihe ist, sondern als blos intelligibel ausser der Reihe liegt; wodurch denn der Vernunft ein Genüge gethan und das Unbedingte den Erscheinungen vorgesetzt wird, ohne die Reihen der letzteren, als jederzeit bedingt, dadurch zu verwirren und den Verstandesgrundsätzen zuwider abzubrechen.

Dadurch nun, dass die dynamischen Ideen eine Bedingung der Erscheinungen ausser der Reihe derselben, d. i. eine solche, die selbst nicht Erscheinung ist, zulassen, geschieht etwas, was von dem Erfolg der mathematischen Antinomie gänzlich unterschieden ist. Diese nämlich verursachte, dass beide dialektische Gegenbehauptungen für falsch erklärt werden mussten. Dagegen das Durchgängig-Bedingte der dynamischen Reihen, welches von ihnen als Erscheinungen unzertrennlich ist, mit der zwar empirisch-unbedingten, aber auch nichtsinnlichen Bedingung verknüpft, dem Verstande einerseits und der Vernunft andererseits* Genüge leisten und, indem die dialektischen Argumente, welche unbedingte Totalität in blosen Erscheinungen auf eine oder andere Art suchten, wegfallen, dagegen die Vernunftsätze, in der auf solche Weise berichtigten Bedeutung alle beide wahr sein können; welches bei den kosmologischen Ideen, die blos mathematisch unbedingte Einheit betreffen, niemals stattfinden kann, weil bei ihnen keine Bedingung der Reihe der Erscheinungen angetroffen wird, als die auch selbst Erscheinung ist und als solche mit ein Glied der Reihe ausmacht.

III. Auflösung der kosmologischen Ideen

von der Totalität der Ableitung der Weltbegebenheiten aus ihren Ursachen.

Man kann sich nur zweierlei Causalitäten in Ansehung dessen, was geschieht, denken, entweder nach der Natur, oder aus Freiheit. Die erste ist die Verknüpfung eines Zustandes mit einem vorigen in der

---

* Denn der Verstand erlaubt unter Erscheinungen keine Bedingung, die selbst empirisch unbedingt wäre. Liesse sich aber eine intelligible Bedingung, die also nicht in die Reihe der Erscheinungen, als ein Glied mit gehörte, zu einem Bedingten (in der Erscheinung) gedenken, ohne doch dadurch die Reihe empirischer Bedingungen im mindesten zu unterbrechen, so könnte eine solche als empirisch-unbedingt zugelassen werden, so dass dadurch dem empirischen continuirlichen Regressus nirgend Abbruch geschähe.

Sinnenwelt, worauf jener nach einer Regel folgt. Da nun die Causalität der Erscheinungen auf Zeitbedingungen beruht und der vorige Zustand, wenn er jederzeit gewesen wäre, auch keine Wirkung, die allererst in der Zeit entspringt, hervorgebracht hätte; so ist die Causalität der Ursache dessen, was geschieht oder entsteht, auch entstanden, und bedarf nach dem Verstandesgrundsatze selbst wiederum eine Ursache.

Dagegen verstehe ich unter Freiheit, im kosmologischen Verstande, das Vermögen, einen Zustand von selbst anzufangen, deren Causalität also nicht nach dem Naturgesetze wiederum unter einer andern Ursache steht, welche sie der Zeit nach bestimmte. Die Freiheit ist in dieser Bedeutung eine reine transscendentale Idee, die erstlich nichts von der Erfahrung Entlehntes enthält, zweitens deren Gegenstand auch in keiner Erfahrung bestimmt gegeben werden kann, weil es ein allgemeines Gesetz selbst der Möglichkeit aller Erfahrung ist, dass alles, was geschieht, eine Ursache, mithin auch die Causalität der Ursache, die selbst geschehen oder entstanden, wiederum eine Ursache haben müsse; wodurch denn das ganze Feld der Erfahrung, so weit es sich erstrecken mag, in einen Inbegriff bloser Natur verwandelt wird. Da aber auf solche Weise keine absolute Totalität der Bedingungen im Causalverhältnisse heraus zu bekommen ist, so schafft sich die Vernunft die Idee von einer Spontaneität, die von selbst anheben könne zu handeln, ohne dass eine andere Ursache vorangeschickt werden dürfe, sie wiederum nach dem Gesetze der Causalverknüpfung zur Handlung zu bestimmen.

Es ist überaus merkwürdig, dass auf diese transscendentale Idee der Freiheit sich der praktische Begriff derselben gründe, und jene in dieser das eigentliche Moment der Schwierigkeiten ausmache, welche die Frage über ihre Möglichkeit von jeher umgeben haben. Die Freiheit im praktischen Verstande ist die Unabhängigkeit der Willkühr von der Nöthigung durch Antriebe der Sinnlichkeit. Denn eine Willkühr ist sinnlich, so fern sie pathologisch (durch Bewegursachen der Sinnlichkeit) afficirt ist; sie heisst thierisch (*arbitrium brutum*), wenn sie pathologisch necessitirt werden kann. Die menschliche Willkühr ist zwar ein *arbitrium sensitivum*, aber nicht *brutum*, sondern *liberum*, weil Sinnlichkeit ihre Handlung nicht nothwendig macht, sondern dem Menschen ein Vermögen beiwohnt, sich unabhängig von der Nöthigung durch sinnliche Antriebe von selbst zu bestimmen.

Man sieht leicht, dass, wenn alle Causalität in der Sinnenwelt blos

Natur wäre, so würde jede Begebenheit durch eine andere in der Zeit nach nothwendigen Gesetzen bestimmt sein; und mithin, da die Erscheinungen, so fern sie die Willkühr bestimmen, jede Handlung als ihren natürlichen Erfolg nothwendig machen müssten, so würde die Aufhebung der transscendentalen Freiheit zugleich alle praktische Freiheit vertilgen. Denn diese setzt voraus, dass, obgleich etwas nicht geschehen ist, es doch habe geschehen sollen und seine Ursache in der Erscheinung also nicht so bestimmend war, dass nicht in unserer Willkühr eine Causalität liege, unabhängig von jenen Naturursachen und selbst wider ihre Gewalt und Einfluss etwas hervorzubringen, was in der Zeitordnung nach empirischen Gesetzen bestimmt ist, mithin eine Reihe von Begebenheiten ganz von selbst anzufangen.

Es geschieht also hier, was überhaupt in dem Widerstreit einer sich über die Grenzen möglicher Erfahrung hinauswagenden Vernunft angetroffen wird, dass die Aufgabe eigentlich nicht physiologisch, sondern transscendental ist. Daher die Frage von der Möglichkeit der Freiheit die Psychologie zwar anficht, aber, da sie auf dialektischen Argumenten der blos reinen Vernunft beruht, sammt ihrer Auflösung lediglich die Transscendental-Philosophie beschäftigen muss. Und um diese, welche eine befriedigende Antwort hierüber nicht ablehnen kann, dazu in Stand zu setzen, muss ich zuvörderst ihr Verfahren bei dieser Aufgabe durch eine Bemerkung näher zu bestimmen suchen.

Wenn Erscheinungen Dinge an sich selbst wären, mithin Raum und Zeit Formen des Daseins der Dinge an sich selbst, so würden die Bedingungen mit dem Bedingten jederzeit als Glieder zu einer und derselben Reihe gehören, und daraus auch im gegenwärtigen Falle die Antinomie entspringen, die allen transscendentalen Ideen gemein ist, dass die Reihe unvermeidlich für den Verstand zu gross oder zu klein ausfallen müsste. Die dynamischen Vernunftbegriffe aber, mit denen wir uns in dieser und der folgenden Nummer beschäftigen, haben dieses Besondere, dass, da sie es nicht mit einem Gegenstande, als Grösse betrachtet, sondern nur mit seinem Dasein zu thun haben, man auch von der Grösse der Reihe der Bedingungen abstrahiren kann und es bei ihnen blos auf das dynamische Verhältniss der Bedingung zum Bedingten ankommt, so dass wir in der Frage über Natur und Freiheit schon die Schwierigkeit antreffen, ob Freiheit überall nur möglich sei, und ob, wenn sie es ist, sie mit der Allgemeinheit des Naturgesetzes der Causalität zusammen bestehen könne; mithin ob es ein richtig-disjunctiver

Satz sei, dass eine jede Wirkung in der Welt entweder aus Natur oder aus Freiheit entspringen müsse, oder ob nicht vielmehr Beides in verschiedener Beziehung bei einer und derselben Begebenheit zugleich stattfinden könne. Die Richtigkeit jenes Grundsatzes von dem durchgängigen Zusammenhange aller Begebenheiten der Sinnenwelt nach unwandelbaren Naturgesetzen steht schon als ein Grundsatz der transscendentalen Analytik fest, und leidet keinen Abbruch. Es ist also nur die Frage: ob dem ungeachtet in Ansehung eben derselben Wirkung, die nach der Natur bestimmt ist, auch Freiheit stattfinden könne, oder diese durch jene unverletzliche Regel völlig ausgeschlossen sei. Und hier zeigt die zwar gemeine, aber betrügliche Voraussetzung der absoluten Realität der Erscheinungen sogleich ihren nachtheiligen Einfluss, die Vernunft zu verwirren. Denn sind Erscheinungen Dinge an sich selbst, so ist Freiheit nicht zu retten. Alsdenn ist Natur die vollständige und an sich hinreichend bestimmende Ursache jeder Begebenheit, und die Bedingung derselben ist jederzeit nur in der Reihe der Erscheinungen enthalten, die sammt ihrer Wirkung unter dem Naturgesetze nothwendig sind. Wenn dagegen Erscheinungen für nichts mehr gelten, als sie in der That sind, nämlich nicht für Dinge an sich, sondern blosse Vorstellungen, die nach empirischen Gesetzen zusammenhängen, so müssen sie selbst noch Gründe haben, die nicht Erscheinungen sind. Eine solche intelligible Ursache aber wird in Ansehung ihrer Causalität nicht durch Erscheinungen bestimmt, obzwar ihre Wirkungen erscheinen und so durch andere Erscheinungen bestimmt werden können. Sie ist also sammt ihrer Causalität ausser der Reihe; dagegen ihre Wirkungen in der Reihe der empirischen Bedingungen angetroffen werden. Die Wirkung kann also in Ansehung ihrer intelligiblen Ursache als frei, und doch zugleich in Ansehung der Erscheinungen als Erfolg aus denselben nach der Nothwendigkeit der Natur angesehen werden; eine Unterscheidung, die, wenn sie im Allgemeinen und ganz abstract vorgetragen wird, äusserst subtil und dunkel scheinen muss, die sich aber in der Anwendung aufklären wird. Hier habe ich nur die Anmerkung machen wollen, dass, da der durchgängige Zusammenhang aller Erscheinungen in einem Context der Natur ein unnachlassliches Gesetz ist, dieses alle Freiheit nothwendig umstürzen müsste, wenn man der Realität der Erscheinungen hartnäckig anhängen wollte. Daher auch diejenigen, welche hierin der gemeinen Meinung folgen, niemals dahin haben gelangen können, Natur und Freiheit mit einander zu vereinigen.

Möglichkeit der Causalität durch Freiheit
in Vereinigung mit dem allgemeinen Gesetze der Naturnothwendigkeit.

Ich nenne dasjenige an einem Gegenstande der Sinne, was selbst nicht Erscheinung ist, intelligibel. Wenn demnach dasjenige, was in der Sinnenwelt als Erscheinung angesehen werden muss, an sich selbst auch ein Vermögen hat, welches kein Gegenstand der sinnlichen Anschauung ist, wodurch es aber doch die Ursache von Erscheinungen sein kann, so kann man die Causalität dieses Wesens auf zwei Seiten betrachten, als intelligibel nach ihrer Handlung, als eines Dinges an sich selbst, und als sensibel, nach den Wirkungen derselben, als einer Erscheinung in der Sinnenwelt. Wir würden uns demnach von dem Vermögen eines solchen Subjects einen empirischen, imgleichen auch einen intellectuellen Begriff seiner Causalität machen, welche bei einer und derselben Wirkung zusammen stattfinden. Eine solche doppelte Seite, das Vermögen eines Gegenstandes der Sinne sich zu denken, widerspricht keinem von den Begriffen, die wir uns von Erscheinungen und von einer möglichen Erfahrung zu machen haben. Denn da diesen, weil sie an sich keine Dinge sind, ein transscendentaler Gegenstand zum Grunde liegen muss, der sie als blose Vorstellungen bestimmt, so hindert nichts, dass wir diesem transscendentalen Gegenstande ausser der Eigenschaft, dadurch er erscheint, nicht auch eine Causalität beilegen sollten, die nicht Erscheinung ist, obgleich ihre Wirkung dennoch in der Erscheinung angetroffen wird. Es muss aber eine jede wirkende Ursache einen Charakter haben, d. i. ein Gesetz ihrer Causalität, ohne welches sie gar nicht Ursache sein würde. Und da würden wir an einem Subjecte der Sinnenwelt erstlich einen empirischen Charakter haben, wodurch seine Handlungen als Erscheinungen durch und durch mit anderen Erscheinungen nach beständigen Naturgesetzen im Zusammenhange ständen, und von ihnen, als ihren Bedingungen abgeleitet werden könnten, und also mit diesen in Verbindung Glieder einer einzigen Reihe der Naturordnung ausmachten. Zweitens würde man ihm noch einen intelligiblen Charakter einräumen müssen, dadurch es zwar die Ursache jener Handlungen als Erscheinungen ist, der aber selbst unter keinen Bedingungen der Sinnlichkeit steht und selbst nicht Erscheinung ist. Man könnte auch den ersteren den

Charakter eines solchen Dinges in der Erscheinung, den zweiten den Charakter des Dinges an sich selbst nennen.

Dieses handelnde Subject würde nun nach seinem intelligiblen Charakter unter keinen Zeitbedingungen stehen; denn die Zeit ist nur die Bedingung der Erscheinungen, nicht aber der Dinge an sich selbst. In ihm würde keine H a n d l u n g e n t s t e h e n oder v e r g e h e n, mithin würde es auch nicht dem Gesetze aller Zeitbestimmung, alles Veränderlichen unterworfen sein: dass alles, was g e s c h i e h t, in d e n E r- s c h e i n u n g e n (des vorigen Zustandes) seine Ursache antreffe. Mit einem Worte, die Causalität desselben, so fern sie intellectuell ist, stände gar nicht in der Reihe empirischer Bedingungen, welche die Begebenheit in der Sinnenwelt nothwendig machen. Dieser intelligible Charakter könnte zwar niemals unmittelbar gekannt werden, weil wir nichts wahrnehmen können, als so fern es erscheint, aber er würde doch dem empirischen Charakter gemäss gedacht werden müssen, so wie wir überhaupt einen transscendentalen Gegenstand den Erscheinungen in Gedanken zum Grunde legen müssen, ob wir zwar von ihm, was er an sich selbst sei, nichts wissen.

Nach seinem empirischen Charakter würde also dieses Subject als Erscheinung, allen Gesetzen der Bestimmung nach, der Causalverbindung unterworfen sein, und es wäre so fern nichts, als ein Theil der Sinnenwelt, dessen Wirkungen, so wie jede andere Erscheinung, aus der Natur unausbleiblich abflössen. So wie äussere Erscheinungen in dasselbe einflössen, wie sein empirischer Charakter, d. i. das Gesetz seiner Causalität, durch Erfahrung erkannt wäre, müssten sich alle seine Handlungen nach Naturgesetzen erklären lassen und alle Requisite zu einer vollkommenen und nothwendigen Bestimmung derselben müssten in einer möglichen Erfahrung angetroffen werden.

Nach dem intelligiblen Charakter desselben aber, (ob wir zwar davon nichts, als blos den allgemeinen Begriff desselben haben können,) würde dasselbe Subject dennoch von allem Einflusse der Sinnlichkeit und Bestimmung durch Erscheinungen freigesprochen werden müssen, und da in ihm, so fern es N o u m e n o n ist, nichts geschieht, keine Veränderung, welche dynamische Zeitbestimmung erheischt, mithin keine Verknüpfung mit Erscheinungen als Ursachen angetroffen wird, so würde dieses thätige Wesen so fern in seinen Handlungen von aller Naturnothwendigkeit, als die lediglich in der Sinnlichkeit angetroffen wird, unabhängig und frei sein. Man würde von ihm ganz richtig sagen, dass es seine Wirkungen in der Sinnenwelt von selbst anfange, ohne dass die Handlung in ihm selbst anfängt; und dieses würde gültig sein, ohne dass die Wirkungen in der Sinnenwelt darum von selbst anfangen dürfen, weil sie in derselben jederzeit durch empirische Bedingungen in der vorigen Zeit, aber doch nur vermittelst des empirischen Charakters, (der blos die Erscheinung des Intelligiblen ist,) vorher bestimmt und nur als eine Fortsetzung der Reihe der Naturursachen möglich sind. So würde denn Freiheit und Natur, jedes in seiner vollständigen Bedeutung, bei eben denselben Handlungen, nachdem man sie mit ihrer intelligiblen oder sensiblen Ursache vergleicht, zugleich und ohne allen Widerstreit angetroffen werden.

Erläuterung
der kosmologischen Idee einer Freiheit in Verbindung mit der allgemeinen Naturnothwendigkeit.

Ich habe gut gefunden, zuerst den Schattenriss der Auflösung unseres transscendentalen Problems zu entwerfen, damit man den Gang der Vernunft in Auflösung desselben dadurch besser übersehen möge. Jetzt wollen wir die Momente ihrer Entscheidung, auf die es eigentlich ankommt, auseinander setzen, und jedes besonders in Erwägung ziehen.

Das Naturgesetz: dass alles, was geschieht, eine Ursache habe dass die Causalität dieser Ursache, d. i. die Handlung, da sie in der Zeit vorhergeht und in Betracht einer Wirkung, die da entstanden, selbst nicht immer gewesen sein kann, sondern geschehen sein muss, auch ihre Ursache unter den Erscheinungen habe, dadurch sie bestimmt wird, und dass folglich alle Begebenheiten in einer Naturordnung empirisch bestimmt sind; dieses Gesetz, durch welches Erscheinungen allererst eine Natur ausmachen und Gegenstände einer Erfahrung abgeben können, ist ein Verstandesgesetz, von welchem es unter keinem Vorwande erlaubt ist abzugehen oder irgend eine Erscheinung davon auszunehmen; weil man sie sonst ausserhalb aller möglichen Erfahrung setzen, dadurch aber von allen Gegenständen möglicher Erfahrung unterscheiden und sie zum blosen Gedankendinge und einem Hirngespinnst machen würde.

Ob es aber gleich hiebei lediglich nach einer Kette von Ursachen aussieht, die im Regressus zu ihren Bedingungen gar keine absolute

Totalität verstattet, so hält uns diese Bedenklichkeit doch gar nicht auf; denn sie ist schon in der allgemeinen Beurtheilung der Antinomie der Vernunft, wenn sie in der Reihe der Erscheinungen aufs Unbedingte ausgeht, gehoben worden. Wenn wir der Täuschung des transscendentalen Realismus nachgeben wollen, so bleibt weder Natur, noch Freiheit übrig. Hier ist nur die Frage: ob, wenn man in der ganzen Reihe aller Begebenheiten lauter Naturnothwendigkeit anerkennt, es doch möglich sei, eben dieselbe, die einerseits blose Naturwirkung ist, doch andererseits als Wirkung aus Freiheit anzusehen, oder ob zwischen diesen zweien Arten von Causalität ein gerader Widerspruch angetroffen werde.

Unter den Ursachen in der Erscheinung kann sicherlich nichts sein, welches eine Reihe schlechthin und von selbst anfangen könnte. Jede Handlung als Erscheinung, so fern sie eine Begebenheit hervorbringt, ist selbst Begebenheit oder Ereigniss, welche einen andern Zustand voraussetzt, darin die Ursache angetroffen werde; und so ist alles, was geschieht, nur eine Fortsetzung der Reihe, und kein Anfang, der sich von selbst zutrüge, in derselben möglich. Also sind alle Handlungen der Naturursachen in der Zeitfolge selbst wiederum Wirkungen, die ihre Ursachen eben so wohl in der Zeitreihe voraussetzen. Eine ursprüngliche Handlung, wodurch etwas geschieht, was vorher nicht war, ist von der Causalverknüpfung der Erscheinungen nicht zu erwarten.

Ist es denn aber auch nothwendig, dass, wenn die Wirkungen Erscheinungen sind, die Causalität ihrer Ursache, die (nämlich Ursache) selbst auch Erscheinung ist, lediglich empirisch sein müsse? und ist es nicht vielmehr möglich, dass, obgleich zu jeder Wirkung in der Erscheinung eine Verknüpfung mit ihrer Ursache nach Gesetzen der empirischen Causalität allerdings erfordert wird, dennoch diese empirische Causalität selbst, ohne ihren Zusammenhang mit den Naturursachen im mindesten zu unterbrechen, doch eine Wirkung einer nichtempirischen, sondern intelligiblen Causalität sein könne? d. i. einer, in Ansehung der Erscheinungen, ursprünglichen Handlung einer Ursache, die also in so fern nicht Erscheinung, sondern diesem Vermögen nach intelligibel ist, ob sie gleich übrigens gänzlich, als ein Glied der Naturkette, mit zu der Sinnenwelt gezählt werden muss.

Wir bedürfen des Satzes der Causalität der Erscheinungen unter einander, um von Naturbegebenheiten Naturbedingungen, d. i. Ursachen in der Erscheinung zu suchen und angeben zu können. Wenn dieses eingeräumt und durch keine Ausnahme geschwächt wird, so hat der Verstand, der bei seinem empirischen Gebrauche in allen Ereignissen nichts, als Natur sieht und dazu auch berechtigt ist, alles, was er fordern kann, und die physischen Erklärungen gehen ihren ungehinderten Gang fort. Nun thut ihm das nicht den mindesten Abbruch, gesetzt dass es übrigens auch blos erdichtet sein sollte, wenn man annimmt, dass unter den Naturursachen es auch welche gebe, die ein Vermögen haben, welches nur intelligibel ist, indem die Bestimmung desselben zur Handlung niemals auf empirischen Bedingungen, sondern auf blosen Gründen des Verstandes beruht, so doch, dass die Handlung in der Erscheinung von dieser Ursache allen Gesetzen der empirischen Causalität gemäss sei. Denn auf diese Art würde das handelnde Subject, als *causa phaenomenon,* mit der Natur in unzertrennter Abhängigkeit aller ihrer Handlungen verkettet sein, und nur das *noumenon* dieses Subjects (mit aller Causalität desselben in der Erscheinung) würde gewisse Bedingungen enthalten, die, wenn man von dem empirischen Gegenstande zu dem transscendentalen aufsteigen will, als blos intelligibel müssten angesehen werden. Denn wenn wir nur in dem, was unter den Erscheinungen die Ursache sein mag, der Naturregel folgen, so können wir darüber unbekümmert sein, was in dem transscendentalen Subject, welches uns empirisch unbekannt ist, für ein Grund von diesen Erscheinungen und deren Zusammenhange gedacht werde. Dieser intelligible Grund ficht gar nicht die empirischen Fragen an, sondern betrifft etwa blos das Denken im reinen Verstande, und obgleich die Wirkungen dieses Denkens und Handelns des reinen Verstandes in den Erscheinungen angetroffen werden, so müssen diese doch nichts desto minder aus ihrer Ursache in der Erscheinung nach Naturgesetzen vollkommen erklärt werden können, indem man den blos empirischen Charakter derselben als den obersten Erklärungsgrund befolgt, und den intelligiblen Charakter, der die transscendentale Ursache von jenem ist, gänzlich als unbekannt vorbeigeht, ausser so fern er nur durch den empirischen als das sinnliche Zeichen derselben angegeben wird. Lasst uns dieses auf Erfahrung anwenden. Der Mensch ist eine von den Erscheinungen der Sinnenwelt, und in so fern auch eine der Naturursachen, deren Causalität unter empirischen Gesetzen stehen muss. Als eine solche muss er demnach auch einen empirischen Charakter haben, so wie alle andere Naturdinge. Wir bemerken denselben durch Kräfte und Vermögen, die er in seinen Wirkungen äussert. Bei der leblosen oder blos thierisch belebten Natur finden wir keinen Grund, irgend ein Vermögen uns anders, als blos sinnlich bedingt zu denken. Allein der Mensch, der die ganze Natur sonst lediglich nur durch Sinne kennt, erkennt sich selbst auch durch blose Apperception, und zwar in Handlungen und inneren Bestimmungen, die er gar nicht zum Eindrucke der Sinne zählen kann, und ist sich selbst freilich einestheils Phänomen, anderntheils aber, nämlich in Ansehung gewisser Vermögen, ein blos intelligibler Gegenstand, weil die Handlung desselben gar nicht zur Receptivität der Sinnlichkeit gezählt werden kann. Wir nennen diese Vermögen Verstand und Vernunft; vornehmlich wird die letztere ganz eigentlich und vorzüglicher Weise von allen empirisch bedingten Kräften unterschieden, da sie ihre Gegenstände blos nach Ideen erwägt und den Verstand darnach bestimmt, der denn von seinen (zwar auch reinen) Begriffen einen empirischen Gebrauch macht.

Dass diese Vernunft nun Causalität habe, wenigstens wir uns eine dergleichen an ihr vorstellen, ist aus den Imperativen klar, welche wir in allem Praktischen den ausübenden Kräften als Regeln aufgeben. Das Sollen drückt eine Art von Nothwendigkeit und Verknüpfung mit Gründen aus, die in der ganzen Natur sonst nicht vorkommt. Der Verstand kann von dieser nur erkennen, was da ist, oder gewesen ist, oder sein wird. Es ist unmöglich, dass etwas darin anders sein soll als es in allen diesen Zeitverhältnissen in der That ist; ja das Sollen wenn man blos den Lauf der Natur vor Augen hat, hat ganz und gar keine Bedeutung. Wir können gar nicht fragen: was in der Natur geschehen soll, eben so wenig, als: was für Eigenschaften ein Zirkel haben soll, sondern: was darin geschieht, oder welche Eigenschaften der letztere hat.

Dieses Sollen nun drückt eine mögliche Handlung aus, davon der Grund nichts Anderes, als ein bloser Begriff ist; da hingegen von einer blosen Naturhandlung der Grund jederzeit eine Erscheinung sein muss. Nun muss die Handlung allerdings unter Naturbedingungen möglich sein, wenn sie auf das Sollen gerichtet ist; aber diese Naturbedingungen betreffen nicht die Bestimmung der Willkühr selbst, sondern nur die Wirkung und den Erfolg derselben in der Erscheinung. Es mögen noch so viel Naturgründe sein, die mich zum Wollen antreiben, noch so viel sinnliche Anreize, so können sie nicht das Sollen hervorbringen, sondern nur ein noch lange nicht nothwendiges, sondern jederzeit bedingtes Wollen, dem dagegen das Sollen, das die Vernunft ausspricht, Maass und Ziel, ja Verbot und Ansehen entgegen setzt. Es mag ein Gegenstand der blosen Sinnlichkeit (das Angenehme) oder auch der reinen Vernunft (das Gute) sein, so gibt die Vernunft nicht demjenigen Grunde, der empirisch gegeben ist, nach, und folgt nicht der Ordnung der Dinge, so wie sie sich in der Erscheinung darstellen, sondern macht sich mit völliger Spontaneität eine eigene Ordnung nach Ideen, in die sie die empirischen Bedingungen hinein passt und nach denen sie sogar Handlungen für nothwendig erklärt, die doch nicht geschehen sind und vielleicht nicht geschehen werden, von allen aber gleichwohl voraussetzt, dass die Vernunft in Beziehung auf sie Causalität haben könne; denn ohne das würde sie nicht von ihren Ideen Wirkungen in der Erfahrung erwarten.

Nun lasst uns hiebei stehen bleiben und wenigstens als möglich annehmen, die Vernunft habe wirklich Causalität in Ansehung der Erscheinungen, so muss sie, so sehr sie auch Vernunft ist, dennoch einen empirischen Charakter von sich zeigen, weil jede Ursache eine Regel voraussetzt, darnach gewisse Erscheinungen als Wirkungen folgen, und jede Regel eine Gleichförmigkeit der Wirkungen erfordert, die den Begriff der Ursache (als eines Vermögens) gründet, welchen wir, so fern er aus blosen Erscheinungen erhellen muss, seinen empirischen Charakter heissen können, der beständig ist, indessen die Wirkungen nach Verschiedenheit der begleitenden und zum Theil einschränkenden Bedingungen in veränderlichen Gestalten erscheinen.

So hat denn jeder Mensch einen empirischen Charakter seiner Willkühr, welcher nichts Anderes ist, als eine gewisse Causalität seiner Vernunft, so fern diese an ihren Wirkungen in der Erscheinung eine Regel zeigt, darnach man die Vernunftgründe und die Handlungen derselben nach ihrer Art und ihren Graden annehmen, und die subjectiven Principien seiner Willkühr beurtheilen kann. Weil dieser empirische Charakter selbst aus den Erscheinungen als Wirkung und aus der Regel derselben, welche Erfahrung an die Hand gibt, gezogen werden muss, so sind alle Handlungen des Menschen in der Erscheinung aus seinem empirischen Charakter und den mitwirkenden anderen Ursachen nach der Ordnung der Natur bestimmt, und wenn wir alle Erscheinungen seiner Willkühr bis auf den Grund erforschen könnten, so würde es keine einzige menschliche Handlung geben, die wir nicht mit Gewissheit vorhersagen und aus ihren vorhergehenden Bedingungen als nothwendig erkennen könnten. In Ansehung dieses empirischen Charakters gibt es also keine Freiheit, und nach diesem können wir doch allein den Menschen betrachten, wenn wir lediglich beobachten, und, wie es in der Anthropologie geschieht, von seinen Handlungen die bewegenden Ursachen physiologisch erforschen wollen.

Wenn wir aber eben dieselben Handlungen in Beziehung auf die Vernunft erwägen und zwar nicht die speculative, um jene ihrem Ursprunge nach zu erklären, sondern ganz allein, so fern Vernunft die Ursache ist, sie selbst zu erzeugen, mit einem Worte, vergleichen wir sie mit dieser in praktischer Absicht, so finden wir eine ganz andere Regel und Ordnung, als die Naturordnung ist. Denn da sollte vielleicht alles das nicht geschehen sein, was doch nach dem Naturlaufe geschehen ist und nach seinen empirischen Gründen unausbleiblich geschehen musste. Bisweilen aber finden wir oder glauben wenigstens zu finden, dass die Ideen der Vernunft wirklich Causalität in Ansehung der Handlungen der Menschen, als Erscheinungen bewiesen haben, und dass sie darum geschehen sind, nicht weil sie durch empirische Ursachen, nein, sondern weil sie durch Gründe der Vernunft bestimmt waren.

Gesetzt nun, man könnte sagen: die Vernunft habe Causalität in Ansehung der Erscheinung; könnte da wohl die Handlung derselben frei heissen, da sie im empirischen Charakter derselben (der Sinnesart) ganz genau bestimmt und nothwendig ist? Dieser ist wiederum im intelligiblen Charakter (der Denkungsart) bestimmt. Die letztere kennen wir aber nicht, sondern bezeichnen sie durch Erscheinungen, welche eigentlich nur die Sinnesart (empirischen Charakter) unmittelbar zu erkennen geben.* Die Handlung nun, so fern sie der Denkungsart, als ihrer Ursache beizumessen ist, erfolgt dennoch daraus gar nicht nach empirischen Gesetzen, d. i. so, dass die Bedingungen der reinen Vernunft, sondern nur so, dass deren Wirkungen in der Erscheinung des inneren Sinnes vorhergehen. Die reine Vernunft als ein blos intelli-

---

* Die eigentliche Moralität der Handlungen (Verdienst und Schuld) bleibt uns daher, selbst die unseres eigenen Verhaltens, gänzlich verborgen. Unsere Zurechnungen können nur auf den empirischen Charakter bezogen werden. Wie viel aber davon reine Wirkung der Freiheit, wie viel der blosen Natur und dem unverschuldeten Fehler des Temperaments, oder dessen glücklicher Beschaffenheit (*merito fortunae*) zuzuschreiben sei, kann Niemand ergründen und daher auch nicht nach völliger Gerechtigkeit richten.

gibles Vermögen ist der Zeitform, und mithin auch den Bedingungen der Zeitfolge nicht unterworfen. Die Causalität der Vernunft im intelligiblen Charakter entsteht nicht, oder hebt nicht etwa zu einer gewissen Zeit an, um eine Wirkung hervorzubringen. Denn sonst würde sie selbst dem Naturgesetz der Erscheinungen, so fern es Causalreihen der Zeit nach bestimmt, unterworfen sein, und die Causalität wäre alsdenn Natur, und nicht Freiheit. Also werden wir sagen können: wenn Vernunft Causalität in Ansehung der Erscheinungen haben kann, so ist sie ein Vermögen, durch welches die sinnliche Bedingung einer empirischen Reihe von Wirkungen zuerst anfängt. Denn die Bedingung, die in der Vernunft liegt, ist nicht sinnlich und fängt also selbst nicht an. Demnach findet alsdenn dasjenige statt, was wir in allen empirischen Reihen vermissten, dass die Bedingung einer successiven Reihe von Begebenheiten selbst empirisch unbedingt sein konnte. Denn hier ist die Bedingung ausser der Reihe der Erscheinungen (im Intelligiblen), und mithin keiner sinnlichen Bedingung und keiner Zeitbestimmung durch vorhergehende Ursache unterworfen.

Gleichwohl gehört doch eben dieselbe Ursache in einer andern Beziehung auch zur Reihe der Erscheinungen. Der Mensch ist selbst Erscheinung. Seine Willkühr hat einen empirischen Charakter, der die (empirische) Ursache aller seiner Handlungen ist. Es ist keine der Bedingungen, die den Menschen diesem Charakter gemäss bestimmen, welche nicht in der Reihe der Naturwirkungen enthalten wäre und dem Gesetze derselben gehorchte, nach welchem gar keine empirisch unbedingte Causalität von dem, was in der Zeit geschieht, angetroffen wird. Daher kann keine gegebene Handlung, (weil sie nur als Erscheinung wahrgenommen werden kann,) schlechthin von selbst anfangen. Aber von der Vernunft kann man nicht sagen, dass vor demjenigen Zustande, darin sie die Willkühr bestimmt, ein anderer vorhergehe, darin dieser Zustand selbst bestimmt wird. Denn da Vernunft selbst keine Erscheinung und gar keinen Bedingungen der Sinnlichkeit unterworfen ist, so findet in ihr, selbst in Betreff ihrer Causalität keine Zeitfolge statt, und auf sie kann also das dynamische Gesetz der Natur, was die Zeitfolge nach Regeln bestimmt, nicht angewandt werden.

Die Vernunft ist also die beharrliche Bedingung aller willkührlichen Handlungen, unter denen der Mensch erscheint. Jede derselben ist im empirischen Charakter des Menschen vorherbestimmt, ehe noch als sie geschieht. In Ansehung des intelligiblen Charakters, wovon jener nur das sinnliche Schema ist, gilt kein Vorher oder Nachher, und jede Handlung, unangesehen des Zeitverhältnisses, darin sie mit anderen Erscheinungen steht, ist die unmittelbare Wirkung des intelligiblen Charakters der reinen Vernunft, welche mithin frei handelt, ohne in der Kette der Naturursachen durch äussere oder innere, aber der Zeit nach vorhergehende Gründe dynamisch bestimmt zu sein, und diese ihre Freiheit kann man nicht allein negativ als Unabhängigkeit von empirischen Bedingungen ansehen, (denn dadurch würde das Vernunftvermögen aufhören, eine Ursache der Erscheinungen zu sein,) sondern auch positiv durch ein Vermögen bezeichnen, eine Reihe von Begebenheiten von selbst anzufangen, so dass in ihr selbst nichts anfängt, sondern sie, als unbedingte Bedingung jeder willkührlichen Handlung, über sich keine der Zeit nach vorhergehende Bedingungen verstattet, indessen dass doch ihre Wirkung in der Reihe der Erscheinungen anfängt, aber darin niemals einen schlechthin ersten Anfang ausmachen kann.

Um das regulative Princip der reinen Vernunft durch ein Beispiel aus dem empirischen Gebrauche desselben zu erläutern, nicht um es zu bestätigen, (denn dergleichen Beweise sind zu transscendentalen Behauptungen untauglich,) so nehme man eine willkührliche Handlung, z. E. eine boshafte Lüge, durch die ein Mensch eine gewisse Verwirrung in die Gesellschaft gebracht hat und die man zuerst ihren Bewegursachen nach, woraus sie entstanden, untersucht, und darauf beurtheilt, wie sie sammt ihren Folgen ihm zugerechnet werden könne. In der ersten Absicht geht man seinen empirischen Charakter bis zu den Quellen desselben durch, die man in der schlechten Erziehung, übler Gesellschaft, zum Theil auch in der Bösartigkeit eines für Beschämung unempfindlichen Naturells aufsucht, zum Theil auf den Leichtsinn und Unbesonnenheit schiebt; wobei man denn die veranlassenden Gelegenheitsursachen nicht aus der Acht lässt. In allem diesem verfährt man, wie überhaupt in Untersuchung der Reihe bestimmender Ursachen zu einer gegebenen Naturwirkung. Ob man nun gleich die Handlung dadurch bestimmt zu sein glaubt, so tadelt man nichts desto weniger den Thäter, und zwar nicht wegen seines unglücklichen Naturells, nicht wegen der auf ihn einfliessenden Umstände, ja sogar nicht wegen seines vorher geführten Lebenswandels; denn man setzt voraus, man könne es gänzlich bei Seite setzen, wie dieser beschaffen gewesen, und die verflossene Reihe von Bedingungen als ungeschehen, diese That aber als gänzlich unbedingt in Ansehung des vorigen Zustandes ansehen, als ob der Thäter damit eine

Reihe von Folgen ganz von selbst anhebe. Dieser Tadel gründet sich auf ein Gesetz der Vernunft, wobei man diese als eine Ursache ansieht, welche das Verhalten des Menschen, unangesehen aller genannten empirischen Bedingungen, anders habe bestimmen können und sollen. Und zwar sieht man die Causalität der Vernunft nicht etwa blos wie Concurrenz, sondern an sich selbst als vollständig an, wenn gleich die sinnlichen Triebfedern gar nicht dafür, sondern wohl gar dawider wären; die Handlung wird seinem intelligiblen Charakter beigemessen, er hat jetzt, in dem Augenblicke, da er lügt, gänzlich Schuld; mithin war die Vernunft unerachtet aller empirischen Bedingungen der That völlig frei, und ihrer Unterlassung ist diese gänzlich beigemessen.

Man sieht diesem zurechnenden Urtheil es leicht an, dass man dabei in Gedanken habe, die Vernunft werde durch alle jene Sinnlichkeit gar nicht afficirt, sie verändere sich nicht, (wenn gleich ihre Erscheinungen, nämlich die Art, wie sie sich in ihren Wirkungen zeigt, sich verändern,) in ihr gehe kein Zustand vorher, der den folgenden bestimme, mithin gehöre sie gar nicht in die Reihe der sinnlichen Bedingungen, welche die Erscheinungen nach Naturgesetzen nothwendig machen. Sie, die Vernunft, ist allen Handlungen des Menschen in allen Zeitumständen gegenwärtig und einerlei, selbst aber ist sie nicht in der Zeit und geräth etwa in einen neuen Zustand, darin sie vorher nicht war; sie ist bestimmend, aber nicht bestimmbar in Ansehung desselben. Daher kann man nicht fragen: warum hat sich nicht die Vernunft anders bestimmt? sondern nur: warum hat sie die Erscheinungen durch ihre Causalität nicht anders bestimmt? Darauf aber ist keine Antwort möglich. Denn ein anderer intelligibler Charakter würde einen andern empirischen gegeben haben, und wenn wir sagen, dass unerachtet seines ganzen, bis dahin geführten Lebenswandels, der Thäter die Lüge doch hätte unterlassen können, so bedeutet dieses nur, dass sie nur unmittelbar unter der Macht der Vernunft stehe, und die Vernunft in ihrer Causalität keinen Bedingungen der Erscheinung und des Zeitlaufs unterworfen ist, der Unterschied der Zeit auch zwar einen Hauptunterschied der Erscheinungen respective gegen einander, da diese aber keine Sachen, mithin auch nicht Ursachen an sich selbst sind, keinen Unterschied der Handlung in Beziehung auf die Vernunft machen könne.

Wir können also mit der Beurtheilung freier Handlungen in Ansehung ihrer Causalität nur bis an die intelligible Ursache, aber nicht über dieselbe hinauskommen; wir können erkennen, dass sie frei, d. i.

von der Sinnlichkeit unabhängig bestimmt, und auf solche Art die sinnlich unbedingte Bedingung der Erscheinungen sein könne. Warum aber der intelligible Charakter gerade diese Erscheinungen und diesen empirischen Charakter unter vorliegenden Umständen gebe, das überschreitet so weit alles Vermögen unserer Vernunft es zu beantworten, ja alle Befugniss derselben nur zu fragen, als ob man früge: woher der transscendentale Gegenstand unserer äusseren sinnlichen Anschauung gerade nur Anschauung im Raume und nicht irgend eine andere gebe.[1] Allein die Aufgabe, die wir aufzulösen hatten, verbindet uns hiezu gar nicht, denn sie war nur diese: ob Freiheit der Naturnothwendigkeit in einer und derselben Handlung widerstreite, und dieses haben wir hinreichend beantwortet, da wir zeigten, dass, da bei jener eine Beziehung auf eine ganz andere Art von Bedingungen möglich ist, als bei dieser, das Gesetz der letzteren die erstere nicht afficire, mithin beide von einander unabhängig und durcheinander ungestört stattfinden können.

Man muss wohl bemerken, dass wir hiedurch nicht die **Wirklichkeit** der Freiheit, als eines der Vermögen, welche die Ursache von den Erscheinungen unserer Sinnenwelt enthalten, haben darthun wollen. Denn ausser dass dieses gar keine transscendentale Betrachtung, die blos mit Begriffen zu thun hat, gewesen sein würde, so könnte es auch nicht gelingen, indem wir aus der Erfahrung niemals auf etwas, was gar nicht nach Erfahrungsgesetzen gedacht werden muss, schliessen können. Ferner haben wir auch nicht einmal die **Möglichkeit** der Freiheit beweisen wollen; denn dieses wäre auch nicht gelungen, weil wir überhaupt von keinem Realgrunde und keiner Causalität aus blosen Begriffen *a priori* die Möglichkeit erkennen können. Die Freiheit wird hier nur als transscendentale Idee behandelt, wodurch die Vernunft die Reihe der Bedingungen in der Erscheinung durch das sinnlich Unbedingte schlechthin anzuheben denkt, dabei sich aber in eine Antinomie mit ihren eigenen Gesetzen, welche sie dem empirischen Gebrauche des Verstandes vorschreibt, verwickelt. Dass nun diese Antinomie auf einem blosen Scheine beruhe, und dass Natur der Causalität aus Freiheit wenigstens nicht **widerstreite**, das war das Einzige, was wir leisten konnten und woran es uns auch einzig und allein gelegen war.

---

[1] 1. Ausg.: „gibt."

IV. Auflösung der kosmologischen Idee
von der Totalität der Abhängigkeit der Erscheinungen, ihrem Dasein nach überhaupt.

In der vorigen Nummer betrachteten wir die Veränderungen der Sinnenwelt in ihrer dynamischen Reihe, da eine jede unter einer andern als ihrer Ursache steht. Jetzt dient uns diese Reihe der Zustände nur zur Leitung, um zu einem Dasein zu gelangen, das die höchste Bedingung alles Veränderlichen sein könne, nämlich dem nothwendigen Wesen. Es ist hier nicht um die unbedingte Causalität, sondern um die unbedingte Existenz der Substanz selbst zu thun. Also ist die Reihe, welche wir vor uns haben, eigentlich nur die von Begriffen und nicht von Anschauungen, in sofern die eine die Bedingung der andern ist.

Man sieht aber leicht: dass, da alles in dem Inbegriffe der Erscheinungen veränderlich, mithin im Dasein bedingt ist, es überall in der Reihe des abhängigen Daseins kein unbedingtes Glied geben könne, dessen Existenz schlechthin nothwendig wäre, und dass also, wenn Erscheinungen Dinge an sich selbst wären, eben darum aber ihre Bedingung mit dem Bedingten jederzeit zu einer und derselben Reihe der Anschauungen gehörte, ein nothwendiges Wesen, als Bedingung des Daseins der Erscheinungen der Sinnenwelt, niemals stattfinden könnte.

Es hat aber der dynamische Regressus dieses Eigenthümliche und Unterscheidende von dem mathematischen an sich: dass, da dieser es eigentlich nur mit der Zusammensetzung der Theile zu einem Ganzen, oder der Zerfällung eines Ganzen in seine Theile zu thun hat, die Bedingungen dieser Reihe immer als Theile derselben, mithin als gleichartig, folglich als Erscheinungen angesehen werden müssen, anstatt dass in jenem Regressus, da es nicht um die Möglichkeit eines unbedingten Ganzen aus gegebenen Theilen, oder eines unbedingten Theils zu einem gegebenen Ganzen, sondern um die Ableitung eines Zustandes von seiner Ursache, oder des zufälligen Daseins der Substanz selbst von der nothwendigen zu thun ist, die Bedingung nicht eben nothwendig mit dem Bedingten eine empirische Reihe ausmachen dürfe.

Also bleibt uns bei der vor uns liegenden scheinbaren Antinomie noch ein Ausweg offen, da nämlich alle beide einander widerstreitende Sätze in verschiedener Beziehung wahr sein können, so, dass alle Dinge der Sinnenwelt durchaus zufällig sind, mithin auch immer nur empirisch bedingte Existenz haben, gleichwohl von der ganzen Reihe auch eine nichtempirische Bedingung, d. i. ein unbedingt nothwendiges Wesen stattfinde. Denn dieses würde, als intelligible Bedingung, gar nicht zur Reihe als ein Glied derselben, (nicht einmal als das oberste Glied,) gehören und auch kein Glied der Reihe empirisch unbedingt machen, sondern die ganze Sinnenwelt in ihrem durch alle Glieder gehenden empirisch bedingten Dasein lassen. Darin würde sich also diese Art, ein unbedingtes Dasein den Erscheinungen zum Grunde zu legen, von der empirisch unbedingten Causalität (der Freiheit), im vorigen Artikel, unterscheiden, dass bei der Freiheit das Ding selbst, als Ursache (*substantia phaenomenon*), dennoch in die Reihe der Bedingungen gehörte und nur seine Causalität als intelligibel gedacht wurde, hier aber das nothwendige Wesen ganz ausser der Reihe der Sinnenwelt (als *ens extramundanum*) und blos intelligibel gedacht werden müsste; wodurch allein es verhütet werden kann, dass es nicht selbst dem Gesetze der Zufälligkeit und Abhängigkeit aller Erscheinungen unterworfen werde.

Das regulative Princip der Vernunft ist also in Ansehung dieser unserer Aufgabe: dass alles in der Sinnenwelt empirisch bedingte Existenz habe, und dass es überall in ihr in Ansehung keiner Eigenschaft eine unbedingte Nothwendigkeit gebe; dass kein Glied der Reihe von Bedingungen sei, davon man nicht immer die empirische Bedingung in einer möglichen Erfahrung erwarten und, so weit man kann, suchen müsse, und nichts uns berechtige, irgend ein Dasein von einer Bedingung ausserhalb der empirischen Reihe abzuleiten, oder auch es als in der Reihe selbst für schlechterdings unabhängig und selbstständig zu halten; gleichwohl aber dadurch gar nicht in Abrede zu ziehen, dass nicht die ganze Reihe in irgend einem intelligiblen Wesen, (welches darum von aller empirischen Bedingung frei ist und vielmehr den Grund der Möglichkeit aller dieser Erscheinungen enthält,) gegründet sein könne.

Es ist aber hiebei gar nicht die Meinung, das unbedingt nothwendige Dasein eines Wesens zu beweisen, oder auch nur die Möglichkeit einer blos intelligiblen Bedingung der Existenz der Erscheinungen der Sinnenwelt hierauf zu gründen, sondern nur eben so, wie wir die Vernunft einschränken, dass sie nicht den Faden der empirischen Bedingungen verlasse und sich in transscendente und keiner Darstellung *in concreto* fähige Erklärungsgründe verlaufe, also auch andererseits das Gesetz des blosen empirischen Verstandesgebrauchs dahin einzuschränken, dass es nicht über die Möglichkeit der Dinge überhaupt entscheide und das Intelligible, ob es gleich von uns zur Erklärung der Erscheinungen nicht zu gebrauchen ist, darum nicht für unmöglich erkläre. Es wird also dadurch nur gezeigt, dass die durchgängige Zufälligkeit aller Naturdinge und aller ihrer (empirischen) Bedingungen ganz wohl mit der willkührlichen Voraussetzung einer nothwendigen, ob zwar blos intelligiblen Bedingung zusammen bestehen könne, also kein wahrer Widerspruch zwischen diesen Behauptungen anzutreffen sei, mithin sie beiderseits wahr sein können. Es mag immer ein solches schlechthin nothwendiges Verstandeswesen an sich unmöglich sein, so kann dieses doch aus der allgemeinen Zufälligkeit und Abhängigkeit alles dessen, was zur Sinnenwelt gehört, imgleichen aus dem Princip, bei keinem einzigen Gliede derselben, so fern es zufällig ist, aufzuhören und sich auf eine Ursache ausser der Welt zu berufen, keineswegs geschlossen werden. Die Vernunft geht ihren Gang im empirischen und ihren besondern Gang im transscendentalen Gebrauche.

Die Sinnenwelt enthält nichts, als Erscheinungen; diese aber sind blose Vorstellungen, die immer wiederum sinnlich bedingt sind, und da wir hier niemals Dinge an sich selbst zu unseren Gegenständen haben, so ist nicht zu verwundern, dass wir niemals berechtigt sind, von einem Gliede der empirischen Reihen, welches es auch sei, einen Sprung ausser dem Zusammenhange der Sinnenwelt zu thun, gleich als wenn es Dinge an sich selbst wären, die ausser ihrem transscendentalen Grunde existirten und die man verlassen könnte, um die Ursache ihres Daseins ausser ihnen zu suchen; welches bei zufälligen Dingen allerdings endlich geschehen müsste, aber nicht bei blosen Vorstellungen von Dingen, deren Zufälligkeit selbst nur Phänomen ist und auf keinen andern Regressus, als denjenigen, der die Phänomena bestimmt, d. i. der empirisch ist, führen kann. Sich aber einen intelligiblen Grund der Erscheinungen, d. i. der Sinnenwelt, und denselben befreit von der Zufälligkeit der letzteren denken, ist weder dem uneingeschränkten empirischen Regressus in der Reihe der Erscheinungen, noch der durchgängigen Zufälligkeit derselben entgegen. Das ist aber auch das Einzige, was wir zur Hebung der scheinbaren Antinomie zu leisten hatten und was sich nur auf diese Weise thun liess. Denn ist die jedesmalige Bedingung zu jedem Bedingten (dem Dasein nach) sinnlich und eben darum zur Reihe gehörig, so ist sie selbst wiederum bedingt, (wie die Antithesis der vierten Antinomie es ausweiset.) Es musste also entweder ein Widerstreit mit der Vernunft, die das Unbedingte fordert, bleiben, oder dieses ausser der Reihe in dem Intelligiblen gesetzt werden, dessen Nothwendigkeit keine empirische Bedingung erfordert, noch verstattet, und also respective auf Erscheinungen unbedingt nothwendig ist.

Der empirische Gebrauch der Vernunft (in Ansehung der Bedingungen des Daseins in der Sinnenwelt) wird durch die Einräumung eines blos intelligiblen Wesens nicht afficirt, sondern geht nach dem Princip der durchgängigen Zufälligkeit von empirischen Bedingungen zu höheren, die immer eben sowohl empirisch sind. Eben so wenig schliesst aber auch dieser regulative Grundsatz die Annehmung einer intelligiblen Ursache, die nicht in der Reihe ist, aus, wenn es um den reinen Gebrauch (in Ansehung der Zwecke) zu thun ist. Denn da bedeutet jene nur den für uns blos transscendentalen und unbekannten Grund der Möglichkeit der sinnlichen Reihe überhaupt; dessen von allen Bedingungen der letzteren unabhängiges und in Ansehung dieser unbedingt-nothwendiges Dasein der unbegrenzten Zufälligkeit der ersteren, und darum auch dem nirgend geendigten Regressus in der Reihe empirischer Bedingungen gar nicht entgegen ist.

Schlussanmerkung zur ganzen Antinomie der reinen Vernunft.

So lange wir mit unseren Vernunftbegriffen blos die Totalität der Bedingungen in der Sinnenwelt, und was in Ansehung ihrer der Vernunft zu Diensten geschehen kann, zum Gegenstand haben, so sind unsere Ideen zwar transscendental, aber doch kosmologisch. So bald wir aber das Unbedingte, (um das es doch eigentlich zu thun ist,) in demjenigen setzen, was ganz ausserhalb der Sinnenwelt, mithin ausser aller möglichen Erfahrung ist, so werden die Ideen transscendent; sie dienen nicht blos zur Vollendung des empirischen Vernunftgebrauchs, (der immer eine nie auszuführende, aber dennoch zu befolgende Idee bleibt,) sondern sie trennen sich davon gänzlich und machen sich selbst Gegenstände, deren Stoff nicht aus Erfahrung genommen, deren objective Realität auch nicht auf der Vollendung der empirischen Reihe, sondern auf reinen Begriffen a priori beruht. Dergleichen transscendente Ideen haben einen blos intelligiblen Gegenstand, welchen als ein transscendentales Object, von dem man übrigens nichts weiss, zuzulassen allerdings erlaubt ist, wozu aber, um es als ein durch seine unterscheidenden und inneren Prädicate bestimmbares Ding zu denken, wir weder Gründe der Möglichkeit (als unabhängig von allen Erfahrungsbegriffen), noch die mindeste Rechtfertigung, einen solchen Gegenstand anzunehmen, auf unserer Seite haben, und welches daher ein bloses Gedankending ist. Gleichwohl dringt uns unter allen kosmologischen Ideen diejenige, so die vierte Antinomie veranlasste, diesen Schritt zu wagen. Denn das in sich selbst ganz und gar nicht gegründete, sondern stets bedingte Dasein der Erscheinungen fordert uns auf, uns nach etwas von allen Erscheinungen Unterschiedenem, mithin einem intelligiblen Gegenstande umzusehen, bei welchem diese Zufälligkeit aufhöre. Weil aber, wenn wir uns einmal die Erlaubniss genommen haben, ausser dem Felde der gesammten Sinnlichkeit eine für sich bestehende Wirklichkeit anzunehmen, Erscheinungen nur als zufällige Vorstellungsarten intelligibler Gegenstände, von solchen Wesen, die selbst Intelligenzen sind, anzusehen,[1] so bleibt uns nichts Anderes übrig, als die Analogie, nach der wir die Erfahrungsbegriffe nutzen, um uns von intelligiblen Dingen, von denen wir an sich nicht die mindeste Kenntniss haben, doch irgend einigen Begriff zu machen. Weil wir das Zufällige nicht anders, als durch Erfahrung kennen lernen, hier aber von Dingen, die gar nicht Gegenstände der Erfahrung sein sollen, die Rede ist, so werden wir ihre Kenntniss aus dem, was an sich nothwendig ist, aus reinen Begriffen von Dingen überhaupt ableiten müssen. Daher nöthigt uns der erste Schritt, den wir ausser der Sinnenwelt thun, unsere neuen Kenntnisse von der Untersuchung des schlechthin nothwendigen Wesens anzufangen, und von den Begriffen desselben die Begriffe von allen Dingen, so fern sie blos intelligibel sind, abzuleiten, und diesen Versuch wollen wir in dem folgenden Hauptstücke anstellen.

---

[1] Dieser Vordersatz, der in allen Ausgaben gleich lautet, scheint so verbessert werden zu können: „Aber wenn wir — anzunehmen und Erscheinungen" u. s. f., oder es müsste nach „anzusehen" das Wort „sind" hinzugesetzt werden.

Des zweiten Buchs der transscendentalen Dialektik
drittes Hauptstück.

Das Ideal der reinen Vernunft.

Erster Abschnitt.
Von dem Ideal überhaupt.

Wir haben oben gesehen, dass durch reine Verstandesbegriffe, ohne alle Bedingungen der Sinnlichkeit, gar keine Gegenstände können vorgestellt werden, weil die Bedingungen der objectiven Realität derselben fehlen, und nichts als die blose Form des Denkens in ihnen angetroffen wird. Gleichwohl können sie *in concreto* dargestellt werden, wenn man sie auf Erscheinungen anwendet; denn an ihnen haben sie eigentlich den Stoff zum Erfahrungsbegriffe, der nichts als ein Verstandesbegriff *in concreto* ist. Ideen aber sind noch weiter von der objectiven Realität entfernt, als Kategorien; denn es kann keine Erscheinung gefunden werden, an der sie sich *in concreto* vorstellen liessen. Sie enthalten eine gewisse Vollständigkeit, zu welcher keine mögliche empirische Erkenntniss zulangt, und die Vernunft hat dabei nur eine systematische Einheit im Sinne, welcher sie die empirische mögliche Einheit zu nähern sucht, ohne sie jemals völlig zu erreichen.

Aber noch weiter, als die Idee, scheint dasjenige von der objectiven Realität entfernt zu sein, was ich das Ideal nenne, und worunter ich die Idee nicht blos *in concreto*, sondern *in individuo*, d. i. als ein einzelnes durch die Idee allein bestimmbares oder gar bestimmtes Ding verstehe.

Die Menschheit, in ihrer ganzen Vollkommenheit, enthält nicht allein die Erweiterung aller zu dieser Natur gehörigen wesentlichen Eigenschaften, welche unseren Begriff von derselben ausmachen, bis zur vollständigen Congruenz mit ihren Zwecken, welches unsere Idee der vollkommenen Menschheit sein würde, sondern auch alles, was ausser diesem Begriffe zu der durchgängigen Bestimmung der Idee gehört; denn von allen entgegengesetzten Prädicaten kann sich doch nur ein einziges zu der Idee des vollkommensten Menschen schicken. Was uns ein Ideal ist, war dem PLATO eine Idee des göttlichen Verstandes, ein einzelner Gegenstand in der reinen Anschauung desselben, das Vollkommenste einer jeden Art möglicher Wesen und der Urgrund aller Nachbilder in der Erscheinung.

Ohne uns aber so weit zu versteigen, müssen wir gestehen, dass die menschliche Vernunft nicht allein Ideen, sondern auch Ideale enthalte, die zwar nicht, wie die Platonischen, schöpferische, aber doch praktische Kraft (als regulative Principien) haben und der Möglichkeit der Vollkommenheit gewisser Handlungen zum Grunde liegen. Moralische Begriffe sind nicht gänzlich reine Vernunftbegriffe, weil ihnen etwas Empirisches (Lust oder Unlust) zum Grunde liegt. Gleichwohl können sie in Ansehung des Princips, wodurch die Vernunft der an sich gesetzlosen Freiheit Schranken setzt, (also wenn man blos auf ihre Form Acht hat,) gar wohl zum Beispiele reiner Vernunftbegriffe dienen. Tugend und mit ihr menschliche Weisheit in ihrer ganzen Reinigkeit sind Ideen. Aber der Weise (des Stoikers) ist ein Ideal, d. i. ein Mensch, der blos in Gedanken existirt, der aber mit der Idee der Weisheit völlig congruirt. So wie die Idee die Regel gibt, so dient das Ideal in solchem Falle zum Urbilde der durchgängigen Bestimmung des Nachbildes, und wir haben kein anderes Richtmaass unserer Handlungen, als das Verhalten dieses göttlichen Menschen in uns, womit wir uns vergleichen, beurtheilen und dadurch uns bessern, obgleich es niemals erreichen können. Diese Ideale, ob man ihnen gleich nicht objective Realität (Existenz) zugestehen möchte, sind doch um deswillen nicht für Hirngespinnste anzusehen, sondern geben ein unentbehrliches Richtmaass der Vernunft ab, die des Begriffes von dem, was in seiner Art ganz vollständig ist, bedarf, um darnach den Grad und die Mängel des Unvollständigen zu schätzen und abzumessen. Das Ideal aber in einem Beispiele, d. i. in der Erscheinung realisiren wollen, wie etwa den Weisen in einem Roman, ist unthunlich und hat überdem etwas Widersinnisches und wenig Erbauliches an sich, indem die natürlichen Schranken, welche der Vollständigkeit in der Idee continuirlich Abbruch thun, alle Illusion in solchem Versuche unmöglich und dadurch das Gute, das in der Idee liegt, selbst verdächtig und einer blosen Erdichtung ähnlich machen.

So ist es mit dem Ideale der Vernunft bewandt, welches jederzeit auf bestimmten Begriffen beruhen und zur Regel und Urbilde, es sei der Befolgung oder Beurtheilung, dienen muss. Ganz anders verhält es sich mit denen Geschöpfen der Einbildungskraft, darüber sich Niemand erklären und einen verständlichen Begriff geben kann, gleichsam Monogrammen, die nur einzelne, obzwar nach keiner angeblichen Regel bestimmte Züge sind, welche mehr eine im Mittel verschiedener Erfahrungen gleichsam schwebende Zeichnung, als ein bestimmtes Bild ausmachen, dergleichen Maler und Physiognomen in ihrem Kopfe zu haben vorgeben, und die ein nicht mitzutheilendes Schattenbild ihrer Producte oder auch Beurtheilungen sein sollen. Sie können, obzwar nur uneigentlich, Ideale der Sinnlichkeit genannt werden, weil sie das nicht erreichbare Muster möglicher empirischer Anschauungen sein sollen und gleichwohl keine der Erklärung und Prüfung fähige Regel abgeben.

Die Absicht der Vernunft mit ihrem Ideale ist dagegen die durchgängige Bestimmung nach Regeln *a priori*; daher sie sich einen Gegenstand denkt, der nach Principien durchgängig bestimmbar sein soll, obgleich dazu die hinreichenden Bedingungen in der Erfahrung mangeln und der Begriff selbst also transscendent ist.

Des dritten Hauptstücks
zweiter Abschnitt.

Von dem transscendentalen Ideal
(*Prototypon transscendentale*).

Ein jeder Begriff ist in Ansehung dessen, was in ihm selbst nicht enthalten ist, unbestimmt und steht unter dem Grundsatze der Bestimmbarkeit: dass nur eines von jeden zween einander contradictorisch entgegengesetzten Prädicaten ihm zukommen könne, welcher auf dem Satze des Widerspruchs beruht und daher ein blos logisches Princip ist, das von allem Inhalte der Erkenntniss abstrahirt, und nichts, als die logische Form vor Augen hat.

Ein jedes Ding aber, seiner Möglichkeit nach, steht noch unter dem Grundsatze der durchgängigen Bestimmung, nach welchem ihm von allen möglichen Prädicaten der Dinge, so fern sie mit ihren Gegentheilen verglichen werden, eines zukommen muss. Dieses beruht nicht blos auf dem Satze des Widerspruchs; denn es betrachtet ausser dem Verhältniss zweier einander widerstreitenden Prädicate, jedes Ding noch im Verhältniss auf die gesammte Möglichkeit, als den Inbegriff aller Prädicate der Dinge überhaupt, und indem es solche als Bedingung *a priori* voraussetzt, so stellt es ein jedes Ding vor, wie es von dem Antheil, den es an jener gesammten Möglichkeit hat, seine eigene Möglichkeit ableite.* Das Principium der durchgängigen Bestimmung betrifft also den Inhalt und nicht blos die logische Form. Es ist der Grundsatz der Synthesis aller Prädicate, die den vollständigen Begriff von einem Dinge machen sollen, und nicht blos der analytischen Vorstellung durch eines zweier entgegengesetzten Prädicate und enthält eine transscendentale Voraussetzung, nämlich die Materie zu aller Möglichkeit, welche *a priori* die *data* zur besonderen Möglichkeit jedes Dinges enthalten soll.

Der Satz: alles Existirende ist durchgängig bestimmt, bedeutet nicht allein, dass von jedem Paare einander entgegengesetzter gegebenen, sondern auch von allen möglichen Prädicaten ihm immer eins zukomme; es werden durch diesen Satz nicht blos Prädicate unter einander logisch, sondern das Ding selbst mit dem Inbegriff aller möglichen Prädicate transscendental verglichen. Er will so viel sagen, als: um ein Ding vollständig zu erkennen, muss man alles Mögliche erkennen, und es dadurch, es sei bejahend oder verneinend, bestimmen. Die durchgängige Bestimmung ist folglich ein Begriff, den wir niemals *in concreto* seiner Totalität nach darstellen können, und gründet sich also auf eine Idee, welche lediglich in der Vernunft ihren Sitz hat, die dem Verstande die Regel seines vollständigen Gebrauchs vorschreibt.

Ob nun zwar diese Idee von dem Inbegriffe aller Möglichkeit, so fern er als Bedingung der durchgängigen Bestimmung eines jeden Dinges zum Grunde liegt, in Ansehung der Prädicate, die denselben ausmachen mögen, selbst noch unbestimmt ist, und wir dadurch nichts weiter, als einen Inbegriff aller möglichen Prädicate überhaupt denken, so finden wir doch bei näherer Untersuchung, dass diese Idee, als Urbegriff, eine Menge von Prädicaten ausstosse, die als abgeleitet durch andere schon gegeben sind, oder neben einander nicht stehen können,

---

* Es wird also durch diesen Grundsatz jedes Ding auf ein gemeinschaftliches Correlatum, nämlich die gesammte Möglichkeit bezogen, welche, wenn sie (d. i. der Stoff zu allen möglichen Prädicaten) in der Idee eines einzigen Dinges angetroffen würde, eine Affinität alles Möglichen durch die Identität des Grundes der durchgängigen Bestimmung desselben beweisen würde. Die Bestimmbarkeit eines jeden Begriffs ist der Allgemeinheit (*universalitas*) des Grundsatzes der Ausschliessung eines Mittleren zwischen zween entgegengesetzten Prädicaten, die Bestimmung aber eines Dinges der Allheit (*universitas*) oder dem Inbegriffe aller möglichen Prädicate untergeordnet.

und dass sie sich bis zu einem durchgängig *a priori* bestimmten Begriffe läutere und dadurch der Begriff von einem einzelnen Gegenstande werde, der durch die blose Idee durchgängig bestimmt ist, mithin ein **Ideal** der reinen Vernunft genannt werden muss.

Wenn wir alle mögliche Prädicate nicht blos logisch, sondern transscendental, d. i. nach ihrem Inhalte, der an ihnen *a priori* gedacht werden kann, erwägen, so finden wir, dass durch einige derselben ein Sein, durch andere ein bloses Nichtsein vorgestellt wird. Die logische Verneinung, die lediglich durch das Wörtchen: nicht, angezeigt wird, hängt eigentlich niemals einem Begriffe, sondern nur dem Verhältnisse desselben zu einem andern im Urtheile an und kann also dazu bei weitem nicht hinreichend sein, einen Begriff in Ansehung seines Inhaltes zu bezeichnen. Der Ausdruck: nichtsterblich, kann gar nicht zu erkennen geben, dass dadurch ein bloses Nichtsein am Gegenstande vorgestellt werde, sondern lässt allen Inhalt unberührt. Eine transscendentale Verneinung bedeutet dagegen das Nichtsein an sich selbst, dem die transscendentale Bejahung entgegengesetzt wird, welche ein Etwas ist, dessen Begriff an sich selbst schon ein Sein ausdrückt und daher Realität (Sachheit) genannt wird, weil durch sie allein und so weit sie reicht, Gegenstände Etwas (Dinge) sind, die entgegenstehende Negation hingegen einen blosen Mangel bedeutet und, wo diese allein gedacht wird, die Aufhebung alles Dinges vorgestellt wird.

Nun kann sich Niemand eine Verneinung bestimmt denken, ohne dass er die entgegengesetzte Bejahung zum Grunde liegen habe. Der Blindgeborne kann sich nicht die mindeste Vorstellung von Finsterniss machen, weil er keine vom Lichte hat; der Wilde nicht von der Armuth, weil er den Wohlstand nicht kennt.* Der Unwissende hat keinen Begriff von seiner Unwissenheit, weil er keinen von der Wissenschaft hat u. s. w. Es sind also auch alle Begriffe der Negationen abgeleitet, und die Realitäten enthalten die *data* und so zu sagen die Materie, oder den transscendentalen Inhalt zu der Möglichkeit und durchgängigen Bestimmung aller Dinge.

---

* Die Beobachtungen und Berechnungen der Sternkundigen haben uns viel Bewundernswürdiges gelehrt, aber das Wichtigste ist wohl, dass sie uns den Abgrund der Unwissenheit aufgedeckt haben, den die menschliche Vernunft ohne diese Kenntnisse sich niemals so gross hätte vorstellen können, und worüber das Nachdenken eine grosse Veränderung in der Bestimmung der Endabsichten unseres Vernunftgebrauchs hervorbringen muss.

Wenn also der durchgängigen Bestimmung in unserer **Vernunft** ein transscendentales Substratum zum Grunde gelegt wird, welches gleichsam den ganzen Vorrath des Stoffes, daher alle mögliche Prädicate der Dinge genommen werden können, enthält, so ist dieses Substratum nichts Anderes, als die Idee von einem All der Realität (*omnitudo realitatis*). Alle wahre Verneinungen sind alsdenn nichts, als **Schranken**, welches sie nicht genannt werden könnten, wenn nicht das Unbeschränkte (das All) zum Grunde läge.

Es ist aber auch durch diesen Allbesitz der Realität der Begriff eines Dinges an sich selbst als durchgängig bestimmt vorgestellt, und der Begriff eines *entis realissimi* ist der Begriff eines einzelnen Wesens, weil von allen möglichen entgegengesetzten Prädicaten eines, nämlich das, was zum Sein schlechthin gehört, in seiner Bestimmung angetroffen wird. Also ist es ein transscendentales Ideal, welches der durchgängigen Bestimmung, die nothwendig bei allem, was existirt, angetroffen wird, zum Grunde liegt und die oberste und vollständige materiale Bedingung seiner Möglichkeit ausmacht, auf welche alles Denken der Gegenstände überhaupt ihrem Inhalte nach zurückgeführt werden muss. Es ist aber auch das einzige eigentliche Ideal, dessen die menschliche Vernunft fähig ist; weil nur in diesem einzigen Falle ein an sich allgemeiner Begriff von einem Dinge durch sich selbst durchgängig bestimmt, und als die Vorstellung von einem Individuum erkannt wird.

Die logische Bestimmung eines Begriffs durch die Vernunft beruht auf einem disjunctiven Vernuftschlusse, in welchem der Obersatz eine logische Eintheilung (die Theilung der Sphäre eines allgemeinen Begriffs) enthält, der Untersatz diese Sphäre bis auf einen Theil einschränkt und der Schlusssatz den Begriff durch diesen bestimmt. Der allgemeine Begriff einer Realität überhaupt kann à *priori* nicht eingetheilt werden, weil man ohne Erfahrung keine bestimmte Arten von Realität kennt, die unter jener Gattung enthalten wären. Also ist der transscendentale Obersatz der durchgängigen Bestimmung aller Dinge nichts Anderes, als die Vorstellung des Inbegriffs aller Realität, nicht blos ein Begriff, der alle Prädicate ihrem transscendentalen Inhalte nach **unter sich**, sondern der sie **in sich** begreift, und die durchgängige Bestimmung eines jeden Dinges beruht auf der Einschränkung dieses All der Realität, indem Einiges derselben dem Dinge beigelegt, das Uebrige aber ausgeschlossen wird, welches mit dem Entweder und Oder des disjunctiven Obersatzes und der Bestimmung des Gegenstandes durch eins der Glieder dieser Theilung im Untersatze übereinkommt. Demnach ist der Gebrauch der Vernunft, durch den sie das transscendentale Ideal zum Grunde ihrer Bestimmung aller möglichen Dinge legt, demjenigen analogisch, nach welchem sie in disjunctiven Vernunftschlüssen verfährt; welches der Satz war, den ich oben zum Grunde der systematischen Eintheilung aller transscendentalen Ideen legte, nach welchem sie den drei Arten von Vernunftschlüssen parallel und correspondirend erzeugt werden.

Es versteht sich von selbst, dass die Vernunft zu dieser ihrer Absicht, nämlich sich lediglich die nothwendige durchgängige Bestimmung der Dinge vorzustellen, nicht die Existenz eines solchen Wesens, das dem Ideale gemäss ist, sondern nur die Idee desselben voraussetze, um von einer unbedingten Totalität der durchgängigen Bestimmung die bedingte, d. i. die des Eingeschränkten abzuleiten. Das Ideal ist ihr also das Urbild (*prototypon*) aller Dinge, welche insgesammt, als mangelhafte Copeien (*ectypa*), den Stoff zu ihrer Möglichkeit daher nehmen, und indem sie demselben mehr oder weniger nahe kommen, dennoch jederzeit unendlich weit daran fehlen, es zu erreichen.

So wird denn alle Möglichkeit der Dinge (der Synthesis des Mannigfaltigen ihrem Inhalte nach) als abgeleitet und nur allein die desjenigen, was alle Realität in sich schliesst, als ursprünglich angesehen. Denn alle Verneinungen, (welche doch die einzigen Prädicate sind, wodurch sich alles Andere vom realen Wesen unterscheiden lässt,) sind blose Einschränkungen einer grösseren und endlich der höchsten Realität, mithin setzen sie diese voraus und sind dem Inhalte nach von ihr blos abgeleitet. Alle Mannigfaltigkeit der Dinge ist nur eine eben so vielfältige Art, den Begriff der höchsten Realität, der ihr gemeinschaftliches Substratum ist, einzuschränken, so wie alle Figuren nur als verschiedene Arten, den unendlichen Raum einzuschränken, möglich sind. Daher wird der blos in der Vernunft befindliche Gegenstand ihres Ideals auch das Urwesen (*ens originarium*), so fern es keines über sich hat, das höchste Wesen (*ens summum*), und so fern alles als bedingt unter ihm steht, das Wesen aller Wesen (*ens entium*) genannt. Alles dieses bedeutet aber nicht das objective Verhältniss eines wirklichen Gegenstandes zu andern Dingen, sondern der Idee zu Begriffen, und lässt uns wegen der Existenz eines Wesens von so ausnehmendem Vorzuge in völliger Unwissenheit.

Weil man auch nicht sagen kann, dass ein Urwesen aus viel abgeleiteten Wesen bestehe, indem ein jedes derselben jenes voraussetzt, mithin es nicht ausmachen kann, so wird das Ideal des Urwesens auch als einfach gedacht werden müssen.

Die Ableitung aller andern Möglichkeit von diesem Urwesen wird daher, genau zu reden, auch nicht als eine Einschränkung seiner höchsten Realität und gleichsam als eine Theilung derselben angesehen werden können; denn alsdenn würde das Urwesen als ein bloses Aggregat von abgeleiteten Wesen angesehen werden, welches nach dem Vorigen unmöglich ist, ob wir es gleich anfänglich im ersten rohen Schattenrisse so vorstellten. Vielmehr würde der Möglichkeit aller Dinge die höchste Realität als ein Grund und nicht als Inbegriff zum Grunde liegen, und die Mannigfaltigkeit der ersteren nicht auf der Einschränkung des Urwesens selbst, sondern seiner vollständigen Folge beruhen, welcher denn auch unsere ganze Sinnlichkeit, sammt aller Realität in der Erscheinung gehören würde, die zu der Idee des höchsten Wesens als ein Ingrediens nicht gehören kann.

Wenn wir nun dieser unserer Idee, indem wir sie hypostasiren, so ferner nachgehen, so werden wir das Urwesen durch den blosen Begriff der höchsten Realität als ein einiges, einfaches, allgenugsames, ewiges u. s. w., mit einem Worte, es in seiner unbedingten Vollständigkeit durch alle Prädicamente bestimmen können. Der Begriff eines solchen Wesens ist der von Gott, in transscendentalem Verstande gedacht, und so ist das Ideal der reinen Vernunft der Gegenstand einer transscendentalen Theologie, so wie ich es auch oben angeführt habe.

Indessen würde dieser Gebrauch der transscendentalen Idee doch schon die Grenzen ihrer Bestimmung und Zulässigkeit überschreiten. Denn die Vernunft legte sie nur als den Begriff von aller Realität der durchgängigen Bestimmung der Dinge überhaupt zum Grunde, ohne zu verlangen, dass alle diese Realität objectiv gegeben sei und selbst ein Ding ausmache. Dieses Letztere ist eine blose Erdichtung, durch welche wir das Mannigfaltige unserer Idee in einem Ideale, als einem besonderen Wesen, zusammenfassen und realisiren, wozu wir keine Befugniss haben, sogar nicht einmal die Möglichkeit einer solchen Hypothese geradezu anzunehmen, wie denn auch alle Folgerungen, die aus einem solchen Ideale abfliessen, die durchgängige Bestimmung der Dinge überhaupt, als zu deren Behuf die Idee allein nöthig war, nichts angehen und darauf nicht den mindesten Einfluss haben.

Es ist nicht genug, das Verfahren unserer Vernunft und ihre Dialektik zu beschreiben, man muss auch die Quellen derselben zu entdecken suchen, um diesen Schein selbst, wie ein Phänomen des Verstandes, erklären zu können; denn das Ideal, wovon wir reden, ist auf einer natürlichen und nicht blos willkührlichen Idee gegründet. Daher frage ich: wie kommt die Vernunft dazu, alle Möglichkeit der Dinge als abgeleitet von einer einzigen, die zum Grunde liegt, nämlich der der höchsten Realität, anzusehen, und diese sodann als in einem besondern Urwesen enthalten vorauszusetzen?

Die Antwort bietet sich aus den Verhandlungen der transscendentalen Analytik von selbst dar. Die Möglichkeit der Gegenstände der Sinne ist ein Verhältniss zu unserm Denken, worin etwas (nämlich die empirische Form) *a priori* gedacht werden kann, dasjenige aber, was die Materie ausmacht, die Realität in der Erscheinung, (was der Empfindung entspricht,) gegeben sein muss, ohne welches es auch gar nicht gedacht und mithin seine Möglichkeit nicht vorgestellt werden könnte. Nun kann ein Gegenstand der Sinne nur durchgängig bestimmt werden, wenn er mit allen Prädicaten der Erscheinung verglichen und durch dieselben bejahend oder verneinend vorgestellt wird. Weil aber darin dasjenige, was das Ding selbst (in der Erscheinung) ausmacht, nämlich das Reale, gegeben sein muss, ohne welches es auch gar nicht gedacht werden könnte, dasjenige aber, worin das Reale aller Erscheinungen gegeben ist, die einige allbefassende Erfahrung ist, so muss die Materie zur Möglichkeit aller Gegenstände der Sinne, als in einem Inbegriffe gegeben, vorausgesetzt werden, auf dessen Einschränkung allein alle Möglichkeit empirischer Gegenstände, ihr Unterschied von einander und ihre durchgängige Bestimmung beruhen kann. Nun können uns in der That keine andere Gegenstände, als die der Sinne, und nirgend, als in dem Context einer möglichen Erfahrung gegeben werden, folglich ist nichts für uns ein Gegenstand, wenn es nicht den Inbegriff aller empirischen Realität als Bedingung seiner Möglichkeit voraussetzt. Nach einer natürlichen Illusion sehen wir nun das für einen Grundsatz an, der von allen Dingen überhaupt gelten müsse, welcher eigentlich nur von denen gilt, die als Gegenstände unserer Sinne gegeben werden. Folglich werden wir das empirische Princip unserer Begriffe der Möglichkeit der Dinge als Erscheinungen, durch Weglassung dieser Einschränkung, für ein transscendentales Princip der Möglichkeit der Dinge überhaupt halten.

Dass wir aber hernach diese Idee vom Inbegriffe aller Realität hypostasiren, kommt daher, weil wir die distributive Einheit des Erfahrungsgebrauchs des Verstandes in die collective Einheit eines Erfahrungsganzen dialektisch verwandeln, und an diesem Ganzen der Erscheinung uns ein einzelnes Ding denken, was alle empirische Realität in sich enthält, welches denn, vermittelst der schon gedachten transscendentalen Subreption, mit dem Begriffe eines Dinges verwechselt wird, was an der Spitze der Möglichkeit aller Dinge steht, zu deren durchgängiger Bestimmung es die realen Bedingungen hergibt.*

Des dritten Hauptstücks
dritter Abschnitt.

Von den Beweisgründen der speculativen Vernunft, auf das Dasein eines höchsten Wesens zu schliessen.

Ungeachtet dieser dringenden Bedürfniss der Vernunft, etwas vorauszusetzen, was dem Verstande zu der durchgängigen Bestimmung seiner Begriffe vollständig zum Grunde liegen könne, so bemerkt sie doch das Idealische und blos Gedichtete einer solchen Voraussetzung viel zu leicht, als dass sie dadurch allein überredet werden sollte, ein bloses Selbstgeschöpf ihres Denkens sofort für ein wirkliches Wesen anzunehmen, wenn sie nicht wodurch anders gedrungen würde, irgendwo ihren Ruhestand, in dem Regressus vom Bedingten, das gegeben ist, zum Unbedingten, zu suchen, das zwar an sich und seinem blosen Begriff nach nicht als wirklich gegeben ist, welches aber allein die Reihe der zu ihren Gründen hinausgeführten Bedingungen vollenden kann. Dieses ist nun der natürliche Gang, den jede menschliche Vernunft,

---

* Dieses Ideal des allerrealsten Wesens wird also, ob es zwar eine blose Vorstellung ist, zuerst realisirt, d. i. zum Object gemacht, darauf hypostasirt, endlich, durch einen natürlichen Fortschritt der Vernunft zur Vollendung der Einheit, sogar personificirt, wie wir bald anführen werden; weil die regulative Einheit der Erfahrung nicht auf den Erscheinungen selbst (der Sinnlichkeit allein), sondern auf der Verknüpfung ihres Mannigfaltigen durch den Verstand (in einer Apperception) beruht, mithin die Einheit der höchsten Realität und die durchgängige Bestimmbarkeit (Möglichkeit) aller Dinge in einem höchsten Verstande, mithin in einer Intelligenz zu liegen scheint

selbst die gemeinste nimmt, obgleich nicht eine jede in demselben aushält. Sie fängt nicht von Begriffen, sondern von der gemeinen Erfahrung an, und legt also etwas Existirendes zum Grunde. Dieser Boden aber sinkt, wenn er nicht auf dem unbeweglichen Felsen des Absolut-Nothwendigen ruht. Dieser selber aber schwebt ohne Stütze, wenn noch ausser und unter ihm leerer Raum ist, und er nicht selbst alles erfüllt und dadurch keinen Platz zum Warum mehr übrig lässt, d. i. der Realität nach unendlich ist.

Wenn etwas, was es auch sei, existirt, so muss auch eingeräumt werden, dass irgend etwas nothwendigerweise existire. Denn das Zufällige existirt nur unter der Bedingung eines Andern, als seiner Ursache, und von dieser gilt der Schluss fernerhin, bis zu einer Ursache, die nicht zufällig und eben darum ohne Bedingung nothwendigerweise da ist. Das ist das Argument, worauf die Vernunft ihren Fortschritt zum Urwesen gründet.

Nun sieht sich die Vernunft nach dem Begriffe eines Wesens um, das sich zu einem solchen Vorzuge der Existenz, als die unbedingte Nothwendigkeit, schicke, nicht sowohl, um alsdenn von dem Begriffe desselben *a priori* auf sein Dasein zu schliessen, (denn getraute sie sich dieses, so dürfte sie überhaupt nur unter blosen Begriffen forschen und hätte nicht nöthig, ein gegebenes Dasein zum Grunde zu legen,) sondern nur um unter allen Begriffen möglicher Dinge denjenigen zu finden, der nichts der absoluten Nothwendigkeit Widerstreitendes in sich hat. Denn dass doch irgend etwas schlechthin nothwendig existiren müsse, hält sie nach dem ersteren Schlusse schon für ausgemacht. Wenn sie nun alles wegschaffen kann, was sich mit dieser Nothwendigkeit nicht verträgt, ausser Einem; so ist dieses das schlechthin nothwendige Wesen, mag man nun die Nothwendigkeit desselben begreifen, d. i. aus seinem Begriffe allein ableiten können, oder nicht.

Nun scheint dasjenige, dessen Begriff zu allem Warum das Darum in sich enthält, das in keinem Stücke und in keiner Absicht defect ist, welches allerwärts als Bedingung hinreicht, eben darum das zur absoluten Nothwendigkeit schickliche Wesen zu sein, weil es bei dem Selbstbesitz aller Bedingungen zu allem Möglichen selbst keiner Bedingung bedarf, ja derselben nicht einmal fähig ist, folglich, wenigstens in einem Stücke, dem Begriffe der unbedingten Nothwendigkeit ein Genüge thut, darin es kein anderer Begriff ihm gleichthun kann, der, weil er mangelhaft und der Ergänzung bedürftig ist, kein solches Merkmal der Unabhängigkeit von allen ferneren Bedingungen an sich zeigt. Es ist wahr, dass hieraus noch nicht sicher gefolgert werden könne, dass, was nicht die höchste und in aller Absicht vollständige Bedingung in sich enthält, darum selbst seiner Existenz nach bedingt sein müsse; aber es hat denn doch das einzige Merkzeichen des unbedingten Daseins nicht an sich, dessen die Vernunft mächtig ist, um durch einen Begriff *a priori* irgend ein Wesen als unbedingt zu erkennen.

Der Begriff eines Wesens von der höchsten Realität würde sich also unter allen Begriffen möglicher Dinge zu dem Begriffe eines unbedingt nothwendigen Wesens am besten schicken, und wenn er diesem auch nicht völlig genugthut, so haben wir doch keine Wahl, sondern sehen uns genöthigt, uns an ihn zu halten, weil wir die Existenz eines nothwendigen Wesens nicht in den Wind schlagen dürfen; geben wir sie aber zu, doch in dem ganzen Felde der Möglichkeit nichts finden können, was auf einen solchen Vorzug im Dasein einen gegründetern Anspruch machen könnte.

So ist also der natürliche Gang der menschlichen Vernunft beschaffen. Zuerst überzeugt sie sich vom Dasein irgend eines nothwendigen Wesens. In diesem erkennt sie eine unbedingte Existenz. Nun sucht sie den Begriff des Unabhängigen von aller Bedingung, und findet ihn in dem, was selbst die zureichende Bedingung zu allem Anderen ist, d. i. in demjenigen, was alle Realität enthält. Das All aber ohne Schranken ist absolute Einheit und führt den Begriff eines einigen, nämlich des höchsten Wesens bei sich, und so schliesst sie, dass das höchste Wesen, als Urgrund aller Dinge, schlechthin nothwendigerweise da sei.

Diesem Begriffe kann eine gewisse Gründlichkeit nicht bestritten werden, wenn von Entschliessungen die Rede ist, nämlich, wenn einmal das Dasein irgend eines nothwendigen Wesens zugegeben wird und man darin übereinkommt, dass man seine Partei ergreifen müsse, worin man dasselbe setzen wolle; denn alsdenn kann man nicht schicklicher wählen, oder man hat vielmehr keine Wahl, sondern ist genöthigt, der absoluten Einheit der vollständigen Realität, als dem Urquelle der Möglichkeit, seine Stimme zu geben. Wenn uns aber nichts treibt, uns zu entschliessen, und wir lieber diese ganze Sache dahin gestellt sein liessen, bis wir durch das volle Gewicht der Beweisgründe zum Beifalle gezwungen würden, d. i. wenn es blos um Beurtheilung zu thun ist, wie viel wir von dieser Aufgabe wissen und was wir uns nur zu wissen schmeicheln; dann erscheint obiger Schluss bei weitem nicht in so vortheilhafter Gestalt und bedarf Gunst, um den Mangel seiner Rechtsansprüche zu ersetzen.

Denn wenn wir alles so gut sein lassen, wie es hier vor uns liegt, dass nämlich erstlich von irgend einer gegebenen Existenz (allenfalls auch blos meiner eigenen) ein richtiger Schluss auf die Existenz eines unbedingt nothwendigen Wesens stattfinde; zweitens, dass ich ein Wesen, welches alle Realität, mithin auch alle Bedingung enthält, als schlechthin unbedingt ansehen müsse, folglich der Begriff des Dinges, welches sich zur absoluten Nothwendigkeit schickt, hiedurch gefunden sei: so kann daraus doch gar nicht geschlossen werden, dass der Begriff eines eingeschränkten Wesens, das nicht die höchste Realität hat, darum der absoluten Nothwendigkeit widerspreche. Denn ob ich gleich in seinem Begriffe nicht das Unbedingte antreffe, was das All der Bedingungen schon bei sich führt, so kann daraus doch gar nicht gefolgert werden, dass sein Dasein eben darum bedingt sein müsse; so wie ich in einem hypothetischen Vernunftschlusse nicht sagen kann: wo eine gewisse Bedingung (nämlich hier der Vollständigkeit nach Begriffen) nicht ist, da ist auch das Bedingte nicht. Es wird uns vielmehr unbenommen bleiben, alle übrige eingeschränkte Wesen eben so wohl für unbedingt nothwendig gelten zu lassen, ob wir gleich ihre Nothwendigkeit aus dem allgemeinen Begriffe, den wir von ihnen haben, nicht schliessen können. Auf diese Weise aber hätte dieses Argument uns nicht den mindesten Begriff von Eigenschaften eines nothwendigen Wesens verschafft und überall gar nichts geleistet.

Gleichwohl bleibt diesem Argument eine gewisse Wichtigkeit und ein Ansehen, das ihm wegen dieser objectiven Unzulänglichkeit noch nicht sofort genommen werden kann. Denn setzet, es gebe Verbindlichkeiten, die in der Idee der Vernunft ganz richtig, aber ohne alle Realität in Anwendung auf uns selbst, d. i. ohne Triebfedern sein würden, wo nicht ein höchstes Wesen vorausgesetzt würde, das den praktischen Gesetzen Wirkung und Nachdruck geben könnte, so würden wir auch eine Verbindlichkeit haben, den Begriffen zu folgen, die, wenn sie gleich nicht objectiv zulänglich sein möchten, doch nach dem Maasse unserer Vernunft überwiegend sind, und in Vergleichung mit denen wir doch nichts Besseres und Ueberführenderes erkennen. Die Pflicht zu wählen würde hier die Unschlüssigkeit der Speculation durch einen praktischen Zusatz aus dem Gleichgewichte bringen, ja die Vernunft würde bei ihr selbst, als dem nachsehendsten Richter, keine Rechtfertigungen finden, wenn sie unter dringenden Bewegursachen, obzwar nur mangelhafter Einsicht, diesen Gründen ihres Urtheils, über die wir doch wenigstens keine besseren kennen, nicht gefolgt wäre.

Dieses Argument, ob es gleich in der That transscendental ist, indem es auf der inneren Unzulänglichkeit des Zufälligen beruht, ist doch so einfältig und natürlich, dass es dem gemeinsten Menschensinne angemessen ist, so bald dieser nur einmal darauf geführt wird. Man sieht Dinge sich verändern, entstehen und vergehen; sie müssen also, oder wenigstens ihr Zustand eine Ursache haben. Von jeder Ursache aber, die jemals in der Erscheinung gegeben werden mag, lässt sich eben dieses wiederum fragen. Wohin sollen wir nun die oberste Causalität billiger verlegen, als dahin, wo auch die höchste Causalität ist, d. i. in dasjenige Wesen, was zu der möglichen Wirkung die Zulänglichkeit in sich selbst ursprünglich enthält, dessen Begriff auch durch den einzigen Zug einer allbefassenden Vollkommenheit sehr leicht zu Stande kommt. Diese höchste Ursache halten wir denn für schlechthin nothwendig, weil wir es schlechterdings nothwendig finden, bis zu ihr hinaufzusteigen, und keinen Grund, über sie noch weiter hinaus zu gehen. Daher sehen wir bei allen Völkern durch ihre blindeste Vielgötterei doch einige Funken des Monotheismus durchschimmern, wozu nicht Nachdenken und tiefe Speculation, sondern nur ein nach und nach verständlich gewordener natürlicher Gang des gemeinen Verstandes geführt hat.

Es sind nun drei Beweisarten vom Dasein Gottes aus speculativer Vernunft möglich.

Alle Wege, die man in dieser Absicht einschlagen mag, fangen entweder von der bestimmten Erfahrung und der dadurch erkannten besonderen Beschaffenheit unserer Sinnenwelt an, und steigen von ihr nach Gesetzen der Causalität bis zur höchsten Ursache ausser der Welt hinauf; oder sie legen nur unbestimmte Erfahrung, d. i. irgend ein Dasein empirisch zum Grunde; oder sie abstrahiren endlich von aller Erfahrung und schliessen gänzlich *a priori* aus blosen Begriffen auf das Dasein einer höchsten Ursache. Der erste Beweis ist der physikotheologische, der zweite der kosmologische, der dritte der ontologische Beweis. Mehr gibt es ihrer nicht und mehr kann es auch nicht geben.

Ich werde darthun, dass die Vernunft, auf dem einen Wege (dem empirischen) so wenig, als auf dem anderen (dem transscendentalen) etwas ausrichte, und dass sie vergeblich ihre Flügel ausspanne, um über die Sinnenwelt durch die blose Macht der Speculation hinaus zu kommen. Was aber die Ordnung betrifft, in welcher diese Beweisarten der Prüfung vorgelegt werden müssen, so wird sie gerade die umgekehrte von derjenigen sein, welche die sich nach und nach erweiternde Vernunft nimmt, und in der wir sie auch zuerst gestellt haben. Denn es wird sich zeigen, dass, obgleich Erfahrung den ersten Anlass dazu gibt, dennoch blos der transscendentale Begriff die Vernunft in dieser ihrer Bestrebung leite und in allen solchen Versuchen das Ziel ausstecke, das sie sich vorgesetzt hat. Ich werde also von der Prüfung des transscendentalen Beweises anfangen und nachher sehen, was der Zusatz des Empirischen zur Vergrösserung seiner Beweiskraft thun könne.

Des dritten Hauptstücks
vierter Abschnitt.

Von der Unmöglichkeit eines ontologischen Beweises vom Dasein Gottes.

Man sieht aus dem Bisherigen leicht, dass der Begriff eines absolut nothwendigen Wesens ein reiner Vernunftbegriff, d. i. eine blose Idee sei, deren objective Realität dadurch, dass die Vernunft ihrer bedarf, noch lange nicht bewiesen ist, welche auch nur auf eine gewisse, obzwar unerreichbare Vollständigkeit Anweisung gibt, und eigentlich mehr dazu dient, den Verstand zu begrenzen, als ihn auf neue Gegenstände zu erweitern. Es findet sich hier nun das Befremdliche und Widersinnische, dass der Schluss von einem gegebenen Dasein überhaupt auf irgend ein schlechthin nothwendiges Dasein dringend und richtig zu sein scheint, und wir gleichwohl alle Bedingungen des Verstandes, sich einen Begriff von einer solchen Nothwendigkeit zu machen, gänzlich wider uns haben.

Man hat zu aller Zeit von dem absolut nothwendigen Wesen geredet und sich nicht so wohl Mühe gegeben, zu verstehen, ob und wie man sich ein Ding von dieser Art auch nur denken könne, als vielmehr dessen Dasein zu beweisen. Nun ist zwar eine Namenerklärung von diesem Begriffe ganz leicht, dass es nämlich so etwas sei, dessen Nichtsein unmöglich ist; aber man wird hiedurch um nichts klüger in Ansehung der Bedingungen, die es unmöglich machen, das Nichtsein eines Dinges als schlechterdings undenklich anzusehen, und die eigentlich dasjenige sind, was man wissen will, nämlich, ob wir uns durch diesen Begriff überall etwas denken oder nicht. Denn alle Bedingungen, die der Verstand jederzeit bedarf, um etwas als nothwendig anzusehen, vermittelst des Worts: unbedingt, wegwerfen, macht mir noch lange nicht verständlich, ob ich alsdenn durch einen Begriff eines Unbedingt-Nothwendigen noch etwas oder vielleicht gar nichts denke.

Noch mehr: diesen auf das blose Gerathewohl gewagten und endlich ganz geläufig gewordenen Begriff hat man noch dazu durch eine Menge Beispiele zu erklären geglaubt, so dass alle weitere Nachfrage wegen seiner Verständlichkeit ganz unnöthig geschienen. Ein jeder Satz der Geometrie, z. B. dass ein Triangel drei Winkel habe, ist schlechthin nothwendig, und so redete man von einem Gegenstande, der ganz ausserhalb der Sphäre unseres Verstandes liegt, als ob man ganz wohl verstände, was man mit dem Begriffe von ihm sagen wolle.

Alle vorgegebenen Beispiele sind ohne Ausnahme nur von Urtheilen, aber nicht von Dingen und deren Dasein hergenommen. Die unbedingte Nothwendigkeit der Urtheile aber ist nicht eine absolute Nothwendigkeit der Sachen. Denn die absolute Nothwendigkeit des Urtheils ist nur eine bedingte Nothwendigkeit der Sache, oder des Prädicats im Urtheile. Der vorige Satz sagte nicht, dass drei Winkel schlechterdings nothwendig seien, sondern: unter der Bedingung, dass ein Triangel da ist (gegeben ist), sind auch drei Winkel (in ihm) nothwendigerweise da. Gleichwohl hat diese logische Nothwendigkeit eine so grosse Macht ihrer Illusion bewiesen, dass, indem man sich einen Begriff *a priori* von einem Dinge gemacht hatte, der so gestellt war, dass man seiner Meinung nach das Dasein mit in seinem Umfang begriff, man daraus glaubte sicher schliessen zu können, dass, weil dem Object dieses Begriffs das Dasein nothwendig zukommt, d. i. unter der Bedingung, dass ich dieses Ding als gegeben (existirend) setze, auch sein Dasein nothwendig (nach der Regel der Identität) gesetzt werde und dieses Wesen daher selbst schlechterdings nothwendig sei, weil sein Dasein in einem nach Belieben angenommenen Begriffe und unter der Bedingung, dass ich den Gegenstand desselben setze, mit gedacht wird.

Wenn ich das Prädicat in einem identischen Urtheile aufhebe und behalte das Subject, so entspringt ein Widerspruch, und daher sage ich: jenes kommt diesem nothwendigerweise zu. Hebe ich aber das Subject zusammt dem Prädicate auf, so entspringt kein Widerspruch; denn es ist nichts mehr, welchem widersprochen werden könnte. Einen Triangel setzen und doch die drei Winkel desselben aufheben, ist widersprechend; aber den Triangel sammt seinen drei Winkeln aufheben, ist kein Widerspruch. Gerade eben so ist es mit dem Begriffe eines absolut nothwendigen Wesens bewandt. Wenn ihr das Dasein desselben aufhebt, so hebt ihr das Ding selbst mit allen seinen Prädicaten auf; wo soll alsdenn der Widerspruch herkommen? Aeusserlich ist nichts, dem widersprochen würde, denn das Ding soll nicht äusserlich nothwendig sein; innerlich auch nichts, denn ihr habt durch Aufhebung des Dinges selbst alles Innere zugleich aufgehoben. Gott ist allmächtig; das ist ein nothwendiges Urtheil. Die Allmacht kann nicht aufgehoben werden, wenn ihr eine Gottheit, d. i. ein unendliches Wesen setzt, mit dessen Begriff jener identisch ist. Wenn ihr aber sagt: Gott ist nicht, so ist weder die Allmacht, noch irgend ein anderes seiner Prädicate gegeben; denn sie sind alle zusammt dem Subjecte aufgehoben, und es zeigt sich in diesem Gedanken nicht der mindeste Widerspruch.

Ihr habt also gesehen, dass, wenn ich das Prädicat eines Urtheils zusammt dem Subjecte aufhebe, niemals ein innerer Widerspruch entspringen könne, das Prädicat mag auch sein, welches es wolle. Nun bleibt euch keine Ausflucht übrig, als, ihr müsst sagen: es gibt Subjecte, die gar nicht aufgehoben werden können, die also bleiben müssen. Das würde aber eben so viel sagen, als: es gibt schlechterdings nothwendige Subjecte; eine Voraussetzung, an deren Richtigkeit ich eben gezweifelt habe und deren Möglichkeit ihr mir zeigen wolltet. Denn ich kann mir nicht den geringsten Begriff von einem Dinge machen, welches, wenn es mit allen seinen Prädicaten aufgehoben würde, einen Widerspruch zurück liesse, und ohne den Widerspruch habe ich durch blose reine Begriffe *a priori* kein Merkmal der Unmöglichkeit.

Wider alle diese allgemeinen Schlüsse, (deren sich kein Mensch weigern kann,) fordert ihr mich durch einen Fall auf, den ihr als einen Beweis durch die That aufstellet: dass es doch einen und zwar nur diesen einen Begriff gebe, da das Nichtsein oder das Aufheben seines Gegenstandes in sich selbst widersprechend sei, und dieses ist der Begriff des allerrealsten Wesens. Es hat, sagt ihr, alle Realität, und ihr seid berechtigt, ein solches Wesen als möglich anzunehmen, (welches ich vorjetzt einwillige, obgleich der sich nicht widersprechende Begriff noch lange nicht die Möglichkeit des Gegenstandes beweiset.)* Nun ist unter aller Realität auch das Dasein mit begriffen; also liegt das Dasein in dem Begriff von einem Möglichen. Wird dieses Ding nun aufgehoben, so wird die innere Möglichkeit des Dinges aufgehoben, welches widersprechend ist.

Ich antworte: ihr habt schon einen Widerspruch begangen, wenn ihr in den Begriff eines Dinges, welches ihr lediglich seiner Möglichkeit nach denken wolltet, es sei unter welchem versteckten Namen, schon den Begriff seiner Existenz hinein brachtet. Räumt man euch dieses ein, so habt ihr dem Scheine nach gewonnen Spiel, in der That aber nichts gesagt; denn ihr habt eine blose Tautologie begangen. Ich frage euch, ist der Satz: dieses oder jenes Ding, (welches ich euch als möglich einräume, es mag sein, welches es wolle,) existirt, ist, sage ich, dieser Satz ein analytischer oder synthetischer Satz? Wenn er das Erstere ist, so thut ihr durch das Dasein des Dinges zu eurem Gedanken von dem Dinge nichts hinzu, aber alsdenn müsste entweder der Gedanke, der in euch ist, das Ding selber sein, oder ihr habt ein Dasein als zur Möglichkeit gehörig vorausgesetzt, und alsdenn das Dasein dem Vorgeben nach aus der inneren Möglichkeit geschlossen, welches nichts, als eine elende Tautologie ist. Das Wort: Realität, welches im Begriffe des Dinges anders klingt, als Existenz im Begriffe des Prädicats, macht es nicht aus. Denn wenn ihr auch alles Setzen, (unbestimmt was ihr setzt,) Realität nennt, so habt ihr das Ding schon mit allen seinen Prädicaten im Begriffe des Subjects gesetzt und als wirklich angenommen und im Prädicate wiederholt ihr es nur. Gesteht ihr dagegen, wie es billigermassen jeder Vernünftige gestehen muss, dass ein jeder Existentialsatz synthetisch sei, wie wollet ihr denn behaupten, dass das Prädicat der Existenz sich ohne Widerspruch nicht aufheben lasse, da dieser Vor-

---

* Der Begriff ist allemal möglich, wenn er sich nicht widerspricht. Das ist das logische Merkmal der Möglichkeit und dadurch wird sein Gegenstand vom *nihil negativum* unterschieden. Allein er kann nichts destoweniger ein leerer Begriff sein, wenn die objective Realität der Synthesis, dadurch der Begriff erzeugt wird, nicht besonders dargethan wird; welches aber jederzeit, wie oben gezeigt worden, auf Principien möglicher Erfahrung und nicht auf dem Grundsatze der Analysis (dem Satze des Widerspruchs) beruht. Das ist eine Warnung, von der Möglichkeit der Begriffe (logische) nicht sofort auf die Möglichkeit der Dinge (reale) zu schliessen.

zug nur den analytischen, als deren Charakter eben darauf beruht, eigenthümlich zukommt.

Ich würde zwar hoffen, diese grüblerische Argutation, ohne allen Umschweif, durch eine genaue Bestimmung des Begriffs der Existenz zu nichte zu machen, wenn ich nicht gefunden hätte, dass die Illusion, in Verwechselung eines logischen Prädicats mit einem realen (d. i. der Bestimmung eines Dinges) beinahe alle Belehrung ausschlage. Zum logischen Prädicate kann alles dienen, was man will, sogar das Subject kann von sich selbst prädicirt werden; denn die Logik abstrahirt von allem Inhalte. Aber die Bestimmung ist ein Prädicat, welches über den Begriff des Subjects hinzukommt und ihn vergrössert. Sie muss also nicht in ihm schon enthalten sein.

Sein ist offenbar kein reales Prädicat, d. i. ein Begriff von irgend etwas, was zu dem Begriffe eines Dinges hinzukommen könne. Es ist blos die Position eines Dinges oder gewisser Bestimmungen an sich selbst. Im logischen Gebrauche ist es lediglich die Copula eines Urtheils. Der Satz: Gott ist allmächtig, enthält zwei Begriffe, die ihre Objecte haben: Gott und Allmacht; das Wörtchen: ist, ist nicht noch ein Prädicat oben ein, sondern nur das, was das Prädicat beziehungsweise aufs Subject setzt. Nehme ich nun das Subject (Gott) mit allen seinen Prädicaten, (worunter auch die Allmacht gehört,) zusammen und sage: Gott ist, oder: es ist ein Gott, so setze ich kein neues Prädicat zum Begriffe von Gott, sondern nur das Subject an sich selbst mit allen seinen Prädicaten, und zwar den Gegenstand in Beziehung auf meinen Begriff. Beide müssen genau einerlei enthalten und es kann daher zu dem Begriffe, der blos die Möglichkeit ausdrückt, darum, dass ich dessen Gegenstand als schlechthin gegeben (durch den Ausdruck: er ist) denke, nichts weiter hinzukommen. Und so enthält das Wirkliche nichts mehr, als das blos Mögliche. Hundert wirkliche Thaler enthalten nicht das Mindeste mehr, als hundert mögliche. Denn da diese den Begriff, jene aber den Gegenstand und dessen Position an sich selbst bedeuten, so würde, im Fall dieser mehr enthielte, als jener, mein Begriff nicht den ganzen Gegenstand ausdrücken und also auch nicht der angemessene Begriff von ihm sein. Aber in meinem Vermögenszustande ist mehr bei hundert wirklichen Thalern, als bei dem blosen Begriffe derselben (d. i. ihrer Möglichkeit). Denn der Gegenstand ist bei der Wirklichkeit nicht blos in meinem Begriffe analytisch enthalten, sondern kommt zu meinem Begriffe, (der eine Bestimmung meines Zustandes ist,) synthetisch hinzu, ohne dass durch dieses Sein ausserhalb meinem Begriffe diese gedachten hundert Thaler selbst im mindesten vermehrt werden. Wenn ich also ein Ding, durch welche und wie viel Prädicate ich will, (selbst in der durchgängigen Bestimmung,) denke, so kommt dadurch, dass ich noch hinzusetze: dieses Ding ist, nicht das Mindeste zu dem Dinge hinzu. Denn sonst würde nicht eben dasselbe, sondern mehr existiren, als ich im Begriffe gedacht hatte, und ich könnte nicht sagen, dass gerade der Gegenstand meines Begriffs existire. Denke ich mir auch sogar in einem Dinge alle Realität ausser einer, so kommt dadurch, dass ich sage: ein solches mangelhaftes Ding existirt, die fehlende Realität nicht hinzu, sondern es existirt gerade mit demselben Mangel behaftet, als ich es gedacht habe, sonst würde etwas Anderes, als ich dachte, existiren. Denke ich mir nun ein Wesen als die höchste Realität (ohne Mangel), so bleibt noch immer die Frage: ob es existire, oder nicht? Denn obgleich an meinem Begriffe von dem möglichen realen Inhalte eines Dinges überhaupt nichts fehlt, so fehlt doch noch etwas an dem Verhältnisse zu meinem ganzen Zustande des Denkens, nämlich dass die Erkenntniss jenes Objects auch *a posteriori* möglich sei. Und hier zeigt sich auch die Ursache der hiebei obwaltenden Schwierigkeit. Wäre von einem Gegenstande der Sinne die Rede, so würde ich die Existenz des Dinges mit dem blosen Begriffe des Dinges nicht verwechseln können. Denn durch den Begriff wird der Gegenstand nur mit den allgemeinen Bedingungen einer möglichen empirischen Erkenntniss überhaupt als einstimmig, durch die Existenz aber als in dem Context der gesammten Erfahrung enthalten gedacht; da denn durch die Verknüpfung mit dem Inhalte der gesammten Erfahrung der Begriff vom Gegenstande nicht im mindesten vermehrt wird, unser Denken aber durch denselben eine mögliche Wahrnehmung mehr bekommt. Wollen wir dagegen die Existenz durch die reine Kategorie allein denken, so ist kein Wunder, dass wir kein Merkmal angeben können, sie von der blosen Möglichkeit zu unterscheiden.

Unser Begriff von einem Gegenstande mag also enthalten, was und wie viel er wolle, so müssen wir doch aus ihm herausgehen, um diesem die Existenz zu ertheilen. Bei Gegenständen der Sinne geschieht dieses durch den Zusammenhang mit irgend einer meiner Wahrnehmungen nach empirischen Gesetzen; aber für Objecte des reinen Denkens ist ganz und gar kein Mittel, ihr Dasein zu erkennen, weil es gänzlich *a priori* erkannt werden müsste, unser Bewusstsein aller Existenz aber, (es sei durch Wahrnehmungen unmittelbar, oder durch Schlüsse, die etwas mit der Wahrnehmung verknüpfen,) gehört ganz und gar zur Einheit der Erfahrung, und eine Existenz ausser diesem Felde kann zwar nicht schlechterdings für unmöglich erklärt werden, sie ist aber eine Voraussetzung, die wir durch nichts rechtfertigen können.

Der Begriff eines höchsten Wesens ist eine in mancher Absicht sehr nützliche Idee; sie ist aber eben darum, weil sie blos Idee ist, ganz unfähig, um vermittelst ihrer allein unsere Erkenntniss in Ansehung dessen, was existirt, zu erweitern. Sie vermag nicht einmal so viel, dass sie uns in Ansehung der Möglichkeit eines Mehreren belehrte. Das analytische Merkmal der Möglichkeit, das darin besteht, dass blose Positionen (Realitäten) keinen Widerspruch erzeugen, kann ihm zwar nicht gestritten werden; da aber die Verknüpfung aller realen Eigenschaften in einem Dinge eine Synthesis ist, über deren Möglichkeit wir *a priori* nicht urtheilen können, weil uns die Realitäten specifisch nicht gegeben sind und, wenn dieses auch geschähe, überall gar kein Urtheil darin stattfindet, weil das Merkmal der Möglichkeit synthetischer Erkenntnisse immer nur in der Erfahrung gesucht werden muss, zu welcher aber der Gegenstand einer Idee nicht gehören kann; so hat der berühmte LEIBNITZ bei weitem das nicht geleistet, wessen er sich schmeichelte, nämlich eines so erhabenen idealischen Wesens Möglichkeit *a priori* einsehen zu wollen.

Es ist also an dem so berühmten ontologischen (Cartesianischen) Beweise vom Dasein eines höchsten Wesens aus Begriffen alle Mühe und Arbeit verloren, und ein Mensch möchte wohl eben so wenig aus blosen Ideen an Einsichten reicher werden, als ein Kaufmann an Vermögen, wenn er, um seinen Zustand zu verbessern, seinem Kassenbestande einige Nullen anhängen wollte.

Des dritten Hauptstücks

fünfter Abschnitt.

Von der Unmöglichkeit eines kosmologischen Beweises vom Dasein Gottes.

Es war etwas ganz Unnatürliches und eine blose Neuerung des Schulwitzes, aus einer ganz willkührlich entworfenen Idee das Dasein des ihr entsprechenden Gegenstandes selbst ausklauben zu wollen. In der That würde man es nie auf diesem Wege versucht haben, wäre nicht die Bedürfniss unserer Vernunft, zur Existenz überhaupt irgend etwas Nothwendiges, (bei dem man im Aufsteigen stehen bleiben könnte,) anzunehmen, vorhergegangen, und wäre nicht die Vernunft, da diese Nothwendigkeit unbedingt und *a priori* gewiss sein muss, gezwungen worden, einen Begriff zu suchen, der, wo möglich, einer solchen Forderung ein Genüge thäte und ein Dasein völlig *a priori* zu erkennen gäbe. Diesen glaubte man nun in der Idee eines allerrealsten Wesens zu finden, und so wurde diese nur zur bestimmteren Kenntniss desjenigen, wovon man schon anderweitig überzeugt oder überredet war, es müsse existiren, nämlich des nothwendigen Wesens, gebraucht. Indess verhehlte man diesen natürlichen Gang der Vernunft und, anstatt bei diesem Begriffe zu endigen, versuchte man von ihm anzufangen, um die Nothwendigkeit des Daseins aus ihm abzuleiten, die er doch nur zu ergänzen bestimmt war. Hieraus entsprang nun der verunglückte ontologische Beweis, der weder für den natürlichen und gesunden Verstand, noch für die schulgerechte Prüfung etwas Genugthuendes bei sich führt.

Der kosmologische Beweis, den wir jetzt untersuchen wollen, behält die Verknüpfung der absoluten Nothwendigkeit mit der höchsten Realität bei, aber anstatt, wie der vorige, von der höchsten Realität auf die Nothwendigkeit im Dasein zu schliessen, schliesst er vielmehr von der zum voraus gegebenen unbedingten Nothwendigkeit irgend eines Wesens auf dessen unbegrenzte Realität, und bringt so fern alles wenigstens in das Geleis einer, ich weiss nicht ob vernünftigen oder vernünftelnden, wenigstens natürlichen Schlussart, welche nicht allein für den gemeinen, sondern auch den speculativen Verstand die meiste Ueberredung bei sich führt; wie sie denn auch sichtbarlich zu allen Beweisen der natürlichen Theologie die ersten Grundlinien zieht, denen man jederzeit nachgegangen ist und ferner nachgehen wird, man mag sie nun durch noch so viel Laubwerk und Schnörkel verzieren und verstecken, als man immer will. Diesen Beweis, den LEIBNITZ auch den *a contingentia mundi* nannte, wollen wir jetzt vor Augen stellen und der Prüfung unterwerfen.

Er lautet also. Wenn etwas existirt, so muss auch ein schlechterdings nothwendiges Wesen existiren. Nun existire zum mindesten ich selbst; also existirt ein absolutnothwendiges Wesen. Der Untersatz enthält eine Erfahrung, der Obersatz die Schlussfolge aus einer Erfahrung überhaupt auf das Dasein des Nothwendigen.* Also hebt der Beweis eigentlich von der Erfahrung an, mithin ist er nicht gänzlich *a priori* geführt, oder ontologisch, und weil der Gegenstand aller möglichen Erfahrung Welt heisst, so wird er darum der **kosmologische** Beweis genannt. Da er auch von aller besondern Eigenschaft der Gegenstände der Erfahrung, dadurch sich diese Welt von jeder möglichen unterscheiden mag, abstrahirt, so wird er schon in seiner Benennung auch vom physikotheologischen Beweise unterschieden, welcher Beobachtungen der besonderen Beschaffenheit dieser unserer Sinnenwelt zu Beweisgründen braucht.

Nun schliesst der Beweis weiter: das nothwendige Wesen kann nur auf eine einzige Art, d. i. in Ansehung aller möglichen entgegengesetzten Prädicate nur durch eines derselben bestimmt werden; folglich muss es durch seinen Begriff durchgängig bestimmt sein. Nun ist nur ein einziger Begriff von einem Dinge möglich, der dasselbe *a priori* durchgängig bestimmt, nämlich der des *entis realissimi;* also ist der Begriff des allerrealsten Wesens der einzige, dadurch ein nothwendiges Wesen gedacht werden kann, d. i. es existirt ein höchstes Wesen nothwendigerweise.

In diesem kosmologischen Argumente kommen so viel vernünftelnde Grundsätze zusammen, dass die speculative Vernunft hier alle ihre dialektische Kunst aufgeboten zu haben scheint, um den grösstmöglichen transscendentalen Schein zu Stande zu bringen. Wir wollen ihre Prüfung indessen eine Weile bei Seite setzen, um nur eine List derselben offenbar zu machen, mit welcher sie ein altes Argument in verkleideter Gestalt für ein neues aufstellt und sich auf zweier Zeugen Einstimmung beruft, nämlich einen reinen Vernunftzeugen und einen andern von empirischer Beglaubigung, da es doch nur der erstere allein ist, welcher blos seinen Anzug und Stimme verändert, um für einen zweiten gehalten zu werden. Um seinen Grund recht sicher zu legen, fusset sich dieser Beweis auf Erfahrung und gibt sich dadurch das Ansehen, als sei er vom ontologischen Beweise unterschieden, der auf lauter reine Begriffe

---

* Diese Schlussfolge ist zu bekannt, als dass es nöthig wäre, sie hier weitläufig vorzutragen. Sie beruht auf dem vermeintlich transscendentalen Naturgesetz der Causalität: dass alles Zufällige seine Ursache habe, die, wenn sie wiederum zufällig ist, eben sowohl eine Ursache haben muss, bis die Reihe der einander untergeordneten Ursachen sich bei einer schlechthin nothwendigen Ursache endigen muss, ohne welche sie keine Vollständigkeit haben würde.

a priori sein ganzes Vertrauen setzt. Dieser Erfahrung aber bedient sich der kosmologische Beweis nur, um einen einzigen Schritt zu thun, nämlich zum Dasein eines nothwendigen Wesens überhaupt. Was dieses für Eigenschaften habe, kann der empirische Beweisgrund nicht lehren, sondern da nimmt die Vernunft gänzlich von ihm Abschied und forscht hinter lauter Begriffen: was nämlich ein absolut nothwendiges Wesen überhaupt für Eigenschaften haben müsse, d. i. welches unter allen möglichen Dingen die erforderlichen Bedingungen *(requisita)* zu einer absoluten Nothwendigkeit in sich enthalte. Nun glaubt sie im Begriffe eines allerrealsten Wesens einzig und allein diese Requisite anzutreffen, und schliesst sodann: das ist das schlechterdings nothwendige Wesen. Es ist aber klar, dass man hiebei voraussetzt, der Begriff eines Wesens von der höchsten Realität thue dem Begriffe der absoluten Nothwendigkeit im Dasein völlig genug, d. i. es lasse sich aus jener auf diese schliessen; ein Satz, den das ontologische Argument behauptete, welches man also im kosmologischen Beweise annimmt und zum Grunde legt, da man es doch hatte vermeiden wollen. Denn die absolute Nothwendigkeit ist ein Dasein aus blosen Begriffen. Sage ich nun: der Begriff des *entis realissimi* ist ein solcher Begriff, und zwar der einzige, der zu dem nothwendigen Dasein passend und ihm adäquat ist, so muss ich auch einräumen, dass aus ihm das letztere geschlossen werden könne. Es ist also eigentlich nur der ontologische Beweis aus lauter Begriffen, der in dem sogenannten kosmologischen alle Beweiskraft enthält, und die angebliche Erfahrung ist ganz müssig, vielleicht um uns nur auf den Begriff der absoluten Nothwendigkeit zu führen, nicht aber um diese an irgend einem bestimmten Dinge darzuthun. Denn sobald wir dieses zur Absicht haben, müssen wir sofort alle Erfahrung verlassen und unter reinen Begriffen suchen, welcher von ihnen wohl die Bedingungen der Möglichkeit eines absolut nothwendigen Wesens enthalte. Ist aber auf solche Weise nur die Möglichkeit eines solchen Wesens eingesehen, so ist auch sein Dasein dargethan; denn es heisst so viel, als: unter allem Möglichen ist Eines, das absolute Nothwendigkeit bei sich führt, d. i. dieses Wesen existirt schlechterdings nothwendig.

Alle Blendwerke im Schliessen entdecken sich am leichtesten, wenn man sie auf schulgerechte Art vor Augen stellt. Hier ist eine solche Darstellung.

Wenn der Satz richtig ist: ein jedes schlechthin nothwendiges Wesen ist zugleich das allerrealste Wesen, (als welches der *nervus probandi*

5. Abschn. Unmöglichkeit eines kosmologischen Beweises. 415

des kosmologischen Beweises ist;) so muss er sich, wie alle bejahende Urtheile, wenigstens *per accidens* umkehren lassen; also: einige allerrealste Wesen sind zugleich schlechthin nothwendige Wesen. Nun ist aber ein *ens realissimum* von einem andern in keinem Stücke unterschieden, und was also von einigen unter diesem Begriffe enthaltenen gilt, das gilt auch von allen. Mithin werde ich's (in diesem Falle) auch schlechthin umkehren können, d. i. ein jedes allerrealstes Wesen ist ein nothwendiges Wesen. Weil nun dieser Satz blos aus seinen Begriffen *a priori* bestimmt ist, so muss der blose Begriff des realsten Wesens auch die absolute Nothwendigkeit desselben bei sich führen; welches eben der ontologische Beweis behauptete und der kosmologische nicht anerkennen wollte, gleichwohl aber seinen Schlüssen, obzwar versteckterweise, unterlegte.

So ist denn der zweite Weg, den die speculative Vernunft nimmt, um das Dasein des höchsten Wesens zu beweisen, nicht allein mit dem ersten gleich trüglich, sondern hat noch dieses Tadelhafte an sich, dass er eine *ignoratio elenchi* begeht, indem er uns verheisst, einen neuen Fusssteig zu führen, aber nach einem kleinen Umschweif uns wiederum auf den alten zurückbringt, den wir seinetwegen verlassen hatten.

Ich habe kurz vorher gesagt, dass in diesem kosmologischen Argumente sich ein ganzes Nest von dialektischen Anmassungen verborgen halte, welches die transscendentale Kritik leicht entdecken und zerstören kann. Ich will sie jetzt nur anführen und es dem schon geübten Leser überlassen, den trüglichen Grundsätzen weiter nachzuforschen und sie aufzuheben.

Da befinden sich denn z. B. 1) der transscendentale Grundsatz, vom Zufälligen auf eine Ursache zu schliessen, welcher nur in der Sinnenwelt von Bedeutung ist, ausserhalb derselben aber auch nicht einmal einen Sinn hat. Denn der blos intellectuelle Begriff des Zufälligen kann gar keinen synthetischen Satz, wie den der Causalität, hervorbringen, und der Grundsatz der letzteren hat gar keine Bedeutung und kein Merkmal seines Gebrauchs, als nur in der Sinnenwelt; hier aber sollte er gerade dazu dienen, um über die Sinnenwelt hinaus zu kommen. 2) Der Schluss, von der Unmöglichkeit einer unendlichen Reihe über einander gegebener Ursachen in der Sinnenwelt auf eine erste Ursache zu schliessen, wozu uns die Principien des Vernunftgebrauchs selbst in der Erfahrung nicht berechtigen, vielweniger diesen Grundsatz über dieselbe, (wohin diese Kette gar nicht verlängert werden kann,) ausdehnen können. 3) Die falsche Selbstbefriedigung der Vernunft in

Ansehung der Vollendung dieser Reihe, dadurch, dass man endlich alle Bedingung, ohne welche doch kein Begriff einer Nothwendigkeit stattfinden kann, wegschafft und, da man alsdenn nichts weiter begreifen kann, dieses für eine Vollendung seines Begriffs annimmt. 4) Die Verwechselung der logischen Möglichkeit eines Begriffs von aller vereinigten Realität (ohne inneren Widerspruch) mit der transscendentalen, welche ein Principium der Thunlichkeit einer solchen Synthesis bedarf, das aber wiederum nur auf das Feld möglicher Erfahrungen gehen kann u. s. w.

Das Kunststück des kosmologischen Beweises zielt blos darauf ab, um dem Beweise des Daseins eines nothwendigen Wesens *a priori* durch blose Begriffe auszuweichen, der ontologisch geführt werden müsste, wozu wir uns aber gänzlich unvermögend fühlen. In dieser Absicht schliessen wir aus einem zum Grunde gelegten wirklichen Dasein (einer Erfahrung überhaupt), so gut es sich will thun lassen, auf irgend eine schlechterdings nothwendige Bedingung desselben. Wir haben alsdenn dieser ihre Möglichkeit nicht nöthig zu erklären. Denn wenn bewiesen ist, dass sie da sei, so ist die Frage wegen ihrer Möglichkeit ganz unnöthig. Wollen wir nun dieses nothwendige Wesen nach seiner Beschaffenheit näher bestimmen, so suchen wir nicht dasjenige, was hinreichend ist, aus seinem Begriffe die Nothwendigkeit des Daseins zu begreifen; denn könnten wir dieses, so hätten wir keine empirische Voraussetzung nöthig; nein, wir suchen nur die negative Bedingung *(conditio sine qua non)*, ohne welche ein Wesen nicht absolut nothwendig sein würde. Nun würde das in aller andern Art von Schlüssen, aus einer gegebenen Folge auf ihren Grund, wohl angehen; es trifft sich aber hier unglücklicherweise, dass die Bedingung, die man zur absoluten Nothwendigkeit fordert, nur in einem einzigen Wesen angetroffen werden kann, welches daher in seinem Begriffe alles, was zur absoluten Nothwendigkeit erforderlich ist, enthalten müsste und also einen Schluss *a priori* auf dieselbe möglich macht; d. i. ich müsste auch umgekehrt schliessen können: welchem Dinge dieser Begriff (der höchsten Realität) zukommt, das ist schlechterdings nothwendig, und kann ich so nicht schliessen, (wie ich denn dieses gestehen muss, wenn ich den ontologischen Beweis vermeiden will,) so bin ich auch auf meinem neuen Wege verunglückt und befinde mich wiederum da, von wo ich ausging. Der Begriff des höchstens Wesens thut wohl allen Fragen *a priori* ein Genüge, die wegen der inneren Bestimmungen eines Dinges können aufgeworfen werden, und ist darum auch ein Ideal ohne Gleichen, weil der allgemeine Begriff dasselbe zugleich als ein Individuum unter allen möglichen Dingen auszeichnet. Er thut aber der Frage wegen seines eigenen Daseins gar kein Genüge, als warum es doch eigentlich nur zu thun war, und man konnte auf die Erkundigung dessen, der das Dasein eines nothwendigen Wesens annahm und nur wissen wollte, welches denn unter allen Dingen dafür angesehen werden müsse, nicht antworten: dies hier ist das nothwendige Wesen.

Es mag wohl erlaubt sein, das Dasein eines Wesens von der höchsten Zulänglichkeit als Ursache zu allen möglichen Wirkungen anzunehmen, um der Vernunft die Einheit der Erklärungsgründe, welche sie sucht, zu erleichtern. Allein, sich so viel herauszunehmen, dass man sogar sage: ein solches Wesen existirt nothwendig, ist nicht mehr die bescheidene Aeusserung einer erlaubten Hypothese, sondern die dreiste Anmassung einer apodiktischen Gewissheit; denn was man als schlechthin nothwendig zu erkennen vorgibt, davon muss auch die Erkenntniss absolute Nothwendigkeit bei sich führen.

Die ganze Aufgabe des transscendentalen Ideals kommt darauf an: entweder zu der absoluten Nothwendigkeit einen Begriff, oder zu dem Begriffe von irgend einem Dinge die absolute Nothwendigkeit desselben zu finden. Kann man das Eine, so muss man auch das Andere können; denn als schlechthin nothwendig erkennt die Vernunft nur dasjenige, was aus seinem Begriffe nothwendig ist. Aber Beides übersteigt gänzlich alle äusserste Bestrebungen, unseren Verstand über diesen Punkt zu befriedigen, aber auch alle Versuche, ihn wegen dieses seines Unvermögens zu beruhigen.

Die unbedingte Nothwendigkeit, die wir, als den letzten Träger aller Dinge, so unentbehrlich bedürfen, ist der wahre Abgrund für die menschliche Vernunft. Selbst die Ewigkeit, so schauderhaft erhaben sie auch ein HALLER schildern mag, macht lange den schwindlichten Eindruck nicht auf das Gemüth; denn sie misst nur die Dauer der Dinge, aber trägt sie nicht. Man kann sich des Gedankens nicht erwehren, man kann ihn aber auch nicht ertragen, dass ein Wesen, welches wir uns auch als das höchste unter allen möglichen vorstellen, gleichsam zu sich selbst sage: ich bin von Ewigkeit zu Ewigkeit; ausser mir ist nichts, ohne das, was blos durch meinen Willen etwas ist; aber woher bin ich denn? Hier sinkt alles unter uns und die grösste Vollkommenheit, wie die kleinste, schwebt ohne Haltung vor der speculativen Vernunft, der es nichts kostet, die eine so wie die andere ohne die mindeste Hinderniss verschwinden zu lassen.

Viele Kräfte der Natur, die ihr Dasein durch gewisse Wirkungen äussern, bleiben für uns unerforschlich; denn wir können ihnen durch Beobachtung nicht weit genug nachspüren. Das den Erscheinungen zum Grunde liegende transscendentale Object und mit demselben der Grund, warum unsere Sinnlichkeit diese vielmehr, als andere oberste Bedingungen habe, sind und bleiben für uns unerforschlich, obzwar die Sache selbst übrigens gegeben, aber nur nicht eingesehen ist. Ein Ideal der reinen Vernunft kann aber nicht unerforschlich heissen, weil es weiter keine Beglaubigung seiner Realität aufzuweisen hat, als die Bedürfniss der Vernunft, vermittelst desselben alle synthetische Einheit zu vollenden. Da es also nicht einmal als denkbarer Gegenstand gegeben ist, so ist es auch nicht als ein solcher unerforschlich; vielmehr muss es, als blose Idee, in der Natur der Vernunft seinen Sitz und seine Auflösung finden und also erforscht werden können; denn eben darin besteht Vernunft, dass wir von allen unseren Begriffen, Meinungen und Behauptungen, es sei aus subjectiven oder, wenn sie ein bloser Schein sind, aus objectiven Gründen Rechenschaft geben können.

Entdeckung und Erklärung des dialektischen Scheins in allen transscendentalen Beweisen vom Dasein eines nothwendigen Wesens.

Beide bisher geführte Beweise waren transscendental, d. i. unabhängig von empirischen Principien versucht. Denn obgleich der kosmologische eine Erfahrung überhaupt zum Grunde legt, so ist er doch nicht aus irgend einer besonderen Beschaffenheit derselben, sondern aus reinen Vernunftprincipien, in Beziehung auf eine durchs empirische Bewusstsein überhaupt gegebene Existenz, geführt und verlässt sogar diese Anleitung, um sich auf lauter reine Begriffe zu stützen. Was ist nun in diesen transscendentalen Beweisen die Ursache des dialektischen, aber natürlichen Scheins, welche die Begriffe der Nothwendigkeit und höchsten Realität verknüpft, und dasjenige, was doch nur Idee sein kann, realisirt und hypostasirt? Was ist die Ursache der Unvermeidlichkeit, etwas als an sich nothwendig unter den existirenden Dingen anzunehmen und doch zugleich vor dem Dasein eines solchen Wesens als einem Abgrunde zurückzubeben, und wie fängt man es an, dass sich die Vernunft hierüber selbst verstehe und aus dem schwankenden Zustande eines schüchternen und immer wiederum zurückgenommenen Beifalls zur ruhigen Einsicht gelange?

Es ist etwas überaus Merkwürdiges, dass, wenn man voraussetzt, etwas existire, man der Folgerung nicht Umgang haben kann, dass auch irgend etwas nothwendigerweise existire. Auf diesem ganz natürlichen, (obzwar darum noch nicht sicheren,) Schlusse beruhte das kosmologische Argument. Dagegen mag ich einen Begriff von einem Dinge annehmen, welchen ich will, so finde ich, dass sein Dasein niemals von mir als schlechterdings nothwendig vorgestellt werden könne und dass mich nichts hindere, es mag existiren, was da wolle, das Nichtsein desselben zu denken, mithin ich zwar zu dem Existirenden überhaupt etwas Nothwendiges annehmen müsse, kein einziges Ding aber selbst an sich nothwendig denken könne. Das heisst: ich kann das Zurückgehen zu den Bedingungen des Existirens niemals vollenden, ohne ein nothwendiges Wesen anzunehmen, ich kann aber von demselben niemals anfangen.

Wenn ich zu existirenden Dingen überhaupt etwas Nothwendiges denken muss, kein Ding aber an sich selbst als nothwendig zu denken befugt bin, so folgt daraus unvermeidlich, dass Nothwendigkeit und Zufälligkeit nicht die Dinge selbst angehen und treffen müsse, weil sonst ein Widerspruch vorgehen würde; mithin keiner dieser beiden Grundsätze objectiv sei, sondern sie allenfalls nur subjective Principien der Vernunft sein können, nämlich einerseits zu allem, was als existirend gegeben ist, etwas zu suchen, das nothwendig ist, d. i. niemals anderswo, als bei einer *a priori* vollendeten Erklärung aufzuhören, andererseits aber auch diese Vollendung niemals zu hoffen, d. i. nichts Empirisches als unbedingt anzunehmen, und sich dadurch fernerer Ableitung zu überheben. In solcher Bedeutung können beide Grundsätze als blos heuristisch und regulativ, die nichts, als das formale Interesse der Vernunft besorgen, ganz wohl bei einander bestehen. Denn der eine sagt: ihr sollt so über die Natur philosophiren, als ob es zu allem, was zur Existenz gehört, einen nothwendigen ersten Grund gebe, lediglich um systematische Einheit in eure Erkenntniss zu bringen, indem ihr einer solchen Idee, nämlich einem eingebildeten obersten Grunde, nachgeht; der andere aber warnt euch, keine einzige Bestimmung, die die Existenz der Dinge betrifft, für einen solchen obersten Grund, d. i. als absolut nothwendig anzunehmen, sondern euch noch immer den Weg zur ferneren Ableitung offen zu erhalten, und sie daher jederzeit noch als bedingt zu behandeln. Wenn aber von uns alles, was an den Dingen wahrgenommen wird, als bedingt nothwendig betrachtet werden muss, so kann auch kein Ding, (das empirisch gegeben sein mag,) als absolut nothwendig angesehen werden.

Es folgt aber hieraus, dass ihr das Absolutnothwendige ausserhalb der Welt annehmen müsst; weil es nur zu einem Princip der grösstmöglichen Einheit der Erscheinungen, als deren oberster Grund, dienen soll, und ihr in der Welt niemals dahin gelangen könnt, weil die zweite Regel euch gebietet, alle empirische Ursachen der Einheit jederzeit als abgeleitet anzusehen.

Die Philosophen des Alterthums sehen alle Form der Natur als zufällig, die Materie aber nach dem Urtheile der gemeinen Vernunft als ursprünglich und nothwendig an. Würden sie aber die Materie nicht als Substratum der Erscheinungen respectiv, sondern an sich selbst ihrem Dasein nach betrachtet haben, so wäre die Idee der absoluten Nothwendigkeit sogleich verschwunden. Denn es ist nichts, was die Vernunft an dieses Dasein schlechthin bindet, sondern sie kann solches jederzeit und ohne Widerstreit in Gedanken aufheben; in Gedanken aber lag auch allein die absolute Nothwendigkeit. Es musste also bei dieser Ueberredung ein gewisses regulatives Princip zum Grunde liegen. In der That ist auch Ausdehnung und Undurchdringlichkeit, (die zusammen den Begriff von Materie ausmachen,) das oberste empirische Principium der Einheit der Erscheinungen und hat, so fern als es empirisch unbedingt ist, eine Eigenschaft des regulativen Princips an sich. Gleichwohl, da jede Bestimmung der Materie, welche das Reale derselben ausmacht, mithin auch die Undurchdringlichkeit, eine Wirkung (Handlung) ist, die ihre Ursache haben muss und daher immer noch abgeleitet ist, so schickt sich die Materie doch nicht zur Idee eines nothwendigen Wesens, als eines Princips aller abgeleiteten Einheit; weil jede ihrer realen Eigenschaften, als abgeleitet, nur bedingt nothwendig ist und also an sich aufgehoben werden kann, hiemit aber das ganze Dasein der Materie aufgehoben werden würde, wenn dieses aber nicht geschähe, wir den höchsten Grund der Einheit empirisch erreicht haben würden, welches durch das zweite regulative Princip verboten wird, so folgt: dass die Materie, und überhaupt, was zur Welt gehörig ist, zu der Idee eines nothwendigen Urwesens, als eines blosen Princips der grössten empirischen Einheit nicht schicklich sei, sondern dass es ausserhalb der Welt gesetzt werden müsse, da wir denn die Erscheinungen der Welt und ihr Dasein immer getrost von anderen ableiten können, als ob es kein nothwendiges Wesen gäbe, und dennoch zu der Vollständigkeit der Ableitung unaufhörlich streben können, als ob ein solches, als ein oberster Grund, vorausgesetzt wäre.

Das Ideal des höchsten Wesens ist nach diesen Betrachtungen nichts Anderes, als ein regulatives Princip der Vernunft, alle Verbindung in der Welt so anzusehen, als ob sie aus einer allgenugsamen nothwendigen Ursache entspränge, um darauf die Regel einer systematischen und nach allgemeinen Gesetzen nothwendigen Einheit in der Erklärung derselben zu gründen, und ist nicht eine Behauptung einer an sich nothwendigen Existenz. Es ist aber zugleich unvermeidlich, sich, vermittelst einer transscendentalen Subreption, dieses formale Princip als constitutiv vorzustellen und sich diese Einheit hypostatisch zu denken. Denn so wie der Raum, weil er alle Gestalten, die lediglich verschiedene Einschränkungen desselben sind, ursprünglich möglich macht, ob er gleich nur ein Principium der Sinnlichkeit ist, dennoch eben darum für ein schlechterdings nothwendiges für sich bestehendes Etwas und einen *a priori* an sich selbst gegebenen Gegenstand gehalten wird, so geht es auch ganz natürlich zu, dass die systematische Einheit der Natur auf keinerlei Weise zum Princip des empirischen Gebrauchs unserer Vernunft aufgestellt werden kann, als so fern wir die Idee eines allerrealsten Wesens als der obersten Ursache zum Grunde legen, diese Idee dadurch als ein wirklicher Gegenstand, und dieser wiederum, weil er die oberste Bedingung ist, als nothwendig vorgestellt, mithin ein regulatives Princip in ein constitutives verwandelt werde; welche Unterschiebung sich dadurch offenbart, dass, wenn ich nun dieses oberste Wesen, welches respectiv auf die Welt schlechthin (unbedingt) nothwendig war, als Ding für sich betrachte, diese Nothwendigkeit keines Begriffs fähig ist, und also nur als formale Bedingung des Denkens, nicht aber als materiale und hypostatische Bedingung des Daseins, in meiner Vernunft anzutreffen gewesen sein müsse.

Des dritten Hauptstücks
sechster Abschnitt.

Von der Unmöglichkeit des physikotheologischen Beweises.

Wenn denn weder der Begriff von Dingen überhaupt, noch die Erfahrung von irgend einem Dasein überhaupt das, was gefordert wird, leisten kann, so bleibt noch ein Mittel übrig zu versuchen, ob nicht eine bestimmte Erfahrung, mithin die der Dinge der gegenwärtigen Welt, ihre Beschaffenheit und Anordnung einen Beweisgrund abgebe, der uns sicher zur Ueberzeugung von dem Dasein eines höchsten Wesens verhelfen könne. Einen solchen Beweis würden wir den physikotheologischen nennen. Sollte dieser auch unmöglich sein, so ist überall kein genugthuender Beweis aus blos speculativer Vernunft für das Dasein eines Wesens, welches unserer transscendentalen Idee entspräche, möglich.

Man wird nach allen obigen Bemerkungen bald einsehen, dass der Bescheid auf diese Nachfrage ganz leicht und bündig erwartet werden könne. Denn wie kann jemals Erfahrung gegeben werden, die einer Idee angemessen sein sollte? Darin besteht eben das Eigenthümliche der letzteren, dass ihr niemals irgend eine Erfahrung congruiren könne. Die transscendentale Idee von einem nothwendigen und allgenugsamen Urwesen ist so überschwenglich gross, so hoch über alles Empirische, das jederzeit bedingt ist, erhaben, dass man theils niemals Stoff genug in der Erfahrung auftreiben kann, um einen solchen Begriff zu füllen, theils immer unter dem Bedingten herumtappt und stets vergeblich nach dem Unbedingten, wovon uns kein Gesetz irgend einer empirischen Synthesis ein Beispiel oder dazu die mindeste Leitung gibt, suchen wird.

Würde das höchste Wesen in dieser Kette der Bedingungen stehen, so würde es selbst ein Glied der Reihe derselben sein, und eben so, wie die niederen Glieder, denen es vorgesetzt ist, noch fernere Untersuchung wegen seines noch höheren Grundes erfordern. Will man es dagegen von dieser Kette trennen und als ein blos intelligibles Wesen nicht in der Reihe der Naturursachen mitbegreifen: welche Brücke kann die Vernunft alsdenn wohl schlagen, um zu demselben zu gelangen? da alle Gesetze des Uebergangs von Wirkungen zu Ursachen, ja alle Synthesis und Erweiterung unserer Erkenntniss überhaupt auf nichts Anderes, als mögliche Erfahrung, mithin blos auf Gegenstände der Sinnenwelt gestellt sind und nur in Ansehung ihrer eine Bedeutung haben können.

Die gegenwärtige Welt eröffnet uns einen so unermesslichen Schauplatz von Mannigfaltigkeit, Ordnung, Zweckmässigkeit und Schönheit, man mag diese nun in der Unendlichkeit des Raumes, oder in der unbegrenzten Theilung desselben verfolgen, dass selbst nach den Kenntnissen, welche unser schwacher Verstand davon hat erwerben können, alle Sprache, über so viele und unabsehlich grosse Wunder, ihren Nachdruck, alle Zahlen ihre Kraft zu messen, und selbst unsere Gedanken alle Begrenzung vermissen, so, dass sich unser Urtheil vom Ganzen in ein sprachloses, aber desto beredteres Erstaunen auflösen muss. Allerwärts sehen wir eine Kette von Wirkungen und Ursachen, von Zwecken und den Mitteln, Regelmässigkeit im Entstehen oder Vergehen, und indem nichts von selbst in den Zustand getreten ist, darin es sich befindet, so weiset er immer weiter hin nach einem andern Dinge, als seiner Ursache, welche gerade eben dieselbe weitere Nachfrage nothwendig macht, so, dass auf solche Weise das ganze All im Abgrunde des Nichts versinken müsste, nähme man nicht etwas an, das ausserhalb diesem unendlichen Zufälligen, für sich selbst ursprünglich und unabhängig bestehend, dasselbe hielte und als die Ursache seines Ursprungs ihm zugleich seine Fortdauer sicherte. Diese höchste Ursache (in Ansehung aller Dinge der Welt), wie gross soll man sie sich denken? Die Welt kennen wir nicht ihrem ganzen Inhalte nach, noch weniger wissen wir ihre Grösse durch die Vergleichung mit allem, was möglich ist, zu schätzen. Was hindert uns aber, dass, da wir einmal in Absicht auf Causalität ein äusserstes und oberstes Wesen bedürfen, wir es nicht zugleich dem Grade der Vollkommenheit nach über alles andere Mögliche setzen sollten? welches wir leicht, obzwar freilich nur durch den zarten Umriss eines abstracten Begriffs bewerkstelligen können, wenn wir uns in ihm, als einer eigenen Substanz, alle mögliche Vollkommenheit vereinigt vorstellen; welcher Begriff der Forderung unserer Vernunft in der Ersparung der Principien günstig, in sich selbst keinen Widersprüchen unterworfen und selbst der Erweiterung des Vernunftgebrauchs mitten in der Erfahrung, durch die Leitung, welche eine solche Idee auf Ordnung und Zweckmässigkeit gibt, zuträglich, nirgend aber einer Erfahrung auf entschiedene Art zuwider ist.

Der Beweis verdient jederzeit mit Achtung genannt zu werden.

Er ist der älteste, klärste und der gemeinen Menschenvernunft am meisten angemessene. Er belebt das Studium der Natur, so wie er selbst von diesem sein Dasein hat und dadurch immer neue Kraft bekommt. Er bringt Zwecke und Absichten dahin, wo sie unsere Beobachtung nicht selbst entdeckt hätte, und erweitert unsere Naturkenntnisse durch den Leitfaden einer besonderen Einheit, deren Princip ausser der Natur ist. Diese Kenntnisse wirken aber wieder auf ihre Ursache, nämlich die veranlassende Idee, zurück, und vermehren den Glauben an einen höchsten Urheber bis zu einer unwiderstehlichen Ueberzeugung.

Es würde daher nicht allein trostlos, sondern auch ganz umsonst sein, dem Ansehen dieses Beweises etwas entziehen zu wollen. Die Vernunft, die durch so mächtige und unter ihren Händen immer wachsende, obzwar nur empirische Beweisgründe unablässig gehoben wird, kann durch keine Zweifel subtiler abgezogener Speculation so niedergedrückt werden, dass sie nicht aus jeder grüblerischen Unentschlossenheit, gleich als aus einem Traume, durch einen Blick, den sie auf die Wunder der Natur und der Majestät des Weltbaues wirft, gerissen werden sollte, um sich von Grösse zu Grösse bis zur allerhöchsten, vom Bedingten zur Bedingung, bis zum obersten und unbedingten Urheber zu erheben.

Ob wir aber gleich wider die Vernunftmässigkeit und Nützlichkeit dieses Verfahrens nichts einzuwenden, sondern es vielmehr zu empfehlen und aufzumuntern haben, so können wir darum doch die Ansprüche nicht billigen, welche diese Beweisart auf apodiktische Gewissheit und auf einen gar keiner Gunst oder fremden Unterstützung bedürftigen Beifall machen möchte, und es kann der guten Sache keineswegs schaden, die dogmatische Sprache eines hohnsprechenden Vernünftlers auf den Ton der Mässigung und Bescheidenheit eines zur Beruhigung hinreichenden, obgleich eben nicht unbedingte Unterwerfung gebietenden Glaubens herabzustimmen. Ich behaupte demnach, dass der physikotheologische Beweis das Dasein eines höchsten Wesens niemals allein darthun könne, sondern es jederzeit dem ontologischen, (welchem er nur zur Introduction dient,) überlassen müsse, diesen Mangel zu ergänzen, mithin dieser immer noch den einzigmöglichen Beweisgrund, (wofern überall nur ein speculativer Beweis stattfindet,) enthalte, den keine menschliche Vernunft vorbeigehen kann.

Die Hauptmomente des gedachten physischtheologischen Beweises sind folgende. 1) In der Welt finden sich allerwärts deutliche Zeichen einer Anordnung nach bestimmter Absicht, mit grosser Weisheit ausgeführt, und in einem Ganzen von unbeschreiblicher Mannigfaltigkeit des Inhalts sowohl, als auch unbegrenzter Grösse des Umfangs. 2) Den Dingen der Welt ist diese zweckmässige Anordnung ganz fremd und hängt ihnen nur zufällig an, d. i. die Natur verschiedener Dinge konnte von selbst, durch so vielerlei sich vereinigende Mittel, zu bestimmten Endabsichten nicht zusammenstimmen, wären sie nicht durch ein anordnendes vernünftiges Princip, nach zum Grunde liegenden Ideen, dazu ganz eigentlich gewählt und angelegt worden. 3) Es existirt also eine erhabene und weise Ursache (oder mehrere), die nicht blos als blindwirkende allvermögende Natur durch Fruchtbarkeit, sondern als Intelligenz durch Freiheit die Ursache der Welt sein muss. 4) Die Einheit derselben lässt sich aus der Einheit der wechselseitigen Beziehung der Theile der Welt, als Glieder von einem künstlichen Bauwerk, an demjenigen, wohin unsere Beobachtung reicht, mit Gewissheit, weiterhin aber, nach allen Grundsätzen der Analogie, mit Wahrscheinlichkeit schliessen.

Ohne hier mit der natürlichen Vernunft über ihren Schluss zu chicaniren, da sie aus der Analogie einiger Naturproducte mit demjenigen, was menschliche Kunst hervorbringt, wenn sie der Natur Gewalt thut und sie nöthigt, nicht nach ihren Zwecken zu verfahren, sondern sich in die unsrigen zu schmiegen, (der Aehnlichkeit derselben mit Häusern, Schiffen, Uhren,) schliesst, es werde eben eine solche Causalität, nämlich Verstand und Wille, bei ihr zum Grunde liegen, wenn sie die innere Möglichkeit der freiwirkenden Natur, (die alle Kunst und vielleicht selbst sogar die Vernunft zuerst möglich macht,) noch von einer anderen, obgleich übermenschlichen Kunst ableitet, welche Schlussart vielleicht die schärfste transscendentale Kritik nicht aushalten dürfte; muss man doch gestehen, dass, wenn wir einmal eine Ursache nennen sollen, wir hier nicht sicherer, als nach der Analogie mit dergleichen zweckmässigen Erzeugungen, die die einzigen sind, wovon uns die Ursachen und Wirkungsart völlig bekannt sind, verfahren können. Die Vernunft würde es bei sich selbst nicht verantworten können, wenn sie von der Causalität, die sie kennt, zu dunkeln und unerweislichen Erklärungsgründen, die sie nicht kennt, übergehen wollte.

Nach diesem Schlusse müsste die Zweckmässigkeit und Wohlgereimtheit so vieler Naturanstalten blos die Zufälligkeit der Form, aber nicht der Materie, d. i. der Substanz in der Welt beweisen; denn zu dem

Letzteren würde noch erfordert werden, dass bewiesen werden könnte, die Dinge der Welt wären an sich selbst zu dergleichen Ordnung und Einstimmung, nach allgemeinen Gesetzen, untauglich, wenn sie nicht, selbst ihrer Substanz nach, das Product einer höchsten Weisheit wären; wozu aber ganz andere Beweisgründe, als die von der Analogie mit menschlicher Kunst erfordert werden würden. Der Beweis könnte also höchstens einen Weltbaumeister, der durch die Tauglichkeit des Stoffs, den er bearbeitet, immer sehr eingeschränkt wäre, aber nicht einen Weltschöpfer, dessen Idee alles unterworfen ist, darthun, welches zu der grossen Absicht, die man vor Augen hat, nämlich ein allgenugsames Urwesen zu beweisen, bei weitem nicht hinreichend ist. Wollten wir die Zufälligkeit der Materie selbst beweisen, so müssten wir zu einem transscendentalen Argumente unsere Zuflucht nehmen, welches aber hier eben hat vermieden werden sollen.

Der Schluss geht also von der in der Welt so durchgängig zu beobachtenden Ordnung und Zweckmässigkeit, als einer durchaus zufälligen Einrichtung, auf das Dasein einer ihr proportionirten Ursache. Der Begriff dieser Ursache aber muss uns etwas ganz Bestimmtes von ihr zu erkennen geben, und er kann also kein anderer sein, als der von einem Wesen, das alle Macht, Weisheit u. s. w., mit einem Worte alle Vollkommenheit als ein allgenugsames Wesen besitzt. Denn die Prädicate von sehr grosser, von erstaunlicher, von unermesslicher Macht und Trefflichkeit geben gar keinen bestimmten Begriff und sagen eigentlich nicht, was das Ding an sich selbst sei, sondern sind nur Verhältnissvorstellungen von der Grösse des Gegenstandes, den der Beobachter (der Welt) mit sich selbst und seiner Fassungskraft vergleicht, und die gleich hochpreisend ausfallen, man mag den Gegenstand vergrössern, oder das beobachtende Subject in Verhältniss auf ihn kleiner machen. Wo es auf Grösse (der Vollkommenheit) eines Dinges überhaupt ankommt, da gibt es keinen bestimmten Begriff, als den, so die ganze mögliche Vollkommenheit begreift, und nur das All *(omnitudo)* der Realität ist im Begriffe durchgängig bestimmt.

Nun will ich nicht hoffen, dass sich Jemand unterwinden sollte, das Verhältniss der von ihm beobachteten Weltgrösse (nach Umfang sowohl als Inhalt) zur Allmacht, der Weltordnung zur höchsten Weisheit, der Welteinheit zur absoluten Einheit des Urhebers u. s. w. einzusehen. Also kann die Physikotheologie keinen bestimmten Begriff von der obersten Weltursache geben und daher zu einem Princip der Theologie, welche wiederum die Grundlage der Religion ausmachen soll, nicht hinreichend sein.

Der Schritt zu der absoluten Totalität ist durch den empirischen Weg ganz und gar unmöglich. Nun thut man ihn doch aber im physischtheologischen Beweise. Welches Mittels bedient man sich also wohl, über eine so weite Kluft zu kommen? Nachdem man bis zur Bewunderung der Grösse, der Weisheit, der Macht u. s. w. des Welturhebers gelangt ist und nicht weiter kommen kann, so verlässt man auf einmal dieses durch empirische Beweisgründe geführte Argument und geht zu der, gleich Anfangs aus der Ordnung und Zweckmässigkeit der Welt geschlossenen Zufälligkeit derselben. Von dieser Zufälligkeit allein geht man nun, lediglich durch transscendentale Begriffe, zum Dasein eines Schlechthin-Nothwendigen, und von dem Begriffe der absoluten Nothwendigkeit der ersten Ursache auf den durchgängig bestimmten oder bestimmenden Begriff desselben, nämlich einer allbefassenden Realität. Also blieb der physischtheologische Beweis in seiner Unternehmung stecken, sprang in dieser Verlegenheit plötzlich zu dem kosmologischen Beweise über, und da dieser nur ein versteckter ontologischer Beweis ist, so vollführte er seine Absicht wirklich blos durch reine Vernunft, ob er gleich anfänglich alle Verwandtschaft mit dieser abgeleugnet und alles auf einleuchtende Beweise aus Erfahrung ausgesetzt hatte.

Die Physikotheologen haben also gar nicht Ursache, gegen die transscendentale Beweisart so spröde zu thun und auf sie mit dem Eigendünkel hellsehender Naturkenner, als auf das Spinnengewebe finsterer Grübler, herabzusehen. Denn wenn sie sich nur erst selbst prüfen wollten, so würden sie finden, dass, nachdem sie eine gute Strecke auf dem Boden der Natur und Erfahrung fortgegangen sind und sich gleichwohl immer noch eben so weit von dem Gegenstande sehen, der ihrer Vernunft entgegen scheint, sie plötzlich diesen Boden verlassen, und ins Reich bloser Möglichkeiten übergehen, wo sie auf den Flügeln der Ideen demjenigen nahe zu kommen hoffen, was sich aller ihrer empirischen Nachsuchung entzogen hatte. Nachdem sie endlich durch einen so mächtigen Sprung festen Fuss gefasst zu haben vermeinen, so verbreiten sie den nunmehr bestimmten Begriff, (in dessen Besitz sie, ohne zu wissen wie, gekommen sind,) über das ganze Feld der Schöpfung und erläutern das Ideal, welches lediglich ein Product der reinen Vernunft war, obzwar kümmerlich genug und weit unter der Würde seines Gegenstandes, durch

Erfahrung, ohne doch gestehen zu wollen, dass sie zu dieser Kenntniss oder Voraussetzung durch einen andern Fusssteig, als den der Erfahrung gelangt sind.

So liegt demnach dem physikotheologischen Beweise der kosmologische, diesem aber der ontologische Beweis vom Dasein eines einigen Urwesens als höchsten Wesens zum Grunde, und da ausser diesen dreien Wegen keiner mehr der speculativen Vernunft offen ist, so ist der ontologische Beweis, aus lauter reinen Vernunftbegriffen, der einzige mögliche, wenn überall nur ein Beweis von einem so weit über allen empirischen Verstandesgebrauch erhabenen Satze möglich ist.

Des dritten Hauptstücks

Siebenter Abschnitt.

Kritik aller Theologie aus speculativen Principien aller Vernunft.

Wenn ich unter Theologie die Erkenntniss des Urwesens verstehe, so ist sie entweder die aus bloser Vernunft (*theologia rationalis*), oder aus Offenbarung (*revelata*). Die erstere denkt sich nun ihren Gegenstand entweder blos durch reine Vernunft, vermittelst lauter transscendentaler Begriffe (*ens originarium, realissimum, ens entium*), und heisst die transscendentale Theologie, oder durch einen Begriff, den sie aus der Natur (unserer Seele) entlehnt, als die höchste Intelligenz, und müsste die natürliche Theologie heissen. Der, so allein eine transscendentale Theologie einräumt, wird Deist, der, so auch eine natürliche Theologie annimmt, Theist genannt. Der erstere gibt zu, dass wir allenfalls das Dasein eines Urwesens durch blose Vernunft erkennen können, wovon aber unser Begriff blos transscendental sei, nämlich nur als von einem Wesen, das alle Realität hat, die man aber nicht näher bestimmen kann. Der zweite behauptet, die Vernunft sei im Stande, den Gegenstand nach der Analogie mit der Natur näher zu bestimmen, nämlich als ein Wesen, das durch Verstand und Freiheit den Urgrund aller anderen Dinge in sich enthalte. Jener stellt sich also unter demselben blos eine Weltursache, (ob durch die Nothwendigkeit seiner Natur oder durch Freiheit, bleibt unentschieden,) dieser einen Welturheber vor.

Die transscendentale Theologie ist entweder diejenige, welche das Dasein des Urwesens von einer Erfahrung überhaupt, (ohne über die Welt, wozu sie gehört, etwas näher zu bestimmen,) abzuleiten gedenkt und heisst **Kosmotheologie**, oder glaubt durch blose Begriffe, ohne Beihülfe der mindesten Erfahrung sein Dasein zu erkennen und wird **Ontotheologie** genannt.

Die **natürliche Theologie** schliesst auf die Eigenschaften und das Dasein eines Welturhebers aus der Beschaffenheit, der Ordnung und Einheit, die in dieser Welt angetroffen wird, in welcher zweierlei Causalität und deren Regel angenommen werden muss, nämlich Natur und Freiheit. Daher steigt sie von dieser Welt zur höchsten Intelligenz auf, entweder als dem Princip aller natürlichen, oder aller sittlichen Ordnung und Vollkommenheit. Im ersteren Falle heisst sie **Physikotheologie**, im letzten **Moraltheologie**.*

Da man unter dem Begriffe von Gott nicht etwa blos eine blindwirkende ewige Natur, als die Wurzel der Dinge, sondern ein höchstes Wesen, das durch Verstand und Freiheit der Urheber der Dinge sein soll, zu verstehen gewohnt ist und auch dieser Begriff allein uns interessirt, so könnte man, nach der Strenge, dem Deisten allen Glauben an Gott absprechen und ihm lediglich die Behauptung eines Urwesens oder obersten Ursache übrig lassen. Indessen, da Niemand darum, weil er etwas sich nicht zu behaupten getraut, beschuldigt werden darf, er wolle es gar leugnen, so ist es gelinder und billiger zu sagen: der Deist glaube einen Gott, der Theist aber einen lebendigen Gott (*summam intelligentiam*). Jetzt wollen wir die möglichen Quellen aller dieser Versuche der Vernunft aufsuchen.

Ich begnüge mich hier, die theoretische Erkenntniss durch eine solche zu erklären, wodurch ich erkenne, was da ist, die praktische aber, dadurch ich mir vorstelle, was da sein soll. Diesemnach ist der theoretische Gebrauch der Vernunft derjenige, durch den ich *a priori* (als nothwendig) erkenne, dass etwas sei; der praktische aber, durch den *a priori* erkannt wird, was geschehen solle. Wenn nun, entweder dass etwas sei, oder geschehen solle, ungezweifelt gewiss, aber doch nur bedingt ist, so kann doch entweder eine gewisse bestimmte Bedingung dazu schlechthin nothwendig sein, oder sie kann nur als beliebig und zufällig vorausgesetzt werden. Im ersteren Falle wird die Bedingung postulirt (*per thesin*), im zweiten supponirt (*per hypothesin*). Da es praktische Ge-

---

* Nicht theologische Moral; denn die enthält sittliche Gesetze, welche das Dasein eines höchsten Weltregierers voraussetzen, da hingegen die Moraltheologie eine Ueberzeugung vom Dasein eines höchsten Wesens ist, welche sich auf sittliche Gesetze gründet.

setze gibt, die schlechthin nothwendig sind (die moralischen), so muss, wenn diese irgend ein Dasein, als die Bedingung der Möglichkeit ihrer verbindenden Kraft nothwendig voraussetzen, dieses Dasein postulirt werden, darum, weil das Bedingte, von welchem der Schluss auf diese bestimmte Bedingung geht, selbst *a priori* als schlechterdings nothwendig erkannt wird. Wir werden künftig von den moralischen Gesetzen zeigen, dass sie das Dasein eines höchsten Wesens nicht blos voraussetzen, sondern auch, da sie in anderweitiger Betrachtung schlechterdings nothwendig sind, es mit Recht, aber freilich nur praktisch postuliren; jetzt setzen wir diese Schlussart noch bei Seite.

Da, wenn blos von dem, was da ist, (nicht, was sein soll,) die Rede ist, das Bedingte, welches uns in der Erfahrung gegeben wird, jederzeit auch als zufällig gedacht wird, so kann die zu ihm gehörige Bedingung daraus nicht als schlechthin nothwendig erkannt werden, sondern dient nur als eine respectiv nothwendige oder vielmehr nöthige, an sich selbst aber und *a priori* willkührliche Voraussetzung zum Vernunfterkenntniss des Bedingten. Soll also die absolute Nothwendigkeit eines Dinges im theoretischen Erkenntnisse erkannt werden, so könnte dieses allein aus Begriffen *a priori* geschehen, niemals aber als einer Ursache in Beziehung auf ein Dasein, das durch Erfahrung gegeben ist.

Eine theoretische Erkenntniss ist speculativ, wenn sie auf einen Gegenstand oder solche Begriffe von einem Gegenstande geht, wozu man in keiner Erfahrung gelangen kann. Sie wird der Naturerkenntniss entgegengesetzt, welche auf keine andere Gegenstände oder Prädicate derselben geht, als die in einer möglichen Erfahrung gegeben werden können.

Der Grundsatz, von dem, was geschieht (dem empirisch Zufälligen), als Wirkung, auf eine Ursache zu schliessen, ist ein Princip der Naturerkenntniss, aber nicht der speculativen. Denn wenn man von ihm, als einem Grundsatze, der die Bedingung möglicher Erfahrung überhaupt enthält, abstrahirt, und, indem man alles Empirische weglässt, ihn vom Zufälligen überhaupt aussagen will, so bleibt nicht die mindeste Rechtfertigung eines solchen synthetischen Satzes übrig, um daraus zu ersehen, wie ich von etwas, was da ist, zu etwas davon ganz Verschiedenem (genannt Ursache) übergehen könne; ja der Begriff einer Ursache verliert eben so, wie der des Zufälligen, in solchem blos speculativen Gebrauche alle Bedeutung, deren objective Realität sich *in concreto* begreiflich machen lasse.

Wenn man nun vom Dasein der Dinge in der Welt auf ihre Ursache schliesst, so gehört dieses nicht zum natürlichen, sondern zum speculativen Vernunftgebrauch; weil jener nicht die Dinge selbst (Substanzen), sondern nur das, was geschieht, also ihre Zustände, als empirisch zufällig auf irgend eine Ursache bezieht; dass die Substanz selbst (die Materie) dem Dasein nach zufällig sei, würde ein blos speculatives Vernunfterkenntniss sein müssen. Wenn aber auch nur von der Form der Welt, der Art ihrer Verbindung und dem Wechsel derselben die Rede wäre, ich wollte aber daraus auf eine Ursache schliessen, die von der Welt gänzlich unterschieden ist; so würde dieses wiederum ein Urtheil der blos speculativen Vernunft sein, weil der Gegenstand hier gar kein Object einer möglichen Erfahrung ist. Aber alsdenn würde der Grundsatz der Causalität, der nur innerhalb dem Felde der Erfahrungen gilt und ausser demselben ohne Gebrauch, ja selbst ohne Bedeutung ist, von seiner Bestimmung gänzlich abgebracht.

Ich behaupte nun, dass alle Versuche eines blos speculativen Gebrauchs der Vernunft in Ansehung der Theologie gänzlich fruchtlos und ihrer inneren Beschaffenheit nach null und nichtig sind; dass aber die Principien ihres Naturgebrauchs ganz und gar auf keine Theologie führen, folglich, wenn man nicht moralische Gesetze zum Grunde legt oder zum Leitfaden braucht, es überall keine Theologie der Vernunft geben könne. Denn alle synthetischen Grundsätze des reinen Verstandes sind von immanentem Gebrauch; zu der Erkenntniss eines höchsten Wesens aber wird ein transscendenter Gebrauch derselben erfordert, wozu unser Verstand gar nicht ausgerüstet ist. Soll das empirisch-gültige Gesetz der Causalität zu dem Urwesen führen, so müsste dieses in die Kette der Gegenstände der Erfahrung mitgehören; alsdenn wäre es aber, wie alle Erscheinungen, selbst wiederum bedingt. Erlaubte man aber auch den Sprung über die Grenze der Erfahrung hinaus, vermittelst des dynamischen Gesetzes der Beziehung der Wirkungen auf ihre Ursachen; welchen Begriff kann uns dieses Verfahren verschaffen? Bei weitem keinen Begriff von einem höchsten Wesen, weil uns Erfahrung niemals die grösste aller möglichen Wirkungen, (als welche das Zeugniss von ihrer Ursache ablegen soll,) darreicht. Soll es uns erlaubt sein, blos um in unserer Vernunft nichts Leeres zu lassen, diesen Mangel der völligen Bestimmung durch eine blose Idee der höchsten Vollkommenheit und ursprünglichen Nothwendigkeit auszufüllen, so kann dieses zwar aus Gunst eingeräumt, aber nicht aus dem Rechte eines unwiderstehlichen Beweises gefordert werden. Der physischtheologische Beweis könnte also vielleicht wohl anderen Beweisen, (wenn solche zu haben sind,) Nachdruck geben, indem er Speculation mit Anschauung verknüpft; für sich selbst aber bereitet er mehr den Verstand zur theologischen Erkenntniss vor und gibt ihm dazu eine gerade und natürliche Richtung, als dass er allein das Geschäft vollenden könnte.

Man sieht also hieraus wohl, dass transscendentale Fragen nur transscendentale Antworten, d. i. aus lauter Begriffen *a priori* ohne die mindeste empirische Beimischung erlauben. Die Frage ist hier aber offenbar synthetisch und verlangt eine Erweiterung unserer Erkenntniss über alle Grenzen der Erfahrung hinaus, nämlich zu dem Dasein eines Wesens, das unserer blosen Idee entsprechen soll, der niemals irgend eine Erfahrung gleichkommen kann. Nun ist, nach unseren obigen Beweisen, alle synthetische Erkenntniss *a priori* nur dadurch möglich, dass sie die formalen Bedingungen einer möglichen Erfahrung ausdrückt, und alle Grundsätze sind also nur von immanenter Gültigkeit, d. i. sie beziehen sich lediglich auf Gegenstände empirischer Erkenntniss oder Erscheinungen. Also wird auch durch transscendentales Verfahren in Absicht auf die Theologie einer blos speculativen Vernunft nichts ausgerichtet.

Wollte man lieber alle obigen Beweise der Analytik in Zweifel ziehen, als sich die Ueberredung von dem Gewichte der so lange gebrauchten Beweisgründe rauben lassen, so kann man sich doch nicht weigern, der Aufforderung eine Genüge zu thun, wenn ich verlange, man solle sich wenigstens darüber rechtfertigen, wie und vermittelst welcher Erleuchtung man sich denn getraue, alle mögliche Erfahrung durch die Macht bloser Ideen zu überfliegen. Mit neuen Beweisen oder ausgebesserter Arbeit alter Beweise würde ich bitten mich zu verschonen. Denn ob man zwar hierin eben nicht viel zu wählen hat, indem endlich doch blos alle speculative Beweise auf einen einzigen, nämlich den ontologischen hinauslaufen, und ich also eben nicht fürchten darf, sonderlich durch die Fruchtbarkeit der dogmatischen Verfechter jener sinnenfreien Vernunft belästigt zu werden; obgleich ich überdem auch, ohne mich darum sehr streitbar zu dünken, die Ausforderung nicht ausschlagen will, in'jedem Versuche dieser Art den Fehlschluss aufzudecken und dadurch seine Anmassung zu vereiteln, so wird daher doch die Hoffnung besseren Glücks bei denen, welche einmal dogmatischer Ueberredungen gewohnt sind, niemals völlig aufgehoben, und ich halte mich daher an der einzigen billigen Forderung, dass man sich allgemein und aus der Natur des menschlichen Verstandes, sammt allen übrigen Erkenntnissquellen darüber rechtfertige, wie man es anfangen wolle, sein Erkenntniss ganz und gar *a priori* zu erweitern und bis dahin zu erstrecken, wo keine mögliche Erfahrung und mithin kein Mittel hinreicht, irgend einem von uns selbst ausgedachten Begriffe seine objective Realität zu versichern. Wie der Verstand auch zu diesem Begriffe gelangt sein mag, so kann doch das Dasein des Gegenstandes desselben nicht analytisch in demselben gefunden werden, weil eben darin die Erkenntniss der Existenz des Objects besteht, da dieses ausser dem Gedanken an sich selbst gesetzt ist. Es ist aber gänzlich unmöglich, aus einem Begriffe von selbst hinauszugehen, und ohne dass man der empirischen Verknüpfung folgt, (wodurch aber jederzeit nur Erscheinungen gegeben werden,) zu Entdeckung neuer Gegenstände und überschwenglicher Wesen zu gelangen.

Ob aber gleich die Vernunft in ihrem blos speculativen Gebrauche zu dieser so grossen Absicht bei weitem nicht zulänglich ist, nämlich zum Dasein eines obersten Wesens zu gelangen, so hat sie doch darin sehr grossen Nutzen, die Erkenntniss desselben, im Fall sie anders woher geschöpft werden könnte, zu berichtigen, mit sich selbst und jeder intelligiblen Absicht einstimmig zu machen, und von allem, was dem Begriffe eines Urwesens zuwider sein möchte, und aller Beimischung empirischer Einschränkungen zu reinigen.

Die transscendentale Theologie bleibt demnach, aller ihrer Unzulänglichkeit ungeachtet, dennoch von wichtigem negativen Gebrauche und ist eine beständige Censur unserer Vernunft, wenn sie blos mit reinen Ideen zu thun hat, die eben darum kein anderes, als transscendentales Richtmaass zulassen. Denn wenn einmal, in anderweitiger, vielleicht praktischer Beziehung, die Voraussetzung eines höchsten und allgenugsamen Wesens, als oberster Intelligenz, ihre Gültigkeit ohne Widerrede behauptete, so wäre es von der grössten Wichtigkeit, diesen Begriff auf seiner transscendentalen Seite, als den Begriff eines nothwendigen und allerrealsten Wesens genau zu bestimmen, und, was der höchsten Realität zuwider ist, was zur blosen Erscheinung (dem Anthropomorphismus im weiteren Verstande) gehört, wegzuschaffen, und zugleich alle entgegengesetzte Behauptungen, sie mögen nun atheistisch oder deistisch oder anthropomorphistisch sein, aus dem Wege zu räumen; welches in einer solchen kritischen Behandlung sehr leicht ist, indem dieselben Gründe, durch welche das Unvermögen der menschlichen Vernunft in Ansehung der Behauptung des Daseins eines dergleichen Wesens vor Augen gelegt wird, nothwendig auch zureichen, um die Untauglichkeit einer jeden Gegenbehauptung zu beweisen. Denn wo will Jemand durch reine Speculation der Vernunft die Einsicht hernehmen, dass es kein höchstes Wesen als Urgrund von allem gebe? oder dass ihm keine von den Eigenschaften zukomme, welche wir ihren Folgen nach als analogisch mit den dynamischen Realitäten eines denkenden Wesens uns vorstellen? oder dass sie in dem letzteren Falle auch allen Einschränkungen unterworfen sein müssten, welche die Sinnlichkeit den Intelligenzen, die wir durch Erfahrung kennen, unvermeidlich auferlegt?

Das höchste Wesen bleibt also für den blos speculativen Gebrauch der Vernunft ein bloses, aber doch fehlerfreies Ideal, ein Begriff, welcher die ganze menschliche Erkenntniss schliesst und krönt, dessen objective Realität auf diesem Wege zwar nicht bewiesen, aber auch nicht widerlegt werden kann; und wenn es eine Moraltheologie geben sollte, die diesen Mangel ergänzen kann, so beweiset alsdenn die vorher nur problematische transscendentale Theologie ihre Unentbehrlichkeit, durch Bestimmung ihres Begriffs und unaufhörliche Censur einer durch Sinnlichkeit oft genug getäuschten und mit ihren eigenen Ideen nicht immer einstimmigen Vernunft. Die Nothwendigkeit, die Unendlichkeit, die Einheit, das Dasein ausser der Welt (nicht als Weltseele), die Ewigkeit ohne Bedingungen der Zeit, die Allgegenwart ohne Bedingungen des Raumes, die Allmacht u. s. w. sind lauter transscendentale Prädicate, und daher kann der gereinigte Begriff derselben, den eine jede Theologie so sehr nöthig hat, blos aus der transscendentalen gezogen werden.

Anhang zur transscendentalen Dialektik.

Von dem regulativen Gebrauche der Ideen der reinen Vernunft.

Der Ausgang aller dialektischen Versuche der reinen Vernunft bestätigt nicht allein, was wir schon in der transscendentalen Analytik bewiesen, nämlich, dass alle unsere Schlüsse, die uns über das Feld möglicher Erfahrung hinausführen wollen, trüglich und grundlos sind; sondern er lehrt uns zugleich dieses Besondere, dass die menschliche Vernunft dabei einen natürlichen Hang habe, diese Grenze zu überschreiten, dass transscendentale Ideen ihr eben so natürlich seien, als dem Verstande die Kategorien, obgleich mit dem Unterschiede, dass, so wie die letzteren zur Wahrheit, d. i. der Uebereinstimmung unserer Begriffe mit dem Objecte führen, die ersteren einen blosen, aber unwiderstehlichen Schein bewirken, dessen Täuschung man kaum durch die schärfste Kritik abhalten kann.

Alles, was in der Natur unserer Kräfte gegründet ist, muss zweckmässig und mit dem richtigen Gebrauche derselben einstimmig sein, wenn wir nur einen gewissen Missverstand verhüten und die eigentliche Richtung derselben ausfindig machen können. Also werden die transscendentalen Ideen allem Vermuthen nach ihren guten und folglich immanenten Gebrauch haben, obgleich, wenn ihre Bedeutung verkannt und sie für Begriffe von wirklichen Dingen genommen werden, sie transscendent in der Anwendung und eben darum trüglich sein können. Denn nicht die Idee an sich selbst, sondern blos ihr Gebrauch kann entweder in Ansehung der gesammten möglichen Erfahrung überfliegend (transscendent), oder einheimisch (immanent) sein, nachdem man sie entweder geradezu auf einen ihr vermeintlich entsprechenden

Gegenstand, oder nur auf den Verstandesgebrauch überhaupt, in Ansehung der Gegenstände, mit welchen er zu thun hat, richtet, und alle Fehler der Subreption sind jederzeit einem Mangel der Urtheilskraft, niemals aber dem Verstande oder der Vernunft zuzuschreiben.

Die Vernunft bezieht sich niemals geradezu auf einen Gegenstand; sondern lediglich auf den Verstand, und vermittelst desselben auf ihren eigenen empirischen Gebrauch, schafft also keine Begriffe (von Objecten), sondern ordnet sie nur und gibt ihnen diejenige Einheit, welche sie in ihrer grösstmöglichen Ausbreitung haben können, d. i. in Beziehung auf die Totalität der Reihen, als auf welche der Verstand gar nicht sieht, sondern nur auf diejenige Verknüpfung, dadurch allerwärts Reihen der Bedingungen nach Begriffen zu Stande kommen. Die Vernunft hat also eigentlich nur den Verstand und dessen zweckmässige Anstellung zum Gegenstande, und wie dieser das Mannigfaltige im Object durch Begriffe vereinigt, so vereinigt jene ihrerseits das Mannigfaltige der Begriffe durch Ideen, indem sie eine gewisse collective Einheit zum Ziele der Verstandeshandlungen setzt, welche sonst nur mit der distributiven Einheit beschäftigt sind.

Ich behaupte demnach: die transscendentalen Ideen sind niemals von constitutivem Gebrauche, so dass dadurch Begriffe gewisser Gegenstände gegeben würden, und in dem Falle, dass man sie so versteht, sind es blos vernünftelnde (dialektische) Begriffe. Dagegen aber haben sie einen vortrefflichen und unentbehrlich nothwendigen regulativen Gebrauch, nämlich den Verstand zu einem gewissen Ziele zu richten, in Aussicht auf welche die Richtungslinien aller seiner Regeln in einem Punkt zusammenlaufen, der, ob er zwar nur eine Idee *(focus imaginarius)*, d. i. ein Punkt ist, aus welchem die Verstandesbegriffe wirklich nicht ausgehen, indem er ganz ausserhalb den Grenzen möglicher Erfahrung liegt, dennoch dazu dient, ihnen die grösste Einheit neben der grössten Ausbreitung zu verschaffen. Nun entspringt uns zwar hieraus die Täuschung, als wenn diese Richtungslinien von einem Gegenstande selbst, der ausser dem Felde empirischmöglicher Erkenntniss läge, ausgeschossen wären, (so wie die Objecte hinter der Spiegelfläche gesehen werden,) allein diese Illusion, (welche man doch hindern kann, dass sie nicht betrügt,) ist gleichwohl unentbehrlich nothwendig, wenn wir ausser den Gegenständen, die uns vor Augen sind, auch diejenigen zugleich sehen wollen, die weit davon uns im Rücken liegen, d. i. wenn wir, in unserem Falle, den Verstand über jede gegebene Erfahrung, (den Theil der gesammten möglichen Erfahrung) hinaus, mithin auch zur grösstmöglichen und äussersten Erweiterung abrichten wollen.

Uebersehen wir unsere Verstandeserkenntnisse in ihrem ganzen Umfange, so finden wir, dass dasjenige, was Vernunft ganz eigenthümlich darüber verfügt und zu Stande zu bringen sucht, das Systematische der Erkenntniss sei, d. i. der Zusammenhang derselben aus einem Princip. Diese Vernunfteinheit setzt jederzeit eine Idee voraus, nämlich die von der Form eines Ganzen der Erkenntniss, welches vor der bestimmten Erkenntniss der Theile vorhergeht und die Bedingungen enthält, jedem Theile seine Stelle und Verhältniss zu den übrigen *a priori* zu bestimmen. Diese Idee postulirt demnach vollständige Einheit der Verstandeserkenntniss, wodurch diese nicht blos ein zufälliges Aggregat, sondern ein nach nothwendigen Gesetzen zusammenhängendes System wird. Man kann eigentlich nicht sagen, dass diese Idee ein Begriff vom Objecte sei, sondern von der durchgängigen Einheit dieser Begriffe, so fern dieselbe dem Verstande zur Regel dient. Dergleichen Vernunftbegriffe werden nicht aus der Natur geschöpft; vielmehr befragen wir die Natur nach diesen Ideen und halten unsere Erkenntniss für mangelhaft, so lange sie denselben nicht adäquat ist. Man gesteht, dass sich schwerlich reine Erde, reines Wasser, reine Luft u. s. w. finde. Gleichwohl hat man die Begriffe davon doch nöthig, (die also, was die völlige Reinigkeit betrifft, nur in der Vernunft ihren Ursprung haben,) um den Antheil, den jede dieser Naturursachen an der Erscheinung hat, gehörig zu bestimmen, und so bringt man alle Materien auf die Erden (gleichsam die blose Last), Salze und brennliche Wesen (als die Kraft), endlich auf Wasser und Luft als Vehikel, (gleichsam Maschinen, vermittelst deren die vorigen wirken,) um nach der Idee eines Mechanismus die chemischen Wirkungen der Materien unter einander zu erklären. Denn wiewohl man sich nicht wirklich so ausdrückt, so ist doch ein solcher Einfluss der Vernunft auf die Eintheilungen der Naturforscher sehr leicht zu entdecken.

Wenn die Vernunft ein Vermögen ist, das Besondere aus dem Allgemeinen abzuleiten, so ist entweder das Allgemeine schon an sich gewiss und gegeben, und alsdenn erfordert es nur Urtheilskraft zur Subsumtion und das Besondere wird dadurch nothwendig bestimmt. Dieses will ich den apodiktischen Gebrauch der Vernunft nennen. Oder das Allgemeine wird nur problematisch angenommen und ist eine blose Idee, das Besondere ist gewiss, aber die Allgemeinheit der Regel zu dieser Folge ist noch ein Problem, so werden mehrere besondere Fälle, die insgesammt gewiss sind, an der Regel versucht, ob sie daraus fliessen, und in diesem Falle, wenn es den Anschein hat, dass alle anzugebende besondere Fälle daraus abfolgen, wird auf die Allgemeinheit der Regel, aus dieser aber nachher auf alle Fälle, die auch an sich nicht gegeben sind, geschlossen. Diesen will ich den hypothetischen Gebrauch der Vernunft nennen.

Der hypothetische Gebrauch der Vernunft aus zum Grunde gelegten Ideen, als problematischer Begriffe, ist eigentlich nicht constitutiv, nämlich nicht so beschaffen, dass dadurch, wenn man nach aller Strenge urtheilen will, die Wahrheit der allgemeinen Regel, die als Hypothese angenommen worden, folge; denn wie will man alle mögliche Folgen wissen, die, indem sie aus demselben angenommenen Grundsatze folgen, seine Allgemeinheit beweisen? Sondern er ist nur regulativ, um dadurch, so weit als es möglich ist, Einheit in die besonderen Erkenntnisse zu bringen und die Regel dadurch der Allgemeinheit zu nähern.

Der hypothetische Vernunftgebrauch geht also auf die systematische Einheit der Verstandeserkenntnisse, diese aber ist der Probierstein der Wahrheit der Regeln. Umgekehrt ist die systematische Einheit (als blose Idee) lediglich nur projectirte Einheit, die man an sich nicht als gegeben, sondern nur als Problem ansehen muss; welche aber dazu dient, zu dem Mannigfaltigen und besonderen Verstandesgebrauche ein Principium zu finden, und diesen dadurch auch über die Fälle, die nicht gegeben sind, zu leiten und zusammenhängend zu machen.

Man sieht aber hieraus nur, dass die systematische oder Vernunfteinheit der mannigfaltigen Verstandeserkenntniss ein logisches Princip sei, um da, wo der Verstand allein nicht zu Regeln hinlangt, ihm durch Ideen fortzuhelfen und zugleich der Verschiedenheit seiner Regeln Einhelligkeit unter einem Princip (systematische) und dadurch Zusammenhang zu verschaffen, so weit als es sich thun lässt. Ob aber die Beschaffenheit der Gegenstände, oder die Natur des Verstandes, der sie als solche erkennt, an sich zur systematischen Einheit bestimmt sei, und ob man diese *a priori*, auch ohne Rücksicht auf ein solches Interesse der Vernunft, in gewisser Maasse postuliren und also sagen könne: alle mögliche Verstandeserkenntnisse (darunter die empirischen) haben Vernunfteinheit und stehen unter gemeinschaftlichen Principien, woraus sie, unerachtet ihrer Verschiedenheit, abgeleitet werden können; das würde ein transscendentaler Grundsatz der Vernunft sein, welcher die systematische Einheit nicht blos subjectiv- und logisch-, als Methode, sondern objectiv-nothwendig machen würde.

Wir wollen dieses durch einen Fall des Vernunftgebrauchs erläutern. Unter die verschiedenen Arten von Einheit nach Begriffen des Verstandes gehört auch die der Causalität einer Substanz, welche Kraft genannt wird. Die verschiedenen Erscheinungen eben derselben Substanz zeigen beim ersten Anblicke so viel Ungleichartigkeit, dass man daher anfänglich beinahe so vielerlei Kräfte derselben annehmen muss, als Wirkungen sich hervorthun, wie in dem menschlichen Gemüthe die Empfindung, Bewusstsein, Einbildung, Erinnerung, Witz, Unterscheidungskraft, Lust, Begierde u. s. w. Anfänglich gebietet eine logische Maxime, diese anscheinende Verschiedenheit so viel als möglich dadurch zu verringern, dass man durch Vergleichung die versteckte Identität entdecke und nachsehe, ob nicht Einbildung, mit Bewusstsein verbunden, Erinnerung, Witz, Unterscheidungskraft, vielleicht gar Verstand und Vernunft sei. Die Idee einer Grundkraft, von welcher aber die Logik gar nicht ausmittelt, ob es dergleichen gebe, ist wenigstens das Problem einer systematischen Vorstellung der Mannigfaltigkeit von Kräften. Das logische Vernunftprincip erfordert diese Einheit so weit als möglich zu Stande zu bringen, und je mehr die Erscheinungen der einen und anderen Kraft unter sich identisch gefunden werden, desto wahrscheinlicher wird es, dass sie nichts, als verschiedene Aeusserungen einer und derselben Kraft seien, welche (comparativ) ihre **Grundkraft** heissen kann. Eben so verfährt man mit den übrigen.

Die comparativen Grundkräfte müssen wiederum unter einander verglichen werden, um sie dadurch, dass man ihre Einhelligkeit entdeckt, einer einzigen radicalen, d. i. absoluten Grundkraft nahe zu bringen. Diese Vernunfteinheit aber ist blos hypothetisch. Man behauptet nicht, dass eine solche in der That angetroffen werden müsse, sondern dass man sie zu Gunsten der Vernunft, nämlich zu Errichtung gewisser Principien, für die mancherlei Regeln, die die Erfahrung an die Hand geben mag, suchen und, wo es sich thun lässt, auf solche Weise systematische Einheit ins Erkenntniss bringen müsse.

Es zeigt sich aber, wenn man auf den transscendentalen Gebrauch des Verstandes Acht hat, dass diese Idee einer Grundkraft überhaupt nicht blos als Problem zum hypothetischen Gebrauche bestimmt sei, sondern objective Realität vorgebe, dadurch die systematische Einheit der mancherlei Kräfte einer Substanz postulirt und ein apodiktisches

Vernunftprincip errichtet wird. Denn ohne dass wir einmal die Einhelligkeit der mancherlei Kräfte versucht haben, ja selbst wenn es uns nach allen Versuchen misslingt, sie zu entdecken, setzen wir doch voraus: es werde eine solche anzutreffen sein, und dieses nicht allein, wie in dem angeführten Falle, wegen der Einheit der Substanz, sondern, wo so gar viele, ob zwar in gewissem Grade gleichartige angetroffen werden, wie an der Materie überhaupt, setzt die Vernunft systematische Einheit mannigfaltiger Kräfte voraus, da besondere Naturgesetze unter allgemeineren stehen, und die Ersparung der Principien nicht blos ein ökonomischer Grundsatz der Vernunft, sondern inneres Gesetz der Natur wird.

In der That ist auch nicht abzusehen, wie ein logisches Princip der Vernunfteinheit der Regeln stattfinden könne, wenn nicht ein transscendentales vorausgesetzt würde, durch welches eine solche systematische Einheit, als den Objecten selbst anhängend, *a priori* als nothwendig angenommen wird. Denn mit welcher Befugniss kann die Vernunft im logischen Gebrauche verlangen, die Mannigfaltigkeit der Kräfte, welche uns die Natur zu erkennen giebt, als eine blos versteckte Einheit zu behandeln und sie aus irgend einer Grundkraft, so viel an ihr ist, abzuleiten, wenn es ihr frei stände zuzugeben, dass es eben so wohl möglich sei, alle Kräfte wären ungleichartig und die systematische Einheit ihrer Anleitung der Natur nicht gemäss? denn alsdenn würde sie gerade wider ihre Bestimmung verfahren, indem sie sich eine Idee zum Ziele setzte, die der Natureinrichtung ganz widerspräche. Auch kann man nicht sagen, sie habe zuvor von der zufälligen Beschaffenheit der Natur diese Einheit nach Principien der Vernunft abgenommen. Denn das Gesetz der Vernunft, sie zu suchen, ist nothwendig, weil wir ohne dasselbe gar keine Vernunft, ohne diese aber keinen zusammenhängenden Verstandesgebrauch, und in dessen Ermangelung kein zureichendes Merkmal empirischer Wahrheit haben würden, und wir also in Ansehung des letzteren die systematische Einheit der Natur durchaus als objectiv gültig und nothwendig voraussetzen müssen.

Wir finden diese transscendentale Voraussetzung auch auf eine bewundernswürdige Weise in den Grundsätzen der Philosophen versteckt, wiewohl sie solche nicht immer erkannt oder sich selbst gestanden haben. Dass alle Mannigfaltigkeiten einzelner Dinge die Identität der Art nicht ausschliessen, dass die mancherlei Arten nur als verschiedentliche Bestimmungen von wenigen Gattungen, diese aber von noch höheren Geschlechtern u. s. w. behandelt werden müssen, dass also eine gewisse systematische Einheit aller möglichen empirischen Begriffe, sofern sie von höheren und allgemeineren abgeleitet werden können, gesucht werden müsse, ist eine Schulregel oder logisches Princip, ohne welches kein Gebrauch der Vernunft stattfände, weil wir nur so fern vom Allgemeinen aufs Besondere schliessen können, als allgemeine Eigenschaften der Dinge zum Grunde gelegt werden, unter denen die besonderen stehen.

Dass aber auch in der Natur eine solche Einhelligkeit angetroffen werde, setzen die Philosophen in der bekannten Schulregel voraus: dass man die Anfänge (Principien) nicht ohne Noth vervielfältigen müsse (*entia praeter necessitatem non esse multiplicanda*). Dadurch wird gesagt, dass die Natur der Dinge selbst zur Vernunfteinheit Stoff darbiete, und die anscheinende unendliche Verschiedenheit dürfe uns nicht abhalten, hinter ihr Einheit der Grundeigenschaften zu vermuthen, von welchen die Mannigfaltigkeit nur durch mehrere Bestimmung abgeleitet werden kann. Dieser Einheit, ob sie gleich eine blose Idee ist, ist man zu allen Zeiten so eifrig nachgegangen, dass man eher Ursache gefunden, die Begierde nach ihr zu mässigen, als sie aufzumuntern. Es war schon viel, dass die Scheidekünstler alle Salze auf zwei Hauptgattungen, saure und laugenhafte, zurückführen konnten, sie versuchen sogar auch diesen Unterschied blos als eine Varietät oder verschiedene Aeusserung eines und desselben Grundstoffs anzusehen. Die mancherlei Arten von Erzen (den Stoff der Steine und sogar der Metalle) hat man nach und nach auf drei, endlich auf zwei zu bringen gesucht; allein damit noch nicht zufrieden, können sie sich des Gedankens nicht entschlagen, hinter diesen Varietäten dennoch eine einzige Gattung, ja wohl gar zu diesen und den Salzen ein gemeinschaftliches Princip zu vermuthen. Man möchte vielleicht glauben, dieses sei ein blos ökonomischer Handgriff der Vernunft, um sich so viel als möglich Mühe zu ersparen, und ein hypothetischer Versuch, der, wenn er gelingt, dem vorausgesetzten Erklärungsgrunde eben durch diese Einheit Wahrscheinlichkeit gibt. Allein eine solche selbstsüchtige Absicht ist sehr leicht von der Idee zu unterscheiden, nach welcher Jedermann voraussetzt, diese Vernunfteinheit sei der Natur selbst angemessen, und dass die Vernunft hier nicht bettele, sondern gebiete, obgleich ohne die Grenzen dieser Einheit bestimmen zu können.

Wäre unter den Erscheinungen, die sich uns darbieten, eine so grosse Verschiedenheit, ich will nicht sagen der Form, (denn darin mögen sie einander ähnlich sein,) sondern dem Inhalte, d. i. der Mannigfaltigkeit existirender Wesen nach, dass auch der allerschärfste menschliche Verstand durch Vergleichung der einen mit der anderen nicht die mindeste Aehnlichkeit ausfindig machen könnte, (ein Fall, der sich wohl denken lässt,) so würde das logische Gesetz der Gattungen ganz und gar nicht stattfinden, und es würde selbst kein Begriff von Gattung, oder irgend ein allgemeiner Begriff, ja sogar kein Verstand stattfinden, als der es lediglich mit solchen zu thun hat. Das logische Princip der Gattungen setzt also ein transscendentales voraus, wenn es auf Natur, (darunter ich hier nur Gegenstände, die uns gegeben werden, verstehe,) angewandt werden soll. Nach demselben wird in dem Mannigfaltigen einer möglichen Erfahrung nothwendig Gleichartigkeit vorausgesetzt, (ob wir gleich ihren Grad *a priori* nicht bestimmen können,) weil ohne dieselbe keine empirischen Begriffe, mithin keine Erfahrung möglich wäre.

Dem logischen Princip der Gattungen, welches Identität postulirt, steht ein anderes, nämlich das der Arten entgegen, welches Mannigfaltigkeit und Verschiedenheit der Dinge, unerachtet ihrer Uebereinstimmung unter derselben Gattung, bedarf und es dem Verstande zur Vorschrift macht, auf diese nicht weniger, als auf jene aufmerksam zu sein. Dieser Grundsatz (der Scharfsinnigkeit oder des Unterscheidungsvermögens) schränkt den Leichtsinn des ersten (des Witzes) sehr ein, und die Vernunft zeigt hier ein doppeltes einander widerstreitendes Interesse, einerseits das Interesse des Umfanges (der Allgemeinheit) in Ansehung der Gattungen, andererseits des Inhalts (der Bestimmtheit) in Absicht auf die Mannigfaltigkeit der Arten, weil der Verstand im ersteren Falle zwar viel unter seinen Begriffen, im zweiten aber desto mehr in denselben denkt. Auch äussert sich dieses an der sehr verschiedenen Denkungsart der Naturforscher, deren einige, (die vorzüglich speculativ sind,) der Ungleichartigkeit gleichsam feind, immer auf die Einheit der Gattung hinaussehen, die anderen (vorzüglich empirische Köpfe) die Natur unaufhörlich in so viel Mannigfaltigkeit zu spalten suchen, dass man beinahe die Hoffnung aufgeben müsste, ihre Erscheinungen nach allgemeinen Principien zu beurtheilen.

Dieser letzteren Denkungsart liegt offenbar auch ein logisches Princip zum Grunde, welches die systematische Vollständigkeit aller Erkenntnisse zur Absicht hat, wenn ich, von der Gattung anhebend, zu dem Mannigfaltigen, das darunter enthalten sein mag, herabsteige und auf solche Weise dem System Ausbreitung, wie im ersteren Falle, da ich zur Gattung aufsteige, Einfalt zu verschaffen suche. Denn aus der Sphäre des Begriffs, der eine Gattung bezeichnet, ist eben so wenig, wie aus dem Raume, den Materie einnehmen kann, zu ersehen, wie weit die Theilung derselben gehen könne. Daher jede Gattung verschiedene Arten, diese aber verschiedene Unterarten erfordert, und, da keine der letzteren stattfindet, die nicht immer wiederum eine Sphäre (Umfang als *conceptus communis*) hätte, so verlangt die Vernunft in ihrer ganzen Erweiterung, dass keine Art als die unterste an sich selbst angesehen werde, weil, da sie doch immer ein Begriff ist, der nur das, was verschiedenen Dingen gemein ist, in sich enthält, dieser nicht durchgängig bestimmt, mithin auch nicht zunächst auf ein Individuum bezogen sein könne, folglich jederzeit andere Begriffe, d. i. Unterarten unter sich enthalten müsse. Dieses Gesetz der Specification könnte so ausgedrückt werden: *entium varietates non temere esse minuendas*.

Man sieht aber leicht, dass auch dieses logische Gesetz ohne Sinn und Anwendung sein würde, läge nicht ein transscendentales Gesetz der Specification zum Grunde, welches zwar freilich nicht von den Dingen, die unsere Gegenstände werden können, eine wirkliche Unendlichkeit in Ansehung der Verschiedenheiten fordert; denn dazu gibt das logische Princip, als welches lediglich die Unbestimmtheit der logischen Sphäre in Ansehung der möglichen Eintheilung behauptet, keinen Anlass; aber dennoch dem Verstande auferlegt, unter jeder Art, die uns vorkommt, Unterarten, und zu jeder Verschiedenheit kleinere Verschiedenheiten zu suchen. Denn würde es keine niederen Begriffe geben, so gäbe es auch keine höheren. Nun erkennt der Verstand alles nur durch Begriffe; folglich, so weit er in der Eintheilung reicht, niemals durch blose Anschauung, sondern immer wiederum durch niedere Begriffe. Die Erkenntniss der Erscheinungen in ihrer durchgängigen Bestimmung, (welche nur durch Verstand möglich ist,) fordert eine unaufhörlich fortzusetzende Specification seiner Begriffe und einen Fortgang zu immer noch bleibenden Verschiedenheiten, wovon in dem Begriffe der Art, und noch mehr dem der Gattung abstrahirt worden.

Auch kann dieses Gesetz der Specification nicht von der Erfahrung entlehnt sein; denn diese kann keine so weit gehende Eröffnungen geben. Die empirische Specification bleibt in der Unterscheidung des Mannigfaltigen bald stehen, wenn sie nicht durch das schon vorhergehende transscendentale Gesetz der Specification, als ein Princip der Vernunft, geleitet worden, solche zu suchen und sie noch immer zu vermuthen, wenn sie sich gleich nicht den Sinnen offenbart. Dass absorbirende Erden noch verschiedener Art (Kalk- und muriatische Erden) sind, bedurfte zur Entdeckung eine zuvorkommende Regel der Vernunft, welche dem Verstande es zur Aufgabe machte, die Verschiedenheit zu suchen, indem sie die Natur so reichhaltig voraussetzte, sie zu vermuthen. Denn wir haben eben sowohl nur unter Voraussetzung der Verschiedenheiten in der Natur Verstand, als unter der Bedingung, dass ihre Objecte Gleichartigkeit an sich haben, weil eben die Mannigfaltigkeit desjenigen, was unter einem Begriff zusammengefasst werden kann, den Gebrauch dieses Begriffs und die Beschäftigung des Verstandes ausmacht.

Die Vernunft bereitet also dem Verstande sein Feld 1, durch ein Princip der Gleichartigkeit des Mannigfaltigen unter höheren Gattungen, 2, durch einen Grundsatz der Varietät des Gleichartigen unter niederen Arten; und um die systematische Einheit zu vollenden, fügt sie 3, noch ein Gesetz der Affinität aller Begriffe hinzu, welches einen continuirlichen Uebergang von einer jeden Art zu jeder anderen durch stufenartiges Wachsthum der Verschiedenheit gebietet. Wir können sie die Principien der Homogeneität, der Specification und der Continuität der Formen nennen. Das letztere entspringt dadurch, dass man die zwei ersteren vereinigt, nachdem man sowohl im Aufsteigen zu höheren Gattungen, als im Herabsteigen zu niederen Arten den systematischen Zusammenhang in der Idee vollendet hat; denn alsdenn sind alle Mannigfaltigkeiten unter einander verwandt, weil sie insgesammt durch alle Grade der erweiterten Bestimmung von einer einzigen obersten Gattung abstammen.

Man kann sich die systematische Einheit unter den drei logischen Principien auf folgende Art sinnlich machen. Man kann einen jeden Begriff als einen Punkt ansehen, der, als der Standpunkt eines Zuschauers, seinen Horizont hat, d. i. eine Menge von Dingen, die aus demselben können vorgestellt und gleichsam überschaut werden. Innerhalb diesem Horizonte muss eine Menge von Punkten ins Unendliche angegeben werden können, deren jeder wiederum seinen engeren Gesichtskreis hat, d. i. jede Art enthält Unterarten, nach dem Princip der Specification, und der logische Horizont besteht nur aus kleineren Horizonten (Unterarten), nicht aber aus Punkten, die keinen Umfang haben (Individuen). Aber zu verschiedenen Horizonten, d. i. Gattungen, die aus eben so viel Begriffen bestimmt werden, lässt sich ein gemeinschaftlicher Horizont, daraus man sie insgesammt als aus einem Mittelpunkte überschaut, gezogen denken, welcher die höhere Gattung ist, bis endlich die höchste Gattung der allgemeine und wahre Horizont ist, der aus dem Standpunkte des höchsten Begriffs bestimmt wird und alle Mannigfaltigkeit, als Gattungen, Arten und Unterarten unter sich befasst.

Zu diesem höchsten Standpunkte führt mich das Gesetz der Homogeneität, zu allen niedrigen und deren grösster Varietät das Gesetz der Specification. Da aber auf solche Weise in dem ganzen Umfange aller möglichen Begriffe nichts Leeres ist, und ausser demselben nichts angetroffen werden kann, so entspringt aus der Voraussetzung jenes allgemeinen Gesichtskreises und der durchgängigen Eintheilung desselben der Grundsatz: *non datur vacuum formarum*, d. i. es gibt nicht verschiedene ursprüngliche und erste Gattungen, die gleichsam isolirt und von einander (durch einen leeren Zwischenraum) getrennt wären, sondern alle mannigfaltige Gattungen sind nur Abtheilungen einer einzigen obersten und allgemeinen Gattung; und aus diesem Grundsatze dessen unmittelbare Folge: *datur continuum formarum*, d. i. alle Verschiedenheiten der Arten grenzen an einander und erlauben keinen Uebergang zu einander durch einen Sprung, sondern nur durch alle kleinere Grade des Unterschiedes, dadurch man von einer zu der anderen gelangen kann; mit einem Worte, es gibt keine Arten oder Unterarten, die einander (im Begriffe der Vernunft) die nächsten wären, sondern es sind noch immer Zwischenarten möglich, deren Unterschied von der ersten und zweiten kleiner ist, als dieser ihr Unterschied von einander.

Das erste Gesetz also verhütet die Ausschweifung in die Mannigfaltigkeit verschiedener ursprünglichen Gattungen und empfiehlt die Gleichartigkeit; das zweite schränkt dagegen diese Neigung zur Einhelligkeit wiederum ein und gebietet Unterscheidung der Unterarten, bevor man sich mit seinem allgemeinen Begriffe zu den Individuen wende. Das dritte vereinigt jene beide, indem es bei der höchsten Mannigfaltigkeit dennoch die Gleichartigkeit durch den stufenartigen Uebergang von einer Species zur anderen vorschreibt, welches eine Art von Verwandtschaft der verschiedenen Zweige anzeigt, in so fern sie insgesammt aus einem Stamme entsprossen sind.

Dieses logische Gesetz des *continui specierum (formarum logicarum)* setzt aber ein transscendentales voraus *(lex continui in natura)*, ohne welches der Gebrauch des Verstandes durch jene Vorschrift nur irre geleitet werden würde, indem sie vielleicht einen der Natur gerade entgegengesetzten Weg nehmen würde. Es muss also dieses Gesetz auf reinen transscendentalen und nicht empirischen Gründen beruhen. Denn in dem letzteren Falle würde es später kommen, als die Systeme; es hat aber eigentlich das Systematische der Naturerkenntniss zuerst hervorgebracht. Es sind hinter diesen Gesetzen auch nicht etwa Absichten auf eine mit ihnen, als blosen Versuchen, anzustellende Probe verborgen, obwohl freilich dieser Zusammenhang, wo er zutrifft, einen mächtigen Grund abgibt, die hypothetisch ausgedachte Einheit für gegründet zu halten, und sie also auch in dieser Absicht ihren Nutzen haben; sondern man sieht es ihnen deutlich an, dass sie die Sparsamkeit der Grundursachen, die Mannigfaltigkeit der Wirkungen, und eine daher rührende Verwandtschaft der Glieder der Natur an sich selbst für vernunftmässig und der Natur angemessen urtheilen, und diese Grundsätze also direct und nicht blos als Handgriffe der Methode ihre Empfehlung bei sich führen.

Man sieht aber leicht, dass diese Continuität der Formen eine blose Idee sei, der ein congruirender Gegenstand in der Erfahrung gar nicht angewiesen werden kann, **nicht allein** um deswillen, weil die Species in der Natur wirklich abgetheilt sind und daher an sich ein *quantum discretum* ausmachen müssen, und, wenn der stufenartige Fortgang in der Verwandtschaft derselben continuirlich wäre, sie auch eine wahre Unendlichkeit der Zwischenglieder, die innerhalb zweier gegebenen **Arten** lägen, enthalten müsste, welches unmöglich ist; **sondern auch**, weil wir von diesem Gesetz gar keinen bestimmten empirischen Gebrauch machen können, indem dadurch nicht das geringste Merkmal der Affinität gezeigt wird, nach welchem und wie weit wir die Gradfolge ihrer Verschiedenheit zu suchen, sondern nichts weiter, als eine allgemeine Anzeige, dass wir sie zu suchen haben.

Wenn wir die jetzt angeführten Principien ihrer Ordnung nach versetzen, um sie dem **Erfahrungsgebrauch** gemäss zu stellen, so würden die Principien der systematischen Einheit etwa so stehen: **Mannigfaltigkeit, Verwandtschaft** und **Einheit**, jede derselben aber als Ideen im höchsten Grade ihrer Vollständigkeit genommen. Die Vernunft setzt die Verstandeserkenntnisse voraus, die zunächst auf Erfahrung angewandt werden, und sucht ihre Einheit nach Ideen, die viel weiter geht, als Erfahrung reichen kann. Die Verwandtschaft des

Mannigfaltigen, unbeschadet seiner Verschiedenheit, unter einem Princip der Einheit, betrifft nicht blos die Dinge, sondern weit mehr noch die blosen Eigenschaften und Kräfte der Dinge. Daher wenn uns z. B. durch eine (noch nicht völlig berichtigte) Erfahrung der Lauf der Planeten als kreisförmig gegeben ist, und wir finden Verschiedenheiten, so vermuthen wir sie in demjenigen, was den Zirkel, nach einem beständigen Gesetze durch alle unendliche Zwischengrade, zu einem dieser abweichenden Umläufe abändern kann, d. i. die Bewegungen der Planeten, die nicht Zirkel sind, werden etwa dessen Eigenschaften mehr oder weniger nahe kommen, und fallen auf die Ellipse. Die Kometen zeigen eine noch grössere Verschiedenheit ihrer Bahnen, da sie, (so weit Beobachtung reicht,) nicht einmal im Kreise zurückkehren; allein wir rathen auf einen parabolischen Lauf, der doch mit der Ellipsis verwandt ist und, wenn die lange Achse der letzteren sehr weit gestreckt ist, in allen unseren Beobachtungen von ihr nicht unterschieden werden kann. So kommen wir, nach Anleitung jener Principien, auf Einheit der Gattungen dieser Bahnen in ihrer Gestalt, dadurch aber weiter auf Einheit der Ursache aller Gesetze ihrer Bewegung (die Gravitation), von da wir nachher unsere Eroberungen ausdehnen und auch alle Varietäten und scheinbare Abweichungen von jenen Regeln aus demselben Princip zu erklären suchen, endlich gar mehr hinzufügen, als Erfahrung jemals bestätigen kann, nämlich, uns nach den Regeln der Verwandtschaft selbst hyperbolische Kometenbahnen zu denken, in welchen diese Körper ganz und gar unsere Sonnenwelt verlassen, und, indem sie von Sonne zu Sonne gehen, die entfernteren Theile eines für uns unbegrenzten Weltsystems, das durch eine und dieselbe bewegende Kraft zusammenhängt, in ihrem Laufe vereinigen.

Was bei diesen Principien merkwürdig ist und uns auch allein beschäftigt, ist dieses, dass sie transscendental zu sein scheinen, und ob sie gleich blose Ideen zur Befolgung des empirischen Gebrauchs der Vernunft enthalten, denen der letztere nur gleichsam asymptotisch, d. i. blos annähernd folgen kann, ohne sie jemals zu erreichen, sie gleichwohl, als synthetische Sätze *a priori*, objective, aber unbestimmte Gültigkeit haben und zur Regel möglicher Erfahrung dienen, auch wirklich in Bearbeitung derselben, als heuristische Grundsätze, mit gutem Glücke gebraucht werden, ohne dass man doch eine transscendentale Deduction derselben zu Stande bringen kann, welches, wie oben bewiesen worden, in Ansehung der Ideen jederzeit unmöglich ist.

Wir haben in der transscendentalen Analytik unter den Grundsätzen des Verstandes die dynamischen, als blos regulative Principien der Anschauung, von den mathematischen, die in Ansehung der letzteren constitutiv sind, unterschieden. Diesem ungeachtet sind gedachte dynamische Gesetze allerdings constitutiv in Ansehung der Erfahrung, indem sie die Begriffe, ohne welche keine Erfahrung stattfindet, *a priori* möglich machen. Principien der reinen Vernunft können dagegen nicht einmal in Ansehung der empirischen Begriffe constitutiv sein, weil ihnen kein correspondirendes Schema der Sinnlichkeit gegeben werden kann und sie also keinen Gegenstand *in concreto* haben können. Wenn ich nun von einem solchen empirischen Gebrauch derselben, als constitutiver Grundsätze, abgehe, wie will ich ihnen dennoch einen regulativen Gebrauch und mit demselben einige objective Gültigkeit sichern, und was kann derselbe für Bedeutung haben?

Der Verstand macht für die Vernunft eben so einen Gegenstand aus, als die Sinnlichkeit für den Verstand. Die Einheit aller möglichen empirischen Verstandeshandlungen systematisch zu machen, ist ein Geschäft der Vernunft, so wie der Verstand das Mannigfaltige der Erscheinungen durch Begriffe verknüpft und unter empirische Gesetze bringt. Die Verstandeshandlungen aber ohne Schemate der Sinnlichkeit sind unbestimmt; eben so ist die Vernunfteinheit auch in Ansehung der Bedingungen, unter denen, und des Grades, wie weit der Verstand seine Begriffe systematisch verbinden soll, an sich selbst unbestimmt. Allein obgleich für die durchgängige systematische Einheit aller Verstandesbegriffe kein Schema in der Anschauung ausfindig gemacht werden kann, so kann und muss doch ein Analogon eines solchen Schema gegeben werden, welches die Idee des Maximum der Abtheilung und der Vereinigung der Verstandeserkenntniss in einem Princip ist. Denn das Grösseste und absolut Vollständige lässt sich bestimmt gedenken, weil alle restringirende Bedingungen, welche unbestimmte Mannigfaltigkeit geben, weggelassen werden. Also ist die Idee der Vernunft ein Analogon von einem Schema der Sinnlichkeit, aber mit dem Unterschiede, dass die Anwendung der Verstandesbegriffe auf das Schema der Vernunft nicht eben so eine Erkenntniss des Gegenstandes selbst ist, (wie bei der Anwendung der Kategorien auf ihre sinnlichen Schemate,) sondern nur eine Regel oder Princip der systematischen Einheit alles Verstandesgebrauchs. Da nun jeder Grundsatz, der dem Verstande durchgängige Einheit seines Gebrauchs *a priori* festsetzt, auch, obzwar nur indirect, von dem Gegenstande der Erfahrung gilt, so werden die Grundsätze der reinen Vernunft auch in Ansehung dieses letzteren objective Realität haben, allein nicht um etwas an ihnen zu bestimmen, sondern nur um das Verfahren anzuzeigen, nach welchem der empirische und bestimmte Erfahrungsgebrauch des Verstandes mit sich selbst durchgängig und zusammenstimmend werden kann, dadurch, dass er mit dem Princip der durchgängigen Einheit, so viel als möglich, in Zusammenhang gebracht und davon abgeleitet wird.

Ich nenne alle subjective Grundsätze, die nicht von der Beschaffenheit des Objects, sondern dem Interesse der Vernunft in Ansehung einer gewissen möglichen Vollkommenheit der Erkenntniss dieses Objects hergenommen sind, Maximen der Vernunft. So gibt es Maximen der speculativen Vernunft, die lediglich auf dem speculativen Interesse derselben beruhen, ob es zwar scheinen mag, sie wären objective Principien.

Wenn blos regulative Grundsätze als constitutiv betrachtet werden, so können sie als objective Principien widerstreitend sein; betrachtet man sie aber blos als Maximen, so ist kein wahrer Widerstreit, sondern blos ein verschiedenes Interesse der Vernunft, welches die Trennung der Denkungsart verursacht. In der That hat die Vernunft nur ein einziges Interesse und der Streit ihrer Maximen ist nur eine Verschiedenheit und wechselseitige Einschränkung der Methoden, diesem Interesse ein Genüge zu thun.

Auf solche Weise vermag bei diesem Vernünftler mehr das Interesse der Mannigfaltigkeit (nach dem Princip der Specification), bei jenem aber das Interesse der Einheit (nach dem Princip der Aggregation). Ein jeder derselben glaubt sein Urtheil aus der Einsicht des Objects zu haben, und gründet es doch lediglich auf der grösseren oder kleineren Anhänglichkeit an einen von beiden Grundsätzen, deren keiner auf objectiven Gründen beruht, sondern nur auf dem Vernunftinteresse, und die daher besser Maximen, als Principien genannt werden könnten. Wenn ich einsehende Männer mit einander wegen der Charakteristik der Menschen, der Thiere oder Pflanzen, ja selbst der Körper des Mineralreichs im Streite sehe, da die einen z. B. besondere und in der Abstammung gegründete Volkscharaktere, oder auch entschiedene und erbliche Unterschiede der Familien, Racen u. s. w. annehmen, andere dagegen ihren Sinn darauf setzen, dass die Natur in diesem Stücke ganz und gar einerlei Anlagen gemacht habe und aller Unterschied nur auf äusseren Zufälligkeiten beruhe, so darf ich nur die Beschaffenheit des Gegenstandes in Betrachtung ziehen, um zu begreifen, dass er für Beide viel zu tief verborgen liege, als dass sie aus Einsicht in die Natur des Objects sprechen könnten. Es ist nichts Anderes, als das zwiefache Interesse der Vernunft, davon dieser Theil das eine, jener das andere zu Herzen nimmt oder auch affectirt, mithin die Verschiedenheit der Maximen der Naturmannigfaltigkeit oder der Natureinheit, welche sich gar wohl vereinigen lassen, aber so lange sie für objective Einsichten gehalten werden, nicht allein Streit, sondern auch Hindernisse veranlassen, welche die Wahrheit lange aufhalten, bis ein Mittel gefunden wird, das streitige Interesse zu vereinigen und die Vernunft hierüber zufrieden zu stellen.

Eben so ist es mit der Behauptung oder Anfechtung des so berufenen, von LEIBNITZ in Gang gebrachten und durch BONNET trefflich aufgestutzten Gesetzes der continuirlichen Stufenleiter der Geschöpfe bewandt, welche nichts, als eine Befolgung des auf dem Interesse der Vernunft beruhenden Grundsatzes der Affinität ist; denn Beobachtung und Einsicht in die Einrichtung der Natur konnte es gar nicht als objective Behauptung an die Hand geben. Die Sprossen einer solchen Leiter, so wie sie uns Erfahrung angeben kann, stehen viel zu weit aus einander, und unsere vermeintlich kleinen Unterschiede sind gemeiniglich in der Natur selbst so weite Klüfte, dass auf solche Beobachtungen, (vornehmlich bei einer grossen Mannigfaltigkeit von Dingen, da es immer leicht sein muss, gewisse Aehnlichkeiten und Annäherungen zu finden,) als Absichten der Natur gar nichts zu rechnen ist. Dagegen ist die Methode, nach einem solchen Princip Ordnung in der Natur aufzusuchen, und die Maxime, eine solche, obzwar unbestimmt, wo oder wie weit, in einer Natur überhaupt als gegründet anzusehen, allerdings ein rechtmässiges und treffliches regulatives Princip der Vernunft; welches aber als ein solches viel weiter geht, als dass Erfahrung oder Beobachtung ihr gleichkommen könnte, doch ohne etwas zu bestimmen, sondern ihr nur zur systematischen Einheit den Weg vorzuzeichnen.

Von der Endabsicht der natürlichen Dialektik der menschlichen Vernunft.

Die Ideen der reinen Vernunft können nimmermehr an sich selbst dialektisch sein, sondern ihr bloser Missbrauch muss es allein machen, dass uns von ihnen ein trüglicher Schein entspringt; denn sie sind uns durch die Natur unserer Vernunft aufgegeben, und dieser oberste Gerichtshof aller Rechte und Ansprüche unserer Speculation kann unmöglich selbst ursprüngliche Täuschungen und Blendwerke enthalten. Vermuthlich werden sie also ihre gute und zweckmässige Bestimmung in der Naturanlage unserer Vernunft haben. Der Pöbel der Vernünftler schreit aber, wie gewöhnlich, über Ungereimtheit und Widersprüche, schmäht auf die Regierung, in deren innerste Plane er nicht zu dringen vermag, deren wohlthätigen Einflüssen er auch selbst seine Erhaltung und sogar die Cultur verdanken sollte, die ihn in den Stand setzt, sie zu tadeln und zu verurtheilen.

Man kann sich eines Begriffs *a priori* mit keiner Sicherheit bedienen, ohne seine transscendentale Deduction zu Stande gebracht zu haben. Die Ideen der reinen Vernunft verstatten zwar keine Deduction von der Art, als die Kategorien; sollen sie aber im mindesten einige, wenn auch nur unbestimmte, objective Gültigkeit haben und nicht blos leere Gedankendinge *(entia rationis ratiocinantis)* vorstellen, so muss durchaus eine Deduction derselben möglich sein, gesetzt, dass sie auch von derjenigen weit abweiche, die man mit den Kategorien vornehmen kann. Das ist die Vollendung des kritischen Geschäftes der reinen Vernunft, und dieses wollen wir jetzt übernehmen.

Es ist ein grosser Unterschied, ob etwas meiner Vernunft als ein Gegenstand schlechthin, oder nur als ein Gegenstand in der Idee gegeben wird. In dem ersteren Falle gehen meine Begriffe dahin, den Gegenstand zu bestimmen; im zweiten ist es wirklich nur ein Schema, dem direct kein Gegenstand, auch nicht einmal hypothetisch zugegeben wird, sondern welches nur dazu dient, um andere Gegenstände vermittelst der Beziehung auf diese Idee, nach ihrer systematischen Einheit, mithin indirect uns vorzustellen. So sage ich: der Begriff einer höchsten Intelligenz ist eine blose Idee, d. i. seine objective Realität soll nicht darin bestehen, dass er sich geradezu auf einen Gegenstand bezieht, (denn in solcher Bedeutung würden wir seine objective Gültigkeit nicht rechtfertigen können,) sondern er ist nur ein nach Bedingungen der grössten Vernunfteinheit geordnetes Schema von dem Begriffe eines Dinges überhaupt, welches nur dazu dient, um die grösste systematische Einheit im empirischen Gebrauche unserer Vernunft zu erhalten, indem man den Gegenstand der Erfahrung gleichsam von dem eingebildeten Gegenstande dieser Idee, als seinem Grunde oder Ursache ableitet.

Alsdenn heisst es z. B., die Dinge der Welt müssen so betrachtet werden, als ob sie von einer höchsten Intelligenz ihr Dasein hätten. Auf solche Weise ist die Idee eigentlich nur ein heuristischer und nicht ostensiver Begriff, und zeigt an, nicht wie ein Gegenstand beschaffen ist, sondern wie wir unter der Leitung desselben die Beschaffenheit und Verknüpfung der Gegenstände der Erfahrung überhaupt **suchen sollen**. Wenn man nun zeigen kann, dass, obgleich die dreierlei transscendentalen Ideen (**psychologische, kosmologische und theologische**) direct auf keinen ihnen correspondirenden Gegenstand und dessen **Bestimmung** bezogen werden, dennoch als Regeln des empirischen Gebrauchs der Vernunft unter Voraussetzung eines solchen **Gegenstandes in der Idee** auf systematische Einheit führen und die Erfahrungserkenntniss jederzeit erweitern, niemals aber derselben zuwider sein können, so ist es eine nothwendige **Maxime** der Vernunft, nach dergleichen Ideen zu verfahren. Und dieses ist die transscendentale Deduction aller Ideen der speculativen Vernunft, nicht als **constitutiver** Principien der Erweiterung unserer Erkenntniss über mehr Gegenstände, als Erfahrung geben kann, sondern als **regulativer** Principien der systematischen Einheit des Mannigfaltigen der empirischen Erkenntniss überhaupt, welche dadurch in ihren eigenen Grenzen mehr angebaut und berichtigt wird, als es ohne solche Ideen durch den blosen Gebrauch der Verstandesgrundsätze geschehen könnte.

Ich will dieses deutlicher machen. Wir wollen den genannten Ideen als Principien zu Folge **erstlich** (in der Psychologie) alle Erscheinungen, Handlungen und Empfänglichkeit unseres Gemüths an dem Leitfaden der inneren Erfahrung so verknüpfen, als ob dasselbe eine einfache Substanz wäre, die, mit persönlicher Identität, beharrlich (wenigstens im Leben) existirt, indessen dass ihre Zustände, zu welcher die des Körpers nur als äussere Bedingungen gehören, continuirlich wechseln. Wir müssen **zweitens** (in der Kosmologie) die Bedingungen der inneren sowohl, als der äusseren Naturerscheinungen in einer solchen nirgend zu vollendenden Untersuchung verfolgen, als ob dieselbe an sich unendlich und ohne ein erstes oder oberstes Glied sei, obgleich wir darum, ausserhalb aller Erscheinungen, die blos intelligiblen ersten Gründe derselben nicht leugnen, aber sie doch niemals in den Zusammenhang der Naturerklärungen bringen dürfen, weil wir sie gar nicht kennen. Endlich und **drittens** müssen wir (in Ansehung der Theologie) alles, was nur immer in den Zusammenhang der möglichen Erfahrung gehören mag, so betrachten, als ob diese eine absolute, aber durch und durch abhängige und immer noch innerhalb der Sinnenwelt bedingte Einheit ausmache, doch aber zugleich als ob der Inbegriff aller Erscheinungen (die Sinnenwelt selbst) einen einzigen obersten und allgenugsamen Grund ausser ihrem Umfange habe, nämlich eine gleichsam selbstständige, ursprüngliche und schöpferische Vernunft, in Beziehung auf welche wir allen empirischen Gebrauch unserer Vernunft in seiner grössten Erweiterung so richten, als ob die Gegenstände selbst aus jenem Urbilde aller Vernunft entsprungen wären; das heisst: nicht von einer einfachen denkenden Substanz die inneren Erscheinungen der Seele, sondern nach der Idee eines einfachen Wesens jene von einander ableiten; nicht von einer höchsten Intelligenz die Weltordnung und systematische Einheit derselben ableiten, sondern von der Idee einer höchstweisen Ursache die Regel hernehmen, nach welcher die Vernunft bei der Verknüpfung der Ursachen und Wirkungen in der Welt zu ihrer eigenen Befriedigung am besten zu brauchen sei.

Nun ist nicht das Mindeste, was uns hindert, diese Ideen als auch objectiv und hypostatisch anzunehmen, ausser allein die kosmologische, wo die Vernunft auf eine Antinomie stösst, wenn sie solche zu Stande bringen will; (die psychologische und theologische enthalten dergleichen gar nicht.) Denn ein Widerspruch ist in ihnen nicht; wie sollte uns daher Jemand ihre objective Realität bestreiten können, da er von ihrer Möglichkeit eben so wenig weiss, um sie zu verneinen, als wir, um sie zu bejahen? Gleichwohl ist's, um etwas anzunehmen, noch nicht genug, dass keine positive Hinderniss dawider ist, und es kann uns nicht erlaubt sein, Gedankenwesen, welche alle unsere Begriffe übersteigen, obgleich keinem widersprechen, auf den blosen Credit der ihr Geschäft gern vollendenden speculativen Vernunft, als wirkliche und bestimmte Gegenstände einzuführen. Also sollen sie an sich selbst nicht angenommen werden, sondern nur ihre Realität, als eines Schema des regulativen Princips der systematischen Einheit aller Naturerkenntniss gelten, mithin sollen sie nur als Analoga von wirklichen Dingen, aber nicht als solche an sich selbst zum Grunde gelegt werden. Wir heben von dem Gegenstande der Idee die Bedingungen auf, welche unseren Verstandesbegriff einschränken, die aber es auch allein möglich machen, dass wir von irgend einem Dinge einen bestimmten Begriff haben können. Und nun denken wir uns ein Etwas, wovon wir, was es an sich selbst sei, gar keinen Begriff haben, aber wovon wir uns doch ein Verhältniss zu dem Inbegriffe der Erscheinungen denken, das demjenigen analogisch ist, welches die Erscheinungen unter einander haben.

Wenn wir demnach solche idealische Wesen annehmen, so erweitern wir eigentlich nicht unsere Erkenntniss über die Objecte möglicher Erfahrung, sondern nur die empirische Einheit der letzteren, durch die systematische Einheit, wozu uns die Idee das Schema gibt, welche mithin nicht als constitutives, sondern blos als regulatives Princip gilt. Denn dass wir ein der Idee correspondirendes Ding, ein Etwas oder wirkliches Wesen setzen, dadurch ist nicht gesagt, wir wollten unsere Erkenntniss der Dinge mit transscendenten Begriffen erweitern; denn dieses Wesen wird nur in der Idee und nicht an sich selbst zum Grunde gelegt, mithin nur um die systematische Einheit auszudrücken, die uns zur Richtschnur des empirischen Gebrauchs der Vernunft dienen soll, ohne doch etwas darüber auszumachen, was der Grund dieser Einheit oder die innere Eigenschaft eines solchen Wesens sei, auf welchem als Ursache sie beruhe.

So ist der transscendentale und einzige bestimmte Begriff, den uns die blos speculative Vernunft von Gott gibt, im genauesten Verstande deistisch, d. i. die Vernunft gibt nicht einmal die objective Gültigkeit eines solchen Begriffs, sondern nur die Idee von etwas an die Hand, worauf alle empirische Realität ihre höchste und nothwendige Einheit gründet und welches wir uns nicht anders, als nach der Analogie einer wirklichen Substanz, welche nach Vernunftgesetzen die Ursache aller Dinge sei, denken können; wofern wir es ja unternehmen, es überall als einen besonderen Gegenstand zu denken, und nicht lieber, mit der blosen Idee des regulativen Princips der Vernunft zufrieden, die Vollendung aller Bedingungen des Denkens, als überschwenglich für den menschlichen Verstand bei Seite setzen wollen; welches aber mit der Absicht einer vollkommenen systemastischen Einheit in unserem Erkenntniss, der wenigstens die Vernunft keine Schranken setzt, nicht zusammen bestehen kann.

Daher geschieht's nun, dass, wenn ich ein göttliches Wesen annehme, ich zwar weder von der inneren Möglichkeit seiner höchsten Vollkommenheit, noch der Nothwendigkeit seines Daseins den mindesten Begriff habe, aber alsdenn doch allen anderen Fragen, die das Zufällige betreffen, ein Genüge thun kann und der Vernunft die vollkommenste Befriedigung in Ansehung der nachzuforschenden grössten Einheit in ihrem empirischen Gebrauche, aber nicht in Ansehung dieser

Voraussetzung selbst, verschaffen kann; welches beweiset, dass ihr speculatives Interesse und nicht ihre Einsicht sie berechtige, von einem Punkte, der so weit über ihre Sphäre liegt, auszugehen, um daraus ihre Gegenstände in einem vollständigen Ganzen zu betrachten.

Hier zeigt sich nun ein Unterschied der Denkungsart, bei einer und derselben Voraussetzung, der ziemlich subtil, aber gleichwohl in der Transscendental-Philosphie von grosser Wichtigkeit ist. Ich kann genugsamen Grund haben, etwas relativ anzunehmen *(suppositio relativa)*, ohne doch befugt zu sein, es schlechthin anzunehmen *(suppositio absoluta)*. Diese Unterscheidung trifft zu, wenn es blos um ein regulatives Princip zu thun ist, wovon wir zwar die Nothwendigkeit an sich selbst, aber nicht den Quell derselben erkennen, und dazu wir einen obersten Grund blos in der Absicht annehmen, um desto bestimmter die Allgemeinheit des Princips zu denken, als z. B. wenn ich mir ein Wesen als existirend denke, das einer blosen und zwar transscendentalen Idee correspondirt. Denn da kann ich das Dasein dieses Dinges niemals an sich selbst annehmen, weil keine Begriffe, dadurch ich mir irgend einen Gegenstand bestimmt denken kann, dazu zulangen, und die Bedingungen der objectiven Gültigkeit meiner Begriffe durch die Idee selbst ausgeschlossen sind. Die Begriffe der Realität, der Substanz, der Causalität, selbst die der Nothwendigkeit im Dasein haben, ausser dem Gebrauche, da sie die empirische Erkenntniss eines Gegenstandes möglich machen, gar keine Bedeutung, die irgend ein Object bestimmte. Sie können also zwar zu Erklärung der Möglichkeit der Dinge in der Sinnenwelt, aber nicht der Möglichkeit eines Weltganzen selbst gebraucht werden, weil dieser Erklärungsgrund ausserhalb der Welt und mithin kein Gegenstand einer möglichen Erfahrung sein müsste. Nun kann ich gleichwohl ein solches unbegreifliches Wesen, den Gegenstand einer blosen Idee relativ auf die Sinnenwelt, obgleich nicht an sich selbst annehmen. Denn wenn dem gröstmöglichen empirischen Gebrauche meiner Vernunft eine Idee (der systematisch-vollständigen Einheit, von der ich bald bestimmter reden werde,) zum Grunde liegt, die an sich selbst niemals adäquat in der Erfahrung kann dargestellt werden, ob sie gleich, um die empirische Einheit dem höchstmöglichen Grade zu nähern, unumgänglich nothwendig ist, so werde ich nicht allein befugt, sondern auch genöthigt sein, diese Idee zu realisiren, d. i. ihr einen wirklichen Gegenstand zu setzen, aber nur als ein Etwas überhaupt, das ich an sich selbst gar nicht kenne, und dem ich nur, als einem Grunde jeder systematischen Einheit, in

Beziehung auf diese letztere solche Eigenschaften gebe, als den Verstandesbegriffen im empirischen Gebrauche analogisch sind. Ich werde mir also nach der Analogie der Realitäten in der Welt, der Substanzen, der Causalität und der Nothwendigkeit ein Wesen denken, das alles dieses in der höchsten Vollständigkeit besitzt, und, indem diese Idee blos auf meiner Vernunft beruht, dieses Wesen als selbstständige Vernunft, was durch Ideen der grössten Harmonie und Einheit Ursache vom Weltganzen ist, denken können, so dass ich alle die Idee einschränkende Bedingungen weglasse, lediglich um unter dem Schutze eines solchen Urgrundes systematische Einheit des Mannigfaltigen im Weltganzen und, vermittelst derselben, den grösstmöglichen empirischen Vernunftgebrauch möglich zu machen, indem ich alle Verbindungen so ansehe, als ob sie Anordnungen einer höchsten Vernunft wären, von der die unsrige ein schwaches Nachbild ist. Ich denke mir alsdenn dieses höchste Wesen durch lauter Begriffe, die eigentlich nur in der Sinnenwelt ihre Anwendung haben; da ich aber auch jene transscendentale Voraussetzung zu keinem anderen, als relativen Gebrauch habe, nämlich dass sie das Substratum der grösstmöglichen Erfahrungseinheit abgeben solle, so darf ich ein Wesen, das ich von der Welt unterscheide, ganz wohl durch Eigenschaften denken, die lediglich zur Sinnenwelt gehören. Denn ich verlange keineswegs und bin auch nicht befugt es zu verlangen, diesen Gegenstand meiner Idee nach dem, was er an sich sein mag, zu erkennen; denn dazu habe ich keine Begriffe; und selbst die Begriffe von Realität, Substanz, Causalität, ja sogar der Nothwendigkeit im Dasein verlieren alle Bedeutung und sind leere Titel zu Begriffen, ohne allen Inhalt, wenn ich mich ausser dem Felde der Sinne damit hinauswage. Ich denke mir nur die Relation eines mir an sich ganz unbekannten Wesens zur grössten systematischen Einheit des Weltganzen, lediglich um es zum Schema des regulativen Princips des grösstmöglichen empirischen Gebrauchs meiner Vernunft zu machen.

Werfen wir unseren Blick nun auf den transscendentalen Gegenstand unserer Idee, so sehen wir, dass wir seine Wirklichkeit nach den Begriffen von Realität, Substanz, Causalität u. s. w. an sich selbst nicht voraussetzen können, weil diese Begriffe auf etwas, das von der Sinnenwelt ganz unterschieden ist, nicht die mindeste Anwendung haben. Also ist die Supposition der Vernunft von einem höchsten Wesen, als oberster Ursache, blos relativ, zum Behuf der systematischen Einheit der Sinnenwelt gedacht und ein bloses Etwas in der Idee, wovon wir, was es an sich sei, keinen Begriff haben. Hiedurch erklärt sich auch, woher wir zwar in Beziehung auf das, was existirend den Sinnen gegeben ist, der Idee eines an sich nothwendigen Urwesens bedürfen, niemals aber von diesem und seiner absoluten Nothwendigkeit den mindesten Begriff haben können.

Nunmehr können wir das Resultat der ganzen transscendentalen Dialektik deutlich vor Augen stellen und die Endabsicht der Ideen der reinen Vernunft, die nur durch Missverstand der Unbehutsamkeit dialektisch werden, genau bestimmen. Die reine Vernunft ist in der That mit nichts, als mit sich selbst beschäftigt, und kann auch kein anderes Geschäft haben, weil ihr nicht die Gegenstände zur Einheit des Erfahrungsbegriffs, sondern die Verstandeserkenntnisse zur Einheit des Vernunftbegriffs, d. i. des Zusammenhanges in einem Princip gegeben werden. Die Vernunfteinheit ist die Einheit des Systems, und diese systematische Einheit dient der Vernunft nicht objectiv zu einem Grundsatze, um sie über die Gegenstände, sondern subjectiv als Maxime, um sie über alles mögliche empirische Erkenntniss der Gegenstände zu verbreiten. Gleichwohl befördert der systematische Zusammenhang, den die Vernunft dem empirischen Verstandesgebrauche geben kann, nicht allein dessen Ausbreitung, sondern bewährt auch zugleich die Richtigkeit desselben, und das Principium einer solchen systematischen Einheit ist auch objectiv, aber auf unbestimmte Art *(principium vagum)*, nicht als constitutives Princip, um etwas in Ansehung seines directen Gegenstandes zu bestimmen, sondern um, als blos regulativer Grundsatz und Maxime, den empirischen Gebrauch der Vernunft durch Eröffnung neuer Wege, die der Verstand nicht kennt, ins Unendliche (Unbestimmte) zu befördern und zu befestigen, ohne dabei jemals den Gesetzen des empirischen Gebrauchs im Mindesten zuwider zu sein.

Die Vernunft kann aber diese systematische Einheit nicht anders denken, als dass sie ihrer Idee zugleich einen Gegenstand gibt, der aber durch keine Erfahrung gegeben werden kann; denn Erfahrung gibt niemals ein Beispiel vollkommener systematischer Einheit. Dieses Vernunftwesen *(ens rationis ratiocinatae)* ist nun zwar eine blose Idee und wird also nicht schlechthin und an sich selbst als etwas Wirkliches angenommen, sondern nur problematisch zum Grunde gelegt, (weil wir es durch keine Verstandesbegriffe erreichen können,) um alle Verknüpfung der Dinge der Sinnenwelt so anzusehen, als ob sie in diesem Vernunftwesen ihren Grund hätten, lediglich aber in der Absicht, um darauf die systematische Einheit zu gründen, die der Vernunft unentbehrlich, der empirischen Verstandeserkenntniss aber auf alle Weise beförderlich und ihr gleichwohl niemals hinderlich sein kann. Man verkennt sogleich die Bedeutung dieser Idee, wenn man sie für die Behauptung oder auch nur die Voraussetzung einer wirklichen Sache hält, welcher man den Grund der systematischen Weltverfassung zuzuschreiben gedächte; vielmehr lässt man es gänzlich unausgemacht, was der unseren Begriffen sich entziehende Grund derselben an sich für Beschaffenheit habe, und setzt sich nur eine Idee zum Gesichtspunkte, aus welchem einzig und allein man jene, der Vernunft so wesentliche und dem Verstande so heilsame Einheit verbreiten kann; mit einem Worte: dieses transscendentale Ding ist blos das Schema jenes regulativen Princips, wodurch die Vernunft, so viel an ihr ist, systematische Einheit über alle Erfahrung verbreitet.

Das erste Object einer solchen Idee bin ich selbst, blos als denkende Natur (Seele) betrachtet. Will ich die Eigenschaften, mit denen ein denkend Wesen an sich existirt, aufsuchen, so muss ich die Erfahrung befragen, und selbst von allen Kategorien kann ich keine auf diesen Gegenstand anwenden, als in sofern das Schema derselben in der sinnlichen Anschauung gegeben ist. Hiemit gelange ich aber niemals zu einer systematischen Einheit aller Erscheinungen des inneren Sinnes. Statt des Erfahrungsbegriffs also, (von dem, was die Seele wirklich ist,) der uns nicht weit führen kann, nimmt die Vernunft den Begriff der empirischen Einheit alles Denkens und macht dadurch, dass sie diese Einheit unbedingt und ursprünglich denkt, aus demselben einen Vernunftbegriff (Idee) von einer einfachen Substanz, die, an sich selbst unwandelbar (persönlich identisch), mit andern wirklichen Dingen ausser ihr in Gemeinschaft stehe; mit einem Worte: von einer einfachen selbstständigen Intelligenz. Hiebei aber hat sie nichts Anderes vor Augen, als Principien der systematischen Einheit in Erklärung der Erscheinungen der Seele, nämlich: alle Bestimmungen als in einem einigen Subjecte, alle Kräfte, so viel möglich, als abgeleitet, von einer einigen Grundkraft, allen Wechsel als gehörig zu den Zuständen eines und desselben beharrlichen Wesens zu betrachten, und alle Erscheinungen im Raume als von den Handlungen des Denkens ganz unterschieden vorzustellen. Jene Einfachheit der Substanz u. s. w. sollte nur das Schema zu diesem regulativen Princip sein und wird nicht vorausgesetzt, als sei sie der wirkliche Grund der Seeleneigenschaften. Denn diese können auch auf ganz anderen Gründen beruhen, die wir gar nicht kennen, wie wir denn die Seele auch durch diese angenommenen Prädicate eigentlich nicht an sich selbst erkennen könnten, wenn wir sie gleich von ihr schlechthin wollten gelten lassen, indem sie eine blose Idee ausmachen, die *in concreto* gar nicht vorgestellt werden kann. Aus einer solchen psychologischen Idee kann nun nichts Anderes, als Vortheil entspringen, wenn man sich nur hütet, sie für etwas mehr, als blose Idee, d. i. blos relativisch auf den systematischen Vernunftgebrauch in Ansehung der Erscheinungen unserer Seele gelten zu lassen. Denn da mengen sich keine empirischen Gesetze körperlicher Erscheinungen, die ganz von anderer Art sind, in die Erklärungen dessen, was blos für den inneren Sinn gehört; da werden keine windigen Hypothesen von Erzeugung, Zerstörung und Palingenesie der Seelen u. s. w. zugelassen; also wird die Betrachtung dieses Gegenstandes des inneren Sinnes ganz rein und unvermengt mit ungleichartigen Eigenschaften angestellt, überdem die Vernunftuntersuchung darauf gerichtet, die Erklärungsgründe in diesem Subjecte, so weit es möglich ist, auf ein einziges Princip hinauszuführen; welches alles durch ein solches Schema, als ob es ein wirkliches Wesen wäre, am besten, ja sogar einzig und allein bewirkt wird. Die psychologische Idee kann auch nichts Anderes, als das Schema eines regulativen Begriffs bedeuten. Denn wollte ich auch nur fragen, ob die Seele nicht an sich geistiger Natur sei, so hätte diese Frage gar keinen Sinn. Denn durch einen solchen Begriff nehme ich nicht blos die körperliche Natur, sondern überhaupt alle Natur weg, d. i. alle Prädicate irgend einer möglichen Erfahrung, mithin alle Bedingungen, zu einem solchen Begriffe einen Gegenstand zu denken, als welches doch einzig und allein macht, dass man sagt, er habe einen Sinn.

Die zweite regulative Idee der blos speculativen Vernunft ist der Weltbegriff überhaupt. Denn Natur ist eigentlich nur das einzige gegebene Object, in Ansehung dessen die Vernunft regulative Principien bedarf. Diese Natur ist zwiefach, entweder die denkende oder die körperliche Natur. Allein zu der letzteren, um sie ihrer inneren Möglichkeit nach zu denken, d. i. die Anwendung der Kategorien auf dieselbe zu bestimmen, bedürfen wir keiner Idee, d. i. einer die Erfahrung übersteigenden Vorstellung; es ist auch keine in Ansehung derselben möglich, weil wir darin blos durch sinnliche Anschauung geleitet werden, und nicht wie in dem psychologischen Grundbegriffe (Ich), welcher eine gewisse Form des Denkens, nämlich die Einheit desselben *a priori* enthält. Also bleibt uns für die reine Vernunft nichts übrig, als Natur überhaupt und die Vollständigkeit der Bedingungen in derselben nach irgend einem Princip. Die absolute Totalität der Reihen dieser Bedingungen in der Ableitung ihrer Glieder ist eine Idee, die zwar im empirischen Gebrauche der Vernunft niemals völlig zu Stande kommen kann, aber doch zur Regel dient, wie wir in Ansehung derselben verfahren sollen, nämlich in der Erklärung gegebener Erscheinungen (im Zurückgehen oder Aufsteigen) so, als ob die Reihe an sich unendlich wäre, d. i. *in indefinitum*, aber wo die Vernunft selbst als bestimmende Ursache betrachtet wird (in der Freiheit), also bei praktischen Principien, als ob wir nicht ein Object der Sinne, sondern des reinen Verstandes vor uns hätten, wo die Bedingungen nicht mehr in der Reihe der Erscheinungen, sondern ausser derselben gesetzt werden können, und die Reihe der Zustände angesehen werden kann, als ob sie schlechthin (durch eine intelligible Ursache) angefangen würde; welches alles beweiset, dass die kosmologischen Ideen nichts, als regulative Principien und weit davon entfernt sind, gleichsam constitutiv eine wirkliche Totalität solcher Reihen zu setzen. Das Uebrige kann man an seinem Orte unter der Antinomie der reinen Vernunft suchen.

Die dritte Idee der reinen Vernunft, welche eine blos relative Supposition eines Wesens enthält, als der einigen und allgenugsamen Ursache aller kosmologischen Reihen, ist der Vernunftbegriff von Gott. Den Gegenstand dieser Idee haben wir nicht den mindesten Grund schlechthin anzunehmen (an sich zu supponiren); denn was kann uns wohl dazu vermögen oder auch nur berechtigen, ein Wesen von der höchsten Vollkommenheit, und als seiner Natur nach schlechthin nothwendig, aus dessen blosem Begriffe an sich selbst zu glauben oder zu behaupten, wäre es nicht die Welt, in Beziehung auf welche die Supposition allein nothwendig sein kann; und da zeigt es sich klar, dass die Idee desselben, so wie alle speculative Ideen, nichts weiter sagen wolle, als dass die Vernunft gebiete, alle Verknüpfung der Welt nach Principien einer systematischen Einheit zu betrachten, mithin als ob sie insgesammt aus einem einzigen allbefassenden Wesen, als oberster und allgenugsamer Ursache entsprungen wären. Hieraus ist klar, dass die Vernunft hiebei nichts, als ihre eigene formale Regel in Erweiterung ihres empirischen Gebrauchs zur Absicht haben könne, niemals aber eine Erweiterung über alle Grenzen des empirischen Gebrauchs, folglich unter dieser Idee kein constitutives Princip ihres auf mögliche Erfahrung gerichteten Gebrauchs verborgen liege.

Die höchste formale Einheit, welche allein auf Vernunftbegriffen beruht, ist die zweckmässige Einheit der Dinge, und das speculative Interesse der Vernunft macht es nothwendig, alle Anordnung in der Welt so anzusehen, als ob sie aus der Absicht einer allerhöchsten Vernunft entsprossen wäre. Ein solches Princip eröffnet nämlich unserer auf das Feld der Erfahrungen angewandten Vernunft ganz neue Aussichten, nach teleologischen Gesetzen die Dinge der Welt zu verknüpfen und dadurch zu der grössten systematischen Einheit derselben zu gelangen. Die Voraussetzung einer obersten Intelligenz, als der alleinigen Ursache des Weltganzen, aber freilich blos in der Idee, kann also jederzeit der Vernunft nutzen und dabei doch niemals schaden. Denn wenn wir in Ansehung der Figur der Erde, (der runden, doch etwas abgeplatteten,)* der Gebirge und Meere u. s. w. lauter weise Absichten eines Urhebers zum voraus annehmen, so können wir auf diesem Wege eine Menge von Entdeckungen machen. Bleiben wir nun bei dieser Voraussetzung als einem blos regulativen Princip, so kann selbst der Irrthum uns nicht schaden. Denn es kann allenfalls daraus nichts weiter folgen, als dass, wo wir einen teleologischen Zusammenhang (*nexus finalis*) erwarteten, ein blos mechanischer oder physischer (*nexus effectivus*) angetroffen werde, wodurch wir, in einem solchen Falle, nur eine Einheit mehr vermissen, aber nicht die Vernunfteinheit in ihrem empirischen Gebrauche verderben. Aber sogar dieser Querstrich kann das Gesetz selbst in allgemeiner und teleologischer Absicht überhaupt nicht treffen. Denn obzwar ein Zergliederer eines Irrthums überführt werden kann, wenn er irgend ein Gliedmass eines thierischen Körpers auf einen Zweck bezieht, von welchem man deutlich zeigen kann, dass er daraus nicht erfolge, so ist es doch gänzlich unmöglich,

---

* Der Vortheil, den eine kugelichte Erdgestalt schafft, ist bekannt genug; aber Wenige wissen, dass ihre Abplattung, als eines Sphäroids, es allein hindert, dass nicht die Hervorragungen des festen Landes oder auch kleinerer, vielleicht durch Erdbeben aufgeworfener Berge die Achse der Erde continuirlich und in nicht eben langer Zeit ansehnlich verrücken, wäre nicht die Aufschwellung der Erde unter der Linie ein so gewaltiger Berg, den der Schwung jedes anderen Berges niemals merklich aus seiner Lage in Ansehung der Achse bringen kann. Und doch erklärt man diese weise Anstalt ohne Bedenken aus dem Gleichgewicht der ehemals flüssigen Erdmasse.

in einem Falle zu beweisen, dass eine Natureinrichtung, es mag sein, welche es wolle, ganz und gar keinen Zweck habe. Daher erweitert auch die Physiologie (der Aerzte) ihre sehr eingeschränkte empirische Kenntniss von den Zwecken des Gliederbaues eines organischen Körpers durch einen Grundsatz, welchen blos reine Vernunft eingab, so weit, dass man darin ganz dreist und zugleich mit aller Verständigen Einstimmung annimmt, es habe alles an dem Thiere seinen Nutzen und gute Absicht; welche Voraussetzung, wenn sie constitutiv sein sollte, viel weiter geht, als uns bisherige Beobachtung berechtigen kann; woraus denn zu ersehen ist, dass sie nichts, als ein regulatives Princip der Vernunft sei, um zur höchsten systematischen Einheit, vermittelst der Idee der zweckmässigen Causalität der obersten Welturrsache, und als ob diese, als höchste Intelligenz, nach der weisesten Absicht die Ursache von allem sei, zu gelangen.

Gehen wir aber von dieser Restriction der Idee auf den blos regulativen Gebrauch ab, so wird die Vernunft auf so mancherlei Weise irre geführt, indem sie alsdenn den Boden der Erfahrung, der doch die Merkzeichen ihres Ganges enthalten muss, verlässt und sich über denselben zu dem Unbegreiflichen und Unerforschlichen hinwagt, über dessen Höhe sie nothwendig schwindlicht wird, weil sie sich aus dem Standpunkte desselben von allem mit der Erfahrung stimmigen Gebrauch gänzlich abgeschnitten sieht.

Der erste Fehler, der daraus entspringt, dass man die Idee eines höchsten Wesens nicht blos als regulativ, sondern, (welches der Natur einer Idee zuwider ist,) constitutiv braucht, ist die faule Vernunft *(ignava ratio).** Man kann jeden Grundsatz so nennen, welcher macht, dass man seine Naturuntersuchung, wo es auch sei, für schlechthin vollendet ansieht, und die Vernunft sich also zur Ruhe begibt, als ob sie ihr Geschäft völlig ausgerichtet habe. Daher selbst die psychologische Idee, wenn sie als ein constitutives Princip für die Erklärung der Erscheinungen unserer Seele und hernach gar, zur Erweiterung unserer Erkenntniss dieses Subjects, noch über alle Erfahrung hinaus (ihren Zustand

---

* So nannten die alten Dialektiker einen Trugschluss, der so lautete: wenn es dein Schicksal mit sich bringt, du sollst von dieser Krankheit genesen, so wird es geschehen, du magst einen Arzt brauchen oder nicht. Cicero sagt, dass diese Art zu schliessen ihren Namen daher habe, dass, wenn man ihr folgt, gar kein Gebrauch der Vernunft im Leben übrig bleibe. Dieses ist die Ursache, warum ich das sophistische Argument der reinen Vernunft mit demselben Namen belege

nach dem Tode) gebraucht wird, es der Vernunft zwar sehr bequem macht, aber auch allen Naturgebrauch derselben nach der Leitung der Erfahrung ganz verdirbt und zu Grunde richtet. So erklärt der dogmatische Spiritualist die durch allen Wechsel der Zustände unverändert bestehende Einheit der Person aus der Einheit der denkenden Substanz, die er in dem Ich unmittelbar wahrzunehmen glaubt, das Interesse, was wir an Dingen nehmen, die sich allerst nach unserem Tode zutragen sollen, aus dem Bewusstsein der immateriellen Natur unseres denkenden Subjects u. s. w. und überhebt sich aller Naturuntersuchung der Ursache dieser unserer inneren Erscheinungen aus physischen Erklärungsgründen, indem er gleichsam durch den Machtspruch einer transscendenten Vernunft die immanenten Erkenntnissquellen der Erfahrung, zum Behuf seiner Gemächlichkeit, aber mit Einbusse aller Einsicht vorbeigeht. Noch deutlicher fällt diese nachtheilige Folge bei dem Dogmatismus unserer Idee von einer höchsten Intelligenz und dem darauf fälschlich gegründeten theologischen System der Natur (Physikotheologie) in die Augen. Denn da dienen alle sich in der Natur zeigende, oft nur von uns selbst dazu gemachte Zwecke dazu, es uns in der Erforschung der Ursachen recht bequem zu machen, nämlich anstatt sie in den allgemeinen Gesetzen des Mechanismus der Materie zu suchen, sich geradezu auf den unerforschlichen Rathschluss der höchsten Weisheit zu berufen und die Vernunftbemühung alsdenn für vollendet anzusehen, wenn man sich ihres Gebrauchs überhebt, der doch nirgend einen Leitfaden findet, als wo ihn uns die Ordnung der Natur und die Reihe der Veränderungen nach ihren inneren und allgemeinen Gesetzen an die Hand gibt. Dieser Fehler kann vermieden werden, wenn wir nicht blos einige Naturstücke, als z. B. die Vertheilung des festen Landes, das Bauwerk desselben und die Beschaffenheit und Lage der Gebirge, oder wohl gar nur die Organisation im Gewächs- und Thierreiche aus dem Gesichtspunkte der Zwecke betrachten, sondern diese systematische Einheit der Natur, in Beziehung auf die Idee einer höchsten Intelligenz, ganz allgemein machen. Denn alsdenn legen wir eine Zweckmässigkeit nach allgemeinen Gesetzen der Natur zum Grunde, von denen keine besondere Einrichtung ausgenommen, sondern nur mehr oder weniger kenntlich für uns ausgezeichnet worden, und haben ein regulatives Princip der systematischen Einheit einer teleologischen Verknüpfung, die wir aber nicht zum voraus bestimmen, sondern nur in Erwartung derselben die physisch-mechanische Verknüpfung nach allgemeinen Gesetzen verfolgen dürfen. Denn so allein kann das Princip der zweckmässigen Einheit den Vernunftgebrauch in Ansehung der Erfahrung jederzeit erweitern, ohne ihm in irgend einem Falle Abbruch zu thun.

Der zweite Fehler, der aus der Missdeutung des gedachten Princips der systematischen Einheit entspringt, ist der der verkehrten Vernunft (*perversa ratio, ὕστερον πρότερον rationis*). Die Idee der systematischen Einheit sollte nur dazu dienen, um als regulatives Princip sie in der Verbindung der Dinge nach allgemeinen Naturgesetzen zu suchen, und, soweit sich etwas davon auf dem empirischen Wege antreffen lässt, um so viel auch zu glauben, dass man sich der Vollständigkeit ihres Gebrauchs genähert habe, ob man sie freilich niemals erreichen wird. Anstatt dessen kehrt man die Sache um und fängt davon an, dass man die Wirklichkeit eines Princips der zweckmässigen Einheit als hypostatisch zum Grunde legt, den Begriff einer solchen höchsten Intelligenz, weil er an sich gänzlich unerforschlich ist, anthropomorphistisch bestimmt und denn der Natur Zwecke gewaltsam und dictatorisch aufdringt, anstatt sie, wie billig, auf dem Wege der physischen Nachforschung zu suchen, so dass nicht allein Teleologie, die blos dazu dienen sollte, um die Natureinheit nach allgemeinen Gesetzen zu ergänzen, nun vielmehr dahin wirkt, sie aufzuheben, sondern die Vernunft sich noch dazu selbst um ihren Zweck bringt, nämlich das Dasein einer solchen intelligenten obersten Ursache, nach diesem, aus der Natur zu beweisen. Denn wenn man nicht die höchste Zweckmässigkeit in der Natur *a priori*, d. i. als zum Wesen derselben gehörig voraussetzen kann, wie will man denn angewiesen sein, sie zu suchen und auf der Stufenleiter derselben sich der höchsten Vollkommenheit eines Urhebers, als einer schlechterdings nothwendigen, mithin *a priori* erkennbaren Vollkommenheit zu nähern? Das regulative Princip verlangt, die systematische Einheit als Natureinheit, welche nicht blos empirisch erkannt, sondern *a priori*, obzwar noch unbestimmt vorausgesetzt wird, schlechterdings, mithin als aus dem Wesen der Dinge folgend vorauszusetzen. Lege ich aber zuvor ein höchstes ordnendes Wesen zum Grunde, so wird die Natureinheit in der That aufgehoben. Denn sie ist der Natur der Dinge ganz fremd und zufällig und kann auch nicht aus allgemeinen Gesetzen derselben erkannt werden. Daher entspringt ein fehlerhafter Zirkel im Beweisen, da man das voraussetzt, was eigentlich hat bewiesen werden sollen.

Das regulative Princip der systematischen Einheit der Natur für ein constitutives nehmen und, was nur in der Idee zum Grunde des einhelligen Gebrauchs der Vernunft gelegt wird, als Ursache hypostatisch voraussetzen, heisst nur die Vernunft verwirren. Die Naturforschung geht ihren Gang ganz allein an der Kette der Naturursachen nach allgemeinen Gesetzen derselben, zwar nach der Idee eines Urhebers, aber nicht um die Zweckmässigkeit, der sie allerwärts nachgeht, von demselben abzuleiten, sondern sein Dasein aus dieser Zweckmässigkeit, die in den Wesen der Naturdinge gesucht wird, wo möglich auch in den Wesen aller Dinge überhaupt, mithin als schlechthin nothwendig zu erkennen. Das Letztere mag nun gelingen oder nicht, so bleibt die Idee immer richtig, und eben sowohl auch deren Gebrauch, wenn er auf die Bedingungen eines blos regulativen Princips restringirt worden.

Vollständige zweckmässige Einheit ist Vollkommenheit (schlechthin betrachtet). Wenn wir diese nicht in dem Wesen der Dinge, welche den ganzen Gegenstand der Erfahrung, d. i. aller unserer objectiv-gültigen Erkenntniss ausmachen, mithin in allgemeinen und nothwendigen Naturgesetzen finden, wie wollen wir daraus gerade auf die Idee einer höchsten und schlechthin nothwendigen Vollkommenheit eines Urwesens schliessen, welches der Ursprung aller Causalität ist? Die grösste systematische, folglich auch die zweckmässige Einheit ist die Schule und selbst die Grundlage der Möglichkeit des grössten Gebrauchs der Menschenvernunft. Die Idee derselben ist also mit dem Wesen unserer Vernunft unzertrennlich verbunden. Eben dieselbe Idee ist also für uns gesetzgebend, und so ist es sehr natürlich, eine ihr correspondirende Vernunft *(intellectus archetypus)* anzunehmen, von der alle systematische Einheit der Natur, als dem Gegenstande unserer Vernunft, abzuleiten sei.

Wir haben bei Gelegenheit der Antinomie der reinen Vernunft gesagt, dass alle Fragen, welche die reine Vernunft aufwirft, schlechterdings beantwortlich sein müssen, und dass die Entschuldigung mit den Schranken unserer Erkenntniss, die in vielen Naturfragen eben so unvermeidlich, als billig ist, hier nicht gestattet werden könne, weil uns hier nicht von der Natur der Dinge, sondern allein durch die Natur der Vernunft und lediglich über ihre innere Einrichtung die Fragen vorgelegt werden. Jetzt können wir diese dem ersten Anscheine nach kühne Behauptung in Ansehung der zwei Fragen, wobei die reine Vernunft ihr grösstes Interesse hat, bestätigen und dadurch unsere Betrachtung über die Dialektik derselben zur gänzlichen Vollendung bringen.

Fragt man denn also (in Absicht auf eine transscendentale Theologie)* erstlich: ob es etwas von der Welt Unterschiedenes gebe, was den Grund der Weltordnung und ihres Zusammenhanges nach allgemeinen Gesetzen enthalte, so ist die Antwort: ohne Zweifel. Denn die Welt ist eine Summe von Erscheinungen; es muss also irgend ein transscendentaler, d. i. blos dem reinen Verstande denkbarer Grund derselben sein. Ist zweitens die Frage: ob dieses Wesen Substanz, von der grössten Realität, nothwendig u. s. w. sei, so antworte ich: dass diese Frage gar keine Bedeutung habe. Denn alle Kategorien, durch welche ich mir einen Begriff von einem solchen Gegenstande zu machen versuche, sind von keinem anderen, als empirischen Gebrauche und haben gar keinen Sinn, wenn sie nicht auf Objecte möglicher Erfahrung, d. i. auf die Sinnenwelt angewandt werden. Ausser diesem Felde sind sie blos Titel zu Begriffen, die man einräumen, dadurch man aber auch nichts verstehen kann. Ist endlich drittens die Frage: ob wir nicht wenigstens dieses von der Welt unterschiedene Wesen nach einer Analogie mit den Gegenständen der Erfahrung denken dürfen, so ist die Antwort: allerdings, aber nur als Gegenstand in der Idee und nicht in der Realität, nämlich nur, so fern er ein uns unbekanntes Substratum der systematischen Einheit, Ordnung und Zweckmässigkeit der Welteinrichtung ist, welche sich die Vernunft zum regulativen Princip ihrer Naturforschung machen muss. Noch mehr, wir können in dieser Idee gewisse Anthropomorphismen, die dem gedachten regulativen Princip beförderlich sind, ungescheut und ungetadelt erlauben. Denn es ist immer nur eine Idee, die gar nicht direct auf ein von der Welt unterschiedenes Wesen, sondern auf das regulative Princip der systematischen Einheit der Welt, aber nur vermittelst eines Schema derselben, nämlich einer obersten Intelligenz, die nach weisen Absichten Urheber derselben sei, bezogen wird. Was dieser Urgrund der Welteinheit an sich selbst sei, hat dadurch nicht gedacht werden sollen, sondern wie wir ihn, oder vielmehr seine Idee, relativ auf den systematischen Gebrauch der Vernunft in Ansehung der Dinge der Welt, brauchen sollen.

* Dasjenige, was ich schon vorher von der psychologischen Idee und deren eigentlichen Bestimmung, als Princips zum blos regulativen Vernunftgebrauch, gesagt habe, überhebt mich der Weitläuftigkeit, die transscendentale Illusion, nach der jene systematische Einheit aller Mannigfaltigkeit des inneren Sinnes hypostatisch vorgestellt wird, noch besonders zu erörtern. Das Verfahren hiebei ist demjenigen sehr ähnlich, welches die Kritik in Ansehung des theologischen Ideals beobachtet.

Auf solche Weise aber können wir doch, (wird man fortfahren zu fragen,) einen einigen weisen und allgewaltigen Welturheber annehmen? Ohne allen Zweifel; und nicht allein dies, sondern wir müssen einen solchen voraussetzen. Aber alsdenn erweitern wir doch unsere Erkenntniss über das Feld möglicher Erfahrung? Keineswegs. Denn wir haben nur ein Etwas vorausgesetzt, wovon wir gar keinen Begriff haben, was es an sich selbst sei (einen blos transscendentalen Gegenstand), aber in Beziehung auf die systematische und zweckmässige Ordnung des Weltbaues, welche wir, wenn wir die Natur studiren, voraussetzen müssen, haben wir jenes uns unbekannte Wesen nur nach der Analogie mit einer Intelligenz (ein empirischer Begriff) gedacht, d. i. es in Ansehung der Zwecke und der Vollkommenheit, die sich auf demselben gründen, gerade mit denen Eigenschaften begabt, die nach den Bedingungen unserer Vernunft den Grund einer solchen systematischen Einheit enthalten können. Diese Idee ist also respectiv auf den Weltgebrauch unserer Vernunft ganz gegründet. Wollten wir ihr aber schlechthin objective Gültigkeit ertheilen, so würden wir vergessen, dass es lediglich ein Wesen in der Idee sei, das wir denken, und indem wir alsdenn von einem durch die Weltbetrachtung gar nicht bestimmbaren Grunde anfingen, würden wir dadurch ausser Stand gesetzt, dieses Princip dem empirischen Vernunftgebrauch angemessen anzuwenden.

Aber, (wird man ferner fragen,) auf solche Weise kann ich doch von dem Begriffe und der Voraussetzung eines höchsten Wesens in der vernünftigen Weltbetrachtung Gebrauch machen? Ja; dazu war auch eigentlich diese Idee von der Vernunft zum Grunde gelegt. Allein darf ich nun zweckähnliche Anordnungen als Absichten ansehen, indem ich sie vom göttlichen Willen, obzwar vermittelst besonderer dazu in der Welt darauf gestellten Anlagen ableite? Ja, das könnt ihr auch thun, aber so, dass es euch gleich viel gelten muss, ob Jemand sage: die göttliche Weisheit hat alles so zu seinen obersten Zwecken geordnet, oder: die Idee der höchsten Weisheit ist ein Regulativ in der Nachforschung der Natur und ein Princip der systematischen und zweckmässigen Einheit derselben nach allgemeinen Naturgesetzen, auch selbst da, wo wir jene nicht gewahr werden; d. i. es muss euch da, wo ihr sie wahrnehmt, völlig einerlei sein, zu sagen: Gott hat es weislich so gewollt, oder: die Natur hat es also weislich geordnet. Denn die grösste systematische und zweckmässige Einheit, welche eure Vernunft aller Naturforschung als regulatives Princip zum Grunde zu legen verlangte, war eben das, was euch berechtigte, die Idee einer höchsten Intelligenz als ein Schema des regulativen Princips zum Grunde zu legen, und, so viel ihr nun nach demselben Zweckmässigkeit in der Welt antrefft, so viel habt ihr Bestätigung der Rechtmässigkeit eurer Idee; da aber gedachtes Princip nichts Anderes zur Absicht hatte, als nothwendige und grösstmögliche Natureinheit zu suchen, so werden wir diese zwar, so weit als wir sie erreichen, der Idee eines höchsten Wesens zu danken haben, können aber die allgemeinen Gesetze der Natur, als in Absicht auf welche die Idee nur zum Grunde gelegt wurde, ohne mit uns selbst in Widerspruch zu gerathen, nicht vorbei gehen, um diese Zweckmässigkeit der Natur als zufällig und hyperphysisch ihrem Ursprunge nach anzusehen, weil wir nicht berechtigt waren, ein Wesen über die Natur von den gedachten Eigenschaften anzunehmen, sondern nur die Idee desselben zum Grunde zu legen, um nach der Analogie einer Causalbestimmung die Erscheinungen als systematisch unter einander verknüpft anzusehen.

Eben daher sind wir auch berechtigt, die Weltursache in der Idee nicht allein nach einem subtileren Anthropomorphismus, (ohne welchen sich gar nichts von ihm denken lassen würde,) nämlich als ein Wesen, das Verstand, Wohlgefallen und Missfallen, imgleichen eine demselben gemässe Begierde und Willen u. s. w., zu denken, sondern demselben unendliche Vollkommenheit beizulegen, die also diejenige weit übersteigt, dazu wir durch empirische Kenntniss der Weltordnung berechtigt sein können. Denn das regulative Gesetz der systematischen Einheit will, dass wir die Natur so studiren sollen, als ob allenthalben ins Unendliche systematische und zweckmässige Einheit bei der grösstmöglichen Mannigfaltigkeit angetroffen würde. Denn wiewohl wir nur wenig von dieser Weltvollkommenheit ausspähen oder erreichen werden, so gehört es doch zur Gesetzgebung unserer Vernunft, sie allerwärts zu suchen und zu vermuthen, und es muss uns jederzeit vortheilhaft sein, niemals aber kann es nachtheilig werden, nach diesem Princip die Naturbetrachtung anzustellen. Es ist aber unter dieser Vorstellung der zum Grunde gelegten Idee eines höchsten Urhebers auch klar, dass ich nicht das Dasein und die Kenntniss eines solchen Wesens, sondern nur die Idee desselben zum Grunde lege, und also eigentlich nichts von diesem Wesen, sondern blos von der Idee desselben, d. i. von der Natur der Dinge der Welt nach einer solchen Idee ableite. Auch scheint ein gewisses, obzwar unentwickeltes Bewusstsein des ächten Gebrauchs dieses unseres Vernunftbegriffs die bescheidene und billige Sprache der Philosophen aller Zeiten veranlasst zu haben, da sie von der Weisheit und Vorsorge der Natur und der göttlichen Weisheit als gleichbedeutenden Ausdrücken reden, ja den ersteren Ausdruck, so lange es um blos speculative Vernunft zu thun ist, vorziehen, weil er die Anmassung einer grösseren Behauptung, als die ist, wozu wir befugt sind, zurück hält und zugleich die Vernunft auf ihr eigenthümliches Feld, die Natur, zurück weiset.

So enthält die reine Vernunft, die uns Anfangs nichts Geringeres, als Erweiterung der Kenntnisse über alle Grenzen der Erfahrung zu versprechen schien, wenn wir sie recht verstehen, nichts als regulative Principien, die zwar grössere Einheit gebieten, als der empirische Verstandesgebrauch erreichen kann, aber eben dadurch, dass sie das Ziel der Annäherung desselben so weit hinausrücken, die Zusammenstimmung desselben mit sich selbst durch systematische Einheit zum höchsten Grade bringen, wenn man sie aber missversteht und sie für constitutive Principien transscendenter Erkenntnisse hält, durch einen zwar glänzenden, aber trüglichen Schein Ueberredung und eingebildetes Wissen, hiemit aber ewige Widersprüche und Streitigkeiten hervorbringen.

So fängt denn alle menschliche Erkenntniss mit Anschauungen an, geht von da zu Begriffen und endigt mit Ideen. Ob sie zwar in Ansehung aller dreien Elemente Erkenntnissquellen *a priori* hat, die beim ersten Anblicke die Grenzen aller Erfahrung zu verschmähen scheinen, so überzeugt doch eine vollendete Kritik, dass alle Vernunft im speculativen Gebrauche mit diesen Elementen niemals über das Feld möglicher Erfahrung kinauskommen könne, und dass die eigentliche Bestimmung dieses obersten Erkenntnissvermögens sei, sich aller Methoden und der Grundsätze derselben nur zu bedienen, um der Natur nach allen möglichen Principien der Einheit, worunter die der Zwecke die vornehmste ist, bis in ihr Innerstes nachzugehen, niemals aber ihre Grenze zu überfliegen, ausserhalb welcher für uns nichts, als leerer Raum ist. Zwar hat uns die kritische Untersuchung aller Sätze, welche unsere Erkenntniss über die wirkliche Erfahrung hinaus erweitern können, in der transscendentalen Analytik hinreichend überzeugt, dass sie niemals zu etwas mehr, als einer möglichen Erfahrung leiten können; und wenn man nicht selbst gegen die klärsten abstracten und allgemeinen Lehrsätze misstrauisch wäre, wenn nicht reizende und scheinbare Aussichten uns lockten, den Zwang der ersteren abzuwerfen, so hätten wir allerdings der mühsamen Abhörung aller dialektischen Zeugen, die eine transscendente Vernunft zum Behuf ihrer Anmassungen auftreten lässt, überhoben sein können; denn wir wussten es schon zum voraus mit völliger Gewissheit, dass alles Vorgeben derselben zwar vielleicht ehrlich gemeint, aber schlechterdings nichtig sein müsse, weil es eine Kundschaft betraf, die kein Mensch jemals bekommen kann. Allein weil doch des Redens kein Ende wird, wenn man nicht hinter die wahre Ursache des Scheins kommt, wodurch selbst der Vernünftigste hintergangen werden kann, und die Auflösung aller unserer transscendenten Erkenntniss in ihre Elemente (als ein Studium unserer inneren Natur) an sich selbst keinen geringen Werth hat, dem Philosophen aber sogar Pflicht ist, so war es nicht allein nöthig, diese ganze, obzwar eitele Bearbeitung der speculativen Vernunft bis zu ihren ersten Quellen ausführlich nachzusuchen, sondern, da der dialektische Schein hier nicht allein dem Urtheile nach täuschend, sondern auch dem Interesse nach, das man hier am Urtheile nimmt, anlockend, und jederzeit natürlich ist und so in alle Zukunft bleiben wird, so war es rathsam, gleichsam die Acten dieses Processes ausführlich abzufassen und sie im Archive der menschlichen Vernunft, zur Verhütung künftiger Irrungen ähnlicher Art, niederzulegen.

II.
Transscendentale Methodenlehre.

Wenn ich den Inbegriff aller Erkenntniss der reinen und speculativen Vernunft wie ein Gebäude ansehe, dazu wir wenigstens die Idee in uns haben, so kann ich sagen, wir haben in der transscendentalen Elementarlehre den Bauzeug überschlagen und bestimmt, zu welchem Gebäude, von welcher Höhe und Festigkeit er zulange. Freilich fand es sich, dass, ob wir zwar einen Thurm im Sinne hatten, der bis an den Himmel reichen sollte, der Vorrath der Materialien doch nur zu einem Wohnhause zureichte, welches zu unseren Geschäften auf der Ebene der Erfahrung gerade geräumig und hoch genug war, sie zu übersehen; dass aber jene kühne Unternehmung aus Mangel an Stoff fehlschlagen musste, ohne einmal auf die Sprachverwirrung zu rechnen, welche die Arbeiter über den Plan unvermeidlich entzweien und sie in alle Welt zerstreuen musste, um sich, ein jeder nach seinem Entwurfe, besonders anzubauen. Jetzt ist es uns nicht sowohl um die Materialien, als vielmehr um den Plan zu thun, und indem wir gewarnt sind, es nicht auf einen beliebigen blinden Entwurf, der vielleicht unser ganzes Vermögen übersteigen könnte, zu wagen, gleichwohl doch von der Errichtung eines festen Wohnsitzes nicht wohl abstehen können, den Anschlag zu einem Gebäude in Verhältniss auf den Vorrath, der uns gegeben und zugleich unserem Bedürfniss angemessen ist, zu machen.

Ich verstehe also unter der transscendentalen Methodenlehre die Bestimmung der formalen Bedingungen eines vollständigen Systems der reinen Vernunft. Wir werden es in dieser Absicht mit einer Disciplin, einem Kanon, einer Architektonik, endlich einer Geschichte der reinen Vernunft zu thun haben und dasjenige in transscendentaler Absicht leisten, was, unter dem Namen einer praktischen Logik, in Ansehung des Gebrauchs des Verstandes überhaupt in den Schulen gesucht, aber schlecht geleistet wird; weil, da die allgemeine Logik auf keine besondere Art der Verstandeserkenntniss, (z. B. nicht auf die reine,) auch nicht auf gewisse Gegenstände eingeschränkt ist, sie, ohne Kenntnisse aus anderen Wissenschaften zu borgen, nichts mehr thun kann, als Titel zu möglichen Methoden und technische Ausdrücke, deren man sich in Ansehung des Systematischen in allerlei Wissenschaften bedient, vorzutragen, die den Lehrling zum voraus mit Namen bekannt machen, deren Bedeutung und Gebrauch er künftig allererst soll kennen lernen.

Der transscendentalen Methodenlehre

erstes Hauptstück.

Die Disciplin der reinen Vernunft.

Die negativen Urtheile, die es nicht blos der logischen Form, sondern auch dem Inhalte nach sind, stehen bei der Wissbegierde der Menschen in keiner sonderlichen Achtung; man sieht sie wohl gar als neidische Feinde unseres unablässig zur Erweiterung strebenden Erkenntnistriebes an, und es bedarf beinahe einer Apologie, um ihnen nur Duldung, und noch mehr, um ihnen Gunst und Hochschätzung zu verschaffen.

Man kann zwar logisch alle Sätze, die man will, negativ ausdrücken, in Ansehung des Inhalts aber unserer Erkenntniss überhaupt, ob sie durch ein Urtheil erweitert oder beschränkt wird, haben die verneinenden das eigenthümliche Geschäft, lediglich den Irrthum abzuhalten. Daher auch negative Sätze, welche eine falsche Erkenntniss abhalten sollen, wo doch niemals ein Irrthum möglich ist, zwar sehr wahr, aber doch leer, d. i. ihrem Zwecke gar nicht angemessen und eben darum oft lächerlich sind. Wie der Satz jenes Schulredners: dass Alexander ohne Kriegsheer keine Länder hätte erobern können.

Wo aber die Schranken unserer möglichen Erkenntniss sehr enge, der Anreiz zum Urtheilen gross, der Schein, der sich darbietet, sehr betrüglich und der Nachtheil aus dem Irrthum erheblich ist, da hat das Negative der Unterweisung, welches blos dazu dient, um uns gegen Irrthümer zu verwahren, noch mehr Wichtigkeit, als manche positive Belehrung, dadurch unser Erkenntniss Zuwachs bekommen könnte. Man nennt den Zwang, wodurch der beständige Hang, von gewissen Regeln abzuweichen, eingeschränkt und endlich vertilgt wird, die Disciplin. Sie ist von der Cultur unterschieden, welche blos eine Fertigkeit verschaffen soll, ohne eine andere, schon vorhandene dagegen aufzuheben. Zu der Bildung eines Talents, welches schon für sich selbst einen Antrieb zur Aeusserung hat, wird also die Disciplin einen negativen,* die Cultur aber und Doctrin einen positiven Beitrag leisten. Dass das Temperament, imgleichen dass Talente, die sich gern eine freie und uneingeschränkte Bewegung erlauben (als Einbildungskraft und Witz), in mancher Absicht einer Disciplin bedürfen, wird Jedermann leicht zugeben. Dass aber die Vernunft, der es eigentlich obliegt, allen anderen Bestrebungen ihre Disciplin vorzuschreiben, selbst noch eine solche nöthig habe, das mag allerdings befremdlich scheinen, und in der That ist sie auch einer solchen Demüthigung eben darum bisher entgangen, weil bei der Feierlichkeit und dem gründlichen Anstande, womit sie auftritt, Niemand auf den Verdacht eines leichtsinnigen Spiels mit Einbildungen statt Begriffen, und Worten statt Sachen leichtlich gerathen konnte.

Es bedarf keiner Kritik der Vernunft im empirischen Gebrauche, weil ihre Grundsätze am Probierstein der Erfahrung einer continuirlichen Prüfung unterworfen werden; imgleichen auch nicht in der Mathematik, wo ihre Begriffe an der reinen Anschauung sofort *in concreto* dargestellt werden müssen und jedes Ungegründete und Willkührliche dadurch alsbald offenbar wird. Wo aber weder empirische noch reine Anschauung die Vernunft in einem sichtbaren Geleise halten, nämlich in ihrem transscendentalen Gebrauche, nach blosen Begriffen, da bedarf sie so sehr einer Disciplin, die ihren Hang zur Erweiterung über die engen Grenzen möglicher Erfahrung bändige und sie von Ausschweifung und Irrthum abhalte, dass auch die ganze Philosophie der reinen Vernunft blos mit diesem negativen Nutzen zu thun hat. Einzelnen Verirrungen kann durch Censur und den Ursachen derselben durch Kritik abgeholfen werden. Wo aber, wie in der reinen Vernunft, ein ganzes System von Täuschungen und Blendwerken angetroffen wird,

---

* Ich weiss wohl, dass man in der Schulsprache den Namen der Disciplin mit dem der Unterweisung gleichgeltend zu brauchen pflegt. Allein es gibt dagegen so viele andere Fälle, da der erstere Ausdruck, als Zucht, von dem zweiten, als Belehrung, sorgfältig unterschieden wird, und die Natur der Dinge erheischt es auch selbst, für diesen Unterschied die einzigen schicklichen Ausdrücke aufzubewahren, dass ich wünsche, man möge niemals erlauben, jenes Wort in anderer, als negativer Bedeutung zu brauchen.

die unter sich wohl verbunden und unter gemeinschaftlichen Principien vereinigt sind, da scheint eine ganz eigene und zwar negative Gesetzgebung erforderlich zu sein, welche unter dem Namen einer Disciplin aus der Natur der Vernunft und der Gegenstände ihres reinen Gebrauchs gleichsam ein System der Vorsicht und Selbstprüfung errichte, vor welchem kein falscher vernünftelnder Schein bestehen kann, sondern sich sofort, unerachtet aller Gründe seiner Beschönigung, verrathen muss.

Es ist aber wohl zu merken, dass ich in diesem zweiten Haupttheile der transscendentalen Kritik die Disciplin der reinen Vernunft nicht auf den Inhalt, sondern blos auf die Methode der Erkenntniss aus reiner Vernunft richte. Das Erstere ist schon in der Elementarlehre geschehen. Es hat aber der Vernunftgebrauch so viel Aehnliches, auf welchen Gegenstand er auch angewandt werden mag, und ist doch, so fern er transscendental sein soll, zugleich von allem Anderen so wesentlich unterschieden, dass ohne die warnende Negativlehre einer besonders darauf gestellten Disciplin die Irrthümer nicht zu verhüten sind, die aus einer unschicklichen Befolgung solcher Methoden, die zwar sonst der Vernunft, aber nur nicht hier anpassen, nothwendig entspringen müssen.

Des ersten Hauptstücks
erster Abschnitt.

Die Disciplin der reinen Vernunft im dogmatischen Gebrauche.

Die Mathematik gibt das glänzendste Beispiel einer, sich ohne Beihülfe der Erfahrung, von selbst glücklich erweiternden reinen Vernunft. Beispiele sind ansteckend, vornehmlich für dasselbe Vermögen, welches sich natürlicherweise schmeichelt, eben dasselbe Glück in anderen Fällen zu haben, welches ihm in einem Falle zu Theil worden. Daher hofft reine Vernunft im transscendentalen Gebrauche sich eben so glücklich und gründlich erweitern zu können, als es ihr im mathematischen gelungen ist, wenn sie vornehmlich dieselbe Methode dort anwendet, die hier von so augenscheinlichem Nutzen gewesen ist. Es liegt uns also viel daran, zu wissen, ob die Methode, zur apodiktischen Gewissheit zu gelangen, die man in der letzteren Wissenschaft mathematisch nennt, mit derjenigen einerlei sei, womit man eben dieselbe Gewissheit in der Philosophie sucht und die daselbst dogmatisch genannt werden müsste.

Die philosophische Erkenntniss ist die Vernunfterkenntniss aus Begriffen, die mathematische aus der Construction der Begriffe. Einen Begriff aber construiren heisst: die ihm correspondirende Anschauung *a priori* darstellen. Zur Construction eines Begriffs wird also eine nicht empirische Anschauung erfordert, die folglich, als Anschauung, ein einzelnes Object ist, aber nichtsdestoweniger, als die Construction eines Begriffs (einer allgemeinen Vorstellung), Allgemeingültigkeit für alle mögliche Anschauungen, die unter denselben Begriff gehören, in der Vorstellung ausdrücken muss. So construire ich einen Triangel, indem ich den diesem Begriffe entsprechenden Gegenstand, entweder durch blose Einbildung, in der reinen, oder nach derselben auch auf dem Papier, in der empirischen Anschauung, beidemal aber völlig *a priori*, ohne das Muster dazu aus irgend einer Erfahrung geborgt zu haben, darstelle. Die einzelne hingezeichnete Figur ist empirisch und dient gleichwohl, den Begriff unbeschadet seiner Allgemeinheit auszudrücken, weil bei dieser empirischen Anschauung immer nur auf die Handlung der Construction des Begriffs, welchem viele Bestimmungen, z. E. der Grösse der Seiten und der Winkel, ganz gleichgültig sind, gesehen und also von diesen Verschiedenheiten, die den Begriff des Triangels nicht verändern, abstrahirt wird.

Die philosophische Erkenntniss betrachtet also das Besondere nur im Allgemeinen, die mathematische das Allgemeine im Besonderen, ja gar im Einzelnen, gleichwohl doch *a priori* und vermittelst der Vernunft, so dass, wie dieses Einzelne unter gewissen allgemeinen Bedingungen der Construction bestimmt ist, eben so der Gegenstand des Begriffs, dem dieses Einzelne nur als sein Schema correspondirt, allgemein bestimmt gedacht werden muss.

In dieser Form besteht also der wesentliche Unterschied dieser beiden Arten der Vernunfterkenntniss, und beruht nicht auf dem Unterschiede ihrer Materie oder Gegenstände. Diejenigen, welche Philosophie von Mathematik dadurch zu unterscheiden vermeinten, dass sie von jener sagten, sie habe blos die Qualität, diese aber nur die Quantität zum Object, haben die Wirkung für die Ursache genommen. Die Form der mathematischen Erkenntniss ist die Ursache, dass diese lediglich auf Quanta gehen kann. Denn nur der Begriff von Grössen lässt sich construiren, d. i. *a priori* in der Anschauung darlegen, Qualitäten aber lassen sich in keiner anderen, als empirischen Anschauung darstellen. Daher kann eine Vernunfterkenntniss derselben nie durch

Begriffe möglich sein. So kann Niemand eine dem Begriff der Realität correspondirende Anschauung anders woher, als aus der Erfahrung nehmen, niemals aber *a priori* an sich selbst und vor dem empirischen Bewusstsein derselben theilhaftig werden. Die konische Gestalt wird man ohne alle empirische Beihülfe, blos nach dem Begriffe anschauend machen können, aber die Farbe dieses Kegels wird in einer oder anderer Erfahrung zuvor gegeben sein müssen. Den Begriff einer Ursache überhaupt kann ich auf keine Weise in der Anschauung darstellen, als an einem Beispiele, das mir Erfahrung an die Hand gibt u. s. w. Uebrigens handelt die Philosophie eben sowohl von Grössen, als die Mathematik, z. B. von der Totalität, der Unendlichkeit u. s. w. Die Mathematik beschäftigt sich auch mit dem Unterschiede der Linien und Flächen, als Räumen von verschiedener Qualität, mit der Continuität der Ausdehnung, als einer Qualität derselben. Aber obgleich sie in solchen Fällen einen gemeinschaftlichen Gegenstand haben, so ist die Art, ihn durch die Vernunft zu behandeln, doch ganz anders in der philosophischen, als mathematischen Betrachtung. Jene hält sich blos an allgemeinen Begriffen, diese kann mit dem blosen Begriffe nichts ausrichten, sondern eilt sogleich zur Anschauung, in welcher sie den Begriff *in concreto* betrachtet, aber doch nicht empirisch, sondern blos in einer solchen, die sie *a priori* darstellt, d. i. construirt hat, und in welcher dasjenige, was aus den allgemeinen Bedingungen der Construction folgt, auch von dem Objecte des construirten Begriffs allgemein gelten muss.

Man gebe einem Philosophen den Begriff eines Triangels und lasse ihn nach seiner Art ausfindig machen, wie sich wohl die Summe seiner Winkel zum rechten verhalten möge. Er hat nun nichts, als den Begriff von einer Figur, die in drei geraden Linien eingeschlossen ist, und an ihr den Begriff von eben so viel Winkeln. Nun mag er diesem Begriffe nachdenken, so lange er will, er wird nichts Neues herausbringen. Er kann den Begriff der geraden Linie, oder eines Winkels, oder der Zahl drei zergliedern und deutlich machen, aber nicht auf andere Eigenschaften kommen, die in diesen Begriffen gar nicht liegen. Allein der Geometer nehme diese Frage vor. Er fängt sofort davon an, einen Triangel zu construiren. Weil er weiss, dass zwei rechte Winkel zusammen gerade so viel austragen, als alle berührende Winkel, die aus einem Punkte auf einer geraden Linie gezogen werden können, zusammen, so verlängert er eine Seite seines Triangels und bekommt zwei berührende Winkel, die zweien rechten zusammen gleich sind. Nun theilt er den äusseren von diesen Winkeln, indem er eine Linie mit der gegenüberstehenden Seite des Triangels parallel zieht, und sieht, dass hier ein äusserer berührender Winkel entspringe, der einem inneren gleich ist u. s. w. Er gelangt auf solche Weise durch eine Kette von Schlüssen, immer von der Anschauung geleitet, zur völlig einleuchtenden und zugleich allgemeinen Auflösung der Frage.

Die Mathematik aber construirt nicht blos Grössen *(quanta)*, wie in der Geometrie, sondern auch die blose Grösse *(quantitatem)*, wie in der Buchstabenrechnung, wobei sie von der Beschaffenheit des Gegenstandes, der nach einem solchen Grössenbegriff gedacht werden soll, gänzlich abstrahirt. Sie wählt sich alsdenn eine gewisse Bezeichnung aller Constructionen von Grössen überhaupt (Zahlen, als der Addition, Substraction, Ausziehung der Wurzel u. s. w.) und nachdem sie den allgemeinen Begriff von Grössen nach den verschiedenen Verhältnissen derselben auch bezeichnet hat, so stellt sie alle Behandlung, die durch die Grösse erzeugt und verändert wird, nach gewissen allgemeinen Regeln in der Anschauung dar; wo eine Grösse durch die andere dividirt werden soll, setzt sie beider ihre Charaktere nach der bezeichnenden Form der Division zusammen u. s. w., und gelangt also vermittelst einer symbolischen Construction eben so gut, wie die Geometrie nach einer ostensiven oder geometrischen (der Gegenstände selbst) dahin, wohin die discursive Erkenntniss vermittelst bloser Begriffe niemals gelangen könnte.

Was mag die Ursache dieser so verschiedenen Lage sein, darin sich zwei Vernunftkünstler befinden, deren der eine seinen Weg nach Begriffen, der andere nach Anschauungen nimmt, die er *a priori* den Begriffen gemäss darstellt? Nach den oben vorgetragenen transscendentalen Grundlagen ist diese Ursache klar. Es kommt hier nicht auf analytische Sätze an, die durch blose Zergliederung der Begriffe erzeugt werden können, (hierin würde der Philosoph ohne Zweifel den Vortheil über seinen Nebenbuhler haben,) sondern auf synthetische, und zwar solche, die *a priori* sollen erkannt werden. Denn ich soll nicht auf dasjenige sehen, was ich in meinem Begriffe vom Triangel wirklich denke, (dieses ist nichts weiter, als die blose Definition;) vielmehr soll ich über ihn zu Eigenschaften, die in diesem Begriffe nicht liegen, aber doch zu ihm gehören, hinausgehen. Nun ist dieses nicht anders möglich, als dass ich meinen Gegenstand nach den Bedingungen entweder der empirischen Anschauung, oder der reinen Anschauung bestimme. Das Erstere würde nur einen empirischen Satz (durch Messen seiner Winkel), der keine Allgemeinheit, noch weniger Nothwendigkeit enthielte, abgeben, und von dergleichen ist gar nicht die Rede. Das zweite Verfahren aber ist die mathematische und zwar hier die geometrische Construction, vermittelst deren ich in einer reinen Anschauung, eben so wie in der empirischen, das Mannigfaltige, was zu dem Schema eines Triangels überhaupt, mithin zu seinem Begriffe gehört, hinzusetze, wodurch allerdings allgemeine synthetische Sätze construirt werden müssen.

Ich würde also umsonst über den Triangel philosophiren, d. i. discursiv nachdenken, ohne dadurch im mindesten weiter zu kommen, als auf die blose Definition, von der ich aber billig anfangen müsste. Es gibt zwar eine transscendentale Synthesis aus lauter Begriffen, die wiederum allein dem Philosophen gelingt, die aber niemals mehr, als ein Ding überhaupt betrifft, unter welchen Bedingungen dessen Wahrnehmung zur möglichen Erfahrung gehören könne. Aber in den mathematischen Aufgaben ist hievon und überhaupt von der Existenz gar nicht die Frage, sondern von den Eigenschaften der Gegenstände an sich selbst, lediglich so fern diese mit dem Begriffe derselben verbunden sind.

Wir haben in dem angeführten Beispiele nur deutlich zu machen gesucht, welcher grosse Unterschied zwischen dem discursiven Vernunftgebrauch nach Begriffen und dem intuitiven durch die Construction der Begriffe anzutreffen sei. Nun fragt sich's natürlicherweise, was die Ursache sei, die einen solchen zwiefachen Vernunftgebrauch nothwendig macht, und an welchen Bedingungen man erkennen könne, ob nur der erste, oder auch der zweite stattfinde.

Alle unsere Erkenntniss bezieht sich doch zuletzt auf mögliche Anschauungen; denn durch diese allein wird ein Gegenstand gegeben. Nun enthält ein Begriff *a priori* (ein nicht empirischer Begriff) entweder schon eine reine Anschauung in sich, und alsdenn kann er construirt werden; oder nichts, als die Synthesis möglicher Anschauungen, die *a priori* nicht gegeben sind, und alsdenn kann man wohl durch ihn synthetisch und *a priori* urtheilen, aber nur discursiv nach Begriffen, und niemals intuitiv durch die Construction des Begriffes.

Nun ist von aller Anschauung keine *a priori* gegeben, als die blose Form der Erscheinungen, Raum und Zeit, und ein Begriff von diesen, als *quantis,* lässt sich entweder zugleich mit der Qualität derselben (ihre Gestalt), oder auch blos ihre Quantität (die blose Synthesis des gleichartig Mannigfaltigen) durch Zahl *a priori* in der Anschauung darstellen, d. i. construiren. Die Materie aber der Erscheinungen, wodurch uns Dinge im Raume und der Zeit gegeben werden, kann nur in der Wahrnehmung, mithin *a posteriori* vorgestellt werden. Der einzige Begriff, der *a priori* diesen empirischen Gehalt der Erscheinungen vorstellt, ist der Begriff des Dinges überhaupt, und die synthetische Erkenntniss von demselben *a priori* kann nichts weiter, als die blose Regel der Synthesis desjenigen, was die Wahrnehmung *a posteriori* geben mag, niemals aber die Anschauung des realen Gegenstandes *a priori* liefern, weil diese nothwendig empirisch sein muss.

Synthetische Sätze, die auf Dinge überhaupt, deren Anschauung sich *a priori* gar nicht geben lässt, gehen, sind transscendental. Demnach lassen sich transscendentale Sätze niemals durch Construction der Begriffe, sondern nur nach Begriffen *a priori* geben. Sie enthalten blos die Regel, nach der eine gewisse synthetische Einheit desjenigen, was nicht *a priori* anschaulich vorgestellt werden kann, (der Wahrnehmungen,) empirisch gesucht werden soll. Sie können aber keinen einzigen ihrer Begriffe *a priori* in irgend einem Falle darstellen, sondern thun dieses nur *a posteriori*, vermittelst der Erfahrung, die nach jenen synthetischen Grundsätzen allererst möglich wird.

Wenn man von einem Begriffe synthetisch urtheilen soll, so muss man aus diesem Begriffe hinausgehen, und zwar zur Anschauung, in welcher er gegeben ist. Denn bliebe man bei dem stehen, was im Begriffe enthalten ist, so wäre das Urtheil blos analytisch und eine Erklärung des Gedankens, nach demjenigen, was wirklich in ihm enthalten ist. Ich kann aber von dem Begriffe zu der ihm correspondirenden reinen oder empirischen Anschauung gehen, um ihn in derselben *in concreto* zu erwägen, und, was dem Gegenstande desselben zukommt, *a priori* oder *a posteriori* zu erkennen. Das Erstere ist die rationale und mathematische Erkenntniss durch die Construction des Begriffs, das Zweite die blose empirische (mechanische) Erkenntniss, die niemals nothwendige und apodiktische Sätze geben kann. So könnte ich meinen empirischen Begriff vom Golde zergliedern, ohne dadurch etwas weiter zu gewinnen, als alles, was ich bei diesem Worte wirklich denke, herzählen zu können, wodurch in meinem Erkenntniss zwar eine logische Verbesserung vorgeht, aber keine Vermehrung oder Zusatz erworben wird. Ich nehme aber die Materie, welche unter diesem Namen vorkommt, und stelle mit ihr Wahrnehmungen an, welche mir verschiedene synthetische, aber empirische Sätze an die Hand geben werden. Den mathematischen Begriff eines Triangels würde ich construiren, d. i. *a priori* in der Anschauung geben, und auf diesem Wege eine synthetische, aber rationale Erkenntniss bekommen. Aber wenn mir der transscendentale Begriff einer Realität, Substanz, Kraft u. s. w. gegeben ist, so bezeichnet er weder eine empirische noch reine Anschauung, sondern lediglich die Synthesis der empirischen Anschauungen, (die also *a priori* nicht gegeben werden können,) und es kann also aus ihm, weil die Synthesis nicht *a priori* zu der Anschauung, die ihm correspondirt, hinausgehen kann, auch kein bestimmender synthetischer Satz, sondern nur ein Grundsatz der Synthesis* möglicher empirischer Anschauungen entspringen. Also ist ein transscendentaler Satz ein synthetisches Vernunfterkenntniss nach blosen Begriffen und mithin discursiv, indem dadurch alle synthetische Einheit der empirischen Erkenntniss allererst möglich, keine Anschauung aber dadurch *a priori* gegeben wird.

So gibt es denn einen doppelten Vernunftgebrauch, der, unerachtet der Allgemeinheit der Erkenntniss und ihrer Erzeugung *a priori*, welche sie gemein haben, dennoch im Fortgange sehr verschieden ist, und zwar darum, weil in der Escheinung, als wodurch uns alle Gegenstände gegeben werden, zwei Stücke sind: die Form der Anschauung (Raum und Zeit), die völlig *a priori* erkannt und bestimmt werden kann, und die Materie (das Physische) oder der Gehalt, welcher ein Etwas bedeutet, das im Raume und der Zeit angetroffen wird, mithin ein Dasein enthält und der Empfindung correspondirt. In Ansehung des letzteren, welches niemals anders auf bestimmte Art, als empirisch gegeben werden kann, können wir nichts *a priori* haben, als unbestimmte Begriffe der Synthesis möglicher Empfindungen, so fern sie zur Einheit der Apperception (in einer möglichen Erfahrung) gehören. In Ansehung der ersteren können wir unsere Begriffe in der Anschauung *a priori* bestimmen, indem wir uns im Raume und der Zeit die Gegenstände selbst durch gleichförmige

---

* Vermittelst des Begriffs der Ursache gehe ich wirklich aus dem empirischen Begriffe von einer Begebenheit, (da etwas geschieht,) heraus, aber nicht zu der Anschauung, die den Begriff der Ursache *in concreto* darstellt, sondern zu den Zeitbedingungen überhaupt, die in der Erfahrung dem Begriffe der Ursachen gemäss gefunden werden möchten. Ich verfahre also blos nach Begriffen, und kann nicht durch Construction der Begriffe verfahren, weil der Begriff eine Regel der Synthesis der Wahrnehmungen ist, die keine reine Anschauungen sind und sich also *a priori* nicht geben lassen.

Synthesis schaffen, indem wir sie blos als *quanta* betrachten. Jener heisst der Vernunftgebrauch nach Begriffen, bei dem wir nichts weiter thun können, als Erscheinungen dem realen Inhalte nach unter Begriffe zu bringen, welche darauf nicht anders, als empirisch, d. i. *a posteriori*, (aber jenen Begriffen als Regeln einer empirischen Synthesis gemäss,) können bestimmt werden; dieser ist der Vernunftgebrauch durch Construction der Begriffe, durch den diese, da sie schon auf eine Anschauung *a priori* gehen, auch eben darum *a priori* und ohne alle empirische *data* in der reinen Anschauung bestimmt gegeben werden können. Alles, was da ist (ein Ding im Raum oder der Zeit), zu erwägen, ob und wie fern es ein Quantum ist oder nicht, dass ein Dasein in demselben oder Mangel vorgestellt werden müsse, wie fern dieses Etwas, (welches Raum oder Zeit erfüllt,) ein erstes Substratum oder blose Bestimmung sei, eine Beziehung seines Daseins auf etwas Anderes, als Ursache oder Wirkung habe, und endlich isolirt oder in wechselseitiger Abhängigkeit mit andern in Ansehung des Daseins stehe, die Möglichkeit dieses Daseins, die Wirklichkeit und Nothwendigkeit, oder die Gegentheile derselben zu erwägen: dieses alles gehört zum Vernunfterkenntniss aus Begriffen, welches philosophisch genannt wird. Aber im Raume eine Anschauung *a priori* zu bestimmen (Gestalt), die Zeit zu theilen (Dauer), oder blos das Allgemeine der Synthesis von einem und demselben in der Zeit und dem Raume, und die daraus entspringende Grösse einer Anschauung überhaupt (Zahl) zu erkennen, das ist ein Vernunftgeschäft durch Construction der Begriffe und heisst mathematisch.

Das grosse Glück, welches die Vernunft vermittelst der Mathematik macht, bringt ganz natürlicherweise die Vermuthung zuwege, dass es, wo nicht ihr selbst, doch ihrer Methode auch ausser dem Felde der Grössen gelingen werde, indem sie alle ihre Begriffe auf Anschauungen bringt, die sie *a priori* geben kann, und wodurch sie, so zu reden, Meister über die Natur wird; da hingegen reine Philosophie mit discursiven Begriffen *a priori* in der Natur herum pfuscht, ohne die Realität derselben *a priori* anschauend und eben dadurch beglaubigt machen zu können. Auch scheint es den Meistern in dieser Kunst an dieser Zuversicht zu sich selbst und dem gemeinen Wesen an grossen Erwartungen von ihrer Geschicklichkeit, wenn sie sich einmal hiemit befassen sollten, gar nicht zu fehlen. Denn da sie kaum jemals über ihre Mathematik philosophirt haben (ein schweres Geschäft), so kommt ihnen der specifische Unterschied des einen Vernunftgebrauchs von dem andern gar nicht in Sinn und Gedanken. Gangbare und empirische gebrauchte Regeln, die sie von der gemeinen Vernunft borgen, gelten ihnen dann statt Axiomen. Wo ihnen die Begriffe von Raum und Zeit, womit sie sich (als den einzigen ursprünglichen Quantis) beschäftigen, herkommen mögen, daran ist ihnen gar nichts gelegen, und eben so scheint es ihnen unnütz zu sein, den Ursprung reiner Verstandesbegriffe und hiemit auch den Umfang ihrer Gültigkeit zu erforschen, sondern nur sich ihrer zu bedienen. In allem diesem thun sie ganz recht, wenn sie nur ihre angewiesene Grenze, nämlich die der Natur nicht überschreiten. So aber gerathen sie unvermerkt von dem Felde der Sinnlichkeit auf den unsicheren Boden reiner und selbst transscendentaler Begriffe, wo der Grund (*instabilis tellus, innabilis unda*) ihnen weder zu stehen, noch zu schwimmen erlaubt und sich nur flüchtige Schritte thun lassen, von denen die Zeit nicht die mindeste Spur aufbehält, da hingegen ihr Gang in der Mathematik eine Heeresstrasse macht, welche noch die späteste Nachkommenschaft mit Zuversicht betreten kann.

Da wir es uns zur Pflicht gemacht haben, die Grenzen der reinen Vernunft im transscendentalen Gebrauche genau und mit Gewissheit zu bestimmen, diese Art der Bestrebung aber das Besondere an sich hat, unerachtet der nachdrücklichsten und kläresten Warnungen, sich noch immer durch Hoffnung hinhalten zu lassen, ehe man den Anschlag gänzlich aufgibt, über die Grenzen der Erfahrungen hinaus in die reizenden Gegenden des Intellectuellen zu gelangen, so ist es nothwendig, noch gleichsam den letzten Anker einer phantasiereichen Hoffnung wegzunehmen und zu zeigen, dass die Befolgung der mathematischen Methode in dieser Art Erkenntniss nicht den mindesten Vortheil schaffen könne, es müsste denn der sein, die Blösen ihrer selbst desto deutlicher aufzudecken, dass Messkunst und Philosophie zwei ganz verschiedene Dinge seien, ob sie sich zwar in der Naturwissenschaft einander die Hand bieten, mithin das Verfahren des einen niemals von dem andern nachgeahmt werden könne.

Die Gründlichkeit der Mathematik beruht auf Definitionen, Axiomen, Demonstrationen. Ich werde mich damit begnügen, zu zeigen, dass keines dieser Stücke in dem Sinne, darin sie der Mathematiker nimmt, von der Philosophie könne geleistet, noch nachgeahmt werden, dass der Messkünstler, nach seiner Methode, in der Philosophie nichts, als Kartengebäude zu Stande bringe, der Philosoph nach der seinigen in dem Antheil der Mathematik nur ein Geschwätz erregen könne, wiewohl eben darin Philosophie besteht, seine Grenzen zu kennen, und selbst der Mathematiker, wenn das Talent desselben nicht etwa schon von der Natur begrenzt und auf sein Fach eingeschränkt ist, die Warnungen der Philosophie nicht ausschlagen, noch sich über sie wegsetzen kann.

1. **Von den Definitionen.** Definiren soll, wie es der Ausdruck selbst gibt, eigentlich nur so viel bedeuten, als den ausführlichen Begriff eines Dinges innerhalb seiner Grenzen ursprünglich darstellen.* Nach einer solchen Forderung kann ein **empirischer** Begriff gar nicht definirt, sondern nur **explicirt** werden. Denn da wir an ihm nur einige Merkmale von einer gewissen Art Gegenstände der Sinne haben, so ist es niemals sicher, ob man unter dem Worte, das denselben Gegenstand bezeichnet, nicht einmal mehr, das andere Mal weniger Merkmale desselben denke. So kann der Eine im Begriffe vom Golde sich ausser dem Gewichte, der Farbe, der Zähigkeit, noch die Eigenschaft, dass es nicht rostet, denken, der Andere davon vielleicht nichts wissen. Man bedient sich gewisser Merkmale nur so lange, als sie zum Unterscheiden hinreichend sind; neue Bemerkungen dagegen nehmen welche weg und setzen einige hinzu, der Begriff steht also niemals zwischen sicheren Grenzen. Und wozu sollte es auch dienen, einen solchen Begriff zu definiren, da, wenn z. B. von dem Wasser und dessen Eigenschaften die Rede ist, man sich bei dem nicht aufhalten wird, was man bei dem Worte Wasser denkt, sondern zu Versuchen schreitet und das Wort mit den wenigen Merkmalen, die ihm anhängen, nur eine **Bezeichnung** und nicht einen Begriff der Sache ausmachen soll, mithin die angebliche Definition nichts Anderes, als Wortbestimmung ist? Zweitens kann auch, genau zu reden, kein *a priori* gegebener Begriff definirt werden, z. B. Substanz, Ursache, Recht, Billigkeit u. s. w. Denn ich kann niemals sicher sein, dass die deutliche Vorstellung eines (noch verworren) gegebenen Begriffs ausführlich entwickelt worden, als wenn ich weiss, dass dieselbe dem Gegenstande adäquat sei. Da der Begriff desselben

---

* **Ausführlichkeit** bedeutet die Klarheit und Zulänglichkeit der Merkmale; **Grenzen** die Präcision, dass deren nicht mehr sind, als zum ausführlichen Begriffe gehören; **ursprünglich** aber, dass diese Grenzbestimmung nicht irgend woher abgeleitet sei und also noch eines Beweises bedürfe, welches die vermeintliche Erklärung unfähig machen würde, an der Spitze aller Urtheile über einen Gegenstand zu stehen.

aber, so wie er gegeben ist, viel dunkle Vorstellungen enthalten kann, die wir in der Zergliederung übergehen, ob wir sie zwar in der Anwendung jederzeit brauchen, so ist die Ausführlichkeit der Zergliederung meines Begriffs immer zweifelhaft und kann nur durch vielfältig zutreffende Beispiele **vermuthlich**, niemals aber **apodiktisch** gewiss gemacht werden. Anstatt des Ausdrucks: Definition, würde ich lieber den der **Exposition** brauchen, der immer noch behutsam bleibt, und bei dem der Kritiker sie auf einen gewissen Grad gelten lassen und doch wegen der Ausführlichkeit noch Bedenken tragen kann. Da also weder empirisch, noch *a priori* gegebene Begriffe definirt werden können, so bleiben keine anderen, als willkührlich gedachte übrig, an denen man dieses Kunststück versuchen kann. Meinen Begriff kann ich in solchem Falle jederzeit definiren; denn ich muss doch wissen, was ich habe denken wollen, da ich ihn selbst vorsätzlich gemacht habe und er mir weder durch die Natur des Verstandes, noch durch die Erfahrung gegeben worden, aber ich kann nicht sagen, dass ich dadurch einen wahren Gegenstand definirt habe. Denn wenn der Begriff auf empirischen Bedingungen beruht, z. B. eine Schiffsuhr, so wird der Gegenstand und dessen Möglichkeit durch diesen willkührlichen Begriff noch nicht gegeben; ich weiss daraus nicht einmal, ob er überall einen Gegenstand habe, und meine Erklärung kann besser eine Declaration (meines Projects), als Definition eines Gegenstandes heissen. Also bleiben keine andern Begriffe übrig, die zum Definiren taugen, als solche, die eine willkührliche Synthesis enthalten, welche *a priori* construirt werden kann, mithin hat nur die Mathematik Definitionen. Denn den Gegenstand, den sie denkt, stellt sie auch *a priori* in der Anschauung dar, und dieser kann sicher nicht mehr noch weniger enthalten, als der Begriff, weil durch die Erklärung der Begriff von dem Gegenstande ursprünglich, d. i. ohne die Erklärung irgend wovon abzuleiten, gegeben wurde. Die deutsche Sprache hat für die Ausdrücke der **Exposition**, **Explication**, **Declaration** und **Definition** nichts mehr, als das eine Wort: Erklärung, und daher müssen wir schon von der Strenge der Forderung, da wir nämlich den philosophischen Erklärungen den Ehrennamen der Definition verweigerten, etwas ablassen, und wollen diese ganze Anmerkung darauf einschränken, dass philosophische Definitionen nur als Expositionen gegebener, mathematische aber als Constructionen ursprünglich gemachter Begriffe, jene nur analytisch durch Zergliederung, (deren Vollständigkeit nicht apodiktisch gewiss ist,) diese synthetisch zu Stande gebracht werden und also den Begriff selbst machen, dagegen die ersteren ihn nur erklären. Hieraus folgt

a) dass man es in der Philosophie der Mathematik nicht so nachthun müsse, die Definition voranzuschicken, als nur etwa zum blosen Versuche. Denn da sie Zergliederungen gegebener Begriffe sind, so gehen diese Begriffe, obzwar nur noch verworren, voran, und die unvollständige Exposition geht vor der vollständigen, so dass wir aus einigen Merkmalen, die wir aus einer noch unvollendeten Zergliederung gezogen haben, manches vorher schliessen können, ehe wir zur vollständigen Exposition, d. i. zur Definition gelangt sind; mit einem Worte, dass in der Philosophie die Definition, als abgemessene Deutlichkeit, das Werk eher schliessen, als anfangen müsse.* Dagegen haben wir in der Mathematik gar keinen Begriff vor der Definition, als durch welche der Begriff allererst gegeben wird; sie muss also und kann auch jederzeit davon anfangen.

b) Mathematische Definitionen können niemals irren. Denn weil der Begriff durch die Definition zuerst gegeben wird, so enthält er gerade nur das, was die Definition durch ihn gedacht haben will. Aber obgleich dem Inhalte nach nichts Unrichtiges darin vorkommen kann, so kann doch bisweilen, obzwar nur selten, in der Form (der Einkleidung) gefehlt werden, nämlich in Ansehung der Präcision. So hat die gemeine Erklärung der Kreislinie, dass sie eine krumme Linie sei, deren alle Punkte von einem einigen (dem Mittelpunkte) gleich weit abstehen, den Fehler, dass die Bestimmung krumm unnöthigerweise eingeflossen ist. Denn es muss einen besonderen Lehrsatz geben, der aus der Definition gefolgert wird und leicht bewiesen werden kann: dass eine jede Linie, deren alle Punkte von einem einigen gleich weit abstehen, krumm,

---

* Die Philosophie wimmelt von fehlerhaften Definitionen, vornehmlich solchen, die zwar wirklich Elemente zur Definition, aber noch nicht vollständig enthalten. Würde man nun eher gar nichts mit einem Begriffe anfangen können, als bis man ihn definirt hätte, so würde es gar schlecht mit allem Philosophiren stehen. Da aber, so weit die Elemente (der Zergliederung) reichen, immer ein guter und sicherer Gebrauch davon zu machen ist, so können auch mangelhafte Definitionen, d. i. Sätze, die eigentlich noch nicht Definitionen, aber übrigens wahr und also Annäherungen zu ihnen sind, sehr nützlich gebraucht werden. In der Mathematik gehört die Definition *ad esse*, in der Philosophie *ad melius esse*. Es ist schön, aber oft sehr schwer, dazu zu gelangen. Noch suchen die Juristen eine Definition zu ihrem Begriffe vom Recht

(kein Theil von ihr gerade) sei. Analytische Definitionen können dagegen auf vielfältige Art irren, entweder indem sie Merkmale hineinbringen, die wirklich nicht im Begriffe lagen, oder an der Ausführlichkeit ermangeln, die das Wesentliche einer Definition ausmacht, weil man der Vollständigkeit seiner Zergliederung nicht so völlig gewiss sein kann. Um deswillen lässt sich die Methode der Mathematik im Definiren in der Philosophie nicht nachahmen.

2. Von den Axiomen. Diese sind synthetische Grundsätze *a priori*, so fern sie unmittelbar gewiss sind. Nun lässt sich nicht ein Begriff mit dem andern synthetisch und doch unmittelbar verbinden, weil, damit wir über einen Begriff hinausgehen können, ein drittes vermittelndes Erkenntniss nöthig ist. Da nun Philosophie blos die Vernunfterkenntniss nach Begriffen ist, so wird in ihr kein Grundsatz anzutreffen sein, der den Namen eines Axioms verdiene. Die Mathematik dagegen ist der Axiomen fähig, weil sie vermittelst der Construction der Begriffe in der Anschauung des Gegenstandes die Prädicate desselben *a priori* und unmittelbar verknüpfen kann, z. B. dass drei Punkte jederzeit in einer Ebene liegen. Dagegen kann ein synthetischer Grundsatz blos aus Begriffen niemals unmittelbar gewiss sein; z. B. der Satz: alles, was geschieht, hat seine Ursache, da ich mich nach einem Dritten umsehen muss, nämlich der Bedingung der Zeitbestimmung in einer Erfahrung, und nicht direct unmittelbar aus den Begriffen allein einen solchen Grundsatz erkennen konnte. Discursive Grundsätze sind also ganz etwas Anderes, als intuitive, d. i. Axiomen. Jene erfordern jederzeit noch eine Deduction, deren die letzteren ganz und gar entbehren können, und da diese eben um desselben Grundes willen evident sind, welches die philosophischen Grundsätze bei aller Gewissheit doch niemals vorgeben können, so fehlt unendlich viel daran, dass irgend ein synthetischer Satz der reinen und transscendentalen Vernunft so augenscheinlich sei, (wie man sich trotzig auszudrücken pflegt,) als der Satz: dass zweimal zwei vier geben. Ich habe zwar in der Analytik, bei der Tafel der Grundsätze des reinen Verstandes, auch gewisser Axiomen der Anschauung gedacht; allein der daselbst angeführte Grundsatz war selbst kein Axiom, sondern diente nur dazu, das Principium der Möglichkeit der Axiomen überhaupt anzugeben, und war selbst nur ein Grundsatz aus Begriffen. Denn sogar die Möglichkeit der Mathematik muss in der Transscendental-Philosophie gezeigt werden. Die Philosophie h also keine Axiomen und darf niemals ihre Grundsätze *a priori* so

schlechthin gebieten, sondern muss sich dazu bequemen, ihre Befugniss wegen derselben durch gründliche Deduction zu rechtfertigen.

3. Von den Demonstrationen. Nur ein apodiktischer Beweis, so fern er intuitiv ist, kann Demonstration heissen. Erfahrung lehrt uns wohl, was da sei, aber nicht, dass es gar nicht anders sein könne. Daher können empirische Beweisgründe keinen apodiktischen Beweis verschaffen. Aus Begriffen a priori (im discursiven Erkenntnisse) kann aber niemals anschauende Gewissheit, d. i. Evidenz entspringen, so sehr auch sonst das Urtheil apodiktisch gewiss sein mag. Nur die Mathematik enthält also Demonstrationen, weil sie nicht aus Begriffen, sondern der Construction derselben, d. i. der Anschauung, die den Begriffen entsprechend a priori gegeben werden kann, ihr Erkenntniss ableitet. Selbst das Verfahren der Algebra mit ihren Gleichungen, aus denen sie durch Reduction die Wahrheit zusammt dem Beweise hervorbringt, ist zwar keine geometrische, aber doch charakteristische Construction, in welcher man an den Zeichen die Begriffe, vornehmlich von dem Verhältnisse der Grössen in der Anschauung darlegt, und, ohne einmal auf das Heuristische zu sehen, alle Schlüsse vor Fehlern dadurch sichert, dass jeder derselben vor Augen gestellt wird; da hingegen das philosophische Erkenntniss dieses Vortheils entbehren muss, indem es das Allgemeine jederzeit *in abstracto* (durch Begriffe) betrachten muss, indessen dass die Mathematik das Allgemeine *in concreto* (in der einzelnen Anschauung) und doch durch reine Vorstellung a priori erwägen kann, wobei jeder Fehltritt sichtbar wird. Ich möchte die ersteren daher lieber akroamatische (discursive) Beweise nennen, weil sie sich nur durch lauter Worte (den Gegenstand in Gedanken) führen lassen, als Demonstrationen, welche, wie der Ausdruck es schon anzeigt, in der Anschauung des Gegenstandes fortgehen.

Aus allem diesem folgt nun, dass es sich für die Natur der Philosophie gar nicht schicke, vornehmlich im Felde der reinen Vernunft, mit einem dogmatischen Gange zu strotzen und sich mit den Titeln und Bändern der Mathematik auszuschmücken, in deren Orden sie doch nicht gehört, ob sie zwar auf schwesterliche Vereinigung mit derselben zu hoffen alle Ursache hat. Jene sind eitle Anmassungen, die niemals gelingen können, vielmehr ihre Absicht rückgängig machen müssen, die Blendwerke einer ihrer Grenzen verkennenden Vernunft zu entdecken und, vermittelst hinreichender Aufklärung unserer Begriffe, den Eigendünkel der Speculation auf das bescheidene, aber gründliche Selbsterkenntniss zurückzuführen. Die Vernunft wird also in ihren transscendentalen Versuchen nicht so zuversichtlich vor sich hinsehen können, gleich als wenn der Weg, den sie zurückgelegt hat, so ganz gerade zum Ziele führe, und auf ihre zum Grunde gelegten Prämissen nicht so muthig rechnen können, dass es nicht nöthig wäre, öfters zurück zu sehen und Acht zu haben, ob sich nicht etwa im Fortgange der Schlüsse Fehler entdecken, die in den Principien übersehen worden und es nöthig machen, sie entweder mehr zu bestimmen oder ganz abzuändern.

Ich theile alle apodiktischen Sätze, (sie mögen nun erweislich oder auch unmittelbar gewiss sein,) in Dogmata und Mathemata ein. Ein direct synthetischer Satz aus Begriffen ist ein Dogma; hingegen ein dergleichen Satz durch Construction der Begriffe ist ein Mathema. Analytische Urtheile lehren uns eigentlich nichts mehr vom Gegenstande, als was der Begriff, den wir von ihm haben, schon in sich enthält, weil sie die Erkenntniss über den Begriff des Subjects nicht erweitern, sondern diesen nur erläutern. Sie können daher nicht füglich Dogmen heissen, (welches Wort man vielleicht durch Lehrsprüche übersetzen könnte.) Aber unter den gedachten zweien Arten synthetischer Sätze *a priori* können, nach dem gewöhnlichen Redegebrauch nur die zum philosophischen Erkenntnisse gehörigen diesen Namen führen, und man würde schwerlich die Sätze der Rechenkunst oder Geometrie Dogmata nennen. Also bestätigt dieser Gebrauch die Erklärung, die wir gaben, dass nur Urtheile aus Begriffen, und nicht die aus der Construction der Begriffe dogmatisch heissen können.

Nun enthält die ganze reine Vernunft in ihrem blos speculativen Gebrauche nicht ein einziges direct synthetisches Urtheil aus Begriffen. Denn durch Ideen ist sie, wie wir gezeigt haben, gar keiner synthetischen Urtheile, die objective Gültigkeit hätten, fähig; durch Verstandesbegriffe aber errichtet sie zwar sichere Grundsätze, aber gar nicht direct aus Begriffen, sondern immer nur indirect durch Beziehung dieser Begriffe auf etwas ganz Zufälliges, nämlich mögliche Erfahrung; da sie denn, wenn diese, (etwas, als Gegenstand möglicher Erfahrungen) vorausgesetzt wird, allerdings apodiktisch gewiss sein, an sich selbst aber (direct) *a priori* gar nicht einmal erkannt werden können. So kann Niemand den Satz: alles, was geschieht, hat seine Ursache, aus diesem gegebenen Begriff allein gründlich einsehen. Daher ist er kein Dogma, ob er gleich in einem anderen Gesichtspunkte, nämlich dem einzigen Felde seines möglichen Gebrauchs, d. i. der Erfahrung, ganz wohl und apodiktisch bewiesen werden kann. Er heisst aber **Grundsatz** und nicht **Lehrsatz**, ob er gleich bewiesen werden muss, darum, weil er die besondere Eigenschaft hat, dass er seinen Beweisgrund, nämlich Erfahrung, selbst zuerst möglich macht und bei dieser immer vorausgesetzt werden muss.

Gibt es nun im speculativen Gebrauche der reinen Vernunft auch dem Inhalte nach gar keine Dogmata, so ist alle **dogmatische Methode**, sie mag nun dem Mathematiker abgeborgt sein, oder eine eigenthümliche Manier werden sollen, für sich unschicklich. Denn sie verbirgt nur die Fehler und Irrthümer und täuscht die Philosophie, deren eigentliche Absicht ist, alle Schritte der Vernunft in ihrem klärestén Lichte sehen zu lassen. Gleichwohl kann die Methode immer **systematisch** sein. Denn unsere Vernunft (subjectiv) ist selbst ein System, aber in ihrem reinen Gebrauche, vermittelst bloser Begriffe, nur ein System der Nachforschung nach Grundsätzen der Einheit, zu welcher **Erfahrung** allein den Stoff hergeben kann. Von der eigenthümlichen Methode einer Transscendental-Philosophie lässt sich aber hier nichts sagen, da wir es nur mit einer Kritik unserer Vermögensumstände zu thun haben, ob wir überall bauen und wie hoch wir wohl unser Gebäude aus dem Stoffe, den wir haben (den reinen Begriffen *a priori*), aufführen können.

Des ersten Hauptstücks
zweiter Abschnitt.

Die Disciplin der reinen Vernunft in Ansehung ihres polemischen Gebrauchs.

Die Vernunft muss sich in allen ihren Unternehmungen der Kritik unterwerfen und kann der Freiheit derselben durch kein Verbot Abbruch thun, ohne sich selbst zu schaden und einen ihr nachtheiligen Verdacht auf sich zu ziehen. Da ist nun nichts so wichtig in Ansehung des Nutzens, nichts so heilig, das sich dieser prüfenden und musternden Durchsuchung, die kein Ansehen der Person kennt, entziehen dürfte. Auf dieser Freiheit beruht sogar die Existenz der Vernunft, die kein dictatorisches Ansehen hat, sondern deren Ausspruch jederzeit nichts, als die Einstimmung freier Bürger ist, deren jeglicher seine Bedenklichkeiten, ja sogar sein *veto* ohne Zurückhalten muss äussern können.

Ob nun aber gleich die Vernunft sich der Kritik niemals verweigern kann, so hat sie doch nicht jederzeit Ursache, sie zu scheuen. Aber die reine Vernunft in ihrem dogmatischen (nicht mathematischen) Gebrauche ist sich nicht so sehr der genauesten Beobachtung ihrer obersten Gesetze bewusst, dass sie nicht mit Blödigkeit, ja mit gänzlicher Ablegung alles angemassten dogmatischen Ansehens vor dem kritischen Auge einer höheren und richterlichen Vernunft erscheinen müsste.

Ganz anders ist es bewandt, wenn sie es nicht mit der Censur des Richters, sondern den Ansprüchen ihres Mitbürgers zu thun hat und sich dagegen blos vertheidigen soll. Denn da diese eben so wohl dogmatisch sein wollen, obzwar im Verneinen, als jene im Bejahen, so findet eine Rechtfertigung κατ' ἄνθρωπον statt, die wider alle Beeinträchtigung sichert und einen titulirten Besitz verschafft, der keine fremde Anmassungen scheuen darf, ob er gleich selbst κατ' ἀλήθειαν nicht hinreichend bewiesen werden kann.

Unter dem polemischen Gebrauche der reinen Vernunft verstehe ich nun die Vertheidigung ihrer Sätze gegen die dogmatischen Verneinungen derselben. Hier kommt es nun nicht darauf an, ob ihre Behauptungen nicht vielleicht auch falsch sein möchten, sondern nur, dass Niemand das Gegentheil jemals mit apodiktischer Gewissheit, (ja auch nur mit grösserem Scheine) behaupten könne. Denn wir sind alsdenn doch nicht bittweise in unserem Besitz, wenn wir einen, obzwar nicht hinreichenden Titel derselben vor uns haben, und es völlig gewiss ist, dass Niemand die Unrechtmässigkeit ihres Besitzes jemals beweisen könne.

Es ist etwas Bekümmerndes und Niederschlagendes, dass es überhaupt eine Antithetik der reinen Vernunft geben und diese, die doch den obersten Gerichtshof über alle Streitigkeiten vorstellt, mit sich selbst in Streit gerathen soll. Zwar hatten wir oben eine solche scheinbare Antithetik derselben vor uns; aber es zeigte sich, dass sie auf einem Missverstande beruhte, da man nämlich, dem gemeinen Vorurtheile gemäss, Erscheinungen für Sachen an sich selbst nahm und dann eine absolute Vollständigkeit ihrer Synthesis, auf eine oder andere Art, (die aber auf beiderlei Art gleich unmöglich war,) verlangte, welches aber von Erscheinungen gar nicht erwartet werden kann. Es war also damals kein wirklicher Widerspruch der Vernunft mit ihr selbst bei den Sätzen: die Reihe an sich gegebener Erscheinungen hat einen absolut-ersten Anfang, und: diese Reihe ist schlechthin und an sich selbst ohne allen Anfang; denn beide Sätze bestehen gar wohl zusammen, weil

Erscheinungen nach ihrem Dasein (als Erscheinungen) an sich selbst gar nichts, d. i. etwas Widersprechendes sind, und also deren Voraussetzung natürlicherweise widersprechende Folgerungen nach sich ziehen muss.

Ein solcher Missverstand kann aber nicht vorgewandt und dadurch der Streit der Vernunft beigelegt werden, wenn etwa theistisch behauptet würde: es ist ein höchstes Wesen, und dagegen atheistisch: es ist kein höchstes Wesen; oder in der Psychologie: alles, was denkt, ist von absoluter beharrlicher Einheit und also von aller vergänglichen materiellen Einheit unterschieden, welchem ein Anderer entgegensetzte: die Seele ist nicht immaterielle Einheit und kann von der Vergänglichkeit nicht ausgenommen werden. Denn der Gegenstand der Frage ist hier von allem Fremdartigen, das seiner Natur widerspricht, frei, und der Verstand hat es nur mit Sachen an sich selbst und nicht mit Erscheinungen zu thun. Es würde also hier freilich ein wahrer Widerstreit anzutreffen sein, wenn nur die reine Vernunft auf der verneinenden Seite etwas zu sagen hätte, was dem Grunde einer Behauptung nahe käme; denn was die Kritik der Beweisgründe des dogmatisch Bejahenden betrifft, die kann man ihm sehr wohl einräumen, ohne darum diese Sätze aufzugeben, die doch wenigstens das Interesse der Vernunft für sich haben, darauf sich der Gegner gar nicht berufen kann.

Ich bin zwar nicht der Meinung, welche vortreffliche und nachdenkende Männer (z. B. Sulzer) so oft geäussert haben, dass sie die Schwäche der bisherigen Beweise fühlten: dass man hoffen könne, man werde dereinst noch evidente Demonstrationen der zween Cardinalsätze unserer reinen Vernunft: es ist ein Gott, es ist ein künftiges Leben, erfinden. Vielmehr bin ich gewiss, dass dieses niemals geschehen werde. Denn wo will die Vernunft den Grund zu solchen synthetischen Behauptungen, die sich nicht auf Gegenstände der Erfahrung und deren innere Möglichkeit beziehen, hernehmen? Aber es ist auch apodiktisch gewiss, dass niemals irgend ein Mensch auftreten werde, der das Gegentheil mit dem mindesten Scheine, geschweige dogmatisch behaupten könne. Denn weil er dieses doch blos durch reine Vernunft darthun könnte, so müsste er es unternehmen, zu beweisen, dass ein höchstes Wesen, dass das in uns denkende Subject, als reine Intelligenz, unmöglich sei. Wo will er aber die Kenntnisse hernehmen, die ihn, von Dingen über alle mögliche Erfahrung hinaus so synthetisch zu urtheilen, berechtigen?

Wir können also darüber ganz unbekümmert sein, dass uns Jemand das Gegentheil einstens beweisen werde, dass wir darum eben nicht nöthig haben, auf schulgerechte Beweise zu sinnen, sondern immerhin diejenigen Sätze annehmen können, welche mit dem speculativen Interesse unserer Vernunft im empirischen Gebrauch ganz wohl zusammenhängen und überdem, es mit dem praktischen Interesse zu vereinigen, die einzigen Mittel sind. Für den Gegner, (der hier nicht blos als Kritiker betrachtet werden muss,) haben wir unser *non liquet* in Bereitschaft, welches ihn unfehlbar verwirren muss, indessen dass wir die Retorsion desselben auf uns nicht weigern, indem wir die subjective Maxime der Vernunft beständig im Rückhalte haben, die dem Gegner nothwendig fehlt und unter deren Schutz wir alle seine Luftstreiche mit Ruhe und Gleichgültigkeit ansehen können.

Auf solche Weise gibt es eigentlich gar keine Antithetik der reinen Vernunft. Denn der einzige Kampfplatz für sie würde auf dem Felde der reinen Theologie und Psychologie zu suchen sein; dieser Boden aber trägt keinen Kämpfer in seiner ganzen Rüstung und mit Waffen, die zu fürchten wären. Er kann nur mit Spott und Grosssprecherei auftreten, welches als ein Kinderspiel belacht werden kann. Das ist eine tröstende Bemerkung, die der Vernunft wieder Muth gibt; denn worauf wollte sie sich sonst verlassen, wenn sie, die allein alle Irrungen abzuthun berufen ist, in sich selbst zerrüttet wäre, ohne Frieden und ruhigen Besitz hoffen zu können?

Alles, was die Natur selbst anordnet, ist zu irgend einer Absicht gut. Selbst Gifte dienen dazu, andere Gifte, welche sich in unseren eigenen Säften erzeugen, zu überwältigen, und dürfen daher in einer vollständigen Sammlung von Heilmitteln (Officin) nicht fehlen. Die Einwürfe wider die Ueberredungen und den Eigendünkel unserer blos speculativen Vernunft sind selbst durch die Natur dieser Vernunft aufgegeben, und müssen also ihre gute Bestimmung und Absicht haben, die man nicht in den Wind schlagen muss. Wozu hat uns die Vorsehung manche Gegenstände, ob sie gleich mit unserem höchsten Interesse zusammenhängen, so hoch gestellt, dass uns fast nur vergönnt ist, sie in einer undeutlichen und von uns selbst bezweifelten Wahrnehmung anzutreffen, dadurch ausspähende Blicke mehr gereizt, als befriedigt werden? Ob es nun nützlich sei, in Ansehung solcher Aussichten dreiste Bestimmungen zu wagen, ist wenigstens zweifelhaft, vielleicht gar schädlich. Allemal aber und ohne Zweifel ist es nützlich, die forschende sowohl, als prüfende Vernunft in völlige Freiheit zu versetzen, **damit sie ungehindert ihr eigen Interesse besorgen könne**, welches eben so wohl dadurch befördert wird, dass sie ihren Einsichten Schranken setzt, als dass sie solche erweitert, und welches allemal leidet, wenn sich fremde Hände einmengen, um sie wider ihren natürlichen Gang nach erzwungenen Absichten zu lenken.

Lasset demnach euren Gegner nur Vernunft sagen, und bekämpfet ihn blos mit Waffen der Vernunft. Uebrigens seid wegen der guten Sache (des praktischen Interesse) ausser Sorgen; denn die kommt in blos speculativem Streite niemals mit ins Spiel. Der Streit entdeckt alsdenn nichts, als eine gewisse Antinomie der Vernunft, die, da sie auf ihrer Natur beruht, nothwendig angehört und geprüft werden muss. Er cultivirt dieselbe durch Betrachtung ihres Gegenstandes auf zweien Seiten und berichtigt ihr Urtheil dadurch, dass er solches einschränkt. Das, was hiebei streitig wird, ist nicht die Sache, sondern der Ton. Denn es bleibt euch noch genug übrig, um die vor der schärfsten Vernunft gerechtfertigte Sprache eines festen Glaubens zu sprechen, wenn ihr gleich die des Wissens habt aufgeben müssen.

Wenn man den kaltblütigen, zum Gleichgewichte des Urtheils eigentlich geschaffenen David Hume fragen sollte: was bewog euch, durch mühsam ergrübelte Bedenklichkeiten die für den Menschen so tröstliche und nützliche Ueberredung, dass ihre Vernunfteinsicht zur Behauptung und zum bestimmten Begriff eines höchsten Wesens zulange, zu untergraben? so würde er antworten: nichts, als die Absicht, die Vernunft in ihrem Selbsterkenntniss weiter zu bringen, und zugleich ein gewisser Unwille über den Zwang, den man der Vernunft anthun will, indem man mit ihr gross thut und sie zugleich hindert, ein freimüthiges Geständniss ihrer Schwächen abzulegen, die ihr bei der Prüfung ihrer selbst offenbar werden. Fragt ihr dagegen den, den Grundsätzen des empirischen Vernunftgebrauchs allein ergebenen und aller transscendenten Speculation abgeneigten Priestley, was er für Bewegungsgründe gehabt habe, unserer Seele Freiheit und Unsterblichkeit, (die Hoffnung des künftigen Lebens ist bei ihm nur die Erwartung eines Wunders der Wiedererweckung,) zwei solche Grundpfeiler aller Religion niederzureissen, er, der selbst ein frommer und eifriger Lehrer der Religion ist, so würde er nichts Anderes antworten können, als: das Interesse der Vernunft, welche dadurch verliert, dass man gewisse Gegenstände den Gesetzen der materiellen Natur, den einzigen, die wir genau kennen und bestimmen können, entziehen will. Es würde unbillig scheinen, den Letzteren, der seine paradoxe Behauptung mit der Religionsabsicht zu vereinigen weiss, zu verschreien und einem wohldenkenden Manne wehe zu thun, weil er sich nicht zurechte finden kann, so bald er sich aus dem Felde der Naturlehre verloren hatte. Aber diese Gunst muss dem nicht minder gutgesinnten und seinem sittlichen Charakter nach untadelhaften Hume eben sowohl zu Statten kommen, der seine abgezogene Speculation darum nicht verlassen kann, weil er mit Recht dafür hält, dass ihr Gegenstand ganz ausserhalb den Grenzen der Naturwissenschaft im Felde reiner Ideen liege.

Was ist nun hiebei zu thun, vornehmlich in Ansehung der Gefahr, die daraus dem gemeinen Besten zu drohen scheint? Nichts ist natürlicher, nichts billiger, als die Entschliessung, die ihr deshalb zu nehmen habt. Lasst diese Leute nur machen; wenn sie Talent, wenn sie tiefe und neue Nachforschung, mit einem Worte, wenn sie nur Vernunft zeigen, so gewinnt jederzeit die Vernunft. Wenn ihr andere Mittel ergreift, als die einer zwanglosen Vernunft, wenn ihr über Hochverrath schreiet, das gemeine Wesen, das sich auf so subtile Bearbeitungen gar nicht versteht, gleichsam als zum Feuerlöschen zusammen ruft, so macht ihr euch lächerlich. Denn es ist die Rede gar nicht davon, was dem gemeinen Besten hierunter vortheilhaft oder nachtheilig sei, sondern nur, wie weit die Vernunft es wohl in ihrer von allem Interesse abstrahirenden Speculation bringen könne, und ob man auf diese überhaupt etwas rechnen, oder sie lieber gegen das Praktische gar aufgeben müsse. Anstatt also mit dem Schwerte drein zu schlagen, so sehet vielmehr von dem sicheren Sitze der Kritik diesem Streite ruhig zu, der für die Kämpfenden mühsam, für euch unterhaltend, und, bei einem gewiss unblutigen Ausgange, für eure Einsichten erspriesslich ausfallen muss. Denn es ist sehr was Ungereimtes, von der Vernunft Aufklärung zu erwarten und ihr doch vorher vorzuschreiben, auf welche Seite sie nothwendig ausfallen müsse. Ueberdem wird Vernunft schon von selbst durch Vernunft so wohl gebändigt und in Schranken gehalten, dass ihr gar nicht nöthig habt, Schaarwachen aufzubieten, um demjenigen Theile, dessen besorgliche Obermacht euch gefährlich scheint, bürgerlichen Widerstand entgegen zu setzen. In dieser Dialektik gibt's keinen Sieg, über den ihr besorgt zu sein Ursache hättet.

Auch bedarf die Vernunft gar sehr eines solchen Streits, und es wäre zu wünschen, dass er eher und mit uneingeschränkter öffentlicher

Erlaubniss wäre geführt worden. Denn um desto früher wäre eine reife Kritik zu Stande gekommen, bei deren Erscheinung alle diese Streithändel von selbst wegfallen müssen, indem die Streitenden ihre Verblendung und Vorurtheile, welche sie veruneinigt haben, einsehen lernen.

Es gibt eine gewisse Unlauterkeit in der menschlichen Natur, die am Ende doch, wie alles, was von der Natur kommt, eine Anlage zu guten Zwecken enthalten muss, nämlich eine Neigung, seine wahren Gesinnungen zu verhehlen und gewisse angenommene, die man für gut und rühmlich hält, zur Schau zu tragen. Ganz gewiss haben die Menschen durch diesen Hang, sowohl sich zu verhehlen, als auch einen ihnen vortheilhaften Schein anzunehmen, sich nicht blos civilisirt, sondern nach und nach, in gewisser Maasse, moralisirt, weil keiner durch die Schminke der Anständigkeit, Ehrbarkeit und Sittsamkeit durchdringen konnte, also an vermeintlich ächten Beispielen des Guten, die er um sich sahe, eine Schule der Besserung für sich selbst fand. Allein diese Anlage, sich besser zu stellen, als man ist, und Gesinnungen zu äussern, die man nicht hat, dient nur gleichsam provisorisch dazu, um den Menschen aus der Rohigkeit zu bringen und ihn zuerst wenigstens die Manier des Guten, das er kennt, annehmen zu lassen; denn nachher, wenn die ächten Grundsätze einmal entwickelt und in die Denkungsart übergegangen sind, so muss jene Falschheit nach und nach kräftig bekämpft werden, weil sie sonst das Herz verdirbt und gute Gesinnungen unter dem Wucherkraute des schönen Scheins nicht aufkommen lässt.

Es thut mir Leid, eben dieselbe Unlauterkeit, Verstellung und Heuchelei sogar in den Aeusserungen der speculativen Denkungsart wahrzunehmen, worin doch Menschen, das Geständniss ihrer Gedanken billigermassen offen und unverhohlen zu entdecken, weit weniger Hindernisse und gar keinen Vortheil haben. Denn was kann den Einsichten nachtheiliger sein, als sogar blose Gedanken verfälscht einander mitzutheilen, Zweifel, die wir wider unsere eigenen Behauptungen fühlen, zu verhehlen, oder Beweisgründen, die uns selbst nicht genugthun, einen Anstrich von Evidenz zu geben? So lange indessen blos die Privateitelkeit diese geheimen Ränke anstiftet, (welches in speculativen Urtheilen, die kein besonderes Interesse haben und nicht leicht einer apodiktischen Gewissheit fähig sind, gemeiniglich der Fall ist,) so widersteht denn doch die Eitelkeit Anderer mit öffentlicher Genehmigung, und die Sachen kommen zuletzt dahin, wo die lauterste Gesinnung und Aufrichtigkeit, obgleich weit früher, sie hingebracht haben würde. Wo aber das gemeine Wesen dafür hält, dass spitzfindige Vernünftler mit nichts Minderem umgehen, als die Grundveste der öffentlichen Wohlfahrt wankend zu machen, da scheint es nicht allein der Klugheit gemäss, sondern auch erlaubt und wohl gar rühmlich, der guten Sache eher durch Scheingründe zu Hülfe zu kommen, als den vermeintlichen Gegnern derselben auch nur den Vortheil zu lassen, unseren Ton zur Mässigung einer blos praktischen Ueberzeugung herabzustimmen und uns zu nöthigen, den Mangel der speculativen und apodiktischen Gewissheit zu gestehen. Indessen sollte ich denken, dass sich mit der guten Absicht, eine gute Sache zu behaupten, in der Welt wohl nichts übler, als Hinterlist, Verstellung und Betrug vereinigen lasse. Dass in Abwiegung der Vernunftgründe einer blosen Speculation alles ehrlich zugehen müsse, ist wohl das Wenigste, was man fordern kann. Könnte man aber auch nur auf dieses Wenige sicher rechnen, so wäre der Streit der speculativen Vernunft über die wichtigen Fragen von Gott, der Unsterblichkeit (der Seele) und der Freiheit entweder längst entschieden, oder würde sehr bald zu Ende gebracht werden. So steht öfters die Lauterkeit der Gesinnung im umgekehrten Verhältnisse der Gutartigkeit der Sache selbst, und diese hat vielleicht mehr aufrichtige und redliche Gegner, als Vertheidiger.

Ich setze also Leser voraus, die keine gerechte Sache mit Unrecht vertheidigt wissen wollen. In Ansehung deren ist es nun entschieden, dass nach unseren Grundsätzen der Kritik, wenn man nicht auf dasjenige sieht, was geschieht, sondern was billig geschehen sollte, es eigentlich gar keine Polemik der reinen Vernunft geben müsse. Denn wie können zwei Personen einen Streit über eine Sache führen, deren Realität keiner von beiden in einer wirklichen, oder auch nur möglichen Erfahrung darstellen kann, über deren Idee er allein brütet, um aus ihr etwas mehr, als Idee, nämlich die Wirklichkeit des Gegenstandes selbst herauszubringen? Durch welches Mittel wollen sie aus dem Streite herauskommen, da keiner von beiden seine Sache geradezu begreiflich und gewiss machen, sondern nur die seines Gegners angreifen und widerlegen kann? Denn dieses ist das Schicksal aller Behauptungen der reinen Vernunft: dass, da sie über die Bedingungen aller möglichen Erfahrung hinausgehen, ausserhalb welchen kein Document der Wahrheit irgendwo angetroffen wird, sich aber gleichwohl der Verstandesgesetze, die blos zum empirischen Gebrauch bestimmt sind, ohne die sich aber kein Schritt im synthetischen Denken thun lässt, bedienen müssen, sie dem Gegner jederzeit Blösen geben und sich gegenseitig die Blöse ihres Gegners zu Nutze machen können.

Man kann die Kritik der reinen Vernunft als den wahren Gerichtshof für alle Streitigkeiten derselben ansehen; denn sie ist in die letzteren, als welche auf Objecte unmittelbar gehen, nicht mit verwickelt, sondern ist dazu gesetzt, die Rechtsame der Vernunft überhaupt nach den Grundsätzen ihrer ersten Institution zu bestimmen und zu beurtheilen.

Ohne dieselbe ist die Vernunft gleichsam im Stande der Natur, und kann ihre Behauptungen und Ansprüche nicht anders geltend machen oder sichern, als durch Krieg. Die Kritik dagegen, welche alle Entscheidungen aus den Grundregeln ihrer eigenen Einsetzung hernimmt, deren Ansehen keiner bezweifeln kann, verschafft uns die Ruhe eines gesetzlichen Zustandes, in welchem wir unsere Streitigkeit nicht anders führen sollen, als durch Process. Was die Händel in dem ersten Zustande endigt, ist ein Sieg, dessen sich beide Theile rühmen, auf den mehrentheils ein nur unsicherer Friede folgt, den die Obrigkeit stiftet, welche sich ins Mittel legt; im zweiten aber die Sentenz, die, weil sie hier die Quelle der Streitigkeiten selbst trifft, einen ewigen Frieden gewähren muss. Auch nöthigen die endlosen Streitigkeiten einer blos dogmatischen Vernunft, endlich in irgend einer Kritik dieser Vernunft selbst und in einer Gesetzgebung, die sich auf sie gründet, Ruhe zu suchen; so wie HOBBES behauptet: der Stand der Natur sei ein Stand des Unrechts und der Gewaltthätigkeit, und man müsse ihn nothwendig verlassen, um sich dem gesetzlichen Zwange zu unterwerfen, der allein unsere Freiheit dahin einschränkt, dass sie mit jedes Anderen Freiheit und eben dadurch mit dem gemeinen Besten zusammen bestehen könne.

Zu dieser Freiheit gehört denn auch die, seine Gedanken, seine Zweifel, die man sich nicht selbst auflösen kann, öffentlich zur Beurtheilung auszustellen, ohne darüber für einen unruhigen und gefährlichen Bürger verschrieen zu werden. Dies liegt schon in dem ursprünglichen Rechte der menschlichen Vernunft, welche keinen anderen Richter erkennt, als selbst wiederum die allgemeine Menschenvernunft, worin ein Jeder seine Stimme hat; und da von dieser alle Besserung, deren unser Zustand fähig ist, herkommen muss, so ist ein solches Recht heilig und darf nicht geschmälert werden. Auch ist es sehr unweise, gewisse gewagte Behauptungen oder vermessene Angriffe auf die, welche schon die Beistimmung des grössten und besten Theils des gemeinen Wesens auf ihrer Seite haben, für gefährlich auszuschreien; denn das heisst ihnen eine Wichtigkeit geben, die sie gar nicht haben sollten. Wenn ich höre, dass ein nicht gemeiner Kopf die Freiheit des menschlichen Willens, die Hoffnung eines künftigen Lebens, und das Dasein Gottes wegdemonstrirt haben solle, so bin ich begierig, das Buch zu lesen, denn ich erwarte von seinem Talent, dass er meine Einsichten weiter bringen werde. Das weiss ich schon zum voraus völlig gewiss, dass er nichts von allem diesem wird geleistet haben, nicht darum, weil ich etwa schon im Besitze unbezwinglicher Beweise dieser wichtigen Sätze zu sein glaubte, sondern weil mich die transscendentale Kritik, die mir den ganzen Vorrath unserer reinen Vernunft aufdeckte, völlig überzeugt hat, dass, so wie sie zu bejahenden Behauptungen in diesem Felde ganz unzulänglich ist, so wenig und noch weniger werde sie wissen, um über diese Fragen etwas verneinend behaupten zu können. Denn wo will der angebliche Freigeist seine Kenntniss hernehmen, dass es z. B. kein höchstes Wesen gebe? Dieser Satz liegt ausserhalb dem Felde möglicher Erfahrung und darum auch ausser den Grenzen aller menschlichen Einsicht. Den dogmatischen Vertheidiger der guten Sache gegen diesen Feind würde ich gar nicht lesen, weil ich zum voraus weiss, dass er nur darum die Scheingründe des Andern angreifen werde, um seinen eigenen Eingang zu verschaffen, überdem ein alltägiger Schein doch nicht so viel Stoff zu neuen Bemerkungen gibt, als ein befremdlicher und sinnreich ausgedachter. Hingegen würde der nach seiner Art auch dogmatische Religionsgegner meiner Kritik gewünschte Beschäftigung und Anlass zu mehrerer Berichtigung ihrer Grundsätze geben, ohne dass seinetwegen im mindesten etwas zu befürchten wäre.

Aber die Jugend, welche dem akademischen Unterrichte anvertraut ist, soll doch wenigstens vor dergleichen Schriften gewarnt und von der frühen Kenntniss so gefährlicher Sätze abgehalten werden, ehe ihre Urtheilskraft gereift, oder vielmehr die Lehre, welche man in ihnen gründen will, fest gewurzelt ist, um aller Ueberredung zum Gegentheil, woher sie auch kommen möge, kräftig zu widerstehen?

Müsste es bei dem dogmatischen Verfahren in Sachen der reinen Vernunft bleiben, und die Abfertigung der Gegner eigentlich polemisch, d. i. so beschaffen sein, dass man sich ins Gefecht einliesse und mit Beweisgründen zu entgegengesetzten Behauptungen bewaffnete, so wäre freilich nichts rathsamer **vor der Hand**, aber zugleich eitler und fruchtloser **auf die Dauer**, als die Vernunft der Jugend eine Zeit lang unter Vormundschaft zu setzen, und wenigstens so lange vor Verführung zu bewahren. Wenn aber in der Folge entweder Neugierde, oder der Modeton des Zeitalters ihr dergleichen Schriften in die Hände spielen: wird alsdenn jene jugendliche Ueberredung noch Stich halten? Derjenige, der nichts, als dogmatische Waffen mitbringt, um den Angriffen seines Gegners zu widerstehen, und die verborgene Dialektik, die nicht minder in seinem eigenen Busen, als in dem des Gegentheils liegt, nicht zu entwickeln weiss, sieht Scheingründe, die den Vorzug der Neuigkeit haben, gegen Scheingründe, welche dergleichen nicht mehr haben, sondern vielmehr den Verdacht einer missbrauchten Leichtgläubigkeit der Jugend erregen, auftreten. Er glaubt nicht besser zeigen zu können, dass er der Kinderzucht entwachsen sei, als wenn er sich über jene wohlgemeinten Warnungen wegsetzt, und, dogmatisch gewöhnt, trinkt er das Gift, das seine Grundsätze dogmatisch verdirbt, in langen Zügen in sich.

Gerade das Gegentheil von dem, was man hier anräth, muss in der akademischen Unterweisung geschehen, aber freilich nur unter der Voraussetzung eines gründlichen Unterrichts in der Kritik der reinen Vernunft. Denn um die Principien derselben so früh als möglich in Ausübung zu bringen und ihre Zulänglichkeit bei dem grössten dialektischen Scheine zu zeigen, ist es durchaus nöthig, die für den Dogmatiker so furchtbaren Angriffe wider seine, obzwar noch schwache, aber durch Kritik aufgeklärte Vernunft zu richten, und ihn den Versuch machen zu lassen, die grundlosen Behauptungen des Gegners Stück für Stück an jenen Grundsätzen zu prüfen. Es kann ihm gar nicht schwer werden, sie in lauter Dunst aufzulösen, und so fühlt er frühzeitig seine eigene Kraft, sich wider dergleichen schädliche Blendwerke, die für ihn zuletzt allen Schein verlieren müssen, völlig zu sichern. Ob nun zwar eben dieselben Streiche, die das Gebäude des Feindes niederschlagen, auch seinem eigenen speculativen Bauwerke, wenn er etwa dergleichen zu errichten gedächte, eben so verderblich sein müssen, so ist er darüber doch gänzlich unbekümmert, indem er es gar nicht bedarf, darinnen zu wohnen, sondern noch eine Aussicht in das praktische Feld vor sich hat, wo er mit Grunde einen festeren Boden haben kann, um auf demselben sein vernünftiges und heilsames System zu errichten.

So gibt's demnach keine eigentliche Polemik im Felde der reinen Vernunft. Beide Theile sind Luftfechter, die sich mit ihrem Schatten herumbalgen; denn sie gehen über die Natur hinaus, wo für ihre dogmatischen Griffe nichts vorhanden ist, was sich fassen und halten liesse. Sie haben gut kämpfen; die Schatten, die sie zerhauen, wachsen, wie die Helden in Walhalla, in einem Augenblicke wiederum zusammen, um sich aufs Neue in unblutigen Kämpfen belustigen zu können.

Es gibt aber auch keinen zulässigen skeptischen Gebrauch der reinen Vernunft, welchen man den Grundsatz der Neutralität bei allen ihren Streitigkeiten nennen könnte. Die Vernunft wider sich selbst zu verhetzen, ihr auf beiden Seiten Waffen zu reichen und alsdenn ihrem hitzigsten Gefechte ruhig und spöttisch zuzusehen, sieht aus einem dogmatischen Gesichtspunkte nicht wohl aus, sondern hat das Ansehen einer schadenfrohen und hämischen Gemüthsart an sich. Wenn man indessen die unbezwingliche Verblendung und das Grossthun der Vernünftler, die sich durch keine Kritik will mässigen lassen, ansieht, so ist doch wirklich kein anderer Rath, als der Grosssprecherei auf einer Seite eine andere, welche auf eben dieselben Rechte fusset, entgegen zu setzen, damit die Vernunft durch den Widerstand eines Feindes wenigstens nur stutzig gemacht werde, um in ihre Anmassungen einigen Zweifel zu setzen und der Kritik Gehör zu geben. Allein es bei diesen Zweifeln gänzlich bewenden zu lassen und es darauf auszusetzen, die Ueberzeugung und das Geständniss seiner Unwissenheit nicht blos als ein Heilmittel wider den dogmatischen Eigendünkel, sondern zugleich als die Art, den Streit der Vernunft mit sich selbst zu beendigen, empfehlen zu wollen, ist ein ganz vergeblicher Anschlag und kann keinesweges dazu tauglich sein, der Vernunft einen Ruhestand zu verschaffen, sondern ist höchstens nur ein Mittel, sie aus ihrem süssen dogmatischen Traume zu erwecken, um ihren Zustand in sorgfältigere Prüfung zu ziehen. Da indessen diese skeptische Manier, sich aus einem verdriesslichen Handel der Vernunft zu ziehen, gleichsam der kurze Weg zu sein scheint, zu einer beharrlichen philosophischen Ruhe zu gelangen, wenigstens die Heeresstrasse, welche diejenigen gern einschlagen, die sich in einer spöttischen Verachtung aller Nachforschungen dieser Art ein philosophisches Ansehen zu geben meinen, so finde ich es nöthig, diese Denkungsart in ihrem eigenthümlichen Lichte darzustellen.

Von der Unmöglichkeit einer skeptischen Befriedigung der mit sich selbst veruneinigten reinen Vernunft.

Das Bewusstsein meiner Unwissenheit, (wenn diese nicht zugleich als nothwendig erkannt wird,) statt dass sie meine Untersuchungen endigen sollte, ist vielmehr die eigentliche Ursache, sie zu erwecken. Alle Unwissenheit ist entweder die der Sachen, oder der Bestimmung und Grenzen meiner Erkenntniss. Wenn die Unwissenheit nun zufällig ist, so muss sie mich antreiben, im ersten Falle den Sachen (Gegenständen) **dogmatisch**, im zweiten den Grenzen meiner möglichen Erkenntniss **kritisch** nachzuforschen. Dass aber meine Unwissenheit schlechthin nothwendig sei und mich daher von aller Nachforschung freispreche, lässt sich nicht empirisch, aus Beobachtung, sondern allein kritisch, durch Ergründung der ersten Quellen unserer Erkenntniss ausmachen. Also kann die Grenzbestimmung unserer Vernunft nur nach Gründen *a priori* geschehen; die Einschränkung derselben aber, welche eine, obgleich nur unbestimmte Erkenntniss einer nie völlig zu hebenden Unwissenheit ist, kann auch *a posteriori*, durch das, was uns bei allem Wissen immer noch zu wissen übrig bleibt, erkannt werden. Jene durch Kritik der Vernunft selbst allein mögliche Erkenntniss seiner Unwissenheit ist also **Wissenschaft**, diese ist nichts, als **Wahrnehmung**, von der man nicht sagen kann, wie weit der Schluss aus selbiger reichen möge. Wenn ich mir die Erdfläche (dem sinnlichen Scheine gemäss) als einen Teller vorstelle, so kann ich nicht wissen, wie weit sie sich erstrecke. Aber das lehrt mich die Erfahrung, dass, wohin ich nur komme, ich immer einen Raum um mich sehe, dahin ich weiter fortgehen könnte; mithin erkenne ich Schranken meiner jedesmal wirklichen Erdkunde, aber nicht die Grenzen aller möglichen Erdbeschreibung. Bin ich aber doch soweit gekommen, zu wissen, dass die Erde eine Kugel und ihre Fläche eine Kugelfläche sei, so kann ich auch aus einem kleinen Theil derselben, z. B. der Grösse eines Grades, den Durchmesser, und durch diesen die völlige Begrenzung der Erde, d. i. ihre Oberfläche bestimmt und nach Principien *a priori* erkennen; und ob ich gleich in Ansehung der Gegenstände, die diese Fläche enthalten mag, unwissend bin, so bin ich es doch nicht in Ansehung des Umfangs, den sie enthält, der Grösse und Schranken derselben.

Der Inbegriff aller möglichen Gegenstände für unsere Erkenntniss scheint uns eine ebene Fläche zu sein, die ihren scheinbaren Horizont hat, nämlich das, was den ganzen Umfang desselben befasst und von uns der Vernunftbegriff der unbedingten Totalität genannt worden. Empirisch denselben zu erreichen, ist unmöglich, und nach einem gewissen Princip *a priori* zu bestimmen, dazu sind alle Versuche vergeblich gewesen. Indessen gehen doch alle Fragen unserer reinen Vernunft auf das, was ausserhalb diesem Horizonte oder allenfalls auch in seiner Grenzlinie liegen möge.

Der berühmte DAVID HUME war einer dieser Geographen der menschlichen Vernunft, welcher jene Fragen insgesammt dadurch hinreichend abgefertigt zu haben vermeinte, dass er sie ausserhalb den Horizont derselben verwies, den er doch nicht bestimmen konnte. Er hielt sich vornehmlich bei dem Grundsatze der Causalität auf und bemerkte von ihm ganz richtig, dass man seine Wahrheit, (ja nicht einmal die objective Gültigkeit des Begriffs einer wirkenden Ursache überhaupt,) auf gar keine Einsicht, d. i. Erkenntniss *a priori* fusse, dass daher auch nicht im mindesten die Nothwendigkeit dieses Gesetzes, sondern eine blose allgemeine Brauchbarkeit desselben in dem Laufe der Erfahrung und eine daher entspringende subjective Nothwendigkeit, die er Gewohnheit nennt, sein ganzes Ansehen ausmache. Aus dem Unvermögen unserer Vernunft nun, von diesem Grundsatze einen über alle Erfahrung hinausgehenden Gebrauch zu machen, schloss er die Nichtigkeit aller Anmassungen der Vernunft überhaupt über das Empirische hinaus zu gehen.

Man kann ein Verfahren dieser Art, die *facta* der Vernunft der Prüfung und nach Befinden dem Tadel zu unterwerfen, die Censur der Vernunft nennen. Es ist ausser Zweifel, dass diese Censur unausbleiblich auf Zweifel gegen allen transscendenten Gebrauch der Grundsätze führe. Allein dies ist nur der zweite Schritt, der noch lange nicht das Werk vollendet. Der erste Schritt in Sachen der reinen Vernunft, der das Kindesalter derselben auszeichnet, ist dogmatisch. Der eben genannte zweite Schritt ist skeptisch, und zeugt von Vorsichtigkeit der durch Erfahrung gewitzigten Urtheilskraft. Nun ist aber noch ein dritter Schritt nöthig, der nur der gereiften und männlichen Urtheilskraft zukommt, welche feste und ihrer Allgemeinheit nach bewährte Maximen zum Grunde hat; nämlich nicht die *facta* der Vernunft, sondern die Vernunft selbst nach ihrem ganzen Vermögen und Tauglichkeit zu reinen Erkenntnissen *a priori* der Schätzung zu unterwerfen; welches nicht die Censur, sondern Kritik der Vernunft ist, wodurch nicht blos Schranken, sondern die bestimmten Grenzen derselben, nicht blos Unwissenheit an einem oder anderen Theil, sondern in Ansehung aller möglichen Fragen von einer gewissen Art, und zwar nicht etwa nur vermuthet, sondern aus Principien bewiesen wird. So ist der Skepticismus ein Ruheplatz für die menschliche Vernunft, da sie sich über ihre dogmatische Wanderung besinnen und den Entwurf von der Gegend machen kann, wo sie sich befindet, um ihren Weg fernerhin mit mehrerer Sicherheit wählen zu können, aber nicht ein Wohnplatz zum beständigen Aufenthalte; denn dieser kann nur in einer völligen Gewissheit angetroffen werden, es sei nun der Erkenntniss der Gegenstände selbst, oder der Grenzen, innerhalb denen alle unsere Erkenntniss von Gegenständen eingeschlossen ist.

Unsere Vernunft ist nicht etwa eine unbestimmbar weit ausgebreitete Ebene, deren Schranken man nur so überhaupt erkennt, sondern muss vielmehr mit einer Sphäre verglichen werden, deren Halbmesser sich aus der Krümmung des Bogens auf ihrer Oberfläche (der Natur synthetischer Sätze *a priori*) finden, daraus aber auch der Inhalt und die Begrenzung derselben mit Sicherheit angeben lässt. Ausser dieser Sphäre (Feld der Erfahrung) ist nichts für sie Object, ja selbst Fragen über dergleichen vermeintliche Gegenstände betreffen nur subjective Principien einer durchgängigen Bestimmung der Verhältnisse, welche unter den Verstandesbegriffen innerhalb dieser Sphäre vorkommen können.

Wir sind wirklich im Besitz synthetischer Erkenntniss *a priori*, wie dieses die Verstandesgrundsätze, welche die Erfahrung anticipiren, darthun. Kann Jemand nun die Möglichkeit derselben sich gar nicht begreiflich machen, so mag er zwar Anfangs zweifeln, ob sie uns auch wirklich *a priori* beiwohnen; er kann dieses aber noch nicht für eine Unmöglichkeit derselben, durch blose Kräfte des Verstandes, und alle Schritte, die die Vernunft nach der Richtschnur derselben thut, für nichtig ausgeben. Er kann nur sagen: wenn wir ihren Ursprung und Aechtheit einsähen, so würden wir den Umfang und die Grenzen unserer Vernunft bestimmen können; ehe aber dieses geschehen ist, sind alle Behauptungen der letzten blindlings gewagt. Und auf solche Weise wäre ein durchgängiger Zweifel an aller dogmatischen Philosophie, die ohne Kritik der Vernunft selbst ihren Gang geht, ganz wohl gegründet; allein darum könnte doch der Vernunft nicht ein solcher Fortgang, wenn er durch bessere Grundlegung vorbereitet und gesichert würde, gänzlich abgesprochen werden. Denn einmal liegen alle Begriffe, ja alle Fragen, welche uns die reine Vernunft vorlegt, nicht etwa in der Erfahrung, sondern selbst wiederum nur in der Vernunft, und müssen daher können aufgelöset und ihrer Gültigkeit oder Nichtigkeit nach begriffen werden. Wir sind auch nicht berechtigt, diese Aufgaben, als läge ihre Auflösung wirklich in der Natur der Dinge, doch unter dem Vorwande unseres Unvermögens abzuweisen und uns ihrer weiteren Nachforschung zu weigern, da die Vernunft in ihrem Schoosse allein diese Ideen selbst erzeugt hat, von deren Gültigkeit oder dialektischem Scheine sie also Rechenschaft zu geben gehalten ist.

Alles skeptische Polemisiren ist eigentlich nur wider den Dogmatiker gekehrt, der ohne ein Misstrauen auf seine ursprünglichen objectiven Principien zu setzen, d. i. ohne Kritik, gravitätisch seinen Gang fortsetzt, blos um ihm das Concept zu verrücken und ihn zur Selbsterkenntniss zu bringen. An sich macht sie in Ansehung dessen, was wir wissen und was wir dagegen nicht wissen können, ganz und gar nichts aus. Alle fehlgeschlagenen dogmatischen Versuche der Vernunft sind *facta*, die der Censur zu unterwerfen immer nützlich ist. Dieses aber kann nichts über die Erwartungen der Vernunft entscheiden, einen besseren Erfolg ihrer künftigen Bemühungen zu hoffen und darauf Ansprüche zu machen; die blose Censur kann also die Streitigkeit über die Rechtsame der menschlichen Vernunft niemals zu Ende bringen.

Da HUME vielleicht der geistreichste unter allen Skeptikern und ohne Widerrede der vorzüglichste in Ansehung des Einflusses ist, den das skeptische Verfahren auf die Erweckung einer gründlichen Vernunftprüfung haben kann, so verlohnt es sich wohl der Mühe, den Gang seiner Schlüsse und die Verirrungen eines so einsehenden und schätzbaren Mannes, die doch auf der Spur der Wahrheit angefangen haben, so weit es zu meiner Absicht schicklich ist, vorstellig zu machen.

HUME hatte es vielleicht in Gedanken, wiewohl er es niemals völlig entwickelte, dass wir in Urtheilen von gewisser Art über unsern Begriff vom Gegenstande hinausgehen. Ich habe diese Art von Urtheilen synthetisch genannt. Wie ich aus meinem Begriffe, den ich bis dahin habe, vermittelst der Erfahrung hinausgehen könne, ist keiner Bedenklichkeit unterworfen. Erfahrung ist selbst eine solche Synthesis der Wahrnehmungen, welche meinen Begriff, den ich vermittelst einer solchen Wahrnehmung habe, durch andere hinzukommende vermehrt. Allein wir glauben auch *a priori* aus unserem Begriffe hinausgehen und unser Erkenntniss erweitern zu können. Dieses versuchen wir entweder durch den reinen Verstand, in Ansehung desjenigen, was wenigstens ein **Object der Erfahrung** sein kann, oder sogar durch reine Vernunft, in Ansehung solcher Eigenschaften der Dinge oder auch wohl des Daseins solcher Gegenstände, die in der Erfahrung niemals vorkommen können. Unser Skeptiker unterschied diese beiden Arten der Urtheile nicht, wie er es doch hätte thun sollen, und hielt geradezu diese Vermehrung der Begriffe aus sich selbst, und, so zu sagen, die Selbstgebärung unseres Verstandes (sammt der Vernunft), ohne durch Erfahrung geschwängert zu sein, für unmöglich, mithin alle vermeintliche Principien derselben *a priori* für eingebildet, und fand, dass sie nichts, als eine aus Erfahrung und deren Gesetzen entspringende Gewohnheit, mithin blos empirische, d. i. an sich zufällige Regeln seien, denen wir eine vermeinte Nothwendigkeit und Allgemeinheit beimessen. Er bezog sich aber zu Behauptung dieses befremdlichen Satzes auf den allgemein anerkannten Grundsatz von dem Verhältniss der Ursache zur Wirkung. Denn da uns kein Verstandesvermögen von dem Begriffe eines Dinges zu dem Dasein von etwas Anderem, was dadurch allgemein und nothwendig gegeben sei, führen kann, so glaubte er daraus folgern zu können, dass wir ohne Erfahrung nichts haben, was unsern Begriff vermehren und uns zu einem solchen *a priori* sich selbst erweiternden Urtheile berechtigen könnte. Dass das Sonnenlicht, welches das Wachs beleuchtet, es zugleich schmelze, indessen es den Thon härtet, könne kein Verstand aus Begriffen, die wir vorher von diesen Dingen hatten, errathen, vielweniger gesetzmässig schliessen, und nur Erfahrung könne uns ein solches Gesetz lehren. Dagegen haben wir in der transscendentalen Logik gesehen, dass, ob wir zwar niemals unmittelbar über den Inhalt des Begriffs, der uns gegeben ist, hinausgehen können, wir doch völlig *a priori*, aber in Beziehung auf ein Drittes, nämlich mögliche Erfahrung, also doch *a priori* das Gesetz der Verknüpfung mit andern Dingen erkennen können. Wenn also vorher fest gewesenes Wachs schmilzt, so kann ich *a priori* erkennen, dass etwas vorausgegangen sein müsse (z. B. Sonnenwärme), worauf dieses nach einem beständigen Gesetze gefolgt ist, ob ich zwar, ohne Erfahrung, aus der Wirkung weder die Ursache, noch aus der Ursache die Wirkung *a priori* und ohne Belehrung der Erfahrung bestimmt erkennen könnte. Er schloss also fälschlich aus der Zufälligkeit unserer Bestimmung nach dem Gesetze auf die Zufälligkeit des Gesetzes selbst, und das Herausgehen aus dem Begriffe eines Dinges auf mögliche Erfahrung, (welches *a priori* geschieht und die objective Realität desselben ausmacht,) verwechselte er mit der Synthesis der Gegenstände wirklicher Erfahrung, welche freilich jederzeit empirisch ist; dadurch machte er aber aus einem Princip der

Affinität, welches im Verstande seinen Sitz hat, und nothwendige Verknüpfung aussagt, eine Regel der Association, die blos in der nachbildenden Einbildungskraft getroffen wird und nur zufällige, gar nicht objective Verbindungen darstellen kann.

Die skeptischen Verirrungen aber dieses sonst äusserst scharfsinnigen Mannes entsprangen vornehmlich aus einem Mangel, den er doch mit allen Dogmatikern gemein hatte, nämlich dass er nicht alle Arten der Synthesis des Verstandes *a priori* systematisch übersah. Denn da würde er, ohne der übrigen hier Erwähnung zu thun, z. B. den Grundsatz der Beharrlichkeit als einen solchen gefunden haben, der eben sowohl, als der der Causalität, die Erfahrung anticipirt. Dadurch würde er auch dem *a priori* sich erweiternden Verstande und der reinen Vernunft bestimmte Grenzen haben vorzeichnen können. Da er aber unsern Verstand nur einschränkt, ohne ihn zu begrenzen, und zwar ein allgemeines Misstrauen, aber keine bestimmte Kenntniss der uns unvermeidlichen Unwissenheit zu Stande bringt, da er einige Grundsätze des Verstandes unter Censur bringt, ohne diesen Verstand in Ansehung seines ganzen Vermögens auf die Probierwage der Kritik zu bringen, und, indem er ihm dasjenige abspricht, was er wirklich nicht leisten kann, weiter geht und ihm alles Vermögen, sich *a priori* zu erweitern, bestreitet, unerachtet er dieses ganze Vermögen nicht zur Schätzung gezogen; so widerfährt ihm das, was jederzeit den Skepticismus niederschlägt, nämlich dass er selbst bezweifelt wird, indem seine Einwürfe nur auf *factis*, welche zufällig sind, nicht aber auf Principien beruhen, die eine nothwendige Entsagung auf das Recht dogmatischer Behauptungen bewirken können.

Da er auch zwischen den gegründeten Ansprüchen des Verstandes und den dialektischen Anmassungen der Vernunft, wider welche doch hauptsächlich seine Angriffe gerichtet sind, keinen Unterschied kennt, so fühlt die Vernunft, deren ganz eigenthümlicher Schwung hiebei nicht im mindesten gestört, sondern nur gehindert worden, den Raum zu ihrer Ausbreitung nicht verschlossen und kann von ihren Versuchen, unerachtet sie hie oder da gezwackt wird, niemals gänzlich abgebracht werden. Denn wider Angriffe rüstet man sich zur Gegenwehr und setzt noch um desto steifer seinen Kopf drauf, um seine Forderungen durchzusetzen. Ein völliger Ueberschlag aber seines ganzen Vermögens und die daraus entspringende Ueberzeugung der Gewissheit eines kleinen Besitzes, bei der Eitelkeit höherer Ansprüche, hebt allen Streit auf und bewegt, sich an einem eingeschränkten, aber unstrittigen Eigenthume friedfertig zu begnügen.

Wider den unkritischen Dogmatiker, der die Sphäre seines Verstandes nicht gemessen, mithin die Grenzen seiner möglichen Erkenntniss nicht nach Principien bestimmt hat, der also nicht schon zum voraus weiss, wie viel er kann, sondern es durch blose Versuche ausfindig zu machen denkt, sind diese skeptischen Angriffe nicht allein gefährlich, sondern ihm sogar verderblich. Denn wenn er auf einer einzigen Behauptung betroffen wird, die er nicht rechtfertigen, deren Schein er aber auch nicht aus Principien entwickeln kann, so fällt der Verdacht auf alle, so überredend sie auch sonst immer sein mögen.

Und so ist der Skeptiker der Zuchtmeister des dogmatischen Vernünftlers auf eine gesunde Kritik des Verstandes und der Vernunft selbst. Wenn er dahin gelangt ist, so hat er weiter keine Anfechtung zu fürchten; denn er unterscheidet alsdenn seinen Besitz von dem, was gänzlich ausserhalb demselben liegt, worauf er keine Ansprüche macht und darüber auch nicht in Streitigkeit verwickelt werden kann. So ist das skeptische Verfahren zwar an sich selbst für die Vernunftfragen nicht befriedigend, aber doch vorübend, um ihre Vorsichtigkeit zu erwecken und auf gründliche Mittel zu weisen, die sie in ihren rechtmässigen Besitzen sichern können.

Des ersten Hauptstücks
dritter Abschnitt.

Die Disciplin der reinen Vernunft in Ansehung der Hypothesen.

Weil wir denn durch Kritik unserer Vernunft endlich so viel wissen, dass wir in ihrem reinen und speculativen Gebrauche in der That gar nichts wissen können; sollte sie nicht ein desto weiteres Feld zu Hypothesen eröffnen, da es wenigstens vergönnt ist, zu dichten und zu meinen, wenn gleich nicht zu behaupten?

Wo nicht etwa Einbildungskraft schwärmen, sondern unter der strengen Aufsicht der Vernunft dichten soll, so muss immer vorher etwas völlig gewiss und nicht erdichtet oder blose Meinung sein, und das ist die Möglichkeit des Gegenstandes selbst. Alsdenn ist es wohl erlaubt, wegen der Wirklichkeit desselben zur Meinung seine Zuflucht zu nehmen, die aber, um nicht grundlos zu sein, mit dem, was wirklich gegeben und folglich gewiss ist, als Erklärungsgrund in Verknüpfung gebracht werden muss und alsdenn **Hypothese** heisst.

Da wir uns nun von der Möglichkeit der dynamischen Verknüpfung *a priori* nicht den mindesten Begriff machen können, und die Kategorie des reinen Verstandes nicht dazu dient, dergleichen zu erdenken, sondern nur, wie sie in der Erfahrung angetroffen wird, zu verstehen, so können wir nicht einen einzigen Gegenstand nach einer neuen und empirisch nicht anzugebenden Beschaffenheit, diesen Kategorien gemäss, ursprünglich aussinnen und sie einer erlaubten Hypothese zum Grunde legen; denn dieses hiesse der Vernunft leere Hirngespinnste, statt der Begriffe von Sachen unterlegen. So ist es nicht erlaubt, sich irgend neue ursprüngliche Kräfte zu erdenken, z. B. einen Verstand, der vermögend sei, seinen Gegenstand ohne Sinne anzuschauen, oder eine Anziehungskraft ohne alle Berührung, oder eine neue Art Substanzen, z. B. die ohne Undurchdringlichkeit im Raume gegenwärtig wäre, folglich auch keine Gemeinschaft der Substanzen, die von aller derjenigen unterschieden ist, welche Erfahrung an die Hand gibt, keine Gegenwart anders, als im Raume, keine Dauer, als blos in der Zeit. Mit einem Worte, es ist unserer Vernunft nur möglich, die Bedingungen möglicher Erfahrung als Bedingungen der Möglichkeit der Sachen zu brauchen; keinesweges aber, ganz unabhängig von diesen, sich selbst welche gleichsam zu schaffen, weil dergleichen Begriffe, obzwar ohne Widerspruch, dennoch auch ohne Gegenstand sein würden.

Die Vernunftbegriffe sind, wie gesagt, blose Ideen und haben freilich keinen Gegenstand in irgend einer Erfahrung, aber bezeichnen darum doch nicht gedichtete und zugleich dabei für möglich angenommene Gegenstände. Sie sind blos problematisch gedacht, um in Beziehung auf sie, (als heuristische Fictionen,) regulative Principien des systematischen Verstandesgebrauchs im Felde der Erfahrung zu gründen. Geht man davon ab, so sind es blose Gedankendinge, deren Möglichkeit nicht erweislich ist, und die daher auch nicht in der Erklärung wirklicher Erscheinungen durch eine Hypothese zum Grunde gelegt werden können. Die Seele sich als einfach denken, ist ganz wohl erlaubt, um nach dieser **Idee** eine vollständige und nothwendige Einheit aller Gemüthskräfte, ob man sie gleich nicht *in concreto* einsehen kann, zum Princip unserer Beurtheilung ihrer inneren Erscheinungen zu legen. Aber die Seele als einfache Substanz anzunehmen (ein transscendenter

Begriff), wäre ein Satz, der nicht allein unerweislich, (wie es mehrere physische Hypothesen sind,) sondern auch ganz willkührlich und blindlings gewagt sein würde, weil das Einfache in ganz und gar keiner Erfahrung vorkommen kann, und wenn man unter Substanz hier das beharrliche Object der sinnlichen Anschauung versteht, die Möglichkeit einer einfachen Erscheinung gar nicht einzusehen ist. Blos intelligible Wesen, oder blos intelligible Eigenschaften der Dinge der Sinnenwelt lassen sich mit einer gegründeten Befugniss der Vernunft als Meinung annehmen, obzwar, (weil man von ihrer Möglichkeit oder Unmöglichkeit keine Begriffe hat,) auch durch keine vermeinte bessere Einsicht dogmatisch ableugnen.

Zur Erklärung gegebener Erscheinungen können keine anderen Dinge und Erklärungsgründe, als die, so nach schon bekannten Gesetzen der Erscheinungen mit den gegebenen in Verknüpfung gesetzt worden, angeführt werden. Eine transscendentale Hypothese, bei der eine blose Idee der Vernunft zur Erklärung der Naturdinge gebraucht würde, würde daher gar keine Erklärung sein, indem das, was man aus bekannten empirischen Principien nicht hinreichend versteht, durch etwas erklärt werden würde, davon man gar nichts versteht. Auch würde das Princip einer solchen Hypothese eigentlich nur zur Befriedigung der Vernunft, und nicht zur Beförderung des Verstandesgebrauchs in Ansehung der Gegenstände dienen. Ordnung und Zweckmässigkeit in der Natur muss wiederum aus Naturgründen und nach Naturgesetzen erklärt werden, und hier sind selbst die wildesten Hypothesen, wenn sie nur physisch sind, erträglicher, als eine hyperphysische, d. i. die Berufung auf einen göttlichen Urheber, den man zu diesem Behuf voraussetzt. Denn das wäre ein Princip der faulen Vernunft (*ignava ratio*), alle Ursachen, deren objective Realität, wenigstens der Möglichkeit nach, man noch durch fortgesetzte Erfahrung kann kennen lernen, auf einmal vorbeizugehen, um in einer blosen Idee, die der Vernunft sehr bequem ist, zu ruhen. Was aber die absolute Totalität des Erklärungsgrundes in der Reihe derselben betrifft, so kann das keine Hinderniss in Ansehung der Weltobjecte machen, weil, da diese nichts, als Erscheinungen sind, an ihnen niemals etwas Vollendetes in der Synthesis der Reihe von Bedingungen gehofft werden kann.

Transscendentale Hypothesen des speculativen Gebrauchs der Vernunft, und eine Freiheit, zur Ersetzung des Mangels an physischen Erklärungsgründen sich allenfalls hyperphysischer zu bedienen, kann gar nicht gestattet werden, theils weil die Vernunft dadurch gar nicht weiter gebracht wird, sondern vielmehr den ganzen Fortgang ihres Gebrauchs abschneidet, theils weil diese Licenz sie zuletzt um alle Früchte der Bearbeitung ihres eigenthümlichen Bodens, nämlich der Erfahrung, bringen müsste. Denn wenn uns die Naturerklärung hie oder da schwer wird, so haben wir beständig einen transscendenten Erklärungsgrund bei der Hand, der uns jener Untersuchung überhebt, und unsere Nachforschung schliesst nicht durch Einsicht, sondern durch gänzliche Unbegreiflichkeit eines Princips, welches so schon zum voraus ausgedacht war, dass es den Begriff des absolut Ersten enthalten musste.

Das zweite erforderliche Stück zur Annehmungswürdigkeit einer Hypothese ist die Zulänglichkeit derselben, um daraus *a priori* die Folgen, welche gegeben sind, zu bestimmen. Wenn man zu diesem Zwecke hülfleistende Hypothesen herbeizurufen genöthigt ist, so geben sie den Verdacht einer blosen Erdichtung, weil jede derselben an sich dieselbe Rechtfertigung bedarf, welche der zum Grunde gelegte Gedanke nöthig hatte, und daher keinen tüchtigen Zeugen abgeben kann. Wenn unter Voraussetzung einer unbeschränkt vollkommenen Ursache zwar an Erklärungsgründen aller Zweckmässigkeit, Ordnung und Grösse, die sich in der Welt finden, kein Mangel ist, so bedarf jene doch bei den, wenigstens nach unseren Begriffen, sich zeigenden Abweichungen und Uebeln noch neuer Hypothesen, um gegen diese, als Einwürfe, gerettet zu werden. Wenn die einfache Selbstständigkeit der menschlichen Seele, die zum Grunde ihrer Erscheinungen gelegt worden, durch die Schwierigkeiten ihrer, den Abänderungen einer Materie (dem Wachsthum und der Abnahme) ähnlichen Phänomene angefochten wird, so müssen neue Hypothesen zu Hülfe gerufen werden, die zwar nicht ohne Schein, aber doch ohne alle Beglaubigung sind, ausser derjenigen, welche ihnen die zum Hauptgrunde angenommene Meinung gibt, der sie gleichwohl das Wort reden sollen.

Wenn die hier zum Beispiele angeführten Vernunftbehauptungen (unkörperliche Einheit der Seele und Dasein eines höchsten Wesens) nicht als Hypothesen, sondern *a priori* bewiesene Dogmata gelten sollen, so ist alsdenn von ihnen gar nicht die Rede. In solchem Falle aber sehe man sich ja vor, dass der Beweis die apodiktische Gewissheit einer Demonstration habe. Denn die Wirklichkeit solcher Ideen blos wahrscheinlich machen zu wollen, ist ein ungereimter Vorsatz, eben so, als wenn man einen Satz der Geometrie blos wahrscheinlich zu beweisen gedächte. Die von aller Erfahrung abgesonderte Vernunft kann alles nur *a priori* und als nothwendig, oder gar nicht erkennen; daher ist ihr Urtheil niemals Meinung, sondern entweder Enthaltung von allem Urtheile, oder apodiktische Gewissheit. Meinungen und wahrscheinliche Urtheile von dem, was Dingen zukommt, können nur als Erfahrungsgründe dessen, was wirklich gegeben ist, oder Folgen nach empirischen Gesetzen von dem, was als wirklich zum Grunde liegt, mithin nur in der Reihe der Gegenstände der Erfahrung vorkommen. Ausser diesem Felde ist meinen so viel, als mit Gedanken spielen, es müsste denn sein, dass man von einem unsicheren Wege des Urtheils blos die Meinung hätte, vielleicht auf ihm die Wahrheit zu finden.

Ob aber gleich bei blos speculativen Fragen der reinen Vernunft keine Hypothesen stattfinden, um Sätze darauf zu gründen, so sind sie dennoch ganz zulässig, um sie allenfalls nur zu vertheidigen, d. i. zwar nicht im dogmatischen, aber doch im polemischen Gebrauche. Ich verstehe aber unter Vertheidigung nicht die Vermehrung der Beweisgründe seiner Behauptung, sondern die blose Vereitelung der Scheineinsichten des Gegners, welche unserem behaupteten Satze Abbruch thun sollen. Nun haben aber alle synthetischen Sätze aus reiner Vernunft das Eigenthümliche an sich, dass, wenn der, welcher die Realität gewisser Ideen behauptet, gleich niemals so viel weiss, um diesen seinen Satz gewiss zu machen, auf der andern Seite der Gegner eben so wenig wissen kann, um das Widerspiel zu behaupten. Diese Gleichheit des Looses der menschlichen Vernunft begünstigt nun zwar im speculativen Erkenntnisse keinen von beiden, und da ist auch der rechte Kampfplatz nimmer beizulegender Fehden. Es wird sich aber in der Folge zeigen, dass doch, in Ansehung des praktischen Gebrauchs, die Vernunft ein Recht habe, etwas anzunehmen, was sie auf keine Weise im Felde der blosen Speculation ohne hinreichende Beweisgründe vorauszusetzen befugt wäre; weil alle solche Voraussetzungen der Vollkommenheit der Speculation Abbruch thun, um welche sich aber das praktische Interesse gar nicht bekümmert. Dort ist sie also im Besitze, dessen Rechtmässigkeit sie nicht beweisen darf, und wovon sie in der That den Beweis auch nicht führen könnte. Der Gegner soll also beweisen. Da dieser aber eben so wenig etwas von dem bezweifelten Gegenstande weiss, um dessen Nichtsein darzuthun, als der Erstere, der dessen Wirklichkeit behauptet, so zeigt sich hier ein Vortheil auf der Seite desjenigen, der etwas als praktisch nothwendige Voraussetzung behauptet *(melior est conditio possi-*

dentis). Es steht ihm nämlich frei, sich gleichsam aus Nothwehr eben derselben Mittel für seine gute Sache, als der Gegner wider dieselbe, d. i. der Hypothesen zu bedienen, die gar nicht dazu dienen sollen, um den Beweis derselben zu verstärken, sondern nur zu zeigen, dass der Gegner viel zu wenig von dem Gegenstande des Streites verstehe, als dass er sich eines Vortheils der speculativen Einsicht in Ansehung unserer schmeicheln könne.

Hypothesen sind also im Felde der reinen Vernunft nur als Kriegswaffen erlaubt, nicht um darauf ein Recht zu gründen, sondern nur es zu vertheidigen. Den Gegner aber müssen wir hier jederzeit in uns selbst suchen. Denn speculative Vernunft in ihrem transscendentalen Gebrauche ist an sich dialektisch. Die Einwürfe, die zu fürchten sein möchten, liegen in uns selbst. Wir müssen sie, gleich alten, aber niemals verjährenden Ansprüchen hervorsuchen, um einen ewigen Frieden auf deren Vernichtung zu gründen. Aeussere Ruhe ist nur scheinbar. Der Keim der Anfechtungen, der in der Natur der Menschenvernunft liegt, muss ausgerottet werden; wie können wir ihn aber ausrotten, wenn wir ihm nicht Freiheit, ja selbst Nahrung geben, Kraut auszuschiessen, um sich dadurch zu entdecken, und es nachher mit der Wurzel zu vertilgen? Sinnet demnach selbst auf Einwürfe, auf die noch kein Gegner gefallen ist, und leihet ihm sogar Waffen, oder räumet ihm den günstigsten Platz ein, den er sich nur wünschen kann. Es ist hiebei gar nichts zu fürchten, wohl aber zu hoffen, nämlich dass ihr euch einen in alle Zukunft niemals mehr anzufechtenden Besitz verschaffen werdet.

Zu einer vollständigen Rüstung gehören nun auch die Hypothesen der reinen Vernunft, welche, obzwar nur bleierne Waffen, (weil sie durch kein Erfahrungsgesetz gestählt sind,) dennoch immer so viel vermögen, als die, deren sich irgend ein Gegner wider euch bedienen mag. Wenn euch also wider die, (in irgend einer anderen nicht speculativen Rücksicht) angenommene immaterielle und keiner körperlichen Umwandlung unterworfene Natur der Seele die Schwierigkeit aufstösst, dass gleichwohl die Erfahrung sowohl die Erhebung, als Zerrüttung unserer Geisteskräfte blos als verschiedene Modification unserer Organe zu beweisen scheine; so könnt ihr die Kraft dieses Beweises dadurch schwächen, dass ihr annehmt, unser Körper sei nichts, als die Fundamentalerscheinung, worauf, als Bedingung, sich in dem jetzigen Zustande (im Leben) das ganze Vermögen der Sinnlichkeit und hiemit alles Denken bezieht. Die Trennung vom Körper sei das Ende dieses sinnlichen Gebrauchs eurer Erkenntnisskraft und der Anfang des intellectuellen. Der Körper wäre also nicht die Ursache des Denkens, sondern eine blos restringirende Bedingung desselben, mithin zwar als Beförderung des sinnlichen und animalischen, aber desto mehr auch als Hinderniss des reinen und spirituellen Lebens anzusehen, und die Abhängigkeit des ersteren von der körperlichen Beschaffenheit bewiese nichts für die Abhängigkeit des ganzen Lebens von dem Zustande unserer Organe. Ihr könnt aber noch weiter gehen, und wohl gar neue, entweder nicht aufgeworfene, oder nicht weit genug getriebene Zweifel ausfindig machen.

Die Zufälligkeit der Zeugungen, die bei Menschen, so wie beim vernunftlosen Geschöpfe, von der Gelegenheit, überdem aber auch oft vom Unterhalte, von der Regierung, deren Launen und Einfällen, oft sogar vom Laster abhängt, macht eine grosse Schwierigkeit wider die Meinung der auf Ewigkeiten sich erstreckenden Fortdauer eines Geschöpfs, dessen Leben unter so unerheblichen und unserer Freiheit so ganz und gar überlassenen Umständen zuerst angefangen hat. Was die Fortdauer der ganzen Gattung (hier auf Erden) betrifft, so hat diese Schwierigkeit in Ansehung derselben wenig auf sich, weil der Zufall im Einzelnen nichts desto weniger einer Regel im Ganzen unterworfen ist; aber in Ansehung eines jeden Individuum eine so mächtige Wirkung von so geringfügigen Ursachen zu erwarten, scheint allerdings bedenklich. Hiewider könnt ihr aber eine transscendentale Hypothese aufbieten: dass alles Leben eigentlich nur intelligibel sei, den Zeitveränderungen gar nicht unterworfen, und weder durch Geburt angefangen habe, noch durch den Tod geendigt werde. Dass dieses Leben nichts, als eine blose Erscheinung, d. i. eine sinnliche Vorstellung von dem reinen geistigen Leben, und die ganze Sinnenwelt ein bloses Bild sei, welches unserer jetzigen Erkenntnissart vorschwebt, und, wie ein Traum, an sich keine objective Realität habe; dass, wenn wir die Sachen und uns selbst anschauen sollen, wie sie sind, wir uns in einer Welt geistiger Naturen sehen würden, mit welcher unsere einzig wahre Gemeinschaft weder durch Geburt angefangen habe, noch durch den Leibestod (als blose Erscheinungen) aufhören werde u. s. w.

Ob wir nun gleich von allem diesem, was wir hier wider den Angriff hypothetisch vorschützen, nicht das Mindeste wissen, noch im Ernste behaupten, sondern alles nicht einmal Vernunftidee, sondern blos zur Gegenwehr ausgedachter Begriff ist, so verfahren wir doch hiebei ganz vernunftmässig, indem wir dem Gegner, welcher alle Möglichkeit erschöpft zu haben meint, indem er den Mangel ihrer empirischen Bedingungen für einen Beweis der gänzlichen Unmöglichkeit des von uns Geglaubten fälschlich ausgibt, nur zeigen: dass er eben so wenig durch blose Erfahrungsgesetze das ganze Feld möglicher Dinge an sich selbst umspannen, als wir ausserhalb der Erfahrung für unsere Vernunft irgend etwas auf gegründete Art erwerben können. Der solche hypothetische Gegenmittel wider die Anmassungen des dreist verneinenden Gegners vorkehrt, muss nicht dafür gehalten werden, als wolle er sie sich als seine wahren Meinungen eigen machen. Er verlässt sie, sobald er den dogmatischen Eigendünkel des Gegners abgefertigt hat. Denn so bescheiden und gemässigt es auch anzusehen ist, wenn Jemand sich in Ansehung fremder Behauptungen blos weigernd und verneinend erhält, so ist doch jederzeit, sobald er diese seine Einwürfe als Beweise des Gegentheils geltend machen will, der Anspruch nicht weniger stolz und eingebildet, als ob er die bejahende Partei und deren Behauptungen ergriffen hätte.

Man sieht also hieraus, dass im speculativen Gebrauche der Vernunft Hypothesen keine Gültigkeit als Meinungen an sich selbst, sondern nur relativ auf entgegengesetzte transscendente Anmassungen haben. Denn die Ausdehnung der Principien möglicher Erfahrung auf die Möglichkeit der Dinge überhaupt ist eben sowohl transscendent, als die Behauptung der objectiven Realität solcher Begriffe, welche ihre Gegenstände nirgend, als ausserhalb der Grenze aller möglichen Erfahrung finden können. Was reine Vernunft assertorisch urtheilt, muss, (wie alles, was Vernunft erkennt,) nothwendig sein, oder es ist gar nichts. Demnach enthält sie in der That keine Meinungen. Die gedachten Hypothesen aber sind nur problematische Urtheile, die wenigstens nicht widerlegt, obgleich freilich durch nichts bewiesen werden können, und sind also reine Privatmeinungen, können aber doch nicht füglich (selbst zur inneren Beruhigung) gegen sich regende Scrupel entbehrt werden. In dieser Qualität muss man sie erhalten, und ja sorgfältig verhüten, dass sie nicht, als an sich selbst beglaubigt und von einiger absoluten Gültigkeit, auftreten und die Vernunft unter Erdichtungen und Blendwerken ersäufen.

Des ersten Hauptstücks
vierter Abschnitt.

Die Disciplin der reinen Vernunft in Ansehung ihrer Beweise.

Die Beweise transscendentaler und synthetischer Sätze haben das Eigenthümliche unter allen Beweisen einer synthetischen Erkenntniss *a priori* an sich, dass die Vernunft bei jenen vermittelst ihrer Begriffe sich nicht geradezu an den Gegenstand wenden darf, sondern zuvor die objective Gültigkeit der Begriffe und die Möglichkeit der Synthesis derselben *a priori* darthun muss. Dieses ist nicht blos eine nöthige Regel der Behutsamkeit, sondern betrifft das Wesen und die Möglichkeit der Beweise selbst. Wenn ich über den Begriff von einem Gegenstande *a priori* hinausgehen soll, so ist dieses ohne einen besonderen und ausserhalb diesem Begriffe befindlichen Leitfaden unmöglich. In der Mathematik ist es die Anschauung *a priori*, die meine Synthesis leitet, und da können alle Schlüsse unmittelbar an der reinen Anschauung geführt werden. Im transscendentalen Erkenntniss, so lange es blos mit Begriffen des Verstandes zu thun hat, ist diese Richtschnur die mögliche Erfahrung. Der Beweis zeigt nämlich nicht, dass der gegebene Begriff (z. B. von dem, was geschieht,) geradezu auf einen anderen Begriff (den einer Ursache) führe; denn dergleichen Uebergang wäre ein Sprung, der sich gar nicht verantworten liesse; sondern er zeigt, dass die Erfahrung selbst, mithin das Object der Erfahrung ohne eine solche Verknüpfung unmöglich wäre. Also musste der Beweis zugleich die Möglichkeit anzeigen, synthetisch und *a priori* zu einer gewissen Erkenntniss von Dingen zu gelangen, die in dem Begriffe von ihnen nicht enthalten war. Ohne diese Aufmerksamkeit laufen die Beweise wie Wasser, welche ihre Ufer durchbrechen, wild und querfeld ein dahin, wo der Hang der verborgenen Association sie zufälligerweise herleitet. Der Schein der Ueberzeugung, welcher auf subjectiven Ursachen der Association beruht und für die Einsicht einer natürlichen Affinität gehalten wird, kann der Bedenklichkeit gar nicht die Wage halten, die sich billigermassen über dergleichen gewagte Schritte einfinden muss. Daher sind auch alle Versuche, den Satz des zureichenden Grundes zu beweisen, nach dem allgemeinen Geständnisse der Kenner vergeblich gewesen, und ehe die transscendentale Kritik auftrat, hat man lieber, da man diesen Grundsatz doch nicht verlassen konnte, sich trotzig auf den gesunden Menschenverstand berufen, (eine Zuflucht, die jederzeit beweiset, dass die Sache der Vernunft verzweifelt ist,) als neue dogmatische Beweise versuchen wollen.

Ist aber der Satz, über den ein Beweis geführt werden soll, eine Behauptung der reinen Vernunft, und will ich sogar vermittelst bloser Ideen über meine Erfahrungsbegriffe hinausgehen, so müsste derselbe noch vielmehr die Rechtfertigung eines solchen Schrittes der Synthesis, (wenn er anders möglich wäre,) als eine nothwendige Bedingung seiner Beweiskraft in sich enthalten. So scheinbar daher auch der vermeintliche Beweis der einfachen Natur unserer denkenden Substanz aus der Einheit der Apperception sein mag, so steht ihm doch die Bedenklichkeit unabweislich entgegen, dass, da die absolute Einfachheit doch kein Begriff ist, der unmittelbar auf eine Wahrnehmung bezogen werden kann, sondern als Idee blos geschlossen werden muss, gar nicht einzusehen ist, wie mich das blose Bewusstsein, welches in allem Denken enthalten ist oder wenigstens sein kann, ob es zwar sofern eine einfache Vorstellung ist, zu dem Bewusstsein und der Kenntniss eines Dinges überführen solle, in welchem das Denken allein enthalten sein kann. Denn wenn ich mir die Kraft eines Körpers in Bewegung vorstelle, so ist er so fern für mich absolute Einheit und meine Vorstellung von ihm ist einfach; daher kann ich diese auch durch die Bewegung eines Punktes ausdrücken, weil sein Volumen hiebei nichts thut und ohne Verminderung der Kraft so klein, wie man will, und also auch als in einem Punkt befindlich gedacht werden kann. Hieraus werde ich aber doch nicht schliessen, dass, wenn mir nichts als die bewegende Kraft eines Körpers gegeben ist, der Körper als einfache Substanz gedacht werden könne, darum, weil seine Vorstellung von aller Grösse des Raumesinhalts abstrahirt und also einfach ist. Hiedurch nun, dass das Einfache in der Abstraction vom Einfachen im Object ganz unterschieden ist, und dass das Ich, welches im ersteren Verstande gar keine Mannigfaltigkeit in sich fasst, im zweiten, da es die Seele selbst bedeutet, ein sehr complexer Begriff sein kann, nämlich sehr vieles unter sich zu enthalten und zu bezeichnen, entdecke ich einen Paralogismus. Allein um diesen vorher zu ahnen, (denn ohne eine solche vorläufige Vermuthung würde man gar keinen Verdacht gegen den Beweis fassen,) ist durchaus nöthig, ein immerwährendes Kriterium der Möglichkeit solcher synthetischen Sätze, die mehr beweisen sollen, als Erfahrung geben kann, bei Hand zu haben, welches darin besteht, dass der Beweis nicht geradezu auf das verlangte Prädicat, sondern nur vermittelst eines Princips der Möglichkeit, unseren gegebenen Begriff *a priori* bis zu Ideen zu erweitern und diese zu realisiren, geführt werde. Wenn diese Behutsamkeit immer gebraucht wird, wenn man, ehe der Beweis noch versucht wird, zuvor weislich bei sich zu Rathe geht, wie und mit welchem Grunde der Hoffnung man wohl eine solche Erweiterung durch reine Vernunft erwarten könne, und woher man in dergleichen Falle diese Einsichten, die nicht aus Begriffen entwickelt und auch nicht in Beziehung auf mögliche Erfahrung anticipirt werden können, denn hernehmen wolle; so kann man sich viel schwere und dennoch fruchtlose Bemühungen ersparen, indem man der Vernunft nichts zumuthet, was offenbar über ihr Vermögen geht, oder vielmehr sie, die bei Anwandlungen ihrer speculativen Erweiterungssucht sich nicht gerne einschränken lässt, der Disciplin der Enthaltsamkeit unterwirft.

Die erste Regel ist also diese: keine transscendentalen Beweise zu versuchen, ohne zuvor überlegt und sich desfalls gerechtfertigt zu haben, woher man die Grundsätze nehmen wolle, auf welche man sie zu errichten gedenkt, und mit welchem Rechte man von ihnen den guten Erfolg der Schlüsse erwarten könne. Sind es Grundsätze des Verstandes (z. B. der Causalität), so is es umsonst, vermittelst ihrer zu Ideen der reinen Vernunft zu gelangen; denn jene gelten nur für Gegenstände möglicher Erfahrung. Sollen es Grundsätze aus reiner Vernunft sein, so ist wiederum alle Mühe umsonst. Denn die Vernunft hat deren zwar, aber als objective Grundsätze sind sie insgesammt dialektisch, und können allenfalls nur wie regulative Principien des systematisch zusammenhängenden Erfahrungsgebrauchs gültig sein. Sind aber dergleichen angebliche Beweise schon vorhanden, so setzet der trüglichen Ueberzeugung das *non liquet* eurer gereiften Urtheilskraft entgegen, und ob ihr gleich das Blendwerk derselben noch nicht durchdringen könnt, so habt ihr doch völliges Recht, die Deduction der darin gebrauchten Grundsätze zu verlangen, welche, wenn sie aus bloser Vernunft entsprungen sein sollen, euch niemals geschafft werden kann. Und so habt ihr nicht einmal nöthig, euch mit der Entwickelung und Widerlegung eines jeden grundlosen Scheins zu befassen, sondern könnt alle an Kunstgriffen unerschöpfliche Dialektik am Gerichtshofe einer kritischen Vernunft, welche Gesetze verlangt, in ganzen Haufen auf einmal abweisen.

Die zweite Eigenthümlichkeit transscendentaler Beweise ist diese, dass zu jedem transscendentalen Satze nur ein einziger Beweis gefunden werden könne. Soll ich nicht aus Begriffen, sondern aus der Anschauung, die einem Begriffe correspondirt, es sei nun eine reine Anschauung, wie in der Mathematik, oder empirische, wie in der Naturwissenschaft, schliessen, so gibt mir die zum Grunde gelegte Anschauung mannigfaltigen Stoff zu synthetischen Sätzen, welchen ich auf mehr als eine Art verknüpfen, und, indem ich von mehr, als einem Punkte ausgehen darf, durch verschiedene Wege zu demselben Satze gelangen kann.

Nun geht aber ein jeder transscendentale Satz blos von einem Begriffe aus, und sagt die synthetische Bedingung der Möglichkeit des Gegenstandes nach diesem Begriffe. Der Beweisgrund kann also nur ein einziger sein, weil ausser diesem Begriffe nichts weiter ist, wodurch der Gegenstand bestimmt werden könnte, der Beweis also nichts weiter, als die Bestimmung eines Gegenstandes überhaupt nach diesem Begriffe, der auch nur ein einziger ist, enthalten kann. Wir hatten z. B. in der transscendentalen Analytik den Grundsatz: alles, was geschieht, hat eine Ursache, aus der einzigen Bedingung der objectiven Möglichkeit eines Begriffs von dem, was überhaupt geschieht, gezogen: dass die Bestimmung einer Begebenheit in der Zeit, mithin diese (Begebenheit) als zur Erfahrung gehörig, ohne unter einer solchen dynamischen Regel zu stehen, unmöglich wäre. Dieses ist nun auch der einzig mögliche Beweisgrund; denn dadurch nur, dass dem Begriffe vermittelst des Gesetzes der Causalität ein Gegenstand bestimmt wird, hat die vorgestellte Begebenheit objective Gültigkeit, d. i. Wahrheit. Man hat zwar noch andere Beweise von diesem Grundsatze, z. B. aus der Zufälligkeit versucht; allein wenn dieser beim Lichte betrachtet wird, so kann man kein Kennzeichen der Zufälligkeit auffinden, als das Geschehen, d. i. das Dasein, vor welchem ein Nichtsein des Gegenstandes vorhergeht, und kommt also immer wiederum auf den nämlichen Beweisgrund zurück. Wenn der Satz bewiesen werden soll: alles, was denkt, ist einfach, so hält man sich nicht bei dem Mannigfaltigen des Denkens auf, sondern beharrt blos bei dem Begriffe des Ich, welcher einfach ist und worauf alles Denken bezogen wird. Eben so ist es mit dem transscendentalen Beweise vom Dasein Gottes bewandt, welcher lediglich auf der Reciprocabilität der Begriffe vom realsten und nothwendigen Wesen beruht und nirgend anders gesucht werden kann.

Durch diese warnende Anmerkung wird die Kritik der Vernunftbehauptungen sehr ins Kleine gebracht. Wo Vernunft ihr Geschäft durch blose Begriffe treibt, da ist nur ein einziger Beweis möglich, wenn überall nur irgend einer möglich ist. Daher, wenn man schon den Dogmatiker mit zehn Beweisen auftreten sieht, da kann man sicher glauben, dass er gar keinen habe. Denn hätte er einen, der, (wie es in Sachen der reinen Vernunft sein muss,) apodiktisch bewiese, wozu bedürfte es der übrigen? Seine Absicht ist nur, wie die von jenem Parlamentsadvocaten: das eine Argument ist für diesen, das andere für jenen, nämlich, um sich die Schwäche seiner Richter zu Nutze zu machen, die, ohne sich tief einzulassen und um von dem Geschäfte bald loszukommen, das Erste Beste, was ihnen eben auffällt, ergreifen und darnach entscheiden.

Die dritte eigenthümliche Regel der reinen Vernunft, wenn sie in Ansehung transscendentaler Beweise einer Disciplin unterworfen wird, ist, dass ihre Beweise niemals apagogisch, sondern jederzeit ostensiv sein müssen. Der directe oder ostensive Beweis ist in aller Art der Erkenntniss derjenige, welcher mit der Ueberzeugung von der Wahrheit zugleich Einsicht in die Quellen derselben verbindet; der apagogische dagegen kann zwar Gewissheit, aber nicht Begreiflichkeit der Wahrheit in Ansehung des Zusammenhanges mit den Gründen ihrer Möglichkeit hervorbringen. Daher sind die letzteren mehr eine Nothhülfe, als ein Verfahren, welches allen Absichten der Vernunft ein Genüge thut. Doch haben diese einen Vorzug der Evidenz vor den directen Beweisen darin, dass der Widerspruch allemal mehr Klarheit in der Vorstellung bei sich führt, als die beste Verknüpfung, und sich dadurch dem Anschaulichen einer Demonstration mehr nähert.

Die eigentliche Ursache des Gebrauchs apagogischer Beweise in verschiedenen Wissenschaften ist wohl diese. Wenn die Gründe, von denen eine gewisse Erkenntniss abgeleitet werden soll, zu mannigfaltig oder zu tief verborgen liegen, so versucht man, ob sie nicht durch die Folgen zu erreichen sei. Nun wäre der *modus ponens,* auf die Wahrheit einer Erkenntniss aus der Wahrheit ihrer Folgen zu schliessen, nur alsdenn erlaubt, wenn alle mögliche Folgen daraus wahr sind; denn alsdenn ist zu diesem nur ein einziger Grund möglich, der also auch der wahre ist. Dieses Verfahren aber ist unthunlich, weil es über unsere Kräfte geht, alle mögliche Folgen von irgend einem angenommenen Satze einzusehen; doch bedient man sich dieser Art zu schliessen, obzwar freilich mit einer gewissen Nachsicht, wenn es darum zu thun ist, um etwas blos als Hypothese zu beweisen, indem man den Schluss nach der Analogie einräumt: dass, wenn so viele Folgen, als man nur immer versucht hat, mit einem angenommenen Grunde wohl zusammenstimmen, alle übrige mögliche auch darauf einstimmen werden. Um deswillen kann durch diesen Weg niemals eine Hypothese in demonstrative Wahrheit verwandelt werden. Der *modus tollens* der Vernunftschlüsse, die von den Folgen auf die Gründe schliessen, beweiset nicht allein ganz strenge, sondern auch überaus leicht. Denn wenn auch nur eine einzige falsche Folge aus einem Satze gezogen werden kann, so ist dieser Satz falsch. Anstatt nun die ganze Reihe der Gründe in einem ostensiven Beweise durchzulaufen, die auf die Wahrheit einer Erkenntniss vermittelst der vollständigen Einsicht in ihre Möglichkeit führen kann, darf man nur unter den aus dem Gegentheil derselben fliessenden Folgen eine einzige falsch finden, so ist dieses Gegentheil auch falsch, mithin die Erkenntniss, welche man zu beweisen hatte, wahr.

Die apagogische Beweisart kann aber nur in denen Wissenschaften erlaubt sein, wo es unmöglich ist, das Subjective unserer Vorstellungen dem Objectiven, nämlich der Erkenntniss desjenigen, was am Gegenstande ist, unterzuschieben. Wo dieses Letztere aber herrschend ist, da muss es sich häufig zutragen, dass das Gegentheil eines gewissen Satzes entweder blos den subjectiven Bedingungen des Denkens widerspricht, aber nicht dem Gegenstande, oder dass beide Sätze nur unter einer subjectiven Bedingung, die fälschlich für objectiv gehalten, einander widersprechen und, da die Bedingung falsch ist, alle beide falsch sein können, ohne dass von der Falschheit des einen auf die Wahrheit des andern geschlossen werden kann.

In der Mathematik ist diese Subreption unmöglich; daher haben sie daselbst auch ihren eigentlichen Platz. In der Naturwissenschaft, weil sich daselbst alles auf empirische Anschauungen gründet, kann jene Erschleichung durch viel verglichene Beobachtungen zwar mehrentheils verhütet werden; aber diese Beweisart ist daselbst doch mehrentheils unerheblich. Aber die transscendentalen Versuche der reinen Vernunft werden insgesammt innerhalb dem eigentlichen Medium des dialektischen Scheins angestellt, d. i. des Subjectiven, welches sich der Vernunft in ihren Prämissen als objectiv anbietet oder gar aufdrängt. Hier nun kann es, was synthetische Sätze betrifft, gar nicht erlaubt werden, seine Behauptungen dadurch zu rechtfertigen, dass man das Gegentheil widerlegt. Denn entweder diese Widerlegung ist nichts Anderes, als die blose Vorstellung des Widerstreits der entgegengesetzten Meinung mit den subjectiven Bedingungen der Begreiflichkeit durch unsere Vernunft, welches gar nichts dazu thut, um die Sache selbst darum zu verwerfen, (so wie z. B. die unbedingte Nothwendigkeit im Dasein eines Wesens schlechterdings von uns nicht begriffen werden kann, und sich daher subjectiv jedem speculativen Beweise eines nothwendigen obersten Wesens mit Recht, der Möglichkeit eines solchen Urwesens aber an sich selbst mit Unrecht widersetzt;) oder beide, sowohl der behauptende, als der verneinende Theil, legen, durch den transscendentalen Schein betrogen, einen unmöglichen Begriff vom Gegenstande zum Grunde, und da gilt die Regel: *non entis nulla sunt praedicata*, d. i. sowohl was man bejahend, als was man verneinend von dem Gegenstande behauptete, ist Beides unrichtig, und man kann nicht apagogisch durch die Widerlegung des Gegentheils zur Erkenntniss der Wahrheit gelangen. So zum Beispiel, wenn vorausgesetzt wird, dass die Sinnenwelt an sich selbst ihrer Totalität nach gegeben sei, so ist es falsch, dass sie entweder unendlich dem Raum nach, oder endlich und begrenzt sein müsse, darum, weil Beides falsch ist. Denn Erscheinungen (als blose Vorstellungen), die doch an sich selbst (als Objecte) gegeben wären, sind etwas Unmögliches, und die Unendlichkeit dieses eingebildeten Ganzen würde zwar unbedingt sein, widerspräche aber, (weil alles an Erscheinungen bedingt ist,) der unbedingten Grössenbestimmung, die doch im Begriffe vorausgesetzt wird.

Die apagogische Beweisart ist auch das eigentliche Blendwerk, womit die Bewunderer der Gründlichkeit unserer dogmatischen Vernünftler jederzeit hingehalten worden sind; sie ist gleichsam der Champion, der die Ehre und das unstreitige Recht seiner genommenen Partei dadurch beweisen will, dass er sich mit Jedermann zu raufen anheischig macht, der es bezweifeln wollte, obgleich durch solche Grosssprecherei nichts in der Sache, sondern nur der respectiven Stärke der Gegner ausgemacht wird, und zwar auch nur auf der Seite desjenigen, der sich angreifend verhält. Die Zuschauer, indem sie sehen, dass ein Jeder in seiner Reihe bald Sieger ist, bald unterliegt, nehmen oftmals daraus Anlass, das Object des Streits selbst skeptisch zu bezweifeln. Aber sie haben nicht Ursache dazu, und es ist genug, ihnen zuzurufen: *non defensoribus istis tempus eget*. Ein Jeder muss seine Sache vermittelst eines durch transscendentale Deduction der Beweisgründe geführten rechtlichen Beweises, d. i. direct führen, damit man sehe, was seine Vernunftansprüche für sich selbst anzuführen haben. Denn fusset sich sein Gegner auf subjective Gründe, so ist er freilich leicht zu widerlegen, aber ohne Vortheil für den Dogmatiker, der gemeiniglich eben so den subjectiven Ursachen des Urtheils anhängt und gleichergestalt von seinem Gegner in die Enge getrieben werden kann. Verfahren aber beide Theile blos direct, so werden sie entweder die Schwierigkeit, ja Unmöglichkeit, den Titel ihrer Behauptungen auszufinden, von selbst bemerken und sich zuletzt nur auf Verjährung berufen können, oder die Kritik wird den dogmatischen Schein leicht entdecken, und die reine Vernunft nöthigen, ihre zu hoch getriebenen Anmassungen im speculativen Gebrauch aufzugeben und sich innerhalb der Grenzen ihres eigenthümlichen Bodens, nämlich praktischer Grundsätze, zurückzuziehen.

Der transscendentalen Methodenlehre

zweites Hauptstück.

Der Kanon der reinen Vernunft.

Es ist demüthigend für die menschliche Vernunft, dass sie in ihrem reinen Gebrauche nichts ausrichtet und sogar noch einer Disciplin bedarf, um ihre Ausschweifungen zu bändigen und die Blendwerke, die ihr daher kommen, zu verhüten. Allein andererseits erhebt es sie wiederum und gibt ihr ein Zutrauen zu sich selbst, dass sie diese Disciplin selbst ausüben kann und muss, ohne eine andere Censur über sich zu gestatten, imgleichen dass die Grenzen, die sie ihrem speculativen Gebrauche zu setzen genöthigt ist, zugleich die vernünftelnden Anmassungen jedes Gegners einschränken und mithin alles, was ihr noch von ihren vorher übertriebenen Forderungen übrig bleiben möchte, gegen alle Angriffe sicher stellen können. Der grösste und vielleicht einzige Nutzen aller Philosophie der reinen Vernunft ist also wohl nur negativ; da sie nämlich nicht, als Organon, zur Erweiterung, sondern, als Disciplin, zur Grenzbestimmung dient und anstatt Wahrheit zu entdecken, nur das stille Verdienst hat, Irrthümer zu verhüten.

Indessen muss es doch irgendwo einen Quell von positiven Erkenntnissen geben, welche ins Gebiet der reinen Vernunft gehören und die vielleicht nur durch Missverstand zu Irrthümern Anlass geben, in der That aber das Ziel der Beeiferung der Vernunft ausmachen. Denn welcher Ursache sollte sonst wohl die nicht zu dämpfende Begierde, durchaus über die Grenze der Erfahrung hinaus irgendwo festen Fuss zu fassen, zuzuschreiben sein? Sie ahnet Gegenstände, die ein grosses Interesse für sie bei sich führen. Sie tritt den Weg der blosen Speculation an, um sich ihnen zu nähern; aber diese fliehen vor ihr. Vermuthlich wird auf dem einzigen Wege, der ihr noch übrig ist, nämlich dem des praktischen Gebrauchs, besseres Glück für sie zu hoffen sein.

Ich verstehe unter einem Kanon den Inbegriff der Grundsätze *a priori* des richtigen Gebrauchs gewisser Erkenntnissvermögen überhaupt. So ist die allgemeine Logik in ihrem analytischen Theile ein Kanon für Verstand und Vernunft überhaupt, aber nur der Form nach; denn sie abstrahirt von allem Inhalte. So war die transscendentale Analytik der Kanon des reinen Verstandes; denn der ist allein wahrer synthetischer Erkenntnisse *a priori* fähig. Wo aber kein richtiger Gebrauch einer Erkenntnisskraft möglich ist, da gibt es keinen Kanon. Nun ist alle synthetische Erkenntniss der reinen Vernunft in ihrem speculativen Gebrauche, nach allen bisher geführten Beweisen, gänzlich unmöglich. Also gibt es gar keinen Kanon des speculativen Gebrauchs derselben, (denn dieser ist durch und durch dialektisch,) sondern alle transscendentale Logik ist in dieser Absicht nichts, als Disciplin. Folglich, wenn es überall einen Gebrauch der reinen Vernunft gibt, in welchem Falle es auch einen Kanon derselben geben muss, so wird dieser nicht den speculativen, sondern den praktischen Vernunftgebrauch betreffen, den wir also jetzt untersuchen wollen.

Des Kanons der reinen Vernunft
erster Abschnitt.

Von dem letzten Zwecke des reinen Gebrauchs unserer Vernunft.

Die Vernunft wird durch einen Hang ihrer Natur getrieben, über den Erfahrungsgebrauch hinaus zu gehen, sich in einem reinen Gebrauche und vermittelst bloser Ideen zu den äussersten Grenzen aller Erkenntniss hinaus zu wagen und nur allererst in der Vollendung ihres Kreises, in einem für sich bestehenden systematischen Ganzen Ruhe zu finden. Ist nun diese Bestrebung blos auf ihr speculatives, oder vielmehr einzig und allein auf ihr praktisches Interesse gegründet?

Ich will das Glück, welches die reine Vernunft in speculativer Absicht macht, jetzt bei Seite setzen, und frage nur nach denen Aufgaben, deren Auflösung ihren letzten Zweck ausmacht, sie mag diesen nun erreichen oder nicht, und in Ansehung dessen alle anderen blos den Werth der Mittel haben. Diese höchsten Zwecke werden, nach der Natur der

Vernunft, wiederum Einheit haben müssen, um dasjenige Interesse der Menschheit, welches keinem höheren untergeordnet ist, vereinigt zu befördern.

Die Endabsicht, worauf die Speculation der Vernunft im transscendentalen Gebrauche zuletzt hinausläuft, betrifft drei Gegenstände: die Freiheit des Willens, die Unsterblichkeit der Seele und das Dasein Gottes. In Ansehung aller dreien ist das blos speculative Interesse der Vernunft nur sehr gering, und in Absicht auf dasselbe würde wohl schwerlich eine ermüdende, mit unaufhörlichen Hindernissen ringende Arbeit transscendenter Nachforschung übernommen werden, weil man von allen Entdeckungen, die hierüber zu machen sein möchten, doch keinen Gebrauch machen kann, der *in concreto*, d. i. in der Naturforschung seinen Nutzen bewiese. Der Wille mag auch frei sein, so kann dieses doch nur die intelligible Ursache unseres Wollens angehen. Denn was die Phänomene der Aeusserungen desselben, d. i. die Handlungen betrifft, so müssen wir nach einer unverletzlichen Grundmaxime, ohne welche wir keine Vernunft im empirischen Gebrauche ausüben können, sie niemals anders, als alle übrige Erscheinungen der Natur, nämlich nach unwandelbaren Gesetzen derselben erklären. Es mag zweitens auch die geistige Natur der Seele (und mit derselben ihre Unsterblichkeit) eingesehen werden können, so kann darauf doch, weder in Ansehung der Erscheinungen dieses Lebens, als einen Erklärungsgrund, noch auf die besondere Beschaffenheit des künftigen Zustandes Rechnung gemacht werden, weil unser Begriff einer unkörperlichen Natur blos negativ ist und unsere Erkenntniss nicht im mindesten erweitert, noch einigen tauglichen Stoff zu Folgerungen darbietet, als etwa zu solchen, die nur für Erdichtungen gelten können, die aber von der Philosophie nicht gestattet werden. Wenn auch drittens das Dasein einer höchsten Intelligenz bewiesen wäre, so würden wir uns zwar daraus das Zweckmässige in der Welteinrichtung und Ordnung im Allgemeinen begreiflich machen, keineswegs aber befugt sein, irgend eine besondere Anstalt und Ordnung daraus abzuleiten, oder, wo sie nicht wahrgenommen wird, darauf kühnlich zu schliessen, indem es eine nothwendige Regel des speculativen Gebrauchs der Vernunft ist, Naturursachen nicht vorbeizugehen und das, wovon wir uns durch Erfahrung belehren können, aufzugeben, um etwas, was wir kennen, von demjenigen abzuleiten, was alle unsere Kenntniss gänzlich übersteigt. Mit einem Worte, diese drei Sätze bleiben für die speculative Vernunft jederzeit transscendent und haben gar keinen immanenten, d. i. für Gegenstände der Erfahrung zulässigen, mithin für uns auf einige Art nützlichen Gebrauch, sondern sind an sich betrachtet ganz müssige und dabei noch äusserst schwere Anstrengungen unserer Vernunft.

Wenn demnach diese drei Cardinalsätze uns zum Wissen gar nicht nöthig sind und uns gleichwohl durch unsere Vernunft dringend empfohlen werden, so wird ihre Wichtigkeit wohl eigentlich nur das **Praktische** angehen müssen.

Praktisch ist alles, was durch Freiheit möglich ist. Wenn die Bedingungen der Ausübung unserer freien Willkühr aber empirisch sind, so kann die Vernunft dabei keinen anderen, als regulativen Gebrauch haben und nur die Einheit empirischer Gesetze zu bewirken dienen; wie z. B. in der Lehre der Klugheit die Vereinigung aller Zwecke, die uns von unseren Neigungen aufgegeben sind, in den einigen, die **Glückseligkeit**, und die Zusammenstimmung der Mittel, um dazu zu gelangen, das ganze Geschäft der Vernunft ausmacht, die um deswillen keine andern, als **pragmatische** Gesetze des freien Verhaltens, zu Erreichung der uns von den Sinnen empfohlenen Zwecke, und also keine reinen Gesetze, völlig *a priori* bestimmt liefern kann. Dagegen würden reine praktische Gesetze, deren Zweck durch die Vernunft völlig *a priori* gegeben ist, und die nicht empirisch bedingt, sondern schlechthin gebieten, Producte der reinen Vernunft sein. Dergleichen aber sind die **moralischen** Gesetze, mithin gehören diese allein zum praktischen Gebrauche der reinen Vernunft und erlauben einen Kanon.

Die ganze Zurüstung also der Vernunft in der Bearbeitung, die man reine Philosophie nennen kann, ist in der That nur auf die drei gedachten Probleme gerichtet. Diese selber aber haben wiederum ihre entferntere Absicht, nämlich, was zu thun sei, wenn der Wille frei, wenn ein Gott und eine künftige Welt ist. Da dieses nun unser Verhalten in Beziehung auf den höchsten Zweck betrifft, so ist die letzte Absicht der weislich uns versorgenden Natur bei der Einrichtung unserer Vernunft eigentlich nur aufs Moralische gestellt.

Es ist aber Behutsamkeit nöthig, um, da wir unser Augenmerk auf einen Gegenstand werfen, der der transscendentalen Philosophie fremd*

---

* Alle praktische Begriffe gehen auf Gegenstände des Wohlgefallens oder Missfallens, d. i. der Lust oder Unlust, mithin, wenigstens indirect, auf Gegenstände unseres Gefühls. Da dieses aber keine Vorstellungskraft der Dinge ist, sondern ausser

ist, nicht in Episoden auszuschweifen und die Einheit des Systems zu verletzen, andererseits auch, um, indem man von seinem neuen Stoffe zu wenig sagt, es an Deutlichkeit oder Ueberzeugung nicht fehlen zu lassen. Ich hoffe Beides dadurch zu leisten, dass ich mich so nahe als möglich am Transscendentalen halte und das, was etwa hiebei psychologisch, d. i. empirisch sein möchte, gänzlich bei Seite setze.

Und da ist denn zuerst anzumerken, dass ich mich für jetzt des Begriffs der Freiheit nur im praktischen Verstande bedienen werde und den in transscendentaler Bedeutung, welcher nicht als ein Erklärungsgrund der Erscheinungen empirisch vorausgesetzt werden kann, sondern selbst ein Problem für die Vernunft ist, hier, als oben abgethan, bei Seite setze. Eine Willkühr nämlich ist blos thierisch *(arbitrium brutum)*, die nicht anders, als durch sinnliche Antriebe, d. i. pathologisch bestimmt werden kann. Diejenige aber, welche unabhängig von sinnlichen Antrieben, mithin durch Bewegursachen, welche nur von der Vernunft vorgestellt werden, bestimmt werden kann, heisst die freie Willkühr *(arbitrium liberum)*, und alles, was mit dieser, es sei als Grund oder Folge zusammenhängt, wird praktisch genannt. Die praktische Freiheit kann durch Erfahrung bewiesen werden. Denn nicht blos das, was reizt, d. i. die Sinne unmittelbar afficirt, bestimmt die menschliche Willkühr, sondern wir haben ein Vermögen, durch Vorstellungen von dem, was selbst auf entferntere Art nützlich oder schädlich ist, die Eindrücke auf unser sinnliches Begehrungsvermögen zu überwinden; diese Ueberlegungen aber von dem, was in Ansehung unseres ganzen Zustandes begehrungswerth, d. i. gut und nützlich ist, beruhen auf der Vernunft. Diese gibt daher auch Gesetze, welche Imperativen, d. i. objective Gesetze der Freiheit sind, und welche sagen, was geschehen soll, ob es gleich vielleicht nie geschieht, und sich darin von Naturgesetzen, die nur von dem handeln, was geschieht, unterscheiden; weshalb sie auch praktische Gesetze genannt werden.

Ob aber die Vernunft selbst in diesen Handlungen, dadurch sie Gesetze vorschreibt, nicht wiederum durch anderweitige Einflüsse bestimmt sei, und das, was in Absicht auf sinnliche Antriebe Freiheit

---

der gesammten Erkenntnisskraft liegt, so gehören die Elemente unserer Urtheile, so fern sie sich auf Lust oder Unlust beziehen, mithin der praktischen, nicht in den Inbegriff der Transscendental-Philosophie, welche lediglich mit reinen Erkenntnissen *a priori* zu thun hat.

heisst, in Ansehung höherer und entfernterer wirkenden Ursachen nicht wiederum Natur sein möge, das geht uns im Praktischen, da wir nur die Vernunft um die Vorschrift des Verhaltens zunächst befragen, nichts an, sondern ist eine blos speculative Frage, die wir, so lange als unsere Absicht aufs Thun oder Lassen gerichtet ist, bei Seite setzen können. Wir erkennen also die praktische Freiheit durch Erfahrung als eine von den Naturursachen, nämlich eine Causalität der Vernunft in Bestimmung des Willens, indessen dass die transscendentale Freiheit eine Unabhängigkeit dieser Vernunft selbst (in Ansehung ihrer Causalität, eine Reihe von Erscheinungen anzufangen,) von allen bestimmenden Ursachen der Sinnenwelt fordert und sofern dem Naturgesetze, mithin aller möglichen Erfahrung zuwider zu sein scheint und also ein Problem bleibt. Allein für die Vernunft im praktischen Gebrauche gehört dieses Problem nicht; also haben wir es in einem Kanon der reinen Vernunft nur mit zwei Fragen zu thun, die das praktische Interesse der reinen Vernunft angehen, und in Ansehung deren ein Kanon ihres Gebrauchs möglich sein muss, nämlich: ist ein Gott? ist ein künftiges Leben? Die Frage wegen der transscendentalen Freiheit betrifft blos das speculative Wissen, welche wir als ganz gleichgültig bei Seite setzen können, wenn es um das Praktische zu thun ist, und worüber in der Antinomie der reinen Vernunft schon hinreichende Erörterung zu finden ist.

Des Kanons der reinen Vernunft
zweiter Abschnitt.

Von dem Ideal des höchsten Guts, als einem Bestimmungsgrunde des letzten Zwecks der reinen Vernunft.

Die Vernunft führte uns in ihrem speculativen Gebrauche durch das Feld der Erfahrungen und, weil daselbst für sie niemals völlige Befriedigung anzutreffen ist, von da zu speculativen Ideen, die uns aber am Ende wiederum auf Erfahrung zurückführten und also ihre Absicht auf eine zwar nützliche, aber unserer Erwartung gar nicht gemässe Art erfüllten. Nun bleibt uns noch ein Versuch übrig: nämlich ob auch reine Vernunft im praktischen Gebrauche anzutreffen sei; ob sie in demselben zu den Ideen führe, welche die höchsten Zwecke der reinen Vernunft, die wir eben angeführt haben, erreichen, und diese also aus dem

Gesichtspunkte ihres praktischen Interesse nicht dasjenige gewähren könne, was sie uns in Ansehung des speculativen ganz und gar abschlägt.

Alles Interesse meiner Vernunft, (das speculative sowohl, als das praktische,) vereinigt sich in folgenden drei Fragen:
1. Was kann ich wissen?
2. Was soll ich thun?
3. Was darf ich hoffen?

Die erste Frage ist blos speculativ. Wir haben, (wie ich mir schmeichle,) alle mögliche Beantwortungen derselben erschöpft und endlich diejenige gefunden, mit welcher sich die Vernunft zwar befriedigen muss und, wenn sie nicht aufs Praktische sieht, auch Ursache hat zufrieden zu sein; sind aber von den zwei grossen Zwecken, worauf diese ganze Bestrebung der reinen Vernunft eigentlich gerichtet war, eben so weit entfernt geblieben, als ob wir uns aus Gemächlichkeit dieser Arbeit gleich Anfangs verweigert hätten. Wenn es also um Wissen zu thun ist, so ist wenigstens so viel sicher und ausgemacht, dass uns dieses in Ansehung jener zwei Aufgaben niemals zu Theil werden könne.

Die zweite Frage ist blos praktisch. Sie kann als eine solche zwar der reinen Vernunft angehören, ist aber alsdenn doch nicht transscendental, sondern moralisch, mithin kann sie unsere Kritik an sich selbst nicht beschäftigen.

Die dritte Frage: nämlich: wenn ich nun thue, was ich soll, was darf ich alsdenn hoffen? ist praktisch und theoretisch zugleich, so, dass das Praktische nur als ein Leitfaden zu Beantwortung der theoretischen und, wenn diese hoch geht, speculativen Frage führt. Denn alles Hoffen geht auf Glückseligkeit und ist in Absicht auf das Praktische und das Sittengesetz eben dasselbe, was das Wissen und Naturgesetz in Ansehung der theoretischen Erkenntniss der Dinge ist. Jenes läuft zuletzt auf den Schluss hinaus, dass etwas sei, (was den letzten möglichen Zweck bestimmt,) weil etwas geschehen soll; dieses, dass etwas sei, (was als oberste Ursache wirkt,) weil etwas geschieht.

Glückseligkeit ist die Befriedigung aller unserer Neigungen, (sowohl *extensive,* der Mannigfaltigkeit derselben, als *intensive,* dem Grade, und auch *protensive,* der Dauer nach.) Das praktische Gesetz aus dem Bewegungsgrunde der Glückseligkeit nenne ich pragmatisch (Klugheitsregel); dasjenige aber, wofern ein solches ist, das zum Bewegungsgrunde nichts Anderes hat, als die Würdigkeit, glücklich zu sein, moralisch (Sittengesetz). Das erstere räth, was zu thun sei, wenn wir der Glückseligkeit wollen theilhaftig, das zweite gebietet, wie wir uns verhalten sollen, um nur der Glückseligkeit würdig zu werden. Das erstere gründet sich auf empirische Principien; denn anders, als vermittelst der Erfahrung, kann ich weder wissen, welche Neigungen da sind, die befriedigt werden wollen, noch welches die Naturursachen sind, die ihre Befriedigung bewirken können. Das zweite abstrahirt von Neigungen und Naturmitteln, sie zu befriedigen, und betrachtet nur die Freiheit eines vernünftigen Wesens überhaupt und die nothwendigen Bedingungen, unter denen sie allein mit Austheilung der Glückseligkeit nach Principien zusammenstimmt, und kann also wenigstens auf blosen Ideen der reinen Vernunft beruhen und *a priori* erkannt werden.

Ich nehme an, dass es wirklich reine moralische Gesetze gebe, die völlig *a priori*, (ohne Rücksicht auf empirische Bewegungsgründe, d. i. Glückseligkeit,) das Thun und Lassen, d. i. den Gebrauch der Freiheit eines vernünftigen Wesens überhaupt bestimmen, und dass diese Gesetze schlechterdings, (nicht blos hypothetisch unter Voraussetzung anderer empirischen Zwecke,) gebieten und also in aller Absicht nothwendig sind. Diesen Satz kann ich mit Recht voraussetzen, nicht allein, indem ich mich auf die Beweise der aufgeklärtesten Moralisten, sondern auf das sittliche Urtheil eines jeden Menschen berufe, wenn er sich ein dergleichen Gesetz deutlich denken will.

Die reine Vernunft enthält also, zwar nicht in ihrem speculativen, aber doch in einem gewissen praktischen, nämlich dem moralischen Gebrauche, Principien der **Möglichkeit der Erfahrung**, nämlich solcher Handlungen, die den sittlichen Vorschriften gemäss in der **Geschichte des Menschen** anzutreffen sein **könnten**. Denn da sie gebietet, dass solche geschehen sollen, so müssen sie auch geschehen können, und es muss also eine besondere Art von systematischer Einheit, nämlich die moralische, möglich sein, indessen dass die systematische Natureinheit nach speculativen Principien der Vernunft nicht bewiesen werden konnte, weil die Vernunft zwar in Ansehung der Freiheit überhaupt, aber nicht in Ansehung der gesammten Natur Causalität hat, und moralische Vernunftprincipien zwar freie Handlungen, aber nicht Naturgesetze hervorbringen können. Demnach haben die Principien der reinen Vernunft in ihrem praktischen, namentlich aber dem moralischen Gebrauche objective Realität.

Ich nenne die Welt, so fern sie allen sittlichen Gesetzen gemäss wäre, (wie sie es denn nach der Freiheit der vernünftigen Wesen sein kann, und nach den nothwendigen Gesetzen der Sittlichkeit sein soll,) eine moralische Welt. Diese wird so fern blos als intelligible Welt gedacht, weil darin von allen Bedingungen (Zwecken) und selbst von allen Hindernissen der Moralität in derselben (Schwäche oder Unlauterkeit der menschlichen Natur) abstrahirt wird. So fern ist sie also eine blose, aber doch praktische Idee, die wirklich ihren Einfluss auf die Sinnenwelt haben kann und soll, um sie dieser Idee so viel als möglich gemäss zu machen. Die Idee einer moralischen Welt hat daher objective Realität, nicht als wenn sie auf einen Gegenstand einer intelligiblen Anschauung ginge, (dergleichen wir uns gar nicht denken können,) sondern auf die Sinnenwelt, aber als einen Gegenstand der reinen Vernunft in ihrem praktischen Gebrauche, und ein *corpus mysticum* der vernünftigen Wesen in ihr, so fern deren freie Willkühr unter moralischen Gesetzen sowohl mit sich selbst, als mit jedes Anderen Freiheit durchgängige systematische Einheit an sich hat.

Das war die Beantwortung der ersten von denen zwei Fragen der reinen Vernunft, die das praktische Interesse betrafen: thue das, wodurch du würdig wirst, glücklich zu sein. Die zweite fragt nun: wie, wenn ich mich nun so verhalte, dass ich der Glückseligkeit nicht unwürdig sei, darf ich auch hoffen, ihrer dadurch theilhaftig werden zu können? Es kommt bei der Beantwortung derselben darauf an, ob die Principien der reinen Vernunft, welche *a priori* das Gesetz vorschreiben, auch diese Hoffnung nothwendigerweise damit verknüpfen.

Ich sage demnach: dass eben so wohl, als die moralischen Principien nach der Vernunft in ihrem praktischen Gebrauche nothwendig sind, eben so nothwendig sei es auch nach der Vernunft in ihrem theoretischen Gebrauch anzunehmen, dass Jedermann die Glückseligkeit in demselben Maasse zu hoffen Ursache habe, als er sich derselben in seinem Verhalten würdig gemacht hat, und dass also das System der Sittlichkeit mit dem der Glückseligkeit unzertrennlich, aber nur in der Idee der reinen Vernunft verbunden sei.

Nun lässt sich in einer intelligiblen, d. i. der moralischen Welt, in deren Begriff wir von allen Hindernissen der Sittlichkeit (der Neigungen) abstrahiren, ein solches System der mit Moralität verbundenen proportionirten Glückseligkeit auch nothwendig denken, weil die durch sittliche Gesetze theils bewegte, theils restringirte Freiheit selbst die Ursache der allgemeinen Glückseligkeit, die vernünftigen Wesen also selbst, unter der Leitung solcher Principien, Urheber ihrer eigenen und zugleich Anderer dauerhaften Wohlfahrt sein würden. Aber dieses System der sich selbst lohnenden Moralität ist nur eine Idee, deren Ausführung auf der Bedingung beruht, dass Jedermann thue, was er soll, d. i. alle Handlungen vernünftiger Wesen so geschehen, als ob sie aus einem obersten Willen, der alle Privatwillkühr in sich oder unter sich befasst, entsprängen. Da aber die Verbindlichkeit aus dem moralischen Gesetze für jedes besonderen Gebrauch der Freiheit gültig bleibt, wenn gleich Andere diesem Gesetze sich nicht gemäss verhielten, so ist weder aus der Natur der Dinge der Welt, noch der Causalität der Handlungen selbst und ihrem Verhältnisse zur Sittlichkeit bestimmt, wie sich ihre Folgen zur Glückseligkeit verhalten werden, und die angeführte nothwendige Verknüpfung der Hoffnung, glücklich zu sein, mit dem unablässigen Bestreben, sich der Glückseligkeit würdig zu machen, kann durch die Vernunft nicht erkannt werden, wenn man blos Natur zum Grunde legt, sondern darf nur gehofft werden, wenn eine höchste Vernunft, die nach moralischen Gesetzen gebietet, zugleich als Ursache der Natur zum Grunde gelegt wird.

Ich nenne die Idee einer solchen Intelligenz, in welcher der moralisch vollkommenste Wille, mit der höchsten Seligkeit verbunden, die Ursache aller Glückseligkeit in der Welt ist, so fern sie mit der Sittlichkeit (als der Würdigkeit glücklich zu sein) in genauem Verhältnisse steht, das Ideal des höchsten Guts. Also kann die reine Vernunft nur in dem Ideal des höchsten ursprünglichen Guts den Grund der praktisch nothwendigen Verknüpfung beider Elemente des höchsten abgeleiteten Gutes, nämlich einer intelligiblen, d. i. moralischen Welt antreffen. Da wir uns nun nothwendigerweise durch die Vernunft als zu einer solchen Welt gehörig vorstellen müssen, obgleich die Sinne uns nichts, als eine Welt von Erscheinungen darstellen, so werden wir jene als eine Folge unseres Verhaltens in der Sinnenwelt, da uns diese eine solche Verknüpfung nicht darbietet, als eine für uns künftige Welt annehmen müssen. Gott also und ein künftiges Leben sind zwei von der Verbindlichkeit, die uns reine Vernunft auferlegt, nach Principien eben derselben Vernunft nicht zu trennende Voraussetzungen.

Die Sittlichkeit an sich selbst macht ein System aus, aber nicht die Glückseligkeit, ausser so fern sie der Moralität genau angemessen ausgetheilt ist. Dieses aber ist nur möglich in der intelligiblen Welt, unter einem weisen Urheber und Regierer. Einen solchen, sammt dem Leben in einer solchen Welt, die wir als eine künftige ansehen müssen, sieht sich die Vernunft genöthigt anzunehmen, oder die moralischen Gesetze als leere Hirngespinnste anzusehen, weil der nothwendige Erfolg derselben, den dieselbe Vernunft mit ihnen verknüpft, ohne jene Voraussetzung wegfallen müsste. Daher auch Jedermann die moralischen Gesetze als Gebote ansieht, welches sie aber nicht sein könnten, wenn sie nicht *a priori* angemessene Folgen mit ihrer Regel verknüpften und also Verheissungen und Drohungen bei sich führten. Dieses können sie aber auch nicht thun, wo sie nicht in einem nothwendigen Wesen, als dem höchsten Gut, liegen, welches eine solche zweckmässige Einheit allein möglich machen kann.

LEIBNITZ nannte die Welt, so fern man darin nur auf die vernünftigen Wesen und ihren Zusammenhang nach moralischen Gesetzen unter der Regierung des höchsten Guts Acht hat, das Reich der Gnaden, und unterschied es vom Reiche der Natur, da sie zwar unter moralischen Gesetzen stehen, aber keine andern Erfolge ihres Verhaltens erwarten, als nach dem Laufe der Natur unserer Sinnenwelt. Sich also im Reiche der Gnaden zu sehen, wo alle Glückseligkeit auf uns wartet, ausser so fern wir unsern Antheil an derselben durch die Unwürdigkeit, glücklich zu sein, nicht selbst einschränken, ist eine praktisch nothwendige Idee der Vernunft.

Praktische Gesetze, so fern sie zugleich subjective Gründe der Handlungen, d. i. subjective Grundsätze werden, heissen Maximen. Die Beurtheilung der Sittlichkeit, ihrer Reinigkeit und Folgen nach, geschieht nach Ideen, die Befolgung ihrer Gesetze nach Maximen.

Es ist nothwendig, dass unser ganzer Lebenswandel sittlichen Maximen untergeordnet werde; es ist aber zugleich unmöglich, dass dieses geschehe, wenn die Vernunft nicht mit dem moralischen Gesetze, welches eine blose Idee ist, eine wirkende Ursache verknüpft, welche dem Verhalten nach demselben einen unseren höchsten Zwecken genau entsprechenden Ausgang, es sei in diesem oder einem anderen Leben, bestimmt. Ohne also einen Gott und eine für uns jetzt nicht sichtbare, aber gehoffte Welt sind die herrlichen Ideen der Sittlichkeit zwar Gegenstände des Beifalls und der Bewunderung, aber nicht Triebfedern des Vorsatzes und der Ausübung, weil sie nicht den ganzen Zweck, der einem jeden vernünftigen Wesen natürlich und durch eben dieselbe reine Vernunft *a priori* bestimmt und nothwendig ist, erfüllen.

Glückseligkeit allein ist für unsere Vernunft bei weitem nicht das vollständige Gut. Sie billigt solche nicht, (so sehr als auch Neigung dieselbe wünschen mag,) wofern sie nicht mit der Würdigkeit, glücklich zu sein, d. i. dem sittlichen Wohlverhalten vereinigt ist. Sittlichkeit allein und mit ihr die blose Würdigkeit, glücklich zu sein, ist aber auch noch lange nicht das vollständige Gut. Um dieses zu vollenden, muss der, so sich als der Glückseligkeit nicht unwerth verhalten hatte, hoffen können, ihrer theilhaftig zu werden. Selbst die von aller Privatabsicht freie Vernunft, wenn sie, ohne dabei ein eigenes Interesse in Betracht zu ziehen, sich in die Stelle eines Wesens setzte, das alle Glückseligkeit Anderen auszutheilen hätte, kann nicht anders urtheilen; denn in der praktischen Idee sind beide Stücke wesentlich verbunden, obzwar so, dass die moralische Gesinnung, als Bedingung, den Antheil an Glückseligkeit, und nicht umgekehrt die Aussicht auf Glückseligkeit die moralische Gesinnung zuerst möglich mache. Denn im letzteren Falle wäre sie nicht moralisch und also auch nicht der ganzen Glückseligkeit würdig, die vor der Vernunft keine andere Einschränkung erkennt, als die, welche von unserem eigenen unsittlichen Verhalten herrührt.

Glückseligkeit also, in dem genauen Ebenmaasse mit der Sittlichkeit der vernünftigen Wesen, dadurch sie derselben würdig sind, macht allein das höchste Gut einer Welt aus, darin wir uns nach den Vorschriften der reinen, aber praktischen Vernunft durchaus versetzen müssen, und welche freilich nur eine intelligible Welt ist, da die Sinnenwelt uns von der Natur der Dinge dergleichen systematische Einheit der Zwecke nicht verheisst, deren Realität auch auf nichts Anderes gegründet werden kann, als auf die Voraussetzung eines höchsten ursprünglichen Guts, da selbstständige Vernunft, mit aller Zulänglichkeit einer obersten Ursache ausgerüstet, nach der vollkommensten Zweckmässigkeit die allgemeine, obgleich in der Sinnenwelt uns sehr verborgene Ordnung der Dinge gründet, erhält und vollführt.

Diese Moraltheologie hat nun den eigenthümlichen Vorzug vor der speculativen, dass sie unausbleiblich auf den Begriff eines einigen, allervollkommensten und vernünftigen Urwesens führt, worauf uns speculative Theologie nicht einmal aus objectiven Gründen hinweiset, geschweige uns davon überzeugen konnte. Denn wir finden weder in der transscendentalen, noch natürlichen Theologie, so weit uns auch Vernunft darin führen mag, einigen bedeutenden Grund, nur ein einiges Wesen anzunehmen, welches wir allen Naturursachen vorsetzen und von dem wir zugleich diese in allen Stücken abhängend zu machen hinreichende Ursache hätten. Dagegen, wenn wir aus dem Gesichtspunkte der sittlichen Einheit, als einem nothwendigen Weltgesetze, die Ursache erwägen, die diesem allein den angemessenen Effect, mithin auch für uns verbindende Kraft geben kann, so muss es ein einiger oberster Wille sein, der alle diese Gesetze in sich befasst. Denn wie wollten wir unter verschiedenen Willen vollkommene Einheit der Zwecke finden? Dieser Wille muss allgewaltig sein, damit die ganze Natur und deren Beziehung auf Sittlichkeit in der Welt ihm unterworfen sei; allwissend, damit er das Innerste der Gesinnungen und deren moralischen Werth erkenne; allgegenwärtig, damit er unmittelbar allem Bedürfnisse, welches das höchste Weltbeste erfordert, nahe sei; ewig, damit in keiner Zeit diese Uebereinstimmung der Natur und Freiheit ermangele u. s. w.

Aber diese systematische Einheit der Zwecke in dieser Welt der Intelligenzen, welche, obzwar als blose Natur nur Sinnenwelt, als ein System der Freiheit aber intelligible, d. i. moralische Welt *(regnum gratiae)* genannt werden kann, führt unausbleiblich auch auf die zweckmässige Einheit aller Dinge, die dieses grosse Ganze ausmachen, nach allgemeinen Naturgesetzen, so wie die erstere nach allgemeinen und nothwendigen Sittengesetzen, und vereinigt die praktische Vernunft mit der speculativen. Die Welt muss als aus einer Idee entsprungen vorgestellt werden, wenn sie mit demjenigen Vernunftgebrauch, ohne welchen wir uns selbst der Vernunft unwürdig halten würden, nämlich dem moralischen, als welcher durchaus auf der Idee des höchsten Guts beruht, zusammenstimmen soll. Dadurch bekommt alle Naturforschung eine Richtung nach der Form eines Systems der Zwecke und wird in ihrer höchsten Ausbreitung Physikotheologie. Diese aber, da sie doch von sittlicher Ordnung, als einer in dem Wesen der Freiheit gegründeten und nicht durch äussere Gebote zufällig gestifteten Einheit anhob, bringt die Zweckmässigkeit der Natur auf Gründe, die *a priori* mit der inneren Möglichkeit der Dinge unzertrennlich verknüpft sein müssen, und dadurch auf eine transscendentale Theologie, die sich das Ideal der höchsten ontologischen Vollkommenheit zu einem Princip der systematischen Einheit nimmt, welches nach allgemeinen und nothwendigen Naturgesetzen alle Dinge verknüpft, weil sie alle in der absoluten Nothwendigkeit eines einigen Urwesens ihren Ursprung haben.

Was können wir für einen Gebrauch von unserem Verstande machen, selbst in Ansehung der Erfahrung, wenn wir uns nicht Zwecke vorsetzen? Die höchsten Zwecke aber sind die der Moralität, und diese kann uns nur reine Vernunft zu erkennen geben. Mit diesen nun versehen und an dem Leitfaden derselben können wir von der Kenntniss der Natur selbst keinen zweckmässigen Gebrauch in Ansehung der Erkenntniss machen, wo die Natur nicht selbst zweckmässige Einheit hingelegt hat; denn ohne diese hätten wir sogar selbst keine Vernunft, weil wir keine Schule für dieselbe haben würden, und keine Cultur durch Gegenstände, welche den Stoff zu solchen Begriffen darböten. Jene zweckmässige Einheit ist aber nothwendig und in dem Wesen der Willkühr selbst gegründet, diese also, welche die Bedingung der Anwendung derselben *in concreto* enthält, muss es auch sein, und so würde die transscendentale Steigerung unserer Vernunfterkenntniss nicht die Ursache, sondern blos die Wirkung von der praktischen Zweckmässigkeit sein, die uns die reine Vernunft auferlegt.

Wir finden daher auch in der Geschichte der menschlichen Vernunft, dass, ehe die moralischen Begriffe genugsam gereinigt, bestimmt, und die systematische Einheit der Zwecke nach denselben und zwar aus nothwendigen Principien eingesehen waren, die Kenntniss der Natur und selbst ein ansehnlicher Grad der Cultur der Vernunft zu manchen anderen Wissenschaften theils nur rohe und umherschweifende Begriffe von der Gottheit hervorbringen konnte, theils eine zu bewundernde Gleichgültigkeit überhaupt in Ansehung dieser Frage übrig liess. Eine grössere Bearbeitung sittlicher Ideen, die durch das äusserst reine Sittengesetz unserer Religion nothwendig gemacht wurde, schärfte die Vernunft auf den Gegenstand, durch das Interesse, das sie an demselben zu nehmen nöthigte, und ohne dass weder erweiterte Naturkenntnisse, noch richtige und zuverlässige transscendentale Einsichten, (dergleichen zu aller Zeit gemangelt haben,) dazu beitrugen, brachten sie einen Begriff vom göttlichen Wesen zu Stande, den wir jetzt für den richtigen halten, nicht weil uns speculative Vernunft von dessen Richtigkeit überzeugt, sondern weil er mit den moralischen Vernunftprincipien vollkommen zusammenstimmt. Und so hat am Ende doch immer nur reine Vernunft, aber nur in ihrem praktischen Gebrauche das Verdienst, ein Erkenntniss, das die blose Speculation nur wähnen, aber nicht geltend machen kann, an unser höchstes Interesse zu knüpfen und dadurch zwar nicht zu einem demonstrirten Dogma, aber doch zu einer schlechterdings nothwendigen Voraussetzung bei ihren wesentlichsten Zwecken zu machen. Wenn aber praktische Vernunft nun diesen hohen Punkt erreicht hat, nämlich den Begriff eines einigen Urwesens, als des höchsten Guts, so darf sie sich gar nicht unterwinden, gleich als hätte sie sich über alle empirische Bedingungen seiner Anwendung erhoben und zur unmittelbaren Kenntniss neuer Gegenstände emporgeschwungen, nun von diesem Begriffe auszugehen und die moralischen Gesetze selbst von ihm abzuleiten. Denn diese waren es eben, deren innere praktische Nothwendigkeit uns zu der Voraussetzung einer selbstständigen Ursache oder eines weisen Weltregierers führte, um jenen Gesetzen Effect zu geben, und daher können wir sie nicht nach diesem wiederum als zufällig und vom blosen Willen abgeleitet ansehen, insonderheit von einem solchen Willen, von dem wir gar keinen Begriff haben würden, wenn wir ihn nicht jenen Gesetzen gemäss gebildet hätten. Wir werden, so weit praktische Vernunft uns zu führen das Recht hat, Handlungen nicht darum für verbindlich halten, weil sie Gebote Gottes sind, sondern sie darum als göttliche Gebote ansehen, weil wir dazu innerlich verbindlich sind. Wir werden die Freiheit unter der zweckmässigen Einheit nach Principien der Vernunft studiren, und nur so fern glauben, dem göttlichen Willen gemäss zu sein, als wir das Sittengesetz, welches uns die Vernunft aus der Natur der Handlungen selbst lehrt, heilig halten, ihm dadurch allein zu dienen glauben, dass wir das Weltbeste an uns und an Andern befördern. Die Moraltheologie ist also nur von immanentem Gebrauche, nämlich unsere Bestimmung hier in der Welt zu erfüllen, indem wir in das System aller Zwecke passen, und nicht schwärmerisch oder wohl gar frevelhaft den Leitfaden einer moralisch gesetzgebenden Vernunft im guten Lebenswandel zu verlassen, um ihn unmittelbar an die Idee des höchsten Wesens zu knüpfen, welches einen transscendentalen Gebrauch geben würde, der aber eben so, wie der der blosen Speculation, die letzten Zwecke der Vernunft verkehren und vereiteln muss.

Des Kanons der reinen Vernunft
dritter Abschnitt.

Vom Meinen, Wissen und Glauben.

Das Fürwahrhalten ist eine Begebenheit in unserem Verstande, die auf objectiven Gründen beruhen mag, aber auch subjective Ursachen im Gemüthe dessen, der da urtheilt, erfordert. Wenn es für Jedermann gültig ist, so fern er nur Vernunft hat, so ist der Grund desselben objectiv hinreichend, und das Fürwahrhalten heisst alsdenn **Ueberzeugung**. Hat es nur in der besonderen Beschaffenheit des Subjects seinen Grund, so wird es **Ueberredung** genannt.

Ueberredung ist ein bloser Schein, weil der Grund des Urtheils, welcher lediglich im Subjecte liegt, für objectiv gehalten wird. Daher hat ein solches Urtheil auch nur Privatgültigkeit, und das Fürwahrhalten lässt sich nicht mittheilen. Wahrheit aber beruht auf der Uebereinstimmung mit dem Objecte, in Ansehung dessen folglich die Urtheile eines jeden Verstandes einstimmig sein müssen; *(consentientia uni tertio consentiunt inter se.)* Der Probierstein des Fürwahrhaltens, ob es Ueberzeugung oder blose Ueberredung sei, ist also äusserlich die Möglichkeit, dasselbe mitzutheilen und das Fürwahrhalten für jedes Menschen Vernunft gültig zu befinden; denn alsdenn ist wenigstens eine Vermuthung, der Grund der Einstimmung aller Urtheile, ungeachtet der Verschiedenheit der Subjecte unter einander, werde auf dem gemeinschaftlichen Grunde, nämlich dem Objecte beruhen, mit welchem sie daher alle zusammenstimmen und dadurch die Wahrheit des Urtheils beweisen werden.

Ueberredung demnach kann von der Ueberzeugung subjectiv zwar nicht unterschieden werden, wenn das Subject das Fürwahrhalten blos als Erscheinung seines eigenen Gemüths vor Augen hat; der Versuch aber, den man mit den Gründen desselben, die für uns gültig sind, an Anderer Verstand macht, ob sie auf fremde Vernunft eben dieselbe Wirkung thun, als auf die unsrige, ist doch ein, obzwar nur subjectives Mittel, zwar nicht Ueberzeugung zu bewirken, aber doch die blose Privatgültigkeit des Urtheils, d. i. etwas in ihm, was blose Ueberredung ist, zu entdecken.

Kann man überdem die **subjectiven Ursachen** des Urtheils,

welche wir für **objective Gründe** desselben nehmen, entwickeln und mithin das trügliche Fürwahrhalten als eine Begebenheit in unserem Gemüthe erklären, ohne dazu die Beschaffenheit des Objects nöthig zu haben, so entblösen wir den Schein und werden dadurch nicht mehr hintergangen, obgleich immer noch in gewissem Grade versucht, wenn die subjective Ursache des Scheins unserer Natur anhängt.

Ich kann nichts **behaupten**, d. i. als ein für Jedermann nothwendig gültiges Urtheil aussprechen, als was Ueberzeugung wirkt. Ueberredung kann ich für mich behalten, wenn ich mich dabei wohlbefinde, kann sie aber und soll sie ausser mir nicht geltend machen wollen.

Das Fürwahrhalten, oder die subjective Gültigkeit des Urtheils in Beziehung auf die Ueberzeugung, (welche zugleich objectiv gilt,) hat folgende drei Stufen: **Meinen, Glauben** und **Wissen**. Meinen ist ein mit Bewusstsein sowohl subjectiv, als objectiv unzureichendes Fürwahrhalten. Ist das letztere nur subjectiv zureichend und wird zugleich für objectiv unzureichend gehalten, so heisst es **Glauben**. Endlich heisst das sowohl subjectiv, als objectiv zureichende Fürwahrhalten das **Wissen**. Die subjective Zulänglichkeit heisst **Ueberzeugung** (für mich selbst), die objective **Gewissheit** (für Jedermann). Ich werde mich bei der Erläuterung so fasslicher Begriffe nicht aufhalten.

Ich darf mich niemals unterwinden, zu **meinen**, ohne wenigstens etwas zu **wissen**, vermittelst dessen das an sich blos problematische Urtheil eine Verknüpfung mit Wahrheit bekommt, die, ob sie gleich nicht vollständig, doch mehr als willkührliche Erdichtung ist. Das Gesetz einer solchen Verknüpfung muss überdem gewiss sein. Denn wenn ich in Ansehung dessen auch nichts, als Meinung habe, so ist alles nur Spiel der Einbildung, ohne die mindeste Beziehung auf Wahrheit. In Urtheilen aus reiner Vernunft ist es gar nicht erlaubt, zu **meinen**. Denn weil sie nicht auf Erfahrungsgründe gestützt werden, sondern alles *a priori* erkannt werden soll, wo alles nothwendig ist, so erfordert das Princip der Verknüpfung Allgemeinheit und Nothwendigkeit, mithin völlige Gewissheit, widrigenfalls gar keine Leitung auf Wahrheit angetroffen wird. Daher ist es ungereimt, in der reinen Mathematik zu meinen; man muss wissen, oder sich alles Urtheilens enthalten. Eben so ist es mit den Grundsätzen der Sittlichkeit bewandt, da man nicht auf blose Meinung, dass etwas erlaubt sei, eine Handlung wagen darf, sondern dieses wissen muss.

Im transscendentalen Gebrauche der Vernunft ist dagegen Meinen freilich zu wenig, aber Wissen auch zu viel. In blos speculativer Absicht können wir also hier gar nicht urtheilen; weil subjective Gründe des Fürwahrhaltens, wie die, so das Glauben bewirken können, bei speculativen Fragen keinen Beifall verdienen, da sie sich frei von aller empirischen Beihülfe nicht halten, noch in gleichem Maasse Andern mittheilen lassen.

Es kann aber überall blos in praktischer Beziehung das theoretisch unzureichende Fürwahrhalten Glauben genannt werden. Diese praktische Absicht ist nun entweder die der Geschicklichkeit oder der Sittlichkeit, die erste zu beliebigen und zufälligen, die zweite aber zu schlechthin nothwendigen Zwecken.

Wenn einmal ein Zweck vorgesetzt ist, so sind die Bedingungen der Erreichung desselben hypothetisch nothwendig. Die Nothwendigkeit ist subjectiv, aber doch nur comparativ zureichend, wenn ich gar keine andern Bedingungen weiss, unter denen der Zweck zu erreichen wäre; aber sie ist schlechthin und für Jedermann zureichend, wenn ich gewiss weiss, dass Niemand andere Bedingungen kennen könne, die auf den vorgesetzten Zweck führen. Im ersten Falle ist meine Voraussetzung und das Fürwahrhalten gewisser Bedingungen ein blos zufälliger, im zweiten Falle aber ein nothwendiger Glaube. Der Arzt muss bei einem Kranken, der in Gefahr ist, etwas thun, kennt aber die Krankheit nicht. Er sieht auf die Erscheinungen und urtheilt, weil er nichts Besseres weiss, es sei die Schwindsucht. Sein Glaube ist selbst in seinem eigenen Urtheile blos zufällig, ein Anderer möchte es vielleicht besser treffen. Ich nenne dergleichen zufälligen Glauben, der aber dem wirklichen Gebrauche der Mittel zu gewissen Handlungen zum Grunde liegt, den pragmatischen Glauben.

Der gewöhnliche Probierstein, ob etwas blose Ueberredung, oder wenigstens subjective Ueberzeugung, d. i. festes Glauben sei, was Jemand behauptet, ist das Wetten. Oefters spricht Jemand seine Sätze mit so zuversichtlichem und unlenkbarem Trotze aus, dass er alle Besorgniss des Irrthums gänzlich abgelegt zu haben scheint. Eine Wette macht ihn stutzig. Bisweilen zeigt sich, dass er zwar Ueberredung genug, die auf einen Ducaten an Werth geschätzt werden kann, aber nicht auf zehn, besitze. Denn den ersten wagt er noch wohl, aber bei zehnen wird er allererst inne, was er vorher nicht bemerkte, dass es nämlich doch wohl möglich sei, er habe sich geirrt. Wenn man sich in

Gedanken vorstellt, man solle worauf das Glück des ganzen Lebens verwetten, so schwindet unser triumphirendes Urtheil gar sehr, wir werden überaus schüchtern und entdecken so allererst, dass unser Glaube so weit nicht zulange. So hat der pragmatische Glaube nur einen Grad, der nach Verschiedenheit des Interesses, das dabei im Spiele ist, gross oder auch klein sein kann.

Weil aber, ob wir gleich in Beziehung auf ein Object gar nichts unternehmen können, also das Fürwahrhalten blos theoretisch ist, wir doch in vielen Fällen eine Unternehmung in Gedanken fassen und uns einbilden können, zu welcher wir hinreichende Gründe zu haben vermeinen, wenn es ein Mittel gäbe, die Gewissheit der Sache auszumachen, so gibt es in blos theoretischen Urtheilen ein Analogon von praktischen, auf deren Fürwahrhaltung das Wort Glauben passt, und den wir den doctrinalen Glauben nennen können. Wenn es möglich wäre durch irgend eine Erfahrung auszumachen, so möchte ich wohl alles das Meinige darauf verwetten, dass es wenigstens in irgend einem von den Planeten, die wir sehen, Einwohner gebe. Daher, sage ich, ist es nicht blos Meinung, sondern ein starker Glaube, (auf dessen Richtigkeit ich schon viele Vortheile des Lebens wagen würde,) dass es auch Bewohner anderer Welten gebe.

Nun müssen wir gestehen, dass die Lehre vom Dasein Gottes zum doctrinalen Glauben gehöre. Denn ob ich gleich in Ansehung der theoretischen Weltkenntniss nichts zu verfügen habe, was diesen Gedanken, als Bedingung meiner Erklärungen der Erscheinungen der Welt nothwendig voraussetze, sondern vielmehr verbunden bin, meiner Vernunft mich so zu bedienen, als ob alles blos Natur sei; so ist doch die zweckmässige Einheit eine so grosse Bedingung der Anwendung der Vernunft auf Natur, dass ich, da mir überdem Erfahrung reichlich davon Beispiele darbietet, sie gar nicht vorbeigehen kann. Zu dieser Einheit aber kenne ich keine andere Bedingung, die sie mir zum Leitfaden der Naturforschung machte, als wenn ich voraussetze, dass eine höchste Intelligenz alles nach den weisesten Zwecken so geordnet habe. Folglich ist es eine Bedingung einer zwar zufälligen, aber doch nicht unerheblichen Absicht, nämlich um eine Leitung in der Nachforschung der Natur zu haben, einen weisen Welturheber vorauszusetzen. Der Ausgang meiner Versuche bestätigt auch so oft die Brauchbarkeit dieser Voraussetzung und nichts kann auf entscheidende Art dawider angeführt werden, dass ich viel zu wenig sage, wenn ich mein Fürwahrhalten blos ein

Meinen nennen wollte, sondern es kann selbst in diesem theoretischen Verhältnisse gesagt werden, dass ich festiglich einen Gott glaube; aber alsdenn ist dieser Glaube in strenger Bedeutung dennoch nicht praktisch, sondern muss ein doctrinaler Glaube genannt werden, den die Theologie der Natur (Physikotheologie) nothwendig allerwärts bewirken muss. In Ansehung eben derselben Weisheit, in Rücksicht auf die vortreffliche Ausstattung der menschlichen Natur und die derselben so schlecht angemessene Kürze des Lebens kann eben sowohl genugsamer Grund zu einem doctrinalen Glauben des künftigen Lebens der menschlichen Seele angetroffen werden.

Der Ausdruck des Glaubens ist in solchen Fällen ein Ausdruck der Bescheidenheit in objectiver Absicht, aber doch zugleich der Festigkeit des Zutrauens in subjectiver. Wenn ich das blos theoretische Fürwahrhalten hier auch nur Hypothese nennen wollte, die ich anzunehmen berechtigt wäre, so würde ich mich dadurch schon anheischig machen, mehr, von der Beschaffenheit einer Weltursache und einer andern Welt, Begriff zu haben, als ich wirklich aufzeigen kann; denn was ich auch nur als Hypothese annehme, davon muss ich wenigstens seinen Eigenschaften nach so viel kennen, dass ich nicht seinen Begriff, sondern nur sein Dasein erdichten darf. Das Wort Glauben aber geht nur auf die Leitung, die mir eine Idee gibt, und den subjectiven Einfluss auf die Beförderung meiner Vernunfthandlungen, die mich an derselben festhält, ob ich gleich von ihr nicht im Stande bin, in speculativer Absicht Rechenschaft zu geben.

Aber der blos doctrinale Glaube hat etwas Wankendes in sich; man wird oft durch Schwierigkeiten, die sich in der Speculation vorfinden, aus demselben gesetzt, ob man zwar unausbleiblich dazu immer wiederum zurückkehrt.

Ganz anders ist es mit dem moralischen Glauben bewandt. Denn da ist es schlechterdings nothwendig, dass etwas geschehen muss, nämlich dass ich dem sittlichen Gesetze in allen Stücken Folge leiste. Der Zweck ist hier unumgänglich festgestellt, und es ist nur eine einzige Bedingung nach aller meiner Einsicht möglich, unter welcher dieser Zweck mit allen gesammten Zwecken zusammenhängt, und dadurch praktische Gültigkeit habe, nämlich, dass ein Gott und eine künftige Welt sei; ich weiss auch ganz gewiss, dass Niemand andere Bedingungen kenne, die auf dieselbe Einheit der Zwecke unter dem moralischen Gesetze führen. Da aber also die sittliche Vorschrift zugleich meine

Maxime ist, (wie denn die Vernunft gebietet, dass sie es sein soll,) so werde ich unausbleiblich ein Dasein Gottes und ein künftiges Leben glauben und bin sicher, dass diesen Glauben nichts wankend machen könne, weil dadurch meine sittlichen Grundsätze selbst umgestürzt werden würden, denen ich nicht entsagen kann, ohne in meinen eigenen Augen verabscheuungswürdig zu sein.

Auf solche Weise bleibt uns, nach Vereitelung aller ehrsüchtigen Absichten einer über die Grenzen aller Erfahrung hinaus herumschweifenden Vernunft noch genug übrig, dass wir damit in praktischer Absicht zufrieden zu sein Ursache haben. Zwar wird freilich sich Niemand rühmen können, er wisse, dass ein Gott und dass ein künftig Leben sei; denn wenn er das weiss, so ist er gerade der Mann, den ich längst gesucht habe. Alles Wissen, (wenn es einen Gegenstand der blosen Vernunft betrifft,) kann man mittheilen, und ich würde also auch hoffen können, durch seine Belehrung mein Wissen in so bewunderungswürdigem Maasse ausgedehnt zu sehen. Nein, die Ueberzeugung ist nicht logische, sondern moralische Gewissheit, und da sie auf subjectiven Gründen (der moralischen Gesinnung) beruht, so muss ich nicht einmal sagen: es ist moralisch gewiss, dass ein Gott sei u. s. w., sondern: ich bin moralisch gewiss u. s. w. Das heisst: der Glaube an einen Gott und eine andere Welt ist mit meiner moralischen Gesinnung so verwebt, dass, so wenig ich Gefahr laufe, die erstere einzubüssen, eben so wenig besorge ich, dass mir der zweite jemals entrissen werden könne.

Das einzige Bedenkliche, das sich hiebei findet, ist, dass sich dieser Vernunftglaube auf die Voraussetzung moralischer Gesinnungen gründet. Gehen wir davon ab und nehmen Einen, der in Ansehung sittlicher Gesetze gänzlich gleichgültig wäre, so wird die Frage, welche die Vernunft aufwirft, blos eine Aufgabe für die Speculation und kann alsdenn zwar noch mit starken Gründen aus der Analogie, aber nicht mit solchen, denen sich die hartnäckigste Zweifelsucht ergeben müsste, unterstützt werden.* Es ist aber kein Mensch bei diesen Fragen frei

---

* Das menschliche Gemüth nimmt, (so wie ich glaube, dass es bei jedem vernünftigen Wesen nothwendig geschieht,) ein natürliches Interesse an der Moralität, ob es gleich nicht ungetheilt und praktisch überwiegend ist. Befestigt und vergrössert dieses Interesse, und ihr werdet die Vernunft sehr gelehrig und selbst aufgeklärter finden, um mit dem praktischen auch das speculative Interesse zu vereinigen. Sorget ihr aber nicht dafür, dass ihr vorher, wenigstens auf dem halben Wege, gute Menschen macht, so werdet ihr auch niemals aus ihnen aufrichtig gläubige Menschen machen.

von allem Interesse. Denn ob er gleich von dem moralischen durch den Mangel guter Gesinnungen getrennt sein möchte, so bleibt doch auch in diesem Falle genug übrig, um zu machen, dass er ein göttliches Dasein und eine Zukunft fürchte. Denn hiezu wird nicht mehr erfordert, als dass er wenigstens keine Gewissheit vorschützen könne, dass kein solches Wesen und kein künftig Leben anzutreffen sei, wozu, weil es durch blose Vernunft, mithin apodiktisch bewiesen werden müsste, er die Unmöglichkeit von beiden darzuthun haben würde, welches gewiss kein vernünftiger Mensch übernehmen kann. Das würde ein negativer Glaube sein, der zwar nicht Moralität und gute Gesinnungen, aber doch das Analogon derselben bewirken, nämlich den Ausbruch der bösen mächtig zurückhalten könnte.

Ist das aber alles, wird man sagen, was reine Vernunft ausrichtet, indem sie über die Grenzen der Erfahrung hinaus Aussichten eröffnet? Nichts mehr, als zwei Glaubensartikel? So viel hätte auch wohl der gemeine Verstand, ohne darüber die Philosophen zu Rathe zu ziehen, ausrichten können!

Ich will hier nicht das Verdienst rühmen, das Philosophie durch die mühsame Bestrebung ihrer Kritik um die menschliche Vernunft habe; gesetzt, es sollte auch beim Ausgange blos negativ befunden werden; denn davon wird in dem folgenden Abschnitte noch etwas vorkommen. Aber verlangt ihr denn, dass ein Erkenntniss, welches alle Menschen angeht, den gemeinen Verstand übersteigen und euch nur von Philosophen entdeckt werden solle? Eben das, was ihr tadelt, ist die beste Bestätigung von der Richtigkeit der bisherigen Behauptungen, da es das, was man Anfangs nicht vorhersehen konnte, entdeckt, nämlich dass die Natur in dem, was Menschen ohne Unterschied angelegen ist, keiner parteiischen Austheilung ihrer Gaben zu beschuldigen sei, und die höchste Philosophie in Ansehung der wesentlichen Zwecke der menschlichen Natur es nicht weiter bringen könne, als die Leitung, welche sie auch dem gemeinsten Verstande hat angedeihen lassen.

Der transscendentalen Methodenlehre

drittes Hauptstück.

Die Architektonik der reinen Vernunft.

Ich verstehe unter einer Architektonik die Kunst der Systeme. Weil die systematische Einheit dasjenige ist, was gemeine Erkenntniss allererst zur Wissenschaft, d. i. aus einem blosen Aggregat derselben ein System macht, so ist Architektonik die Lehre des Scientifischen in unserer Erkenntniss überhaupt und sie gehört also nothwendig zur Methodenlehre.

Unter der Regierung der Vernunft dürfen unsere Erkenntnisse überkaupt keine Rhapsodie, sondern sie müssen ein System ausmachen, in welchem sie allein die wesentlichen Zwecke derselben unterstützen und befördern können. Ich verstehe aber unter einem Systeme die Einheit der mannigfaltigen Erkenntnisse unter einer Idee. Diese ist der Vernunftbegriff von der Form eines Ganzen, sofern durch denselben der Umfang des Mannigfaltigen sowohl, als die Stelle der Theile unter einander *a priori* bestimmt wird. Der scientifische Vernunftbegriff enthält also den Zweck und die Form des Ganzen, das mit demselben congruirt. Die Einheit des Zwecks, worauf sich alle Theile und in der Idee desselben auch unter einander beziehen, macht, dass kein Theil bei der Kenntniss der übrigen vermisst werden kann, und keine zufällige Hinzusetzung oder unbestimmte Grösse der Vollkommenheit, die nicht ihre *a priori* bestimmten Grenzen habe, stattfindet. Das Ganze ist also gegliedert *(articulatio)* und nicht gehäuft *(coacervatio)*; es kann zwar innerlich *(per intussusceptionem)*, aber nicht äusserlich *(per appositionem)* wachsen, wie ein thierischer Körper, dessen Wachsthum kein Glied hinzusetzt, sondern ohne Veränderung der Proportion ein jedes zu seinen Zwecken stärker und tüchtiger macht.

Die Idee bedarf zur Ausführung ein Schema, d. i. eine *a priori* aus dem Princip des Zwecks bestimmte wesentliche Mannigfaltigkeit und Ordnung der Theile. Das Schema, welches nicht nach einer Idee, d. i. aus dem Hauptzwecke der Vernunft, sondern empirisch nach zufällig sich darbietenden Absichten, (deren Menge man nicht voraus wissen kann,) entworfen wird, gibt technische, dasjenige aber, was nur zu Folge einer Idee entspringt, (wo die Vernunft die Zwecke *a priori* aufgibt und nicht empirisch erwartet,) gründet architektonische Einheit. Nicht technisch, wegen der Aehnlichkeit des Mannigfaltigen oder des zufälligen Gebrauchs der Erkenntniss *in concreto* zu allerlei beliebigen äusseren Zwecken, sondern architektonisch, um der Verwandtschaft willen und der Ableitung von einem einzigen obersten und inneren Zwecke, der das Ganze allererst möglich macht, kann dasjenige entspringen, was wir Wissenschaft nennen, dessen Schema den Umriss *(monogramma)* und die Eintheilung des Ganzen in Glieder der Idee gemäss, d. i. *a priori* enthalten, und dieses von allen anderen sicher und nach Principien unterscheiden muss.

Niemand versucht es, eine Wissenschaft zu Stande zu bringen, ohne dass ihm eine Idee zum Grunde liege. Alleiu n der Ausarbeitung derselben entspricht das Schema, ja sogar die Definition, die er gleich zu Anfange von seiner Wissenschaft gibt, sehr selten seiner Idee; denn diese liegt wie ein Keim in der Vernunft, in welchem alle Theile noch sehr eingewickelt und kaum der mikroskopischen Beobachtung kennbar verloren liegen. Um deswillen muss man Wissenschaften, weil sie doch alle aus dem Gesichtspunkte eines gewissen allgemeinen Interesse ausgedacht werden, nicht nach der Beschreibung, die der Urheber derselben davon gibt, sondern nach der Idee, welche man aus der natürlichen Einheit der Theile, die er zusammengebracht hat, in der Vernunft selbst gegründet findet, erklären und bestimmen. Denn da wird sich finden, dass der Urheber und oft noch seine spätesten Nachfolger um eine Idee herumirren, die sie sich selbst nicht haben deutlich machen und daher den eigenthümlichen Inhalt, die Articulation (systematische Einheit) und Grenzen der Wissenschaft nicht bestimmen können.

Es ist schlimm, dass nur allererst, nachdem wir lange Zeit, nach Anweisung einer in uns versteckt liegenden Idee, rhapsodistisch viele dahin sich beziehende Erkenntnisse als Bauzeug gesammelt, ja gar lange Zeiten hindurch sie technisch zusammengesetzt haben, es uns denn allererst möglich ist, die Idee in hellerem Lichte zu erblicken und ein Ganzes nach den Zwecken der Vernunft architektonisch zu entwerfen. Die Systeme scheinen, wie Gewürme, durch eine *generatio aequivoca*, aus dem blosen Zusammenfluss von aufgestapelten Begriffen, Anfangs verstümmelt, mit der Zeit vollständig gebildet worden zu sein, ob sie gleich alle insgesammt ihr Schema, als den ursprünglichen Keim, in der sich blos auswickelnden Vernunft hatten, und darum nicht allein ein jedes für sich nach einer Idee gegliedert, sondern noch dazu alle unter einander in einem System menschlicher Erkenntniss wiederum als Glieder eines Ganzen zweckmässig vereinigt sind, und eine Architektonik alles menschlichen Wissens erlauben, die jetziger Zeit, da schon so viel Stoff gesammelt ist, oder aus Ruinen eingefallener alter Gebäude genommen werden kann, nicht allein möglich, sondern 'nicht einmal so gar schwer sein würde. Wir begnügen uns hier mit der Vollendung unseres Geschäftes, nämlich lediglich die Architektonik aller Erkenntniss aus reiner Vernunft zu entwerfen, und fangen nur von dem Punkte an, wo sich die allgemeine Wurzel unserer Erkenntnisskraft theilt und zwei Stämme auswirft, deren einer Vernunft ist. Ich verstehe hier aber unter Vernunft das ganze obere Erkenntnissvermögen und setze also das Rationale dem Empirischen entgegen.

Wenn ich von allem Inhalte der Erkenntniss, objectiv betrachtet, abstrahire, so ist alles Erkenntniss, subjectiv, entweder historisch oder rational. Die historische Erkenntniss ist *cognitio ex datis*, die rationale aber *cognitio ex principiis*. Eine Erkenntniss mag ursprünglich gegeben sein, woher sie wolle, so ist sie doch bei dem, der sie besitzt, historisch, wenn er nur in dem Grade und so viel erkennt, als ihm anderwärts gegeben worden, es mag dieses ihm durch unmittelbare Erfahrung oder auch Belehrung (allgemeiner Erkenntnisse) gegeben sein. Daher hat der, welcher ein System der Philosophie, z. B. das Wolff'sche eigentlich gelernt hat, ob er gleich alle Grundsätze, Erklärungen und Beweise, zusammt der Eintheilung des ganzen Lehrgebäudes im Kopfe hätte und alles an den Fingern abzählen könnte, doch keine andere, als vollständige historische Erkenntniss der Wolff'schen Philosophie; er weiss und urtheilt nur so viel, als ihm gegeben war. Streitet ihm eine Definition, so weiss er nicht, wo er eine andere hernehmen soll. Er bildete sich nach fremder Vernunft, aber das nachbildende Vermögen ist nicht das erzeugende, d. i. das Erkenntniss entsprang bei ihm nicht aus Vernunft, und ob es gleich objectiv allerdings ein Vernunfterkenntniss war, so ist es doch subjectiv blos historisch. Er hat gut gefasst und behalten,

d. i. gelernt, und ist ein Gipsabdruck von einem lebenden Menschen. Vernunfterkenntnisse, die es objectiv sind, (d. i. Anfangs nur aus der eigenen Vernunft des Menschen entspringen können,) dürfen nur dann allein und auch subjectiv diesen Namen führen, wenn sie aus allgemeinen Quellen der Vernunft, woraus auch die Kritik, ja selbst die Verwerfung des Gelernten entspringen kann, d. i. aus Principien geschöpft worden.

Alle Vernunfterkenntniss ist nun entweder die aus Begriffen, oder aus der Construction der Begriffe; die erstere heisst philosophisch, die zweite mathematisch. Von dem inneren Unterschiede beider habe ich schon im ersten Hauptstücke gehandelt. Ein Erkenntniss demnach kann objectiv philosophisch sein, und ist doch subjectiv historisch, wie bei den meisten Lehrlingen und bei allen, die über die Schule niemals hinaussehen und zeitlebens Lehrlinge bleiben. Es ist aber doch sonderbar, dass das mathematische Erkenntniss, so wie man es erlernt hat, doch auch subjectiv für Vernunfterkenntniss gelten kann, und ein solcher Unterschied bei ihm nicht so, wie bei dem philosophischen stattfindet. Die Ursache ist, weil die Erkenntnissquellen, aus denen der Lehrer allein schöpfen kann, nirgend anders, als in den wesentlichen und ächten Principien der Vernunft liegen, und mithin von dem Lehrlinge nirgend anders hergenommen, noch etwa gestritten werden können, und dieses zwar darum, weil der Gebrauch der Vernunft hier nur *in concreto,* obzwar dennoch *a priori,* nämlich an der reinen, und eben deswegen fehlerfreien Anschauung geschieht und alle Täuschung und Irrthum ausschliesst. Man kann also unter allen Vernunftwissenschaften (*a priori*) nur allein Mathematik, niemals aber Philosophie, (es sei denn historisch,) sondern, was die Vernunft betrifft, höchstens nur philosophiren lernen.

Das System aller philosophischen Erkenntniss ist nun Philosophie. Man muss sie objectiv nehmen, wenn man darunter das Urbild der Beurtheilung aller Versuche zu philosophiren versteht, welche jede subjective Philosophie zu beurtheilen dienen soll, deren Gebäude oft so mannigfaltig und so veränderlich ist. Auf diese Weise ist Philosophie eine blose Idee von einer möglichen Wissenschaft, die nirgend *in concreto* gegeben ist, welcher man sich aber auf mancherlei Wegen zu nähern sucht, so lange, bis der einzige, sehr durch Sinnlichkeit verwachsene Fusssteig entdeckt wird, und das bisher verfehlte Nachbild, so weit als es Menschen vergönnt ist, dem Urbilde gleich zu machen gelingt. Bis dahin kann man keine Philosophie lernen; denn wo ist sie, wer hat sie im Besitze, und woran lässt sie sich erkennen? Man kann nur philosophiren lernen, d. i. das Talent der Vernunft in der Befolgung ihrer allgemeinen Principien an gewissen vorhandenen Versuchen üben, doch immer mit Vorbehalt des Rechts der Vernunft, jene selbst in ihren Quellen zu untersuchen und zu bestätigen oder zu verwerfen.

Bis dahin ist aber der Begriff von Philosophie nur ein **Schulbegriff**, nämlich von einem System der Erkenntniss, die nur als Wissenschaft gesucht wird, ohne etwas mehr, als die systematische Einheit dieses Wissens, mithin die **logische** Vollkommenheit der Erkenntniss zum Zwecke zu haben. Es gibt aber noch einen **Weltbegriff** (*conceptus cosmicus*), der dieser Benennung jederzeit zum Grunde gelegen hat, vornehmlich wenn man ihn gleichsam personificirte und in dem Ideal des **Philosophen** sich als ein Urbild vorstellte. In dieser Absicht ist **Philosophie** die Wissenschaft von der Beziehung aller Erkenntniss auf die wesentlichen Zwecke der menschlichen Vernunft (*teleologia rationis humanae*), und der Philosoph ist nicht ein Vernunftkünstler, sondern der Gesetzgeber der menschlichen Vernunft. In solcher Bedeutung wäre es sehr ruhmredig, sich selbst einen Philosophen zu nennen und sich anzumassen, dem Urbilde, das nur in der Idee liegt, gleichgekommen zu sein.

Der Mathematiker, der Naturkündiger, der Logiker sind, so vortrefflich die ersteren auch überhaupt im Vernunfterkenntnisse, die zweiten besonders im philosophischen Erkenntnisse Fortgang haben mögen, doch nur Vernunftkünstler. Es gibt noch einen Lehrer im Ideal, der alle diese ansetzt, sie als Werkzeuge nutzt, um die wesentlichen Zwecke der menschlichen Vernunft zu befördern. Diesen allein müssten wir den Philosophen nennen; aber da er selbst doch nirgend, die Idee aber seiner Gesetzgebung allenthalben in jeder Menschenvernunft angetroffen wird, so wollen wir uns lediglich an der letztern halten, und näher bestimmen, was Philosophie, nach diesem Weltbegriffe,* für systematische Einheit aus dem Standpunkte der Zwecke vorschreibe.

Wesentliche Zwecke sind darum noch nicht die höchsten, deren (bei vollkommener systematischer Einheit der Vernunft) nur ein einziger

---

* **Weltbegriff** heisst hier derjenige, der das betrifft, was Jedermann nothwendig interessirt; mithin bestimme ich die Absicht einer Wissenschaft nach **Schulbegriffen**, wenn sie nur als eine von den Geschicklichkeiten zu gewissen beliebigen Zwecken angesehen wird.

sein kann. Daher sind sie entweder der Endzweck, oder subalterne Zwecke, die zu jenem als Mittel nothwendig gehören. Der erstere ist kein anderer, als die ganze Bestimmung des Menschen, und die Philosophie über dieselbe heisst Moral. Um dieses Vorzugs willen, den die Moralphilosophie vor aller anderen Vernunftbewerbung hat, verstand man auch bei den Alten unter dem Namen des Philosophen jederzeit zugleich und vorzüglich den Moralisten, und selbst macht der äussere Schein der Selbstbeherrschung durch Vernunft, dass man Jemanden noch jetzt, bei seinem eingeschränkten Wissen, nach einer gewissen Analogie, Philosoph nennt.

Die Gesetzgebung der menschlichen Vernunft (Philosophie) hat nun zwei Gegenstände, Natur und Freiheit, und enthält also sowohl das Naturgesetz, als auch das Sittengesetz, Anfangs in zwei besondern, zuletzt aber in einem einzigen philosophischen System. Die Philosophie der Natur geht auf alles, was da ist; die der Sitten nur auf das, was da sein soll.

Alle Philosophie aber ist entweder Erkenntniss aus reiner Vernunft, oder Vernunfterkenntniss aus empirischen Principien. Die erstere heisst reine, die zweite empirische Philosophie.

Die Philosophie der reinen Vernunft ist nun entweder Propädeutik (Vorübung), welche das Vermögen der Vernunft in Ansehung aller reinen Erkenntniss *a priori* untersucht, und heisst Kritik, oder zweitens das System der reinen Vernunft (Wissenschaft), die ganze (wahre sowohl, als scheinbare) philosophische Erkenntniss aus reiner Vernunft im systematischen Zusammenhange, und heisst Metaphysik; wiewohl dieser Name auch der ganzen reinen Philosophie mit Inbegriff der Kritik gegeben werden kann, um sowohl die Untersuchung alles dessen, was jemals *a priori* erkannt werden kann, als auch die Darstellung desjenigen, was ein System reiner philosophischer Erkenntnisse dieser Art ausmacht, von allem empirischen aber, imgleichen dem mathematischen Vernunftgebrauche unterschieden ist, zusammen zu fassen.

Die Metaphysik theilt sich in die des speculativen und praktischen Gebrauchs der reinen Vernunft und ist also entweder Metaphysik der Natur, oder Metaphysik der Sitten. Jene enthält alle reine Vernunftprincipien aus blosen Begriffen (mithin mit Ausschliessung der Mathematik) von dem theoretischen Erkenntnisse aller Dinge, diese die Principien, welche das Thun und Lassen *a priori* bestimmen und nothwendig machen. Nun ist die Moralität die einzige Gesetzmässigkeit der Handlungen, die völlig *a priori* aus Principien abgeleitet werden kann. Daher ist die Metaphysik der Sitten eigentlich die reine Moral, in welcher keine Anthropologie (keine empirische Bedingung) zum Grunde gelegt wird. Die Metaphysik der speculativen Vernunft ist nun das, was man im engeren Verstande Metaphysik zu nennen pflegt; so fern aber reine Sittenlehre doch gleichwohl zu dem besonderen Stamme menschlicher und zwar philosophischer Erkenntniss aus reiner Vernunft gehört, so wollen wir ihr jene Benennung erhalten, obgleich wir sie, als zu unserem Zwecke jetzt nicht gehörig, hier bei Seite setzen.

Es ist von der äussersten Erheblichkeit, Erkenntnisse, die ihrer Gattung und Ursprunge nach von andern unterschieden sind, zu isoliren und sorgfältig zu verhüten, dass sie nicht mit andern, mit welchen sie im Gebrauche gewöhnlich verbunden sind, in ein Gemisch zusammenfliessen. Was Chemiker beim Scheiden der Materien, was Mathematiker in ihrer reinen Grössenlehre thun, das liegt noch weit mehr dem Philosophen ob, damit er den Antheil, den eine besondere Art der Erkenntniss am herumschweifenden Verstandesgebrauch hat, ihren eigenen Werth und Einfluss sicher bestimmen könne. Daher hat die menschliche Vernunft seitdem, dass sie gedacht oder vielmehr nachgedacht hat, niemals einer Metaphysik entbehren, aber gleichwohl sie nicht, genugsam geläutert von allem Fremdartigen, darstellen können. Die Idee einer solchen Wissenschaft ist eben so alt, als speculative Menschenvernunft; und welche Vernunft speculirt nicht, es mag nun auf scholastische, oder populäre Art geschehen? Man muss indessen gestehen, dass die Unterscheidung der zwei Elemente unserer Erkenntniss, deren die einen völlig *a priori* in unserer Gewalt sind, die anderen nur *a posteriori* aus der Erfahrung genommen werden können, selbst den Denkern von Gewerbe nur sehr undeutlich blieb, und daher niemals die Grenzbestimmung einer besondern Art von Erkenntniss, mithin nicht die ächte Idee einer Wissenschaft, die so lange und so sehr die menschliche Vernunft beschäftigt hat, zu Stande bringen konnte. Wenn man sagte: Metaphysik ist die Wissenschaft von den ersten Principien der menschlichen Erkenntniss, so bemerkte man dadurch nicht eine ganz besondere Art, sondern nur einen Rang in Ansehung der Allgemeinheit, dadurch sie also vom Empirischen nicht kenntlich genug unterschieden werden konnte; denn auch unter empirischen Principien sind einige allgemeiner und darum höher, als andere, und, in der Reihe einer solchen Unterordnung, (da man das, was völlig *a priori*, von dem, was nur *a posteriori* erkannt wird, nicht unterscheidet), wo soll man den Abschnitt machen, der den ersten Theil und die obersten Glieder von dem letzten und den untergeordneten unterscheide? Was würde man dazu sagen, wenn die Zeitrechnung die Epochen der Welt nur so bezeichnen könnte, dass sie sie in die ersten Jahrhunderte und in die darauf folgenden eintheilte? Gehört das fünfte, das zehnte u. s. w. Jahrhundert auch zu den ersten? würde man fragen; eben so frage ich: gehört der Begriff des Ausgedehnten zur Metaphysik? Ihr antwortet: ja! Ei, aber auch der des Körpers? Ja! Und der des flüssigen Körpers? Ihr werdet stutzig; denn wenn es so weiter fortgeht, so wird alles in die Metaphysik gehören. Hieraus sieht man, dass der blose Grad der Unterordnungen (das Besondere unter dem Allgemeinen) keine Grenzen einer Wissenschaft bestimmen könne, sondern in unserem Falle die gänzliche Ungleichartigkeit und Verschiedenheit des Ursprungs. Was aber die Grundidee der Metaphysik noch auf einer anderen Seite verdunkelte, war, dass sie als Erkenntniss *a priori* mit der Mathematik eine gewisse Gleichartigkeit zeigt, die zwar, was den Ursprung *a priori* betrifft, sie einander verwandt macht; was aber die Erkenntnissart aus Begriffen bei jener, in Vergleichung mit der Art, blos durch Construction der Begriffe *a priori* zu urtheilen, bei dieser, mithin den Unterschied einer philosophischen Erkenntniss von der mathematischen anlangt, so zeigt sich eine so entschiedene Ungleichartigkeit, die man zwar jederzeit gleichsam fühlte, niemals aber auf deutliche Kriterien bringen konnte. Dadurch ist es nun geschehen, dass, da Philosophen selbst in der Entwickelung der Idee ihrer Wissenschaft fehlten, die Bearbeitung derselben keinen bestimmten Zweck und keine sichere Richtschnur haben konnte, und sie bei einem so willkührlich gemachten Entwurfe unwissend in dem Wege, den sie zu nehmen hätten, und jederzeit unter sich streitig über die Entdeckungen, die ein Jeder auf dem seinigen gemacht haben wollte, ihre Wissenschaft zuerst bei Andern und endlich sogar bei sich selbst in Verachtung brachten.

Alles reine Erkenntniss *a priori* macht also vermöge des besondern Erkenntnissvermögens, darin es allein seinen Sitz haben kann, eine besondere Einheit aus, und Metaphysik ist diejenige Philosophie, welche jene Erkenntniss in dieser systematischen Einheit darstellen soll. Der speculative Theil derselben, der sich diesen Namen vorzüglich zugeeignet hat, nämlich die, welche wir **Metaphysik der Natur** nennen, und alles, so fern es ist, (nicht das, was sein soll,) aus Begriffen *a priori* erwägt, wird nun auf folgende Art eingetheilt.

Die im engeren Verstande sogenannte Metaphysik besteht aus der **Transscendental-Philosophie** und der **Physiologie der reinen Vernunft.** Die erstere betrachtet nur den **Verstand** und die **Vernunft** selbst in einem System aller Begriffe und Grundsätze, die sich auf Gegenstände überhaupt beziehen, ohne Objecte anzunehmen, die gegeben wären *(Ontologia)*; die zweite betrachtet **Natur,** d. i. den Inbegriff gegebener Gegenstände, (sie mögen nun den Sinnen, oder, wenn man will, einer andern Art von Anschauung gegeben sein,) und ist also **Physiologie** (obgleich nur *rationalis*). Nun ist aber der Gebrauch der Vernunft in dieser rationalen Naturbetrachtung entweder physisch oder hyperphysisch, oder besser, entweder **immanent** oder **transscendent.** Der erstere geht auf die Natur, so weit als ihre Erkenntniss in der Erfahrung *(in concreto)* kann angewandt werden, der zweite auf diejenige Verknüpfung der Gegenstände der Erfahrung, welche alle Erfahrung übersteigt. Diese **transscendente** Physiologie hat daher entweder eine **innere** Verknüpfung oder **äussere,** die aber beide über mögliche Erfahrung hinausgehen, zu ihrem Gegenstande; jene ist die Physiologie der gesammten Natur, d. i. die transscendentale **Welterkenntniss,** diese des Zusammenhanges der gesammten Natur mit einem Wesen über der Natur, d. i. die transscendentale **Gotteserkenntniss.**

Die immanente Physiologie betrachtet dagegen Natur als den Inbegriff aller Gegenstände der Sinne, mithin so, wie sie uns gegeben ist, aber nur nach Bedingungen *a priori,* unter denen sie uns gegeben werden kann. Es sind aber nur zweierlei Gegenstände derselben: 1, die der äusseren Sinne, mithin der Inbegriff derselben, die **körperliche Natur;** 2, der Gegenstand des inneren Sinnes, die Seele, und nach den Grundbegriffen derselben überhaupt, die **denkende Natur.** Die Metaphysik der körperlichen Natur heisst **Physik,** aber, weil sie nur die Principien ihrer Erkenntniss *a priori* enthalten soll, **rationale Physik.** Die Metaphysik der denkenden Natur heisst **Psychologie,** und aus der eben angeführten Ursache ist hier nur die **rationale Erkenntniss** derselben zu verstehen.

Demnach besteht das ganze System der Metaphysik aus vier Haupttheilen: 1, der **Ontologie;** 2, der **rationalen Physiologie;** 3, der **rationalen Kosmologie;** 4, der **rationalen Theologie.** Der zweite Theil, nämlich die Naturlehre der reinen Vernunft, enthält zwei Abtheilungen: die *physica rationalis** und *psychologia rationalis*.

Die ursprüngliche Idee einer Philosophie der reinen Vernunft schreibt diese Abtheilung selbst vor; sie ist also architektonisch, ihren wesentlichen Zwecken gemäss, und nicht blos technisch, nach zufällig wahrgenommenen Verwandtschaften und gleichsam auf gut Glück angestellt, eben darum aber auch unwandelbar und legislatorisch. Es finden sich aber hiebei einige Punkte, die Bedenklichkeit erregen und die Ueberzeugung von der Gesetzmässigkeit derselben schwächen könnten.

Zuerst: wie kann ich eine Erkenntniss *a priori*, mithin Metaphysik, von Gegenständen erwarten, so fern sie unseren Sinnen, mithin *a posteriori* gegeben sind? und wie ist es möglich, nach Principien *a priori*, die Natur der Dinge zu erkennen und zu einer rationalen Physiologie zu gelangen? Die Antwort ist: wir nehmen aus der Erfahrung nichts weiter, als was nöthig ist, uns ein Object theils des äusseren, theils des inneren Sinnes zu geben. Jenes geschieht durch den blosen Begriff Materie, (undurchdringliche, leblose Ausdehnung,) dieses durch den Begriff eines denkenden Wesens (in der empirischen inneren Vorstellung: ich denke). Uebrigens müssten wir in der ganzen Metaphysik dieser Gegenstände uns aller empirischen Principien gänzlich enthalten, die über den Begriff noch irgend eine Erfahrung hinzusetzen möchten, um etwas über diese Gegenstände daraus zu urtheilen.

Zweitens: wo bleibt denn die empirische Psychologie, welche von jeher ihren Platz in der Metaphysik behauptet hat, und von welcher man in unseren Zeiten so grosse Dinge zur Aufklärung derselben erwartet hat, nachdem man die Hoffnung aufgab, etwas Taugliches *a priori* auszurichten? Ich antworte: sie kommt dahin, wo die eigentliche (em-

---

* Man denke ja nicht, dass ich hierunter dasjenige verstehe, was man gemeiniglich *physica generalis* nennt, und mehr Mathematik, als Philosophie der Natur ist. Denn die Metaphysik der Natur sondert sich gänzlich von der Mathematik ab, hat auch bei weitem nicht so viel erweiternde Einsichten anzubieten, als diese, ist aber doch sehr wichtig, in Ansehung der Kritik des auf die Natur anzuwendenden reinen Verstandeserkenntnisses überhaupt; in Ermangelung deren selbst Mathematiker, indem sie gewissen gemeinen, in der That doch metaphysischen Begriffen anhängen, die Naturlehre unvermerkt mit Hypothesen belästigt haben, welche bei einer Kritik dieser Principien verschwinden, ohne dadurch doch dem Gebrauche der Mathematik in diesem Felde, (der ganz unentbehrlich ist,) im mindesten Abbruch zu thun.

pirische) Naturlehre hingestellt werden muss, nämlich auf die Seite der angewandten Philosophie, zu welcher die reine Philosophie die Principien *a priori* enthält, die also mit jener zwar verbunden, aber nicht vermischt werden muss. Also muss empirische Psychologie aus der Metaphysik gänzlich verbannt sein und ist schon durch die Idee derselben gänzlich ausgeschlossen. Gleichwohl wird man ihr nach dem Schulgebrauch doch noch immer, (obzwar nur als Episode,) ein Plätzchen darin verstatten müssen, und zwar aus ökonomischen Bewegursachen, weil sie noch nicht so reich ist, dass sie allein ein Studium ausmachen, und doch zu wichtig, als dass man sie ganz ausstossen oder anderwärts anheften sollte, wo sie noch weniger Verwandtschaft, als in der Metaphysik antreffen dürfte. Es ist also blos ein so lange aufgenommener Fremdling, dem man auf einige Zeit einen Aufenthalt vergönnt, bis er in einer ausführlichen Anthropologie, (dem Pendant zu der empirischen Naturlehre,) seine eigene Behausung wird beziehen können.

Das ist also die allgemeine Idee der Metaphysik, welche, da man ihr anfänglich mehr zumuthete, als billigerweise verlangt werden kann, und sich eine Zeit lang mit angenehmen Erwartungen ergötzte, zuletzt in allgemeine Verachtung gefallen ist, da man sich in seiner Hoffnung betrogen fand. Aus dem ganzen Verlauf unserer Kritik wird man sich hinlänglich überzeugt haben, dass, wenn gleich Metaphysik nicht die Grundveste der Religion sein kann, so müsse sie doch jederzeit als die Schutzwehr derselben stehen bleiben, und dass die menschliche Vernunft, welche schon durch die Richtung ihrer Natur dialektisch ist, einer solchen Wissenschaft niemals entbehren könne, die sie zügelt, und durch ein scientifisches und völlig einleuchtendes Selbsterkenntniss die Verwüstungen abhält, welche eine gesetzlose speculative Vernunft sonst ganz unfehlbar in Moral sowohl, als Religion anrichten würde. Man kann also sicher sein, so spröde oder geringschätzend auch diejenigen thun, die eine Wissenschaft nicht nach ihrer Natur, sondern allein aus ihren zufälligen Wirkungen zu beurtheilen wissen, man werde jederzeit zu ihr, wie zu einer mit uns entzweiten Geliebten zurückkehren, weil die Vernunft, da es hier wesentliche Zwecke betrifft, rastlos entweder auf gründliche Einsicht, oder Zerstörung schon vorhandener guter Einsichten arbeiten muss.

Metaphysik also sowohl der Natur, als der Sitten, vornehmlich die Kritik der sich auf eigenen Flügeln wagenden Vernunft, welche vorübend (propädeutisch) vorhergeht, machen eigentlich allein dasjenige aus, was wir im ächten Verstande Philosophie nennen können. Diese bezieht alles auf Weisheit, aber durch den Weg der Wissenschaften, den einzigen, der, wenn er einmal gebahnt ist, niemals verwächst und keine Verirrungen verstattet. Mathematik, Naturwissenschaft, selbst die empirische Kenntniss des Menschen haben einen hohen Werth als Mittel, grösstentheils zu zufälligen, am Ende aber doch zu nothwendigen und wesentlichen Zwecken der Menschheit, aber alsdenn nur durch Vermittelung einer Vernunfterkenntniss aus blosen Begriffen, die, man mag sie benennen, wie man will, eigentlich nichts, als Metaphysik ist.

Eben deswegen ist Metaphysik auch die Vollendung aller Cultur der menschlichen Vernunft, die unentbehrlich ist, wenn man gleich ihren Einfluss, als Wissenschaft, auf gewisse bestimmte Zwecke bei Seite setzt. Denn sie betrachtet die Vernunft nach ihren Elementen und obersten Maximen, die selbst der Möglichkeit einiger Wissenschaften und dem Gebrauche aller zum Grunde liegen müssen. Dass sie, als blose Speculation, mehr dazu dient, Irrthümer abzuhalten, als Erkenntniss zu erweitern, thut ihrem Werthe keinen Abbruch, sondern gibt ihr vielmehr Würde und Ansehen durch das Censoramt, welches die allgemeine Ordnung und Eintracht, ja den Wohlstand des wissenschaftlichen gemeinen Wesens sichert und dessen muthige und fruchtbare Bearbeitungen abhält, sich nicht von dem Hauptzwecke, der allgemeinen Glückseligkeit, zu entfernen.

Der transscendentalen Methodenlehre

viertes Hauptstück.

Die Geschichte der reinen Vernunft.

Dieser Titel steht nur hier, um eine Stelle zu bezeichnen, die im System übrig bleibt und künftig ausgefüllt werden muss. Ich begnüge mich aus einem blos transscendentalen Gesichtspunkte, nämlich der Natur der reinen Vernunft, einen flüchtigen Blick auf das Ganze der bisherigen Bearbeitung derselben zu werfen, welches freilich meinem Auge zwar Gebäude, aber nur in Ruinen vorstellt.

Es ist merkwürdig genug, ob es gleich natürlicherweise nicht anders zugehen konnte, dass die Menschen im Kindesalter der Philosophie davon anfingen, wo wir jetzt lieber endigen möchten, nämlich, zuerst die Erkenntniss Gottes und die Hoffnung oder wohl gar die Beschaffenheit einer andern Welt zu studiren. Was auch die alten Gebräuche, die noch von dem rohen Zustande der Völker übrig waren, für grobe Religionsbegriffe eingeführt haben mochten, so hinderte dieses doch nicht den aufgeklärteren Theil, sich freien Nachforschungen über diesen Gegenstand zu widmen, und man sahe leicht ein, dass es keine gründliche und zuverlässigere Art geben könne, der unsichtbaren Macht, die die Welt regiert, zu gefallen, um wenigstens in einer andern Welt glücklich zu sein, als den guten Lebenswandel. Daher waren Theologie und Moral die zwei Triebfedern, oder besser, Beziehungspunkte zu allen abgezogenen Vernunftforschungen, denen man sich nachher jederzeit gewidmet hat. Die erstere war indessen eigentlich das, was die blos speculative Vernunft nach und nach in das Geschäft zog, welches in der Folge unter dem Namen der Metaphysik so berühmt geworden.

Ich will jetzt die Zeiten nicht unterscheiden, auf welche diese oder jene Veränderung der Metaphysik traf, sondern nur die Verschiedenheit der Idee, welche die hauptsächlichsten Revolutionen veranlasste, in einem flüchtigen Abrisse darstellen. Und da finde ich eine dreifache Absicht, in welcher die namhaftesten Veränderungen auf dieser Bühne des Streits gestiftet worden.

1. **In Ansehung des Gegenstandes** aller unserer Vernunfterkenntnisse waren einige blos **Sensual-**, andere blos **Intellectualphilosophen**. EPIKUR kann der vornehmste Philosoph der Sinnlichkeit, PLATO des Intellectuellen genannt werden. Dieser Unterschied der Schulen aber, so subtil er auch ist, hatte schon in den frühesten Zeiten angefangen und hat sich lange ununterbrochen erhalten. Die von der ersteren behaupteten: in den Gegenständen der Sinne sei allein Wirklichkeit, alles Uebrige sei Einbildung; die von der zweiten sagten dagegen: in den Sinnen ist nichts, als Schein, nur der Verstand erkennt das Wahre. Darum stritten aber die ersteren den Verstandesbegriffen doch eben nicht Realität ab, sie war aber bei ihnen nur **logisch**, bei den andern aber **mystisch**. Jene räumten **intellectuelle Begriffe** ein, aber nahmen blos **sensible Gegenstände** an. Diese verlangten, dass die wahren Gegenstände blos **intelligibel** wären, und behaupteten eine **Anschauung** durch den von keinen Sinnen begleiteten und ihrer Meinung nach nur verwirrten reinen Verstand.

2. **In Ansehung des Ursprungs** reiner Vernunfterkenntnisse, ob sie aus der Erfahrung abgeleitet, oder unabhängig von ihr in der Vernunft ihre Quelle haben. ARISTOTELES kann als das Haupt der **Empiristen**, PLATO aber der **Noologisten** angesehen werden. LOCKE, der in neueren Zeiten dem ersteren, und LEIBNITZ, der dem letzteren, (ob zwar in einer genugsamen Entfernung von dessen mystischem Systeme) folgte, haben es gleichwohl in diesem Streite noch zu keiner Entscheidung bringen können. Wenigstens verfuhr EPIKUR seinerseits viel consequenter nach seinem Sensualsystem, (denn er ging mit seinen Schlüssen niemals über die Grenze der Erfahrung hinaus,) als ARISTOTELES und LOCKE, (vornehmlich aber der letztere,) der, nachdem er alle Begriffe und Grundsätze von der Erfahrung abgeleitet hatte, so weit im Gebrauche derselben geht, dass er behauptet, man könne das Dasein Gottes und die Unsterblichkeit der Seele, (obzwar beide Gegenstände ganz ausser den Grenzen möglicher Erfahrung liegen,) eben so evident beweisen, als irgend einen mathematischen Lehrsatz.

3. **In Ansehung der Methode.** Wenn man etwas Methode

nennen soll, so muss es ein Verfahren nach Grundsätzen sein. Nun kann man die jetzt in diesem Fache der Naturforschung herrschende Methode in die naturalistische und scientifische eintheilen. Der Naturalist der reinen Vernunft nimmt es sich zum Grundsatze, dass durch gemeine Vernunft ohne Wissenschaft, (welche er die gesunde nennt,) sich in Ansehung der erhabensten Fragen, die die Aufgabe der Metaphysik ausmachen, mehr ausrichten lasse als durch Speculation. Er behauptet also, dass man die Grösse und Weite des Mondes sicherer nach dem Augenmaasse, als durch mathematische Umschweife bestimmen könne. Es ist blose Misologie, auf Grundsätze gebracht, und, welches das Ungereimteste ist, die Vernachlässigung aller künstlichen Mittel als eine eigene Methode angerühmt, seine Erkenntniss zu erweitern. Denn was die Naturalisten aus Mangel mehrerer Einsicht betrifft, so kann man ihnen mit Grunde nichts zur Last legen. Sie folgen der gemeinen Vernunft, ohne sich ihrer Unwissenheit als einer Methode zu rühmen, die das Geheimniss enthalten solle, die Wahrheit aus DEMOKRIT's tiefem Brunnen herauszuholen. *Quod sapio, satis est mihi, non ego curo esse quod Arcesilas aerumnosique Solones* (PERSIUS), ist ihr Wahlspruch, bei dem sie vergnügt und beifallswürdig leben können, ohne sich um die Wissenschaft zu bekümmern, noch deren Geschäfte zu verwirren.

Was nun die Beobachter einer scientifischen Methode betrifft, so haben sie hier die Wahl, entweder dogmatisch oder skeptisch, in allen Fällen aber doch die Verbindlichkeit, systematisch zu verfahren. Wenn ich hier in Ansehung der ersteren den berühmten WOLFF, bei der zweiten DAVID HUME nenne, so kann ich die Uebrigen meiner jetzigen Absicht nach ungenannt lassen. Der kritische Weg ist allein noch offen. Wenn der Leser diesen in meiner Gesellschaft durchzuwandern Gefälligkeit und Geduld gehabt hat, so mag er jetzt urtheilen, ob nicht, wenn es ihm beliebt, das Seinige dazu beizutragen, um diesen Fussteig zur Heeresstrasse zu machen, dasjenige, was viele Jahrhunderte nicht leisten konnten, noch vor Ablauf des gegenwärtigen erreicht werden möge: nämlich die menschliche Vernunft in dem, was ihre Wissbegierde jederzeit, bisher aber vergeblich beschäftigt hat, zur völligen Befriedigung zu bringen.

Nachträge

aus der ersten Ausgabe vom Jahre 1781.

I.
Zur Deduction der reinen Verstandesbegriffe.
(Vergl. Anmerk. zu S. 114.)

Der Deduction der reinen Verstandesbegriffe
zweiter Abschnitt.

Von den Gründen *a priori* zur Möglichkeit der Erfahrung.

Dass ein Begriff völlig *a priori* erzeugt werden und sich auf einen Gegenstand beziehen solle, obgleich er weder selbst in den Begriff möglicher Erfahrung gehört, noch aus Elementen einer möglichen Erfahrung besteht, ist gänzlich widersprechend und unmöglich. Denn er würde alsdenn keinen Inhalt haben, darum, weil ihm keine Anschauung correspondirte, indem Anschauungen überhaupt, wodurch uns Gegenstände gegeben werden können, ·das Feld oder den gesammten Gegenstand möglicher Erfahrung ausmachen. Ein Begriff *a priori,* der sich nicht auf diese bezöge, würde nur die logische Form zu einem Begriffe, aber nicht der Begriff selbst sein, wodurch etwas gedacht würde.

Wenn es also reine Begriffe *a priori* gibt, so können diese zwar freilich nichts Empirisches enthalten; sie müssen aber gleichwohl lauter Bedingungen *a priori* zu einer möglichen Erfahrung sein, als worauf allein ihre objective Realität beruhen kann.

Will man daher wissen, wie reine Verstandesbegriffe möglich seien, so muss man untersuchen, welches die Bedingungen *a priori* sind, worauf die Möglichkeit der Erfahrung ankommt, und die ihr zum Grunde liegen, wenn man gleich von allem Empirischen der Erscheinungen abstrahirt. Ein Begriff, der diese formale und objective Bedingung der

Erfahrung allgemein und zureichend ausdrückt, würde ein reiner Verstandesbegriff heissen. Habe ich einmal reine Verstandesbegriffe, so kann ich auch wohl Gegenstände erdenken, die vielleicht unmöglich, vielleicht zwar an sich möglich, aber in keiner Erfahrung gegeben werden können, indem in der Verknüpfung jener Begriffe etwas weggelassen sein kann, was doch zur Bedingung einer möglichen Erfahrung nothwendig gehört (Begriff eines Geistes), oder etwa reine Verstandesbegriffe weiter ausgedehnt werden, als Erfahrung fassen kann (Begriff von Gott). Die Elemente aber zu allen Erkenntnissen *a priori*, selbst zu willkührlichen und ungereimten Erdichtungen können zwar nicht von der Erfahrung entlehnt sein, (denn sonst wären sie nicht Erkenntnisse *a priori*,) sie müssen aber jederzeit die reinen Bedingungen *a priori* einer möglichen Erfahrung und eines Gegenstandes derselben enthalten; denn sonst würde nicht allein durch sie gar nichts gedacht werden, sondern sie selber würden ohne Data auch nicht einmal im Denken entstehen können.

Diese Begriffe nun, welche *a priori* das reine Denken bei jeder Erfahrung enthalten, finden wir an den Kategorien, und es ist schon eine hinreichende Deduction derselben und Rechtfertigung ihrer objectiven Gültigkeit, wenn wir beweisen können, dass vermittelst ihrer allein ein Gegenstand gedacht werden kann. Weil aber in einem solchen Gedanken mehr, als das einzige Vermögen zu denken, nämlich der Verstand beschäftigt ist, und dieser selbst als ein Erkenntnissvermögen, das sich auf Objecte beziehen soll, eben sowohl einer Erläuterung, wegen der Möglichkeit dieser Beziehung, bedarf, so müssen wir die subjectiven Quellen, welche die Grundlage *a priori* zu der Möglichkeit der Erfahrung ausmachen, nicht nach ihrer empirischen, sondern transscendentalen Beschaffenheit zuvor erwägen.

Wenn eine jede einzelne Vorstellung der andern ganz fremd, gleichsam isolirt und von dieser getrennt wäre, so würde niemals so etwas, als Erkenntniss ist, entspringen, welche ein Ganzes verglichener und verknüpfter Vorstellungen ist. Wenn ich also dem Sinne deswegen, weil er in seiner Anschauung Mannigfaltigkeit enthält, eine Synopsis beilege, so correspondirt dieser jederzeit eine Synthesis, und die Receptivität kann nur mit Spontaneität verbunden Erkenntnisse möglich machen. Diese ist nun der Grund einer dreifachen Synthesis, die nothwendigerweise in allem Erkenntniss vorkommt: nämlich der Apprehension der Vorstellungen, als Modificationen des Gemüths in der

Anschauung, der Reproduction derselben in der Einbildung und ihrer Recognition im Begriffe. Diese geben nun eine Leitung auf drei subjective Erkenntnissquellen, welche selbst den Verstand und, durch diesen, alle Erfahrung als ein empirisches Product des Verstandes möglich machen.

Vorläufige Erinnerung.

Die Deduction der Kategorien ist mit so viel Schwierigkeiten verbunden und nöthigt, so tief in die ersten Gründe der Möglichkeit unsrer Erkenntniss überhaupt einzudringen, dass ich, um die Weitläufigkeit einer vollständigen Theorie zu vermeiden und dennoch bei einer so nothwendigen Untersuchung nichts zu versäumen, es rathsamer gefunden habe, durch folgende vier Nummern den Leser mehr vorzubereiten, als zu unterrichten; und im nächstfolgenden dritten Abschnitte die Erörterung dieser Elemente des Verstandes allererst systematisch vorzustellen. Um deswillen wird sich der Leser bis dahin die Dunkelheit nicht abwendig machen lassen, die auf einem Wege, der noch ganz unbetreten ist, anfänglich unvermeidlich ist, sich aber, wie ich hoffe, in gedachtem Abschnitte zur vollständigen Einsicht aufklären soll.

1. Von der Synthesis der Apprehension in der Anschauung.

Unsere Vorstellungen mögen entspringen, woher sie wollen, ob sie durch den Einfluss äusserer Dinge, oder durch innere Ursachen gewirkt seien, sie mögen *a priori*, oder empirisch als Erscheinungen entstanden sein; so gehören sie doch als Modificationen des Gemüths zum innern Sinn, und als solche sind alle unsere Erkenntnisse zuletzt doch der formalen Bedingung des innern Sinnes, nämlich der Zeit unterworfen, als in welcher sie insgesammt geordnet, verknüpft und in Verhältnisse gebracht werden müssen. Dieses ist eine allgemeine Anmerkung, die man bei dem Folgenden durchaus zum Grunde legen muss.

Jede Anschauung enthält ein Mannigfaltiges in sich, welches doch nicht als ein solches vorgestellt werden würde, wenn das Gemüth nicht die Zeit in der Folge der Eindrücke aufeinander unterschiede; denn als in einem Augenblick enthalten, kann jede Vorstellung niemals etwas Anderes, als absolute Einheit sein. Damit nun aus diesem Mannigfaltigen Einheit der Anschauung werde, (wie etwa in der Vorstellung des Raumes,) so ist erstlich das Durchlaufen der Mannigfaltigkeit und dann die Zusammennehmung desselben nothwendig, welche

Handlung ich die **Synthesis der Apprehension** nenne, weil sie geradezu auf die Anschauung gerichtet ist, die zwar ein Mannigfaltiges darbietet, dieses aber als ein solches, und zwar in **einer** Vorstellung enthalten niemals ohne eine dabei vorkommende Synthesis bewirken kann.

Diese Synthesis der Apprehension muss nun auch *a priori*, d. i. in Ansehung der Vorstellungen, die nicht empirisch sind, ausgeübt werden. Denn ohne sie würden wir weder Vorstellungen des Raumes, noch der Zeit *a priori* haben können, da diese nur durch die Synthesis des Mannigfaltigen, welches die Sinnlichkeit in ihrer ursprünglichen Receptivität darbietet, erzeugt werden können. Also haben wir eine reine Synthesis der Apprehension.

2. Von der Synthesis der Reproduction in der Einbildung.

Es ist zwar ein blos empirisches Gesetz, nach welchem Vorstellungen, die sich oft gefolgt oder begleitet haben, mit einander endlich vergesellschaften, und dadurch in eine Verknüpfung setzen, nach welcher, auch ohne die Gegenwart des Gegenstandes, eine dieser Vorstellungen einen Uebergang des Gemüths zu der andern, nach einer beständigen Regel, hervorbringt. Dieses Gesetz der Reproduction setzt aber voraus, dass die Erscheinungen selbst wirklich einer solchen Regel unterworfen sind und dass in dem Mannigfaltigen ihrer Vorstellungen eine, gewissen Regeln gemässe, Begleitung oder Folge stattfinde; denn ohne das würde unsere empirische Einbildungskraft niemals etwas ihrem Vermögen Gemässes zu thun bekommen, also wie ein todtes und uns selbst unbekanntes Vermögen im Innern des Gemüths verborgen bleiben. Würde der Zinnober bald roth, bald schwarz, bald leicht, bald schwer sein, ein Mensch bald in diese, bald in jene thierische Gestalt verändert werden, am längsten Tage bald das Land mit Früchten, bald mit Eis und Schnee bedeckt sein, so könnte meine empirische Einbildungskraft nicht einmal Gelegenheit bekommen, bei der Vorstellung der rothen Farbe den schweren Zinnober in die Gedanken zu bekommen; oder würde ein gewisses Wort bald diesem, bald jenem Dinge beigelegt, oder auch dasselbe Ding bald so, bald anders benannt, ohne dass hierin eine gewisse Regel, der die Erscheinungen schon von selbst unterworfen sind, herrschte, so könnte keine empirische Synthesis der Reproduction stattfinden.

Es muss also etwas sein, was selbst diese Reproduction der Erscheinungen möglich macht, dadurch, dass es der Grund *a priori* einer nothwendigen synthetischen Einheit derselben ist. Hierauf aber kommt man bald, wenn man sich besinnt, dass Erscheinungen nicht Dinge an sich selbst, sondern das blose Spiel unserer Vorstellungen sind, die am Ende auf Bestimmungen des inneren Sinnes auslaufen. Wenn wir nun darthun können, dass selbst unsere reinsten Anschauungen *a priori* keine Erkenntniss verschaffen, ausser so fern sie eine solche Verbindung des Mannigfaltigen enthalten, die eine durchgängige Synthesis der Reproduction möglich macht, so ist diese Synthesis der Einbildungskraft auch vor aller Erfahrung auf Principien *a priori* gegründet, und man muss eine reine transscendentale Synthesis derselben annehmen, die selbst der Möglichkeit aller Erfahrung, (als welche die Reproducibilität der Erscheinungen nothwendig voraussetzt,) zum Grunde liegt. Nun ist offenbar, dass, wenn ich eine Linie in Gedanken ziehe, oder die Zeit von einem Mittag zum andern denken, oder auch nur eine gewisse Zahl mir vorstellen will, ich erstlich nothwendig eine dieser mannigfaltigen Vorstellungen nach der andern in Gedanken fassen müsse. Würde ich aber die vorhergehende, (die ersten Theile der Linie, die vorhergehenden Theile der Zeit, oder die nach einander vorgestellten Einheiten,) immer aus den Gedanken verlieren und sie nicht reproduciren, indem ich zu den folgenden fortgehe, so würde niemals eine ganze Vorstellung und keiner aller vorgenannten Gedanken, ja gar nicht einmal die reinsten und ersten Grundvorstellungen von Raum und Zeit entspringen können.

Die Synthesis der Apprehension ist also mit der Synthesis der Reproduction unzertrennlich verbunden. Und da jene den transscendentalen Grund der Möglichkeit aller Erkenntnisse überhaupt, (nicht blos der empirischen, sondern auch der reinen *a priori*,) ausmacht, so gehört die reproductive Synthesis der Einbildungskraft zu den transscendentalen Handlungen des Gemüths, und in Rücksicht auf dieselbe wollen wir dieses Vermögen auch das transscendentale Vermögen der Einbildungskraft nennen.

3. Von der Synthesis der Recognition im Begriffe.

Ohne Bewusstsein, dass das, was wir denken, eben dasselbe sei, was wir einen Augenblick zuvor dachten, würde alle Reproduction in der Reihe der Vorstellungen vergeblich sein. Denn es wäre eine neue Vorstellung im jetzigen Zustande, die zu dem Actus, wodurch sie nach und nach hat erzeugt werden sollen, gar nicht gehörte, und das Mannigfaltige derselben würde immer kein Ganzes ausmachen, weil es der Einheit ermangelte, die ihm nur das Bewusstsein verschaffen kann. Vergesse ich im Zählen, dass die Einheiten, die mir jetzt vor Sinnen schweben, nach und nach zu einander von mir hinzugethan worden sind, so würde ich die Erzeugung der Menge, durch diese successive Hinzuthuung von Einem zu Einem, mithin auch nicht die Zahl erkennen; denn dieser Begriff besteht lediglich in dem Bewusstsein dieser Einheit der Synthesis.

Das Wort Begriff könnte uns schon von selbst zu dieser Bemerkung Anleitung geben. Denn dieses eine Bewusstsein ist es, was das Mannigfaltige, nach und nach Angeschaute und dann auch Reproducirte in eine Vorstellung vereinigt. Dieses Bewusstsein kann oft nur schwach sein, so dass wir es nur in der Wirkung, nicht aber in dem Actus selbst, d. i. unmittelbar mit der Erzeugung der Vorstellung verknüpfen; aber unerachtet dieser Unterschiede, muss doch immer ein Bewusstsein angetroffen werden, wenn ihm gleich die hervorstechende Klarheit mangelt, und ohne dasselbe sind Begriffe und mit ihnen Erkenntniss von den Gegenständen ganz unmöglich.

Und hier ist es denn nothwendig, sich darüber verständlich zu machen, was man denn unter dem Ausdruck eines Gegenstandes der Vorstellungen meine. Wir haben oben gesagt, dass Erscheinungen selbst nichts, als sinnliche Vorstellungen sind, die an sich, in eben derselben Art, nicht als Gegenstände (ausser der Vorstellungskraft) müssen angesehen werden. Was versteht man denn, wenn man von einem der Erkenntniss correspondirenden, mithin auch davon unterschiedenen Gegenstande redet? Es ist leicht einzusehen, dass dieser Gegenstand nur als etwas überhaupt $= x$ müsse gedacht werden, weil wir ausser unserer Erkenntniss doch nichts haben, welches wir dieser Erkenntniss als correspondirend gegenüber setzen könnten.

Wir finden aber, dass unser Gedanke von der Beziehung aller Erkenntniss auf ihren Gegenstand etwas von Nothwendigkeit bei sich führe, da nämlich dieser als dasjenige angesehen wird, was dawider ist, dass unsere Erkenntnisse nicht aufs Gerathewohl oder beliebig, sondern a $priori$ auf gewisse Weise bestimmt seien, weil, indem sie sich auf einen Gegenstand beziehen sollen, sie auch nothwendigerweise in Beziehung auf diesen unter einander übereinstimmen, d. i. diejenige Einheit haben müssen, welche den Begriff von einem Gegenstande ausmacht.

Es ist aber klar, dass, da wir es nur mit dem Mannigfaltigen unserer Vorstellungen zu thun haben und jenes x, was ihnen correspondirt (der Gegenstand), weil er etwas von unsern Vorstellungen Unterschiedenes sein soll, für uns nichts ist, die Einheit, welche der Gegenstand nothwendig macht, nichts Anderes sein könne, als die formale Einheit des Bewusstseins in der Synthesis des Mannigfaltigen der Vorstellungen. Alsdenn sagen wir: wir erkennen den Gegenstand, wenn wir in dem Mannigfaltigen der Anschauung synthetische Einheit bewirkt haben. Diese ist aber unmöglich, wenn die Anschauung nicht durch eine solche Function der Synthesis nach einer Regel hat hervorgebracht werden können, welche die Reproduction des Mannigfaltigen *a priori* nothwendig und einen Begriff, in welchem dieses sich vereinigt, möglich macht. So denken wir uns einen Triangel als Gegenstand, indem wir uns der Zusammensetzung von drei geraden Linien nach einer Regel bewusst sind, nach welcher eine solche Anschauung jederzeit dargestellt werden kann. Diese Einheit der Regel bestimmt nun alles Mannigfaltige und schränkt es auf Bedingungen ein, welche die Einheit der Apperception möglich machen, und der Begriff dieser Einheit ist die Vorstellung vom Gegenstande $= x$, den ich durch die gedachten Prädicate eines Triangels denke.

Alles Erkenntniss erfordert einen Begriff, dieser mag nun so unvollkommen oder so dunkel sein, wie er wolle; dieser aber ist seiner Form nach jederzeit etwas Allgemeines, und was zur Regel dient. So dient der Begriff vom Körper nach der Einheit des Mannigfaltigen, welches durch ihn gedacht wird, unserer Erkenntniss äusserer Erscheinungen zur Regel. Eine Regel der Anschauung kann er aber nur dadurch sein, dass er bei gegebenen Erscheinungen die nothwendige Reproduction des Mannigfaltigen derselben, mithin die synthetische Einheit in ihrem Bewusstsein vorstellt. So macht der Begriff des Körpers, bei der Wahrnehmung von etwas ausser uns, die Vorstellung der Ausdehnung und mit ihr die der Undurchdringlichkeit, der Gestalt u. s. w. nothwendig.

Aller Nothwendigkeit liegt jederzeit eine transscendentale Bedingung zum Grunde. Also muss ein transscendentaler Grund der Einheit des Bewusstseins in der Synthesis des Mannigfaltigen aller unserer Anschauungen, mithin auch der Begriffe der Objecte überhaupt, folglich auch aller Gegenstände der Erfahrung angetroffen werden, ohne welchen es unmöglich wäre, zu unsern Anschauungen irgend einen Gegenstand zu denken; denn dieser ist nichts mehr, als das Etwas, davon der Begriff eine solche Nothwendigkeit der Synthesis ausdrückt.

Diese ursprüngliche und transscendentale Bedingung ist nun keine andere, als die transscendentale Apperception. Das Bewusstsein seiner selbst, nach den Bestimmungen unseres Zustandes bei der innern Wahrnehmung ist blos empirisch, jederzeit wandelbar, es kann kein stehendes oder bleibendes Selbst in diesem Flusse innerer Erscheinungen geben, und wird gewöhnlich der **innere Sinn** genannt oder die **empirische Apperception.** Das, was **nothwendig** als numerisch identisch vorgestellt werden soll, kann nicht als ein solches durch empirische Data gedacht werden. Es muss eine Bedingung sein, die vor aller Erfahrung vorhergeht und diese selbst möglich macht, welche eine solche transscendentale Voraussetzung geltend machen soll.

Nun können keine Erkenntnisse in uns stattfinden, keine Verknüpfung und Einheit derselben unter einander, ohne diejenige Einheit des Bewusstseins, welche vor allen Datis der Anschauungen vorhergeht, und worauf in Beziehung alle Vorstellung von Gegenständen allein möglich ist. Dieses reine ursprüngliche, unwandelbare Bewusstsein will ich nun die **transscendentale Apperception** nennen. Dass sie diesen Namen verdiene, erhellt schon daraus, dass selbst die reinste objective Einheit, nämlich die der Begriffe *a priori* (Raum und Zeit), nur durch Beziehung der Anschauungen auf sie möglich ist. Die numerische Einheit dieser Apperception liegt also *a priori* allen Begriffen eben sowohl zum Grunde, als die Mannigfaltigkeit des Raumes und der Zeit den Anschauungen der Sinnlichkeit.

Eben diese transscendentale Einheit der Apperception macht aber aus allen möglichen Erscheinungen, die immer in einer Erfahrung beisammen sein können, einen Zusammenhang aller dieser Vorstellungen nach Gesetzen. Denn diese Einheit des Bewusstseins wäre unmöglich, wenn nicht das Gemüth in der Erkenntniss des Mannigfaltigen sich der Identität der Function bewusst werden könnte, wodurch sie dasselbe synthetisch in einer Erkenntniss verbindet. Also ist das ursprüngliche und nothwendige Bewusstsein der Identität seiner selbst zugleich ein Bewusstsein einer eben so nothwendigen Einheit der Synthesis aller Erscheinungen nach Begriffen, d. i. nach Regeln, die sie nicht allein nothwendig reproducibel machen, sondern dadurch auch ihrer Anschauung einen Gegenstand bestimmen, d. i. den Begriff von etwas, darin sie nothwendig zusammenhängen; denn das Gemüth könnte sich unmöglich der Identität seiner selbst in der Mannigfaltigkeit seiner Vorstellungen und zwar *a priori* denken, wenn es nicht die Identität seiner Handlung vor

I. Zur Deduction der reinen Verstandesbegriffe.

Augen hätte, welche alle Synthesis der Apprehension, (die empirisch ist,) einer transscendentalen Einheit unterwirft und ihren Zusammenhang nach Regeln *a priori* zuerst möglich macht. Nunmehro werden wir auch unsere Begriffe von einem Gegenstande überhaupt richtiger bestimmen können. Alle Vorstellungen haben, als Vorstellungen, ihren Gegenstand und können selbst wiederum Gegenstände anderer Vorstellungen sein. Erscheinungen sind die einzigen Gegenstände, die uns unmittelbar gegeben werden können, und das, was sich darin unmittelbar auf den Gegenstand bezieht, heisst Anschauung. Nun sind aber diese Erscheinungen nicht Dinge an sich selbst, sondern selbst nur Vorstellungen, die wiederum ihren Gegenstand haben, der also von uns nicht mehr angeschaut werden kann, und daher der nichtempirische, d. i. transscendentale Gegenstand $= x$ genannt werden mag.

Der reine Begriff von diesem transscendentalen Gegenstande, (der wirklich bei allen unsern Erkenntnissen immer einerlei $= x$ ist,) ist das, was in allen unsern empirischen Begriffen überhaupt Beziehung auf einen Gegenstand, d. i. objective Realität verschaffen kann. Dieser Begriff kann nun gar keine bestimmte Anschauung enthalten und wird also nichts Anderes, als diejenige Einheit betreffen, die in einem Mannigfaltigen der Erkenntniss angetroffen werden muss, so fern es in Beziehung auf einen Gegenstand steht. Diese Beziehung aber ist nichts Anderes, als die nothwendige Einheit des Bewusstseins, mithin auch der Synthesis des Mannigfaltigen durch gemeinschaftliche Function des Gemüths, es in einer Vorstellung zu verbinden. Da nun diese Einheit als *a priori* nothwendig angesehen werden muss, (weil die Erkenntniss sonst ohne Gegenstand sein würde,) so wird die Beziehung auf einen transscendentalen Gegenstand, d. i. die objective Realität unserer empirischen Erkenntniss auf dem transscendentalen Gesetze beruhen, dass alle Erscheinungen, sofern uns dadurch Gegenstände gegeben werden sollen, unter Regeln *a priori* der synthetischen Einheit derselben stehen müssen, nach welchen ihr Verhältniss in der empirischen Anschauung allein möglich ist, d. i. dass sie eben sowohl in der Erfahrung unter Bedingungen der nothwendigen Einheit der Apperception, als in der blosen Anschauung unter den formalen Bedingungen des Raumes und der Zeit stehen müssen, ja dass durch jene jede Erkenntniss allererst möglich werde.

4. Vorläufige Erklärung der Möglichkeit der Kategorien, als Erkenntnisse *a priori*.

Es ist nur eine Erfahrung, in welcher alle Wahrnehmungen als im durchgängigen und gesetzmässigen Zusammenhange vorgestellt werden; eben so, wie nur ein Raum und Zeit ist, in welcher alle Formen der Erscheinung und alles Verhältniss des Seins oder Nichtseins stattfinden. Wenn man von verschiedenen Erfahrungen spricht, so sind es nur so viel Wahrnehmungen, so fern solche zu einer und derselben allgemeinen Erfahrung gehören. Die durchgängige und synthetische Einheit der Wahrnehmungen macht nämlich gerade die Form der Erfahrung aus, und sie ist nichts Anderes, als die synthetische Einheit der Erscheinungen nach Begriffen.

Einheit der Synthesis nach empirischen Begriffen würde ganz zufällig sein, und gründeten diese sich nicht auf einen transscendentalen Grund der Einheit, so würde es möglich sein, dass ein Gewühl von Erscheinungen unsere Seele anfüllte, ohne dass doch daraus jemals Erfahrung werden könnte. Alsdenn fiele aber auch alle Beziehung der Erkenntniss auf Gegenstände weg, weil ihr die Verknüpfung nach allgemeinen und nothwendigen Gesetzen mangelte, mithin würde sie zwar gedankenlose Anschauung, aber niemals Erkenntniss, also für uns so viel als gar nichts sein.

Die Bedingungen *a priori* einer möglichen Erfahrung überhaupt sind zugleich Bedingungen der Möglichkeit der Gegenstände der Erfahrung. Nun behaupte ich: die eben angeführten Kategorien sind nichts Anderes, als die Bedingungen des Denkens in einer möglichen Erfahrung, so wie Raum und Zeit die Bedingungen der Anschauung zu eben derselben enthalten. Also sind jene auch Grundbegriffe, Objecte überhaupt zu den Erscheinungen zu denken, und haben also *a priori* objective Gültigkeit; welches dasjenige war, was wir eigentlich wissen wollten.

Die Möglichkeit aber, ja sogar die Nothwendigkeit dieser Kategorien beruht auf der Beziehung, welche die gesammte Sinnlichkeit, und mit ihr auch alle mögliche Erscheinungen auf die ursprüngliche Apperception, in welcher alles nothwendig den Bedingungen der durchgängigen Einheit des Selbstbewusstseins gemäss sein, d. i. unter allgemeinen Functionen der Synthesis stehen muss, nämlich der Synthesis nach Begriffen, als worin die Apperception allein ihre durchgängige und nothwendige Identität *a priori* beweisen kann. So ist der Begriff einer Ursache nichts Anderes, als eine Synthesis (dessen, was in der Zeitreihe folgt, mit andern Erscheinungen,) nach Begriffen, und ohne dergleichen Einheit, die ihre Regel *a priori* hat und die Erscheinungen sich unterwirft, würde durchgängige und allgemeine, mithin nothwendige Einheit des Bewusstseins in dem Mannigfaltigen der Wahrnehmungen nicht angetroffen werden. Diese würden aber alsdenn auch zu keiner Erfahrung gehören, folglich ohne Object, und nichts, als ein blindes Spiel der Vorstellungen, d. i. weniger, als ein Traum sein.

Alle Versuche, jene reinen Verstandesbegriffe von der Erfahrung abzuleiten und ihnen einen blos empirischen Ursprung zuzuschreiben, sind also ganz eitel und vergeblich. Ich will davon nichts erwähnen, dass z. E. der Begriff einer Ursache den Zug von Nothwendigkeit bei sich führt, welche gar keine Erfahrung geben kann, die uns zwar lehrt, dass auf eine Erscheinung gewöhnlichermassen etwas Anderes folge, aber nicht, dass es nothwendig darauf folgen müsse, noch dass *a priori* und ganz allgemein daraus als einer Bedingung auf die Folge könne geschlossen werden. Aber jene empirische Regel der Association, die man doch durchgängig annehmen muss, wenn man sagt, dass alles in der Reihenfolge der Begebenheiten dermassen unter Regeln stehe, dass niemals etwas geschieht, vor welchem nicht etwas vorhergehe, darauf es jederzeit folge: dieses als ein Gesetz der Natur, worauf beruht es? frage ich; und wie ist selbst diese Association möglich? Der Grund der Möglichkeit dieser Association des Mannigfaltigen, so fern es im Objecte liegt, heisst die **Affinität** des Mannigfaltigen. Ich frage also, wie macht ihr euch die durchgängige Affinität der Erscheinungen, (dadurch sie unter beständigen Gesetzen stehen und darunter gehören **müssen**,) begreiflich?

Nach meinen Grundsätzen ist sie sehr wohl begreiflich. Alle möglichen Erscheinungen gehören, als Vorstellungen, zu dem ganzen möglichen Selbstbewusstsein. Von diesem aber, als einer transscendentalen Vorstellung, ist die numerische Identität unzertrennlich und *a priori* gewiss, weil nichts in die Erkenntniss kommen kann, ohne vermittelst dieser ursprünglichen Apperception. Da nun diese Identität nothwendig in der Synthesis alles Mannigfaltigen der Erscheinungen, so fern sie empirische Erkenntniss werden soll, hineinkommen muss, so sind die Erscheinungen Bedingungen *a priori* unterworfen, welchen ihre Synthesis (der Apprehension) durchgängig gemäss sein muss. Nun heisst aber die Vorstellung einer allgemeinen Bedingung, nach welcher ein gewisses Mannigfaltige, (mithin auf einerlei Art,) gesetzt werden kann, eine Regel, und wenn es so gesetzt werden muss, ein Gesetz. Also stehen alle Erscheinungen in einer durchgängigen Verknüpfung nach nothwendigen Gesetzen und mithin in einer transscendentalen Affinität, woraus die empirische die blose Folge ist.

Dass die Natur sich nach unserem subjectiven Grunde der Apperception richten, ja gar davon in Ansehung ihrer Gesetzmässigkeit abhangen solle, lautet wohl sehr widersinnisch und befremdlich. Bedenkt man aber, dass diese Natur an sich nichts, als ein Inbegriff von Erscheinungen, mithin kein Ding an sich, sondern blos eine Menge von Vorstellungen des Gemüths sei, so wird man sich nicht wundern, sie blos in dem Radicalvermögen aller unsrer Erkenntniss, nämlich der transscendentalen Apperception, in derjenigen Einheit zu sehen, um deren willen allein sie Object aller möglichen Erfahrung, d. i. Natur heissen kann, und dass wir auch eben darum diese Einheit *a priori*, mithin auch als nothwendig erkennen können, welches wir wohl müssten unterweges lassen, wäre sie unabhängig von den ersten Quellen unseres Denkens an sich gegeben. Denn da wüsste ich nicht, wo wir die synthetischen Sätze einer solchen allgemeinen Natureinheit hernehmen sollten, weil man sie auf solchen Fall von den Gegenständen der Natur selbst entlehnen müsste. Da dieses aber nur empirisch geschehen könnte, so würde daraus keine andere, als blos zufällige Einheit gezogen werden können, die aber bei weitem an den nothwendigen Zusammenhang nicht reicht, den man meint, wenn man Natur nennt.

Der Deduction der reinen Verstandesbegriffe
dritter Abschnitt.

Von dem Verhältnisse des Verstandes zu Gegenständen überhaupt und der Möglichkeit diese *a priori* zu erkennen.

Was wir im vorigen Abschnitte abgesondert und einzeln vortrugen, wollen wir jetzt vereinigt und im Zusammenhange vorstellen. Es sind drei subjective Erkenntnissquellen, worauf die Möglichkeit einer Erfahrung überhaupt und Erkenntniss der Gegenstände derselben beruht: Sinn, Einbildungskraft und Apperception; jede derselben kann

I. Zur Deduction der reinen Verstandesbegriffe.   577

als empirisch, nämlich in der Anwendung auf gegebene Erscheinungen betrachtet werden, alle aber sind auch Elemente oder Grundlagen *a priori*, welche selbst diesen empirischen Gebrauch möglich machen. Der Sinn stellt die Erscheinungen empirisch in der Wahrnehmung vor, die Einbildungskraft in der Association (und Reproduction), die Apperception in dem empirischen Bewusstsein der Identität dieser reproductiven Vorstellungen mit den Erscheinungen, dadurch sie gegeben waren, mithin in der Recognition.

Es liegt aber der sämmtlichen Wahrnehmung die reine Anschauung, (in Ansehung ihrer als Vorstellung die Form der inneren Anschauung, die Zeit,) der Association die reine Synthesis der Einbildungskraft, und dem empirischen Bewusstsein die reine Apperception, d. i. die durchgängige Identität seiner selbst bei allen möglichen Vorstellungen *a priori* zum Grunde.

Wollen wir nun den innern Grund dieser Verknüpfung der Vorstellungen bis auf denjenigen Punkt verfolgen, in welchem sie alle zusammenlaufen müssen, um darin allererst Einheit der Erkenntniss zu einer möglichen Erfahrung zu bekommen, so müssen wir von der reinen Apperception anfangen. Alle Anschauungen sind für uns nichts und gehen uns nicht im mindesten etwas an, wenn sie nicht ins Bewusstsein aufgenommen werden können, sie mögen nun direct oder indirect darauf einfliessen, und nur durch dieses allein ist Erkenntniss möglich. Wir sind uns *a priori* der durchgängigen Identität unserer selbst in Ansehung aller Vorstellungen, die zu unserem Erkenntniss jemals gehören können, bewusst als einer nothwendigen Bedingung der Möglichkeit aller Vorstellungen, (weil diese in mir doch nur dadurch etwas vorstellen, dass sie mit allem Andern zu einem Bewusstsein gehören, mithin darin wenigstens müssen verknüpft werden können.) Dies Princip steht *a priori* fest, und kann das transscendentale Princip der Einheit alles Mannigfaltigen unserer Vorstellungen, (mithin auch in der Anschauung) heissen. Nun ist die Einheit des Mannigfaltigen in einem Subject synthetisch; also gibt die reine Apperception ein Principium der synthetischen Einheit des Mannigfaltigen in aller möglichen Anschauung an die Hand.*

---

* Man gebe auf diesen Satz wohl Acht, der von grosser Wichtigkeit ist. Alle Vorstellungen haben eine nothwendige Beziehung auf ein mögliches empirisches Bewusstsein; denn hätten sie dieses nicht und wäre es ganz unmöglich, sich ihrer bewusst zu werden, so würde das so viel sagen: sie existirten gar nicht. Alles empirische Bewusstsein hat aber eine nothwendige Beziehung auf ein transscendentales,

Diese synthetische Einheit setzt aber eine Synthesis voraus oder schliesst sie ein, und soll jene *a priori* nothwendig sein, so muss letztere auch eine Synthesis *a priori* sein. Also bezieht sich die transscendentale Einheit der Apperception auf die reine Synthesis der Einbildungskraft, als eine Bedingung *a priori* der Möglichkeit aller Zusammensetzung des Mannigfaltigen in einer Erkenntniss. Es kann aber nur die **productive Synthesis der Einbildungskraft** *a priori* stattfinden; denn die **reproductive** beruht auf Bedingungen der Erfahrung. Also ist das Principium der nothwendigen Einheit der reinen (productiven) Synthesis der Einbildungskraft vor der Apperception der Grund der Möglichkeit aller Erkenntniss, besonders der Erfahrung.

Nun nennen wir die Synthesis des Mannigfaltigen in der Einbildungskraft transscendental, wenn ohne Unterschied der Anschauungen sie auf nichts, als blos auf die Verbindung des Mannigfaltigen *a priori* geht, und die Einheit dieser Synthesis heisst transscendental, wenn sie in Beziehung auf die ursprüngliche Einheit der Apperception, als *a priori* nothwendig vorgestellt wird. Da diese letztere nun der Möglichkeit aller Erkenntnisse zum Grunde liegt, so ist die transscendentale Einheit der Synthesis der Einbildungskraft die reine Form aller möglichen Erkenntniss, durch welche mithin alle Gegenstände möglicher Erfahrung *a priori* vorgestellt werden müssen.

Die Einheit der Apperception in Beziehung auf die Synthesis der Einbildungskraft ist der Verstand, und eben dieselbe Einheit, beziehungsweise auf die transscendentale Synthesis der

---

(vor aller besondern Erfahrung vorhergehendes) Bewusstsein, nämlich das **Bewusstsein meiner Selbst**, als die ursprüngliche Apperception. Es ist also schlechthin nothwendig, dass in meinem Erkenntnisse alles Bewusstsein zu einem Bewusstsein (meiner Selbst) gehöre. Hier ist nun eine synthetische Einheit des Mannigfaltigen (Bewusstseins), die *a priori* erkannt wird und gerade so den Grund zu den synthetischen Sätzen *a priori*, die das reine Denken betreffen, als Raum und Zeit zu solchen Sätzen, die die Form der blosen Anschauung angehen, abgibt. Der synthetische Satz, dass alle verschiedene empirische Bewusstsein in einem einigen Selbstbewusstsein verbunden sein müsse, ist der schlechthin erste und synthetische Grundsatz unseres Denkens überhaupt. Es ist aber nicht aus der Acht zu lassen, dass die blose Vorstellung **Ich** in Beziehung auf alle anderen, (deren collective Einheit sie möglich macht,) das transscendentale Bewusstsein sei. Diese Vorstellung mag nun klar (empirisches Bewusstsein) oder dunkel sein, daran liegt hier nichts, ja nicht einmal an der Wirklichkeit desselben; sondern die Möglichkeit der logischen Form alles Erkenntnisses beruht nothwendig auf dem Verhältniss zu dieser Apperception **als einem Vermögen**.

I. Zur Deduction der reinen Verstandesbegriffe.

Einbildungskraft, der reine Verstand. Also sind im Verstande reine Erkenntnisse *a priori*, welche die nothwendige Einheit der reinen Synthesis der Einbildungskraft, in Ansehung aller möglichen Erscheinungen, enthalten. Dieses sind aber die Kategorien, d. i. reine Verstandesbegriffe, folglich enthält die empirische Erkenntnisskraft des Menschen nothwendig einen Verstand, der sich auf alle Gegenstände der Sinne, obgleich nur vermittelst der Anschauung und der Synthesis derselben durch Einbildungskraft bezieht, unter welchen also alle Erscheinungen, als Data zu einer möglichen Erfahrung stehen. Da nun diese Beziehung der Erscheinungen auf mögliche Erfahrung ebenfalls nothwendig ist, (weil wir ohne diese gar keine Erkenntniss durch sie bekommen würden, und sie uns mithin gar nichts angingen,) so folgt, dass der reine Verstand, vermittelst der Kategorien, ein formales und synthetisches Princip aller Erfahrungen sei, und die Erscheinungen eine **nothwendige Beziehung auf den Verstand** haben.

Jetzt wollen wir den nothwendigen Zusammenhang des Verstandes mit den Erscheinungen vermittelst der Kategorien dadurch vor Augen legen, dass wir von unten auf, nämlich von dem Empirischen anfangen. Das Erste, was uns gegeben wird, ist die Erscheinung, welche, wenn sie mit Bewusstsein verbunden ist, Wahrnehmung heisst, (ohne das Verhältniss zu einem, wenigstens möglichen Bewusstsein, würde Erscheinung für uns niemals ein Gegenstand der Erkenntniss werden können und also für uns nichts sein, und weil sie an sich selbst keine objective Realität hat und nur im Erkenntnisse existirt, überall nichts sein.) Weil aber jede Erscheinung ein Mannigfaltiges enthält, mithin verschiedene Wahrnehmungen im Gemüthe an sich zerstreut und einzeln angetroffen werden, so ist eine Verbindung derselben nöthig, welche sie in dem Sinne selbst nicht haben können. Es ist also in uns ein thätiges Vermögen der Synthesis dieses Mannigfaltigen, welches wir Einbildungskraft nennen und deren unmittelbar an den Wahrnehmungen ausgeübte Handlung ich Apprehension nenne.* Die Einbildungskraft soll näm-

---

* Dass die Einbildungskraft ein nothwendiges Ingrediens der Wahrnehmung selbst sei, daran hat wohl noch kein Psycholog gedacht. Das kommt daher, weil man dieses Vermögen theils nur auf Reproductionen einschränkte, theils weil man glaubte, die Sinne lieferten uns nicht allein Eindrücke, sondern setzten solche auch sogar zusammen und brächten Bilder der Gegenstände zu Wege, wozu ohne Zweifel ausser der Empfänglichkeit der Eindrücke noch etwas mehr, nämlich eine Function der Synthesis derselben erfordert wird.

lich das Mannigfaltige der Anschauung in ein Bild bringen; vorher muss sie also die Eindrücke in ihre Thätigkeit aufnehmen, d. i. apprehendiren.

Es ist aber klar, dass selbst diese Apprehension des Mannigfaltigen allein noch kein Bild und keinen Zusammenhang der Eindrücke hervorbringen würde, wenn nicht ein subjectiver Grund da wäre, eine Wahrnehmung, von welcher das Gemüth zu einer andern übergegangen, zu den nachfolgenden herüber zu rufen und so ganze Reihen derselben darzustellen, d. i. ein reproductives Vermögen der Einbildungskraft, welches denn auch nur empirisch ist.

Weil aber, wenn Vorstellungen, so wie sie zusammen gerathen, einander ohne Unterschied reproducirten, wiederum kein bestimmter Zusammenhang derselben, sondern blos regellose Haufen derselben, mithin gar keine Erkenntniss entspringen würde; so muss die Reproduction derselben eine Regel haben, nach welcher eine Vorstellung vielmehr mit dieser, als einer andern in der Einbildungskraft in Verbindung tritt. Diesen subjectiven und empirischen Grund der Reproduction nach Regeln nennt man die Association der Vorstellungen.

Würde nun aber diese Einheit der Association nicht auch einen objectiven Grund haben, so dass es unmöglich wäre, dass Erscheinungen von der Einbildungskraft anders apprehendirt würden, als unter der Bedingung einer möglichen synthetischen Einheit dieser Apprehension, so würde es auch etwas ganz Zufälliges sein, dass sich Erscheinungen in einen Zusammenhang der menschlichen Erkenntnisse schickten. Denn ob wir gleich das Vermögen hätten, Wahrnehmungen zu associiren, so bliebe es doch an sich ganz unbestimmt und zufällig, ob sie auch associabel wären; und in dem Falle, dass sie es nicht wären, so würde eine Menge Wahrnehmungen, und auch wohl eine ganze Sinnlichkeit möglich sein, in welcher viel empirisches Bewusstsein in meinem Gemüth anzutreffen wäre, aber getrennt, und ohne dass es zu einem Bewusstsein meiner selbst gehörte, welches aber unmöglich ist. Denn nur dadurch, dass ich alle Wahrnehmungen zu einem Bewusstsein (der ursprünglichen Apperception) zähle, kann ich bei allen Wahrnehmungen sagen, dass ich mir ihrer bewusst sei. Es muss also ein objectiver, d. i. vor allen empirischen Gesetzen der Einbildungskraft *a priori* einzusehender Grund sein, worauf die Möglichkeit, ja sogar die Nothwendigkeit eines durch alle Erscheinungen sich erstreckenden Gesetzes beruht, sie nämlich durchgängig als solche Data der Sinne anzusehen, welche an

I. Zur Deduction der reinen Verstandesbegriffe. 581

sich associabel und allgemeinen Regeln einer durchgängigen Verknüpfung in der Reproduction unterworfen sind. Diesen objectiven Grund aller Association der Erscheinungen nenne ich die **Affinität** derselben. Diesen können wir aber nirgends anders als in dem Grundsatze von der Einheit der Apperception, in Ansehung aller Erkenntnisse, die mir angehören sollen, antreffen. Nach diesem müssen durchaus alle Erscheinungen so ins Gemüth kommen oder apprehendirt werden, dass sie zur Einheit der Apperception zusammenstimmen, welches ohne synthetische Einheit in ihrer Verknüpfung, die mithin auch objectiv nothwendig ist, unmöglich sein würde.

Die objective Einheit alles (empirischen) Bewusstseins in einem Bewusstsein (der ursprünglichen Apperception) ist also die nothwendige Bedingung sogar aller möglichen Wahrnehmung, und die Affinität aller Erscheinungen (nahe oder entfernte) ist eine nothwendige Folge einer Synthesis in der Einbildungskraft, die *a priori* auf Regeln gegründet ist.

Die Einbildungskraft ist also auch ein Vermögen einer Synthesis *a priori*, weswegen wir ihr den Namen der productiven Einbildungskraft geben, und, sofern sie in Ansehung alles Mannigfaltigen der Erscheinung nichts weiter, als die nothwendige Einheit in der Synthesis derselben zu ihrer Absicht hat, kann diese die transscendentale Function der Einbildungskraft genannt werden. Es ist daher zwar befremdlich, allein aus dem Bisherigen doch einleuchtend, dass nur vermittelst dieser transscendentalen Function der Einbildungskraft sogar die Affinität der Erscheinungen, mit ihr die Association und durch diese endlich die Reproduction nach Gesetzen, folglich die Erfahrung selbst möglich werde; weil ohne sie gar keine Begriffe von Gegenständen in eine Erfahrung zusammenfliessen würden.

Denn das stehende und bleibende Ich (der reinen Apperception) macht das Correlatum aller unserer Vorstellungen aus, sofern es blos möglich ist, sich ihrer bewusst zu werden, und alles Bewusstsein gehört ebensowohl zu einer allbefassenden reinen Apperception, wie alle sinnliche Anschauung als Vorstellung zu einer reinen innern Anschauung, nämlich der Zeit. Diese Apperception ist es nun, welche zu der reinen Einbildungskraft hinzukommen muss, um ihre Function intellectuell zu machen. Denn an sich selbst ist die Synthesis der Einbildungskraft, obgleich *a priori* ausgeübt, dennoch jederzeit sinnlich, weil sie das Mannigfaltige nur so verbindet, wie es in der Anschauung erscheint, z. B. die Gestalt eines Triangels. Durch das Verhältniss des Mannigfaltigen aber zur Einheit der Apperception werden Begriffe, welche dem Verstande angehören, aber nur vermittelst der Einbildungskraft in Beziehung auf die sinnliche Anschauung zu Stande kommen können.

Wir haben also eine reine Einbildungskraft, als ein Grundvermögen der menschlichen Seele, das aller Erkenntniss *a priori* zum Grunde liegt. Vermittelst deren bringen wir das Mannigfaltige der Anschauung einerseits und mit der Bedingung der nothwendigen Einheit der reinen Apperception andererseits in Verbindung. Beide äusserste Enden, nämlich Sinnlichkeit und Verstand,¹ müssen vermittelst dieser transscendentalen Function der Einbildungskraft nothwendig zusammenhängen; weil jene sonst zwar Erscheinungen, aber keine Gegenstände eines empirischen Erkenntnisses, mithin keine Erfahrung geben würden. Die wirkliche Erfahrung, welche aus der Apprehension, der Association, (der Reproduction,) endlich der Recognition der Erscheinungen besteht, enthält in der letzteren und höchsten (der blos empirischen Elemente der Erfahrung) Begriffe, welche die formale Einheit der Erfahrung, und mit ihr alle objective Gültigkeit (Wahrheit) der empirischen Erkenntniss möglich machen. Diese Gründe der Recognition des Mannigfaltigen, sofern sie blos die Form einer Erfahrung überhaupt angehen, sind nun jene Kategorien. Auf ihnen gründet sich also alle formale Einheit in der Synthesis der Einbildungskraft, und vermittelst dieser auch alles empirischen Gebrauchs derselben (in der Recognition, Reproduction, Association, Apprehension,) bis herunter zu den Erscheinungen, weil diese nur vermittelst jener Elemente der Erkenntniss überhaupt unserem Bewusstsein, mithin uns selbst angehören können.

Die Ordnung und Regelmässigkeit also an den Erscheinungen, die wir Natur nennen, bringen wir selbst hinein, und würden sie auch nicht darin finden können, hätten wir sie nicht, oder die Natur unseres Gemüths ursprünglich hinein gelegt. Denn diese Natureinheit soll eine nothwendige, d. i. *a priori* gewisse Einheit der Verknüpfung sein. Wie sollten wir aber wohl *a priori* eine synthetische Einheit auf die Bahn bringen können, wären nicht in den ursprünglichen Erkenntnissquellen unseres Gemüths subjective Gründe solcher Einheit *a priori* enthalten, und wären diese subjective Bedingungen nicht zugleich objectiv gültig, indem sie die Gründe der Möglichkeit sind, überhaupt ein Object in der Erfahrung zu erkennen?

Wir haben den Verstand oben auf mancherlei Weise erklärt: durch eine Spontaneität der Erkenntniss (im Gegensatz der Receptivität der Sinnlichkeit), durch ein Vermögen zu denken, oder auch ein Vermögen der Begriffe, oder auch der Urtheile, welche Erklärungen, wenn man sie beim Lichte besieht, auf Eins hinauslaufen. Jetzt können wir ihn als das **Vermögen der Regeln** charakterisiren. Dieses Kennzeichen ist fruchtbarer und tritt dem Wesen desselben näher. Sinnlichkeit gibt uns Formen (der Anschauung), der Verstand aber Regeln. Dieser ist jederzeit beschäftigt, die Erscheinungen in der Absicht durchzuspähen, um an ihnen irgend eine Regel aufzufinden. Regeln, sofern sie objectiv sind, mithin der Erkenntniss des Gegenstandes nothwendig anhängen,) heissen Gesetze. Ob wir gleich durch Erfahrung viel Gesetze lernen, so sind diese doch nur besondere Bestimmungen noch höherer Gesetze, unter denen die höchsten, (unter welchen alle andere stehen,) *a priori* aus dem Verstande selbst herkommen und nicht von der Erfahrung entlehnt sind, sondern vielmehr den Erscheinungen ihre Gesetzmässigkeit verschaffen und eben dadurch Erfahrung möglich machen müssen. Es ist also der Verstand nicht blos ein Vermögen, durch Vergleichung der Ercheinungen sich Regeln zu machen; er ist selbst die Gesetzgebung für die Natur, d. i. ohne Verstand würde es überall nicht Natur, d. i. synthetische Einheit des Mannigfaltigen der Erscheinungen nach Regeln geben; denn Erscheinungen können, als solche, nicht ausser uns stattfinden, sondern existiren nur in unserer Sinnlichkeit. Diese aber, als Gegenstand der Erkenntniss in einer Erfahrung, mit allem, was sie enthalten mag, ist nur in der Einheit der Apperception möglich. Die Einheit der Apperception aber ist der transscendentale Grund der nothwendigen Gesetzmässigkeit aller Erscheinungen in einer Erfahrung. Eben dieselbe Einheit der Apperception in Ansehung eines Mannigfaltigen von Vorstellungen, (es nämlich aus einer einzigen zu bestimmen,) ist die Regel und das Vermögen dieser Regeln der Verstand. Alle Erscheinungen liegen also als mögliche Erfahrungen eben so *a priori* im Verstande und erhalten ihre formale Möglichkeit von ihm, wie sie als blose Anschauungen in der Sinnlichkeit liegen und durch dieselbe, der Form nach, allein möglich sind.

So übertrieben, so widersinnisch es also auch lautet, zu sagen: der Verstand ist selbst der Quell der Gesetze der Natur und mithin der formalen Einheit der Natur, so richtig und dem Gegenstande, nämlich der Erfahrung angemessen ist gleichwohl eine solche Behauptung. Zwar können empirische Gesetze, als solche, ihren Ursprung keineswegs vom reinen Verstande herleiten, so wenig als die unermessliche Mannigfaltigkeit der Erscheinungen aus der reinen Form der sinnlichen Anschauung hinlänglich begriffen werden kann. Aber alle empirischen Gesetze sind nur besondere Bestimmungen der reinen Gesetze des Verstandes, unter welchen und nach deren Norm jene allererst möglich sind, und die Erscheinungen eine gesetzliche Form annehmen, so wie auch alle Erscheinungen, unerachtet der Verschiedenheit ihrer empirischen Form, dennoch jederzeit den Bedingungen der reinen Form der Sinnlichkeit gemäss sein müssen.

Der reine Verstand ist also in den Kategorien das Gesetz der synthetischen Einheit aller Erscheinungen, und macht dadurch Erfahrung ihrer Form nach allererst und ursprünglich möglich. Mehr aber hatten wir in der transscendentalen Deduction der Kategorien nicht zu leisten, als dieses Verhältniss des Verstandes zur Sinnlichkeit, und vermittelst derselben zu allen Gegenständen der Erfahrung, mithin die objective Gültigkeit seiner reinen Begriffe *a priori* begreiflich zu machen und dadurch ihren Ursprung und Wahrheit festzusetzen.

Summarische Vorstellung
der Richtigkeit und einzigen Möglichkeit dieser Deduction der reinen Verstandesbegriffe.

Wären die Gegenstände, womit unsere Erkenntniss zu thun hat, Dinge an sich selbst, so würden wir von diesen gar keine Begriffe *a priori* haben können. Denn woher sollten wir sie nehmen? Nehmen wir sie vom Object, (ohne hier noch einmal zu untersuchen, wie dieses uns bekannt werden könnte,) so wären unsere Begriffe blos empirisch und keine Begriffe *a priori*. Nehmen wir sie aus uns selbst, so kann das, was blos in uns ist, die Beschaffenheit eines von unsern Vorstellungen unterschiedenen Gegenstandes nicht bestimmen, d. i. ein Grund sein, warum es ein Ding geben solle, dem so etwas, als wir in Gedanken haben, zukomme, und nicht vielmehr alle diese Vorstellung leer sei. Dagegen, wenn wir es überall nur mit Erscheinungen zu thun haben, so ist es nicht allein möglich, sondern auch nothwendig, dass gewisse Begriffe *a priori* vor der empirischen Erkenntniss der Gegenstände vorhergehen. Denn als Erscheinungen machen sie einen Gegenstand aus, der blos in uns ist, weil eine blose Modification unserer Sinnlichkeit ausser uns gar nicht angetroffen wird. Nun drückt selbst diese Vorstellung: dass alle diese Erscheinungen, mithin alle Gegenstände, womit wir uns beschäftigen können, insgesammt in mir, d. i. Bestimmungen meines identischen Selbst sind, eine durchgängige Einheit derselben in einer und derselben Apperception als nothwendig aus. In dieser Einheit des möglichen Bewusstseins aber besteht auch die Form aller Erkenntniss der Gegenstände, (wodurch das Mannigfaltige, als zu einem Object gehörig, gedacht wird. Also geht die Art, wie das Mannigfaltige der sinnlichen Vorstellung (Anschauung) zu einem Bewusstsein gehört, vor aller Erkenntniss des Gegenstandes, als die intellectuelle Form derselben, vorher und macht selbst eine formale Erkenntniss aller Gegenstände *a priori* überhaupt aus, so fern sie gedacht werden (Kategorien) Die Synthesis derselben durch die reine Einbildungskraft, die Einheit aller Vorstellungen in Beziehung auf die ursprüngliche Apperception gehen aller empirischen Erkenntniss vor. Reine Verstandesbegriffe sind also nur darum *a priori* möglich, ja gar, in Beziehung auf Erfahrung, nothwendig, weil unser Erkenntniss mit nichts, als Erscheinungen zu thun hat, deren Möglichkeit in uns selbst liegt, deren Verknüpfung und Einheit (in der Vorstellung eines Gegenstandes) blos in uns angetroffen wird, mithin vor aller Erfahrung vorhergehen und diese der Form nach auch allererst möglich machen muss. Und aus diesem Grunde, dem einzig möglichen unter allen, ist denn auch unsere Deduction der Kategorien geführt worden.

II.
Zu der Lehre von den Paralogismen der reinen Vernunft.
(Vergl. Anmerk. zu S 278.)

Erster Paralogismus der Substantialität.

Dasjenige, dessen Vorstellung das absolute Subject unserer Urtheile ist, und daher nicht als Bestimmung eines andern Dinges gebraucht werden kann, ist Substanz.

Ich, als ein denkend Wesen, bin das absolute Subject aller meiner möglichen Urtheile, und diese Vorstellung von mir selbst kann nicht zum Prädicate irgend eines andern Dinges gebraucht werden.

Also bin ich, als denkend Wesen (Seele), Substanz.

Kritik des ersten Paralogismus der reinen Psychologie.

Wir haben in dem analytischen Theile der transscendentalen Logik gezeigt, dass reine Kategorien (und unter diesen auch die der Substanz) an sich selbst gar keine objective Bedeutung haben, wo ihnen nicht eine Anschauung untergelegt ist, auf deren Mannigfaltiges sie, als Functionen der synthetischen Einheit, angewandt werden können. Ohne das sind sie lediglich Functionen eines Urtheils ohne Inhalt. Von jedem Dinge überhaupt kann ich sagen, es sei Substanz, sofern ich es von blosen Prädicaten und Bestimmungen der Dinge unterscheide. Nun ist in allem unserem Denken das Ich das Subject, dem Gedanken nur als Bestimmungen inhäriren, und dieses Ich kann nicht als die Bestimmung eines anderen Dinges gebraucht werden. Also muss Jedermann sich selbst nothwendigerweise als die Substanz, das Denken aber nur als Accidenzen seines Daseins und Bestimmungen seines Zustandes ansehen.

Was soll ich aber nun von diesem Begriffe einer Substanz für einen Gebrauch machen? Dass ich, als ein denkend Wesen, für mich selbst fortdaure, natürlicher Weise weder entstehe noch vergehe, das kann ich daraus keineswegs schliessen, und dazu allein kann mir doch der Begriff der Substantialität meines denkenden Subjects nutzen, ohne welches ich ihn gar wohl entbehren könnte.

Es fehlt so viel, dass man diese Eigenschaften aus der blosen reinen Kategorie einer Substanz schliessen könnte, dass wir vielmehr die Beharrlichkeit eines gegebenen Gegenstandes aus der Erfahrung zum Grunde legen müssen, wenn wir auf ihn den empirisch brauchbaren Begriff von einer Substanz anwenden wollen. Nun haben wir aber bei unserem Satze keine Erfahrung zum Grunde gelegt, sondern lediglich aus dem Begriffe der Beziehung, den alles Denken auf das Ich als das gemeinschaftliche Subject hat, dem es inhärirt, geschlossen. Wir würden auch, wenn wir es gleich darauf anlegten, durch keine sichere Beobachtung eine solche Beharrlichkeit darthun können. Denn das Ich ist zwar in allen Gedanken; es ist aber mit dieser Vorstellung nicht die mindeste Anschauung verbunden, die es von anderen Gegenständen der Anschauung unterschiede. Man kann also zwar wahrnehmen, dass diese Vorstellung bei allem Denken immer wiederum vorkommt, nicht aber, dass es eine stehende und bleibende Anschauung sei, worin die Gedanken (als wandelbar) wechselten.

Hieraus folgt, dass der erste Vernunftschluss der transscendentalen Psychologie uns nur eine vermeintliche neue Einsicht aufhefte, indem er das beständige logische Subject des Denkens für die Erkenntniss des realen Subjects der Inhärenz ausgibt, von welchem wir nicht die mindeste Kenntniss haben, noch haben können, weil das Bewusstsein das einzige ist, was alle Vorstellungen zu Gedanken macht, und worin mithin alle unsere Wahrnehmungen, als dem transscendentalen Subjecte, müssen angetroffen werden, und wir, ausser dieser logischen Bedeutung des Ich, keine Kenntniss von dem Subjecte an sich selbst haben, was diesem, so wie allen Gedanken, als Substratum zum Grunde liegt. Indessen kann man den Satz: die Seele ist Substanz, gar wohl gelten lassen, wenn man sich nur bescheidet, dass uns dieser Begriff nicht im mindesten weiter führe, oder irgend eine von den gewöhnlichen Folgerungen der vernünftelnden Seelenlehre, als z. B. die immerwährende Dauer derselben bei allen Veränderungen und selbst dem Tode des Menschen lehren könne, dass er also nur eine Substanz in der Idee, aber nicht in der Realität bezeichne.

Zweiter Paralogismus der Simplicität.

Dasjenige Ding, dessen Handlung niemals als die Concurrenz vieler handelnder Dinge angesehen werden kann, ist einfach.
Nun ist die Seele, oder das denkende Ich ein solches;
Also u. s. w.

Kritik des zweiten Paralogismus der transscendentalen Psychologie.

Dies ist der Achilles aller dialektischen Schlüsse der reinen Seelenlehre, nicht etwa blos ein sophistisches Spiel, welches ein Dogmatiker erkünstelt, um seinen Behauptungen einen flüchtigen Schein zu geben, sondern ein Schluss, der sogar die schärfste Prüfung und die grösste Bedenklichkeit des Nachforschens auszuhalten scheint. Hier ist er.

Eine jede zusammengesetzte Substanz ist ein Aggregat vieler, und die Handlung eines Zusammengesetzten, oder das, was ihm, als einem solchen inhärirt, ist ein Aggregat vieler Handlungen oder Accidenzen, welche unter der Menge der Substanzen vertheilt sind. Nun ist zwar eine Wirkung, die aus der Concurrenz vieler handelnden Substanzen entspringt, möglich, wenn diese Wirkung blos äusserlich ist, (wie z. B. die Bewegung eines Körpers die vereinigte Bewegung aller seiner Theile ist.) Allein mit Gedanken, als innerlich zu einem denkenden Wesen gehörigen Accidenzen, ist es anders beschaffen. Denn setzet, das Zusammengesetzte dächte, so würde ein jeder Theil desselben einen Theil des Gedanken, alle aber zusammengenommen allererst den ganzen Gedanken enthalten. Nun ist dieses aber widersprechend. Denn weil die Vorstellungen, die unter verschiedenen Wesen vertheilt sind, (z. B. die einzelnen Wörter eines Verses,) niemals einen ganzen Gedanken (einen Vers) ausmachen, so kann der Gedanke nicht einem Zusammengesetzten, als einem solchen inhäriren. Er ist also nur in einer Substanz möglich, die nicht ein Aggregat von vielen, mithin schlechterdings einfach ist.*

Der sogenannte *nervus probandi* dieses Arguments liegt in dem Satze: dass viele Vorstellungen in der absoluten Einheit des denkenden Subjects enthalten sein müssen, um einen Gedanken auszumachen. Diesen Satz aber kann Niemand aus Begriffen beweisen. Denn wie wollte er es wohl anfangen, um dieses zu leisten? Der Satz: ein Gedanke kann nur die Wirkung der absoluten Einheit des denkenden Wesens sein, kann nicht als analytisch behandelt werden. Denn die Einheit des Gedankens, der aus vielen Vorstellungen besteht, ist collectiv und kann sich, den blosen Begriffen nach, eben sowohl auf die collective Einheit der daran mitwirkenden Substanzen beziehen, (wie die Bewegung eines Körpers die zusammengesetzte Bewegung aller Theile desselben ist,) als auf die absolute Einheit des Subjects. Nach der Regel der Identität kann also die Nothwendigkeit der Voraussetzung einer einfachen Substanz bei einem zusammengesetzten Gedanken nicht eingesehen werden. Dass aber eben derselbe Satz synthetisch und völlig *a priori* aus lauter Begriffen erkannt werden solle, das wird sich Niemand zu verantworten getrauen, der den Grund der Möglichkeit synthetischer Sätze *a priori*, so wie wir ihn oben dargelegt haben, einsieht.

Nun ist es aber auch unmöglich, diese nothwendige Einheit des Subjects, als die Bedingung der Möglichkeit eines jeden Gedankens aus der Erfahrung abzuleiten. Denn diese gibt keine Nothwendigkeit zu erkennen, geschweige dass der Begriff der absoluten Einheit weit über ihre Sphäre ist. Woher nehmen wir denn diesen Satz, worauf sich der ganze psychologische Vernunftschluss stützet?

Es ist offenbar, dass, wenn man sich ein denkend Wesen vorstellen will, man sich selbst an seine Stelle setzen und also dem Objecte, welches man erwägen wollte, sein eigenes Subject unterschieben müsse, (welches in keiner anderen Art der Nachforschung der Fall ist,) und dass wir nur darum absolute Einheit des Subjects zu einem Gedanken erfordern, weil sonst nicht gesagt werden könnte: ich denke (das Mannigfaltige in einer Vorstellung). Denn obgleich das Ganze des Gedankens getheilt und unter viele Subjecte vertheilt werden könnte, so kann doch das subjec-

---

* Es ist sehr leicht, diesem Beweise die gewöhnliche schulgerechte Abgemessenheit der Einkleidung zu geben. Allein es ist zu meinem Zwecke schon hinreichend, den blosen Beweisgrund, allenfalls auf populäre Art, vor Augen zu legen.

tive Ich nicht getheilt und vertheilt werden, und dieses setzen wir doch bei allem Denken voraus.

Also bleibt eben so hier, wie in dem vorigen Paralogismus, der formale Satz der Apperception: ich denke, der ganze Grund, auf welchen die rationale Psychologie die Erweiterung ihrer Erkenntnisse wagt, welcher Satz freilich keine Erfahrung ist, sondern die Form der Apperception, die jeder Erfahrung anhängt und ihr vorgeht, gleichwohl aber nur immer in Ansehung einer möglichen Erkenntniss überhaupt als blos subjective Bedingung angesehen werden muss, die wir mit Unrecht zur Bedingung der Möglichkeit einer Erkenntniss der Gegenstände, nämlich zu einem Begriffe vom denkenden Wesen überhaupt machen, weil wir dieses uns nicht vorstellen können, ohne uns selbst mit der Formel unseres Bewusstseins an die Stelle jedes andern intelligenten Wesens zu setzen.

Aber die Einfachheit meiner selbst (als Seele) wird auch wirklich nicht aus dem Satze: ich denke, geschlossen, sondern der erstere liegt schon in jedem Gedanken selbst. Der Satz: ich bin einfach, muss als ein unmittelbarer Ausdruck der Apperception angesehen werden, so wie der vermeintliche Cartesianische Schluss: *cogito, ergo sum*, in der That tautologisch ist, indem das *cogito (sum cogitans)* die Wirklichkeit unmittelbar aussagt. Ich bin einfach, bedeutet aber nichts mehr, als dass diese Vorstellung: Ich, nicht die mindeste Mannigfaltigkeit in sich fasse, und dass sie absolute (obzwar blos logische) Einheit sei.

Also ist der so berühmte psychologische Beweis lediglich auf der untheilbaren Einheit einer Vorstellung, die nur das Verbum in Ansehung einer Person dirigirt, gegründet. Es ist aber offenbar, dass das Subject der Inhärenz durch das dem Gedanken angehängte Ich nur transscendental bezeichnet werde, ohne die mindeste Eigenschaft desselben zu bemerken, oder überhaupt etwas von ihm zu kennen oder zu wissen. Es bedeutet ein Etwas überhaupt (transscendentales Subject), dessen Vorstellung allerdings einfach sein muss, eben darum, weil man gar nichts an ihm bestimmt, wie denn gewiss nichts einfacher vorgestellt werden kann, als durch den Begriff von einem blosen Etwas. Die Einfachheit aber der Vorstellung von einem Subject ist darum nicht eine Erkenntniss von der Einfachheit des Subjects selbst; denn von dessen Eigenschaften wird gänzlich abstrahirt, wenn es lediglich durch den an Inhalt gänzlich leeren Ausdruck: Ich, (welchen ich auf jedes denkende Subject anwenden kann,) bezeichnet wird.

So viel ist gewiss, dass ich mir durch das Ich jederzeit eine absolute, aber logische Einheit des Subjects (Einfachheit) gedenke, aber nicht, dass ich dadurch die wirkliche Einfachheit meines Subjects erkenne. So wie der Satz: ich bin Substanz, nichts, als die reine Kategorie bedeutete, von der ich *in concreto* keinen Gebrauch (empirischen) machen kann, so ist es mir auch erlaubt zu sagen: ich bin eine einfache Substanz, d. i. deren Vorstellung niemals eine Synthesis des Mannigfaltigen enthält; aber dieser Begriff, oder auch dieser Satz lehrt uns nicht das Mindeste in Ansehung meiner selbst als eines Gegenstandes der Erfahrung, weil der Begriff der Substanz selbst nur als Function der Synthesis, ohne unterlegte Anschauung, mithin ohne Object gebraucht wird, und nur von der Bedingung unserer Erkenntniss, aber nicht von irgend einem anzugebenden Gegenstande gilt. Wir wollen über die vermeintliche Brauchbarkeit dieses Satzes einen Versuch anstellen.

Jedermann muss gestehen, dass die Behauptung von der einfachen Natur der Seele nur sofern von einigem Werthe sei, als ich dadurch dieses Subject von aller Materie zu unterscheiden und sie folglich von der Hinfälligkeit ausnehmen kann, der diese jederzeit unterworfen ist. Auf diesen Gebrauch ist obiger Satz auch ganz eigentlich angelegt, daher er auch mehrentheils so ausgedrückt wird: die Seele ist nicht körperlich. Wenn ich nun zeigen kann, dass, ob man gleich diesem Cardinalsatze der rationalen Seelenlehre, in der reinen Bedeutung eines blosen Vernunfturtheils (aus reinen Kategorien) alle objective Gültigkeit einräumt, (alles, was denkt, ist einfache Substanz,) dennoch nicht der mindeste Gebrauch von diesem Satze in Ansehung der Ungleichartigkeit oder Verwandtschaft derselben mit der Materie gemacht werden könne, so wird dieses eben so viel sein, als ob ich diese vermeintliche philosophische Einsicht in das Feld bloser Ideen verwiesen hätte, denen es an Realität des objectiven Gebrauchs mangelt.

Wir haben in der transscendentalen Aesthetik unleugbar bewiesen, dass Körper blose Erscheinungen unseres äusseren Sinnes und nicht Dinge an sich selbst sind. Diesem gemäss können wir mit Recht sagen, dass unser denkendes Subject nicht körperlich sei, das heisst: dass, da es als Gegenstand des inneren Sinnes von uns vorgestellt wird, es, insofern als es denkt, kein Gegenstand äusserer Sinne, d. i. keine Erscheinung im Raume sein könne. Dieses will nun so viel sagen: es können uns niemals unter äusseren Erscheinungen denkende Wesen, als solche, vorkommen, oder: wir können ihre Gedanken, ihr Bewusstsein, ihre

Begierden u. s. w. nicht äusserlich anschauen; denn dieses gehört alles vor den innern Sinn. In der That scheint dieses Argument auch das natürliche und populäre, worauf selbst der gemeinste Verstand von jeher gefallen zu sein scheint, und dadurch schon sehr früh Seelen als von den Körpern ganz unterschiedene Wesen zu betrachten angefangen hat.

Ob nun aber gleich die Ausdehnung, die Undurchdringlichkeit, Zusammenhang und Bewegung, kurz alles, was uns äussere Sinne nur liefern können, nicht Gedanken, Gefühl, Neigung oder Entschliessung sein oder solche enthalten werden, als die überall keine Gegenstände äusserer Anschauung sind, so könnte doch wohl dasjenige Etwas, welches den äusseren Erscheinungen zum Grunde liegt, was unseren Sinn so afficirt, dass er die Vorstellungen von Raum, Materie, Gestalt u. s. w. bekommt, dieses Etwas, als Noumenon (oder besser, als transscendentaler Gegenstand) betrachtet, könnte doch auch zugleich das Subject der Gedanken sein, wiewohl wir durch die Art, wie unser äusserer Sinn dadurch afficirt wird, keine Anschauung von Vorstellungen, Willen u. s. w., sondern blos vom Raum und dessen Bestimmungen bekommen. Dieses Etwas aber ist nicht ausgedehnt, nicht undurchdringlich, nicht zusammengesetzt, weil alle diese Prädicate nur die Sinnlichkeit und deren Anschauung angehen, so fern wir von dergleichen (uns übrigens unbekannten) Objecten afficirt werden. Diese Ausdrücke aber geben gar nicht zu erkennen, was für ein Gegenstand es sei, sondern nur, dass ihm, als einem solchen, der ohne Beziehung auf äussere Sinne an sich selbst betrachtet wird, diese Prädicate äusserer Erscheinungen nicht beigelegt werden können. Allein die Prädicate des innern Sinnes, Vorstellungen und Denken, widersprechen ihm nicht. Demnach ist selbst durch die eingeräumte Einfachheit der Natur die menschliche Seele von der Materie, wenn man sie, (wie man soll,) blos als Erscheinung betrachtet, in Ansehung des Substrati derselben gar nicht hinreichend unterschieden.

Wäre Materie ein Ding an sich selbst, so würde sie als ein zusammengesetztes Wesen von der Seele, als einem einfachen, sich ganz und gar unterscheiden. Nun ist sie aber blos äussere Erscheinung, deren Substratum durch gar keine anzugebenden Prädicate erkannt wird; mithin kann ich von diesem wohl annehmen, dass es an sich einfach sei, ob es zwar in der Art, wie es unsere Sinne afficirt, in uns die Anschauung des Ausgedehnten und mithin Zusammengesetzten hervorbringt, und dass also der Substanz, der in Ansehung unseres äusseren Sinnes Ausdehnung zukommt, an sich selbst Gedanken beiwohnen, die durch ihren eigenen inneren Sinn mit Bewusstsein vorgestellt werden können. Auf solche Weise würde eben dasselbe, was in einer Beziehung körperlich heisst, in einer andern zugleich ein denkend Wesen, dessen Gedanken wir zwar nicht, aber doch die Zeichen derselben in der Erscheinung anschauen können. Dadurch würde der Ausdruck wegfallen, dass nur Seelen (als besondere Art von Substanzen) denken; es würde vielmehr wie gewöhnlich heissen, dass Menschen denken, d. i. eben dasselbe, was als äussere Erscheinung ausgedehnt ist, innerlich (an sich selbst) ein Subject sei, was nicht zusammengesetzt, sondern einfach ist und denkt.

Aber ohne dergleichen Hypothesen zu erlauben, kann man allgemein bemerken, dass, wenn ich unter Seele ein denkend Wesen an sich selbst verstehe, die Frage an sich schon unschicklich sei: ob sie nämlich mit der Materie, (die gar kein Ding an sich selbst, sondern nur eine Art Vorstellungen in uns ist,) von gleicher Art sei, oder nicht; denn das versteht sich schon von selbst, dass ein Ding an sich selbst von anderer Natur sei, als die Bestimmungen, die blos seinen Zustand ausmachen.

Vergleichen wir aber das denkende Ich nicht mit der Materie, sondern mit dem Intelligiblen, welches der äusseren Erscheinung, die wir Materie nennen, zum Grunde liegt, so können wir, weil wir vom letzteren gar nichts wissen, auch nicht sagen, dass die Seele sich von diesem irgend worin innerlich unterscheide.

So ist demnach das einfache Bewusstsein keine Kenntniss der einfachen Natur unseres Subjects, insofern als dieses dadurch von der Materie, als einem zusammengesetzten Wesen unterschieden werden soll.

Wenn dieser Begriff aber dazu nicht taugt, ihm in dem einzigen Falle, da er brauchbar ist, nämlich in der Vergleichung meiner Selbst mit Gegenständen äusserer Erfahrung, das Eigenthümliche und Unterscheidende seiner Natur zu bestimmen, so mag man immer zu wissen vorgeben: das denkende Ich, die Seele, (ein Name für den transscendentalen Gegenstand des inneren Sinnes,) sei einfach; dieser Ausdruck hat deshalb doch gar keinen auf wirkliche Gegenstände sich erstreckenden Gebrauch und kann daher unsere Erkenntniss nicht im mindesten erweitern.

So fällt demnach die ganze rationale Psychologie mit ihrer Hauptstütze, und wir können so wenig hier, wie sonst jemals, hoffen, durch blose Begriffe, (noch weniger aber durch die blose subjective Form aller unserer Begriffe, das Bewusstsein,) ohne Beziehung auf mögliche Erfahrung, Einsichten auszubreiten, zumal da selbst der Fundamentalbegriff einer **einfachen Natur** von der Art ist, dass er überall in keiner Erfahrung angetroffen werden kann, und es mithin gar keinen Weg gibt, zu demselben, als einem objectiv gültigen Begriff, zu gelangen.

Dritter Paralogismus der Personalität.

Was sich der numerischen Identität seiner Selbst in verschiedenen Zeiten bewusst ist, ist sofern eine Person.

Nun ist die Seele u. s. w.

Also ist sie eine Person.

Kritik des dritten Paralogismus der transscendentalen Psychologie.

Wenn ich die numerische Identität eines äusseren Gegenstandes durch Erfahrung erkennen will, so werde ich auf das Beharrliche derjenigen Erscheinung, worauf, als Subject, sich alles Uebrige als Bestimmung bezieht, Acht haben und die Identität von jenem in der Zeit, da dieses wechselt, bemerken. Nun aber bin ich ein Gegenstand des innern Sinnes und alle Zeit ist blos die Form des innern Sinnes. Folglich beziehe ich alle und jede meiner successiven Bestimmungen auf das numerisch identische Selbst, in aller Zeit, d. i. in der Form der inneren Anschauung meiner Selbst. Auf diesen Fuss müsste die Persönlichkeit der Seele nicht einmal als geschlossen, sondern als ein völlig identischer Satz des Selbstbewusstseins in der Zeit angesehen werden, und das ist auch die Ursache, weswegen er *a priori* gilt. Denn er sagt wirklich nichts mehr, als: in der ganzen Zeit, darin ich mir meiner bewusst bin, bin ich mir dieser Zeit, als zur Einheit meines Selbst gehörig, bewusst, und es ist einerlei, ob ich sage: diese ganze Zeit ist in mir, als individueller Einheit, oder: ich bin, mit numerischer Identität, in aller dieser Zeit befindlich.

Die Identität der Person ist also in meinem eigenen Bewusstsein unausbleiblich anzutreffen. Wenn ich mich aber aus dem Gesichtspunkte eines Andern (als Gegenstand seiner äusseren Anschauung) betrachte, so erwägt dieser äussere Beobachter **mich allererst in der Zeit**; denn in der Apperception ist die Zeit eigentlich nur in mir vorgestellt. Er wird also aus dem **Ich**, welches alle Vorstellungen zu aller

Zeit in meinem Bewusstsein, und zwar mit völliger Identität begleitet, ob er es gleich einräumt, doch noch nicht auf die objective Beharrlichkeit meiner selbst schliessen. Denn da alsdenn die Zeit, in welche der Beobachter mich setzt, nicht diejenige ist, die in meiner eigenen, sondern die in seiner Sinnlichkeit angetroffen wird, so ist die Identität, die mit meinem Bewusstsein nothwendig verbunden ist, nicht darum mit dem seinigen, d. i. der äusseren Anschauung meines Subjects verbunden.

Es ist also die Identität des Bewusstseins meiner selbst in verschiedenen Zeiten nur eine formale Bedingung meiner Gedanken und ihres Zusammenhanges, beweiset aber gar nicht die numerische Identität meines Subjects, in welchem, ohnerachtet der logischen Identität des Ich, doch ein solcher Wechsel vorgegangen sein kann, der es nicht erlaubt, die Identität desselben beizubehalten; obzwar ihm immer noch das gleichlautende Ich zuzutheilen, welches in jedem andern Zustande, selbst der Umwandlung des Subjects, doch immer den Gedanken des vorhergehenden Subjects aufbehalten und so auch dem folgenden überliefern könnte.*

Wenn gleich der Satz einiger alten Schulen, dass alles fliessend und nichts in der Welt beharrlich und bleibend sei, nicht stattfinden kann, sobald man Substanzen annimmt, so ist er doch nicht durch die Einheit des Selbstbewusstseins widerlegt. Denn wir selbst können aus unserem Bewusstsein darüber nicht urtheilen, ob wir als Seele beharrlich sind oder nicht, weil wir zu unserem identischen Selbst nur dasjenige zählen, dessen wir uns bewusst sind, und so allerdings nothwendig urtheilen müssen, dass wir in der ganzen Zeit, deren wir uns bewusst sind, ebendieselben sind. In dem Standpunkte eines Fremden aber

---

* Eine elastische Kugel, die auf eine gleiche in gerader Richtung stösst, theilt dieser ihre ganze Bewegung, mithin ihren ganzen Zustand, (wenn man blos auf die Stellen im Raume sieht,) mit. Nehmet nun, nach der Analogie mit dergleichen Körpern, Substanzen an, deren die eine der andern Vorstellungen sammt deren Bewusstsein einflösste, so wird sich eine ganze Reihe derselben denken lassen, deren die erste ihren Zustand sammt dessen Bewusstsein der zweiten, diese ihren eigenen Zustand sammt dem der vorigen Substanz der dritten, und diese eben so die Zustände aller vorigen, sammt ihrem eigenen und deren Bewusstsein mittheilte. Die letzte Substanz würde also aller Zustände der vor ihr veränderten Substanzen sich als ihrer eigenen bewusst sein, weil jene zusammt dem Bewusstsein in sie übertragen worden, und demunerachtet würde sie doch nicht eben dieselbe Person in allen diesen Zuständen gewesen sein.

können wir dieses darum noch nicht für gültig erklären, weil, da wir an der Seele keine beharrliche Erscheinung antreffen, als nur die Vorstellung Ich, welche sie alle begleitet und verknüpft, so können wir niemals ausmachen, ob dieses Ich (ein bloser Gedanke) nicht eben sowohl fliesse, als die übrigen Gedanken, die dadurch aneinander gekettet werden.

Es ist aber merkwürdig, dass die Persönlichkeit und deren Voraussetzung, die Beharrlichkeit, mithin die Substantialität der Seele jetzt allererst bewiesen werden muss. Denn könnten wir diese voraussetzen, so würde zwar daraus noch nicht die Fortdauer des Bewusstseins, aber doch die Möglichkeit eines fortwährenden Bewusstseins in einem bleibenden Subjecte folgen, welches zu der Persönlichkeit schon hinreichend ist, die dadurch, dass ihre Wirkung etwa eine Zeit hindurch unterbrochen wird, selbst nicht sofort aufhört. Aber diese Beharrlichkeit ist uns vor der numerischen Identität unserer selbst, die wir aus der identischen Apperception folgern, durch nichts gegeben, sondern wird daraus allererst gefolgert, (und auf diese müsste, wenn es recht zuginge, allererst der Begriff der Substanz folgen, der allein empirisch brauchbar ist.) Da nun diese Identität der Person aus der Identität des Ich in dem Bewusstsein aller Zeit, darin ich mich erkenne, keinesweges folgt, so hat auch oben die Substantialität der Seele darauf nicht gegründet werden können.

Indessen kann, sowie der Begriff der Substanz und des Einfachen, ebenso auch der Begriff der Persönlichkeit, (sofern er blos transscendental ist, d. i. Einheit des Subjects, das uns übrigens unbekannt ist, in dessen Bestimmungen aber eine durchgängige Verknüpfung durch Apperception ist,) bleiben, und so fern ist dieser Begriff auch zum praktischen Gebrauche nöthig und hinreichend; aber auf ihn, als Erweiterung unserer Selbsterkenntniss durch reine Vernunft, welche uns eine ununterbrochene Fortdauer des Subjects aus dem blosen Begriffe des identischen Selbst vorspiegelt, können wir nimmermehr Staat machen, da dieser Begriff sich immer um sich selbst herumdreht und uns in Ansehung keiner einzigen Frage, welche auf synthetische Erkenntniss angelegt ist, weiterbringt. Was Materie für ein Ding an sich selbst (transscendentales Object) sei, ist uns zwar gänzlich unbekannt; gleichwohl kann doch die Beharrlichkeit derselben als Erscheinung, dieweil sie als etwas Aeusserliches vorgestellt wird, beobachtet werden. Da ich aber, wenn ich das blose Ich bei dem Wechsel aller Vorstellungen beobachten will, kein anderes Correlatum meiner Vergleichungen habe, als wiederum mich selbst, mit den allgemeinen Bedingungen meines Bewusstseins, so kann ich keine andere, als tautologische Beantwortungen auf alle Fragen geben, indem ich nämlich meinen Begriff und dessen Einheit den Eigenschaften, die mir selbst als Object zukommen, unterschiebe und das voraussetze, was man zu wissen verlangte.

Der vierte Paralogismus der Idealität.
(Des äusseren Verhältnisses.)

Dasjenige, auf dessen Dasein nur als einer Ursache zu gegebenen Wahrnehmungen geschlossen werden kann, hat eine nur zweifelhafte Existenz.

Nun sind alle äusseren Erscheinungen von der Art, dass ihr Dasein nicht unmittelbar wahrgenommen, sondern auf sie, als die Ursache gegebener Wahrnehmungen, allein geschlossen werden kann.

Also ist das Dasein aller Gegenstände äusserer Sinne zweifelhaft. Diese Ungewissheit nenne ich die Idealität äusserer Erscheinungen und die Lehre dieser Idealität heisst der Idealismus, in Vergleichung mit welchem die Behauptung einer möglichen Gewissheit von Gegenständen äusserer Sinne der Dualismus genannt wird.

Kritik des vierten Paralogismus der transscendentalen Psychologie.

Zuerst wollen wir die Prämissen der Prüfung unterwerfen. Wir können mit Recht behaupten, dass nur dasjenige, was in uns selbst ist, unmittelbar wahrgenommen werden könne, und dass meine eigene Existenz allein der Gegenstand einer blosen Wahrnehmung sein könne. Also ist das Dasein eines wirklichen Gegenstandes ausser mir, (wenn dieses Wort in intellectueller Bedeutung genommen wird,) niemals geradezu in der Wahrnehmung gegeben, sondern kann nur zu dieser, welche eine Modification des inneren Sinnes ist, als äussere Ursache derselben hinzugedacht und mithin geschlossen werden. Daher auch CARTESIUS mit Recht alle Wahrnehmung in der engsten Bedeutung auf den Satz einschränkte: ich (als ein denkend Wesen) bin. Es ist nämlich klar, dass, da das Aeussere nicht in mir ist, ich es nicht in meiner Apperception, mithin auch in keiner Wahrnehmung, welche eigentlich nur die Bestimmung der Apperception ist, antreffen könne.

Ich kann also äussere Dinge eigentlich nicht wahrnehmen, sondern nur aus meiner inneren Wahrnehmung auf ihr Dasein schliessen, indem ich diese als die Wirkung ansehe, wozu etwas Aeusseres die nächste Ursache ist. Nun ist aber der Schluss von einer gegebenen Wirkung auf eine bestimmte Ursache jederzeit unsicher; weil die Wirkung aus mehr, als einer Ursache entsprungen sein kann. Demnach bleibt es in der Beziehung der Wahrnehmung auf ihre Ursache jederzeit zweifelhaft, ob diese innerlich oder äusserlich sei, ob also alle sogenannte äussere Wahrnehmungen nicht ein bloses Spiel unseres innern Sinnes seien, oder ob sie sich auf äussere wirkliche Gegenstände, als ihre Ursache, beziehen. Wenigstens ist das Dasein der letzteren nur geschlossen, und läuft die Gefahr aller Schlüsse, da hingegen der Gegenstand des inneren Sinnes (ich selbst mit allen meinen Vorstellungen) unmittelbar wahrgenommen wird und die Existenz desselben gar keinen Zweifel leidet.

Unter einem Idealisten muss man also nicht denjenigen verstehen, der das Dasein äusserer Gegenstände der Sinne leugnet, sondern der nur nicht einräumt, dass es durch unmittelbare Wahrnehmung erkannt werde, daraus aber schliesst, dass wir ihrer Wirklichkeit durch alle mögliche Erfahrung niemals völlig gewiss werden können.

Ehe ich nun unseren Paralogismus seinem trüglichen Scheine nach darstelle, muss ich zuvor bemerken, dass man nothwendig einen zweifachen Idealismus unterscheiden müsse, den transscendentalen und den empirischen. Ich verstehe aber unter dem transscendentalen Idealismus aller Erscheinungen den Lehrbegriff, nach welchem wir sie insgesammt als blose Vorstellungen, und nicht als Dinge an sich selbst ansehen, und dem gemäss Zeit und Raum nur sinnliche Formen unserer Anschauung, nicht aber für sich gegebene Bestimmungen, oder Bedingungen der Objecte, als Dinge an sich selbst sind. Diesem Idealismus ist ein transscendentaler Realismus entgegengesetzt, der Zeit und Raum als etwas an sich (unabhängig von unserer Sinnlichkeit) Gegebenes ansieht. Der transscendentale Realist stellt sich also äussere Erscheinungen, (wenn man ihre Wirklichkeit einräumt,) als Dinge an sich selbst vor, die unabhängig von uns und unserer Sinnlichkeit existiren, also auch nach reinen Verstandesbegriffen ausser uns wären. Dieser transscendentale Realist ist es eigentlich, welcher nachher den empirischen Idealisten spielt, und nachdem er fälschlich von Gegenständen der

Sinne vorausgesetzt hat, dass, wenn sie äussere sein sollen, sie an sich selbst auch ohne Sinne ihre Existenz haben müssten, in diesem Gesichtspunkte alle unsere Vorstellungen der Sinne unzureichend findet, die Wirklichkeit derselben gewiss zu machen.

Der transscendentale Idealist kann hingegen ein empirischer Realist, mithin, wie man ihn nennt, ein Dualist sein, d. i. die Existenz der Materie einräumen, ohne aus dem blosen Selbstbewusstsein hinauszugehen und etwas mehr, als die Gewissheit der Vorstellungen in mir, mithin das *cogito, ergo sum,* anzunehmen. Denn weil er diese Materie und sogar deren innere Möglichkeit blos für Erscheinung gelten lässt, die, von unserer Sinnlichkeit abgetrennt, nichts ist, so ist sie bei ihm nur eine Art Vorstellungen (Anschauung), welche äusserlich heissen, nicht, als ob sie sich auf an sich selbst äussere Gegenstände bezögen, sondern weil sie Wahrnehmungen auf den Raum beziehen, in welchem alles ausser einander, er selbst der Raum aber in uns ist.

Für diesen transscendentalen Idealismus haben wir uns schon im Anfange erklärt. Also fällt bei unserem Lehrbegriff alle Bedenklichkeit weg, das Dasein der Materie eben so auf das Zeugniss unseres blosen Selbstbewusstseins anzunehmen und dadurch für bewiesen zu erklären, wie das Dasein meiner selbst als eines denkenden Wesens. Denn ich bin mir doch meiner Vorstellungen bewusst; also existiren diese und ich selbst, der ich diese Vorstellungen habe. Nun sind aber äussere Gegenstände (Körper) blos Erscheinungen, mithin auch nichts Anderes, als eine Art meiner Vorstellungen, deren Gegenstände nur durch diese Vorstellungen etwas sind, von ihnen abgesondert aber nichts sind. Also existiren eben sowohl äussere Dinge, als ich selbst existire, und zwar beide auf das unmittelbare Zeugniss meines Selbstbewusstseins; nur mit dem Unterschiede, dass die Vorstellung meiner Selbst, als des denkenden Subjects, blos auf den innern, die Vorstellungen aber, welche ausgedehnte Wesen bezeichnen, auch auf den äussern Sinn bezogen werden. Ich habe in Absicht auf die Wirklichkeit äusserer Gegenstände eben so wenig nöthig zu schliessen, als in Ansehung der Wirklichkeit des Gegenstandes meines innern Sinnes, (meiner Gedanken;) denn sie sind beiderseitig nichts, als Vorstellungen, deren unmittelbare Wahrnehmung (Bewusstsein) zugleich ein genugsamer Beweis ihrer Wirklichkeit ist.

Also ist der transscendentale Idealist ein empirischer Realist und gesteht der Materie, als Erscheinung, eine Wirklichkeit zu, die nicht geschlossen werden darf, sondern unmittelbar wahrgenommen wird. Dagegen kommt der transscendentale Realismus nothwendig in Verlegenheit, und sieht sich genöthigt, dem empirischen Idealismus Platz einzuräumen, weil er die Gegenstände äusserer Sinne für etwas von den Sinnen selbst Unterschiedenes und blose Erscheinungen für selbstständige Wesen ansieht, die sich ausser uns befinden; da denn freilich bei unserem besten Bewusstsein unserer Vorstellung von diesen Dingen noch lange nicht gewiss ist, dass, wenn die Vorstellung existirt, auch der ihr correspondirende Gegenstand existire; da hingegen in unserem System diese äusseren Dinge, die Materie nämlich, in allen ihren Gestalten und Veränderungen nichts, als blose Erscheinungen, d. i. Vorstellungen in uns sind, deren Wirklichkeit wir uns unmittelbar bewusst werden.

Da nun, so viel ich weiss, alle dem empirischen Idealismus anhängende Psychologen transscendentale Realisten sind, so haben sie freilich ganz consequent verfahren, dem empirischen Idealismus grosse Wichtigkeit zuzugestehen, als einem von den Problemen, daraus die menschliche Vernunft sich schwerlich zu helfen wisse. Denn in der That, wenn man äussere Erscheinungen als Vorstellungen ansieht, die von ihren Gegenständen, als an sich ausser uns befindlichen Dingen, in uns gewirkt werden, so ist nicht abzusehen, wie man dieser ihr Dasein anders, als durch den Schluss von der Wirkung auf die Ursache erkennen könne, bei welchem es immer zweifelhaft bleiben muss, ob die letztere in uns oder ausser uns sei. Nun kann man zwar einräumen, dass von unseren äusseren Anschauungen etwas, was im transscendentalen Verstande ausser uns sein mag, die Ursache sei; aber dieses ist nicht der Gegenstand, den wir unter den Vorstellungen der Materie und körperlicher Dinge verstehen; denn diese sind lediglich Erscheinungen, d. i. blose Vorstellungsarten, die sich jederzeit nur in uns befinden und deren Wirklichkeit auf dem unmittelbaren Bewusstsein eben so, wie das Bewusstsein meiner eigenen Gedanken beruht. Der transscendentale Gegenstand ist, sowohl in Ansehung der inneren als äusseren Anschauung, gleich unbekannt. Von ihm aber ist auch nicht die Rede, sondern von dem empirischen, welcher alsdann ein äusserer heisst, wenn er im Raume, und ein innerer Gegenstand, wenn er lediglich im Zeitverhältnisse vorgestellt wird; Raum aber und Zeit sind beide nur in uns anzutreffen.

Weil indessen der Ausdruck: ausser uns, eine, nicht zu vermeidende Zweideutigkeit bei sich führt, indem er bald etwas bedeutet, was als **Ding an sich selbst** von uns unterschieden existirt, bald was blos zur **äusseren Erscheinung** gehört, so wollen wir, um diesen Begriff in der letzteren Bedeutung, als in welcher eigentlich die psychologische Frage wegen der Realität unserer äusseren Anschauung genommen wird, ausser Unsicherheit zu setzen, **empirisch äusserliche** Gegenstände dadurch von denen, die so im transscendentalen Sinne heissen möchten, unterscheiden, dass wir sie geradezu Dinge nennen, die **im Raume anzutreffen** sind.

Raum und Zeit sind zwar Vorstellungen *a priori*, welche uns als Formen unserer sinnlichen Anschauung beiwohnen, ehe noch ein wirklicher Gegenstand unseren Sinn durch Empfindung bestimmt hat, um ihn unter jenen sinnlichen Verhältnissen vorzustellen. Allein dieses Materielle oder Reale, dieses Etwas, was im Raume angeschaut werden soll, setzt nothwendig Wahrnehmung voraus und kann unabhängig von dieser, welche die Wirklichkeit von etwas im Raume anzeigt, durch keine Einbildungskraft gedichtet und hervorgebracht werden. Empfindung ist also dasjenige, was eine Wirklichkeit im Raume und der Zeit bezeichnet, nachdem sie auf die eine oder die andere Art der sinnlichen Anschauung bezogen wird. Ist Empfindung einmal gegeben, (welche, wenn sie auf einen Gegenstand überhaupt, ohne diesen zu bestimmen, angewandt wird, Wahrnehmung heisst,) so kann durch die Mannigfaltigkeit derselben mancher Gegenstand in der Einbildung gedichtet werden, der ausser der Einbildung im Raume oder der Zeit keine empirische Stelle hat. Dieses ist ungezweifelt gewiss, man mag nun die Empfindungen Lust und Schmerz, oder auch die äusseren, als Farben, Wärme u. s. w. nehmen, so ist Wahrnehmung dasjenige, wodurch der Stoff, um Gegenstände der sinnlichen Anschauung zu denken, zuerst gegeben werden muss. Diese Wahrnehmung stellt also, (damit wir diesmal nur bei äusseren Anschauungen bleiben,) etwas Wirkliches im Raume vor. Denn erstlich ist Wahrnehmung die Vorstellung einer Wirklichkeit, so wie Raum die Vorstellung einer blosen Möglichkeit des Beisammenseins. Zweitens wird diese Wirklichkeit für den äusseren Sinn, d. i. im Raume vorgestellt. Drittens ist der Raum selbst nichts Anderes, als blose Vorstellung, mithin kann in ihm nur das als wirklich gelten, was in ihm vorgestellt* wird, und umgekehrt, was in ihm gegeben, d. i. durch

---

* Man muss diesen paradoxen, aber richtigen Satz wohl merken: dass im Raume nichts sei, als was im Raume vorgestellt wird. Denn der Raum ist selbst nichts An-

Wahrnehmung vorgestellt wird, ist in ihm auch wirklich; denn wäre es in ihm nicht wirklich, d. i. unmittelbar durch empirische Anschauung gegeben, so könnte es auch nicht erdichtet werden, weil man das Reale der Anschauungen gar nicht *a priori* erdenken kann.

Alle äussere Wahrnehmung also beweiset unmittelbar etwas Wirkliches im Raume, oder ist vielmehr das Wirkliche selbst, und in sofern ist also der empirische Realismus ausser Zweifel, d. i. es correspondirt unseren äusseren Anschauungen etwas Wirkliches im Raume. Freilich ist der Raum selbst, mit allen seinen Erscheinungen, als Vorstellungen, nur in mir; aber in diesem Raume ist doch gleichwohl das Reale, oder der Stoff aller Gegenstände äusserer Anschauung wirklich und unabhängig von aller Erdichtung gegeben, und es ist auch unmöglich, dass in diesem Raume irgend etwas ausser uns (im transscendentalen Sinne) gegeben werden sollte, weil der Raum selbst ausser unserer Sinnlichkeit nichts ist. Also kann der strengste Idealist nicht verlangen, man solle beweisen, dass unserer Wahrnehmung der Gegenstand ausser uns (in stricter Bedeutung) entspreche. Denn wenn es dergleichen gäbe, so würde es doch nicht als ausser uns vorgestellt und angeschaut werden können, weil dieses den Raum voraussetzt, und die Wirklichkeit im Raume, als einer blosen Vorstellung, nichts Anderes, als die Wahrnehmung selbst ist. Das Reale äusserer Erscheinungen ist also wirklich nur in der Wahrnehmung und kann auf keine andere Weise wirklich sein.

Aus Wahrnehmungen kann nun, entweder durch ein bloses Spiel der Einbildung, oder auch vermittelst der Erfahrung Erkenntniss der Gegenstände erzeugt werden. Und da können allerdings trügliche Vorstellungen entspringen, denen die Gegenstände nicht entsprechen und wobei die Täuschung bald einem Blendwerke der Einbildung (im Traume), bald einem Fehltritte der Urtheilskraft (beim sogenannten Betruge der Sinne) beizumessen ist. Um nun hierin dem falschen Scheine zu entgehen, verfährt man nach der Regel: **was mit einer Wahrnehmung nach empirischen Gesetzen zusammenhängt, ist**

---

deres, als Vorstellung, folglich was in ihm ist, muss in der Vorstellung enthalten sein, und im Raume ist gar nichts, ausser sofern es in ihm wirklich vorgestellt wird. Ein Satz, der allerdings befremdlich klingen muss: dass eine Sache nur in der Vorstellung von ihr existiren könne, der aber hier das Anstössige verliert, weil die Sachen, mit denen wir es zu thun haben, nicht Dinge an sich, sondern nur Erscheinungen, d. i. Vorstellungen sind.

wirklich. Allein diese Täuschung sowohl, als die Verwahrung wider dieselbe trifft eben sowohl den Idealismus, als den Dualismus, indem es dabei nur um die Form der Erfahrung zu thun ist. Den empirischen Idealismus, als eine falsche Bedenklichkeit wegen der objectiven Realität unserer äusseren Wahrnehmungen, zu widerlegen, ist schon hinreichend, dass äussere Wahrnehmung eine Wirklichkeit im Raume unmittelbar beweise, welcher Raum, ob er zwar an sich nur blose Form der Vorstellungen ist, dennoch in Ansehung aller äusseren Erscheinungen, (die auch nichts Anderes, als blose Vorstellungen sind,) objective Realität hat; imgleichen, dass ohne Wahrnehmung selbst die Erdichtung und der Traum nicht möglich seien, unsere äusseren Sinne also, den Datis nach, woraus Erfahrung entspringen kann, ihre wirklichen correspondirenden Gegenstände im Raume haben.

Der dogmatische Idealist würde derjenige sein, der das Dasein der Materie leugnet, der skeptische, der sie bezweifelt, weil er sie für unerweislich hält. Der erstere kann es nur darum sein, weil er in der Möglichkeit einer Materie überhaupt Widersprüche zu finden glaubt, und mit diesem haben wir es jetzt noch nicht zu thun. Der folgende Abschnitt von dialektischen Schlüssen, der die Vernunft in ihrem inneren Streite in Ansehung der Begriffe, die sie sich von der Möglichkeit dessen, was in den Zusammenhang der Erfahrung gehört, vorstellt, wird auch dieser Schwierigkeit abhelfen. Der skeptische Idealist aber, der blos den Grund unserer Behauptung anficht und unsere Ueberredung von dem Dasein der Materie, die wir auf unmittelbare Wahrnehmung zu gründen glauben, für unzureichend erklärt, ist sofern ein Wohlthäter der menschlichen Vernunft, als er uns nöthigt, selbst bei dem kleinsten Schritte der gemeinen Erfahrung, die Augen wohl aufzuthun und, was wir vielleicht nur erschleichen, nicht sogleich als wohlerworben in unseren Besitz aufzunehmen. Der Nutzen, den diese idealistischen Einwürfe hier schaffen, fällt jetzt klar in die Augen. Sie treiben uns mit Gewalt dahin, wenn wir uns nicht in unseren gemeinsten Behauptungen verwickeln wollen, alle Wahrnehmungen, sie mögen nun innere oder äussere heissen, blos als ein Bewusstsein dessen, was unserer Sinnlichkeit anhängt, und die äusseren Gegenstände derselben nicht für Dinge an sich selbst, sondern nur für Vorstellungen anzusehen, deren wir uns, wie jeder anderen Vorstellung, unmittelbar bewusst werden können, die aber darum äussere heissen, weil sie demjenigen Sinne anhängen, den wir den äusseren Sinn nennen, dessen Anschauung der

Raum ist, der aber doch selbst nichts Anderes, als eine innere Vorstellungsart ist, in welcher sich gewisse Wahrnehmungen mit einander verknüpfen. Wenn wir äussere Gegenstände für Dinge an sich gelten lassen, so ist schlechthin unmöglich zu begreifen, wie wir zur Erkenntniss ihrer Wirklichkeit ausser uns kommen sollen, indem wir uns blos auf die Vorstellung stützen, die in uns ist. Denn man kann doch ausser sich nicht empfinden, sondern nur in sich selbst, und das ganze Selbstbewusstsein liefert daher nichts, als lediglich unsere eigenen Bestimmungen. Also nöthigt uns der skeptische Idealismus, die einzige Zuflucht, die uns übrig bleibt, nämlich zu der Idealität aller Erscheinungen, zu ergreifen, welche wir in der transscendentalen Aesthetik unabhängig von diesen Folgen, die wir damals nicht voraussehen konnten, dargethan haben. Fragt man nun, ob denn diesem zu Folge der Dualismus allein in der Seelenlehre stattfinde, so ist die Antwort: allerdings! aber nur im empirischen Verstande, d. i. in dem Zusammenhange der Erfahrung ist wirklich Materie, als Substanz in der Erscheinung, dem äusseren Sinne, so wie das denkende Ich, gleichfalls als Substanz in der Erscheinung, vor dem inneren Sinne gegeben, und nach den Regeln, welche diese Kategorie in den Zusammenhang unserer äusseren sowohl, als inneren Wahrnehmungen zu einer Erfahrung hineinbringt, müssen auch beiderseits Erscheinungen unter sich verknüpft werden. Wollte man aber den Begriff des Dualismus, wie es gewöhnlich geschieht, erweitern und ihn im transscendentalen Verstande nehmen, so hätten weder er, noch der ihm entgegengesetzte Pneumatismus einerseits, oder der Materialismus andererseits, nicht den mindesten Grund, indem man alsdenn die Bestimmung seiner Begriffe verfehlte, und die Verschiedenheit der Vorstellungsart von Gegenständen, die uns nach dem, was sie an sich sind, unbekannt bleiben, für eine Verschiedenheit dieser Dinge selbst hält. Ich, durch den innern Sinn in der Zeit vorgestellt, und Gegenstände im Raume, ausser mir, sind zwar spezifisch ganz unterschiedene Erscheinungen, aber dadurch werden sie nicht als verschiedene Dinge gedacht. Das transscendentale Object, welches den äusseren Erscheinungen, imgleichen das, was der inneren Anschauung zum Grunde liegt, ist weder Materie, noch ein denkend Wesen an sich selbst, sondern ein uns unbekannter Grund der Erscheinungen, die den empirischen Begriff von der ersten sowohl, als zweiten Art an die Hand geben.

Wenn wir also, wie uns denn die gegenwärtige Kritik augenscheinlich dazu nöthigt, der oben festgesetzten Regel treu bleiben, unsere Fragen nicht weiter zu treiben, als nur so weit mögliche Erfahrungen uns das Object derselben an die Hand geben kann, so werden wir es uns nicht einmal einfallen lassen, über die Gegenstände unserer Sinne nach demjenigen, was sie an sich selbst, d. i. ohne alle Beziehung auf die Sinne sein mögen, Erkundigung anzustellen. Wenn aber der Psycholog Erscheinungen für Dinge an sich selbst nimmt, so mag er als Materialist einzig und allein Materie, oder als Spiritualist blos denkende Wesen (nämlich nach der Form unseres innern Sinnes), oder als Dualist beide als für sich existirende Dinge in seinen Lehrbegriff aufnehmen, so ist er doch immer durch Missverstand hingehalten über die Art zu vernünfteln, wie dasjenige an sich selbst existiren möge, was doch kein Ding an sich, sondern nur die Erscheinung eines Dinges überhaupt ist.

Betrachtungen über die Summe der reinen Seelenlehre,

zu Folge diesen Paralogismen.

Wenn wir die Seelenlehre, als die Physiologie des inneren Sinnes, mit der Körperlehre, als einer Physiologie der Gegenstände äusserer Sinne vergleichen, so finden wir, ausser dem, dass in beiden vieles empirisch erkannt werden kann, doch diesen merkwürdigen Unterschied, dass in der letzteren Wissenschaft doch vieles *a priori*, aus dem blosen Begriffe eines ausgedehnten undurchdringlichen Wesens, in der ersteren aber aus dem Begriffe eines denkenden Wesens gar nichts *a priori* synthetisch erkannt werden kann. Die Ursache ist diese. Obgleich Beides Erscheinungen sind, so hat doch die Erscheinung vor dem äusseren Sinne etwas Stehendes oder Bleibendes, welches ein, den wandelbaren Bestimmungen zum Grunde liegendes Substratum und mithin einen synthetischen Begriff, nämlich den vom Raume und einer Erscheinung in demselben an die Hand gibt, anstatt dass die Zeit, welche die einzige Form unserer innern Anschauung ist, nichts Bleibendes hat, mithin nur den Wechsel der Bestimmungen, nicht aber den bestimmbaren Gegenstand zu erkennen gibt. Denn in dem, was wir Seele nennen, ist alles im continuirlichen Flusse und nichts Bleibendes, ausser etwa, (wenn man es durchaus will,) das darum so einfache Ich, weil diese Vorstellung keinen Inhalt, mithin kein Mannigfaltiges hat, weswegen sie auch scheint ein einfaches Object vorzustellen oder, besser gesagt, zu bezeichnen. Dieses Ich müsste eine Anschauung sein, welche, da sie beim Denken überhaupt (vor aller Erfahrung) vorausgesetzt würde, als Anschauung *a priori* synthetische Sätze lieferte, wenn es möglich sein sollte, eine reine Vernunfterkenntniss von der Natur eines denkenden Wesens überhaupt zu Stande zu bringen. Allein dieses Ich ist so wenig Anschauung, als Begriff von irgend einem Gegenstande, sondern die blose Form des Bewusstseins, welches beiderlei Vorstellungen begleiten und sie dadurch zu Erkenntnissen erheben kann, sofern nämlich dazu noch irgend etwas Anderes in der Anschauung gegeben wird, welches zu einer Vorstellung von einem Gegenstande Stoff darreicht. Also fällt die ganze rationale Psychologie, als eine, alle Kräfte der menschlichen Vernunft übersteigende Wissenschaft, und es bleibt uns nichts übrig, als unsere Seele an dem Leitfaden der Erfahrung zu studieren und uns in den Schranken der Fragen zu halten, die nicht weiter gehen, als mögliche innere Erfahrung ihren Inhalt darlegen kann.

Ob sie nun aber gleich als erweiternde Erkenntniss keinen Nutzen hat, sondern als solche aus lauter Paralogismen zusammengesetzt ist, so kann man ihr doch, wenn sie für nichts mehr, als eine kritische Behandlung unserer dialektischen Schlüsse und zwar der gemeinen und natürlichen Vernunft gelten soll, einen wichtigen negativen Nutzen nicht absprechen.

Wozu haben wir wohl eine blos auf reine Vernunftprincipien gegründete Seelenlehre nöthig? Ohne Zweifel vorzüglich in der Absicht, um unser denkendes Selbst wider die Gefahr des Materialismus zu sichern. Dieses leistet aber der Vernunftbegriff von unserem denkenden Selbst, den wir gegeben haben. Denn weit gefehlt, dass nach demselben einige Furcht übrig bliebe, dass, wenn man die Materie wegnähme, dadurch alles Denken und selbst die Existenz denkender Wesen aufgehoben werden würde, so wird vielmehr klar gezeigt, dass, wenn ich das denkende Subject wegnehme, die ganze Körperwelt wegfallen muss, als die nichts ist, als die Erscheinung in der Sinnlichkeit unseres Subjects und eine Art Vorstellungen desselben.

Dadurch erkenne ich zwar freilich dieses denkende Selbst seinen Eigenschaften nach nicht besser, noch kann ich seine Beharrlichkeit, ja selbst nicht einmal die Unabhängigkeit seiner Existenz von dem etwanigen transscendentalen Substratum äusserer Erscheinungen einsehen; denn dieses ist mir, eben so wohl als jenes, unbekannt. Weil es aber gleichwohl möglich ist, dass ich anders woher, als aus blos speculativen Gründen Ursache hernähme, eine selbstständige und bei allem möglichen

Wechsel meines Zustandes beharrliche Existenz meiner denkenden Natur zu hoffen, so ist dadurch schon viel gewonnen, bei dem freien Geständniss meiner eigenen Unwissenheit, dennoch die dogmatischen Angriffe eines speculativen Gegners abtreiben zu können und ihm zu zeigen, dass er niemals mehr von der Natur meines Subjects wissen könne, um meinen Erwartungen die Möglichkeit abzusprechen, als ich, um mich an ihnen zu halten.

Auf diesen transscendentalen Schein unserer psychologischen Begriffe gründen sich dann noch drei dialektische Fragen, welche das eigentliche Ziel der rationellen Psychologie ausmachen, und nirgend anders, als durch obige Untersuchungen entschieden werden können; nämlich 1, von der Möglichkeit der Gemeinschaft der Seele mit einem organischen Körper, d. i. der Animalität und dem Zustande der Seele im Leben des Menschen, 2, vom Anfange dieser Gemeinschaft, d. i. der Seele in und vor der Geburt des Menschen, 3, dem Ende dieser Gemeinschaft, d. i. der Seele in und nach dem Tode des Menschen (Frage wegen der Unsterblichkeit).

Ich behaupte nun, dass alle Schwierigkeiten, die man bei diesen Fragen vorzufinden glaubt, und mit denen, als dogmatischen Einwürfen, man sich das Ansehen einer tieferen Einsicht in die Natur der Dinge, als der gemeine Verstand wohl haben kann, zu geben sucht, auf einem blosen Blendwerke beruhe, nach welchem man das, was blos in Gedanken existirt, hypostasirt und in eben derselben Qualität als einen wirklichen Gegenstand ausserhalb dem denkenden Subjecte annimmt, nämlich Ausdehnung, die nichts, als Erscheinung ist, für eine, auch ohne unsere Sinnlichkeit subsistirende Eigenschaft äusserer Dinge, und Bewegung für deren Wirkung, welche auch ausser unseren Sinnen an sich wirklich vorgeht, zu halten. Denn die Materie, deren Gemeinschaft mit der Seele so grosses Bedenken erregt, ist nichts Anderes, als eine blose Form, oder eine gewisse Vorstellungsart eines unbekannten Gegenstandes, durch diejenige Anschauung, welche man den äusseren Sinn nennt. Es mag also wohl etwas ausser uns sein, dem diese Erscheinung, welche wir Materie nennen, correspondirt; aber in derselben Qualität als Erscheinung ist es nicht ausser uns, sondern lediglich als ein Gedanke in uns, wiewohl dieser Gedanke durch genannten Sinn es als ausser uns befindlich vorstellt. Materie bedeutet also nicht eine von dem Gegenstande des inneren Sinnes (Seele) so ganz unterschiedene und heterogene Art von Substanzen, sondern nur die Ungleichheit der Erscheinungen von Gegenständen, (die uns an sich selbst unbekannt sind,) deren Vorstellungen wir äussere nennen, in Vergleichung mit denen, die wir zum inneren Sinn zählen, ob sie gleich eben so wohl blos zum denkenden Subjecte, als alle übrigen Gedanken gehören, nur dass sie dieses Täuschende an sich haben, dass, da sie Gegenstände im Raume vorstellen, sie sich gleichsam von der Seele ablösen und ausser ihr zu schweben scheinen, da doch selbst der Raum, darin sie angeschaut werden, nichts, als eine Vorstellung ist, deren Gegenbild in derselben Qualität ausser der Seele gar nicht angetroffen werden kann. Nun ist die Frage nicht mehr von der Gemeinschaft der Seele mit anderen bekannten und fremdartigen Substanzen ausser uns, sondern blos von der Verknüpfung der Vorstellungen des inneren Sinnes mit den Modificationen unserer äusseren Sinnlichkeit, und wie diese unter einander nach beständigen Gesetzen verknüpft sein mögen, so dass sie in einer Erfahrung zusammenhängen.

So lange wir innere und äussere Erscheinungen, als blose Vorstellungen in der Erfahrung mit einander zusammenhalten, so finden wir nichts Widersinnisches und welches die Gemeinschaft beider Art Sinne befremdlich machte. Sobald wir aber die äusseren Erscheinungen hypostasiren, sie nicht mehr als Vorstellungen, sondern in derselben Qualität, wie sie in uns sind, auch als ausser uns für sich bestehende Dinge, ihre Handlungen aber, die sie als Erscheinungen gegen einander im Verhältniss zeigen, auf unser denkendes Subject beziehen, so haben wir einen Charakter der wirkenden Ursachen ausser uns, der sich mit ihren Wirkungen in uns nicht zusammenreimen will, weil jener sich blos auf äussere Sinne, diese aber auf den innern Sinn beziehen; welche, ob sie zwar in einem Subjecte vereinigt, dennoch höchst ungleichartig sind. Da haben wir denn keine anderen äusseren Wirkungen, als Veränderungen des Orts, und keine Kräfte, als blos Bestrebungen, welche auf Verhältnisse im Raume, als ihre Wirkungen auslaufen. In uns aber sind die Wirkungen Gedanken, unter denen kein Verhältniss des Orts, Bewegung, Gestalt oder Raumesbestimmung überhaupt stattfindet, und wir verlieren den Leitfaden der Ursachen gänzlich an den Wirkungen, die sich davon in dem inneren Sinne zeigen sollten. Aber wir sollten bedenken, dass nicht die Körper Gegenstände an sich sind, die uns gegenwärtig sind, sondern eine blose Erscheinung, wer weiss, welches unbekannten Gegenstandes; dass die Bewegung nicht die Wirkung dieser unbekannten Ursache, sondern blos die Erscheinung ihres Einflusses auf unsere Sinne sei; dass folglich beide nicht etwas ausser uns, sondern blos Vorstellungen in uns seien; mithin dass nicht die Bewegung der Materie in uns Vorstellungen wirke, sondern dass sie selbst, (mithin auch die Materie, die sich dadurch kennbar macht,) blose Vorstellung sei und endlich die ganze selbst gemachte Schwierigkeit darauf hinauslaufe: wie und durch welche Ursache die Vorstellungen unserer Sinnlichkeit so unter einander in Verbindung stehen, dass diejenigen, welche wir äussere Anschauungen nennen, nach empirischen Gesetzen, als Gegenstände ausser uns vorgestellt werden können; welche Frage nun ganz und gar nicht die vermeinte Schwierigkeit enthält, den Ursprung der Vorstellungen von ausser uns befindlichen, ganz fremdartigen wirkenden Ursachen zu erklären, indem wir die Erscheinungen einer unbekannten Ursache für die Ursache ausser uns nehmen, welches nichts, als Verwirrung veranlassen kann. In Urtheilen, in denen eine durch lange Gewohnheit eingewurzelte Missdeutung vorkommt, ist es unmöglich, die Berichtigung sofort zu derjenigen Fasslichkeit zu bringen, welche in anderen Fällen gefördert werden kann, wo keine dergleichen unvermeidliche Illusion den Begriff verwirrt. Daher wird diese unsere Befreiung der Vernunft von sophistischen Theorien schwerlich schon die Deutlichkeit haben, die ihr zur völligen Befriedigung nöthig ist.

Ich glaube diese auf folgende Weise befördern zu können.

Alle Einwürfe können in dogmatische, kritische und skeptische eingetheilt werden. Der dogmatische Einwurf ist, der wider einen Satz, der kritische, der wider den Beweis eines Satzes gerichtet ist. Der erstere bedarf einer Einsicht in die Beschaffenheit der Natur eines Gegenstandes, um das Gegentheil von demjenigen behaupten zu können, was der Satz von diesem Gegenstande vorgibt; er ist daher selbst dogmatisch und gibt vor, die Beschaffenheit, von der die Rede ist, besser zu kennen, als das Gegentheil. Der kritische Einwurf, weil er den Satz in seinem Werthe oder Unwerthe unangetastet lässt und nur den Beweis anficht, bedarf gar nicht den Gegenstand besser zu kennen oder sich einer besseren Kenntniss desselben anzumassen; er zeigt nur, dass die Behauptung grundlos, nicht, dass sie unrichtig sei. Der skeptische stellt Satz und Gegensatz wechselseitig gegen einander, als Einwürfe von gleicher Erheblichkeit, einen jeden derselben wechselsweise als Dogma und den andern als dessen Einwurf, ist also auf zwei entgegengesetzten Seiten dem Scheine nach dogmatisch, um alles Urtheil über den Gegenstand gänzlich zu vernichten. Der dogmatische also sowohl, als skeptische Einwurf, müssen beide soviel Einsicht ihres Gegenstandes vorgeben, als nöthig ist, etwas von ihm bejahend oder verneinend zu behaupten. Der kritische ist allein von der Art, dass, indem er blos zeigt, man nehme zum Behuf seiner Behauptung etwas an, was nichtig und blos eingebildet ist, die Theorie stürzt, dadurch, dass er ihr die angemasste Grundlage entzieht, ohne sonst etwas über die Beschaffenheit des Gegenstandes ausmachen zu wollen.

Nun sind wir nach den gemeinen Begriffen unserer Vernunft in Ansehung der Gemeinschaft, darin unser denkendes Subject mit den Dingen ausser uns steht, dogmatisch und sehen diese als wahrhafte, unabhängig von uns bestehende Gegenstände an, nach einem gewissen transscendentalen Dualismus, der jene äusseren Erscheinungen nicht als Vorstellungen zum Subjecte zählt, sondern sie, so wie sinnliche Anschauung sie uns liefert, ausser uns als Objecte versetzt und sie von dem denkenden Subjecte gänzlich abtrennt. Diese Subreption ist nun die Grundlage aller Theorien über die Gemeinschaft zwischen Seele und Körper, und es wird niemals gefragt: ob denn diese objective Realität der Erscheinungen so ganz richtig sei; sondern diese wird als zugestanden vorausgesetzt und nur über die Art vernünftelt, wie sie erklärt und begriffen werden müsse. Die gewöhnlichen drei hierüber erdachten und wirklich einzig möglichen Systeme sind die des physischen Einflusses, der vorher bestimmten Harmonie und der übernatürlichen Assistenz.

Die zwei letzteren Erklärungsarten der Gemeinschaft der Seele mit der Materie sind auf Einwürfe gegen die erstere, welche die Vorstellung des gemeinen Verstandes ist, gegründet, dass nämlich dasjenige, was als Materie erscheint, durch seinen unmittelbaren Einfluss nicht die Ursache von Vorstellungen, als einer ganz heterogenen Art von Wirkungen, sein könne. Sie können aber alsdenn mit dem, was sie unter dem Gegenstande äusserer Sinne verstehen, nicht den Begriff einer Materie verbinden, welche nichts', als Erscheinung, mithin schon an sich selbst blose Vorstellung ist, die durch irgend welche äussere Gegenstände gewirkt worden; denn sonst würden sie sagen, dass die Vorstellungen äusserer Gegenstände (die Erscheinungen) nicht äussere Ursachen der Vorstellungen in unserem Gemüthe sein können, welches ein ganz sinnleerer Einwurf sein würde, weil es Niemandem einfallen wird, das, was er einmal als blose Vorstellung anerkannt hat, für eine äussere Ursache zu halten. Sie müssen also nach unseren Grundsätzen ihre Theorie darauf richten, dass dasjenige, was der wahre (transscendentale) Gegenstand unserer äusseren Sinne ist, nicht die Ursache derjenigen Vorstellungen (Erscheinungen) sein könne, die wir unter dem Namen Materie verstehen. Da nun Niemand mit Grund vorgeben kann, etwas von der transscendentalen Ursache unserer Vorstellungen äusserer Sinne zu kennen, so ist ihre Behauptung ganz grundlos. Wollten aber die vermeinten Verbesserer der Lehre vom physischen Einflusse, nach der gemeinen Vorstellungsart eines transscendentalen Dualismus, die Materie als solche für ein Ding an sich selbst, (und nicht als blose Erscheinung eines unbekannten Dinges) ansehen und ihren Einwurf dahin richten, zu zeigen, dass ein solcher äusserer Gegenstand, welcher keine andere Causalität, als die der Bewegungen an sich zeigt, nimmermehr die wirkende Ursache von Vorstellungen sein könne, sondern dass sich ein drittes Wesen deshalb ins Mittel schlagen müsse, um, wo nicht Wechselwirkung, doch wenigstens Correspondenz und Harmonie zwischen beiden zu stiften; so würden sie ihre Widerlegung davon anfangen, das πρῶτον ψεῦδος des physischen Einflusses in ihrem Dualismus anzunehmen und also durch ihren Einwurf nicht sowohl den natürlichen Einfluss, sondern ihre eigene dualistische Voraussetzung widerlegen. Denn alle Schwierigkeiten, welche die Verbindung der denkenden Natur mit der Materie treffen, entspringen ohne Ausnahme lediglich aus jener erschlichenen dualistischen Vorstellung: dass Materie als solche nicht Erscheinung, d. i. blose Vorstellung des Gemüths, der ein unbekannter Gegenstand entspricht, sondern der Gegenstand an sich selbst sei, sowie er ausser uns und unabhängig von aller Sinnlichkeit existirt.

Es kann also wider den gemein angenommenen physischen Einfluss kein dogmatischer Einwurf gemacht werden. Denn nimmt der Gegner an, dass Materie und ihre Bewegung blose Erscheinungen und also selbst nur Vorstellungen seien, so kann er doch nur darin die Schwierigkeit setzen, dass der unbekannte Gegenstand unserer Sinnlichkeit nicht die Ursache der Vorstellungen in uns sein könne, welches aber vorzugeben ihn nicht das Mindeste berechtigt, weil Niemand von einem unbekannten Gegenstande ausmachen kann, was er thun oder nicht thun könne. Er muss aber, nach unseren obigen Beweisen, diesen transscendentalen Idealismus nothwendig einräumen, wofern er nicht offenbar Vorstellungen hypostasiren und sie, als wahre Dinge, ausser sich versetzen will.

Gleichwohl kann wider die gemeine Lehrmeinung des physischen

Einflusses ein gegründeter kritischer Einwurf gemacht werden. Eine solche vorgegebene Gemeinschaft zwischen zween Arten von Substanzen, der denkenden und der ausgedehnten, legt einen groben Dualismus zum Grunde und macht die letzteren, die doch nichts, als blose Vorstellungen des denkenden Subjects sind, zu Dingen, die für sich bestehen. Also kann der missverstandene physische Einfluss dadurch völlig vereitelt werden, dass man den Beweisgrund desselben als nichtig und erschlichen aufdeckt.

Die berüchtigte Frage wegen der Gemeinschaft des Denkenden und Ausgedehnten würde also, wenn man alles Eingebildete absondert, lediglich darauf hinauslaufen: wie in einem denkenden Subject überhaupt äussere Anschauung, nämlich die des Raumes (einer Erfüllung desselben, Gestalt und Bewegung) möglich sei? Auf diese Frage aber ist es keinem Menschen möglich eine Antwort zu finden, und man kann diese Lücke unseres Wissens niemals ausfüllen, sondern nur dadurch bezeichnen, dass man die äusseren Erscheinungen einem transscendentalen Gegenstande zuschreibt, welcher die Ursache dieser Art Vorstellungen ist, den wir aber gar nicht kennen, noch jemals einigen Begriff von ihm bekommen werden. In allen Aufgaben, die im Felde der Erfahrung vorkommen mögen, behandeln wir jene Erscheinungen als Gegenstände an sich selbst, ohne uns um den ersten Grund ihrer Möglichkeit (als Erscheinungen) zu bekümmern. Gehen wir aber über deren Grenze hinaus, so wird der Begriff eines transscendentalen Gegenstandes nothwendig.

Von diesen Erinnerungen über die Gemeinschaft zwischen dem denkenden und den ausgedehnten Wesen ist die Entscheidung aller Streitigkeiten oder Einwürfe, welche den Zustand der denkenden Natur vor dieser Gemeinschaft (dem Leben), oder nach aufgehobener solchen Gemeinschaft (im Tode) betreffen, eine unmittelbare Folge. Die Meinung, dass das denkende Subject vor aller Gemeinschaft mit Körpern habe denken können, würde sich so ausdrücken: dass vor dem Anfange dieser Art der Sinnlichkeit, wodurch uns etwas im Raume erscheint, dieselben transscendentalen Gegenstände, welche im gegenwärtigen Zustande als Körper erscheinen, auf ganz andere Art haben angeschaut werden können. Die Meinung aber, dass die Seele, nach Aufhebung aller Gemeinschaft mit der körperlichen Welt, noch fortfahren könne zu denken, würde sich in dieser Form ankündigen: dass, wenn die Art der Sinnlichkeit, wodurch uns transscendentale und für jetzt ganz unbekannte Gegenstände als materielle Welt erscheinen, aufhören sollte, so sei darum noch nicht alle Anschauung derselben aufgehoben und es sei ganz wohl möglich, dass eben dieselben unbekannten Gegenstände fortführen, obzwar freilich nicht mehr in der Qualität der Körper, von dem denkenden Subjecte erkannt zu werden.

Nun kann zwar Niemand den mindesten Grund zu einer solchen Behauptung aus speculativen Principien anführen, ja nicht einmal die Möglichkeit davon darthun, sondern nur voraussetzen; aber eben so wenig kann auch Jemand irgend einen gültigen dogmatischen Einwurf dagegen machen. Denn wer er auch sei, so weiss er eben so wenig von der absoluten und inneren Ursache äusserer und körperlicher Erscheinungen, wie ich oder Jemand anderes. Er kann also auch nicht mit Grunde vorgeben zu wissen, worauf die Wirklichkeit der äusseren Erscheinungen im jetzigen Zustande (im Leben) beruhe, mithin auch nicht, dass die Bedingung aller äusseren Anschauung, oder auch das denkende Subject selbst nach demselben (im Tode) aufhören werde.

So ist denn also aller Streit über die Natur unseres denkenden Wesens und der Verknüpfung desselben mit der Körperwelt lediglich eine Folge davon, dass man in Ansehung dessen, wovon man nichts weiss, die Lücke durch Paralogismen der Vernunft ausfüllt, da man seine Gedanken zu Sachen macht und sie hypostasirt, woraus eingebildete Wissenschaft, sowohl in Ansehung dessen, der bejahend, als dessen, der verneinend behauptet, entspringt; indem ein Jeder entweder von Gegenständen etwas zu wissen vermeint, davon kein Mensch einigen Begriff hat, oder seine eigenen Vorstellungen zu Gegenständen macht und sich so in einem ewigen Zirkel von Zweideutigkeiten und Widersprüchen herum drehet. Nichts, als die Nüchternheit einer strengen, aber gerechten Kritik, kann von diesem dogmatischen Blendwerke, das so viele durch eingebildete Glückseligkeit unter Theorien und Systemen hinhält, befreien und alle unsere speculativen Ansprüche blos auf das Feld möglicher Erfahrung einschränken, nicht etwa durch schalen Spott über so oft fehlgeschlagene Versuche, oder fromme Seufzer über die Schranken unserer Vernunft, sondern vermittelst einer nach sicheren Grundsätzen vollzogenen Grenzbestimmung derselben, welche ihr *nihil ulterius* mit grössester Zuverlässigkeit an die herkulischen Säulen heftet, die die Natur selbst aufgestellt hat, um die Fahrt unserer Vernunft nur so weit, als die stetig fortlaufenden Küsten der Erfahrung reichen, fortzusetzen, die wir nicht verlassen können, ohne uns auf einen uferlosen

Ocean zu wagen, der uns unter immer trüglichen Aussichten am Ende nöthigt, alle beschwerliche und langwierige Bemühung als hoffnungslos aufzugeben.

Wir sind noch eine deutliche und allgemeine Erörterung des transscendentalen und doch natürlichen Scheins in den Paralogismen der reinen Vernunft, imgleichen die Rechtfertigung der systematischen und der Tafel der Kategorien parallel laufenden Anordnung derselben bisher schuldig geblieben. Wir hätten sie im Anfange dieses Abschnitts nicht übernehmen können, ohne in Gefahr der Dunkelheit zu gerathen, oder uns unschicklicherweise selbst vorzugreifen. Jetzt wollen wir diese Obliegenheit zu erfüllen suchen.

Man kann allen Schein darin setzen, dass die subjective Bedingung des Denkens für die Erkenntniss des Objects gehalten wird. Ferner haben wir in der Einleitung in die transscendentale Dialektik gezeigt, dass reine Vernunft sich lediglich mit der Totalität der Synthesis der Bedingungen zu einem gegebenen Bedingten beschäftige. Da nun der dialektische Schein der reinen Vernunft kein empirischer Schein sein kann, der sich beim bestimmten empirischen Erkenntnisse vorfindet, so wird er das Allgemeine der Bedingungen des Denkens betreffen, und es wird nur drei Fälle des dialektischen Gebrauchs der reinen Vernunft geben,

1, die Synthesis der Bedingungen eines Gedankens überhaupt;

2, die Synthesis der Bedingungen des empirischen Denkens;

3, die Synthesis der Bedingungen des reinen Denkens.

In allen diesen dreien Fällen beschäftigt sich die reine Vernunft blos mit der absoluten Totalität dieser Synthesis, d. i. mit derjenigen Bedingung, die selbst unbedingt ist. Auf diese Eintheilung gründet sich auch der dreifache transscendentale Schein, der zu drei Abschnitten der Dialektik Anlass gibt, und zu eben so viel scheinbaren Wissenschaften aus reiner Vernunft, der transscendentalen Psychologie, Kosmologie und Theologie die Idee an die Hand gibt. Wir haben es hier nur mit der ersteren zu thun.

Weil wir beim Denken überhaupt von aller Beziehung des Gedankens auf irgend ein Object, (es sei der Sinne oder des reinen Verstandes,) abstrahiren, so ist die Synthesis der Bedingungen eines Gedankens überhaupt (Nro. 1) gar nicht objectiv, sondern blos eine Synthesis des

Gedankens mit dem Subject, die aber fälschlich für eine synthetische Vorstellung eines Objects gehalten wird.

Es folgt aber auch hieraus, dass der dialektische Schluss auf die Bedingung alles Denkens überhaupt, die selbst unbedingt ist, nicht einen Fehler im Inhalte begehe, (denn er abstrahirt von allem Inhalte oder Objecte,) sondern, dass er allein in der Form fehle und Paralogismus genannt werden müsse.

Weil ferner die einzige Bedingung, die alles Denken begleitet, das Ich, in dem allgemeinen Satze: ich denke, ist, so hat die Vernunft es mit dieser Bedingung, sofern sie selbst unbedingt ist, zu thun. Sie ist aber nur die formale Bedingung, nämlich die logische Einheit eines jeden Gedankens, bei dem ich von allem Gegenstande abstrahire, und wird gleichwohl als ein Gegenstand, den ich denke, nämlich: Ich selbst und die unbedingte Einheit desselben, vorgestellt.

Wenn mir Jemand überhaupt die Frage aufwürfe: von welcher Beschaffenheit ist ein Ding, welches denkt, so weiss ich darauf *a priori* nicht das Mindeste zu antworten, weil die Antwort synthetisch sein soll; (denn eine analytische erklärt vielleicht wohl das Denken, aber gibt keine erweiterte Erkenntniss von demjenigen, worauf dieses Denken seiner Möglichkeit nach beruht.) Zu jeder synthetischen Auflösung aber wird Anschauung erfordert, die in der so allgemeinen Aufgabe gänzlich weggelassen worden. Eben so kann Niemand die Frage in ihrer Allgemeinheit beantworten: was wohl das für ein Ding sein müsse, welches beweglich ist. Denn die undurchdringliche Ausdehnung (Materie) ist alsdenn nicht gegeben. Ob ich nun zwar allgemein auf jene Frage keine Antwort weiss, so scheint es mir doch, dass ich sie im einzelnen Falle, in dem Satze, der das Bewusstsein ausdrückt: ich denke, geben könne. Denn dieses Ich ist das erste Subject, d. i. Substanz, es ist einfach u. s. w. Dieses müssten aber alsdenn lauter Erfahrungssätze sein, die gleichwohl ohne eine allgemeine Regel, welche die Bedingungen der Möglichkeit zu denken überhaupt und *a priori* aussagte, keine dergleichen Prädicate, (welche nicht empirisch sind,) enthalten könnte. Auf solche Weise wird mir meine anfänglich so scheinbare Einsicht, über die Natur eines denkenden Wesens und zwar aus lauter Begriffen zu urtheilen, verdächtig, ob ich gleich den Fehler derselben noch nicht entdeckt habe.

Allein das weitere Nachforschen hinter den Ursprung dieser Attribute, die ich mir, als einem denkenden Wesen überhaupt, beilege, kann diesen Fehler aufdecken. Sie sind nichts mehr, als reine Kategorien, wodurch ich niemals einen bestimmten Gegenstand, sondern nur die Einheit der Vorstellungen, um einen Gegenstand derselben zu bestimmen, denke. Ohne eine zum Grunde liegende Anschauung kann die Kategorie allein mir keinen Begriff von einem Gegenstande verschaffen; denn nur durch Anschauung wird der Gegenstand gegeben, der hernach der Kategorie gemäss gedacht wird. Wenn ich ein Ding für eine Substanz in der Erscheinung erkläre, so müssen mir vorher Prädicate seiner Anschauung gegeben sein, an denen ich das Beharrliche vom Wandelbaren und das Substratum (Ding selbst) von demjenigen, was ihm blos anhängt, unterscheide. Wenn ich ein Ding einfach in der Erscheinung nenne, so verstehe ich darunter, dass die Anschauung desselben zwar ein Theil der Erscheinung sei, selbst aber nicht getheilt werden könne u. s. w. Ist aber etwas nur für einfach im Begriffe und nicht in der Erscheinung erkannt, so habe ich dadurch wirklich gar keine Erkenntniss von dem Gegenstande, sondern nur von meinem Begriffe, den ich mir von Etwas überhaupt mache, das keiner eigentlichen Anschauung fähig ist. Ich sage nur, dass ich etwas ganz einfach denke, weil ich wirklich nichts weiter, als blos, dass es etwas sei, zu sagen weiss.

Nun ist die blose Apperception (Ich) Substanz im Begriffe, einfach im Begriffe u. s. w., und so haben alle jene psychologischen Lehrsätze ihre unstreitige Richtigkeit. Gleichwohl wird dadurch doch dasjenige keineswegs von der Seele erkannt, was man eigentlich wissen will; denn alle diese Prädicate gelten gar nicht von der Anschauung und können daher auch keine Folgen haben, die auf Gegenstände der Erfahrung angewandt würden, mithin sind sie völlig leer. Denn jener Begriff der Substanz lehrt mich nicht, dass die Seele für sich selbst fortdaure, nicht, dass sie von den äusseren Anschauungen ein Theil sei, der selbst nicht mehr getheilt werden könne, und der also durch keine Veränderungen der Natur entstehen oder vergehen könne; lauter Eigenschaften, die mir die Seele im Zusammenhange der Erfahrung kennbar machen, und in Ansehung ihres Ursprungs und künftigen Zustandes Eröffnung geben könnten. Wenn ich nun aber durch blose Kategorie sage: die Seele ist eine einfache Substanz, so ist klar, dass, da der nackte Verstandesbegriff von Substanz nichts weiter enthält, als dass ein Ding, als Subject an sich, ohne wiederum Prädicat von einem andern zu sein, vorgestellt werden solle, daraus nichts von Beharrlichkeit folge, und das Attribut des Einfachen diese Beharrlichkeit gewiss nicht hinzusetzen könne, mithin man dadurch über das, was die Seele bei den Weltveränderungen treffen könne, nicht im mindesten unterrichtet werde. Würde man uns sagen können, sie ist ein einfacher Theil der Materie, so würden wir von dieser, aus dem, was Erfahrung von ihr lehrt, die Beharrlichkeit, und mit der einfachen Natur zusammen die Unzerstörlichkeit derselben ableiten können. Davon sagt uns aber der Begriff des Ich in dem psychologischen Grundsatze (ich denke) nicht ein Wort.

Dass aber das Wesen, welches in uns denkt, durch reine Kategorien und zwar diejenigen, welche die absolute Einheit unter jedem Titel derselben ausdrücken, sich selbst zu erkennen vermeine, rührt daher. Die Apperception ist selbst der Grund der Möglichkeit der Kategorien, welche ihrerseits nichts Anderes vorstellen, als die Synthesis des Mannigfaltigen der Anschauung, so fern dasselbe in der Apperception Einheit hat. Daher ist das Selbstbewusstsein überhaupt die Vorstellung desjenigen, was die Bedingung aller Einheit und doch selbst unbedingt ist. Man kann daher von dem denkenden Ich (Seele), das sich als Substanz, einfach, numerisch identisch in aller Zeit, und das Correlatum alles Daseins, aus welchem alles andere Dasein geschlossen werden muss, vorstellt, sagen: dass es nicht sowohl sich selbst durch die Kategorien, sondern die Kategorien und durch sie alle Gegenstände in der absoluten Einheit der Apperception, mithin durch sich selbst erkennt. Nun ist zwar sehr einleuchtend, dass ich dasjenige, was ich voraussetzen muss, um überhaupt ein Object zu erkennen, nicht selbst als Object erkennen könne, und dass das bestimmende Selbst (das Denken) von dem bestimmbaren Selbst (dem denkenden Subject) wie Erkenntniss vom Gegenstande unterschieden sei. Gleichwohl ist nichts natürlicher und verführerischer, als der Schein, die Einheit in der Synthesis der Gedanken für eine wahrgenommene Einheit im Subjecte dieser Gedanken zu halten. Man könnte ihn die Subreption des hypostasirten Bewusstseins *(apperceptionis substantiatae)* nennen.

Wenn man den Paralogismus in den dialektischen Vernunftschlüssen der rationalen Seelenlehre, sofern sie gleichwohl richtige Prämissen haben, logisch betiteln will, so kann er für ein *sophisma figurae dictionis* gelten, in welchem der Obersatz von der Kategorie in Ansehung ihrer Bedingung, einen blos transscendentalen Gebrauch, der Untersatz aber und der Schlusssatz in Ansehung der Seele, die unter diese Bedingung subsumirt worden, von eben der Kategorie einen empirischen Gebrauch macht. So ist z. B. der Begriff der Substanz in dem Paralogismus der

Simplicität ein reiner intellectueller Begriff, der ohne Bedingung der sinnlichen Anschauung blos von transscendentalen, d. i. von gar keinem Gebrauch ist. Im Untersatze ist aber eben derselbe Begriff auf den Gegenstand aller inneren Erfahrung angewandt, ohne doch die Bedingung seiner Anwendung *in concreto,* nämlich die Beharrlichkeit desselben, voraus festzusetzen und zum Grunde zu legen, und daher ein empirischer, obzwar hier unzulässiger Gebrauch davon gebraucht worden.

Um endlich den systematischen Zusammenhang aller dieser dialektischen Behauptungen in einer vernünftelnden Seelenlehre, in einem Zusammenhange der reinen Vernunft, mithin die Vollständigkeit derselben zu zeigen, so merke man, dass die Apperception durch alle Klassen der Kategorien, aber nur auf diejenigen Verstandesbegriffe durchgeführt werde, welche in jeder derselben den übrigen zum Grunde der Einheit in einer möglichen Wahrnehmung liegen, folglich: Subsistenz, Realität, Einheit (nicht Vielheit) und Existenz, nur dass die Vernunft sie hier alle als Bedingungen der Möglichkeit eines denkenden Wesens, die selbst unbedingt sind, vorstellt. Also erkennt die Seele an sich selbst

1.
die unbedingte Einheit des Verhältnisses,
d. i. sich selbst, nicht als inhärirend, sondern subsistirend,

2.
die unbedingte Einheit
der Qualität,
d. i. nicht als reales Ganze,
sondern einfach,*

3.
die unbedingte Einheit
bei der Vielheit in der Zeit,
d. i. nicht in verschiedenen Zeiten
numerisch verschieden,
sondern als eines und eben
dasselbe Subject,

4.
die unbedingte Einheit
des Daseins im Raume,
d. i. nicht als Bewusstsein mehrerer Dinge ausser ihr,
sondern nur des Daseins ihrer selbst,
anderer Dinge aber, blos als ihrer Vorstellungen.

Vernunft ist das Vermögen der Principien. Die Behauptungen

---

* Wie das Einfache hier wiederum der Kategorie der Realität entspreche, kann ich jetzt noch nicht zeigen, sondern wird im folgenden Hauptstücke, bei Gelegenheit eines andern Vernunftgebrauchs eben desselben Begriffs gewiesen werden.

der reinen Psychologie enthalten nicht empirische Prädicate von der Seele, sondern solche, die, wenn sie stattfinden, den Gegenstand an sich selbst unabhängig von der Erfahrung, mithin durch blose Vernunft bestimmen sollen. Sie müssten also billig auf Principien und allgemeine Begriffe von denkenden Naturen überhaupt gegründet sein. An dessen Statt findet sich, dass die einzelne Vorstellung: ich bin, sie insgesammt regiert, welche eben darum, weil sie die reine Formel aller meiner Erfahrung (unbestimmt) ausdrückt, sich wie ein allgemeiner Satz, der für alle denkende Wesen gelte, ankündigt und, da er gleichwohl in aller Absicht einzeln ist, den Schein einer absoluten Einheit der Bedingungen des Denkens überhaupt bei sich führt und dadurch sich weiter ausbreitet, als mögliche Erfahrung reichen könnte.

CPSIA information can be obtained
at www.ICGtesting.com
Printed in the USA
LVHW100719210622
721748LV00003B/107